殊晚年所生之子。歐陽修《觀文殿大學士行兵部尚書西京留守贈司空兼侍中晏公神道碑銘》載：「公初娶李氏，工部侍郎虚己之女；次孟氏，屯田員外郎虚舟之女，封鉅鹿郡夫人；次王氏，太師、尚書令超之女，封榮國夫人。子八人：長曰居厚，大理評事，早卒；次承裕，尚書屯田員外郎；宣禮，贊善大夫；崇讓，著作佐郎；明遠、祗德，皆大理評事；幾道、傳正，皆太常寺太祝。女六人，長適户部侍郎、同中書門下平章事富弼，次適禮部侍郎、三司使楊察，其四尚幼。孫十有二人。公既樂善而稱爲知人，士之顯於朝者，多公所薦達，至擇其女之所從，又得二人者如此，可謂賢也已。」（《歐陽文忠公集》卷二十二）按照歐陽修對晏殊子女的排序，晏幾道爲晏殊第七子。清乾隆三十二年《東南晏氏重修宗譜·臨川沙河世系》載：「固公次子殊，生子九：居厚、成裕、全節、宣禮、崇讓、銘遠、祗德、幾道、傳正。」且説：「殊公八子幾道，字叔原，行十五，號小山。」譜記晏殊三子全節，出繼三叔晏穎爲後。若計全節，則幾道爲晏殊八子；若不計全節，則爲七子。所以，説晏幾道爲晏殊第七子或第八子，都不爲錯。晏殊卒於仁宗至和二年（一〇五五），享年六十五歲。據劉邠爲晏幾道嫂子所作《永安縣君張氏墓誌銘》載：「永安縣君張氏者，相國晏元獻公之冢婦，祠部郎中成裕之嫡妻也。……元獻薨，有三男子、四女子幼稚。夫人養毓調護，皆至成立，娶婦嫁夫。」《禮記·曲禮上》曰：「人生十年曰幼學。」疏曰：「人生十年謂

追逼《花間》與高過《花間》

——晏幾道和他的《小山詞》（代前言）

晏幾道，字叔原，號小山，北宋撫州臨川文港沙河（今屬江西進賢）人，是詞史上極有代表性的令詞作家，有《小山詞》傳世。《宋史》《宋史翼》均無傳，今據存世的零碎資料，爲晏幾道的家世、生平、交游和爲人，勾勒出一個大致的輪廓，並對《小山詞》的題材内容和藝術成就，進行一番簡要的析論評説。

一、家世生平與交游爲人

據家乘記載，晏幾道爲唐懿宗咸通十年（八六九）己丑科進士晏墉之後，北宋宰相晏殊之子。黄庭堅《小山集序》説：「晏叔原，臨淄公暮子也。」邵博《邵氏聞見後録》説：「晏叔原，臨淄公晚子。」北宋仁宗朝宰相晏殊封臨淄公，「暮子」「晚子」皆説晏幾道乃晏

圖書在版編目(CIP)數據

晏幾道詞校箋/楊景龍校箋. —北京:中華書局,2025.
5. —ISBN 978-7-101-17020-7

Ⅰ. I222.844

中國國家版本館 CIP 數據核字第 2025XJ4103 號

責任編輯:田苑菲
裝幀設計:劉　麗
責任印製:韓馨雨

晏幾道詞校箋
楊景龍 校箋
*
中華書局出版發行
(北京市豐臺區太平橋西里 38 號　100073)
http://www.zhbc.com.cn
E-mail:zhbc@zhbc.com.cn
河北新華第一印刷有限責任公司印刷
*
850×1168 毫米 1/32 · 24⅝印張 · 2 插頁 · 560 千字
2025 年 5 月第 1 版　2025 年 5 月第 1 次印刷
印數:1-1500 册　定價:138.00 元

ISBN 978-7-101-17020-7

晏幾道詞校箋

楊景龍 校箋

中華書局

幼學者，謂初生之時至十歲。」晏殊卒時，尚在「幼稚」的「三男子」，即晏殊的三個小兒子祇德、幾道、傳正，年齡都應在十歲左右，後皆被嫂子撫養長大，成家立業。

關於晏幾道的生卒年，宛敏灝《二晏及其詞·二晏年譜》主要根據鄭俠的生卒年，推斷晏幾道生於公元一〇四一年（或推前幾年），卒於公元一一一九年左右。夏承燾《二晏年譜》則據黄昇《花庵詞選》所説慶曆中晏幾道奉詔作詞、王灼《碧鷄漫志》所載晏幾道爲蔡京填詞兩事，推算晏幾道生於公元一〇三〇年左右，卒於公元一一〇六年左右。後來的中國文學史和相關著作，大都採用夏承燾的説法。但夏説所據史料，存在一些明顯的問題。《花庵詞選》録晏幾道《鷓鴣天》詞：「碧藕花開水殿涼。萬年枝外轉紅陽。昇平歌管隨天仗，祥瑞封章滿御床。　金掌露，玉爐香。歲華方共聖恩長。皇州又奏圜扉静，十様宫眉捧壽觴。」於調下注曰：「慶曆中，開封府與棘寺同日奏獄空。仁宗於宫中宴集，宣叔原作此，大稱上意。」然查《宋史·仁宗紀》《宋史·刑法志》《宋會要輯稿·刑法》，慶曆八年間均無「開封府與棘寺同日奏獄空」之記載，可知此説不確。夏承燾據此推定小晏生年，似難成立。宛、夏二説之外，涂木水《關於晏幾道的生卒年和排行》一文引用《東南晏氏重修宗譜》關於晏幾道生卒年的記載：「宋寶元戊寅四月二十三日辰時生，宋大觀庚寅九月殁，壽七十三歲。」寶元戊寅爲公元一〇三八年，大觀庚寅爲公元一一一〇年。至此，有論者以爲晏幾道生卒年問題已經徹底解決。然《東南晏氏重修宗譜》成書於清乾隆三十二年，材料來源是否確鑿可靠，亦未可知。唐紅衛《晏幾道生卒年之質疑》一文，即指出《宗譜》所載除晏殊、晏敦復兩個生平史料詳盡者的生卒年可靠之外，其餘如晏幾道兄晏崇讓、侄晏防等人的生卒年，皆有差錯。因此，《宗譜》中關於晏幾道生卒年的記載，亦未可貿然據信。

前引劉邠爲晏幾道嫂子所作《永安縣君張氏墓誌銘》已言及，晏殊去世時，晏幾道尚「幼稚」。若按夏承燾「生於一〇三〇年左右」的説法，此時晏幾道已二十五歲；若按《宗譜》所記生於一〇三八年，此時晏幾道也已十八歲，似都難言「幼稚」。從存世資料看，黄庭堅與晏幾道交往最多，在黄庭堅所寫《小山集序》及與晏幾道的酬贈詩作中，黄持平輩口吻，如「吾儕癡絶處，不減顧長康」（《次韻答叔原會寂照房呈稚川》），「憶同嵇阮輩，醉臥酒家床」（《自咸平至太康鞍馬間得十小詩寄懷晏叔原》）等，時年三十九歲的黄庭堅自謂「四十垂垂老」，而呼問「雲間晏公子，風月興如何」。從詩中語氣可知，這兩個江西同鄉應是「年相若也」，而黄的年紀似乎還要略長於晏才是。按黄庭堅生於仁宗慶曆五年（一〇四五），晏幾道大約生於是年或略晚。至神宗元豐五年（一〇八二）晏幾道監潁昌許田鎮時，約當三十五六歲，曾「手寫自作長短句」呈府帥韓維。年已六十五歲、曾爲晏殊僚屬的韓維自稱「門下老吏」，而稱呼晏幾道爲「郎君」，方才顯得合適（《邵氏聞見後録》）。如據夏譜或宗譜記載，晏幾道監許田鎮時，已是四五十歲年紀，似不當再被韓維稱呼爲「郎君」。晏幾道若生於一〇四五年或稍後，時晏殊已五十五歲開外，説晏幾道爲「宰相暮子」或「晚子」，自無不可。若按夏譜或宗譜，晏幾道生時，晏殊方當四十歲或四十餘歲，正是壯盛之年，「暮子」「晚子」的説法，難以成立。

晏幾道的卒年，可依晁端禮的《鷓鴣天》十首及其自序推定。晁端禮自序云：「晏叔原近作《鷓鴣天》曲，歌詠太平，輒擬之爲十篇。」組詞其十云：「依稀曾聽鈞天奏，耳冷人間四十年」。按晁端禮熙寧六年（一〇七三）舉進士，得到「曾聽鈞天奏」的機會，「耳冷人間四十年」，便是政和三年（一一一三）。晁端禮因薦於政和三年六月入京，七月卒，故這十首《鷓鴣天》及其自序，應該作於政和三年初至卒前。晁端禮自序提到的晏幾道歌詠太平的「近作」《鷓鴣天》，即《碧鷄漫志》卷二所載蔡京遺客所求之詞，便很可能是政和二年（一一一二）重九、冬至日所作。《碧鷄漫志》卷二的這段文字，既是要表現「年未至乞身，退居京城賜第」的晏幾道「不踐諸貴之門」、應請作詞「無一語及蔡」的孤傲品格，則詞之創作時間當在蔡京爲相、權勢正盛之時。據《宋史·宰輔表》載，蔡京於崇寧元年（一一〇二）七月拜相，崇年五年（一一〇五）二月罷；大觀元年（一一〇七）五月復相，大觀三年

（一一〇九）六月再罷；政和二年（一一一二）五月第三次拜相，十一月封魯國公，可謂權勢正盛之時，又與晁端禮自序所云晏幾道「近作」的時間相合。據此大致可以確定，晏幾道應蔡京之請所作兩首《鷓鴣天》節令詞，時在政和二年重九、冬至日，當無疑問。晏幾道的卒年，應該在政和三年（一一一三）或之後。據《晏氏宗譜》載，晏幾道卒後「歸葬祖山」，没有就近入葬許州陽翟縣（河南禹縣）麥秀鄉的晏殊塋地。

據歐陽修《觀文殿大學士行兵部尚書西京留守贈司空兼侍中晏公神道碑銘》載：晏殊殁時，晏幾道和弟傳正已爲「太常寺太祝」，則是此前已恩蔭入仕，而非論者所説的在晏殊殁後方才爲官。神宗元豐五年（一〇八二），晏幾道監潁昌府許田鎮（《山谷集》卷十六《小山集序》）。徽宗崇寧元年（一一〇二），「更緣事爲，積有聞譽，選於在列，俾踐厥官」，晏幾道由乾寧軍通判轉爲開封府推官。（慕容彦逢《摛文堂集》卷五《通判乾寧軍晏幾道開封府判官制》）。崇寧四年（一一〇五），開封府「兩經獄空」，晏幾道「轉一官」（《宋會要輯稿·刑法四》）。王灼《碧鷄漫志》卷二云：「叔原年未至乞身，退居京城賜第。」按《禮記·曲禮上》曰：「大夫七十而致仕。」可知晏幾道辭官時年未滿七十，辭官時間應在因「獄空」而「轉一官」之後。若按晏幾道生於一一四五年左右計算，則其辭官時年齡在六十出頭，與「年未至乞身」的説法吻合。據晏幾道詞中所寫與友人贈詩言及，他應該到過東吴、江西、長安等地，有論者指爲宦游，但没有確切證明。晏幾道稚齡即託恩蔭入仕，至六十餘歲辭官，可以説一生混跡官場，正與他《生查子》詞中感歎的「官身幾日閒」相合。但由於他生性高傲，不願「一傍貴人之門」（黄庭堅《小山集序》），不利用其父留下的人脈，得不到有力者的薦舉，加之他傾向於舊黨的政治態度，所以始終浮沉下僚。

晏幾道出身名門，被好友黄庭堅稱爲「豪士」，詞名頗著，在「舉世重交游」的時代風氣下（邵伯温《邵氏聞見録》），他的人際交往應該是相當廣闊的。但正像他的仕宦經歷難以理清一樣，他的生平交游亦難知其詳。我們只能根據《全宋文》《全宋詩》《全宋筆記》等文獻總集，以及他的《小山詞自序》和詞作，勾稽出相關人物事蹟片段，略述如下。

依現存資料看，晏幾道交往的人物，大致可以分爲三類：一類是年長世交，如韓維、范純仁、蒲宗孟等；一類是同儕朋輩，如鄭俠、王欿、王肱、黄庭堅、晁端禮、鄒浩、吴無至、沈廉叔、陳君龍（毛本作「君寵」）等；一類是歌女藝伎，如蓮、鴻、蘋、雲等。

韓維（一〇一七—一〇九八），字持國，河南雍丘人。以恩蔭入仕，仕至門下侍郎，屬於舊黨，著有《南陽集》，《宋史》有傳。仁宗慶曆五年至八年，晏殊知潁州，韓維爲僚屬，與晏殊時有酬唱。皇祐五年至至和元年，晏殊知河南府兼西京留守，韓維再爲僚屬，與晏殊唱和更多。晏殊去世，韓維撰文哀祭，十分悲痛。唱和詩詞與祭文，均見《南陽集》暨《全宋詩》《全宋文》中。韓維長期充任晏殊僚屬，關係密切，晏幾道幼時即可能與之相識。兩人的交往，明確記載見於《邵氏聞見後録》卷十九：「晏叔原，臨淄公晚子，監潁昌府許田鎮。手寫自作長短句，上府帥韓少師。少師報書：『得新詞盈卷，蓋才有餘而德不足者。願郎君捐有餘之才，補不足之德，不勝門下老吏之望云。』一監鎮官敢以杯酒間自作長短句示本道大帥，以大帥之嚴，猶盡門生忠於郎君之意。在叔原爲甚豪，在韓公爲甚德也。」張耒《明道雜誌》説：「韓持國每酒後好吟三變一曲。」可知其人亦是詞曲愛好者，《全宋詞》録其詞六首，斷句二句。韓維對晏幾道的批評，出於對故主的忠心及長者對晚輩的愛護，希望晏幾道放棄豔情詞曲寫作，轉以進德修身爲要務，顯然是站在道德的立場上説話的。

范純仁（一〇二七—一一〇一），字堯夫，蘇州人。范仲淹次子，以恩蔭入仕。又中皇祐元年進士，與晏幾道四兄晏知止、晏幾道甥女婿馮京同榜。歷官至尚書右僕射、中書侍郎，反對王安石變法，政治上屬於舊黨。著有《范忠宣公集》，《全宋詞》存詞一首，《宋史》有傳。《宋史·鄒浩傳》云：「純仁囑撰樂語，浩辭。純仁曰：『翰林學士亦爲之。』」可知其人亦喜好詞曲。晏幾道《小山詞自序》云：「七月己巳，爲高平公綴輯成稿。」范氏郡望高平，論者以爲此「高平公」即爲范純仁，説較可取。晏幾道是自行還是遵范純仁囑編定自己的詞集，難以確知，時間或在元祐一、二年間，最遲應在建中靖國元年范純仁去世之前。以范純仁與晏家的世誼親緣，晏幾道與范純仁之間應有更多的交往，因缺乏文獻記載而無法詳知。

蒲宗孟，字傳正，生卒年不詳，閬州人，晏殊門生蒲師道之子。皇祐五年（一〇五三）進士，歷官至尚書左丞，有《蒲左丞集》，《全宋詞》存詞一首，《宋史》有傳。《賓退録》卷一記載：晏幾道嘗見蒲宗孟，兩人一起談論晏殊《玉樓春》詞句「緑楊芳草長亭路，年少抛人容易去」是否爲「婦人語」，意見不一。晏幾道引白居易詩「欲留所歡待富貴，富貴不來所歡去」以爲佐證，蒲始悟晏殊詞句非婦人語。

鄭俠（一〇四一—一一一九），字介夫，福州人。英宗治平四年（一〇六七）進士，調光州司法參軍。秩滿入京，見王安石，爲言新法不便。繪《流民圖》《正直君子邪曲小人事業圖跡》上奏，指斥新法弊端，請罷免吕惠卿等。自此得罪下獄，屢遭貶逐，被編管汀州，再竄英州，徽宗宣和元年卒。著有《西塘集》，《宋史》有傳。晏幾道與鄭俠的交往，或始於治平四年鄭俠、黄庭堅等入京參加科考之時，現存兩條相關史料。一是鄭俠《西塘集》卷九有詩《晏十五約重陽飲患無登高處》：「道義相歡勝飲醪，況添流雪見承糟。臥籬一醉陶家宅，不是龍山趣也高。」詩題中的「晏十五」即晏幾道，詩云「道義相歡」，見出他們相同的政見和操持。二是見於《侯鯖録》卷四的一條記載：「熙寧中，鄭俠上書，事作下獄，悉治平時所往還厚善者，晏幾道叔原皆在數中。俠家搜得叔原與俠詩云：『小白長紅又滿枝，築球場外獨支頤。春風自是人間客，主張繁華得幾時？』裕陵稱之，即令釋出。」作爲「平時所往還厚善者」被牽連下獄，可知他們的關係非泛泛之交。

王谹，字稚川，生平不詳。《韻語陽秋》卷十曾記其「調官京師」，黄庭堅稱其「雅人王稚川」。晏幾道與王谹的交往，見黄庭堅《同王稚川晏叔原飯寂照房》《次韻答叔原會寂照房呈稚川》《自咸平至太康鞍馬間得十小詩寄懷晏叔原並問王稚川行李》等詩。

王肱（一〇四三—一〇七七），字力道，其生平及與晏幾道的交往，俱見黄庭堅《山谷集》卷二十三《王力道墓誌銘》：「吾友力道諱肱，……以鄉舉士俱集京師，甲辰、丁未相從也。……（力道兄）曰：『知吾弟者，莫若吾友臨川晏叔原幾道、豫章黄魯直庭堅。將請叔原序其文，而屬魯直銘其墓。』」可知晏幾道與王肱始交於治平元年甲辰，彼此相知甚深，故而王肱歿後，其兄請晏幾道爲王肱文集作序，其序已佚。

黄庭堅（一〇四五—一一〇五），字魯直，號山谷道人，晚號涪翁，洪州分寧（今江西九江市修水縣）人。英宗治平四年（一〇六七）進士，曾任葉縣尉、北京國子監教授、《神宗實録》檢討官、起居舍人、國史院編修，出知宜州、鄂州、太平州。紹聖元年，因《神宗實録》事貶涪州别駕，黔州安置。徽宗崇寧二年（一一〇三），詔毁三蘇、秦觀、黄庭堅文集，編管宜州，崇寧四年卒於貶所。爲蘇門四學士之一，江西詩派代表詩人，詩與蘇軾齊名，並稱蘇黄。書法與蘇軾、米芾、蔡襄齊名，爲宋四家之一。詞與秦觀齊名，並稱秦黄。著有《山谷集》，詞集名《山谷琴趣外篇》（《山谷詞》），《宋史》有傳。從現存史料看，晏幾道交往的人物中，與黄庭堅關係最爲密切，這緣於他們都是江西同鄉，黄庭堅之父黄庶又曾任職晏殊永興軍幕府，加之晏幾道與黄庭堅年歲相近，所以他們一起游宴唱酬，多所過從。兩人的交往，或始於治平四年黄庭堅等入京參加科考之時。元豐二、三年間，黄庭堅赴京等候吏部改官，王稚川亦於元豐初調任京師，得以與晏幾道重聚。三人常會於寂照房，黄庭堅《山谷外集》卷一有《次韻晏叔原會寂照房》《同王稚川晏叔原飯寂照房》《次韻答叔原會寂照房呈稚川》等詩，詩中描述了他們的交誼行跡，飲酒唱和，有時醉倒酒壚，有時同榻夜話，縱論時勢，暢談抱負，意氣縱横，期許不凡，可惜晏幾道的原唱已佚。黄庭堅另有《自咸平至太康鞍馬間得十小詩》，寄懷晏幾道並問王稚川。大約在元祐初，晏幾道編定詞集，曾請黄庭堅作序。黄序對晏幾道爲人和詞藝頗有中肯之論，正是基於他們彼此的相知和信任。特别是序中對晏幾道「四癡」的性格概括，準確傳神，幾成理解晏幾道其人的不刊之論。元祐元年至三年，黄庭堅、范純仁、蘇軾等皆在京中，此後再無與晏幾道汴京聚首之機緣。《硯北雜誌》云：「元祐中，叔原以長短句行，蘇子瞻因魯直欲見之，則謝曰：『今日政事堂中半吾家舊客，亦未暇見也。』」其時，蘇軾已是繼歐陽修之後公認的文壇領袖，在京正受帝、后賞識，遷中書舍人、翰林學士，政治上亦處於高光時刻。蘇軾蓋爲晏幾道詞名所動，欲通過黃庭堅加以結識，但爲晏幾道所拒。其倨傲失禮的言行背後，反映出作爲世家落魄子弟的晏幾道敏感自尊和複雜心理。

晁端禮（一〇四六—一一一三），字次膺，濟州鉅野人。北宋詞人。神宗熙寧六年（一〇七三）進士，任單州城武主簿，瀛州防禦推官，平恩縣、莘縣知縣。因忤上官，坐事罷職。徽宗政和三年（一一一三），受蔡京舉薦應詔入京，以承事郎爲大晟府製撰協律，未逾月而卒。有詞集《閑齋琴趣外篇》。晁端禮《鷓鴣天》十首自序云：「晏叔原近作《鷓鴣天》曲，歌詠太平，輒擬之爲十篇。」晁端禮自序提到的晏幾道歌詠太平的「近作」《鷓鴣天》，即《碧鷄漫志》卷二所載應蔡京之請而作的兩首重九、冬至節令詞。晁端禮的十首《鷓鴣天》，屬於與晏幾道原作唱和性質。兩人或者相識，並有過從，亦未可知。

鄒浩（一〇六〇—一一一一），字志完，常州人。元豐五年（一〇八二）進士，歷官太常博士、右正言，有請以王安石《三經義》發題試舉人者，浩論其不可乃止。章惇專權，浩上章劾其不忠侵上之罪。遷左司諫，改起居舍人，進中書舍人，兵部、禮部侍郎，出知江寧府、杭州、越州。後爲蔡京構陷，竄昭州。著有《道鄉集》，《全宋詞》存詞二首，《宋史》有傳。《道鄉集》卷八《仲弓見訪同過叔原》詩云：「暮天雲不動，庭竹晚生寒。好事倏假蓋，擁爐聊整冠。香煤圍薄霧，松塵落驚湍。思逸何當盡，鄰家有謝安。」可爲晏幾道與之交往的證據。

吴無至，生平不詳，撫州人，爲晏幾道同鄉。《續資治通鑒》卷七一説吴無至爲鄭俠門人，《續資治通鑒長編》卷二五九稱吴無至「撫州進士」，二書皆言吴無至捲入鄭俠案，被「決杖」「編管」。晏幾道與吴無至的交往，見《山谷集》卷二五《書吴無至筆》：「有吴無至者，豪士，晏叔原之酒客。二十年時，余屢嘗與之飲。」可知這位同鄉，是治平元年跟從晏幾道與黄庭堅縱飲的酒友。《書吴無至筆》稱其爲「酒俠」，則其性格應與晏幾道頗爲相投。並言其嘗「居晏丞相園東」，「賣筆於市」，以爲營生。

沈廉叔、陳君龍，二人生平不詳。晏幾道與二人的交往，見於《小山詞自序》：「叔原往者浮沉酒中，病世之歌詞不足以析酲解愠，試續南部諸賢緒餘，作五、七字語，期以自娱。不獨叙其所懷，兼寫一時杯酒間見聞、所同游者意中事。……始時，沈十二廉叔、陳十君龍家，有蓮、鴻、蘋、雲，品清謳娱客。每得一解，即以草授諸兒，吾三人持酒聽之，爲一笑樂。已而君龍疾廢卧家，廉叔下世，昔之狂篇醉句，遂與兩家歌兒酒使俱流轉於人間。」晏幾道與沈、陳二人的交往，應在其青年時代，且時間不長，由「已而」兩字可知。但這一段交往對晏幾道的詞作影響深遠，奠定了晏幾道詞構築夢境、淒涼感舊的抒情方式和情感基調。

從《小山詞》文本來看，與晏幾道交往最多的當屬能唱詞曲的歌女藝伎，如蓮、鴻、蘋、雲輩，以及玉簫、小玉、師師、念奴、玉真、阿茸、朝雲、紅綃、小杏、文君、碧玉等人。爲低賤的身份所限，她們的籍里、經歷和事蹟，及其與晏幾道的交往、戀情，均不知其詳。她們的名字是真名還是藝名，亦難於確認。晏幾道的詞或爲歌女藝伎代言，或抒寫對她們的眷戀和思念，已在相關詞作疏解中具論，此處不贅。有論者在没有確切史料依據的情況下，勉力坐實晏幾道詞中經過藝術變形處理的戀愛對象和交往過程，並强爲這些情詞編年繫地，這與缺乏基本文獻支持的晏幾道年譜編製一樣，做法似乎並不可取。

如前所述，由於文獻資料的匱乏，對於晏幾道的生平交游，只能勾稽出以上有限的片段。這裏需要加以强調的，是對於晏幾道爲人的理解、評價的分寸把握問題。知人論世，以意逆志，是文藝批評的重要原則。所以，欲要論其全人，必須考其時代，察其行事，原其心跡，評價才能接近準確。即如小晏，黄庭堅《小山集序》的「四癡」之説，把他定格爲一個不諳世事、不近人情之人，但這也只是他的性格的主要方面。在另一些時候，另一種場合，小晏還是頗通人情世故，甚至是應酬得體、長袖善舞的。他一方面不肯一傍貴人之門，不肯一作新進士語，但他卻把自己的詞作抄呈府帥韓維，把自己的詞集進呈高平公，並在詞中屢爲才名自矜，可見他也不能免俗，還是頗爲在意自己的名聲的。他的《鷓鴣天》「曉日迎長歲歲同」「九日悲秋不到心」「清潁尊前酒滿衣」「碧藕花開水殿涼」「緑橘梢頭幾點春」，《浣溪沙》「銅虎分符領外臺」，《訴衷情》「都人離恨滿歌宴」，《慶春時》「倚天樓殿」等詞，皆爲歌詠昇平或奉承應酬之作。這類作品，反映出小晏爲人世故庸俗的一面，思想和藝術均無足多。

尤其是他的兩首重九、冬至節令詞，據南宋王灼《碧鷄漫志》說：「叔原年未至乞身，退居京城賜第，不踐諸貴之門。蔡京重九、冬至日遣客求長短句，欣然兩爲作《鷓鴣天》：『九日悲秋不到心。鳳城歌管有新音。風凋碧柳愁眉淡，露染黄花笑靨深。初見雁，已聞砧。綺羅叢裏勝登臨。須教月户纖纖玉，細捧霞觴灩灩金。』『曉日迎長歲歲同。太平簫鼓間歌鐘。雲高未有前村雪，梅小初開昨夜風。羅幕翠，錦筵紅。釵頭羅勝寫宜冬。從今屈指春期近，莫使金尊對月空。』竟無一語及蔡者。」可知這兩首節令詞，都是應蔡京請託而作。王灼和今世論者，皆稱許小晏在兩首詞裏没有阿諛蔡氏，風節可嘉，其實亦不盡然。冬至詞裏的「太平簫鼓間歌鐘」，重九詞裏的「九日悲秋不到心」「綺羅叢裏勝登臨」，疑似都屬間接逢迎之語。至於有說重九詞是反語諷刺蔡京，當屬奇特解會，可置不論。我們没有必要對小晏曲意回護，正像没有必要對他求全責備一樣。人性都是複雜的，以「不傍貴人之門」「不作新進士語」的小晏之高傲，在拒見東坡時聲稱「政事堂中半吾家舊客，亦未暇見」，他本不該與蔡京有所過從的。而竟一再應請爲蔡京「欣然」填詞，這行爲本身不就是一種「降志」之舉嗎？更不可解的是，小晏編定自己的詞作呈獻的對象「高平公」，有論者認爲即是蔡京。果如此，那可真是茲事體大，所爲何來！或者是出於内心的寂寞，作爲難諧世俗的舊家落魄公子，高才無人賞識，蔡京的一再請託，讓他的尊重需要得到滿足，甚至生出知音難逢之感，所以才有此不可理喻之行爲。是耶非耶，亦難確論。讀者於此等關節之處，尚需格外留意才是。

二、追逼《花間》與高過《花間》

作爲傳承延續唐五代《花間》令詞詞風最有代表性的北宋詞人，晏幾道詞的題材選取尚不如《花間》詞寬泛。筆者在做《花間集校注》時，曾逐篇統計過五百首花間詞，大約四分之一即一百二十來首與男女豔情無關。這個比例，與整個詞史上情詞與非情詞的占比大致相當，可以説，《花間》詞的取材並不是像一般認知的那麽狹窄。晏幾道現存的二百六十來首詞，只有《臨江仙》「身外閒愁空滿」「東野亡來無麗句」、《鷓鴣天》「清潁樽前淚滿衣」「曉日迎長歲歲同」「九日悲秋不到心」「碧藕花開水殿涼」「緑橘梢頭幾點春」、《玉樓春》「輕風拂柳冰初綻」、《生查子》「官身幾日閑」、《清平樂》「笙歌宛轉」、《浣溪沙》「銅虎分符領外臺」「午醉西橋夕未醒」、《訴衷情》「都人離恨滿歌宴」、《慶春時》「倚天樓殿」等十餘首不涉男女之情，尚不及全部存詞的二十分之一。《花間集》中的邊塞詞、隱逸詞、科舉詞、田園詞等題材類別，晏幾道詞中都不曾涉筆。《花間集》中有多首堪稱名篇的詠史懷古詞，晏幾道詞中僅只《清平樂》「笙歌宛轉」一首，屬於詠史懷古性質的中平之作。即此可知，晏幾道詞在内容上更加傾斜於男女之情，題材選取更加集中，「詞爲豔科」的特點更加突出，這可視爲「追逼」並且「高過」《花間》的一個方面。

「追逼《花間》」不僅指題材内容方面，更指體調和風格而言。若從題材内容方面看，北宋婉約詞完全繼承了《花間》詞男歡女愛、離别相思的取材路向，但對於開創並且大量使用慢詞詞體創作的柳永等詞人，論詞者並不過於關注他們的詞作與《花間》詞的關係，原因在於鋪排、發露的慢詞體調和風格，與《花間》令詞相去甚遠。論者特别關注晏歐等北宋詞人與《花間》詞的聯繫，除了題材内容上的前後承續，主要著眼於晏歐等人使用小令體調從事創作，總體上表現出含蓄藴藉的美感風格，這些都是直接來自《花間》詞的影響。晏幾道詞的「追逼《花間》」，體現在他的幾乎全部詞作的取材、擇調、風格方面。題材已如上述，在詞調的選擇使用上，晏幾道現存二百六十首詞，共用五十五調，其中《臨江仙》八首，雙調五十八字，第八首又一體，雙調六十二字；《蝶戀花》十五首，雙調六十字；《鷓鴣天》十九首，雙調五十五字；《生查子》十三首，雙調四十字；《南鄉子》七首，雙調五十六字；《清平樂》十八首，雙調四十六字；《木蘭花》八首，雙調五十六字；《減字木蘭花》三首，雙調四十四字；《泛清波摘徧》一首，雙調一百零五字；《洞仙歌》一首，雙調八十四字；《菩薩蠻》九首，雙調四十四字；《玉樓春》十三首，雙調五十六字；《阮郎歸》五首，雙調四十七字；《歸田樂》一首，雙調七十二字；《浣溪沙》二十一首，雙調四十二字；《六幺令》三首，雙調九十五字；《更漏子》六首，雙調四十六字；《何滿子》二首，雙調七十四字；《于飛樂》一首，雙調七十二字；《愁倚闌令》三首，雙調四十二字；《御街行》二首，雙調七十六字；《浪淘沙》四首，雙調五十四字；《醜奴兒》三首，雙調四十四字；《訴衷情》八首，雙調四十四字；《破陣子》一首，雙調六十二字；《好女兒》二首，雙調六十二字；《點絳唇》五首，雙調四十一字；《兩同心》一首，雙調六十八字；《少年遊》五首，雙調五十二字；《虞美人》九首，雙調五十六字；《采桑子》二十五首，雙調四十四字；《踏莎行》四首，雙調五十八字；《滿庭芳》一首，雙調九十五字；《留春令》三首，雙調五十字；《風入松》二首，雙調七十四字；《清商怨》一首，雙調四十二字；《秋蕊香》二首，雙調四十八字；《思遠人》一首，雙調五十一字；《碧牡丹》一首，雙調七十四字；《長相思》一首，雙調三十六字；《醉落魄》四首，雙調五十七字；《望仙樓》一首，雙調四十七字；《鳳孤飛》一首，雙調四十八字；《西江月》二首，雙調五十字；《武陵春》三首，雙調四十八字；《解佩令》一首，雙調六十六字；《行香子》一首，雙調六十六字；《慶春時》二首，雙調四十八字；《喜團圓》一首，雙調四十八字；《憶悶令》一首，雙調四十七字；《梁州令》一首，雙調五十字；《燕歸梁》一首，雙調四十七字；《胡搗練》一首，雙調四十八字；《撲蝴蝶》一首，雙調七十七字；《謁金門》一首，雙調四十五字。在晏幾道現存的五十五調、二百六十首詞中，嚴格地説，只有一百零五字的《泛清波摘徧》一首慢詞長調，九十五字的《滿庭芳》一首、九十五字的《六幺令》三首、八十四字的《洞仙歌》一首、七十七字的《撲蝴蝶》一首、七十六字的《御街行》二首、七十四字的《河滿子》二首、七十二字的《于飛樂》一首，介於中調和長調之間，其餘二百四十餘首都是令詞。在體調上，與《花間集》保持了高度的一致性。晏幾道生活的時代，柳永等人開創的慢詞長調已風行於世，晏幾道卻幾乎不用流行的新聲慢詞體調從事創作，在詞體選擇上顯示出鮮明的保守傾向。

導致晏幾道選擇唐五代令詞體調進行創作的深層原因，應該是他的審美心理和美感品位在起著制約作用。與言志載道的詩文等雅文學文體相比，表現男女之情的流行歌曲歌詞，無疑是俗文學。但在總體上屬於俗文學的婉約情詞内部，也還是有著雅俗之分的，比如從柳永到周邦彦再到姜夔，他們的言情詞作就顯示出明顯的由俗到雅的演進趨勢。從詞體的角度看，相比於唐五代令詞的言約義豐、含蓄藴藉，北宋興起的慢詞長調，由於多用賦法鋪敘描寫，意味就顯得直白淺露得多，美感風格更趨於世俗化。晏幾道「病世之歌詞不足以析醒解愠」，表達的即是他對於以柳詞爲代表的市井低俗詞風的不滿。柳永是混跡於煙花巷陌的「浪子」，他的詞作表現的是市民的審美趣味。《能改齋漫録》稱柳詞爲「淫冶謳歌之曲」，《苕溪漁隱叢話》稱柳詞多「閨門淫媟之語」，《碧鷄漫志》稱柳詞「淺近卑俗，自成一體，不知書者尤好之。予嘗以比都下富兒，雖脱村野，而聲態可憎。」晏幾道是成長於宰相之家的「才子」，他的審美理想是士大夫文人的雅美追求。同寫男女婉約情詞，在美感趣味的雅俗之間，是有著重要差别的。這種差别在晏殊與柳永的一段對話裏，就明確地表露過。張舜民《畫墁録》載：柳永曾詣政府謁見宰相晏殊，「晏公曰：『賢俊作曲子麽？』三變曰：『只如相公亦作曲子。』公曰：『殊雖作曲子，不曾道「彩線慵拈伴伊坐」。』柳遂退。」所以説，晏幾道對於流行詞風的不滿，與其父晏殊的態度是一致的，父子詞人對於唐五代令詞的共同選擇，應該是有著「家學」意義上的授受傳承的。當然，由於父子地位、經歷的差異，他們表現出了同中之異，作爲「太平宰相」的晏殊更傾向於南唐馮延巳詞，才子氣更重的晏幾道則選擇了《花間》詞。試看他的《更漏子》：

柳絲長，桃葉小。深院斷無人到。紅日淡，緑煙晴。流鶯三兩聲。　　雪香濃，檀暈少。枕上卧枝花好。春思重，曉妝遲。尋思殘夢時。

詞寫閨情，這是《花間》詞裏最普遍的題材内容和情感狀態。「柳絲長」三字，直用温庭筠《更漏子》其一起句，「桃葉」意象則見於孫光憲《河傳》其二。三句言春日庭院，斷無人跡，這又是自《花間》詞以來爲思婦設置的典型居處環境，幽静封閉，是其特點。「香雪」二字，來自温庭筠《菩薩蠻》其一的「鬢雲欲度香腮雪」；「檀暈」二字，更是《花間》詞描寫女性妝容的慣用字眼。「春思」不外乎惜春懷人的年華之歎，用馬斯洛人本主義心理學的術語來説，就是她的「愛的需要」得不到滿足，這也是《花間》詞中的思婦面臨的共同欠缺。「曉妝遲」三字，來自温庭筠詞句「弄妝梳洗遲」。「殘夢」二字，來自温庭筠《菩薩蠻》「緑窗殘夢迷」。其餘「紅日」「緑煙」「鶯聲」「枕上」「曉妝」等，也都是經常出現在《花間》詞裏的語詞意象。《花間集》被宋人目爲「倚聲填詞之祖」（陳振孫《直齋書録解題》），宋代詞人普遍學習《花間》詞，北宋前中期的晏歐等小令詞人，更是《花間》詞風的直接繼承者。包括這一首在内的小晏組詞《更漏子》，取材構思，用字著色，口角風調，都與《花間》詞十分相似，以至被論者指爲「《金荃集》中絶妙詞也」（俞陛雲《唐五代兩宋詞選釋》），是我們梳理分析唐宋詞嬗遞演變過程的重要文本例證。還有他的《菩薩蠻》：

鶯啼似作留春語。花飛鬬學回風舞。紅日又平西。畫簾遮燕泥。　煙光還自老。緑鏡人空好。香在去年衣。魚箋音信稀。

小詞傷春傷別，輕歎微怨，辭色鮮麗，韻度藴藉，風格含蓄，最得《花間》情詞之神韻。

從内容的角度理解晏幾道詞的「高過《花間》」，大致體現在以下五個方面。一是濾盡《花間》豔詞的色欲成分。《花間集》中的豔情之作，時有形而下的色欲描寫。如牛嶠《菩薩蠻》的「玉樓冰簟鴛鴦錦。粉融香汗流山枕」，正面描寫床第歡愛場面，被論者評爲「豔冶極矣」（李冰若《栩莊漫記》）。歐陽炯《浣溪沙》的「蘭麝細香聞喘息，綺羅纖縷見肌膚」，亦寫床第之歡，被況周頤評爲「自有豔詞以來，殆莫豔於此矣」（《蕙風詞話》卷二）。這些詞正是《花間集序》裏「自南朝之宫體，扇北里之倡風」的詞學主張的落實。類似的描寫，還有閻選《虞美人》的「臂留檀印齒痕香」、尹鶚《醉公子》的「何處惱佳人，檀痕衣上新」、顧夐《荷葉杯》的「記得那時相見。膽顫。鬢亂四肢柔」等。晏幾道詞延續了《花間》詞的男女情愛、離別相思題材，但在表現上卻剔除了《花間》豔詞形而下的色欲描寫成分。

小晏情詞中僅有幾例寫到「睡眠」，如《采桑子》的「留解金鞍睡過春」、《點絳唇》的「閑掩紅樓睡」、《少年游》的「朦騰春睡」、《好女兒》的「睡過佳辰」、《更漏子》的「緑窗春睡濃」、《采桑子》的「憶伴飛瓊看月眠」等，並未對「睡眠」進一步展開描寫。這些詞句雖然流露出某種享樂、頹廢傾向，但卻不曾涉筆情色。小晏詞「出語必雅」，不僅高於《花間》詞人，即使放在整個北宋婉約情詞裏檢視，言辭的雅美亦「自以小山爲冠，耆卿、少游，皆不及也」（陳廷焯《閒情集》）。

二是始終不渝的真摯情感態度。作爲「應歌之具」的《花間》情詞，多爲類型化的抒寫，往往缺乏確定的寄情對象和鮮明的抒情個性。晏幾道的戀情詞，當然不能完全排除逢場作戲的因素，如《采桑子》「非花非霧前時見」等少數作品，以及詞作中出現的不少歌女的名字，亦難免濫情之嫌。但他的大多數作品，尤其是他的情詞名作，應該都是爲他心愛的歌女蓮、鴻、蘋、雲數人而作。其《小山詞自序》云：「始時，沈十二廉叔、陳十君龍家，有蓮、鴻、蘋、雲，品清謳娱客。每得一解，即以草授諸兒。吾三人持酒聽之，爲一笑樂。已而君龍疾廢臥家，廉叔下世，昔之狂篇醉句，遂與兩家歌兒酒使，俱流轉於人間。……追惟往昔過從飲酒之人，或壟木已長，或病不偶。考其篇中所記悲歡合離之事，如幻如電，如昨夢前塵，但能掩卷憮然，感光陰之易遷，歎境緣之無實也。」序文交代了他在年輕時代的一段短暫的歡樂日子，與友人家歌女蓮、鴻、蘋、雲的結識交往，成了他一生刻骨銘心的情感記憶與心理慰藉。宋人王銍《默記》説：「叔原妙在得於婦人。」雖有幾分揶揄卻不無道理。晏幾道是極爲摯情之人，對於所愛歌女可謂一往情深。試看他的《蝶戀花》：

醉别西樓醒不記。春夢秋雲，聚散真容易。斜月半窗還少睡。畫屏閑展吴山翠。衣上酒痕詩裏字。點點行行，總是凄涼意。紅燭自憐無好計。夜寒空替人垂淚。

一種深心專注、凄涼感舊之意，注滿字裏行間。爲了留住美好的記憶，爲了減輕思念的痛苦，晏幾道常常借助醉酒，獲致好夢，在夢裏再睹伊人，重温舊情。據統計，小晏詞中出現「酒」字五十次，「醉」字近五十次，「夢」字六十餘次，醉鄉和夢境，都是現實缺憾的補償。有論者指出：歌女多是逢場作戲，小晏卻往往信以爲真，陷入無法自拔的單相思之困局，這更見出小晏的純情。黄庭堅序《小山詞》總結晏幾道「四癡」，其中之一便是「人百負之而不恨，己信人，終不疑其欺己」，正是小晏對待所戀歌女的心理狀態。自作多情，説明耽溺情藪不能自拔。緣此，他在詞裏屢次比較「有情」「無情」、「深情」「淺情」，數度責怨「無情」「淺情」之人，《秋蕊香》云：「有情不管别離久」「無情莫把多情惱」。《滿庭芳》云：「别來久，淺情未有，錦字繫征鴻。」《留春令》云：「懊惱寒花暫時香，與情淺人相似。」民歌體的《長相思》曰：

長相思。長相思。若問相思甚了期。除非相見時。　長相思。長相思。欲把相思説似誰。淺情人不知。

帶有民歌風調的複遝重疊、轆轤回轉的詞句，就是他爲一腔癡情所困，忍無可忍之時的激情告白。「兩鬢可憐青，只爲相思老」（《生查子》），就是晏幾道執著不渝的情感態度的真實寫照。

三是對女性的深度理解與共情。《花間集》中所寫女子，大多衣飾華麗、妝容美豔、儀態柔婉、心性慵懶、情緒愁怨，一年四季，一日朝暮，經受著無有了時的離別相思之情的熬煎折磨。這些女子的人物個性往往不夠鮮明，主體意識大都尚未覺醒，較少精神向度和心理深度。説明《花間》詞人在表現這些女性時，多是把她們當作賞玩的對象，缺乏對女性的真正理解、關懷與體貼、共情。與《花間》詞中的女子相比，晏幾道詞中的女子多屬主體意識覺醒的人，對自己的地位與處境有著較爲清醒的認知，有著自己的愛情追求與生活理想，而且能夠付諸行動，來努力改變自己的命運。晏幾道詞中的女性身上體現出來的這種歷史主動精神，是被動生存的《花間》女子所無法比擬的。試看他的《南鄉子》：

眼約也應虛。昨夜歸來鳳枕孤。且據如今情分裏，相於。只恐多時不似初。
深意託雙魚。小翦蠻箋細字書。更把此情重問得，何如。共結因緣久遠無。

愛情關係面臨危機的女子，没有一味沉浸在怨艾情緒之中，而是對兩人的關係變化進行分析、評估。她不僅有問題意識和危機意識，而且有行動能力，馬上寫信寄意，剖白心跡，力圖化解問題和危機，挽回舊情，表現出掌握命運的主動性。她在信中表達了與男子共結長久姻緣的願望，詢問男子的態度如何。可知書信的内容抓住問題的要害，直指兩人關係的核心。詞中女子所追求的，是一份穩定、長久的婚姻關係，這符合女性的深度愛情心理和社會大衆遵從維護的兩性倫理。

晏幾道詞中的女子多是歌女藝伎，表面上熱鬧風光，本質上是一些被侮辱被損害的人。如《醉落魄》所寫：「天教命薄。青樓占得聲名惡。對酒當歌尋思著。月户星窗，多少舊期約。　相逢細語初心錯。兩行紅淚尊前落。霞觴且共深深酌。惱亂春宵，翠被都閒卻。」這個歌女已經意識到自己生存處境的不堪，她的理性意識和反抗精神已經初步覺醒，這是此詞最有價值的地方。唱歌侑酒的時候，她在仔細尋思過往，開始一筆一筆結算自己的情感經歷。她對知己細説自己初心已錯，因此誤入歧途，那些甜言蜜語、海誓山盟的男人，都是奔著滿足欲望而來，没有一個是真心相愛，但是自己卻一再上當受騙。這首《醉落魄》，對於歌女的情感心理開掘很有深度。再看他的另一首《醉落魄》：

休休莫莫。離多還是因緣惡。有情無奈思量著。月夜佳期，近定青箋約。心心口口長恨昨。分飛容易當時錯。後期休似前歡薄。買斷青樓，莫放春閑卻。

與前首一樣，此首亦是歌女自訴情感煩惱。結二句裏，歌女更是説出了一個大膽的想法，她希望男子用金錢爲自己贖身，永遠相守，不再虛度春天的大好時光。過上正常的生活，擁有長久的感情，這是歌女的終極心願。能夠體察歌女内心的感受，爲歌女代言，表達出歌女内心的深切願望，説明詞人對於歌女的深度理解、體貼與關懷，表現出了可貴的人道同情，這正是晏幾道詞「高過《花間》」的地方。

晏幾道詞中的歌女大多不滿於自己歌酒娱人、承歡賣笑的生涯，渴望得遇知音，被人理解，有人共情。《玉樓春》云：「清歌學得秦娥似。金屋瑶臺知姓字。可憐春恨一生心，長帶粉痕雙袖淚。從來懶話低眉事。今日新聲誰會意。坐中應有賞音人，試問回腸曾斷未。」這是一位刻苦學藝、唱功出色的歌女，屬於職業上的成功者。但在風光的表象下，她的情感生活很不如意，内心十分痛苦，愛的需要得不到滿足。她把自己的真情實感，融入歌聲之中，渴望能夠有人「賞音會意」，與己共情，得到慰藉。説明她没有被自己從事的職業所異化，有著自己的內心堅持、精神生活和愛情理想，這是十分難能可貴的。「不將心嫁冶游郎」（《浣溪沙》），正是歌女追求個性獨立和人格尊嚴的勇敢宣言。《虞美人》一詞也是表現歌女對知音的渴望：「一弦彈盡仙韶樂。曾破千金學。玉樓銀燭夜深深。愁見曲中雙淚、落香襟。　從來不奈離聲怨。幾度朱弦斷。未知誰解賞新音。長是好風明月、暗知心。」曲高和寡，知音難遇。結句反話正説，襯出世無知音的深深悲哀。詞裏所寫歌女的際遇，是古今才人的普遍悲劇，當有詞人的感慨寓託存焉。

四是用詩意升華世俗男女情愛。《花間集》五百首詞中，僅有有兩處文本出現了「詩」字，它們是顧敻《荷葉杯》：「我憶君詩最苦。知否？字字盡關心。」魏承班《訴衷情》：「高歌宴罷月初盈。詩情引恨情。」晏幾道詞中，指涉詩歌的情詞文本極多，如《鷓鴣天》的「酒闌紈扇有新詩」、《訴衷情》的「詩成自寫紅葉」、《訴衷情》的「隨錦字，寄文君」、《愁倚闌令》的「枕上懷遠詩成」、《木蘭花》的「彩筆閒來題繡户」、《鷓鴣天》的「題破香箋小研紅，詩篇多寄舊相逢」、《清平樂》的「旋題羅帶新詩」、《清平樂》的「緑箋花裏新詞」、《菩薩蠻》的「會寫錦箋時」、《滿庭芳》的「西樓題葉」「錦字寄征鴻」、《點絳唇》的「漫題涼葉」、《少年游》的「何處賦西征」、《少年游》的「裁詩寄遠」「梧葉題遍」、《鷓鴣天》的「憑誰細話當時事，腸斷山長水遠詩」、《虞美人》的「濕紅箋紙回文字」、《虞美人》的「小謝經年去」、《采桑子》的「淚墨題詩」、《采桑子》的「知在誰家錦字中」、《采桑子》的「淚濕吟箋」「高吟爛醉」、《清商怨》的「回文錦字暗剪」、《六幺令》的「昨夜詩有回文」、《行香子》的「流波墜葉」、《浣溪沙》的「可堪題葉寄東樓」、《撲蝴蝶》的「魚箋錦字」等。小晏詞中的歌女大都知書能詩，具有較高的文化層次，這是與《花間》女子的顯著區別之處。她們的離別相思之情借助詩作傳達，有效地實現了對於世俗男女情愛的升華。「詩」不僅是由欲到情遷移淨化的結晶，同時也表徵著人的精神品位之高度。

五是抒情主體的突顯與理性意識的强化。《花間集》中多爲代言體情詞，情愛關係的男女雙方都有幾分符號化的傾向，不僅女子無主名無確指，作爲創作主體的男性詞人，大多數情況下也不出場。比如《花間》十八家之首的温庭筠詞，抒情主人公大都是美麗憂傷的女性，作爲創作主體的詞人隱身女性背後，從不走向前臺。温庭筠的寫法普遍影響了《花間》詞人群體，弱化了《花間》情詞的抒情力度。這種情況到韋莊詞裏有所改變，韋莊的「自敘傳」性質的情詞書寫，影響了南唐詞人和宋代詞人。晏幾道的情詞，使用的就是韋莊的寫法，不僅有具體的戀愛對象，而且愛情關係一方的男子，基本上就是詞人自己。文本裏的抒情主體就是文本的創作主體，這原是詩歌的寫法，韋莊把這種寫法引入情詞之中，使總體上流於類型化的情詞，增强了個性色彩和藝術感染力。晏幾道的情詞更進一步，完整、深入地表現了自己的情感經歷，成功地塑造了深心專注、生死不渝的「癡情公子」的自我形象，他的憶昔感今，他的悲歡離合，他的情深一往，他的永難忘懷，深深地感動著無數讀者，極大地增强了以令詞爲載體的婉約情詞的藝術表現力。這有晏幾道的幾乎全部情詞爲證，所以這裏無需舉例。

作爲創作主體的晏幾道成爲詞中的抒情主體，那就必然爲他的詞作帶來内容的變化，前面談到的剔盡《花間》情詞的色欲成分、借助詩意升華世俗男女情愛，都與此有關。作爲士大夫文人而不是歡場浪子，其詞作顯示出理性意識强化的傾向就不可避免。他對歌女的深度理解與關懷同情，就是在理性意識支配下嚴肅思考女性命運的反映。還有他的一些應酬性質的詞作，所體現出來的「世故」的性格側面，也是理性意識作用的結果。《臨江仙》有句：「身外閒愁空滿，眼中歡事常稀。」《生查子》云：「官身幾日閒，世事何時足。君貌不長紅，我鬢無重緑。」就是閱歷世事反思人生之後，發出的深切感慨。《玉樓春》一起即説「雕鞍」應爲「鶯花」駐留，雖是形象性的寫法，但表達的是深層的價值觀問題，涉及人的價值標準和尺度，是人生面臨選擇的時候，作出的重大價值判斷與價值取捨。後起「古來多被虚名誤，寧負虚名身莫負」二句，援引歷史經驗，發表議論看法，都是理性意識强化的表現。他的《臨江仙》有句「學道深山空自老，留名千載不干身」，表達的也是鄙棄功名的意思。看他一首《蝶戀花》：

笑豔秋蓮生緑浦。紅臉青腰，舊識淩波女。照影弄妝嬌欲語。西風豈是繁華主。可恨良辰天不與。纔過斜陽，又是黄昏雨。朝落暮開空自許。竟無人解知心苦。

詞詠秋蓮，喻寫歌女，可能是爲小蓮而作。秋蓮空有美色，徒然自持，但天不作美，生不逢時，朝落暮開、迅速凋零的命運已經註定，詞中含有强烈的美人遲暮之感。「西風」句觸著警醒，憂慮歌女的生存境遇，也指向詞人自身的命運遭際，反詰語氣，警拔冷峻，對那些因爲有某種盲目的依恃而感覺良好、處於熱昏狀態的人來説，不啻是一劑醒神益智的良藥。再看一首《御街行》：

年光正似花梢露。彈指春還暮。翠眉仙子望歸來，倚遍玉城珠樹。豈知别後，好風良月，往事無尋處。狂情錯向紅塵住。忘了瑶臺路。碧桃花蕊已應開，欲伴彩雲飛去。回思十載，朱顔青鬢，枉被浮名誤。

朱自清《詩言志辨》中，曾把比興手法歸納爲以古比今、以仙比俗、以物比人、以男女比主臣四類，這首詞即是一個以仙比俗的文本，性質類同於游仙詩。在小晏詞中，這差不多算是一首重大題材之作了，它觸及了人生道路的選擇問題。價值選擇基於價值判斷，價值判斷基於價值標準。價值觀的背後，是人生觀和世界觀的重大命題。這樣的人生哲學問題出現在小晏詞中，實屬難能可貴。摒棄俗世浮名，回到來處，過一種符合自己願望的生活，這是主體意識覺醒、理性意識强化的表現，值得充分肯定。但是，話説回來，詞中的仙界和仙子，實質上不過是歌樓歡場和相愛歌女的喻指，這首《御街行》不過是一首用游仙的方式包裝過的、變相的離别相思之詞。然而即便如此，這首詞畢竟以其蕭然出塵之筆，滌盡了俗世紅塵的功名之想和肉身情欲，這正是小晏詞「高過花間」的表徵。

我們在這裏談論小晏詞的理性意識，只是爲了和《花間》詞進行比較，並不是刻意拔高小山詞的思想意義。前已言及，晏幾道詞在題材上比《花間》詞還要狹窄，但是生活在憂患意識普遍增强的宋代，加之個人經歷的家族盛衰變化，新舊黨争牽連，滄桑之後，使他比處於熱昏狀態的《花間》詞人更有思想能力，但這也只是從相對意義上來看待。通觀晏幾道的詞作，不曾觸及重大的社會矛盾和社會問題，没有宏大的政治理想與功業意識，缺乏更高更深的現實關懷與人生體驗，也是不争的事實。須知晏幾道是才子詞人而不是志士仁人，他從事的是言情應歌的婉約詞創作，不是言志載道的詩文創作，我們對他的詞作的思想内容，不能過於苛求。

三、詩人句法與清壯頓挫

晏幾道是宋代令詞第一代表作家，在《花間》、南唐和晏歐之後，繼承唐五代和宋初以來令詞修飾藻采、渲染氣氛、交融情景、追求意韻的優長之處，同時注意吸收詩歌和新興的慢詞的表現手法，以自己如「王謝子弟」般「出自天然」的「勝氣秀韻」爲内在的憑藉，以自己悲歡離合、飽滿真切的生命情感體驗爲創作的驅力，對令詞的作法進行了頗具獨創性的改造，賦予令詞詞體更高更强的藝術表現力。周濟《介存齋論詞雜著》曰：「晏氏父子仍步温、韋，晏幾道精力尤勝。」陳匪石《聲執》曰：「至於北宋小令，近承五季。慢詞蕃衍，其風始微。晏殊、歐陽修、張先，固雅負盛名，而砥柱中流，斷非晏幾道莫屬。」歷代評詞者皆認爲若論小令詞藝和成就，晏幾道是高於乃父和北宋諸家的。

黄庭堅不愧爲晏幾道的好友和知音，他在《小山集序》裏指出：晏幾道詞「寓以詩人句法，清壯頓挫，能動摇人心。」與衆多説法相比，可謂抓準了小晏詞的藝術手法、藝術風格和藝術效果的特點。我們先討論小晏詞的「詩人句法」。晏幾道存詞中，使用體式整齊的詞調的作品較多，計有《玉樓春》十三首、《木蘭花》八首、《生查子》十三首、《鷓鴣天》十九首、《浣溪沙》二十一首、《菩薩蠻》九首，以上詞調都是如詩歌一般均齊的五七言句子組成。還有一些詞調，雖然不是純粹的五七言句子，但也是較爲整齊的類似詩歌的句式，如《臨江仙》八首，前七首都是上下片六六七五五。第八首另一體，上下片都是七七七五五。從句式的角度看，《臨江仙》就是由六言、七言、五言詩句組成的詞體。《阮郎歸》五首，由七字、五字和三字句組成。《醜奴兒》三首，上下片都是七四四七。《訴衷情》八首，上片七五七五，下片三三三四四四。《減字木蘭花》三首，上下片都是四七四七。《少年遊》五首，上下片都是四四五四四五。《浪淘沙》四首，上下片都是五四七七四。《虞美人》九首，上下片都是七五七九。《采桑子》二十五首，上下片都是七四四七。《踏莎行》四首，上下片都是四四七七七。《武陵春》三首，上下片都是七五七五。《西江月》二首，上下片都是六六七六。上面這幾個詞調雖不如《玉樓春》《木蘭花》《生查子》《浣溪沙》句式整齊，但也是以五七言和四言句子爲主，排列很有規律，所以讀起來節奏感也很分明。此外還有一部分不成組的單篇作品，如《長相思》等，句式也較爲整齊，較有規律。這些句式整齊和大致整齊的詞作加起來，已占到晏幾道存詞總數的三分之二强，助成了小晏詞的頓挫的節奏感和豪壯的力量感。雖然都是使用令詞詞體，但小晏詞已很少出現《花間》詞「猶傷促碎」的情況（王世貞《藝苑卮言》）。在《小山詞自序》中，小晏自道「作五七字語，期以自娱」，可知多用字句整齊如五七言詩的詞牌，是詞人有意爲之。

晏幾道在填詞時「寓以詩人句法」，當是宋人講究詩法的習氣在詞壇的反映。晏幾道能詩，雖然存詩不多，但應該是絶大部分都亡佚了。從「少陵詩思舊才名」「白頭王建在」「詩好似君人有幾」等詞句看，他對自己的詩才頗爲自負，而且他在當世也是頗負詩名的。所以，他像作詩一樣填詞，注重煉字、煉句、煉意，像《更漏子》的「遮悶綠，掩羞紅」，《行香子》的「數字征鴻」，《胡搗練》的「醉後還因香醒」，《虞美人》的「羅衣著破前香在」，《虞美人》的「更誰情淺似春風」，《蝶戀花》的「月細風尖垂柳渡」，《于飛樂》的「暈殘紅，匀宿翠，滿鏡花開」，《采桑子》的「一枕江風夢不圓」，《鷓鴣天》的「歸來何處驗相思」，《碧牡丹》的「静憶天涯，路比此情猶短」等，都是「極煉如不煉」的創新出奇之句。他還多用詩中對仗句式，所使用的五十多個詞調中，有近一半都含有對仗句子。如《臨江仙》上下片的起句和結句，《鷓鴣天》的前結和後起，《生查子》的起句，《木蘭花》的前結，《浣溪沙》的下片前二句等，大致都是對句。《兩同心》的「拾翠處，閒隨流水。踏青路，暗惹香塵」，《六幺令》的「前度書多隱語，意淺愁難答。昨夜詩有回文，韻險還慵押」，《少年游》的「西溪丹杏，波前媚臉，珠露與深匀。南樓翠柳，煙中愁黛，絲雨惱嬌顰」等，則是較爲少見的「隔句對」和「長句對」。對句的大量出現，讓詞作讀來更爲開合動盪，詞句抑揚起伏的節奏感變得更强。

小晏非恃才掄空之寫手，他性喜聚書，據《墨莊漫録》説：「叔原聚書甚多，每有遷徙，其妻厭之，謂叔原有類乞兒搬漆椀。叔原戲作詩云：『生計惟茲椀，搬擎豈憚勞。……願君同此器，珍重到霜毛。』」聚書之人愛書讀書，腹笥貯寶豐裕，足供他填詞時隨意支取，左抽右旋。所以，他的詞中化用借取之處多多，每一篇作品都有用典。經史子部不論，僅舉幾個使用集部詩詞語典的例子，以見其概。如他的《浪淘沙》「小緑間長紅」句，用唐李賀《南園》之一「花枝草蔓眼中開，小白長紅越女腮」；「花開」句，用唐劉希夷《代悲白頭翁》「年年歲歲花相似，歲歲年年人不同」；「一笑難逢」句，用唐杜牧《九日齊山登高》「塵世難逢開口笑，菊花須插滿頭歸」；「霜鬢」語出《樂府詩集·子夜四時歌》「感時爲歡歎，霜鬢不可視」，暨唐高適《除夜作》「故鄉今夜思千里，霜鬢明朝又一年」；全詞則從歐陽修《浪淘沙》「把酒祝東風」一首脱化而出。《采桑子》「征人去日殷勤囑」的上片四句，係對唐無名氏《伊州歌》第一辭意的改寫，是與初始文本構成互文性關係的二級文本。《河滿子》「緑綺琴中心事」，則是句句用典，此處不再舉證。晏幾道以詩爲詞，大面積地使用詩詞語典，賦予其「言情」的詞作一種近似「言志」的詩歌一樣的清雅之氣。

「清壯頓挫」的語源，出自陸機《文賦》：「銘博約而温潤，箴頓挫而清壯。」是對文體特徵的描述。杜甫曾拿來「頓挫」二字自評（《進雕賦表序》），黄庭堅更是經常用「清壯」

或「頓挫」談藝論詩。「清壯」是一個風格概念，又可以分開來說。先看「清」，可指清新、清麗、清幽、清奇、清遠等，主要説作品語言風格的美感，但又深度關涉作品的内容和作者的品格。晏幾道被視爲「人英」（黄庭堅《小山集序》），爲人不慕富貴，卓犖不凡，清高絶俗，誠濁世之佳公子也。他的家世出身，成長環境，使他涵養的美感趣味，與《花間》詞、北宋詞中的市井風塵氣息劃開了界限，他的身上自然散發出來的如「王謝子弟」般的「勝氣秀韻」，矜貴豪縱之中透出的是一股拂面而來的清雅之風習。前已論及，他的詞剔盡了《花間》豔詞的色欲成分。與北宋詞人相比，晏幾道與其父晏殊，也是把作爲流行歌曲傳唱的婉約情詞寫得極爲干淨的詞人。柳永的「抱著日高猶睡」（《慢卷紬》）「四個打成一個」（《西江月》）之類的惡爛不必説了，確如李清照所評「詞語塵下」（《詞論》）。歐陽修也寫過《醉蓬萊》「見羞容斂翠」、《看花回》「曉色初透東窗」等不少俗詞。黄庭堅的《憶帝京》「銀燭生花如紅豆」、《千秋歲》「世間好事」等俗詞，更是「褻渾不可名狀」（《四庫全書總目提要》），道人法秀罪其「以筆墨勸淫」「當下犁舌之獄」（黄庭堅《小山集序》）。蘇軾的「玉杯微缺」（《憶秦娥》）、周邦彦的「玉體横陳」（《玉團兒》），一暗示一白描，其色情的意味則是一樣的。晏幾道情詞中，絶無此類内容，連秦觀「香囊暗解，羅帶輕分」一類略顯側豔的詞句也不曾有過。小晏經歷了家庭的由盛轉衰，個人也曾因鄭俠上書事牽連入獄，半生沉淪下僚，一腔癡戀無果，滄桑之後，他的詞在傷感、空幻之外，仍不失清新芳鮮之氣，别饒一種青春少年之美，以至於論者把他和李煜、秦觀合稱爲「詞中三位美少年」（薛礪若《宋詞通論》）。他的《木蘭花》：「小顰若解愁春暮。一笑留春春也住。」是何等清麗；他的《南鄉子》：「橋上女兒雙笑靨，妖嬈。倚著闌干弄柳條。」是何等清秀；他的《菩薩蠻》：「哀箏一弄湘江曲。聲聲寫盡湘波緑。」是何等清雅；他的《訴衷情》：「閒記憶，舊江皋。路迢迢。暗香浮動，疏影横斜，幾處溪橋。」是何等清遠；他的《鷓鴣天》：「春悄悄，夜迢迢。碧雲天共楚宫遥。夢魂慣得無拘檢，又踏楊花過謝橋。」是何等清幽；他的《浣溪沙》：「唱得紅梅字字香，柳枝桃葉盡深藏。」是何等清奇；他的《生查子》：「金鞭美少年，去躍青驄馬。」是何等清俊；他的《浣溪沙》：「白紵春衫楊柳鞭。碧蹄驕馬杏花韉。」是何等清逸；他的《生查子》：「春從何處歸，試向溪邊問。岸柳弄嬌黄，隴麥回青潤。」是何等清新。用一個「清」字概括晏幾道詞的内容和語言風格，無疑是準確恰切的，因其「清」，也就當得起「狹邪之大雅」的高評。

次説小晏詞的「壯」，這是一種强大的力量感，一種近似壯美的藝術風格。在言情的婉約小詞裏，能寫出這種壯闊盛大的飽滿力量感，給人以强烈的情感衝擊與心理震撼，殊爲不易。試看他的《鷓鴣天》：

彩袖殷勤捧玉鍾。當年拚卻醉顔紅。舞低楊柳樓心月，歌盡桃花扇影風。 從別後，憶相逢。幾回魂夢與君同。今宵賸把銀釭照，猶恐相逢是夢中。

這首《鷓鴣天》是小晏詞代表作，聞名遐邇，廣爲傳唱，列「宋金十大曲」之一。詞寫久別重逢，採用詞人的視角。上片追憶當年歌舞歡會，一見鍾情，以「一夜狂歡」來概寫種種樂事。「舞低」、「歌盡」下字極佳，形象而巧妙地從歌舞寫出時間的推移，又以時間的推移來表明歌舞的通宵達旦，詞人和情人的興會淋漓。下片寫別後的相思與重逢，表現上純用白描，語氣直率坦誠，感情真摯動人。論者著眼楊柳、桃花、風月、歌舞等綺麗意象，指認詞語風格類似「六朝宫掖體」詩（《雪浪齋日記》）。我們卻從詞人當年歌舞宴席的興高采烈、別後相思的傾情投入中，讀出了一種「慷慨以任氣」的類似「建安風骨」般的情感力量的强烈摇撼和衝擊。在一部描寫靖康之變的著名歷史小説中，抗金志士久別重逢，詠唱的就是「從別後，憶相逢。幾回魂夢與君同」幾句晏詞，藉以寄託意欲重整山河的英雄豪傑之間意氣相投、生死相契的深情。再看他一首《思遠人》：

紅葉黄花秋意晚，千里念行客。飛雲過盡，歸鴻無信，何處寄書得。 淚彈不盡臨窗滴。就硯旋研墨。漸寫到別來，此情深處，紅箋爲無色。

此首秋閨懷人之詞，精彩之處全在下片。思婦詞中，淚墨寫信者有之，淚濕信箋者有之，但從没有人寫到過箋紙爲之無色。這裏可作三重解釋，一是「漸」字表現的寫信過程，寫著寫著，淚水把信箋逐漸洇濕，紅色變得愈來愈淡，終至於無。結三句所寫，大概就是這種情形，作這樣的理解，最接近實際。但是這樣理解顯然過於質實，遠不能窮盡文字的神奇魅力。二是説思婦傷心下淚，淚盡繼之以血，紅淚之色殷殷，把紅箋的顔色比襯下去了。這樣誇張的理解，庶幾不負詞人筆意之妙，但仍不足以盡其奇。於是有第三種理解，那純粹是一種心理感覺，當思婦寫到情深之處，紅色的箋紙訝異於人間竟有深情如許，頓然大驚，爲之黯然失色。必作如此之理解，方能對得起詞人奇恣無匹之筆力。再如他的《臨江仙》：

淡水三年歡意，危弦幾夜離情。曉霜紅葉舞歸程。客情今古道，秋夢短長亭。
渌酒尊前清淚，陽關疊裏離聲。少陵詩思舊才名。雲鴻相約處，煙霧九重城。

這首離别小詞，將一己之客情與世代無數行客的情感融合一處，詞人既傷於眼前别離，又耽於昔日盟約，同性與異性，友情與愛情，告别與回歸，團聚與分首，呈現出某種程度的膠著狀態，寫出了人所面對的兩難生存境況，有力地增厚了詞作的抒情内涵。詞人以少陵自比，兀傲自負之態，露出圭角峥嶸，爲詞作平添幾分豪情壯氣。尤其是後結「雲鴻相約處，煙霧九重城」二句，用高入雲霄的九重城闕來烘襯與歌女的前盟舊約，奇氣壯思，確有「動摇人心」的效果。

晏幾道情詞中含蘊的這種壯闊盛大的飽滿力量感，首先植根於貴公子出身稟賦的豪宕天性。好友黄庭堅稱説「晏子與人交，風義盛激昂」（《同王稚川晏叔原飯寂照房》），描述其爲人「磊隗權奇，疏於顧忌，文章翰墨，自立規模，常欲軒輊人而不受世人之輕重。……平生潛心六藝，玩思百家，持論甚高」，他的「不作新進士語」「不傍貴人之門」「費資千百萬」（《小山集序》），與他拒見東坡時給出的理由「今日政事堂中半吾家舊客，亦未暇見也」（《硯北雜誌》），皆是「宰相暮子」的豪宕天性使然。文以氣爲主，晏幾道的這種豪宕天性，内化爲一種壯盛的詞氣，外溢爲他的情詞的壯大的抒情力量，體現在各類題材，各種情况下。比如落花，本是風中飄飛的輕微之物，它散發的絲縷香氣浮漾在空中，若有若無。晏幾道卻這樣寫：「墜粉飄紅，日日香成陣。」（《蝶戀花》）在小晏的筆下，落花的香氣竟然結成强大的陣仗，不僅無孔不入，而且簡直是無堅不摧。晏幾道的豪宕磊落性格，在詞中人物身上有著大面積的投射，如他的《南鄉子》起句：「花落未須悲。紅蘂明年又滿枝。」古典詩詞中的女性總是惜花傷春，這首詞裏的女子卻説「花落未須悲」，顯得不同一般。她給出的理由是「紅蘂明年又滿枝」，今年的花落了，明年繁花又開滿枝頭，所以用不著爲落花悲傷。可見詞的抒情主人公，是一位性格豁達的女子，這當是詞人性格在詞中人物身上的折光。看他一首《生查子》：

> 長恨涉江遥，移近溪頭住。閒蕩木蘭舟，誤入雙鴛浦。　無端輕薄雲，暗作廉纖雨。翠袖不勝寒，欲向荷花語。

詞寫采蓮女子的愛情際遇，而有六朝民歌風味。采蓮女因恨路途遥遠，涉江不便，索性移家溪頭，就近居住。她的舉動，就很有幾分敢作敢爲的魄力。因「長恨」而「移家」，是深思熟慮之後的毅然決然之舉，「移家」有著明確的目的指向性。敢於蕩舟入浦，進一步表現出主動追求的勇氣。能夠放言指責雲雨「輕薄」，知其非任人狎昵、委曲求全者。結二句活用杜甫《佳人》詩意，説明采蓮女在一場錯誤的情感關係中已被遺棄。她在惡劣的處境中引荷花爲知己，芳心自持，清操自守。采蓮女敢作敢當的性格，她的追求反思勇氣與持守風骨，都是詞人的豪宕磊落之氣在詞中人物身上的投射。他的《浣溪沙》「家近旗亭酒易酤。花時長得醉工夫」，《浣溪沙》「飛鵲臺前暈翠蛾。千金新换絳仙螺」，《更漏子》「柳間眠，花裏醉。不惜繡裙鋪地」，《虞美人》「羅衣著破前香在。舊意誰教改」，《虞美人》「一弦彈盡仙韶樂。曾破千金學」，《醉落魄》「買斷青樓，莫放春閑卻」等，皆寫女性人物，她們的心性行爲不讓鬚眉，在婉約詞中確屬另類。

黄庭堅《小山集序》稱小晏詞爲「豪士之鼓吹」，陳廷焯《白雨齋詞話》卷七曰：「李後主、晏叔原……其詞則無人不愛，以其情勝也。」近人夏敬觀《吷庵詞評》曰：「晏氏父子，嗣響南唐二主，才力相敵，蓋不特詞勝，尤有過人之情。」又説：「殊父子詞，語淺意深，有迴腸盪氣之妙；幾道殆過其父。」近人鄭騫《成府談詞》曰：「小山詞傷感中見豪邁。」看來，「豪士」晏幾道詞中「迴腸盪氣」的過人「豪情」，是讀小晏詞者的共同感受。爲了充分表現這種「豪情」，晏幾道詞中經常使用「拚」字，《鷓鴣天》「當年拚卻醉顔紅」，《鷓鴣天》「年年拚得爲花愁」，《浪淘沙》「已拚長在别離中」，《點絳唇》「自憐輕别，拚得音塵絶」，《玉樓春》「明朝三丈日高時，共拚醉頭扶不起」，《玉樓春》「相思拚損朱顔盡」，《浣溪沙》「才聽便拚衣袖濕」，《六幺令》「拚作尊前未歸客」，《愁倚闌令》「拚卻一襟懷遠淚」，《醜奴兒》「佳人别後音塵悄，瘦盡難拚」等。這個不顧一切、傾盡所有、豁出命去的「拚」字，很能見出小晏的爲人與詞風。

晏幾道詞多用重字，也是其情感飽滿、性情豪邁的表現。諸如「長恨」「長愛」「望斷」「挽斷」「買斷」「加意」「著意」「斷腸」「斷弦」「斷盡」「淚盡」「彈盡」「歌盡」「寫盡」「書盡」「記盡」「挑盡」「遮盡」「敲盡」「染盡」「開盡」「展盡」「落盡」「瘦盡」「題徧」「揾徧」「結徧」「思徧」「開徧」「題破」「惱破」「破恨」「凝恨」「疏狂」「舊狂」「春狂」「狂向」「狂花」「狂情」「狂心」「魂消」「爛醉」「陡覺」「十分」「緑遍」「舞綻」「歌徹」「相思徹」「音塵絶」「無限事」等。這些表情趨於極端的重字的大量使用，加持了晏幾道詞壯盛的力量感。

馮煦《宋六十一家詞選・例言》説：小晏詞「淡語皆有味，淺語皆有致」，不爲無見。晏幾道的《小山詞》中，確有不少意味韻致楚楚動人的「淡語」和「淺語」，以寓其「華屋山丘」的「微痛纖悲」（夏敬觀《吷庵詞評》）。但是，「淡語」「淺語」實不足以見其本來面目，《小山詞》真正撼動人心之處，是我們上文談論的充溢於他的篇句之中的飽滿盛大的感情力量。從詞史的角度看，即使在體格「香弱」的《花間》詞裏，也有如温庭筠《夢江南》的「千萬恨，恨極在天涯」、《思帝鄉》的「花花，滿枝紅似霞」，韋莊《菩薩蠻》的「此番見花枝，白頭誓不歸」、《思帝鄉》的「妾擬將身嫁與，一生休」，孫光憲《河滿子》的「冠劍不隨君去，江河還共恩深」、《謁金門》的「留不得。留得也應無益」等重筆頓宕、頂點抒情之篇句，爲「追逼花間」的「晚生」的小晏所繼承。南唐詞中濃重的憂患意識，飽滿的情感抒發，特别是像馮延巳《鵲踏枝》的「落梅繁枝千萬片」「不辭鏡裏朱顏瘦」「思量一夕成憔悴」、李璟《攤破浣溪沙》的「回首緑波三峽暮，接天流」，李煜《虞美人》的「問君能有幾多愁，恰似一江春水向東流」、《浪淘沙》的「流水落花春去也，天上人間」、《相見歡》的「自是人生長恨水長東」、《望江南》的「車如流水馬如龍」、《玉樓春》的「醉拍闌干情味切」、《破陣子》的「四十年來家國，三千里地山河」等鬱結而又奔放、沉着而又飛動的詞句，所形成的大起大落、大開大合的抒情「勢差」（楊海明《唐宋詞史》），也爲晏幾道所借取。歷代論小晏者常及李煜，將二人進行聯繫比較，晏幾道雖不像李煜那樣遭遇由皇帝而囚徒的國破家亡之塌天巨變，但家道中落、愛情無果帶來的淒涼感舊的極度幻滅，無疑也是心靈的深創劇痛，而決不止是「微痛纖悲」。馮沅君、陸侃如就曾指出：「講到晏詞的來源，我們自然要推南唐。」（《中國詩史》）晏幾道從南唐詞借取的，就是其深切的憂患意識和强大的抒情力度。此外，晏殊《蝶戀花》「獨上高樓，望盡天涯路」的悲壯，歐陽修《玉樓春》「人生自是有情癡」的執迷，柳永《鳳棲梧》「衣帶漸寬終不悔」的癡狂，無疑也都會給晏幾道詞的抒情帶來直接影響。即此可知，詞史上的上佳之作，都是如上所舉真力彌滿的篇章，而那些情感孱弱蒼白的作品，永遠也不可能真正感染、打動讀者。

再説小晏詞的「頓挫」。頓挫指一種起伏跌宕的節奏感，是詞人内在的波瀾起伏的情感節奏，外化爲語勢上跌宕不平的形式節奏。或體現在句法上，或體現在章法上。前者如《阮郎歸》「一春猶有數行書。秋來書更疏」「夢魂縱有也成虚。那堪和夢無」，《清平樂》「縱得相逢留不住。何況相逢無處」，以及《浣溪沙》「二月和風」「臥鴨池邊」二首的末句跳轉等。後者如《浣溪沙》：

日日雙眉鬥畫長。行雲飛絮共輕狂。不將心嫁冶游郎。　濺酒滴殘歌扇字，弄花熏得舞衣香。一春彈淚説凄涼。

這首詞題詠歌女，詞藝的最大特點，就是在人物形象的刻畫上，成功地借助於矛盾律，將人物的行爲與心理、表像與本質對立起來，使之呈現相互矛盾的狀態，加大文本的張力，收到相反相成的效果，塑造出一個性格獨特的歌女形象。上下片的結構上，都是前二句描寫人物行爲，後一句揭示人物心理；前兩句形容表面的輕狂與歡快，後一句展露內心的堅守與孤淒。前後反轉的章法，形成詞情表現上的跌宕頓挫，强化了詞作的抒情力度。詞中歌女的身上，可以隱約感受到詞人的「癡狂」性格投影，和「傷心人」的懷抱寄託。再如他的《點絳脣》：

花信來時，恨無人似花依舊。又成春瘦。折斷門前柳。　天與多情，不與長相守。分飛後。淚痕和酒。占了雙羅袖。

詞寫因花開觸發的思婦怨情。起二句恨花有信期而人無歸期，恨自己不能像花兒一樣歲歲重開，容顏長好。換頭二句抱怨上天賦予人多情的天性，卻又總是讓多情之人不能長相廝守。通過揭示人的主觀願望與客觀現實的矛盾，造成詞情的起伏變化。又如他的《蝶戀花》：

夢入江南煙水路。行盡江南，不與離人遇。睡裏消魂無説處。覺來惆悵消魂誤。欲盡此情書尺素。浮雁沈魚，終了無憑據。卻倚緩弦歌别緒。斷腸移破秦箏柱。

這首《蝶戀花》，是小晏衆多記夢詞中的名篇，詞寫夢中追尋戀人不遇和夢後遺情無計，約作於歌女蓮、鴻、蘋、雲「流轉於人間」之後。起句「夢入江南煙水路」，即寫詞人結想成夢，夢入江南，踏上了追尋戀人的迢遥旅途。然而「行盡江南」，卻不見戀人的蹤影，詞人由希望跌入失望。即使在夢幻的天地裏，也無緣與戀人重聚。這是一層轉折。因尋遍江南不遇戀人，詞人頓覺黯然銷魂，此情無人與訴。及至一夢醒來，方知這一切全是睡夢裏的迷誤，於是更增惆悵之情。這是第二層轉折。下片轉寫夢後修書傾訴思念，但是書信寫好，卻無從寄出，寄出之後也得不到回音，這是第三層轉折。最後，長期壓抑、無處寄託的情感只能一發之於箏弦，勢不可遏，箏弦情腸，竟然一時俱絶。這是第四層轉折。這首令詞只有短短的十句，「寫來層層深入，節節頓挫」（唐圭璋《唐宋詞簡釋》），章法安排上極盡「翻轉」、「折進」之能事。

從詞藝上看，這是借鑒慢詞長調表現手法的結果。晏幾道幾乎不寫慢詞，專攻小令，但這並不妨礙他在創作實踐上向慢詞長調的詞勢章法有所借取。劉永濟《唐五代兩宋詞簡析》指出：晏幾道詞「能於小令之中，具有長調之氣格。查慎行有詩曰：『收拾光芒入小詩。』叔原可謂能收拾光芒入小詞者。昔人評其詞『清壯頓挫』，亦因其能『收拾光芒』，故能『清壯頓挫』也。」所論最爲有見。這樣「取長補短」的結果，不僅使詞情的抒發曲折跌宕，更富「動搖人心」的藝術感染力，而且也使短小的令詞像慢詞長調一樣，具備了突出的敘事功能。試看他的《臨江仙》：

夢後樓臺高鎖，酒醒簾幕低垂。去年春恨卻來時。落花人獨立，微雨燕雙飛。
記得小蘋初見，兩重心字羅衣。琵琶弦上説相思。當時明月在，曾照彩雲歸。

詞寫對歌女小蘋的深情懷念，從「夢後」切入，展現三重時空畫面。上片前兩句寫「夢後酒醒」之現在，接下三句寫夢中閃回的「去年」傷别之情景，下片「記得」三句寫「去年」之前，也就是當初和小蘋見面之時。黯然銷魂的别離和難忘的第一印象，構成詞人夢憶的中心内容。結句則在時空上綰合今昔，夢境和現實打成一片，愈襯出詞人夢後酒醒、見月思人、不能釋然的深情。在小令的有限篇幅內，三重時空疊印詞人經歷的全部悲歡離合情事，極大地豐富了令詞的內涵層次和抒情維度，故事時長遠大於敘事時長，區區幾十個字，在容量上可抵一部數十萬言的長篇言情小説，或者數十集的室內連續劇。這種引慢詞入令詞的詞體改造，既提高了短章的敘事功能，又避免了慢詞鋪敘描寫可能帶來的漫無節制、淺俗直露的問題。

頓挫往往和沉鬱聯繫在一起，杜甫在《進雕賦表》中的自評，就是「沉鬱頓挫」四字連用。晏幾道詞「頓挫」的語勢章法，終至在某種程度上改變了他的詞作綺麗俊爽的風貌，而入於「沉鬱」的厚重之境。如他的《阮郎歸》：

> 天邊金掌露成霜。雲隨雁字長。綠杯紅袖趁重陽。人情似故鄉。　蘭佩紫，菊簪黃。殷勤理舊狂。欲將沈醉換悲涼。清歌莫斷腸。

此首重陽節令詞，第一人稱自抒，高爽之秋景、佳節之歡樂與內心之悲涼的隱顯映襯，形成詞勢之頓挫跌宕。詞中最可注意的有兩句，一句是上片的「人情似故鄉」的正面描寫，但「似故鄉」裏傳達出的不正是異鄉之感嗎？此時感到的溫暖，襯出的正是客居異鄉的詞人日常體驗到的寒涼，這一層意思潛藏得很深。第二句是下片的「殷勤理舊狂」，小晏本是縱酒疏狂之人，而曰重理舊狂，則説明性格中的狂恣已經收斂、壓抑了許久，如今自覺有些陌生了。而曰殷勤，則説明重理不易，需要刻意用力方可。一個人的天性改易，必是生活中遭遇重大變故所導致，按之小晏生平，對他影響最大的事情，大概就是父親去世家道中落，遭受牽連被逮下獄，沈死陳病歌女走散。也就是説，寫這首重陽詞時，詞人已是飽經滄桑，而且客居異鄉，想要故態復萌，真是談何容易！詞中正有「一肚皮不合時宜」讓詞人「甚不得已」（況周頤《蕙風詞話》卷二），詞情相當沉鬱悲涼，厚重有力。這首《阮郎歸》是晏幾道寫得最爲深沉的作品，詞人和詞風，至此已入「老成」之境。

以上分説「詩人句法」和「清壯頓挫」，主要是爲了論析方便起見。它們雖然各有側重，但又是一個互相聯繫、密不可分的整體。晏幾道借助「詩人句法」，抒寫深摯飽滿的離別相思之情，形成「清壯頓挫」的詞風，收到了「動摇人心」的强烈藝術效果——這是黄庭堅序《小山詞》時，所説的這幾句名言之間的内在邏輯關係。析而論之之後，對這幾句話的意涵，還需要做好整體的理解和把握。

餘論：詞作存在的一些藝術問題

作爲宋代成就最高的令詞作家，晏幾道在詞史上佔有重要的地位，對後世令詞創作產生過深遠的影響。晏幾道的超卓詞藝，已臻於神明變化、跡在有無之境。如他的《浣溪沙》「床上銀屏幾點山」，由床頭畫屏上的「幾點山」影，引出遠人之思，不知不覺間，即逗起並關合了詞作的離别題旨。藝術上的出色表現，甚至可以彌補題材選取之先天不足。如《玉樓春》「旗亭西畔朝雲住」「東風又作無情計」等詞，取材一般，但表現上很有特點，仍不失爲佳作。但是，就像我們在前文指出過晏幾道的爲人存在著世故庸俗的一面一樣，在充分肯定晏幾道令詞藝術成就的同時，也應該看到他在詞藝上客觀存在的一些問題。

先看題旨意脈層面。小晏詞看似淺易，但多有不可解處，如《采桑子》「花時惱得瓊枝瘦」「日高庭院楊花轉」、《訴衷情》「都人離恨滿歌筵」「種花人自蕊宮來」、《醉落魄》「孤鸞月缺」、《采桑子》「無端惱破桃源夢」「年年此夕東城見」、《醜奴兒》「夜來酒醒清無夢」等，都存在説不明白、講不清楚的地方。《于飛樂》「曉日當簾」一首，上下片所寫樂憂抵牾，《浣溪沙》「團扇初隨碧簟收」之「喜清秋」與「與人愁」相互矛盾。《南鄉子》「何處别時難」，語詞意脈不通，《慶春時》「倚天樓殿」上下片關係不明。《好女兒》「綠徧西池」、《阮郎歸》「曉妝長趁景陽鐘」等，則是意脈淩亂的拼湊之作，屬於失敗文本。

再看語言層面。一是意象、典故、語詞的重複使用，如「仙源、行雲、高唐、回文、錦字、題葉、紅箋、啼痕、濕紅箋紙、淚墨題詩、淚濕吟箋」等，經常在不同的詞作裏出現。《御街行》的「街南緑樹」與「街南樹」，重複繞口；《浣溪沙》「小杏春聲學浪仙」，下片前二句辭費；《浪淘沙》「翠幕綺筵張」裏，「淑景」一詞使用不當。《醉落魄》的「都爲人人」，《踏莎行》的「眼前少個人人送」，《好女兒》的「一春心事，問個人人」，語氣顯得浮薄。

前後連排的詞作，用詞措語多有重複之處。如《浣溪沙》的「風意未應迷狹路」，與《浣溪沙》的「月華風意似當時」；《采桑子》的「西樓月下當時見」「恨隔爐煙看未真」「倦客紅塵，長記樓中粉淚人」，與《采桑子》的「非花非霧前時見」「恨隔垂簾看未真」「不在紅塵，宜作今宵夢裏人」；《采桑子》的「垂螺拂黛清歌女」，與《采桑子》的「雙螺未學同心綰」；《虞美人》的「更誰情淺似春風」，與《虞美人》的「更教誰畫遠山眉」；《虞美人》的「說與小雲新恨也低眉」，與《虞美人》的「賺得小鴻眉黛也低顰」；《菩薩蠻》的「春山眉黛低」，與《菩薩蠻》的「晚雲和雁低」；《生查子》的「不似師師好」，與《生查子》的「借取師師宿」；《浣溪沙》的「客鞭搖柳正多才」，與《浣溪沙》的「漫隨游騎絮多才」；《訴衷情》的「長因蕙草記羅裙。緑腰沈水熏」，與《訴衷情》的「御紗新制石榴裙。沈香慢火熏」等。

不同詞調前後連排，也會出現相似的情況，如前一首《少年游》的「有人凝澹倚西樓」，與後一首《虞美人》的「素雲凝澹月嬋娟」；前一首《解佩令》寫到「團扇」，後一首《行香子》寫到「宫扇」等。甚至在不是連排的詞作裏，也存在彼此重複的現象，如《醜奴兒》的起句「日高庭院楊花轉。閒淡春風」，與《采桑子》的起句「日高庭院楊花轉。閒淡春風」，竟是一字不差。

小晏詞中前後連排的詞作，還有自我互文造成彼此重複的文本，如《浣溪沙》「床上銀屏幾點山」「緑柳藏烏静掩關」二首，即是大同小異。近人夏敬觀在「緑柳藏烏」一首下批語曰：「此篇當是原作，上一篇爲改作。編者兩存之。」所説接近實際。若用西人文論術語指説，這兩首詞是一組互文性文本，是詞人的自我互文。後一首原作當屬「一級文本」，前一首改作當屬「次級文本」，或曰「二手文本」。兩相比較，改作的次級二手文本，高於原作的一級文本，這大概是自我互文才容易出現的狀況。就一般意義而言，作爲晚生作者互文性質的二手文本，是很難對前代經典作家的一級文本實現總體超越的。

前後連排的同調詞作，不僅語句相似，而且寫法相近。如《浣溪沙》「臥鴨池頭小苑開」「二月和風到碧城」兩首，末句均使用跳轉手法。説明前後編排在一起的作品，可能作於同一時期，處理的是相同或相近的題材内容，陷入同一種思維模式。這讓人不禁感歎：「才難，不其然乎！」（《論語・泰伯》）探究導致重複的根本原因，當是題材狹窄容易撞車，加之歌宴之上遊戲應酬，隨手揮寫，出現重複雷同甚至訛誤，也就在所難免。

相對於小晏詞所取得的高度藝術成就，他的詞作客觀上存在的一些藝術問題，應屬大醇小疵，當然瑕不掩瑜。我們之所以不避吹毛求疵之嫌疑，在此指出這些問題，目的是爲了幫助讀者更加完整準確、客觀公正地理解和把握《小山詞》，並借此進階，使之看清文學史的真實樣貌。文學史上的名篇，率因篇中的一二名句，名篇不可能句句皆名。同理，文學史上的名家，憑藉的是自己寫出的若干名篇，名家的作品也不可能篇篇皆名。若是作選本批評，只選名篇，藝術上一般不會有什麽問題。但對作家的全部作品進行批評，那就不能只説好處，不説缺陷，無意忽略或有意回避，都將影響到對作家作品的思想藝術成就的正確理解與準確評價。既充分肯定名家名篇之優長，也正視名家名篇存在之不足，這是我們一貫秉持的實事求是的批評和研究理念。面對其他作家作品如此，面對晏幾道的《小山詞》也是如此。

楊景龍

二〇二三年十月寫於洹上揚子居

凡例

一、清朱祖謀《彊村叢書》本《小山詞》向以輯校精審著稱，用爲底本，並參以他本《小山詞》細加校勘。本書所取校的《小山詞》版本列出如下：

(一)《彊村叢書》本《小山詞》　底本　彊村本
(二)明吴訥《唐宋名賢百家詞》本《小山詞》　校本　吴鈔本
(三)明毛晉《宋六十名家詞》本《小山詞》　校本　毛本
(四)明鈔《宋二十家詞》本《小山詞》　校本　明鈔本
(五)明鈔一卷本《小山詞》　校本　明鈔一卷本
(六)清《四庫全書》本《小山詞》　校本　四庫本
(七)清四寶齋鈔本《小山詞》　校本　四寶齋鈔本
(八)清抱經齋鈔本《小山詞》　校本　抱經齋鈔本
(九)清晏端書家刻本《小山詞》　校本　家刻本
(十)民國林大椿校本《小山詞》　校本　林本

（十一）民國王焕猷箋注本《小山詞》　校本　王本

（十二）唐圭璋《全宋詞》本《小山詞》　校本　唐本

二、除上列諸本外，收録《小山詞》作品的歷代重要詞選、詞譜，亦加參校，書名不再一一列出。

三、本次校勘，既校是非，兼校異同，方便讀者一册在手，即可詳知各本《小山詞》的文字出入情況。

四、本書的箋注體例爲，語詞詮釋在前，句意解釋和例句徵引在後。所徵引例句，最遲不晚於北宋。

五、爲方便讀者鑒賞與研究，本書對《小山詞》所存作品，均作題旨與詞藝之簡要疏解。

六、書中酌采前修時賢的相關成果，原則上均注明出處。少數限於體例無法注明者，在此並致謝忱。

七、萃集歷代小山詞評語，篇評分置於篇後，總評置於書後「附録」部分。

八、輯録晏幾道詩作，「附録」於書後。

九、列出晏幾道傳記資料、年譜書目，「附録」於書後。

十、萃集《小山詞》題跋敘録，「附録」於書後。
十一、輯録黄庭堅、晁端禮等人與晏幾道的唱和詩詞，「附録」於書後。
十二、輯録《小山詞》和作，「附録」於書後。

目録

小山詞校箋
臨江仙（鬭草階前初見）……一
又（身外閒愁空滿）……四
又（淡水三年歡意）……五
又（淺淺餘寒春半）……九
又（長愛碧闌干影）……一一
又（旖旎仙花解語）……一三
又（夢後樓臺高鎖）……一六
又（東野亡來無麗句）……二一
蝶戀花（卷絮風頭寒欲盡）……二四
又（初撚霜紈生悵望）……二六
又（庭院碧苔紅葉徧）……二九
又（喜鵲橋成催鳳駕）……三三
又（碧草池塘春又晚）……三四
又（碾玉釵頭雙鳳小）……三七
又（醉別西樓醒不記）……四〇
又（欲減羅衣寒未去）……四三
又（千葉早梅誇百媚）……四六
又（金翦刀頭芳意動）……四八
又（笑豔秋蓮生緑浦）……五一
又（碧落秋風吹玉樹）……五四
又（碧玉高樓臨水住）……五六
又（夢入江南煙水路）……五九

又（黃菊開時傷聚散）……六二
鷓鴣天（彩袖殷勤捧玉鍾）……六五
又（一醉醒來春又殘）……七〇
又（梅蘂新妝桂葉眉）……七二
又（守得蓮開結伴游）……七四
又（鬬鴨池南夜不歸）……七七
又（當日佳期鵲誤傳）……七九
又（題破香牋小研紅）……八一
又（清潁尊前酒滿衣）……八三
又（醉拍春衫惜舊香）……八六
又（小令尊前見玉簫）……八八
又（楚女腰肢越女顋）……九三
又（十里樓臺倚翠微）……九四
又（陌上濛濛殘絮飛）……九六
又（曉日迎長歲歲同）……九九
又（小玉樓中月上時）……一〇二
又（手撚香牋憶小蓮）……一〇四
又（九日悲秋不到心）……一〇六
又（碧藕花開水殿涼）……一〇九
又（緑橘梢頭幾點春）……一一三
生查子（金鞭美少年）……一一四
又（輕匀兩臉花）……一一八
又（關山魂夢長）……一一九
又（墜雨已辭雲）……一二一
又（一分殘酒霞）……一二四
又（輕輕製舞衣）……一二六
又（紅塵陌上游）……一二八
又（長恨涉江遙）……一三〇
又（遠山眉黛長）……一三三
又（落梅庭榭香）……一三六
又（狂花頃刻香）……一三八
又（官身幾日閒）……一四〇

又（春從何處歸）……一四三
南鄉子（淥水帶青潮）……一四四
又（小蘂受春風）……一四八
又（花落未須悲）……一五〇
又（何處別時難）……一五三
又（畫鴨嬾熏香）……一五四
又（眼約也應虛）……一五六
又（新月又如眉）……一五九
清平樂（留人不住）……一六二
又（千花百草）……一六四
又（煙輕雨小）……一六六
又（可憐嬌小）……一六八
又（紅英落盡）……一七〇
又（春雲緑處）……一七三
又（波紋碧皺）……一七五
又（西池煙草）……一七七
又（蕙心堪怨）……一七九
又（么絃寫意）……一八二
又（笙歌宛轉）……一八四
又（暫來還去）……一八六
又（雙紋彩袖）……一八八
又（寒催酒醒）……一九〇
又（蓮開欲徧）……一九二
又（沈思暗記）……一九五
又（鶯來燕去）……一九六
又（心期休問）……一九八
木蘭花（鞦韆院落重簾暮）……二〇〇
又（小顰若解愁春暮）……二〇三
又（小蓮未解論心素）……二〇六
又（風簾向曉寒成陣）……二〇八
又（念奴初唱離亭宴）……二一〇
又（玉真能唱朱簾靜）……二一三

又（阿茸十五腰肢好）…………二一四
又（初心已恨花期晚）…………二一六
減字木蘭花（長亭晚送）…………二一九
又（留春不住）…………二二三
又（長楊輦路）…………二二四
泛清波摘徧（催花雨小）…………二二六
洞仙歌（春殘雨過）…………二二九
菩薩蠻（來時楊柳東橋路）…………二三三
又（個人輕似低飛燕）…………二三五
又（鶯啼似作留春語）…………二三七
又（春風未放花心吐）…………二三九
又（嬌香淡染燕脂雪）…………二四一
又（香蓮燭下勻丹雪）…………二四三
又（哀箏一弄湘江曲）…………二四五
又（江南未雪梅花白）…………二四九
又（相逢欲話相思苦）…………二五〇
玉樓春（雕鞍好爲鶯花住）…………二五三
又（一尊相遇春風裏）…………二五五
又（瓊酥酒面風吹醒）…………二五七
又（清歌學得秦娥似）…………二五九
又（旗亭西畔朝雲住）…………二六二
又（離鸞照罷塵生鏡）…………二六五
又（東風又作無情計）…………二六七
又（斑騅路與陽臺近）…………二六九
又（紅綃學舞腰肢軟）…………二七一
又（當年信道情無價）…………二七四
又（採蓮時候慵歌舞）…………二七七
又（芳年正是香英嫩）…………二七九
又（輕風拂柳冰初綻）…………二八一
阮郎歸（粉痕閒印玉尖纖）…………二八三
又（來時紅日弄窗紗）…………二八五
又（舊香殘粉似當初）…………二八八

又（天邊金掌露成霜）……二九〇
又（晚妝長趁景陽鐘）……二九五
歸田樂（試把花期數）……二九七
浣溪沙（二月春花厭落梅）……二九九
又（臥鴨池頭小苑開）……三〇二
又（二月和風到碧城）……三〇四
又（白紵春衫楊柳鞭）……三〇七
又（床上銀屏幾點山）……三一〇
又（緑柳藏烏静掩關）……三一二
又（家近旗亭酒易酤）……三一三
又（日日雙眉鬬畫長）……三一六
又（飛鵲臺前暈翠蛾）……三一九
又（午醉西橋夕未醒）……三二一
又（一樣宮妝簇彩舟）……三二四
又（已拆鞦韆不奈閒）……三二六
又（閒弄箏絃懶繫裙）……三二八
又（團扇初隨碧簟收）……三三〇
又（翠閣朱闌倚處危）……三三二
又（唱得紅梅字字香）……三三四
又（小杏春聲學浪仙）……三三七
又（銅虎分符領外臺）……三三九
又（浦口蓮香夜不收）……三四二
又（莫問逢春能幾回）……三四五
又（樓上燈深欲閉門）……三四六
六幺令（緑陰春盡）……三四八
又（雪殘風信）……三五二
又（日高春睡）……三五五
更漏子（檻花稀）……三五八
又（柳間眠）……三五九
又（柳絲長）……三六二
又（露華高）……三六四
又（出牆花）……三六六

又（欲論心）……三六九
河滿子（對鏡偷勻玉箸）……三七〇
又（綠綺琴中心事）……三七三
于飛樂（曉日當簾）……三七七
愁倚闌令（憑江閣）……三七九
又（花陰月）……三八一
又（春羅薄）……三八三
御街行（年光正似花梢露）……三八四
又（街南綠樹春饒絮）……三八八
浪淘沙（高閣對横塘）……三九〇
又（小綠間長紅）……三九三
又（麗曲醉思仙）……三九五
又（翠幕綺筵張）……三九八
醜奴兒（昭華鳳管知名久）……四〇〇
又（日高庭院楊花轉）……四〇二
訴衷情（種花人自蕊宫來）……四〇四
又（浄揩妝臉淺勻眉）……四〇六
又（渚蓮霜曉墜殘紅）……四〇八
又（憑觴静憶去年秋）……四一〇
又（小梅風韻最妖嬈）……四一三
又（長因蕙草記羅裙）……四一五
又（御紗新製石榴裙）……四一七
又（都人離恨滿歌筵）……四一九
破陣子（柳下笙歌庭院）……四二一
好女兒（綠遍西池）……四二三
又（酌酒殷勤）……四二五
點絳唇（花信來時）……四二七
又（明日征鞭）……四三〇
又（碧水東流）……四三二
又（妝席相逢）……四三四
又（湖上西風）……四三六
兩同心（楚鄉春晚）……四三八

少年游（緑勾闌畔）……四四二
又（西溪丹杏）……四四四
又（離多最是）……四四六
又（西樓別後）……四四八
又（雕梁燕去）……四五〇
虞美人（閒敲玉鐙隋堤路）……四五三
又（飛花自有牽情處）……四五五
又（曲闌干外天如水）……四五七
又（疏梅月下歌金縷）……四六〇
又（玉簫吹徧煙花路）……四六二
又（秋風不似春風好）……四六五
又（小梅枝上東君信）……四六七
又（濕紅箋紙回紋字）……四六九
又（一絃彈盡仙韶樂）……四七一
采桑子（鞦韆散後朦朧月）……四七四
又（花前獨占春風早）……四七七
又（蘆鞭墜徧楊花陌）……四七九
又（日高庭院楊花轉）……四八一
又（征人去日殷勤囑）……四八四
又（花時惱得瓊枝瘦）……四八六
又（春風不負年年信）……四八八
又（秋來更覺消魂苦）……四九〇
又（誰將一點淒涼意）……四九二
又（宜春苑外樓堪倚）……四九四
又（白蓮池上當時月）……四九六
又（高吟爛醉淮西月）……四九八
又（前歡幾處笙歌地）……五〇〇
又（無端惱破桃源夢）……五〇二
又（年年此夕東城見）……五〇三
又（雙螺未學同心綰）……五〇六
又（西樓月下當時見）……五〇八
又（非花非霧前時見）……五一〇

又（當時月下分飛處）……五一二
又（湘妃浦口蓮開盡）……五一四
又（別來長記西樓事）……五一六
又（紅窗碧玉新名舊）……五一八
又（昭華鳳管知名久）……五二一
又（金風玉露初涼夜）……五二三
又（心期昨夜尋思徧）……五二四
踏莎行（柳上煙歸）……五二六
又（宿雨收塵）……五二九
又（緑徑穿花）……五三一
又（雪盡寒輕）……五三三
滿庭芳（南苑吹花）……五三五
留春令（畫屏天畔）……五三九
又（采蓮舟上）……五四一
又（海棠風橫）……五四三
風入松（柳陰庭院杏梢牆）……五四五
又（心心念念憶相逢）……五四七
清商怨（庭花香信尚淺）……五五〇
秋蕊香（池苑清陰欲就）……五五二
又（歌徹郎君秋草）……五五四
思遠人（紅葉黄花秋意晚）……五五六
碧牡丹（翠袖疏紈扇）……五五九
長相思（長相思）……五六二
醉落魄（滿街斜月）……五六五
又（鸞孤月缺）……五六七
又（天教命薄）……五六九
又（休休莫莫）……五七一
望仙樓（小春花信日邊來）……五七三
鳳孤飛（一曲畫樓鐘動）……五七五
西江月（愁黛顰成月淺）……五七八
又（南苑垂鞭路冷）……五八〇

武陵春（綠蕙紅蘭芳信歇）……………………………五八二
又（九日黄花如有意）……………………………五八五
又（煙柳長堤知幾曲）……………………………五八六
解佩令（玉階秋感）……………………………五八八
行香子（晚綠寒紅）……………………………五九一
慶春時（倚天樓殿）……………………………五九四
又（梅梢已有）……………………………五九七
喜團圓（危樓静鎖）……………………………五九八
憶悶令（取次臨鸞勾畫淺）……………………………六〇一
梁州令（莫唱陽關曲）……………………………六〇三
燕歸梁（蓮葉雨）……………………………六〇五
胡搗練（小亭初報一枝梅）……………………………六〇七
撲蝴蝶（風梢雨葉）……………………………六〇九
醜奴兒（夜來酒醒清夢無）……………………………六一一
謁金門（溪聲急）……………………………六一三

附録

一、存目詞……………………………六一七
二、晏幾道詩……………………………六一九
三、晏幾道傳記資料、年譜書目，《小山詞》題跋敘録……………………………六二二
四、晏幾道《小山詞》總評……………………………六二九
五、鄭俠、黄庭堅、晁端禮、鄒浩與晏幾道唱和詩詞……………………………六三六
六、趙尊岳《和小山詞》……………………………六四三
七、吴湖帆《佞宋詞痕外篇·和小山詞》……………………………七〇三
後記……………………………七一九

小山詞校箋

臨江仙〔一〕

鬬草階前初見〔二〕，穿鍼樓上曾逢〔三〕。羅裙香露玉釵風〔四〕。靚妝眉沁緑①〔五〕，羞臉粉生紅②。　流水便隨春遠，行雲終與誰同〔六〕。酒醒長恨錦屏空③。相尋夢裏路，飛雨落花中。

【校　記】

①靚：明鈔本、明鈔一卷本、抱經齋鈔本作「艶」。　②羞臉：吴鈔本、抱經齋鈔本、四寶齋鈔本、四庫本、家刻本、王本、《古今詞選》、《歷代詩餘》作「羞豔」。　③長：抱經齋鈔本作「常」。

【箋　注】

〔一〕臨江仙：唐教坊曲名，用作詞調。又名謝新恩、雁後歸、畫屏春、庭院深深、採蓮回、想娉婷、瑞鶴仙令、鴛鴦夢等。「臨江仙」源起，頗多歧説。南宋黄昇《花庵詞選》注：「唐詞多緣題所賦。《臨江仙》，則言仙事。」明董逢元《唐詞紀》認爲，此調「多賦水媛江妃」，即多爲詠水中女神。《欽定詞譜》卷十「臨江仙」條目下，選「臨江仙」十一體，可見其變體甚多，而且並無正體、異體之分，故而不再一一列舉。小山詞用此調兩體，其一雙調五十八字，上下片各五句，三平韻；其二雙調六十二字，上下片各五句，三平韻。

〔二〕鬭草：即鬭百草，一種古代婦女兒童遊戲，採集花草，以品類多少、優劣賽出勝負。南朝梁宗懔《荆楚歲時記》載：「五月五日，四民並蹋百草，又有鬭百草之戲。」唐白居易《觀兒戲》：「弄塵復鬭草，盡日樂嬉嬉。」

〔三〕穿鍼樓：鍼，即針。《輿地志》：「齊武帝起層城觀，七月七日，宫人多登之穿針。世謂之穿針樓。」南朝梁庾肩吾《奉使江州舟中七夕》：「莫言相送浦，不及穿針樓。」穿針：古代風俗，農曆七月七日夜，婦女競以五彩線穿七孔針爲戲，向織女星乞巧。唐沈亞之《爲人撰乞巧文》：「七夕祀織女，作穿針戲。」唐權德輿《七夕》：「家人競喜開妝鏡，月下穿針拜九霄。」

〔四〕玉釵風：唐温庭筠《菩薩蠻》：「雙鬢隔香紅，玉釵頭上風。」

〔五〕靚妝：妝飾豔麗。晉左思《蜀都賦》：「都人士女，袨服靚妝。」

〔六〕行雲：用巫山神女之典。語本戰國楚宋玉《高唐賦序》：「妾在巫山之陽，高丘之阻。旦爲朝雲，暮爲行雨。」比喻所愛悦的女子。唐李白《久别離》：「去年寄書報陽臺，今年寄書重相催。

東風兮東風，爲我吹行雲，使西來！」

【疏　解】

此詞列《小山樂府》第一首，寫詞人與歌女的相逢與別離。從内容角度看，這也正是現存二百六十來首小山詞反復表現的基本題材。

上片對句領起，寫與歌女的初見，是在一次階前鬬草的遊戲之時；再次相逢，則是在樓上穿針乞巧的時候。唐宋民俗，五月初五，婦女兒童鬬百草；七月初七，女子用五彩線穿七孔針向織女乞巧。這兩句寫出了年輕歌女的性格，會玩能作，既天真爛漫又心靈手巧。同時，也寫出了從端午到七夕的時間推移，彼此從初識到相熟，是人物建立關係、故事進入情節的過程。後三句描寫女子的衣飾、容貌和情態，藻采豔麗，正是本色婉約詞的唯美語言風格。而在描寫的細膩筆法之中，映襯出人物之間的親密無間。衣香釵顫，沁緑羞紅，都是近距離才能真切體驗觀察到的美感細節。

下片抒寫詞人的别後相思之情。流水落花，春天已然遠去。行雲無定，伊人身在何處。「終與誰同」四字，寫來真有錐心之痛，讀時不可輕易放過。借酒澆愁，入夢相尋，減緩痛苦，補償缺憾，見出詞人爲離情所困的不堪之狀。「錦屏空」三字，不惟寫眼前，亦虚筆補寫錦屏不空之昔日，這是今昔對比的手法。這三字和「終與誰同」一句，留下的想象空間很大，讀者自可豐富完型。結句用狼藉一片之淒豔景語烘托，追尋不果的綿綿長恨之意，自在言外。「飛雨」回應「行雲」，「落花」回應「流水」，意脈縝密。

【集　評】

王煥猷《小山詞箋》：按「行雲終與誰同」句，可知此首蓋亦思蘋雲而作也。

又①

身外閒愁空滿，眼中歡事常稀②。明年應賦送君詩③。細從今夜數，相會幾多時。　淺酒欲邀誰勸④，深情惟有君知。東溪春近好同歸。柳垂江上影，梅謝雪中枝。

【校　記】

①此首又見晁補之《晁氏琴趣外篇》卷四。《樂府雅詞》卷上、《唐宋諸賢絶妙詞選》卷五並作晁無咎詞，文字小有出入。②「身外」二句，《晁氏琴趣外篇》作「身外閒愁空滿眼，就中歡事常稀」。歡事常稀：抱經齋鈔本作「觀事常移」，明鈔本、明鈔一卷本作「歡事常移」。③明年：抱經齋鈔本作「明朝」。應賦：《晁氏琴趣外篇》作「應赴」。④誰勸：《晁氏琴趣外篇》作「誰共勸」。

【疏　解】

小晏無疑是深情之人，不惟對異性戀人，就是對同性朋友，用情之深，亦所罕見。即如詞中所寫，詞人正爲明年方始到來的與友人的别離而惆悵不已，這是心理時間的超前。「細從今夜數，相會幾多時」二句，是一個極爲感人的細節，足見詞人對於情義的珍惜。珍惜源於歡聚機會的稀少，因爲稀少而愈加珍惜，所以才會細數從今夜相對到明年別離，還有多少日子，還能再見幾次面，再喝幾杯酒。於是詞人計劃著趁春天來臨之時，與友人結伴同住東溪，醉眠共被，攜手同行，暢敘「惟有君知」的一腔深情，看取早春雪梅江柳的一年好景。

小晏是一個世俗心機很淺，而個人生命體驗很深的人，這首詞就很好地體現出詞人的這個特點。人本能地追求快樂，卻總是被苦惱糾纏；人本能地喜歡團聚，卻總是被離別困擾；人總是渴望友情，卻總是陷於孤獨。這首詞一開始，就用一組對句寫出了這種人類生存面對的普遍困境。從這一層意義上説，這首詞是可以用形而上的眼光來加以解讀的。

【集　評】

清陳廷焯《白雨齋詞話》卷一：「明年應賦送君詩。細從今夜數，相會幾多時。」淺處皆深。

王煥猷《小山詞箋》：按此首用「東溪」二字，乃其著意字，可與《少年遊》「西溪丹杏」首對看。

又

淡水三年歡意①〔一〕，危絃幾夜離情〔二〕。曉霜紅葉舞歸程。客情今古道，秋夢短長亭〔三〕。　渌酒尊前清淚②，陽關疊裏離聲③〔四〕。少陵詩思舊才名〔五〕。雲鴻相約處〔六〕，煙霧九重城〔七〕。

【校　記】

①年：抱經齋鈔本作「杯」。②渌：家刻本作「緑」。③聲：抱經齋鈔本作「情」。

【箋　注】

〔一〕淡水：謂不摻雜名利浮華的交情。《禮記·表記》：「故君子之接如水，小人之接如醴；君子淡以成，小人甘以壞。」《莊子·山木》：「且君子之交淡若水，小人之交甘若醴。君子淡以親，小人甘以絶。彼無故以合者，則無故以離。」唐白居易《張十八員外以新詩二十五首見寄郡樓月下吟玩通夕因題卷後封寄微之》：「陽春曲調高難和，淡水交情老始知。」

〔二〕危絃：高絃，急絃。西晉張協《七命》：「撫促柱則酸鼻，揮危弦則涕流。」

〔三〕短長亭：古時於驛道旁每隔五里置短亭，十里設長亭，供行旅停息，故曰「短長亭」。北周庾信《哀江南賦》：「十里五里，長亭短亭。」唐王昌齡《少年行》二首之一：「西陵俠少年，送客短長亭。」

〔四〕陽關疊：指《陽關三疊》，即唐王維《送元二使安西》。絶句在唐爲聲詩，王維此詩作爲送别之曲天下傳唱，稱《渭城曲》、《陽關曲》，因反復誦唱以盡離情，故稱《陽關三疊》。唐李商隱《飲席戲贈同舍》：「唱盡陽關無限疊，半杯松葉凍頗黎。」宋蘇軾《東坡志林》卷七：「舊傳《陽關三疊》，然今世歌者，每句再疊而已，若通一首言之，又是四疊，皆非是。或每句三唱，已應三疊之説，則叢然無復節奏。余在密州，有文勳長官以事至密，自云得古本《陽關》，其聲宛轉淒斷，不類，乃知唐本三疊蓋如此。及在黄州，偶得樂天《對酒》云：『相逢且莫推辭醉，聽唱陽關第四聲。』注云：『第四聲：勸君更盡一杯酒。』以此驗之，若一句再疊，則此句爲第五聲。今爲第四聲，則一句不疊，審矣。」離聲：别離的樂歌聲。前蜀韋莊《上行杯》：「芳草灞陵春岸。柳煙深，滿樓弦管。一曲離聲腸寸斷。」

〔五〕少陵：宋程大昌《雍録》：「許后葬杜陵南原，師古曰：即今謂小陵者也。去杜陵十八里。他書皆作少陵，杜甫家焉，故自稱杜陵老，亦曰少陵也。」杜甫祖宅在少陵旁，後世因稱之爲「杜少陵」。此處小晏以「少陵」自喻。才名：才氣名聲。唐杜甫《戲簡鄭廣文兼呈蘇司業》：「才名三十年，坐客寒無氈。」或謂小晏晚年落魄潦倒，此處係以鄭廣文自況。

〔六〕雲鴻：指小晏友人沈廉叔、陳君龍家歌女小雲、小鴻。見《小山詞自序》。

〔七〕九重城：宫禁，京城。此指宋都汴梁。古制，天子之居有門九重。《楚辭·九辯》：「豈不鬱陶而思君兮，君之門以九重。」唐楊師道《闕題》：「漢家伊洛九重城，御路浮橋萬里平。」

【疏解】

此首或作於詞人三年許田鎮監離任之時。起句概寫三年同僚之誼，乃是君子之交。二句轉寫離别在即，連續幾夜的餞别宴席。三句描寫秋日景物，點出别離的時間和季節，「歸程」是説返回京城的途程。四、五句承前，抒寫路途感受。前一句將一己之客情與世代無數行客的情感融合一處，是對抒情内涵的有力增厚。下一句通過夢境表寫旅途的奔波辛苦，「秋」字進一步將季節點明。

下片時空切换，可以理解爲對上片「幾夜離情」的回應，補寫離宴的具體情境，尊前清淚見出彼此的依戀不舍，陽關離聲渲染别離的濃重氣氛。也可以理解爲對前結「秋夢」的承接，是離别場面在夢中的再現。還可以與後幾句結合，作出第三種理解，那就是詞人於路途上想起雲鴻舊約，而憶及當初離京赴任之時，那場與心愛的歌女之間難忘的感傷别離。下片第三句，詞人以少陵自比，兀傲自負之態，露出圭角峥嶸。「舊才名」當是詞人在京城歌女那裏享有的榮譽。詞人今番離任回京，最重要的事情就是踐赴三年前離京赴任時，與雲鴻訂下的舊約。九重城闕還遠在煙霧之外，詞人的歸心已飛到雲鴻身邊。

讀這首詞，有兩點值得注意。一是論者指出的「情詞兼勝」，如前結的「客情今古道，秋夢短長亭」二句，後結的「雲鴻相約處，煙霧九重城」二句，確有「動摇人心」的效果。二是這首小詞的情感内涵其實是相當複雜的，詞人既傷於眼前别離，又耽於昔日盟約，同性與異性，友情與愛情，告别與回歸，團聚與分首，呈現出某種程度的膠著狀態，寫出了人所面對的兩難生存境况。

【集　評】

清陳廷焯《白雨齋詞話》卷一：「曉霜紅葉舞歸程。客情今古道，秋夢短長亭。」又「少陵詩思舊才名。雲鴻相約處，煙霧九重城。」亦復情詞兼勝。

王焕猷《小山詞箋》：按此首蓋在潁州任將滿時，思及都中舊好而懷歸之作也。

又

淺淺餘寒春半，雪消蕙草初長〔一〕。煙迷柳岸舊池塘。風吹梅蘂鬧①〔二〕，雨細杏花香。

月墮枝頭歡意②，從前虛夢高唐〔三〕，覺來何處放思量〔四〕。如今不是夢，真箇到伊行〔五〕。

【校　記】

①鬧：明鈔本、四庫本、四寶齋鈔本、家刻本、王本、《歷代詩餘》作「閉」，從吴鈔本、彊村本。②墮：四庫本、家刻本、王本、《歷代詩餘》作「墜」。枝頭：明鈔本、明鈔一卷本作「從前」，抱經齋鈔本作「窗前」。

【箋　注】

〔一〕蕙草：香草名。又名熏草、零陵香。戰國楚宋玉《風賦》：「獵蕙草，離秦衡。」晉嵇含《南方草木狀·蕙》：「蕙草一名薰草，葉如麻，兩兩相對，氣如蘼蕪，可以止癘。」

〔二〕鬧：狀花開繁盛。宋宋祁《玉樓春》：「緑楊煙外曉寒輕，紅杏枝頭春意鬧。」

〔三〕虛夢高唐：戰國楚宋玉《高唐賦》：「昔者先王嘗游高唐，怠而晝寢，夢見一婦人曰：『妾，巫山之女也。爲高唐之客。聞君游高唐，願薦枕席。』王因幸之。去而辭曰：『妾在巫山之陽，高丘之阻，旦爲朝雲，暮爲行雨。朝朝暮暮，陽臺之下。』」因夢無憑，故曰「虛夢」，此指詞人往昔歡情。

〔四〕放：安置，安放。

〔五〕伊行：你那裏、你那邊。張相《詩詞曲語辭匯釋》卷六：「行，用於自稱、人稱名詞之後，約相當於我這邊、你那邊之『這邊、那邊』，或我這裏、你那裏之『這裏、那裏』。」

【疏　解】

此詞表現重聚的喜悦，卻從描寫「春半」的景物切入，這不僅是雙調詞的分工習慣使然，更是爲下片的抒情預作鋪墊。你看，仲春天氣，殘雪消盡，餘寒淺淡，蕙草初長，柳線含煙，池塘水碧，梅蕊在煦風中盛開，杏花在細雨裏飄香。季節生意欣欣，一切都在向好，從天人感應的角度説，人世間應該有好事發生才對。在這樣的日子裏，人們似乎也該得到那一份屬於自己的期待已久的幸福了。然而不然。下片前三句並没有順接上片洋溢著喜悦氣息的景物描寫，而是宕開一筆，轉寫月墮枝頭，虛夢高唐，夢醒之後無處安放的思量。在過片的結構緊要處，插入這三句離别相思痛苦的描寫，逆接上片，造成詞情的起伏跌宕，在上片寫景的烘托鋪墊之後，再作抒情的反向比襯。這就使得結句所寫「如今不是夢，真箇到伊行」，格外讓人欣幸，正所謂苦盡甘來，夢想成真，一結緣此顯得飽滿有力。

【集　評】

夏敬觀批語：「放」字生而鍊熟。

錢鍾書《管錐編》册三：尋常眼、耳、鼻三覺，亦每通有無而忘彼此，所謂「感受之共産」；即如花，其入目之形色、觸鼻之氣息，均可移音響以揣稱之。晏幾道《臨江仙》：「風吹梅蕊鬧，雨細杏花香。」

王焕猷《小山詞箋》：按此首當是還都後所作。

又①

長愛碧闌干影，芙蓉秋水開時②〔一〕。臉紅凝露學嬌啼。霞觴熏冷豔③〔二〕，雲髻嫋纖枝〔三〕。　煙雨依前時候，霜叢如舊芳菲〔四〕。與誰同醉采香歸④。去年花下客〔五〕，今似蝶分飛。

【校　記】

①明鈔一卷本題作「別意」。　②芙蓉：四寶齋鈔本、抱經齋鈔本作「芙容」。芙：明鈔一卷本作「美」，誤。　③熏：明鈔本、明鈔一卷本、四寶齋鈔本、抱經齋鈔本作「重」，誤。　④采：明鈔一卷本、抱經齋鈔本作「採」。

【箋　注】

〔一〕芙蓉：水芙蓉，荷花的別名。漢無名氏《古詩十九首》：「涉江采芙蓉，蘭澤多芳草。」

〔二〕霞觴：酒杯的美稱。唐武平一《奉和立春内出彩花樹應制》：「欣逢睿藻光韶律，更促霞觴畏景催。」冷豔：形容素雅美好。唐丘爲《左掖梨花》：「冷豔全欺雪，餘香乍入衣。」

〔三〕雲髻：高聳的髮髻。三國魏曹植《洛神賦》：「雲髻峩峩，脩眉聯娟。」李善注：「峩峩，高如雲也。」此以比喻荷莖上裊動的花朵。

〔四〕霜叢：經霜的花叢。唐李百藥《謁漢高廟》：「竹皮聚寒徑，枌社落霜叢。」

〔五〕花下客：花叢裏的遊人。宋歐陽修《戲答元珍》：「曾是洛陽花下客，野芳雖晚不須嗟。」此指曾同採蓮的小晏與歌女。

【疏　解】

「長愛」二字領起全詞，既説秋蓮，也説一起采蓮的人。長愛者，一直非常喜愛也。作爲副詞，「長」字兼表時間之久與程度之强。「碧闌干影」只是襯筆，其作用是引出「秋水芙蓉」，詞人先説「長愛碧闌干影」，乃是愛屋及烏。以下用擬人手法，形容秋荷帶露如同嬌啼，花色如同被酒的紅顔，花朵如同顫嫋的髻鬟。這都是關於一個人的記憶的投射，詞人顯然是按照一個稔熟的女子的容貌、妝扮、情態，來對荷花加以描寫的。這個女子，就是曾與詞人一起采蓮的某個歌女。「臉紅」説明寫的是紅蓮，「冷豔」對應秋天的季節。

後起二句用「依前」「如舊」，將今年之秋與去年之秋連接起來，現實和回憶交融映襯。還是去年的煙雨，還是去年的霜叢，還是去年的芳菲，只是少了去年「同醉采香」之人。小山詞中寫到過與歌女一同采蓮，也寫到過相約采蓮而歌女不來，原來密邇無間的「花下客」，如今已似蝴蝶分飛。景物依舊而人事已非，透出詞人的淒涼感舊之意。

【集　評】

王焕猷《小山詞箋》：按此首蓋敍相見話舊之意。

又

旖旎仙花解語〔一〕，輕盈春柳能眠〔二〕。玉樓深處綺窗前〔三〕。夢回芳草夜，歌罷落梅天。　沈水濃熏繡被〔四〕。流霞淺酌金船〔五〕。綠嬌紅小正堪憐〔六〕。莫如雲易散〔七〕，須似月頻圓。

【箋　注】

〔一〕旖旎：多盛美好貌。《楚辭·九辯》：「竊悲夫蕙華之曾敷兮，紛旖旎乎都房。」王逸注：「旖旎，盛貌。」仙花解語：五代王仁裕《開元天寶遺事·解語花》：「明皇秋八月，太液池有千葉白蓮數枝盛開，帝與貴戚宴賞焉。左右皆嘆羡，久之，帝指貴妃示於左右曰：『爭如我解語花？』」

〔二〕春柳能眠：謂春柳柔條在風中婀娜似人欲眠。《三輔舊事》：「漢苑中有柳狀如人形，號曰人柳，一日三眠三起。」宋趙令畤《侯鯖録》卷二：「李商隱《江之嫣賦》云：『豈如河畔牛星，隔歲祇聞一過。不及苑中人柳，終朝剩得三眠。』漢苑有人形柳，一日三起三倒。」

〔三〕綺窗：雕刻或繪飾精美的窗户。《文選·左思〈蜀都賦〉》：「開高軒以臨山，列綺窗而瞰江。」吕向注：「綺窗，彫畫若綺也。」

〔四〕沈水：即沉香。晉嵇含《南方草木狀·蜜香沉香》：「此八物同出於一樹也……木心與節堅黑，沉水者爲沉香。」後因以「沉水」借指沉香。唐羅隱《香》：「沉水良材食柏珍，博山煙煖玉樓春。」

〔五〕流霞：傳説中的仙酒。漢王充《論衡·道虚》：「〔項曼都〕曰：『有仙人數人，將我上天，離月數里而止……口饑欲食，仙人輒飲我以流霞一杯，每飲一杯，數月不饑。』」唐顏蕘《戲張道人不飲酒》：「吾師不飲人間酒，應待流霞即舉杯。」泛指美酒。北周庾信《衛王贈桑落酒奉答》：「愁人坐狹邪，喜得送流霞。」金船：《事物異名録》：「酒杯名金船。」《海録碎事》：「金船，酒器中大者。」唐張祜《少年樂》：「醉把金船擲，閑敲玉鐙遊。」

〔六〕緑嬌紅小：指起句中的「春柳」、「仙花」。宋王之道《西江月》：「一時芳意巧相撩。入眼緑嬌紅小。」

〔七〕雲易散：喻人事離散。唐白居易《簡簡吟》：「大都好物不堅牢，彩雲易散琉璃脆。」

【疏解】

以詞人的視角描寫歌女，是小山詞的慣常手法。起二句即寫歌女的情態，既以人擬物，又將物擬人，人與花柳，同其旖旎輕盈。這兩句比擬，描寫人物的容貌體態之美。第三句轉寫居處環境，玉樓綺窗，形容其華豔，以與活動其間的人物相稱。第四句的「夢回」照應第二句裏的「眠」字，第五句「歌罷」的時序在睡眠之前，說明這是一個歌酒歡娛之夜，同時點出女子之從業身份。「芳草」「落梅」交代季節，再作春日景物的閑筆點染。

後起描寫沉水香籠薰暖繡被，時間在「歌罷」之後。「流霞」句切回歌宴，回應「歌罷」，補足對酒當歌這一層意思。「綠嬌紅小正堪憐」一句總贊，回應上片的花柳之喻，繼續人物雙擬，表及時行樂之意。結二句表現人物的祈願，兼寫詞人與歌女雙方。此詞眠花臥柳的取材和綺麗香豔的語言，帶有明顯的《花間》色彩；結句不滿足於一夕之樂，期盼長相歡好的情感態度，則是「高過《花間》」之處。

【集評】

王焕猷《小山詞箋》：按此首蓋別後重見之作，故末句有未教又別之意。

又

夢後樓臺高鎖，酒醒簾幕低垂①。去年春恨卻來時〔一〕。落花人獨立，微雨燕雙飛〔二〕。　記得小蘋初見①〔三〕，兩重心字羅衣〔四〕。琵琶絃上説相思。當時明月在，曾照彩雲歸②〔五〕。

【校　記】

①蘋：《陽春白雪》、家刻本作「顰」。　②彩雲歸：《陽春白雪》作「彩鸞啼」。

【箋　注】

〔一〕卻來：再來、重來。唐鄭谷《杏花》：「小桃初謝後，雙燕卻來時。」宋蘇軾《留别釋迦院牡丹》：「春風小院卻來時，壁間惟見使君詩。」或解「卻」爲「正」，張相《詩詞曲語辭彙釋》卷一：「卻，猶正也。于語氣加緊時用之。晏幾道《臨江仙》詞：『去年春恨卻來時』，卻來時，正來時也。」

〔二〕落花二句：五代翁宏《春殘》：「又是春殘也，如何出翠帷？落花人獨立，微雨燕雙飛。寓目魂將斷，經年夢亦非。那堪向愁夕，蕭颯暮蟬輝。」小晏此處係用翁詩成句。

〔三〕小蘋：即小苹，作者朋友沈廉叔、陳君龍家的歌伎。

〔四〕兩重：兩層裌衣。或謂兩重心字，取心心相印之意。心字羅衣：衣領屈曲如「心」字。或謂羅衣上繡有「心」字圖案。宋歐陽修《好女兒令》：「一身繡出，兩同心字，淺淺金黃。」一說指用心字香熏過的羅衣。

〔五〕彩雲，喻指小蘋。唐李白《宫中行樂詞》八首之一：「只愁歌舞散，化作彩雲飛。」

【疏解】

此詞寫對歌女小蘋的深情懷念。據《小山詞自序》，小蘋是作者的朋友沈廉叔、陳君龍家的歌伎，與作者有過一段戀情。後來沈死陳病，遣散歌伎，小蘋和「蓮、鴻、雲」等一起流落人間，不知下落，令作者懷念不已。詞從「夢後」切入，展現三重時空畫面。上片前兩句寫現在，接下三句寫「去年」，下片「記得」三句寫「去年」之前。「去年春恨卻來時」至「琵琶弦上説相思」六句，是對夢中憶念内容的展示，又分兩層。「去年」三句是一層，寫夢中出現的去年傷别情景，這是心理時間的倒流和心理空間的位移。「記得」三句是一層，心理時空繼續倒流、位移到「去年」之前，也就是當初和小蘋見面之時，黯然銷魂的别離和難忘的第一印象，構成作者夢憶的中心内容。結句則在時空上綰合今昔，夢境和現實打成一片，愈襯出作者夢後酒醒、見月思人、不能釋然的深情。

「落花」二句，出自五代翁宏《春殘》一詩。平心而論，翁詩借景抒情，傷春恨别，倒也清新可誦。但「落花」兩句在翁詩總不如在晏詞中，更能和全篇融匯和諧，更見其妙，這主要與詩詞風格差異有關。如此妍景婉情，如此精美玲瓏的語言，都與詞體「要眇宜修」的風格相吻合，而與詩體風格不侔。

相同的句子，宜詞不宜詩，這與其父晏殊《浣溪沙》「無可奈何」一聯「自是天成一段詞，著詩不得」的情形完全相同。此外，這兩句所寫煙雨落花、一片微茫的淒迷情景，在晏詞中又是以夢中回憶的方式展示出來，因而顯得更加朦朧惝恍，妍美動人，以至被清人譚獻推爲「千古不能有二」（《復堂詞話》）的名句。

【集　評】

宋楊萬里《誠齋集》卷一百十四《詩話》：近世詞人，閒情之靡，如伯有所賦，趙武所不得聞者，有過之無不及焉。是得爲好色而不淫乎？惟晏叔原云「落花人獨立，微雨燕雙飛」，可謂好色而不淫矣。

明卓人月《古今詞統》卷九：晚唐麗句。

清譚獻《復堂詞話》：名句，千古不能有二。所謂柔厚在此。

清陳廷焯《白雨齋詞話》卷一：小山詞，如「去年春恨卻來時。落花人獨立，微雨燕雙飛」，又「當時明月在，曾照彩雲歸」，既閑婉，又沉著，當時更無敵手。

又，《大雅集》卷一：「落花」十字，自是天生好言語。（「當時」二句）回首可憐。

清沈祥龍《論詞隨筆》：晏叔原之「落花人獨立，微雨燕雙飛」，晏元獻之「無可奈何花落去，似曾相識燕歸來」，非詩句也。然不工詩賦，亦不能爲絶妙好詞。

梁啟超《飲冰室評詞》：康南海謂起二句，純是華嚴境界。

俞陛雲《唐五代兩宋詞選釋》：前二句撫今追昔，第三句融合言之，舊情未了，又惹新愁。「落花」二句，正春色惱人，紫燕猶解「雙飛」，而愁人翻成「獨立」。論風韻如微風過簫，論詞采如紅蕖照水。下闋回憶相逢，「兩重心字」，欲訴無從，只能借鳳尾檀槽，託相思于萬一。結句謂彩雲一散，誰復相憐，惟明月多情，曾照我相送五株仙佩，此恨綿綿，只堪獨喻耳。

陳匪石《宋詞舉》：此小山詞傳誦之作，極深婉沉著之妙。尋繹詞意，當係别後追憶。「小蘋」，歌姬之名。《小山詞序》有蓮、鴻、蘋、雲，皆人名。《木蘭花》曰「小蘋若解愁春暮」是也。宋初小詞每用歌姬名，東山、淮海以後，語惟求典，不復用矣。首兩句「夢後」、「酒醒」，是久别思量時候；「樓臺高鎖」、「簾幕低垂」，是窺其室闃其無人之象：「春恨」之所由「來」，已不勝淒咽。然人已久别，「恨」事當屬去年，而無端又來心上。「去年」句，承上啟下，確是神來之筆。「落花」二句，雅絶，韻絶，厚絶，深絶。「落花」、「微雨」是「春」；「人獨立」、「燕雙飛」，兩兩形容，不必言「恨」，而「恨」已不可解：此譚獻所以稱爲「千古名句，不能有二」也。過變追溯「初見」，「羅衣」述當時服飾。然今已不見，故「相思」之情只得就「琵琶弦上」「説」之，以琵琶慣彈别曲也。或「初見」時聽彈琵琶，有「相思」之曲，爲今所記得者，意亦徹上徹下也。然又不肯明説如何「相思」，但指今之「明月」猶當時之「明月」「曾照彩雲歸去」者而確認之，以虚筆收住，仍傳「記得」之神。夢窗「黄蜂頻撲秋千索」二句，用意略同。而著二「歸」字，又繳回「夢後」「酒醒」之意，欲言不言，耐人尋味。情語豔語，必如此乃深厚閒雅。蓋盡情傾吐，古樂府固有之，而詞不應爾。學令曲當知此訣。

唐圭璋《唐宋詞簡釋》：此首感舊懷人，精美絶倫。一起即寫樓臺高鎖，簾幕低垂，其淒寂無人可知。而夢後酒醒，驟見此境，尤難爲懷。蓋昔日之歌舞豪華，一何歡樂，今則人去樓空，音塵斷絶矣。即此兩句，已似一篇《蕪城賦》。「去年」一句，疏通上文，引起下文。「落花」兩句，原爲唐末翁宏之詩，妙在拈至此處，襯副得宜，且不明説春恨，而自以境界會意。落花、微雨，境極美；人獨立，燕雙飛，情極苦。此上片文字頗緻密，換頭，乃易之以疏淡。「記得」兩句，憶去年人之服飾。「琵琶」一句，言苦憶無已，乃一寓之於弦上。「當時」兩句，則因見今時之月，想到當時之月，曾照人歸樓臺，回應篇首，感喟無限。而出語之俊逸，更無敵手。

鄭騫《詞選》：「落花微雨」一聯，膾炙人口，實爲唐末人翁宏詩句。此聯經小山採用，正如「孤芳出荒穢」，移植庭園盆盎間也。心字羅衣，謂衣帶結成心字形。《驂鸞録》云是心字香。恐非是。

吴世昌《詞林新話》卷三：小山《臨江仙》：「夢後樓臺高鎖（略）」，上片結聯《復堂詞話》評爲「千古不能有二」之名句，殊不知這正是第二次用上，乃抄自五代翁宏《春殘》詩：「又是春殘也，如何出翠帷？落花人獨立，微雨燕雙飛。寓目魂將斷，經年夢亦非。那堪向愁夕，蕭颯暮蟬輝。」小山用此，點鐵成金。余在天津《益世報·讀書週刊》撰文論之，同時論小晏「今宵剩把銀釭照，猶恐相逢是夢中」乃用老杜《羌村》詩，時在一九三五年十月卅一日。

或謂上片「去年春恨」是較近一層的回憶，獨立花前，閑看燕子；下片則是更遠的回憶。非也。去年之事，即下片初見小蘋情緒，與「更遠」無涉；「落花」一聯乃酒醒情事，非回憶去年之事。若是去年之事，則應與小蘋並立，非「獨立」矣。又下片「兩重心字羅衣」，猶云「兩重心字隔羅衣」，省一「隔」字，「心字」即「心事」。謂彼此兩重心事僅隔羅衣，兩人心心相印也。

王焕猷《小山詞箋》：按小山此詞頗爲著名，乃爲蘋、雲而作。又按，《臨江仙》調最古者，爲南唐後主詞。宋人詞多於前後片首句，作仄起七言詩一句，下接六言一句，爲此調正格。而小山此詞七首首二句皆作六言句，又其後之一首，首次二句皆作七言句，此又一體，非正格也。

又①

東野亡來無麗句，于君去後少交親。追思往事好沾巾②。白頭王建在，猶見詠詩人〔一〕。　學道深山空自老，留名千載不干身。酒筵歌席莫辭頻。爭如南陌上，占取一年春〔二〕。

【校　記】

①家刻本調下有「又一體」三字。　②追：《歷代詩餘》、家刻本作「近」。

【箋　注】

〔一〕「東野」五句：唐張籍《贈王建》：「白君去後交遊少，東野亡來箧笥貧。賴有白頭王建在，眼前猶見詠詩人。」上片五句即從張詩化出。「白君」一作「于君」。白君：中唐詩人白居易。東野：中唐詩人孟郊。張籍與韓孟詩派和元白詩派詩人關係皆密切，集中多有贈孟郊、白居易等人詩作。于君：或指中唐詩人于鵠，張籍亦與之交遊，有《别于鵠》等詩。詞人以于鵠、孟郊代指友人沈廉叔、陳君龍。好沾巾：很是悲傷。好：很，甚。沾巾：眼淚沾濕巾帕，形容淚流之多。王建：中唐詩人，樂府詩與張籍齊名，稱「張王樂府」。王建詩中多處用「白頭」二字，如《荆門行》：「壯年留滯尚思家，况復白頭在天涯。」《春來曲》：「少年即見春好處，似我白頭無好樹。」詞人以王建自指。

〔二〕「學道」五句：唐劉禹錫《戲贈崔千牛》：「學道深山許老人，留名萬代不關身。勸君多買長安酒，南陌東城占取春。」是詞人所本。不干身：與自身無關。「酒筵」句：直用晏殊《浣溪沙》「一向年光有限身」成句。争如：怎如，怎比。占取：佔有。

【疏　解】

此首當是詞人晚年之作，朋輩凋零，己身垂暮，追思往事，不免傷感。上片起二句，可與《小山詞自序》中「已而君龍疾廢臥家，廉叔下世」幾句叙述對讀。這裏將友人比作中唐詩人孟郊和于鵠，推崇其才華，强調他們與自己是至交親友的非同尋常之關係，言外含有無限寂寞感傷之意。《小山詞自序》云：「始時，沈十二廉叔、陳十君龍家，有蓮、鴻、蘋、雲，品清謳娱客。每得一解，即以草授諸兒。吾三人持酒聽之，爲一笑樂。」這段話所寫當即詞人暮年「追思往事」的内容。舊歡不再，樂事成空，詞人「追惟往昔過從飲酒之人，或壟木已長，或病不偶」，感覺諸般「悲歡離合」之事「如幻如電、如昨夢前塵」，於是憮然而悲，潸然淚下。「白頭王建」是詞人自喻，「猶見詠詩人」乃是自我寬解之辭。

下片抒發人生苦短的感慨，表及時行樂之意。「學道深山」不過是空耗歲月，「留名千載」與現世並無關連。所有追求不朽的道德功名，都是身外之物，還不如頻享酒筵歌席的聲色官能之娱，占取南陌之上一年大好春光，來得實在。滄桑之後，詞人對於人生道路的選擇和生命意義的所在，有了一番透徹的理解。

【集　評】

鄭騫《永嘉室劄記》：張籍《贈王建》詩云：「于君去後交遊少，東野亡來篋笥貧。賴有白頭王建在，眼前猶見詠詩人。」寥寥二十八字中，有多少風流雲散、物换景移之感。傳神在「白頭」二字。晏小山《臨江仙》詞云（略），前半全用張詩。杜工部《存殁口號二首》云：「席謙不見近彈棋，畢曜仍傳舊小詩。玉局他年無限笑，白楊今日幾人悲。」「鄭公粉繪隨長夜，曹霸丹青已白頭。天下何曾有山水，人間不解重驊騮。」黄山谷《病起荆江亭即事十首》之八云：「閉門覓句陳無己，對客揮毫秦少游。正字不知温飽未，西風吹淚古藤州。」情調章法，並同張詩。予每讀此數首，感舊傷離，憮然不樂。于君，于鵠也，爲張籍摯友。《四部叢刊》本《張司業集》「于君」作「自君」，《全唐詩》作「白君」，均誤。《古逸叢書》影刻宋本不誤。

王焕猷《小山詞箋》：按此詞乃懷念故舊，言莫辜負韶光也。

蝶戀花〔一〕

卷絮風頭寒欲盡〔二〕。墜粉飄紅〔三〕，日日香成陣〔四〕。新酒又添殘酒困。今春不減前春恨。蝶去鶯飛無處問。隔水高樓，望斷雙魚信〔五〕。惱亂層波横一寸①〔六〕。斜陽只與黄昏近〔七〕。

【校記】

①層波横一寸：《歷代詩餘》、家刻本作「横波秋一寸」。横：四寶齋鈔本作「潢」。

【箋注】

〔一〕蝶戀花：唐教坊曲名，後用作詞牌。本名鵲踏枝，又名黄金縷、卷珠簾、鳳棲梧、明月生南浦、細雨吹池沼、一籮金、魚水同歡、轉調蝶戀花等。李煜《蝶戀花・遥夜亭皋閑信步》是第一首易「鵲踏枝」爲「蝶戀花」的詞作。調名取自南朝樂府《東飛伯勞歌》其一：「翻階蛺蝶戀花情，容華飛燕相逢迎。」此調以南唐馮延巳《蝶戀花・六曲闌干偎碧樹》（一作晏殊詞）爲正體，雙調六十字，前後段各五句四仄韻。此詞與《蝶戀花・六曲闌干偎碧樹》同，惟前後段第四句及换頭句平仄異，《樂府雅詞》名之爲「轉調蝶戀花」。轉調者，移宫换羽，轉入别調也，字句雖同，音律自異，故另分列。

〔二〕風頭：風的勢頭。唐岑參《走馬川行奉送封大夫出師西征》：「風頭如刀面如割。」

〔三〕墜粉飄紅：唐杜甫《秋興》八首之七：「波漂菰米沈雲黑，露冷蓮房墜粉紅。」唐韋莊《歎落花》：「飄紅墮白堪惆悵，少別穠華又隔年。」

〔四〕香成陣：承上形容落花之多，香氣濃烈。

〔五〕雙魚信：書信。古人將書信箴封於魚形木匣中郵寄。漢樂府《飲馬長城窟行》：「客從遠方來，遺我雙鯉魚。呼兒烹鯉魚，中有尺素書。長跪讀素書，書中竟何如。上言加餐食，下言長相憶。」

〔六〕層波：指眼波。《楚辭·招魂》：「娭光眇視，目曾（層）波些。」一寸：眼睛的長度。

〔七〕斜陽句：唐李商隱《登樂遊原》：「夕陽無限好，只是近黄昏。」

【疏　解】

詞寫女子春恨，而從暮春景物入手。風卷飛絮，萬花紛謝，正是暮春特有的季節特點。「風頭」不僅「卷絮」，而且吹得花枝「墜粉飄紅」，可知春風亦是無情物。「香成陣」三字，冠以「日日」的修飾，通過濃烈的香氣，形容一場無可挽回的盛大隕落。接著寫人，惜花不已，留春不住，於是只能借酒澆愁。但新酒之困又添殘酒之困，今春之恨不減前春之恨。對於女子來説，這是一個轆轤循環，一個終是無解的困局。

女子深重的春恨，除了傷春，更兼傷別，下片前三句即寫離别相思。「蝶去鶯飛」喻男子離去，「無處問」説男子行蹤不定。「隔水高樓」一句逆挽上片，柳絮翻飛，落紅成陣，原來都是春恨無以消解之女子，登樓憑眺之所見。登高望遠，一以消憂，一以盼歸，但水天浩茫，女子極目望斷，不惟不見歸人，亦不見魚傳尺素。結句寫憑眺無果之女子，心緒繚亂，滿眼愁緒。斜陽黄昏，是思婦閨怨詩詞中經常寫到的一個時間和心理的雙重臨界點，「最難消遣是昏黄」，女子等待落空、盼歸絶望的痛苦，都寓託在「斜陽黄昏」這一句景語之中。

【集　評】

清陳廷焯《閒情集》卷一：宛轉幽怨。

王焕猷《小山詞箋》：按此詞頗有思舊之感，末句且含衰老之意。

又

初撚霜紈生悵望〔一〕。隔葉鶯聲〔二〕，似學秦娥唱〔三〕。午睡醒來慵一餉①〔四〕。雙紋翠簟鋪寒浪〔五〕。　雨罷蘋風吹碧漲〔六〕。脈脈荷花〔七〕，淚臉紅相向〔八〕。斜貼緑雲新月上〔九〕。彎環正是愁眉樣〔一〇〕。

【校　記】

①餉：《歷代詩餘》作「晌」。

【箋注】

〔一〕撚：執，輕輕拿起。霜紈：白色的細絹。南朝梁沈約《謝賜軫調絹等啟》：「霜紈雪委，霧縠冰鮮。」此指素絹製成的紈扇。漢班婕妤《怨歌行》：「新裂齊紈素，皎潔如霜雪。裁成合歡扇，團團似明月。」悵望：惆悵，怨望。南朝齊謝朓《新亭渚别范零陵》：「停驂我悵望，輟棹子夷猶。」唐杜甫《詠懷古跡》之二：「悵望千秋一灑淚，蕭條異代不同時。」

〔二〕隔葉鶯聲：唐杜甫《蜀相》：「映階碧草自春色，隔葉黄鸝空好音。」

〔三〕秦娥：古代善歌女子。《文選》陸機《擬今日良宴會》：「齊僮梁甫吟，秦娥張女彈。」李周翰注曰：「齊僮，秦娥，皆古善歌者。」

〔四〕慵：懶，困倦。一餉：同一晌，一會兒工夫。《敦煌變文集·王昭君變文》：「若道一時一餉，猶可安排；歲久月深，如何可度。」蔣禮鴻通釋：「一餉，就是吃一餐飯的時間。」

〔五〕雙紋翠簟：雙重花紋的竹席。唐王縉《送孫秀才》：「玉枕雙文簟，金盤五色瓜。」翠簟：前蜀韋莊《早秋夜作》：「翠簟初清暑半銷，撇簾松韻送輕飆。」寒浪：竹席的涼氣。

〔六〕蘋風：吹過水面的微風。戰國楚宋玉《風賦》：「夫風生於地，起於青蘋之末。」唐玄宗《同玉真公主過大哥山池》：「桂月先秋冷，蘋風向晚清。」碧漲：漲起的碧水。

〔七〕脈脈：含情相視貌。《古詩十九首》之十：「盈盈一水間，脈脈不得語。」

〔八〕淚臉：形容沾著雨珠的荷花，像是女子帶淚的臉龐。

〔九〕綠雲：喻指女子茂密的黑髮。唐杜牧《阿房宫賦》：「綠雲擾擾，梳曉鬟也。」或謂喻指翠綠的荷葉。

〔一〇〕彎環：彎曲如環，形容女子的眉毛。唐李賀《河南府試十二月樂詞·十月》：「金鳳刺衣著體寒，長眉對月鬭彎環。」南唐馮延巳《菩薩蠻》之二：「殘月尚彎環，玉箏和淚彈。」

【疏　解】

詞寫女子空閨閑愁，即於季節轉換、時光流逝之中，所觸發的寂寞之感與傷春之情。起句先寫一個性别化的動作，表明天氣進入炎夏，春天已然消逝。女子「手撚紈扇」而生出的悵惘怨望，顯然關乎歲華時序的流轉。接二句切入聽覺，轉寫手中撚弄紈扇的女子於出神之時，聽到綠樹濃陰裏傳來的婉轉鶯聲，像是在模仿秦娥歌唱，非常動聽。第四句交代女子午睡醒來，撚扇聽鶯，出神悵望，乃是她睡醒之後一餉慵懶的表現。如此説來，睡眠於她應有觸動，這一層意思完全隱蔽起來了。第五句轉入視覺，描寫她的臥床之上，雙紋翠簟如水沁涼，仿佛一片鋪展開來的粼粼寒浪，這仍是慵懶出神的女子視線所及。

下片由室内轉向室外，午睡醒來的女子，來到荷池邊排遣心中的寂寞悵惘。此時雨過天晴，蘋風吹過漲綠的水面，池中紅荷沾著雨珠，像是傷心之人，淚眼脈脈相看。前結的「寒浪」是虚筆，後起的「碧漲」是實寫，虚實之間，完成了上下片意脈上的過渡和連結。對荷花的描寫，則是女子以我觀物，有著明顯的主觀情感的投射。寫法上人物雙擬，物我不分，是人是花，人花莫辨。結二句時間推移，由午後寫到黄昏，見出女子與荷花脈脈相看的時間之久，亦即女子心中藴蓄的寂寞悵恨之多。一彎新月斜貼碧雲天際，仿佛女子緑髮覆遮的一彎愁眉。這裏仍是人物雙擬的寫法，緑雲與緑髮，彎月與彎眉，在詞人筆下完成了巧妙的主客轉换與組合。

【集　評】

王焕猷《小山詞箋》：按此詞「雨罷蘋風吹碧漲」句之「蘋」字，可知此首當爲蘋、雲而作。

又①

庭院碧苔紅葉徧。金菊開時，已近重陽宴②〔一〕。日日露荷凋緑扇〔二〕。粉塘煙水澄如練③〔三〕。　試倚涼風醒酒面〔四〕。雁字來時〔五〕，恰向層樓見。幾點護霜雲影轉〔六〕。誰家蘆管吹秋怨④〔七〕。

【校　記】

①《草堂詩餘》題作「深秋」。　②重陽：《草堂詩餘》、吴鈔本、四寶齋鈔本、家刻本作「登高」。

③澄：《草堂詩餘》作「明」。　④吹：《草堂詩餘》作「吟」。

【箋　注】

〔一〕重陽宴：農曆九月初九重陽節日的宴會。九爲陽數，二陽相重，故稱重陽。

〔二〕緑扇：闊大的荷葉如同張開的扇面。唐韓偓《暴雨》：「叢蓼亞赬茸，擎荷翻緑扇。」

〔三〕粉塘：荷花池塘，荷花色粉紅，故稱。或謂：粉，白色，形容塘水潔浄。澄如練：南朝齊謝朓《晚登三山還望京邑》：「餘霞散成綺，澄江静如練。」練：白色的絲絹。

〔四〕酒面：酒後的面色，醉顔。唐白居易《贈晦叔憶夢得》：「酒面浮花應是喜，歌眉斂黛不關愁。」

〔五〕雁字：群雁飛行時常排成「一」或「人」字，故稱。唐白居易《江樓晚眺景物鮮奇吟玩成篇寄水部張員外》：「風翻白浪花千片，雁點青天字一行。」

〔六〕護霜雲：秋冬季節，天空時常出現的陰雲。宋費衮《梁溪漫志・方言入詩》：「方言可以入詩，吴中以八月露下而雨謂之林露，九月霜降而雲謂之護霜。竹坡周少隱有句云：『雨細方林露，雲疎欲護霜。』」明婁元禮《田家五行・天文・論雲》：「冬天近晚，忽有老鯉斑雲起，漸合成濃陰者，必無雨，名曰護霜天。」唐李嘉祐《冬夜饒州使堂餞相公五叔赴歙州》：「斜漢初過斗，寒雲正護霜。」唐竇鞏《秋夕》：「護霜雲映月朦朧，烏鵲争飛井上桐。」

〔七〕蘆管：古代西域樂器篳篥。起源于古波斯（今伊朗），東晉時傳入中原，南北朝至唐代盛行。亦指笛子。唐李益《夜上受降城聞笛》：「不知何處吹蘆管，一夜征人盡望鄉。」唐白居易《聽蘆管》：「幽咽新蘆管，淒涼古竹枝。」

【疏　解】

這首詞性别視角不明，觀其詞色，所寫應是秋閨怨思。那麽我們在此把它當作一首女性視角的文本加以解讀。上片描寫庭院秋色，碧苔滿地，紅葉落遍，説明少有人跡。這座庭院，又是一處閨怨詩詞裏經常寫到的封閉空間。起句裏的「紅葉」意象顯示時令已是深秋，二、三句的「金菊」「重陽」，則把季節點明。四、五句集中描寫蓮塘景物，露荷翠葉日漸凋殘，塘水澄澈浄如白練。上片寫景的引人注目之處，就是色彩豐富，碧苔、紅葉、金菊、緑荷、粉塘、白練，一派斑斕的秋色。只於苔蘚滿院、落葉不掃，翠荷凋殘等物色描寫中，隱約透露人物的主觀情感。

下片轉寫人物活動，後起的「酒面」二字，回應上片第三句的「重陽宴」。但這酒還不是重陽節的菊花酒，而是女子的消愁之酒。何以知之？一者上片説的是「已近」而不是「已到」，況且庭院秋景的色彩雖然斑斕，此中人物的情緒卻是低抑的，這從滿地的苔蘚落葉、凋殘的池塘翠荷可以感知。二者是下片二、三句所寫：「雁字來時，恰向層樓見。」表明女子登上高樓憑眺，當爲消憂而兼盼歸，説白了，她其實就是一個幽居在封閉空間裏的空閨獨守的思婦，關注秋空雁字，無非爲了得到行人的消息。此時天色漸晚，護霜雲合，不知從誰家傳來了哀怨的笛聲。聞笛聲而知音，是其人心中先有此種情感。借笛聲吹送點出「秋怨」題旨，一結巧妙，含蓄藴藉。

【集　評】

清陳廷焯《閒情集》卷一：出語必雅。北宋豔詞自以小山爲冠。耆卿、少游，皆不及也。

王焕猷《小山詞箋》：按此詞「幾點護霜雲影轉」句之「雲」字，亦當指蘋、雲也。

又

喜鵲橋成催鳳駕〔一〕。天爲歡遲，乞與初涼夜①〔二〕。乞巧雙蛾加意畫②〔三〕。玉鉤斜傍西南掛〔四〕。　分鈿擘釵涼葉下〔五〕。香袖凭肩，誰記當時話。路隔銀河猶可借〔六〕。世間離恨何年罷。

【校　記】

①喜鵲橋成三句：《歲時廣記》卷二六誤引作蘇軾詞。喜：明鈔本作「嘉」。歡遲：《詞綜》、抱經齋鈔本作「歡時」。②加意：明鈔本、明鈔一卷本、《歷代詩餘》作「如意」。彊村本《小山詞》校記：「原本加作如，從毛本。」

【箋　注】

〔一〕喜鵲橋成：古代民間傳説，牛郎、織女爲天河所隔，每年七夕，無數喜鵲飛來搭引渡橋，使之渡河相會。唐韓鄂《歲華紀麗》卷三引《風俗通》：「織女七夕當渡河，使鵲爲橋。」鳳駕：《漢書·揚雄傳上》：「乃撫翠鳳之駕，六先景之乘。」顔師古注曰：「翠鳳之駕，天子所乘車，爲鳳形而飾以翠羽也。」後用「鳳駕」稱帝王或后妃的車乘。此指仙人（織女）所乘車駕。南朝梁何遜《七夕》：「仙車駐七襄，鳳駕出天潢。」隋王眘《七夕》之一：「天河横欲曉，鳳駕儼應飛。」

〔二〕天爲二句：歡：歡會，歡聚。乞與：給予。初涼夜：七夕時當初秋，天氣微涼。

〔三〕乞巧：古代民俗，女子於七夕在庭院陳瓜果，向織女祈求工巧。東晉葛洪《西京雜記》：「漢綵女常以七月七日穿七孔針于開襟樓，人俱習之。」這是古代文獻中最早關於乞巧的記載。晉代周處《風土記》及南朝宗懍《荊楚歲時記》，比較全面地記録了早期的七夕風俗。宗懍《荊楚歲時記》：「是夕，人家婦女結彩縷，穿七孔針，或以金銀鍮石爲針，陳几筵酒脯瓜果於庭中，以乞巧。有蟢子網於瓜上，則以爲符應。」雙蛾：指女子的雙眉。蛾，蛾眉。南朝梁沈約《昭君辭》：「於茲懷九逝，自此斂雙蛾。」加意：特别留意，非常留心。

〔四〕玉鉤：喻指新月。南朝宋鮑照《翫月城西門廨中》：「蛾眉蔽珠櫳，玉鉤隔瑣窗。」唐李白《掛席江上待月有懷》：「倏忽城西郭，青天懸玉鉤。」

〔五〕分鈿擘釵：夫妻或情人分别時，將鈿釵首飾分開，各執其半以爲信物。唐白居易《長恨歌》：「釵留一股合一扇，釵擘黄金合分鈿。」

〔六〕借：憑借。

【疏解】

詞詠七夕，寫天上人間之感，采用的是詞人的全知視角。上片前三句敘述牛女雙星鵲橋相會的故事，剪裁得體。牛女傳説内容豐富，詞人舍去了短小的詞篇無法容受的内容，直接從喜鵲橋成、催喚織女渡河相會切入，符合美學上「接近頂點，不到頂點」的表現規律。上天垂憫牛女長久的仳離睽隔，故而一年一度，把七夕這個天氣初涼的美好夜晚賜予他們。第四句轉换視角，從天上回到人間，敘寫七夕的民俗活動。七夕是少女們的節日，她們興奮地著意妝扮，表達著向織女乞巧的激動和虔誠。第五句又從人間回到天上，描寫一鉤新月斜掛西南，讓乞巧少女們的彎環蛾眉與之互相映襯。後起的敘事視角，再從天上如鉤新月回到人間恩怨兒女，描寫男女分鈿擘釵的別離，這是此詞最爲奇特的一筆。七夕是女兒節，也是情人節，但是，即使在這個天上牛女相會的喜慶的夜晚，人間仍不免上演別離的悲劇。而離別雙方似乎已然忘記了當初依偎不舍的恩愛纏綿，忘記了當初夜半私語的愛情誓言。結句就此展開天上人間的對比，天上牛女兩情不渝，雖路隔銀河，猶可借助鵲橋，一年一夕如期歡會；人間兒女紛紜不定，出於主客觀原因，雖七夕歡會之夜，竟還有分手的悲劇發生。有感於此，詞人以「世間離恨何年罷」的一聲歎息，結束這首七夕節令之作。

【集　評】

清陳廷焯《閒情集》卷一：思深意苦。

王焕猷《小山詞箋》：按末句「離恨何年罷」語意，知此首當係結束上「蘋風」「雲影」二首也。

又

碧草池塘春又晚。小葉風嬌，尚學娥妝淺①〔一〕。雙燕來時還念遠。珠簾繡户楊花滿〔二〕。　緑柱頻移絃易斷〔三〕。細看秦箏〔四〕，正似人情短。一曲啼烏心緒亂〔五〕。紅顔暗與流年换。

【校　記】

①娥妝：吴鈔本、家刻本、王本作「蛾妝」。

【箋　注】

〔一〕小葉二句：謂風中嬌柔的新葉，尚在模仿美女的淺淡妝束。娥妝：美女的妝束。唐李賀《三月過行宫》：「渠水紅繁擁御牆，風嬌小葉學娥妝。」

〔二〕繡户：雕繪華美的門户。多指婦女居室。南朝宋鮑照《擬行路難》之三：「璿閨玉墀上椒閣，文窗繡户垂羅幕。」楊花：指柳絮。北周庾信《春賦》：「新年鳥聲千種囀，二月楊花滿路飛。」唐李白《聞王昌齡左遷龍標遥有此寄》：「楊花落盡子規啼，聞道龍標過五溪。」

〔三〕緑柱：緑色的箏柱。

〔四〕秦箏：古秦地（今陝西一帶）的一種絃樂器，似瑟，傳爲秦蒙恬所造。漢晉以前張十二根弦，唐宋以後增爲十三弦。每弦置一柱，移動柱位可調節音高。三國魏曹丕《善哉行》：「齊倡發東舞，秦箏奏西音。」唐岑參《秦箏歌送外甥蕭正歸京》：「汝不聞秦箏聲最苦，五色纏弦十三柱。」

〔五〕一曲啼烏：指《烏夜啼》，南朝樂府清商樂中西曲民歌之一，應屬六朝遺聲，唐教坊有此曲名。唐李白《烏夜啼》：「黄雲城邊烏欲棲，歸飛啞啞枝上啼。機中織錦秦川女，碧紗如煙隔窗語。

停梭悵然憶遠人，獨宿空房淚如雨。」寫閨中獨宿的織婦懷念闊別良人，抒發離愁別恨。

【疏解】

此首傷春怨別之詞，上片寫暮春景物，下片抒相思怨情。一起用春草池塘典故，從暮春切入，體現出小山詞尚雅的風格特點。「又」字值得注意，大約兩層含義，一是感慨春光易逝，二是暗示傷春怨別亦非一年一季，爲下片抒情預作鋪墊。二、三句描寫風中柳葉，像是女子淺淡的蛾眉。這兩句看似平常，其間正有許多曲折。起句既用「池塘春草」語典，「園柳鳴禽」自不待言，這二、三兩句正是從省卻的「園柳鳴禽」而來，暗中完成了前後句的轉接過渡。柳葉和蛾眉的比擬，又在寫景之中關合到人物，看似毫不費力的隨意點染，已經表現出人物之美。即此可見詞人文心之旋復，與修辭技巧之高妙。雙燕作爲反襯，興起人物的「念遠」情緒。珠簾繡户之間濛濛亂飛的柳絮，不僅回應起句的春晚，二、三句的柳葉，使前後寫景絲絲入扣，它更是懷人的女子心緒繚亂的象喻。

女子於是彈撥箏弦，聊作消遣寄託。詞筆也從上片描寫室外春景，轉爲下片描寫室内人物，抒發人物的思想感情。箏柱頻移，見出節奏急促；節奏急促，見出心緒起伏：這是借助動作傳寫心情的手法。由於節奏過於急促，即情緒過於激烈，鏘然一聲，箏弦撥斷。女子此際不免感慨：看這斷絕的箏弦，多像短暫的人情啊！至此，女子内心已是怨情難抑。「一曲」句交代所彈乃是《烏夜啼》，這是一支獨宿空閨的思婦懷念遠人的淒傷的舊曲。「心緒亂」三字點明女子的情感狀態，回應後起的「弦斷」，可說是「弦斷」的原因。結句抒流年暗換紅顏的遲暮之悲，時間生命意識的覺醒，賦予詞旨更深的意味。

【集　評】

王焕猷《小山詞箋》：按「緑柱頻移絃易斷。細看秦箏，正似人情短」數句之意，似有人與小山相争者，因有所慨。

又

碾玉釵頭雙鳳小〔一〕。倒暈工夫〔二〕，畫得宫眉巧〔三〕。嫩麴羅裙勝碧草①〔四〕。鴛鴦繡字春衫好②〔五〕。　三月露桃芳意早③〔六〕。細看花枝，人面争多少〔七〕。水調聲長歌未了〔八〕。掌中杯盡東池曉〔九〕。

【校　記】

①嫩麴句：毛本、四庫本、王本作「嫩麴□□羣勝□」。羅：明鈔本誤作「罷」。　②鴛鴦：抱經齋鈔本作「夗央」。　③芳意：毛本、四寶齋鈔本、四庫本、王本作「春意」。

【箋　注】

〔一〕碾玉：古人用解玉砂打磨雕琢玉器的工藝。《天工開物》：「凡玉初剖時，冶鐵爲圓盤，以盆水盛砂，足踏圓盤使轉，添砂剖玉，逐忽劃斷。」釵頭雙鳳小：小巧的鳳釵。

〔二〕倒暈：古代女子的一種眉樣。唐宇文士及《妝臺記》：「婦人畫眉，有倒暈妝。」唐張泌《妝樓記·十眉圖》：「明皇幸蜀，令畫工作十眉圖，横雲、斜月，皆其名。」明楊慎《丹鉛續録·十眉圖》：「唐明皇令畫工畫十眉圖。一曰鴛鴦眉，又名八字眉；二曰小山眉，又名遠山眉；三曰五嶽眉；四曰三峯眉；五曰垂珠眉；六曰月稜眉，又名卻月眉；七曰分梢眉；八曰逐煙眉；九曰拂雲眉，又名横煙眉；十曰倒暈眉。」

〔三〕宫眉：宫中流行的眉樣。唐李商隱《蝶》之三：「壽陽公主嫁時妝，八字宫眉捧額黄。」

〔四〕嫩麴：比酒麴顔色還嫩的淺黄淡緑色。羅裙勝碧草：羅裙顔色比草色還要鮮嫩好看。古人常以草色比裙色，南朝江總妻《賦庭草》：「雨過草芊芊，連雲鎖南陌。門前君試看，是妾羅裙色。」唐杜甫《琴臺》：「野花留寶靨，蔓草見羅裙。」唐劉長卿《春草宫懷古》：「君王不可見，芳草舊宫春。猶帶羅裙色，青青向楚人。」五代牛希濟《生查子》：「記得緑羅裙，處處憐芳草。」

〔五〕鴛鴦繡字：春衫上繡有鴛鴦字樣。

〔六〕露桃：語本《樂府詩集·相和歌辭三·鷄鳴》：「桃生露井上，李樹生桃旁。」後因用「露桃」稱桃樹、桃花。唐顧況《瑶草春》：「露桃穠李自成蹊，流水終天不向西。」

〔七〕人面：語本唐崔護《題都城南莊》：「去年今日此門中，人面桃花相映紅。」争：相差。張相《詩詞曲語辭匯釋》卷二：「争，猶差也。……晏幾道《蝶戀花》詞：『三月露桃芳意早。細看花枝，人面争多少。』争多少，差多少也，言不甚差也。」

〔八〕水調：唐杜牧《揚州》之一：「誰家唱《水調》，明月滿揚州。」自注：「煬帝鑿汴渠成，自造《水調》。」明胡震亨《唐音癸籤・樂通二》：「《海録碎事》云：『隋煬帝開汴河，自造《水調》。』按：《水調》及《新水調》，並商調曲也。唐曲凡十一迭，前五迭爲歌，後六迭爲入破。」

〔九〕掌中杯：手中的酒杯。唐杜甫《小至》：「雲物不殊鄉國異，教兒且覆掌中杯。」東池：或指汴京凝碧池，爲遊賞之地。明《一統志》卷二十六《開封府》上：「凝碧池，在府城東南平臺側。唐爲牧澤，宋真宗時鑿爲池。」

【疏解】

詞寫歌女盛裝侍宴，采取詞人觀賞的外視角。上片集中描寫歌女的妝容衣飾，髮鬟之上插戴精美的碾玉鳳釵，倒暈工夫描出一雙宮樣巧眉，這前三句寫的是歌女妝容之美；後二句轉寫她的衣着，嫩黄淡緑的裙色勝過芳草碧色，春衫之上繡着好看的鴛鴦雙字。玉釵的「雙鳳」造型，春衫的「鴛鴦」繡字，都有兩性戀情的暗示意味。裙色勝過草色，更突出了衣着其實是着衣之人的可愛。上片五句人物描寫，從首飾到眉樣，從羅裙到衣衫，真個是裝飾華豔而又時尚，人物美麗而又多情。

然而詞人意猶未足，下片再用一樹桃花烘托映襯，在寫過歌女的髮飾之美、眉目之美、衣裙之美後，補上濃豔的一筆，描寫歌女的頰色之美。這三句是寫實，也是用崔護《題都城南莊》的「人面桃花」典故，人花相映，把歌女之美豔寫到極致，而詞人的愛賞之意已是不言而喻。「芳意」二字，明説桃花，實説人物，與上片的「雙鳳」「鴛鴦」等字面呼應。説到底，聽歌觀舞的詞人喜愛的固然是歌女的美麗，而讓他傾心的還在於歌女的風情。後結二句借唱者歌聲未了、聽者掌中杯盡，寫長夜之樂的沉酣和投入。讀者通過這首詞，對歌女的日常生活與聽衆的玩賞心態，有了一個切實具體的了解，詞作緣此具有了特殊的認識價值與審美價值。

【集　評】

王焕猷《小山詞箋》：按此首所指，或非一人。蓋第四句雖有闕文，然有「羣勝」二字，而「勝」字又非用作動詞。查「勝」爲首飾，《山海經》：「崑崙之丘，有人戴勝，虎齒有尾，穴處，名曰西王母。」「勝」字上加「羣」字以形容之，則所指者恐非一人。

又①

醉别西樓醒不記。春夢秋雲〔一〕，聚散真容易〔二〕。斜月半窗還少睡。畫屏閑展吴山翠〔三〕。　衣上酒痕詩裏字〔四〕。點點行行，總是淒凉意。紅燭自憐無好計。夜寒空替人垂淚②〔五〕。

【校　記】

①《唐宋諸賢絶妙詞選》、抱經齋鈔本題作「别恨」。　②夜寒：《唐宋諸賢絶妙詞選》作「夜闌」。

【箋注】

〔一〕春夢秋雲：喻人生聚散無定。唐白居易《花非花》：「來如春夢幾多時，去似朝雲無覓處。」宋晏殊《木蘭花》：「長於春夢幾多時，散似秋雲無覓處。」

〔二〕聚散：《莊子·則陽》：「安危相易，禍福相生，緩急相摩，聚散以成。」唐杜甫《送重表侄王砅評事使南海》：「亂離又聚散，宿昔恨滔滔。」

〔三〕吴山：泛指江南吴地之山。

〔四〕衣上句：唐白居易《故衫》：「袖中吴郡新詩本，襟上杭州舊酒痕。」

〔五〕紅燭二句：唐杜牧《贈别》之二：「蠟燭有心還惜别，替人垂淚到天明。」

【疏解】

此首感舊之詞，采用詞人的視角。首句説往日醉别西樓，醒後渾然不記。既指昔時某一次醉别，亦泛指所有前歡舊夢。二、三句化用大晏《木蘭花》：「長於春夢幾多時，散似秋雲無覓處」詞意，以春夢、秋雲爲喻，抒發聚散離合的無常之感。「聚散」偏義在「散」，回應起句「醉别」，綴以「真容易」三字，强化感歎意味。第四句包含望月懷思的原型模式，斜月在窗，表明已是殘夜，見出憶念之深切。前結以畫屏之上吴山翠色的閑静之景，映襯不眠之人的煩鬱，含有怨物無情之意，同時暗示所懷之人的所在之地。

換頭三句，寫長夜難眠之時，百無聊賴之際，檢點舊物，當年所穿的衣衫上依稀可見斑斑點點，那是西樓歡宴、笑謔忘形之時灑下的酒漬。還有數箋舊稿，不忍再讀，那是歌宴上即席寫來交給小蘋等歌女們演唱的「狂篇醉句」，當年聽來，也覺「銀燈一曲太妖嬈」。酒痕和詩句都是當年歡樂生活的見證，可是如今看來，那斑斑點點，那字裏行間，卻充滿了「感光陰之易遷，歎境緣之無實」的淒涼之意。這三句很能體現詞人的氣質個性，寫盡了出身豪門詩酒風流的才子，而今落魄懷舊的無限感傷。後結二句，從杜牧《贈別》「蠟燭有心還惜別，替人垂淚到天明」變化而來。詞人感別懷人，檢點舊物，徒增淒涼。在這漫漫長夜裏，昏昏燭光下，形影相吊，自憐無計，悲情難抑，不禁流下了傷感的淚水。詞句運用擬人化手法，把「自憐」「垂淚」等屬於人的行爲心理都歸之於紅燭。連無知的紅燭尚解自憐，也覺無計，並且被「淒涼意」所感動，替人流淚，那麽詞人感傷之深也就可以由此想見了。這兩句借物傳情，曲筆有致，確是「古之傷心人語」。小晏天生多情而又用情甚深，他的詞中多有「情移於物」「情射於物」的句子，如「紫騮認得舊遊蹤，嘶過畫橋東畔路」「斜貼綠雲新月上，彎環正是愁眉樣」「此情深處，紅箋爲無色」，還有此詞的「紅燭」二句，等等，都是一腔癡情溢於外物，從而使「物皆著我之色彩」的擬人化佳句。

【集　評】

清先著、程洪《詞潔》卷二：晏幾道「醉別西樓醒不記」：如小山父子及德麟輩，用事亦未嘗不輕，但有厚薄濃淡之分。後人一再過，不復留餘味，而古人雋永不已。

清陳廷焯《大雅集》卷一：一字一淚，一字一珠。

唐圭璋《唐宋詞簡釋》：此首寫別情淒惋。一起寫醒時景況，迷離惝恍，已撇去無限別時情事。「春夢」兩句，歎人生聚散無常。一「真」字，見慨歎之深。「斜月」兩句，自言懷人無眠，惟有空對畫屏凝想。一「還」字，見無眠之久，一「閑」字，見獨處之寂。下片，「衣上」兩句，從「醉別西樓」來，酒痕墨痕，是別時情態，今人去痕留，感傷曷極。「總是」二字，亦見感傷之甚，覺無物不淒涼也。「紅燭」兩句，用杜牧之「蠟燭有心還惜別，替人垂淚到天明」詩。但「自憐」、「空替」等字，皆能於空際傳神。二晏並稱，小晏精力尤勝，於此可見。

吴世昌《詞林新話》卷三：小山《蝶戀花》（「醉別西樓醒不記」）有「畫屏閑展吴山翠」句。按先是宗炳畫所遊山水於其廬山居室壁上，後人演變壁畫爲畫屏。屏可疊折，展之則成全幅山水。後世「屏山」之説本此。

王焕猷《小山詞箋》：按此詞首言「醉別西樓醒不記」，則亦常言之西樓，蓋又感舊之作也。

又①

欲減羅衣寒未去。不卷珠簾，人在深深處。殘杏枝頭花幾許②，啼紅正恨清明雨〔一〕。　盡日沉香煙一縷〔二〕。宿酒醒遲〔三〕，惱破春情緒〔四〕。遠信還因歸燕誤〔五〕，小屏風上西江路③〔六〕。

【校記】

①此首《樂府雅詞》卷中、《草堂詩餘》並作趙令畤詞，文字小有出入。②殘：明鈔本作「淺」。抱經齋鈔本作「紅」，注曰「一作『殘』」。③路：明鈔本作「露」，誤。

【箋注】

〔一〕啼紅：喻指雨水沾濕的杏花。

〔二〕沉香：沉水香，以沉香木屑製成。其木堅重，入水則沉，故名。又名蜜香，《南越志》曰：交州人稱爲蜜香，謂其氣如蜜脾也。梵書名阿迦嚧香。

〔三〕宿酒：猶宿醉。唐白居易《早春即事》：「眼重朝眠足，頭輕宿酒醒。」

〔四〕惱破：張相《詩詞曲語辭匯釋》卷三：「破，猶盡也，遍也，煞也。……晏幾道《蝶戀花》詞：『卻倚緩弦歌别緒，斷腸移破秦箏柱。』移破，猶云移盡或移遍也。又前調詞：『盡日沉香煙一縷，宿酒醒遲，惱破春情緒。』惱破，猶云惱煞也。」

〔五〕遠信句：用五代王仁裕《開元天寶遺事》「傳書燕」故事。唐李白《擣衣篇》：「忽逢江上春歸燕，銜得雲中尺素書。」

〔六〕西江：與江東相對的長江以西地區，或泛指長江流域。

【疏解】

詞寫傷春懷遠之情，采用詞中人物的内視角。起句説春寒料峭，冷暖不定，最難將息時候，所以羅衣未減。二、三句説不僅羅衣未減，而且珠簾不卷，人在深閨。四、五句轉寫室外，當是深閨中人隔窗所見，沾滿雨水的枝頭杏花，多像是含恨之人在傷心哭泣。「清明雨」三字是詞的緊要處，不僅點明了季節天氣，而且倒挽上片，啟開下片。上片第一句的羅衣未減，第二句的珠簾不卷，第三句的人在深閨，都是因爲這場打殘杏花的清明冷雨所致。

後起「盡日沉香煙一縷」，意脈上也是對前結「清明雨」三字的承續。陰雨天氣把人整天困於閨房之内，連到庭院裏排遣散心都不可能。沉水香炷一寸一寸焚盡長日，見出時光之難捱；無聲飄散的沉香煙縷，更渲染出空房幽閨的一片沉寂氣氛。然而人物的内心卻極不平静，宿酒既不能解愁，遲醒之後，她的心情更爲煩亂。「惱破」者，惱煞也，二字表情程度極重，可知她已是不勝煩惱，幾乎無法自持。這都是因爲一場清明冷雨所致嗎？顯然不全是。「春情緒」三字意涵豐富，是比「清明雨」更爲深層的内在致惱因素。於是有了「遠信還因歸燕誤」的傾訴，因燕子誤了遠人歸信，所以讓急切盼歸的她，滿腔春情無以緩解，只能對着枕屏上繪飾的西江風景出神凝想，聊作寄託。西江一帶地方，當是行人所在之處，所以成了她的目光和心理凝聚的焦點。此詞結尾，亦望梅止渴之意，足堪同情和悲憫。

【集　評】

明卓人月《古今詞統》卷九：（「小屏」句）殆欲走入楊國忠家屏上。

王焕猷《小山詞箋》：按此首蓋爲杏而作，即常言之繁杏、小杏也。

又①

千葉早梅誇百媚②〔一〕。笑面淩寒③，内樣妝先試④〔二〕。月臉冰肌香細膩。風流新稱東君意⑤〔三〕。

一捻年光春有味⑥〔四〕。江北江南，更有誰相比。橫玉聲中吹滿地〔五〕。好枝長恨無人寄〔六〕。

【校　記】

①此首《梅苑》卷八作晏殊詞。明鈔一卷本題作「梅花」。②早梅：《梅苑》作「梅花」。③寒：抱經齋鈔本作「雲」。④内：抱經齋鈔本作「巧」。⑤新稱：《梅苑》作「偏稱」。⑥一捻：吳鈔本、明鈔本、明鈔一卷本、《歷代詩餘》、毛本、四寶齋鈔本、抱經齋鈔本、四庫本、家刻本、王本皆作「一稔」。

【箋　注】

〔一〕千葉：此處形容早梅花瓣重迭繁多。南朝陳張正見《豔歌行》：「蓮舒千葉氣，燈吐百枝光。」唐皮日休《惠山聽松庵》：「千葉蓮花舊有香，半山金刹照方塘。」百媚：千嬌百媚，極言容態之美好。《樂府詩集·橫吹曲辭五·淳于王歌》：「百媚在城中，千媚在中央。」唐白居易《長恨歌》：「回眸一笑百媚生，六宫粉黛無顔色。」

〔二〕笑面二句：《太平御覽》卷三〇引《雜五行書》：「宋武帝女壽陽公主，人日臥於含章殿簷下，梅花落公主額上，成五出花，拂之不去。皇后留之，看得幾時，經三日，洗之乃落。宮女奇其異，竟效之，今梅花妝是也。」內樣妝：皇宮裏流行的妝式，此指梅花妝。

〔三〕東君：司春之神。唐王初《立春後作》：「東君珂佩響珊珊，青馭多時下九關。方信玉霄千萬里，春風猶未到人間。」

〔四〕一捻年光：謂時光短促。捻，一點點，可捻在手指間。形容微小或纖細。宋歐陽修《漁家傲》：「一捻閒愁無處遣，牽不斷，遊絲百尺隨風遠。」年光：時光，年華。亦可指春光。稔，莊稼成熟。一稔，一季。亦可解。

〔五〕橫玉句：橫玉，玉笛，笛子橫吹，故曰「橫玉」。笛曲有《梅花落》。唐李白《與史郎中欽聽黃鶴樓上吹笛》：「黃鶴樓中吹玉笛，江城五月落梅花。」

〔六〕好枝句：《荊州記》：「陸凱與范曄交善，自江南寄梅花一枝，詣長安與曄，兼贈詩。」詩曰：「折梅逢驛使，寄與隴頭人。江南無所有，聊贈一枝春。」好枝句用其意。

【疏　解】

此首詠梅之詞。起句點出題詠對象梅花，含三層意思。一是花繁，二是開早，三是嬌媚。二、三句用壽陽公主梅花妝典故，人花合寫，得映襯之妙。但這不是最主要的，二、三句的要緊處，在於「笑面淩寒」四字，傳寫出了梅花樂觀而堅强的生命意志，這是不畏霜雪、淩寒開放的梅花的真精神。

四、五句再就梅花的嬌媚加以形容，「新稱東君意」五字，是「就美的效果來寫美」。下片前三句贊美梅花報春之功，無花可比，回應起句裏的「早」字。結二句，連用笛曲《梅花落》與陸凱折梅題詩寄贈范曄兩個典故，對梅花的凋落表惋惜之意，對無人折梅相贈表遺憾之情。

平心而論，這首梅詞在小山詞裏屬中平之作，命意和手法上雖不足多，但有一點需要引起關注。大概南宋之前的詠梅之作，梅花意象的象徵寓意尚未模式化，作者還没有形成不變的思維定勢，所以才會出現相對自由開放的描寫和表現。比如馮延巳《鵲踏枝》裏的「落梅繁枝」，與這首詞裏的「千葉早梅」，都是寫梅枝繁茂，這和林和靖爲梅樹定製的「疏影横斜」的標准造型，就是不匹配的，但卻是被允許的。至於這首詞裏寫梅花「誇百媚」的自我炫耀意味，不無迎合之嫌的「新稱東君意」的「風流」之態，與後來不爭春色、不求人知、孤芳自賞的清高梅品，均不相吻合。這是我們在解讀這首詠梅詞時，應該注意加以區分的地方。

【集　評】

王焕猷《小山詞箋》：按此首當是爲梅而作。

又

金翦刀頭芳意動①〔一〕。綵蘂開時②，不怕朝寒重。晴雪半消花鬖鬖〔二〕。曉妝呵盡香酥凍〔三〕。

十二樓中雙翠鳳〔四〕。縹緲歌聲③，記得江南弄〔五〕。醉舞春風誰可共。秦雲已有鴛屏夢〔六〕。

【校　記】

①芳：抱經齋鈔本作「春」。　②綵：明鈔本作「採」。開：明鈔本作「閑」。彊村本校記曰：「原本開作閑，從毛本。」　③縹緲：吳鈔本、毛本、四寶齋鈔本、四庫本作「緲緲」，家刻本作「渺渺」。

【箋　注】

〔一〕金翦刀：喻指春風。唐賀知章《詠柳》：「不知細葉誰裁出，二月春風似剪刀。」芳意：指春意。唐徐彦伯《同韋舍人元旦早朝》：「相問韶光歇，彌憐芳意濃。」

〔二〕鬖髿：鬆散，朦朧不清。

〔三〕曉妝句：謂早妝時，呵氣使凍僵的手指温暖。香酥：芳香酥軟，喻指女子肌膚。

〔四〕十二樓：古代傳説中神仙的居所。《史記·封禪書》：「方士有言：『黄帝時，爲五城十二樓，以候神人於執期，命曰迎年。』」裴駰集解應劭曰：「昆侖玄圃五城十二樓，此仙人之所常居也。」此喻指歌女所居。雙翠鳳：雙鳳翠釵，喻指簪戴雙鳳釵飾的歌女。

〔五〕唐司空圖《注湣征賦述》：「其雅調之清越也，有若縹緲鸞虹，瞥瞥嫋空。」江南弄：樂府《清商曲》名。南朝梁天監十一年，梁武帝改《西曲》，製《江南弄》七曲，即《江南弄》、《龍笛曲》、《採蓮曲》、《鳳笙曲》、《採菱曲》、《游女曲》、《朝雲曲》。皆輕豔綺靡。又南朝梁沈約作《趙瑟曲》、《秦箏曲》、《陽春曲》、《朝雲曲》四曲，亦稱《江南弄》。兩者格調、字句全同，並同有轉韻，説明《江南弄》一調已成定格。有人認爲是唐、五代詞的雛形。

〔六〕秦雲：秦地之雲。喻指長安歌女。鴛屏：畫有鴛鴦圖案的屏風，指代歌女臥室。

【疏　解】

此詞題詠歌女。起句寫早春新柳，用賀知章《詠柳》「二月春風似剪刀」語典，但賀詩的比喻新巧而自然，「金翦刀頭」四字則顯尖新，且帶有婉約情詞好用麗字的特點。「芳意動」三字，明説柳葉萌發的自然現象，暗喻詞中人物的情感心理變化，成爲貫穿全詞的意脈之所在。新春芳意，那是一種任何力量也壓抑不住、阻止不了的蓬勃的生命活力。所以不惟柳樹萌發新芽，花朵也不畏朝寒，絢麗綻放了。畢竟歲時已是春天，積雪在晴日裏消融，花木漸有繁茂舒展的欣欣生意。第五句寫歌女早妝，「呵盡香酥凍」五字回應「朝寒重」，但正見出她的高昂興致，這不正是心懷「芳意」、不怕早寒的表現嗎？

後起交代歌女的居所，是在神仙也似的「十二樓中」，這是對歌女的美麗進行的間接描寫。「雙翠鳳」回應前結的「曉妝」，讓上下片的内容銜接起來。這三個字也是襯托歌女的美麗，並在暗中以雙襯單，曲寫「芳意」。二、三句描寫歌女妝成，唱一支《江南弄》，歌聲清越，悠揚動聽。第四句描寫歌女「醉舞春風」，精神狀態更加興奮，都是「芳意」按捺不住的自然流露。「誰可共」三字突然轉折，不偶之歎，是「芳意」的深一層内涵。於是轉出結句的「鴛屏夢」，這是用夢幻的虛筆，對「芳意」的具體落實。「秦雲」意象，除了補充交代詞中人物是秦地歌女的身份，其「雲情雨意」也與鴛鴦屏風裏的「春夢」氤氲一片。

【集　評】

王焕猷《小山詞箋》：按此首當又爲蕊而作。

又

笑靨秋蓮生緑浦①〔一〕。紅臉青腰〔二〕，舊識淩波女〔三〕。照影弄妝嬌欲語〔四〕。西風豈是繁華主〔五〕。　可恨良辰天不與。纔過斜陽，又是黄昏雨②。朝落暮開空自許〔六〕。竟無人解知心苦〔七〕。

【校　記】

①蓮：抱經齋鈔本誤作「涼」。　②又是：《歷代詩餘》、毛本、四寶齋鈔本、四庫本、王本作「又值」。

【箋　注】

〔一〕笑靨：形容秋蓮花開，像含笑的麗人。緑浦：緑水之濱。南朝梁沈約《釣竿》：「桂舟既容與，緑浦復回紆。」唐李益《長干行》：「鴛鴦緑浦上，翡翠錦屏中。」

〔二〕紅臉青腰：紅色的荷花與緑色的荷莖。

〔三〕凌波女：以洛神宓妃喻指荷花。三國魏曹植《洛神賦》：「凌波微步，羅襪生塵。」吕向注：「步於水波之上，如塵生也。」凌波：形容女子脚步輕盈，飄移如履水波。唐羊士諤《酬蕭使君出妓夜宴見送》：「玉顔紅燭忽驚春，微步凌波拂暗塵。」

〔四〕照影弄妝：荷花映入水面，如同女子照鏡梳妝。嬌欲語：唐李白《渌水曲》：「荷花嬌欲語，愁殺蕩舟人。」

〔五〕西風：秋風。繁華主：繁華的主宰、護持。繁華：草木繁密茂盛。晏幾道《鷓鴣天》：「花不語，水空流。年年拚得爲花愁。明朝萬一西風動，爭奈朱顔不耐秋。」

〔六〕自許：自矜自誇。

〔七〕心苦：蓮子心味苦，喻指歌女内心悲苦。

【疏　解】

詞詠秋蓮，喻寫歌女，可能是爲小蓮而作。一起即切定題詠對象，擬人化手法，交代秋蓮生長在緑水之濱。「笑豔」二字打頭，突出美麗快樂、無憂無慮這一層意思。二、三句描寫秋蓮紅瓣緑莖，亭亭水上，像是舊識的風姿綽約的凌波仙子。第四、五句是觸著警策之句，此暫不論，留待後面分析。

後起感歎秋蓮空有姿色，可惜天不作美，生不逢時。二、三句更進一層，説她不僅生在一歲之秋，而且開在一日之晚；斜陽暮雨，見其生存境遇之不堪，句中含有强烈的美人遲暮之感。第四句再作層遞折進，説秋蓮不僅開在歲晚日暮，而且朝落暮開，花期短暫，則秋蓮身世與命運之不幸已是蔑以加矣！但秋蓮仍然保有芳潔天性，自許自持，只是這份苦澀的内心持守，終究無人體諒理解。

且讓我們回看「照影弄妝嬌欲語。西風豈是繁華主」二句，對其意涵略加申説。秋蓮在緑浦中照影弄妝，含嬌欲語，滿意於自己的妍態丰姿。她大概還没有意識到，肅殺的秋風與和煦的春風是不一樣的。春風吹拂，百花盛開，千紅萬紫；秋風一起，草木摇落，任是似錦繁花，也難逃凋零的厄運。詞人提醒嬌美的荷花注意，西風是依恃不住的，句中含有深切的惋惜和感慨之意。聯繫詞人在《小山詞自序》中提到的沈、陳兩家的歌女蓮、鴻、蘋、雲，皆是能歌善舞，方其得意之時，幾曾想到過自己的歸宿？等到沈死陳病，她們便都被遣散，流落四方，不知所終。此詞可能是借咏荷花，感歎小蓮等年輕歌女擅恃色藝，樂不知愁，詞人已預感到她們的命運不幸，替她們的境遇深覺殷憂。由此可以看出天生痴情的晏幾道，對小蓮等歌女們的真誠關懷與同情。這兩句詞還能够使人們獲得一種形象的感悟，詞人在咏荷花的時候關合了社會人事方面的相似情形。「西風」一句，反詰語氣，警拔冷峻，對那些因爲有某種盲目的依恃而感覺良好、處於熱昏狀態的人來説，不啻是一劑醒神益智的良藥。

【集　評】

王焕猷《小山詞箋》：按此當是爲蓮鴻而作也。

又①

碧落秋風吹玉樹②〔一〕。翠節紅旌③，晚過銀河路〔二〕。休笑星機停弄杼〔三〕。鳳幃已在雲深處〔四〕。　樓上金鍼穿繡縷〔五〕。誰管天邊，隔歲分飛苦。試等夜闌尋別緒〔六〕。淚痕千點羅衣露。

【校　記】

①明鈔一卷本題作「七夕」。　②吹：抱經齋鈔本作「生」。　③旌：吴鈔本、抱經齋鈔本作「粧」。

【箋　注】

〔一〕碧落：道家稱東方第一層天，碧霞滿空，叫作「碧落」。後來泛指天空。唐楊炯《和輔先入昊天觀星瞻》：「碧落三乾外，黄圖四海中。」唐白居易《長恨歌》：「上窮碧落下黄泉，兩處茫茫皆不見。」玉樹：傳説中的神木。唐李白《懷仙歌》：「仙人浩歌望我來，應攀玉樹長相待。」亦用作樹木的美稱。

〔二〕翠節二句：謂牛郎織女排開華美的儀仗，於七夕渡過銀河相會。節：節仗；旌：旗幟。

〔三〕星機：織女的織機。唐李商隱《寓懷》：「星機抛密緒，月杵散靈氛。」停弄杼：停機不再紡織。杼：織機的梭子。

〔四〕鳳幃：繡有鳳凰圖案的帷帳。

〔五〕樓上句：寫人間女子七夕穿針乞巧活動。七夕穿針乞巧始於漢代，流於後世。晉葛洪《西京雜記》：「漢彩女常以七月七日穿七孔針于開襟樓，人俱習之。」南朝梁宗懍《荆楚歲時記》：「七月七日，是夕人家婦女結彩樓穿七孔外，或以金銀愉石爲針。」《輿地志》：「齊武帝起層城觀，七月七日，宫人多登之穿針。世謂之穿針樓。」五代王仁裕《開元天寶遺事》：「七夕，宫中以錦結成樓殿，高百尺，上可以勝數十人，陳以瓜果酒炙，設坐具，以祀牛女二星，妃嬪各以九孔針五色線向月穿之，過者爲得巧之候。動清商之曲，宴樂達旦。士民之家皆效之。」元陶宗儀《元氏掖庭録》：「九引臺，七夕乞巧之所。至夕，宫女登臺以五彩絲穿九尾針，先完者爲得巧，遲完者謂之輸巧，各出資以贈得巧者焉。」

〔六〕尋：重温。五代韋莊《謁金門》：「閑抱琵琶尋舊曲。遠山眉黛緑。」别緒：離别時的心緒。

【疏解】

這是一首題詠七夕的節令詞，采用詞人的亦即人間的視角，敘寫天上發生的神奇愛情故事。起句寫天上秋風吹動玉樹，扣緊七夕的季節背景和牛女雙星乃是天上神仙的身份。二、三兩句展開想象力，描寫牛女雙星七夕出行，排開盛大華美的儀仗，渡過銀河鵲橋相會。第四句是詞人提醒世俗社會的人們，不要去笑話織女竟然停弄機杼，那是因爲神仙也渴望享受愛情的歡樂。鵲橋已搭成，鳳幃已張設，整整期盼一年的織女，焉有不去趕赴約會之理？她哪裏還會再有心思，去穿梭紡績天上的雲錦呢！這是以人間的男女愛情心理去忖度天上的神仙，神仙也顯得很有人情味。

上片仰望星空展開想象，下片的視角切換到人間，描寫七夕穿針乞巧的民俗。如果用蒙太奇鏡頭把上下片並置，其實是很有喜感的對比畫面。天上的織女都罷織赴會去了，人間的癡兒女們，還在向罷織的織女望空乞巧，這個似乎無焦點沖突的戲劇性場面，頗能讓人莞爾。二、三句是説人間朝暮相守的男女，有誰去理會天上牛女的隔歲分飛之苦。如果你想等到夜闌，見證一夕相會的牛女雙星的離愁别緒，那麽其時，會有千點淚水從天空灑下，化作清晨沾濕你身上羅衣的清冷秋露。這一結二句，將天上人間聯繫起來表現，是詞人想象力的再度展開，寄託了對於牛女長年睽違的不幸遭遇的深切同情。

【集評】

王焕猷《小山詞箋》：按上疊結句曰「鳳幃已在雲深處」，可知此首蓋爲雲而作也。

又

碧玉高樓臨水住〔一〕。紅杏開時，花底曾相遇〔二〕。一曲陽春春已暮①〔三〕。曉鶯聲斷朝雲去〔四〕。　遠水來從樓下路②。過盡流波，未得魚中素〔五〕。月細風尖垂柳渡。夢魂長在分襟處③〔六〕。

【校　記】

①已：吴鈔本作「色」。　②路：《詞綜》作「度」。　③長在：《花草粹編》作「常在」。

【箋　注】

〔一〕碧玉：晉汝南王妾名碧玉，備受寵愛，爲作《碧玉歌》。《樂府詩集·清商曲辭三·碧玉歌》郭茂倩題解引《樂苑》：「《碧玉歌》者，晉汝南王所作也。碧玉，汝南王妾名。以寵愛之甚，所以歌之。」今傳晉孫綽《碧玉歌》四首其二：「碧玉小家女，不敢攀貴德。感郎千金意，慚無傾城色。」其三：「碧玉小家女，不敢貴德攀。感郎意氣重，遂得結金蘭。」後多借指年輕貌美的小家女或婢妾、歌女。唐白居易《南園試小樂》：「紅萼緑房皆手植，蒼頭碧玉盡家生。」

〔二〕花底：花樹之下。唐杜甫《花底》：「紫萼扶千蕊，黄須照萬花。忽疑行暮雨，何事入朝霞。恐是潘安縣，堪留衛玠車。深知好顏色，莫作委泥沙。」

〔三〕陽春：春天；，温暖的春天。此指《陽春》《白雪》，曲調名。後用以泛指高雅的曲調。

〔四〕朝雲：巫山神女名。戰國楚宋玉《高唐賦序》：「昔者先王嘗游高唐，怠而晝寢，夢見一婦人曰：『妾，巫山之女也。爲高唐之客。聞君游高唐，願薦枕席。』王因幸之。去而辭曰：『妾在巫山之陽，高丘之阻，旦爲朝雲，暮爲行雨。朝朝暮暮，陽臺之下。』旦朝視之，如言。故爲立廟，號曰朝雲。」

〔五〕魚中素：指書信。漢樂府《飲馬長城窟行》：「客從遠方來，遺我雙鯉魚。呼兒烹鯉魚，中有尺素書。」

〔六〕分襟：分袂，分離。唐王勃《春夜桑泉别王少府序》：「他鄉握手，自傷關塞之春；異縣分襟，竟切悽愴之路。」

【疏　解】

長久的相處或生厭倦，短暫的交往因保有新鮮感，更讓人懷戀。此詞即寫一段短暫的愛情故事，故事的男女主人公，應該就是詞人自己和一位歌女。詞取男子的視角，與他花底相遇的歌女住在臨水的高樓之上。她像仲春盛開的紅杏一樣嬌豔動人，於是一見鍾情的故事就此發生了。但高潮即尾聲，一曲《陽春》唱罷，已是暮春天氣。黎明時分的曉鶯聲裏，她像一片行雲飄逝不見了，徒留下無限的悵惘和不盡的思量。

於是他開始苦苦地等待，等待會有她的消息傳來。後起「遠水來從樓下路」，回應前起「碧玉高樓臨水住」，是説眼前的河水從遠處她居住的高樓之下流過來，但卻没有得到雙鯉傳來的書信。這讓他感到傷心絶望，但他依舊癡情不改。他的愛情記憶，就此定格在月細風尖的楊柳渡頭，那正是他和她最後分手的地方。

詞中「月細風尖」四字，格外引人注目，大似長吉詩法，不類人間凡語，有一種特殊的修辭效果。「月細」是説渡頭早别之時，天上的一彎下弦殘月，可以視爲人世愛情生活不美滿的象征。「風尖」當是形容渡頭早晨尚帶寒意的一縷水風，給人以尖利的寒涼之感。這一句四字，是特定情境中人物的特定感受，雖給讀者留下深刻的印象，卻並不容易確切地加以理解把握。還有起句裏的那座臨水「高樓」，到底是歌樓，還是二人同居的住處？前結「朝雲去」的「去」，又是從哪裏離開？垂柳渡頭的分襟，是詞人送別女子，還是女子送別詞人？凡此，都是這首看似簡單明白的小詞，留給讀者的朦朧不明的地方。

【集　評】

清厲鶚《論詞絶句》：鬼語分明愛賞多，小山小令擅清歌。世間不少分襟處，月細風尖喚奈何。

清陳廷焯《閒情集》卷一：淒婉欲絶，仙耶鬼耶？

王煥猷《小山詞箋》：按此首又用「朝雲」，則亦爲雲之作也。

又①

夢入江南煙水路〔一〕。行盡江南，不與離人遇〔二〕。睡裏消魂無説處。覺來惆悵消魂誤②。　欲盡此情書尺素〔三〕。浮雁沈魚〔四〕，終了無憑據。卻倚緩絃歌别緒③〔五〕。斷腸移破秦箏柱〔六〕。

【校　記】

①《唐宋諸賢絶妙詞選》題作「别恨」。　②消魂誤：《唐宋諸賢絶妙詞選》、《花草粹編》、《歷代詩

餘》、四寶齋鈔本、四庫本、家刻本、王本作「佳期誤」。抱經齋鈔本注曰「一作佳期」。③緩絃：吴鈔本、《花草粹編》、《歷代詩餘》、四庫本、王本作「鯤絃」。家刻本作「鵾弦」。緩：抱經齋鈔本注曰「一作鯤」。抱經齋鈔本詞末注曰「見《絶妙詞選》」。

【箋　注】

〔一〕煙水：霧靄迷蒙的水面。唐孟浩然《送袁十嶺南尋弟》：「蒼梧白雲遠，煙水洞庭深。」

〔二〕離人：離開家園、親人的人；亦指遠遊之人的妻子。南朝蕭繹《春别應令詩四首》其四：「若使月光無近遠，應照離人今夜啼。」唐張若虚《春江花月夜》：「可憐樓上月徘徊，應照離人妝鏡臺。」

〔三〕尺素：小幅絹帛，古人以之修書或作畫。此指書信。《文選·陸機〈文賦〉》：「函緜邈於尺素，吐滂沛乎寸心。」宋晏殊《蝶戀花》：「欲寄彩箋兼尺素。山長水闊知何處。」

〔四〕浮雁沈魚：古人以爲魚雁皆能傳書，詩詞中常以之代指信使或書信。雁飛雲端，故曰「浮雁」；魚遊水底，故曰「沈魚」。

〔五〕緩絃：未繳緊的絲弦，聲音低緩。宋韓維《和謝主簿遊西湖》：「興長不忍回孤棹，歌懶才能逐緩弦。」

〔六〕移破：移遍，移盡。

【疏　解】

詞寫夢中追尋戀人不遇和夢後遺情無計。上片始由「夢入」，結以「覺來」，完整地表現了夢中追尋戀人的全過程。晏幾道現存詞二百五十餘首，其中六十多首寫到「夢」，這首《蝶戀花》是小晏記夢的名篇。此詞上片全寫夢境，約作於歌女蓮、鴻、蘋、雲「流轉於人間」之後。起句「夢入江南煙水路」，即寫詞人結想成夢，夢入江南，踏上了追尋戀人的迢遥之路。然而「行盡江南」，卻不見戀人的蹤影，詞人頓覺黯然銷魂，無人與訴。及至一夢醒來，方知這一切全是迷誤，於是更增惆悵之情。下片轉寫夢後，因爲夢中無法找到離人，所以詞人寫信傾訴思念。但是書信寫好，卻無從寄出，寄出之後也得不到回音。最後，長期壓抑、無處寄託的情感只能一發之於箏弦，勢不可遏，箏弦情腸，竟然一時俱絶。至此形成情感的高潮，高潮即是尾聲，全詞戛然收束。

這首令詞只有短短的十句，「寫來層層深入，節節頓挫」（唐圭璋語），藝術表現上極盡「翻轉」、「折進」之能事。詞人滿懷希望「夢入江南」，實是渴望能夠在夢中與「離人」相會。「行盡江南數千里」卻「不與離人遇」，則由希望跌入失望。即使在夢幻的天地裏，也無緣與戀人重聚。「睡裏消魂無説處」一句再折進一層，寫山一程、水一程，仍不見戀人的内心感受，「無説處」三字，見其極度孤獨。然而夢中能夠萬水千山遍地尋找，現實中却是連去尋找都不可能，所以醒來之後的惆悵就讓人難以忍耐了。詞人運用層折之筆，寫盡了這一場追尋無果的傷心之夢。

【集　評】

明卓人月《古今詞統》卷九：人必説夢中相會，何等陳腐。

唐圭璋《唐宋詞簡釋》：此首一起從夢寫入，語即精練。蓋人去江南，相思不已，故不覺夢入江南也。但行盡江南，終不遇人，夢勞魂傷矣，此一頓挫處。既不遇人，故無説處，而一夢覺來，依然惆悵，此又一頓挫處。下片，因覺來惆悵，遂欲詳書尺素，以盡平日相思之情與夢中尋訪之情。但魚雁無憑，尺素難達，此亦一頓挫處。寄書既無憑，故惟有倚弦以寄恨，但恨深弦急，竟將箏柱移破。寫來層層深入，節節頓挫，既清利，又沉著。

王焕猷《小山詞箋》：按此首仍以箏字作骨，蓋承上首而言也。

又

黄菊開時傷聚散。曾記花前①，共説深深願。重見金英人未見〔一〕。相思一夜天涯遠。　羅帶同心閒結徧②〔二〕。帶易成雙，人恨成雙晚。欲寫彩牋書別怨③〔三〕。淚痕早已先書滿。

【校　記】

①花前：明鈔一卷本誤作「前花」。　②羅帶：《花草粹編》、毛本、《歷代詩餘》、四庫本、四寶齋鈔

本、家刻本、王本作「羅袖」。③彩牋：吴鈔本作「粉箋」。抱經齋鈔本缺「人恨成雙」四字，缺「書別怨」之「書」字。

【箋注】

〔一〕金英：黄色的花，此指菊花。

〔二〕羅帶同心：用羅帶綰成的同心結，寓意兩心相同，永不分離，用作男女愛情的信物。南朝梁武帝《有所思》：「腰中雙綺帶，夢爲同心結。」宋林逋《長相思》：「君淚盈。妾淚盈。羅帶同心結未成。」

〔三〕彩牋：小幅彩色紙張，常供題詠或寫信之用。後蜀歐陽炯《三字令》：「彩牋書，紅粉淚，兩心知。」

【疏解】

詞寫感秋懷人之情，采用詞中女子的内視角。賦筆領起，直敘「黄菊開時」的離別，直抒離別的悲傷。這一起七字，兼具時間、人物、事件等敘事要素，又是一個抒情性的句子，將敘事和抒情融合在一起的，是一個「傷」字。這個「傷」字的主語是離别的當事人，所以從敘事的角度看，它是人物要素；但悲傷首先是一種情感狀態，所以它又具備抒情功能。「聚散」是一個偏義複詞，此指離散。二、三句回憶去年花前别離之時，共同發下的深摯心願。第四句是情節也是情感的跌宕，它告訴讀者，去年別離之時，他們是指着眼前的黄菊，訂下明年菊花開時重見的盟約的。滿懷希望的女子，熬過漫長的期盼，等到今年菊花開時，卻没有等到男子如期歸來。第五句特别值得玩味，大概在去年秋天别離之後，内心懷有温暖期待的女子，有盟約可憑，所以並不覺得出走的男子離得有多遠，她的心情是比較平静的。一直等到今年菊花再開，卻不見男子歸來的蹤影，她才陷入徹夜不眠的强烈思念之中，感覺到男子遠在天涯，真正遥不可及。這一句的心理描寫，内涵豐富複雜。

後起「羅帶同心閒結徧」，可以作當初和眼前兩解。若解作當初，則是女子感歎表示永不分離的同心結，把羅帶結遍，也不做準。當初又可作兩解，或指定情之初，或指别離之時。若作眼前解，則是在男子爽約之後，女子相思無聊，把整條羅帶都綰成同心結，以爲寄託和排遣，但她知道這樣做也是徒然的。二、三句對比，羅帶綰結同心是容易的，信守盟約、離人重聚卻是很難。那麽就給爽約不歸的男子寫封書信，訴説一番自己的離愁别恨吧。信還没有寫成，淚水早已滴滿了信箋。全詞以情作結，感傷無限。

【集　評】

俞陛雲《唐五代兩宋詞選釋》：叔原小令最工，直逼《花間》。集中《蝶戀花》詞凡十五首，此三首（醉别西樓醒不記、欲減羅衣寒未去、黄菊開時傷聚散）尤勝。叔原喜沉浮酒中，與客酣飲，每得一解，即以草授歌姬蓮、鴻、蘋、雲，品清謳娱客，持杯聽之，相爲笑樂。歌闌人散，輒惆悵成吟。詞中所云「衣上酒痕」、「宿酒醒遲」等句，皆紀實也。

王焕猷《小山詞箋》：按此詞首用「黄菊」二字，疑菊字當爲人名。

鷓鴣天①〔一〕

彩袖殷勤捧玉鍾〔二〕。當年拚却醉顔紅②〔三〕。舞低楊柳樓心月③〔四〕，歌盡桃花扇底風④。　從别後，憶相逢。幾回魂夢與君同⑤〔五〕。今宵賸把銀釭照，猶恐相逢是夢中〔六〕。

【校　記】

①《唐宋諸賢絶妙詞選》題作「佳會」，《草堂詩餘》題作「詠酒」。　②當年：《唐宋諸賢絶妙詞選》、《古今詞選》作「當筵」。　③楊柳：吴鈔本、毛本、《歷代詩餘》、家刻本、王本作「楊葉」。　④歌盡：抱經齋鈔本作「歌罷」。扇底：底本作「扇影」，從《唐宋諸賢絶妙詞選》、《草堂詩餘》、吴鈔本、抱經齋鈔本改。　⑤魂夢：吴鈔本作「夢裏」。

【箋　注】

〔一〕鷓鴣天：又名思佳客、思越人、醉梅花、半死梧、剪朝霞等。唐人鄭嵎詩有句「春遊鷄鹿塞，家在鷓鴣天」，調名取此。此調爲北宋初年新聲，定格爲晏幾道此詞，雙調五十五字，前段四句三平韻，後段五句三平韻。此調僅此一體，無别體，宋人填此調者，字句韻悉同。

〔二〕彩袖：華美的衣袖，指代美麗的女子。玉鍾：玉製的酒杯。亦用作酒杯的美稱。

〔三〕拚卻：甘願，寧願，願意。有捨棄豁出之意。宋柳永《木蘭花慢》：「拚卻明朝永日，畫堂一枕春酲。」

〔四〕楊柳樓：楊柳隱映的樓閣，指宴飲的場所。桃花扇：繪有桃花的扇子。舊時多爲女子所持，相映成美。

〔五〕同：聚集，會合，在一起。《説文》：「同，合會也。」

〔六〕今宵二句：唐杜甫《羌村三首》之一：「夜闌更秉燭，相對如夢寐。」賸把：賸，同剩。張相《詩詞曲語辭匯釋》卷二：「剩把，盡把也。晏幾道《鷓鴣天》詞：『今宵賸把銀釭照，猶恐相逢是夢中。』義同上。」銀釭：銀白色的燈盞、燭臺。南朝梁元帝《草名》詩：「金錢買含笑，銀釭影梳頭。」

【疏　解】

這首《鷓鴣天》是小晏詞代表作，聞名遐邇，廣爲傳唱，列「宋金十大曲」之一。詞寫久別重逢，采用詞人的視角。上片追憶當年歌舞歡會，起二句即寫豪華宴會上的一見鍾情。「彩袖」借代修辭，暗示其人的美麗，「當年」點明所敘乃是往事。歌女殷勤勸酒，屬意於己；詞人深受感動，不惜一醉。見出彼此心有靈犀，款曲已通。三、四句以「一夜狂歡」來概寫當年種種樂事。「楊柳」「桃花」既是「樓」「扇」名稱，又表明歡會是在春光大好的季節。「舞低」、「歌盡」下字極佳，形象而巧妙地從歌舞寫出時間的推移，又以時間的推移來表明歌舞的通宵達旦，詞人和情人的興會淋漓。這兩句對仗工整，濃豔綺麗，風格類似「六朝宮掖體」詩（《雪浪齋日記》）。楊柳樓的場所，桃花扇的服用，彩袖玉鍾，歌舞歡宴，正是出身宰相之家的貴公子晏幾道青年時代豪華生活的寫照。所以北宋詞人晁無咎說，讀這幾句詞「知此人必不生在三家村中者」（《侯鯖録》）。

下片寫别後的相思與重逢。小晏雖出身豪門，但天生情種，與歌女一夕歡會，即念念不忘。可知他與歌女並非逢場作戲，而是有著相互吸引傾慕的真摯感情存在。「從别後，憶相逢」兩句，可作兩層理解：一寫時間，包括了别後到相逢之間一段長長的過程；二寫佔據别後時光的事情只有一件，即盼望重逢，而往事的回憶、相思的痛苦盡含其中。「幾回魂夢與君同」是别後相思的具體表現，由於不能重見，而一次次在夢中與情人相聚。這三句揭示了相思心理的焦點是盼望重逢，具有典型意義。表現上純用白描，語氣直率坦誠，感情真摯動人。

結二句被《草堂詩餘正集》評曰「驚喜儼然」，「賸把銀釭照」是典型動作，「猶恐是夢中」是典型心態，寫盡久别重逢喜懼交集的複雜心理感受。這兩句是晏幾道熔鑄前人詩句而變化出新的結果：戴叔倫《江鄉故人偶集客舍》：「還作江南會，翻疑夢裏逢。」司空曙《雲陽館與韓紳留别》：「乍見翻疑夢，相悲各問年。」杜甫《羌村三首》其一：「夜闌更秉燭，相對如夢寐。」三家詩都是晏詞所本，而尤其側重杜甫詩意。比較來説，唐人五言詩句純樸渾厚，晏詞則更細密委婉，清麗纏綿，更加口語化，易於傳唱。陳廷焯評這兩句「曲折深婉，自有豔詞，更不得不讓伊獨步」（《白雨齋詞話》）。

【集　評】

宋趙令時《侯鯖録》卷七引晁無咎：晏叔原不蹈襲人語，而風調閒雅，自是一家。如「舞低楊柳樓心月，歌盡桃花扇底風」，自可知此人必不生在三家村中也。

宋胡仔《苕溪漁隱叢話後集》卷三十三引《雪浪齋日記》：「晏叔原工于小詞，如『舞低楊柳樓心月，歌盡桃花扇影風』，不愧六朝宫掖體。」無咎評樂章乃以爲元獻詞，誤也。元獻詞謂之《珠玉集》，叔原詞謂之《樂府補亡集》，此兩句在《補亡集》中，全篇云「彩袖殷勤捧玉鍾」（詞略）。詞情婉麗。

宋魏慶之《詩人玉屑》卷十引《王直方詩話》：存中云：山谷稱晏叔原「舞低楊柳樓心月，歌盡桃花扇底風」，定非窮兒家語。

宋俞琰《書齋夜話》卷四：杜少陵詩云：「夜闌更秉燭，相對疑夢寐。」晏小山之詞乃云：「今宵剩把銀釭照，猶恐相逢是夢中。」談者但稱晏詞之美，不知其出於杜詩也。

宋蔡正孫《詩林廣記》後集卷六：謝疊山云：杜子美亂後見妻子詩云：「夜闌更秉燭，相對如夢寐。」辭情絶妙，無以加之。晏詞竊其意云：「今宵剩把銀釭照，猶恐相逢是夢中。」周詞反其意云：「夜永有時，分明枕上，覷著孜孜地。燭暗時酒醒，元來又是夢裏。」皆不如後山祖杜工部之意，著一轉語：「了知不是夢，忽忽心未穩。」意味悠長，可與杜工部争衡也。

明沈際飛評《草堂詩餘正集》：末二句驚喜儼然。

清劉體仁《七頌堂詞繹》：「夜闌更秉燭，相對如夢寐」，叔原則云：「今宵剩把銀釭照，猶恐相逢是夢中。」此詩與詞之分疆也。

清陳廷焯《閒情集》卷一：仙乎麗矣。後半闋一片深情，低回往復，真不厭百回讀也。言情之作，至斯已極。

唐圭璋《唐宋詞簡釋》：此首爲別後相逢之詞。上片，追溯當年之樂。「彩袖」一句，可見當年之濃情密意。「拚醉」一句，可見當年之豪情。换頭，「從別後」三句，言別後相憶之深，常縈夢魂。「今宵」兩句，始歸到今日相逢。老杜云：「夜闌更秉燭，相對如夢寐」，小晏用之，然有「剩把」與「猶恐」四字呼應，則驚喜儼然，變質直爲宛轉空靈矣。上言夢似真，今言真如夢，文心曲折微妙。

陳匪石《宋詞舉》：此殆爲別後重逢之作，又驚又喜之情，至末句始露出，前半則將今昔之事，融合爲一。第一句，今昔所同，然詞意當屬現在。第二句，「當年」二字，則現時之「顔」雖亦必由「醉」而「紅」，而自疑尚未至此，故以追溯口吻出之，已將末兩句之神髓吸取矣。「舞低」兩句，既工致，又韶秀，且饒雍容華貴之氣，晁補之謂「知此人不住三家村」，沈際飛謂「美秀不減六朝宫掖體」，與乃父之詩「梨花院落溶溶月，柳絮池塘淡淡風」同一名貴語。而由上句「當年」貫下，似拚醉之故在此，語雖實而境則虚。過變以下，仍避實就虚，欲説「相逢」之樂，先説「別後」之苦，「從別後，憶相逢」六字，頗見回環之妙筆。「幾回魂夢與君同」，承上啟下，措語已妙絶無倫。「今宵」一轉，更非非想：前也夢且疑真，今也真轉疑夢。「剩把」、「猶恐」四字，略作曲折，一若非燈可證，竟與前夢無異者。筆特夭矯，語特含蓄，其聰明處固非笨人所能夢見，其細膩處亦非粗人所能領會，其蘊藉處更非凡夫所能跂望。陳廷焯曰：「曲折深婉，自有豔詞，更不得不讓伊獨步。」此正陳振孫所謂「高處遠過《花間》」者也。至造語練字之工，則全從唐五代得來；而此等七字句，又決與《香奩詩》不同：其界限在神味，讀者宜細審之。

吴世昌《詞林新話》卷三：小山《鷓鴣天》：「彩袖殷勤捧玉鐘（略）」，結句用杜詩《羌村》：「夜闌更秉燭，相對如夢寐。」一九四七年余在《中央日報》「文史週刊」爲文論小山用杜詩，舉此爲例。上片結句有以爲指畫桃花之扇，非。「歌扇」乃指扇子上列歌曲名；「風」即《國風》之「風」。歌女用扇，一面畫圖，一面即書曲牌名目，徵歌者就目點唱，歌女依點倚聲，善歌或美色者客所競賞，歌盡扇上曲名矣。又「與君同」者，君夢我，我亦夢君也。

王焕猷《小山詞箋》：按小山詞以《鷓鴣天》爲最著名，而此「舞低楊葉」一首，與後「夢魂慣得」一首，爲其尤著者也。

又

一醉醒來春又殘。野棠梨雨淚闌干①〔一〕。玉笙聲裏鸞空怨②〔二〕，羅幕香中燕未還。
終易散③，且長閒。莫教離恨損朱顔。誰堪共展鴛鴦錦④〔三〕，同過西樓此夜寒〔四〕。

【校　記】

①棠：明鈔本作「□」。　②鸞空怨：毛本、《歷代詩餘》、四庫本、抱經齋鈔本、四寶齋鈔本、家刻

本、王本作「鶯空怨」。③散：明鈔本、明鈔一卷本作「□」。抱經齋鈔本作「見」。④鴛鴦：抱經齋鈔本作「夗央」。

【箋　注】

〔一〕淚闌干：淚水亂流貌。闌干由縱木與横木交錯構築而成，以之比喻縱横交流的淚水。唐白居易《長恨歌》：「玉容寂寞淚闌干，梨花一枝春帶雨。」唐温庭筠《菩薩蠻》：「人遠淚闌干，燕飛春又殘。」

〔二〕玉笙：南唐李璟《攤破浣溪沙》：「細雨夢回鷄塞遠，小樓吹徹玉笙寒。」鸞，詞人自喻。燕，喻指西樓歌女。

〔三〕鴛鴦錦：繡有鴛鴦圖案的錦被。唐温庭筠《菩薩蠻》：「水精簾裏頗黎枕，暖香惹夢鴛鴦錦。」

〔四〕西樓：歌女所居之樓。晏幾道《蝶戀花》：「醉别西樓醒不記。春夢秋雲，聚散真容易。」

【疏　解】

此首西樓懷人之詞，采用詞人的視角，是一首自抒離情之作。起句寫一春長是醉酒，醒來又到殘春，可知這個春天，對於詞人來説是很難捱度的。二句借擬人化的景物、天氣描寫，渲染凄涼悲傷的氣氛。三句寫歌舞宴樂依舊，人成孤鸞，空懷怨恨；四句寫羅幕馨香無異，燕未還巢，離人不歸。「鸞」是孤鸞，是詞人自指；「燕」是離燕，指代離散的西樓歌女；兩句用的都是比擬手法。

換頭三句，是詞人的自寬自解，雖屬老生常談，但確是人世至理。其間包含的是群體的普遍經驗，更是個人的切身體驗。自局外觀之，説來容易，是人皆明白。若處身局中，知易行難，終不獲解免。於是就有了與前三句悖反的結二句：「誰堪共展鴛鴦錦，同過西樓此夜寒。」畢竟，如何度過這個風雨蕭瑟的暮春寒夜，是擺在孤寂無助的詞人面前的現實問題。而渴望團聚，需要温暖，才是詞人的心理指向所在。

【集評】

王焕猷《小山詞箋》：按結句「西樓」二字，乃其著意之字。

又①

梅蘂新妝桂葉眉②〔一〕。小蓮風韻出瑤池〔二〕。雲隨緑水歌聲轉〔三〕，雪繞紅綃舞袖垂〔四〕。　傷別易，恨歡遲。惜無紅錦爲裁詩〔五〕。行人莫便消魂去，漢渚星橋尚有期〔六〕。

【校記】

①明鈔一卷本題作「別意」。　②桂葉：抱經齋鈔本作「柳葉」。

【箋注】

〔一〕梅蘂新妝：指壽陽公主梅花妝。《太平御覽》卷九七〇引《宋書》：「武帝女壽陽公主人日臥於含章簷下，梅花落公主額上，成五出之華，拂之不去，皇后留之。自後有梅花粧，後人多効之。」桂葉眉：唐代女子眉樣。唐江采萍《謝賜珍珠》：「桂葉雙眉久不描，殘妝和淚汙紅綃。」

〔二〕小蓮：作者友人沈廉叔或陳君龍家歌女，見《小山詞自序》。瑶池：傳説昆侖山有瑶池，爲西王母所居。西王母侍女許飛瓊、董雙成，皆以美豔著稱。句謂小蓮美麗，有仙人風致。

〔三〕渌水：同《渌水》，舞曲名。《淮南子·俶真訓》：「足蹀《陽阿》之舞，手會《渌水》之趨。」高誘注：「《渌水》，舞曲也。」

〔四〕紅綃：紅色薄綢，用作侍女名。唐白居易《小亭亦有月》：「紅綃信手舞，紫綃隨意歌。」此以指代小蓮。

〔五〕紅錦：賓客以錦彩賞贈歌舞藝人，謂之纏頭。裁詩：作詩。唐杜甫《江亭》：「故林歸未得，排悶强裁詩。」

〔六〕漢渚：銀河岸邊。星橋：即鵲橋。

【疏解】

此首贈別之詞，寫給歌女小蓮。小蓮是詞人朋友家的歌姬，《小山詞自序》曾經提到。起句似一人物面部特寫，細描小蓮的容貌，畫梅花新妝，掃桂葉雙眉，見出其時尚美麗。二句總贊小蓮的迷人風韻，宛若瑶池仙子許飛瓊和董雙成。三、四句描寫小蓮美妙的技藝，歌聲婉轉像白雲飄過緑水，舞姿蹁躚像紅綃繚繞飛雪。上片四句從容貌和技藝兩個方面，形容小蓮色藝俱佳，這正是小蓮爲詞人深深喜愛的原因。

換頭兩個三言短句，抒發别易歡遲的感傷情緒。由此回看上片，可知這是一場餞别的歌舞宴席。小蓮精心妝扮，傾情表演，都是爲了送别遠行的詞人。深感情義的詞人，欲紅錦裁詩以爲纏頭，贈予小蓮，略表答謝，惜已無力備辦。論者據此指認這首詞作於詞人落魄潦倒的晚年，或判定寫於赴許田鎮監官任離開汴梁之時，不無道理。果若此，則詞人内心强烈的失敗沮喪之感，可以想見。於是有了結二句的自我寬解，天上牛女爲銀漢所隔，尚能在鵲橋上如期相會；何況人間别離，總有重逢的一天，所以切莫過於悲傷。這後結二句，也可以解作小蓮的勸慰之語，這樣，全詞的意脈更顯貫通，情感邏輯也更爲周延。

【集　評】

王焕猷《小山詞箋》：按首句「梅蕊」二字，當是人名著意字。第二句當指蓮鴻也。

又①

守得蓮開結伴游。約開萍葉上蘭舟〔一〕。來時浦口雲隨棹，采罷江邊月滿樓〔二〕。　花不語②，水空流③。年年拚得爲花愁④。明朝萬一西風動⑤，爭向朱顔不耐秋⑥〔三〕。

【校　記】

①又：明鈔一卷本題作「採蓮」。　②不語：抱經齋鈔本作「下語」。　③空流：明鈔本作「不流」。　④拚：毛本、抱經齋鈔本、四寶齋鈔本、家刻本作「判」。　⑤西風動：吴鈔本、毛本、《歷代詩餘》、四庫本、家刻本、王本作「西風勁」。　⑥爭向：底本作「爭奈」，吴鈔本同，毛本、四庫本、四寶齋鈔本、家刻本、王本作「爭尚」。唐本作「爭向」，按：「『向』原作『奈』，改從陸貽典校汲古閣本《小山詞》。」從唐本改。不耐：毛本、四庫本、四寶齋鈔本、家刻本、王本作「不奈」。

【箋　注】

〔一〕約開：約住並撥開。唐韓愈《獨釣》之三：「露排四岸草，風約半池萍。」蘭舟：木蘭舟。南朝梁任昉《述異記》卷下：「木蘭洲在潯陽江中，多木蘭樹。昔吴王闔閭植木蘭於此，用構宫殿也。七里洲中，有魯般刻木蘭爲舟，舟至今在洲中。詩家云木蘭舟，出於此。」後常用爲舟船的美稱。唐許渾《重遊練湖懷舊》：「西風渺渺月連天，同醉蘭舟未十年。」

〔二〕浦口：指小河匯入江湖之處。南朝梁何遜《夜夢故人》：「浦口望斜月，洲外聞長風。」唐王昌齡《採蓮曲》之二：「來時浦口花迎入，采罷江頭月送歸。」

〔三〕爭向：張相《詩詞曲語辭匯釋》卷三：「爭向，猶云怎奈或奈何也。王建《酬趙侍御》：『別來衣馬從勝舊，争向邊塵滿白頭。』」朱顔：指荷花，暗喻採蓮女子。耐秋：經受秋天的變化。唐李白《古風》之二十八：「華鬢不耐秋，颯然成衰蓬。」

【疏　解】

有論者指此詞寫江南少女采蓮活動，恐不確切。詞中流露的是一種非常明顯的文人情調，而不是采蓮歌謡的民間風味。一起二句，「守得」和「約開」的措語，便是文人的有心和細膩，而不是民間天然的質樸甚至粗糙。「守得」二字將時間提前，這裏有用志不分的長久期盼，等待那一日夏至蓮開，遂了結伴出遊的夙願。「約開」二字，則是一個傳神的細節，是一種大約只有在愛情心理的支配下，對於外物表現出的格外呵護與細心。試想熬過漫長的守候，終於可以結伴出遊，乘舟采蓮，人心人情，會是多麼興奮，多麼迫不及待！登舟的一刻，哪裏還管得了水面的萍葉，而去小心翼翼地把它們撥開？這恐怕是只有詞人這樣的多情癡人，才能做得出的事情。三、四句在對仗中表現時間的推移，敘寫從早到晚一天的采蓮活動過程。浦口江邊，雲棹月樓，唯美的景語點染，十分切合題旨。

美感容易喚醒人的時間生命意識，美妍的緑浦荷花，美麗的采蓮遊伴，美好的江邊水月，讓詞人的神思恍惚起來。花未開時期盼着花開，花已開時又擔心花落，年年牽情花事，爲花生愁。懷有這種憂傷的詞人，心靈該是何等的敏感細膩！果然，他開始擔心「明朝萬一西風動」，美麗的荷花，同樣美麗的采蓮少女，終是無法逃脱朱顔凋落的悲劇命運。須知此時荷花初開，詞人就在擔心花謝，這是多大的時間提前量，這是何等癡情之人才會有的心理。一結二句，將詞人的一種惜花愛美之意，抒寫到極致狀態。

【集　評】

王焕猷《小山詞箋》：按首句「蓮開」之「蓮」，蓋指蓮鴻。三句「雲隨」之「雲」，蓋指蘋雲。

又

鬭鴨池南夜不歸〔一〕。酒闌紈扇有新詩①〔二〕。雲隨碧玉歌聲轉，雪繞紅瓊舞袖回②〔三〕。今感舊，欲沾衣。可憐人似水東西〔四〕。回頭滿眼淒涼事，秋月春風豈得知。

【校　記】

①新詩：四寶齋鈔本作「新漓」。　②紅瓊：吴鈔本、毛本、四寶齋鈔本作「紅綃」。

【箋　注】

〔一〕鬭鴨：使鴨子相鬭的遊戲。起於漢代，相沿至唐宋，詩詞中多有寫及。《西京雜記》卷二：「魯恭王好鬭鷄鴨及鵝雁。」《三國志·吴書·陸遜傳》：「時建昌侯慮於堂前作鬭鴨欄，頗施小巧。」《南史·王僧達傳》：「（僧達）坐屬疾，而於揚列橋觀鬭鴨，爲有司所糾。」唐韓翃《送客還江東》：「池畔花深鬭鴨欄，橋邊雨洗藏鴉柳。」南唐馮延巳《謁金門》：「鬭鴨闌干獨倚，碧玉搔頭斜墜。」

〔二〕酒闌：謂酒筵將盡。紈扇：細絹製成的團扇。南朝梁江淹《雜體詩·效班婕妤詠扇》：「紈扇如團月，出自機中素。」

〔三〕雲隨二句：碧玉，見《蝶戀花》「碧玉高樓臨水住」注〔一〕。此處用爲歌女名。紅瓊：舞姬名。宋歐陽修《漁家傲》：「美酒一杯花影膩。邀客醉。紅瓊共作熏熏媚。」

〔四〕人似水東西：以水的東西分流，比喻離人不能相見。傳爲漢卓文君《白頭吟》：「躞蹀御溝上，溝水東西流。」

【疏解】

此首感舊之作，采用詞人視角。上片追憶當年的歌舞宴樂，下片抒寫别後的思念之情。起句「鬬鴨池南」交代歡會的地點，那裏是一片娱樂場所。「夜不歸」，見出詞人的投入和沉酣，興致的濃烈和高昂。第二句「酒闌紈扇有新詩」，特别值得注意。俗子「酒闌」之後何所不爲，但小山終是雅人，所以有此紈扇題詩之雅事。這不僅是小山高出俗人的地方，也是小山詞「高過《花間》」的地方。《花間》詞人當此之際，不止一次寫及形而下的情欲之事。三句形容碧玉歌聲響遏行雲，四句描摹紅瓊舞姿流風回雪。這兩句所寫，與另一首同調詞同樣位置的「雲隨緑水歌聲轉，雪繞紅綃舞袖垂」兩句基本相同。論者以爲此首係另一首的改作，或有可能。也可能是緣於内容相近，情感相似，寫來不免重複。這種現象，在小山詞和唐宋婉約詞中都非罕見。

换頭二句，時空從回憶轉回現實，情感也從歡樂轉向感傷。第三句交代自己與碧玉、紅瓊，就像各自東西的流水，早已失去聯繫，不明下落。第四句説回首往事，皆成空幻，滿眼淒涼，徒唤奈何。

結句以秋月春風的不知不解，突出獨自品嘗人生和愛情悲劇的異常苦澀。這首詞今昔對比，淒涼感舊，從內容到寫法，在小山詞中都很有代表性。

【集評】

王焕猷《小山詞箋》：按此首蓋亦爲雲而作，上半片極言昔日之歡會，下半片極言今時之別離。

又①

當日佳期鵲誤傳〔一〕。至今猶作斷腸仙〔二〕。橋成漢渚星波外〔三〕，人在鸞歌鳳舞前〔四〕。

歡盡夜，別經年。別多歡少奈何天〔五〕。情知此會無長計〔六〕，咫尺涼蟾亦未圓②〔七〕。

【校記】

①《歷代詩餘》、家刻本題作「七夕」。②咫尺：毛本、四寶齋鈔本作「只尺」。

【箋注】

〔一〕鵲誤傳：古人以鵲噪爲喜兆，言當日聞鵲聲以爲佳期將至，結果不驗，責怪喜鵲誤傳喜訊。

〔二〕斷腸仙：指被銀河所隔、不得相見的牛郎織女，相思斷腸。

〔三〕橋成：天河上的烏鵲橋成。漢渚：銀河岸邊。星波：天河的水波。

〔四〕鸞歌鳳舞：比喻美妙的歌舞。《山海經·大荒南經》：「爰有歌舞之鳥，鸞鳥自歌，鳳鳥自舞。」

南朝宋鮑照《代淮南王》："紫房彩女弄明璫，鸞歌鳳舞斷君腸。"

〔五〕奈何天：無可奈何之意。

〔六〕長計：良謀。

〔七〕涼蟾：指秋月。唐李商隱《燕臺詩·秋》："月浪衡天天宇濕，涼蟾落盡疏星入。"

【疏解】

這是一首七夕節令詞，本事和措辭很有特色。起句説喜鵲當日誤傳佳期，不見於今天能夠看到的有關七夕神話傳説的文獻記載，不知小晏所本爲何，或者就是文人興起，信手寫來。在唐宋詩詞裏，有許多文本都寫到喜鵲誤報佳期的情形，只不過寫的都是現實中發生的事，諸如思婦聽聞鵲噪，以爲行人將歸，結果願望落空，嗔怪喜鵲誤傳喜訊之類。讀小晏這句詞，方知天上神仙也遇到過此等之事，可稱新奇，别開生面。這也説明天仙亦如俗人，渴望相會歡聚，聞鵲則喜，所以才上了喜鵲誤傳佳期的當。第二句稱牛女爲"斷腸仙"，措語亦復尖新，道人所未道。三句敘説銀漢星河之上，鵲橋終於在七夕搭成。第四句描寫牛女雙星鵲橋歡會的熱鬧喜慶場面，也屬七夕詩詞未寫之境。

换頭詠歎牛女雙星極盡七夕一夜之歡，然後就是爲天河隔開的痛苦的經年之别。這種"别多歡少"的不如意、不美滿的生活，乃是無可奈何、無法改變之事。詞句借天上寫人間，觸及了人類愛情婚姻的悲劇性質，使這首婉約情詞具有了某種内涵深度，其中寓有詞人深切的生活經驗和情感體驗。結二句説天上的月亮明白七夕之會的短暫匆促，所以自己都不忍心讓月輪圓滿，對牛女雙星的不幸境遇表示體貼和同情。七夕的月亮本來就是未圓之上弦，這裏卻説成是因爲體貼同情牛女的不幸，無理而妙，此之謂也。

【集評】

王焕猷《小山詞箋》：按毛本謂此首爲詠七夕之作。

又

題破香牋小研紅〔一〕。詩成多寄舊相逢①〔二〕。西樓酒面垂垂雪②〔三〕，南苑春衫細細風③〔四〕。　花不盡，柳無窮。別來歡事少人同〔五〕。憑誰問取歸雲信〔六〕，今在巫山第幾峰〔七〕。

【校記】

①詩成多寄：明鈔本、抱經齋鈔本、唐本作「詩篇多寄」，唐本按：「篇」原作「成」，改從陸校本《小山詞》。毛本、《歷代詩餘》、四庫本、四寶齋鈔本、家刻本、王本作「詩多遠寄」。②酒面：四寶齋鈔本作「酒画」，誤。王本作「宿酒」。③春衫：《歷代詩餘》、家刻本、王本作「春山」。

【箋注】

〔一〕題破：題遍，寫滿。香牋：箋紙的美稱。小研紅：壓花的小幅紅箋。研：用木刻版在箋紙上壓印花紋的工藝。

〔二〕舊相逢：舊相識，老朋友。

〔三〕西樓：所愛歌女的居處。酒面：因飲酒而泛紅的顔面。唐白居易《贈晦叔憶夢得》：「酒面浮花應是喜，歌眉斂黛不關愁。」垂垂雪：慢慢恢復了雪白的膚色。

〔四〕南苑：遊樂之地。或謂指玉津園。《大清一統志》卷一五〇：「玉津園，在（開封）府城南門外……《東京夢華録》：都人出城探春，南則玉津園。」

〔五〕歡事：歡愛之事。

〔六〕問取：問，詢問。取，助詞，無義。歸雲：歸來的雲。雲，行雲。或指蓮、鴻、蘋、雲中的小雲。

〔七〕巫山第幾峰：上句既以行雲爲喻，此句即説到巫山。巫山十二峰，《方輿勝覽》載其名曰：望霞、翠屏、朝雲、松巒、集仙、聚鶴、浄壇、上升、起雲、飛鳳、登龍、聖泉。唐張子容《巫山》：「朝雲暮雨連天暗，神女知來第幾峰。」

【疏　解】

此首思念西樓歌女，采用詞人的視角。一起即以敘述描寫代作抒情，情感極爲飽滿濃烈。「題破」者，題滿、題遍也，可見詞人心中藴蓄了多少愛意和思念，那真是訴説不盡，題寫不完。香箋的精美，砑紅的辭色，倒在其次了。第二句説，寫滿紅箋的情詩，都寄給舊日情好之人。第三句出現「西樓」意象，這是「舊相逢」的所居之處，與第四句的「南苑」一樣，當然也是昔日的歡聚之地。酒面雪垂，春衫風細，是過往歡事留在記憶裏的美好的細節。

換頭轉寫別後，先以兩個對仗短句宕開一筆，感歎時光流轉，花柳無盡，可以視爲寫實，也可以從比喻義上加以理解。第三句訴説別後無人同歡的孤寂之意，表達對於舊好的思念之情。於是有了結二句裏的關切和問詢，來自《高唐賦》裏的「歸雲」與「巫山」意象，寓意的指向性非常明確，這也是離別中人情感的最大匱乏。因爲舊歡是西樓歌女，或者就是小雲，其人的藝伎身份決定了不可能在愛情上從一而終，所以引發了詞人別後的疑惑與猜測。從人物的性別心理和愛情的排他性的角度看這兩句詞，其間況味是頗爲複雜難言的。

【集　評】

《詩話總龜》前集卷八引《王直方詩話》：唐張子容作《巫山》詩云：「巫嶺岧蕘天際重，佳期夙昔願相從。朝雲暮雨連天暗，神女知來第幾峰。」近時晏叔原作樂府云：「憑君問取歸雲信，今在巫山第幾峰。」最爲人所稱，恐出於子容。

王焕猷《小山詞箋》：按此詞上疊用「西樓」，下疊用「歸雲」，可知此首亦思憶蘋、雲之作也。

又①

清潁尊前酒滿衣②〔一〕。十年風月舊相知〔二〕。憑誰細話當時事③〔三〕，腸斷山長水遠詩。　金鳳闕，玉龍墀〔四〕。看君來換錦袍時〔五〕。姮娥已有殷勤約，留著蟾宮第一枝〔六〕。

【校　記】

①明鈔一卷本題作「送應試」。②清潁：明鈔本、明鈔一卷本、抱經齋鈔本、四寶齋鈔本作「清穎」，誤。③細話：明鈔本作「細語」。

【箋　注】

〔一〕清潁：潁河，古稱潁水，相傳因紀念春秋鄭人潁考叔而得名。發源於河南省登封市嵩山，經河南省周口市、安徽省阜陽市，在壽縣正陽關（潁上縣沫河口）入淮，爲淮河最大的支流。

〔二〕風月：指詩文。宋歐陽修《贈王介甫》：「翰林風月三千首，吏部文章二百年。」句謂與老友是十年之久的風雅之交。

〔三〕細話：細說。唐方干《送鄉中故人》：「少小與君情不疎，聽君細話勝家書。」

〔四〕金鳳闕，玉龍墀：指京城的宮殿。鳳闕：帶有鳳凰造型裝飾的宮門，代指皇宮。唐楊炯《從軍行》：「牙璋辭鳳闕，鐵騎繞龍城。」龍墀：丹墀。宮殿前的紅色臺階及臺階上的平臺，代指皇宮。唐劉禹錫《楊柳枝》之三：「鳳闕輕遮翡翠幃，龍墀遥望麴塵絲。」

〔五〕錦袍：彩繡的官服。古時讀書人著布衣白衫，中試入仕後方换穿品色衣。

〔六〕姮娥二句：謂月宫嫦娥已經殷勤約定，留著第一枝桂花由君折取。祝福故友魁名高中。姮娥：嫦娥。蟾宫：月宫。傳月中有桂樹，稱考中科舉爲蟾宫折桂。

【疏 解】

小晏詞大都是寫給女性的，終於碰到一首寫給男性友人的作品。這位友人，是相知十年的舊交，應該是詞人監許田鎮時結識的詩友。當初在潁水之濱，曾一同吟風弄月，詩酒酬唱，彼此引爲知音，惺惺相惜。離别之後，山長水遠，感於無人一起細説當時舊事，所以十分思念，借助相互寄詩唱和，傾訴衷腸。

下片或轉寫而今重逢。「金鳳闕，玉龍墀」二句，描寫皇家宫殿，是説友人晉京，有了機緣，方得重聚。第三句「看君來换錦袍時」，交代老友上京是爲了求官，所以祝福老友如願以償，脱掉布衣白衫，换上品色官服。結二句説嫦娥厚意，已作周到安排，「留著蟾宫第一枝」等你折取。對於參加科考的老友來説，這顯然是更高或者説是最高的祝福了，考取進士乃蟾宫折桂，折取蟾宫第一枝桂花，那當然是祝福老友考中狀元了。

這首詞的題材在小晏詞中少見，實屬讓讀者换换口味，從某種程度的審美疲勞中暫得緩解。論者以爲小晏鄙視功名富貴，厭棄科考，這首詞對友人求得功名、高中魁首的祝福，都是正話反説的諷喻。然細讀文本，感覺並非如是。

【集 評】

王焕猷《小山詞箋》：按清潁當指潁州，此首蓋亦官潁州時所作。

又

醉拍春衫惜舊香〔一〕。天將離恨惱疏狂〔二〕。年年陌上生秋草，日日樓中到夕陽。　雲渺渺，水茫茫。征人歸路許多長〔三〕。相思本是無憑語，莫向花牋費淚行〔四〕。

【箋　注】

〔一〕拍：拍撫。惜舊香：懷念舊情。

〔二〕天將句：無可奈何，歸因於天。惱：使人煩惱。疏狂：豪放，不受拘束。唐白居易《代書詩寄微之》：「疏狂屬年少，閒散爲官卑。」

〔三〕征人：外出遠行之人。晉陶潛《答龐參軍》：「勖哉征人，在始思終。」

〔四〕花牋：精緻華美的箋紙。南朝陳徐陵《玉臺新詠序》：「五色花箋，河北膠東之紙。」

【疏　解】

詞寫男女離情，采用男子即詞人的視角。起句「醉拍春衫惜舊香」，既表現出男人性格的恣縱豪邁，又不失婉約詞人的當行本色。若是換成豪放詞人，大概是「醉拍闌干」，而不會是「醉拍春衫」。全詞的首字「醉」不是原因，而是結果，「醉」是因爲過量喝酒，喝酒是爲了消解離愁。「惜舊香」三字，見其往事不能忘懷，哪怕是在醉酒的狀態下，則其用情之深，已可概見。起句所寫，就是第二句裏「離恨惱疏狂」的具體表現。貴公子出身的小晏不同於一般的才子詞人，他的身上是有豪氣奇情的，也就是他在這裏説的「疏狂」，在他的行爲上和詞作中表現多端，如黄庭堅《小山詞序》裏所説的「四癡」，如連東坡都不願見。在《小山詞自序》裏，他説自己的詞作是「狂篇醉句」，《阮郎歸》裏説「殷勤理舊狂」，《鷓鴣天》裏説「彩袖殷勤捧玉鐘，當年拚卻醉顏紅」，小山詞裏有多處用到「拚卻」二字，還有此詞起句裏的「醉拍春衫」，都是詞人「疏狂」性格的流露和表現。一個性情豪邁的疏狂之人，竟爲離愁别恨所煩擾而不得解脱，説來也只能歸咎於天了，就像《詩經·邶風·北門》裏感歎的「天實爲之，謂之何哉」。第三、四句則是從時間的角度，對「離恨惱疏狂」的進一步落實。年年陌上，春望到秋；日日樓頭，朝盼到暮；一自離别之後，相思無日無之，不曾間斷，未有了結。直是要到呼天不應的地步，教他如何不煩惱！

換頭二句承接「陌上」「樓中」的憑眺，拓開一片無邊廣大的空間，雲空渺渺，水天茫茫，哪裏裝得下漫長的離别時間所聚積起來的無窮無盡的離愁别恨。與其陌上樓頭望鄉，不如踏上歸路，然而天地遼遠，歸路漫長，一時半刻，還難以消解相思之情的煩惱糾結。那就修書寄情吧，可是想到相思無憑，還是不要在箋紙上蘸着淚墨寫信而枉費淚行。一結七字作決絶語，正是詞人不勝相思煩惱的表現。

【集　評】

明卓人月《古今詞統》卷七：「費」字本於學書紙費，學醫人費。

王焕猷《小山詞箋》：按上疊後二句，頗似老年人語，故疑此詞或爲晚年所作。

又

小令尊前見玉簫〔一〕。銀燈一曲太妖嬈①〔二〕。歌中醉倒誰能恨，唱罷歸來酒未消。

春悄悄，夜迢迢。碧雲天共楚宫遥②〔三〕。夢魂慣得無拘檢〔四〕，又踏楊花過謝橋〔五〕。

【校　記】

①銀燈：家刻本作「銀鐙」。　②楚宫遥：毛本、《歷代詩餘》、四庫本、四寶齋鈔本、家刻本、王本作「楚宫腰」。

【箋　注】

〔一〕小令：可作兩解。《晉書·王珣傳》：「王珣字季琰，少有才藝，善行書……代王獻之爲長兼中書令。二人素齊名，世謂獻之爲大令，珣爲小令。」借指作者某位善書的友人。或指歌女宴席上演唱的小令詞。玉簫：唐范攄《雲溪友議》卷中：唐韋皋未仕時，寓江夏姜使君門館，與侍婢玉簫有情，約爲夫婦。韋歸省，愆期不至，簫絶食而卒。後玉簫轉世，終爲韋侍妾。借指當宴唱詞的歌姬。

〔二〕銀燈：銀質的燈盞，此指夜宴。另有詞牌名「剔銀燈」，見柳永詞，引申意指「剔銀燈」的曲子，亦可通。妖嬈：此處兼説歌姬的嫵媚豔麗與歌聲的婉轉動聽。三國魏曹植《感婚賦》：「顧有懷兮妖嬈，用搔首兮屏營。」唐唐彦謙《漢代》：「豔詞傳静婉，新曲定妖嬈。」

〔三〕碧雲天句：形容所戀歌女像碧天行雲無定，居處像楚王宫殿一樣遥遠。此句暗用宋玉《高唐賦序》楚王夢見巫山神女典故。

〔四〕拘檢：拘束，檢點。《後漢書·左雄傳》：「言善不稱德，論功不據實，虚誕者獲譽，拘檢者離毁。」唐韋應物《南園陪王卿遊矚》：「形跡雖拘檢，世事澹無心。」

〔五〕謝橋：唐李德裕侍妾謝秋娘爲名歌姬，後因以謝娘指代歌女。謝橋爲謝娘家附近的一座橋。此句化用唐張泌《寄人》「别夢依稀到謝家」詩意。

【疏解】

詩詞中的抒情，大都是依託本事得以完成的。即以小晏這首《鷓鴣天》爲例，它以有限的篇幅講述了一個一見鍾情的故事，揭示了人物隱秘而深摯的愛情心理，强化了短章的抒情功能。

起句七字，事件、地點、人物等敘事要素即已含括其中，一個「見」字，不僅推出了歌女玉簫，也兼及與玉簫相見的詞人。「見」字作爲動詞，本就指説彼我雙方。而相見是靠「目視」，於是就有了《楚辭》文本肇端的「目成」原型模式。小晏這首詞，也是因爲這一見驚豔而鍾情相思，可以視爲「目成」模式的一個文本例證。還有「玉簫」這個名字，本就包含着一段生死情緣，而讓詞人目接神遇之際，頓生如見隔世情人的恍惚之感。第二句以下的敘事和抒情，全從「見」生發出來。「銀燈一曲太妖嬈」，補足了夜宴這一敘事的時間要素。「太妖嬈」三字，不僅大贊夜宴歌聲之美，同時大贊唱歌之人的容態之美。此時的詞人心理，已從一見驚豔進至魅惑入迷的程度。所以詞人本真流露，再次顯現「拚卻」的「疏狂」之態，雖「歌中醉倒」而不以爲憾。夜宴結束，唱罷歸來，詞人的醺醺醉意仍未消解，足見對玉簫其人其歌的耽湎之深。

或以爲此詞上片回憶昔日夜宴相見，下片寫今日别後相思，這樣就把故事時長無限拉大了。細讀再三，我們認爲這首詞的故事時長和敘事時長，都發生在一夜之間。這是一個敘事密度和抒情密度極高的典型文本，下片寫宴罷歸來的詞人，已經陷入不能自拔的相思煩惱之中。「悄悄」一疊寫春夜静謐，「迢迢」一疊寫春夜漫長。在詞人的感覺裏，玉簫像碧天之雲，飄移無定，遥不可及；她的居處多像楚王宫殿，君門九重，難通款曲。這裏寫的顯然是一種心理距離，即《詩經》所云「其室則邇，其人甚遠」，即元曲所説「咫尺間天南地北」。同時，這也是現實中無法解決的困境，於是借助夢幻。結二句即寫睡夢之中，得以擺脱現實的拘禁困縛，自由無礙地踏過飄滿楊花的謝橋，去往寤寐求之的玉簫身邊。結句中的「又」字，意爲白天趕赴歌宴時走過楊花謝橋路，夜晚的相思夢魂，又沿着這條路再走一遍。這一結二句，化用張泌《寄人》「别夢依稀到謝家」詩意，構築幽眇惝恍的美妙意境，曾被道學家程頤以「鬼語」賞之。

【集　評】

宋邵博《邵氏聞見後録》卷十九：程叔微云：伊川（程頤）聞誦叔原「夢魂慣得無拘檢，又踏楊花過謝橋」長短句，笑曰：「鬼語也。」意亦賞之。

明卓人月《古今詞統》卷七：末句見賞于伊川，所謂「我見猶憐」。

清況周頤《蕙風詞話》卷二「小山阮郎歸」條：小晏神仙中人，重以名父之貽，賢師友相與沆瀣，其獨造處，豈凡夫肉眼所能見及。「夢魂慣得無拘管，又逐楊花過謝橋」，以是爲至，烏足與論小山詞耶。

俞陛雲《唐五代兩宋詞選釋》：此調共十九首。《草堂詩餘》録「舞低楊柳樓心月」一首，以其最擅名也。此二首（「醉拍春衫惜舊香」和「小令尊前見玉簫」）之結句，情韻均勝。次首「謝橋」二句尤見新穎。

吴世昌《詞林新話》卷三：小山《鷓鴣天》：「小令尊前見玉簫（略）」，「歌」即酒令（小令）。聆一曲即飲一盞，「歌中醉倒」謂一味貪聽她唱小令，一曲一盞，不覺醉倒了。這是説她的歌太美，欲罷不能。

王焕猷《小山詞箋》：按《古今詞話》：晏小山詞「夢魂慣得無拘檢，又踏楊花過謝橋」，伊川見之曰「鬼語也」，意亦賞之。

又按，「碧雲天共楚宮腰」，彊邨本作「楚宮遥」，宋末陳允平和小山此詞，亦用「遥」字爲韻。且「腰」字與語意亦不合，更有陳詞爲證，自應作「遥」。

又

楚女腰肢越女腮〔一〕。粉圓雙蘂髻中開〔二〕。朱絃曲怨愁春盡，渌酒杯寒記夜來①。新擲果〔三〕，舊分釵〔四〕。冶游音信隔章臺〔五〕。花間錦字空頻寄〔六〕，月底金鞍竟未回〔七〕。

【校記】

①渌酒：抱經齋鈔本、王本作「緑酒」。

【箋注】

〔一〕楚女腰肢：即楚腰，謂美女之細腰。《韓非子·二柄》：「楚靈王好細腰，而國中多餓人。」唐楊炎《贈薛瑶英》：「玉山翹翠步無塵，楚腰如柳不勝春。」唐杜牧《遣懷》：「落魄江湖載酒行，楚腰纖細掌中輕。」越女腮：越國多美女，故以「越女腮」代指美麗的臉腮。南朝梁蕭統《十二月啟》：「蓮花泛水，豔如越女之腮。」

〔二〕粉圓句：謂髮髻上插戴兩朵粉色花。

〔三〕擲果：用晉人潘岳典故，表示女子對美男的愛慕之情。《晉書·潘岳傳》：「岳美姿儀，辭藻絶麗，尤善爲哀誄之文。少時常挾彈出洛陽道，婦人遇之者，皆連手縈繞，投之以果，遂滿車而歸。」

〔四〕分釵：分釵斷帶，比喻夫妻或情人離異。晉袁宏《後漢紀·靈帝紀上》：「婦人見去，當分釵斷帶。」南朝梁陸罩《閨怨》：「自憐斷帶日，偏恨分釵時。」

〔五〕冶游：指出入色情場所。明胡應麟《少室山房筆叢·藝林學山二》：「唐宋間惡少，競刺其身……國朝此風遂絶。惟冶游兒與倡伎密，或劄刺名號，以互相思憶。」章臺：漢代長安街名，多妓館。後因以指代追歡賣笑、歌舞娛樂之地。宋歐陽修《蝶戀花》：「玉勒雕鞍遊冶處，樓高不見章臺路。」

〔六〕錦字：織在錦緞上的字句。後泛指妻子寄給丈夫的書信。唐駱賓王《豔情代郭氏答盧照鄰》：「錦字回文欲贈君，劍壁層峰自糾紛。」唐李頻《古意》：「雖非竇滔婦，錦字已成章。」

〔七〕金鞍：飾金的馬鞍，指代騎馬的冶游男子。

【疏解】

詞寫歌女的日常生活情感，具有一定的認識價值。起句頗有意味，這位歌女集合了楚女的細腰與越女的美顔於一身，這種對女性的集合衆美的描寫，與形容男子有潘安般貌、子建般才，用的都是一個思路。第二句更見巧思，本是歌女髮鬟上插戴兩朵粉色花，卻説成花朵從髮髻裏面綻開，還人工爲自然，所以高妙。「雙蘂」一詞，當還寓有並蒂成雙之意，爲下片伏筆。在前兩句的人物形象描寫之後，三四句轉寫歌女唱曲侑酒的職業生涯，然而似乎並不快樂。朱絃曲怨，愁青春將盡；緑酒杯寒，記侍宴辛酸。其間寓有歌女悵惜年華、自悲淪落之意。

果然還有更大的不如意事。換頭説和她分手的那個美男子，又有了新的追捧崇拜者。從愛情心理的角度説，這是極讓女性拈酸在意、遭受傷害的事。在這樣的事情面前，特殊職業的歌女與正常的良家女子，内心感受並無多大區别。三句是説那個男子耽溺章臺新歡，别後音信全無，這當然更增加了她的痛苦。四句説儘管如此，她還是頻寄書信，傾訴衷腸，只是得不到男子的片紙回應。「錦字」語典，暗示歌女不僅色藝出衆，而且還是一位癡情的才女。但即便如此，也不能换來男子的回心轉意，「竟」者終也，這讓女子徹底絶望。這首詞寫歌女的真實生存狀態，詞中隱含的，仍然是一個癡心女子負心漢的古老故事原型。

【集　評】

王焕猷《小山詞箋》：按此詞「章臺」二字，爲著眼所在。觀首句似非一人，而「花間」句且大有反目之意。

又

十里樓臺倚翠微〔一〕。百花深處杜鵑啼。殷勤自與行人語〔二〕，不似流鶯取次飛〔三〕。

驚夢覺，弄晴時〔四〕。聲聲只道不如歸①〔五〕。天涯豈是無歸意，争奈歸期未可期〔六〕。

【校　記】

①只道：明鈔本作「只到」，誤。

【箋　注】

〔一〕翠微：青翠的山色。《文選》左思《蜀都賦》：「郁葐蒀以翠微，崛巍巍以峨峨。」劉逵注：「翠微，山氣之輕縹也。」

〔二〕行人：行旅之人。

〔三〕流鶯：即鶯。流，謂其鳴聲婉轉。亦指四處飛翔鳴唱的黄鶯。唐張喬《送友人往宜春》：「遠道空歸去，流鶯獨自聞。」唐武元衡《春興》：「楊柳陰陰細雨晴，殘花落盡見流鶯。」取次：隨便，任意。唐白居易《醉後贈人》：「香毬趁拍回環匼，花醆抛巡取次飛。」

〔四〕弄晴：指禽鳥在初晴時鳴囀、戲耍。前蜀韋莊《謁金門》：「柳外飛來雙羽玉，弄晴相對浴。」

〔五〕不如歸：杜鵑啼鳴聲，古人以爲似言「不如歸去」。《蜀王本紀》：「蜀望帝淫其臣鱉靈之妻，乃禪位而逃，時此鳥適鳴，故蜀人以杜鵑鳴爲悲望帝，其鳴爲『不如歸去』。」宋梅堯臣《杜鵑》：「蜀帝何年魄，千春化杜鵑；不如歸去語，亦自古來傳。」宋范仲淹《越上聞子規》：「春山無限好，猶道不如歸。」

〔六〕争奈：怎奈，無奈。唐顧況《從軍行》之二：「風寒欲砭肌，争奈裘襖輕。」歸期未可期：歸家的日期是不能預先確定的。唐李商隱《夜雨寄北》：「君問歸期未有期，巴山夜雨漲秋池。」

【疏　解】

詞寫遊子思歸，在小山詞中屬中平之作。這首詞在構思上的最大特點，是圍繞杜鵑鳥的啼叫聲展開思路，全在杜鵑啼叫聲上做文章。起句寫景，十里樓臺，背倚青山，可視爲行人道路之景，也可視爲遊子客居環境。起句所寫，作爲景觀無疑是美好的，但「雖信美而非吾土兮」，它還是無法集中行人的注意力。而百花深處傳來的杜鵑啼鳴，卻輕易地引起了行人的關注。這是因爲，與旅途風景比起來，杜鵑的啼鳴聲更爲符合行人的深度心理需求。以至於在孤寂的行人聽來，杜鵑的啼鳴是在和他體貼殷勤地説話。第四句裏到處飛鳴的流鶯，是作爲杜鵑鳥的反襯出現的。

換頭繼續描寫杜鵑鳥的殷勤啼鳴。行人夢醒，聽到的是杜鵑叫聲；天氣放晴，聽到的還是杜鵑叫聲。這固然是寫實，但主要是行人心理選擇的結果。那縈回耳畔的鵑啼，聲聲似道「不如歸去」，像是提示，又像叮囑，説了又説，不停反復，是之謂「殷勤」。結二句説，聽聞鵑啼的天涯遊子，心中豈無歸意，怎奈歸期無法提前預定，言外多少身不由己的隱痛。這兩句仍就杜鵑啼鳴聲加以生發，寫出了天涯遊子獨特而普遍的生存境遇和情感體驗，是全詞的觸著警醒之句。

【集　評】

王焕猷《小山詞箋》：按此首當是監潁州時思歸之作也。

又

陌上濛濛殘絮飛。杜鵑花裏杜鵑啼〔一〕。年年底事不歸去〔二〕，怨月愁煙長爲誰①〔三〕。

梅雨細〔四〕，曉風微。倚樓人聽欲沾衣〔五〕。故園三度群花謝，曼倩天涯猶未歸〔六〕。

【校　記】

①怨月：明鈔本、明鈔一卷本、抱經齋鈔本作「怨日」，抱經齋鈔本注曰「一作『月』」。爲誰：抱經齋鈔本作「未歸」，誤。

【箋　注】

〔一〕杜鵑花：又稱山躑躅、山石榴、映山紅，春季開花。唐李白《宣城見杜鵑花》：「蜀國曾聞子規鳥，宣城還見杜鵑花。」

〔二〕底事：何事。

〔三〕怨月愁煙：爲見煙月而生愁怨。唐皇甫冉《廬山歌送至弘法師兼呈薛江州》：「猿啾啾兮怨月，江渺渺兮多煙。」唐張仲素《燕子樓》：「北邙松柏鎖愁煙，燕子樓中思悄然。」

〔四〕梅雨：初夏時節江淮流域經常出現一段持續較久的陰雨天氣，正值江南梅子黃熟之時，故稱梅雨或黃梅雨。《初學記》引南朝梁元帝《纂要》曰：「梅熟而雨曰梅雨。」唐柳宗元《梅雨》：「梅實迎時雨，蒼茫值晚春。」

〔五〕沾衣：雨露或淚水沾濕衣服。唐張旭《山行留客》：「縱使晴明無雨色，入雲深處亦沾衣。」唐杜牧《九日齊山登高》：「古往今來只如此，牛山何必淚沾衣。」

〔六〕曼倩：漢東方朔，字曼倩。《史記·滑稽列傳》：「（東方朔）時坐席中，酒酣，據地歌曰：『陸沈於俗，避世金馬門。宮殿中可以避世全身，何必深山之中，蒿廬之下。』」《漢書・東方朔傳》：「久之，伏日，詔賜從官肉。大官丞日晏不來，朔獨拔劍割肉，謂其同官曰：『伏日當蚤歸，請受賜。』即懷肉去。大官奏之。朔入，上曰：『昨賜肉，不待詔，以劍割肉而去之，何也？』朔免冠謝。上曰：『先生起，自責也！』朔再拜曰：『朔來！朔來！受賜不待詔，何無禮也！拔劍割肉，一何壯也！割之不多，又何廉也！歸遺細君，又何仁也！』上笑曰：『使先生自責，乃反自譽！』復賜酒一石，肉百斤，歸遺細君。」此處以曼倩自比，用「歸遺細君」典，表達思念家室之意。唐温庭筠《題河中紫極宮》：「曼倩不歸花落盡，滿叢煙露月當樓。」

【疏　解】

此首遊子思歸之詞，與前一首措辭、命意相同，或作於同一時期。起句描寫陌上殘絮濛濛亂飛的暮春之景，喻寫心緒繚亂，興起思歸之情。第二句一名二物，構句頗巧，由杜鵑花引出杜鵑啼，前一個杜鵑是賓，後一個杜鵑是主。第三、四句自問，與其捱度怨月愁煙的異鄉時日，何不回到家鄉與親人團聚？可是，人生有多少身不由己，自我省思之中更多無可奈何之意。

換頭描寫梅雨時節雨細風微的天氣，客裏光陰，已從暮春進入初夏。其時風雨飄瀟，連朝接夕，最易觸發遊子客愁。「倚樓人」即思歸的遊子，或者就是詞人自己。樓頭聽雨聊作排遣之際，衣衫快要被雨絲沾濕了。或謂「欲沾衣」三字，是説遊子思鄉情切，快要淚下沾衣了。這樣理解，詞中抒寫的鄉愁變得更加濃重。結二句説，遊子離開家鄉已是三年之久，人在天涯，還未歸去，見其飽嘗鄉愁的滋味，飽受鄉愁的折磨。「三年」二字，或謂許田鎮監任期，論者據此斷定這首詞寫於許田鎮監任上第三年春天。但是還有兩個問題，一是梅雨天氣應屬江淮之間的氣候，與許田鎮地望不屬。二是許田鎮與詞人視爲故鄉的汴京相距甚近，不當以「天涯」目之。結句以東方朔自比，或用其懷肉「歸遺細君」典故，表現了小山詞中罕見的家庭情感。

【集　評】

清陳廷焯《閒情集》卷一：筆意亦俊爽，亦婉約。

王煥猷《小山詞箋》：按此首仍接上首思歸之意。

又①

曉日迎長歲歲同〔一〕。太平簫鼓間歌鐘〔二〕。雲高未有前村雪，梅小初開昨夜風〔三〕。

羅幕翠，錦筵紅〔四〕。釵頭羅勝寫宜冬〔五〕。從今屈指春期近，莫使金尊對月空〔六〕。

【校　記】

①明鈔一卷本題作「冬至」。

【箋　注】

〔一〕曉日迎長：長，長至，冬至、夏至皆稱長至，此指冬至。冬至夜最長，晝最短。過了冬至，則夜漸短，晝漸長。

〔二〕太平句：簫鼓、歌鐘：泛指樂奏、樂器。間：間隔，夾雜。

〔三〕雲高二句：唐齊己《早梅》：「前村深雪裏，昨夜一枝開。」

〔四〕錦筵紅：鋪設紅錦的豪華宴席。宋張先《更漏子》：「錦筵紅，羅幕翠。侍宴美人姝麗。」

〔五〕羅勝：勝，古時女子插戴的一種飾物，以其形制不同而有花勝、人勝之分，用絹帛裁成的叫羅勝。南朝梁宗懔《荊楚歲時記》：「立春之日，悉剪綵爲燕戴之，帖『宜春』二字。」此詞寫冬至，羅勝上書寫「宜冬」二字。

〔六〕莫使句：唐李白《將進酒》：「人生得意須盡歡，莫使金樽空對月。」

【疏　解】

這是一首詠寫冬至的節令詞，南宋王灼《碧鷄漫志》説：「叔原年未至乞身，退居京城賜第，不踐諸貴之門。蔡京重九、冬至日遣客求長短句，欣然兩爲作《鷓鴣天》『九日悲秋不到心』（詞略）、『曉日迎長歲歲同』（詞略）。竟無一語及蔡者。」據此可知，這首節令詞是應蔡京請託而作。

起句「曉日迎長」，即是説人們早起迎接冬至的到來，這是年年歲歲相同的民俗節慶。第二句描寫歡度佳節的人們簫鼓歌鐘、報神賽會的熱鬧場面。「太平」二字，若是隨手寫來，就是門面話。若是着意措辭，那當然涉嫌諛頌權相蔡京。這個且不管它，我們只把這首詞當成節令之作賞讀便是。三、四句寫冬至天氣，冬至數九，天氣最寒，宜有降雪，今天卻雲晴日暖，前村無雪，這是天公作美，照顧人們過節方便。然而昨夜風來，梅花已開，及早報送春信。這兩句化用唐人齊己《早梅》詩意，略作敷染。

換頭二句，描寫翠幕錦筵的豪華節日聚會，因爲請詞者是當朝宰相，措語便不能顯得清寒。第三句描寫過節的婦女頭上插戴人勝，上面寫着「宜冬」的吉祥語。「從今」句回到時間的維度，「陰極而陽始至」，冬至苦寒，但距立春節氣已經不遠，讓心情向暖的人們懷有切近的希望。那麼，「莫使金尊對月空」，人們就歡度佳節、開懷暢飲吧！拋開本事不談，這首詞描寫節令民俗，表現節日的歡樂，顯示出積極樂觀的生活態度，還是值得肯定的。

【集　評】

宋晁端禮《鷓鴣天》十首序：晏叔原近作《鷓鴣天》曲，歌詠太平。輒擬之爲十篇。野人久去輦轂，不得目睹盛事，姑詠所聞萬一而已。

宋王灼《碧鷄漫志》卷二：黄魯直序之云：叔原年未至乞身，退居京城賜第，不踐諸貴之門。蔡京重九、冬至日，遣客求長短句，欣然兩爲作《鷓鴣天》「九日悲秋不到心」（詞略）、「曉日迎長歲歲同」（詞略）。竟無一語及蔡者。

鄭騫《夏（承燾）著二晏年譜補正》：據《宋史》二一二《宰輔表》，蔡京于崇寧元年（一一〇二）七月拜相，至五年（一一〇六）二月罷。此年即大觀元年（一一〇七）五月復相，三年（一一〇九）六月再罷。叔原崇寧四年（一一〇五）猶在開封推官任内。《漫志》敘蔡京秋詞于退居賜第之後，當是大觀中作。

王焕猷《小山詞箋》：按此首爲冬至日蔡京使人求作之詞，小山除寫冬景外，别無意義，亦無一語及蔡，與下九日悲秋一首相同。遂爲京所不悦，故抑鬱終身，陸沈下位。

又

小玉樓中月上時〔一〕。夜來惟許月華知。重簾有意藏私語，雙燭無端惱暗期〔二〕。　傷别易，恨歡遲。歸來何處驗相思。沈郎春雪愁消臂〔三〕，謝女香膏嬾畫眉〔四〕。

【箋　注】

〔一〕小玉：吴王夫差有女名小玉，後用作美女的代稱。唐白居易《霓裳羽衣歌》：「吴妖小玉飛作煙，越豔西施化爲土。」古代神仙、歌女亦多用小玉之名。

〔二〕私語：低聲説話。此指男女情話。暗期：幽期，偷會。唐温庭筠《太子西池二首》之一：「莫信張公子，窗間斷暗期。」

〔三〕沈郎句：《梁書·沈約傳》載：南朝梁詩人沈約，與徐勉素善，以書陳情，言己老病：「百日數旬，革帶常應移孔，以手握臂，率計月小半分。以此推算，豈能支久？」春雪，喻潔白的肌膚。唐方干《贈美人四首》之三：「常恐胸前春雪釋，惟愁座上慶雲生。」

〔四〕謝女：東晉女詩人謝道韞，有「詠絮之才」。《世説新語·言語》：謝安侄女謝道韞，才思敏捷，嘗居家遇雪，安曰：「何所似也？」安兄子朗曰：「散鹽空中差可擬。」道韞曰：「未若柳絮因風起。」謝安十分讚賞。後因以「謝女」泛指女郎或才女。香膏：化妝用的芳香膏脂。嬾畫眉：懶得描眉梳妝。暗用《詩經·衛風·伯兮》「自伯之東，首如飛蓬。豈無膏沐，誰適爲容」詩意。

【疏解】

詞抒女子離情，采用詞人的外視角。上片寫昔日歡會，下片寫別後相思。起句交代人物、環境、時間，月亮照在女主人公的閨樓上，這樣的敘述描寫，給人以某種期待和暗示，語言的意涵頗有張力。第二句傳神地寫出了女兒心性，也預告了更爲私密的事情將要在這樓上月夜發生。果然如此，三、四句即描寫歡會的情形，重簾之後，私語切切；惱人無端，猶嫌燭明；的確是癡兒女幽期密約的光景。對當事人而言，這二句所寫，包含着讓她銘心難忘的細節。

換頭兩句感歎別易歡遲，是個人體驗，也是普遍經驗。第三句寫得最有新意，相思無憑，需要驗證，道人所未道，近人夏敬觀即贊賞句中「驗字新」。結二句即就「驗」字生發，男女雙方各出證據。上句用沈約典事，説男子因爲相思瘦損臂腕；下句用《詩經》「豈無膏沐，誰適爲容」句意，説女子別後懶於梳妝。這讓我們想起唐人孟郊的《怨詩》：「試妾與君淚，兩處滴池水。看取芙蓉花，今年爲誰死。」詩中雖無「驗」字，但所寫内容就是女子要做一個實驗，驗證雙方的相思是真是假。兩相比較，孟詩立意刻苦，晏詞用情温厚。

【集　評】

王焕猷《小山詞箋》：按此詞首言小玉，當係指人，未知即玉簫否？其所謂樓中，或即常言之西樓也。

又

手撚香箋憶小蓮①〔一〕。欲將遺恨倩誰傳〔二〕。歸來獨臥逍遥夜〔三〕，夢裏相逢酩酊天〔四〕。花易落，月難圓。只應花月似歡緣〔五〕。秦箏算有心情在②，試寫離聲入舊絃〔六〕。

【校　記】

①憶：吴鈔本、明鈔本、毛本、四寶齋鈔本作「意」。　②算有：吴鈔本、毛本、《歷代詩餘》、四庫本、四寶齋鈔本、家刻本、王本作「若有」。

【箋　注】

〔一〕小蓮：作者友人沈廉叔或陳君龍家的歌女，即「蓮鴻蘋雲」中的小蓮。

〔二〕遺恨：遺憾，憾恨。指小蓮被遣散後無緣再見的强烈思念之情。倩：請人做事。

〔三〕逍遥：彷徨；徘徊不進。《楚辭・離騷》：「欲遠集而無所止兮，聊浮游以逍遥。」

〔四〕酩酊：大醉貌。漢焦贛《易林・井之師》：「醉客酩酊，披髮夜行。」北魏酈道元《水經注・沔水》：「日暮倒載歸，酩酊無所知。」

〔五〕歡緣：歡愛的緣分。

〔六〕寫：傾訴，抒發。《詩經·邶風·泉水》：「駕言出遊，以寫我憂。」《詩經·小雅·裳裳者華》：「我心寫也。」箋曰：「則我心所憂，寫而去矣。」

【疏解】

此首懷念小蓮之詞，一起即開門見山，表明作意。這是一個敘描直陳的句子，態度坦率，不藏不掖，是思念之情强烈到難以遏止的表現。手中撚弄的箋紙，是寫給小蓮的情書，抒發心中的滿腔憾恨，可惜不知誰能將這封書信寄達小蓮。「遺恨」二字下語很重，論者據此認爲詞當作於沈死陳病、小蓮等人「流轉人間」之後，可備一説。第三句的「歸來」，應是在沈陳兩家聽歌觀舞後回到自己家中。獨臥之時，抑制不住對小蓮的思念而再次醉酒，然後在醉夢之中達成了與小蓮的虛擬歡會。

換頭二句習語言理，例作感歎，這種寫法在小晏的《鷓鴣天》裏例子甚多。前句以「花易落」喻歡緣易散，後句以「月難圓」喻心事難遂。第三句是詞人的衷心祈願，希望花長好月長圓人長聚，不離不棄，永以爲好。結二句寄意秦箏，言箏弦體貼，善解人意，一曲離聲，抒發了心中對小蓮的深切思念之情。論者又據「離聲」二字，斷定此詞作於小晏將赴許田鎮監之任前夕，不失爲一種新的解讀思路。

【集　評】

王焕猷《小山詞箋》：按此小蓮，當即蓮鴻。

又

九日悲秋不到心〔一〕。鳳城歌管有新音〔二〕。風凋碧柳愁眉淡，露染黄花笑靨深〔三〕。

初見雁①，已聞砧〔四〕。綺羅叢裏勝登臨②〔五〕。須教月户纖纖玉③，細捧霞觴灔灔金④〔六〕。

【校　記】

①初見雁：《碧鷄漫志》作「初過雁」。②叢，明鈔一卷本作「業」，誤。③須教：吴鈔本、毛本、四寶齋鈔本作「須交」。月户：明鈔一卷本作「月左」，誤。④灔灔：《碧鷄漫志》作「豔豔」，明鈔本作「灔金」，並誤。

【箋　注】

〔一〕九日：農曆九月九日重陽節。悲秋：蕭瑟秋景觸動的傷感情緒。《楚辭·九辯》：「悲哉秋之爲氣也。蕭瑟兮，草木摇落而變衰。」不到心：不放在心上。

〔二〕鳳城：京城。此指宋都汴梁。歌管：謂唱歌奏樂。新音：新的樂曲。唐邵謁《古樂府》：「對酒彈古琴，弦中發新音。」宋柳永《夏雲峰》：「疏絃脆管，時换新音。」

〔三〕風凋二句：謂歌女淡淡的愁眉如秋天的柳葉，笑容如含露的菊花。

〔四〕初見二句：重陽已是深秋，初見從北方向南方遷徙的大雁，已聽到人家搗衣的砧聲。砧：搗衣石。古人衣料多用葛麻，質地較硬，需先在搗衣石上搗軟捶平，穿著才會舒適。秋天季節轉冷，縫製寒衣，搗衣者尤多。砧聲成了深秋的季節標志。北朝温子升《擣衣詩》：「長安城中秋夜長，佳人錦石搗流黄。香杵紋砧知近遠，傳聲遞響何凄涼。」唐李白《子夜吴歌》之三：「長安一片月，萬户搗衣聲。」

〔五〕綺羅：華貴的絲綢衣料。綺羅叢裏：衣著華美的女子中間。登臨：登山臨水。此指九日登高。

〔六〕須教二句：月户，雲窗月户，喻指華麗的房舍。纖纖玉，喻指女子柔細的手指。霞觴，酒杯的美稱。灩灩金：形容美酒泛金的色澤。唐羅鄴《題笙》：「最宜輕動纖纖玉，醉送當觀灩灩金。」

【疏解】

此首重九節令之詞，一起即有新意。悲秋是自宋玉《九辯》之後的中國文人抒情傳統，是古典詩詞季節書寫的一大文學母題。但是小晏卻説歡度重陽佳節要緊，不必把悲秋之意放在心上，這就溢出了悲秋母題的範圍。次句説京城的佳節歡會，又有新的歌曲演唱。三、四句承接「新音」，謂歌女淡淡的愁眉如秋天的柳葉，美麗的笑容如含露的菊花。人物雙擬的手法，進一步渲染了節日的歡樂氣氛。

换頭點染重陽節令風物，前句視覺，寫天上飛過的新雁；後句聽覺，説人家已響起搗衣的砧聲。結二三句再出新意，謂綺羅叢裏，歡歌笑語，勝過登臨遊賞，這就解構了重陽登高的節日規定習俗。結二句説，既不需野遊登高，那就在樓臺之内，綺筵之上，盡情享受侍女家姬勸酒侑觴的快樂吧。

在講前面那首冬至詞時，我們引用了王灼《碧鷄漫志》中的記載，知道那首冬至詞和這首重陽詞，都是應蔡京請託而作，爲節日演唱之用。王灼和今世論者都稱許小晏在兩首詞裏没有阿諛奉承，其實亦不盡然。冬至詞裏的「太平簫鼓」，尤其是這首詞裏的「九日悲秋不到心」「綺羅叢裏勝登臨」，疑似都屬間接逢迎。至於有説這首重陽詞是反語諷刺蔡京，當屬奇特解會，可置不論。我們没有必要對小晏曲意回護，正像没有必要對他求全責備一樣。人都是複雜的，以「不肯一傍貴人之門」的小晏之高傲，在拒見東坡時聲稱「政事堂中半吾家舊客，亦未暇見」，他本不該與蔡京有所過從的。而竟一再應請爲蔡京填詞，這行爲本身不就是一種「降志」之舉嗎？更不可解的是，小晏編定自己的詞作進呈的「高平公」，有論者認爲即是蔡京。果若此，真是所爲何來！或者是出於内心的寂寞，作爲難諧世俗的舊家落魄公子，高才無人賞識，蔡京的一再請託，讓他的尊重需要得到滿足，甚至生出知音難逢之感，所以才有此行爲。是耶非耶，亦未可知。

【集　評】

王焕猷《小山詞箋》：按此首乃小山重九日應蔡京之求而作，故只對時景輕描淡寫而已，一如「曉日迎長」一首之意態也。

參見前首集評。

又①

碧藕花開水殿涼〔一〕。萬年枝外轉紅陽②〔二〕。昇平歌管隨天仗〔三〕，祥瑞封章滿御牀③〔四〕。

金掌露〔五〕，玉爐香。歲華方共聖恩長④〔六〕。皇州又奏圜扉静⑤〔七〕，十樣宫眉捧壽觴〔八〕。

【校　記】

①抱經齋鈔本調下曰：「慶曆中，開封府與棘寺同日奏獄空，仁宗於宫中宴集，宣叔原作此，大稱上意。」②枝外：《唐宋諸賢絶妙詞選》作「枝上」。③御牀：明鈔本作「玉床」。④方：抱經齋鈔本作「芳」。⑤皇州：毛本、四寶齋鈔本作「皇洲」。

【箋　注】

〔一〕碧藕：神話傳説中仙人所食的藕。晉王嘉《拾遺記·周穆王》：「(鬱水)生碧藕，長千常。七尺爲常也。」此指緑荷。水殿：臨水的殿堂。唐王昌齡《西宫秋怨》：「芙蓉不及美人妝，水殿風來珠翠香。」唐李白《口號吴王美人半醉》：「風動荷花水殿香，姑蘇臺上宴吴王。」

〔二〕萬年枝：即冬青樹。南朝齊謝朓《直中書省》：「風動萬年枝，日華承露掌。」唐上官儀《詠雪應詔》：「幸因千里映，還繞萬年枝。」宋吴曾《能改齋漫録》：「萬年枝，江左謂之冬青。」

〔三〕天仗：天子的儀仗。唐岑參《寄左省杜拾遺》：「曉隨天仗入，暮惹御香歸。」

〔四〕封章：言機密事之章奏皆用皂囊重封以進，故名封章。亦稱封事。漢揚雄《趙充國頌》：「營平守節，屢奏封章。」唐白居易《和夢遊春詩一百韻》：「密勿奏封章，清明操簡牘。」御牀：皇帝的坐臥之具。此當指堆放奏章的几案。

〔五〕金掌露：銅製的仙人手掌，爲漢武帝所作承露盤擎盤之用。《漢書》卷二十五上《郊祀志上》：「其後又作柏梁、銅柱、承露仙人掌之屬矣。」三國魏蘇林注：「仙人以手掌擎盤承甘露。」唐顔師古注：「《三輔故事》云：建章宫承露盤高二十丈，大七圍，以銅爲之，上有仙人掌承露，和玉屑飲之。蓋張衡《西京賦》所云『立修莖之仙掌，承雲表之清露，屑瓊蕊以朝餐，必性命之可度』也。」唐岑參《尹相公京兆府中棠樹降甘露》：「魏宫銅盤貯，漢帝金掌持。」

〔六〕歲華：時光，年華。南朝梁沈約《卻東西門行》：「歲華委徂貌，年霜移暮髮。」聖恩：帝王的恩寵。

〔七〕皇州：帝都，京城。南朝宋鮑照《侍宴覆舟山》之二：「繁霜飛玉闥，愛景麗皇州。」唐岑參《和賈舍人早朝大明宫》：「鷄鳴紫陌曙光寒，鶯囀皇州春色闌。」圜扉静：指獄中没有罪犯，意爲天下太平。圜扉：獄門。亦借指爲牢獄。唐駱賓王《獄中書情通簡知己》：「圜扉長寂寂，疏網尚恢恢。」陳熙晉箋注：「圜扉，獄户以圜木爲扉也。」

〔八〕十樣宫眉：見前《蝶戀花》「碾玉釵頭雙鳳小」注。此指畫著不同眉式的宫女嬪妃。宫眉，宫中流行的眉樣。

【疏解】

南宋黄昇《唐宋諸賢絶妙詞選》録此詞，調下有一小序曰：「慶曆中，開封府與棘寺同日奏獄空，仁宗於宫中宴集，宣叔原作此，大稱上意。」考諸史實，説法難以成立。一是慶曆年間，小晏乃十歲以下孩童，難以寫作這種性質的作品。二是史料文獻没有慶曆年間「開封府與棘寺同日奏獄空」的記載。三是晁端禮有十首《鷓鴣天》，自注乃晏幾道近作《鷓鴣天》之擬作，晁端禮生於慶曆六年，以兩三歲之孩童，絶無擬作唱和之可能。以上三點，可證黄昇之説有誤。據小晏這首詞與晁端禮擬作中的詞句，以及相關史料，大致可以推定這首詞當作於徽宗崇寧四、五年間。

從詞義看，這是一首爲皇帝生日祝壽之作。起句描寫「碧藕花開」的季節與「水殿」的環境，可知時當夏日，而有涼爽的水風拂過，天氣十分宜人。次句描寫一輪紅日從冬青樹枝上升起，冬青樹稱萬年枝，宫中多栽種。「萬年」一語，已點出爲皇帝祝壽之意。三句説皇帝盛大的儀仗後面，歌管齊奏昇平樂曲。四句説臣子上奏的衆多祥瑞封章，堆滿皇帝的御床。二句都是爲皇帝祝壽的歌功頌德的場面話。换頭二句寫金掌承露，玉爐飄香，上句用典寓長生不老之意，下句渲染出壽慶的美好氣氛。三句祝頌歲華與皇恩共長。四句説京城有司再奏獄空，乃是天下太平的有力證明。結以衆多嬪妃宫女一起舉杯爲皇帝祝壽，將皇帝生日節慶的盛大喜樂場面推向高潮。

將這首《鷓鴣天》視爲作於崇寧間的皇帝壽誕詞，也有一個問題，就是徽宗的生日。民間筆記史料説徽宗生於五月初五，正史記載生於十月初十。若依前説，與詞中所寫季節吻合；若從後説，則與詞中所寫時間不符；未知孰是。另據《宋會要輯稿》載，崇寧四年閏二月六日詔，因「兩經獄空」，開封府推官晏幾道等人「轉一官」。這條記載，與晏詞中「又奏圜扉静」一句相合，詞中的「聖恩」，或者就是指皇帝下詔爲自己加官之事。這首詞就是小晏在感恩心情下寫出的頌聖之作，兼祝皇帝萬壽無疆，「萬年枝」「壽觴」云云，皆是祝頌之詞，並非專爲壽誕而發。

【集評】

《宋會要·刑法》曰「獄空門」：「徽宗崇寧四年（一一〇五）閏二月六日詔：開封府獄空，王寧特轉兩官。兩經獄空，推官晏幾道、何述、李注，推官轉管勾使院賈炎，並轉一官，仍賜章服。」又「五年（一一〇六）十月三日開封府尹時彦奏：『開封府一歲内四次獄空，乞宣付史館。』從之。」

鄭騫《夏（承燾）著二晏年譜補正》：花庵所謂「慶曆獄空」，實爲崇寧獄空之誤傳。叔原以獄空轉官在閏二月，此詞云「碧藕花開」，乃是夏景，蓋崇寧四、五年間開封府曾有多次獄空也。

又

緑橘梢頭幾點春〔一〕。似留香蘂送行人。明朝紫鳳朝天路〔二〕，十二重城五碧雲〔三〕。

歌漸咽，酒初醺。盡將紅淚濕湘裙〔四〕。贛江西畔從今日〔五〕，明月清風憶使君〔六〕。

【箋注】

〔一〕春：此指橘樹枝頭的花。

〔二〕紫鳳：紫鳳垣，代指宫牆。唐閻朝隱《早朝》：「北倚蒼龍闕，西臨紫鳳垣。」或謂紫鳳乃官服、儀仗圖飾。唐白居易《和楊尚書》：「遥愛翩翩雙紫鳳，入同官署出同遊。」朝天：朝見帝王。唐王維《凝碧池》：「萬户傷心生野煙，百官何日再朝天。」

〔三〕十二重城：形容帝京城垣回繞，建築宏偉。或謂古分天下爲九州，後擴爲十二州，此指天下十二州之州城。五碧雲：五色祥雲。指皇帝所在地。唐王建《贈郭將軍》：「承恩新拜上將軍，當值巡更近五雲。」

〔四〕湘裙：湘地絲綢裁成的裙子。

〔五〕贛江：長江主要支流之一，江西省最大河流。位於長江中下游南岸，源出贛閩邊界武夷山西麓，自南向北縱貫全省。上遊章水、貢水於贛州匯流，稱贛江。

〔六〕清風明月：《世説新語·言語》：「劉尹曰：『清風朗月，輒思玄度。』」使君：漢時稱刺史爲使君。後用以指稱州郡長官。

【疏解】

人性是複雜的，所以要論其全人，評價才能接近准確。即如小晏，黄庭堅《小山詞序》的「四癡」

之説，把他定格爲一個不諳世事、不近人情之人，這也只是他的性格的主要方面。在另一些時候，另一種場合，小晏也是頗通人情世故，甚至長袖善舞的。比如他的《鷓鴣天》組詞中，就有多首歌詠昇平之作，這首寫給贛州太守的送别詞，也是應酬奉承性質。這類作品，反映出小晏爲人世故庸俗的一面，思想和藝術均無足多。下面循例對文本略作解説。

起句描寫橘樹開花，點出時間在春夏之間。二句就橘樹枝頭的花朵，比擬修辭，切入送行題面。三、四句時間提前，説明天行人就要踏上朝天之路，回京升官，當得大用了。這兩句表達作者的祝賀奉承、錦上添花之意。换頭二句描寫餞别場面，宴席已開，酒意初醺，官伎的驪歌漸有嗚咽之音，醖釀出漸濃的離别氛圍。三句説歌女們唱到動情之處，淚水灑濕了衣裙。結二句點出餞别之地，説使君今夕一去，此後每逢明月清風之夜，贛州百姓都會記起使君的惠民德政。

這首送别詞主要表達兩個意思，上片祝賀使君高升回朝，下片歌頌使君深得民心，可謂應酬得體。至於這位贛州太守是誰，小晏因何得預離宴，因缺乏文獻資料記載，不得而知。

【集　評】

王焕猷《小山詞箋》：按此「香蕊」，當即《武陵春》之「金蕊」。

生查子①〔一〕

金鞭美少年②〔二〕，去躍青驄馬〔三〕。牽繫玉樓人〔四〕，繡被春寒夜。消息未歸來，寒食梨花謝③〔五〕。無處説相思，背面鞦韆下〔六〕。

【校　記】

①《古今别腸詞選》卷一作晏殊詞，誤。《唐宋諸賢絶妙詞選》、抱經齋鈔本題作「閨思」，《草堂詩餘》題作「春恨」。②金鞭：《唐宋諸賢絶妙詞選》、《花草粹編》、《草堂詩餘》、吴鈔本、毛本、四庫本、四寶齋鈔本、家刻本、王本作「金鞍」，抱經齋鈔本注曰「一作鞍」。③謝：明鈔本作「榭」。

【箋　注】

〔一〕生查子：又名陌上郎、遇仙楂、愁風月、緑羅裙、楚雲深、梅和柳、晴色入青山等。原唐教坊曲，後用爲詞調。正體雙調四十字。前後段各四句，兩仄韻。以韓偓《生查子·侍女動妝奩》爲代表。變體一雙調四十字。前段四句，兩仄韻；後段四句，三仄韻。以劉侍讀《生查子·深秋更漏長》爲代表。變體二雙調四十一字。前段四句，兩仄韻；後段五句，三仄韻。以牛希濟《生查子·春山煙欲收》爲代表。變體三雙調四十二字。前後段各四句，兩仄韻。以孫光憲《生查子·寂寞掩朱門》爲代表。變體四雙調四十二字。前後段各五句，三仄韻。以張泌《生查子·相見稀》爲代表。

〔二〕金鞭：精美的馬鞭。唐盧照鄰《長安古意》：「玉輦縱横過主第，金鞭絡繹向侯家。」

〔三〕青驄馬：青白雜色的馬。漢無名氏《孔雀東南飛》：「躑躅青驄馬，流蘇金鏤鞍。」

〔四〕玉樓人：指閨中之人。玉樓：華美的樓閣。

〔五〕寒食：傳統節日名，起於春秋，爲紀念介之推而設，在清明節前一二日。是日禁煙火，只吃冷食。唐韓翃《寒食》：「春城無處不飛花，寒食東風御柳斜。」

〔六〕背面句：唐李商隱《無題》：「十五泣春風，背面鞦韆下。」

【疏　解】

此首思婦之詞，采用女主人公的視角，一起二句即寫她的眼中所見。那位揮鞭躍馬、絶塵而去的翩翩少年，當是他的丈夫。詞句攝取的是離别的最後一刻，妻子目送看到的丈夫背影。這幅俊朗瀟灑的影像，就此定格於她的記憶深處。這類少年形象，在前代樂府詩裏多有，如南朝何遜的《長安少年行》所寫「長安美少年，羽騎暮連翩」，是去從軍。李白《少年行》所寫「五陵年少金市東，銀鞍白馬度春風」，是去冶遊。小晏詞中這位美少年騎馬出門，所爲何事，不得而知。留下家中妻子，時刻牽掛着他。

第三句的「牽繫」二字，領起下文，直貫到底。這裏有着性别心理的明顯差異，男人少年心性，被外部世界所吸引，走時略無躊躇。女子的思慮更爲複雜，男人的出走讓她感懷多端，牽掛不已。「玉樓人」即家中的思婦，春寒之夜繡被獨宿，因思念丈夫而再無睡意。時間在思念等待中一天天過去，暮春寒食，梨花開謝，思婦也没有得到丈夫的音信，失望之餘，更加重了她的牽掛和疑慮。樓前的鞦韆架，是她和丈夫昔年玩樂之處，獨守空閨的思婦，無處訴説相思，於是想來蕩起鞦韆略作排遣。及至一人來到鞦韆架旁，感今思昔，她已完全沒有遊戲的興致，便獨自背立在鞦韆架下，暗自傷神。

這首小詞寫法上很有特點，上下片八句詞，每兩句組成一幅畫面，不斷閃切，轉換時空，推進敘事，完成抒情。尤其是前起二句和後結二句，最是可思。前起是男子揮鞭躍馬離家，留給思婦的背影；後結是思婦獨立鞦韆架下，留給讀者的背影。起結的兩幅背影前後照應，留下不盡的回味餘地。

【集　評】

宋曾季貍《艇齋詩話》：晏叔原小詞：「無處説相思，背面鞦韆下。」吕東萊極喜誦此詞，以爲有思致。然此語本李義山詩云：「十五泣春風，背面鞦韆下。」

清宋徵璧《抱真堂詩話》引陳子龍曰：律詩如「春城月出人皆醉」，及「羅綺晴嬌緑水洲」之句，詩餘如「無處説相思，背面鞦韆下」一詞，生平竭力摹擬，竟不能到。

清黃蘇《蓼園詞選》：晏叔原「金鞭美少年」：「去躍」二字，從婦人目中看出，深情摯語。末聯「無處」二字，意致淒然，妙在含蓄。

俞陛雲《唐五代兩宋詞選釋》：此閨閣人怨别之詞，以「牽繫」二字領起下闋四句。「繡被」句有「錦衾獨旦」之意。「秋千」句殆用「十五泣春風，背面鞦韆下」詩意，言背人飲泣也。

王焕猷《小山詞箋》：按此首當爲小山少年出遊之作，「牽繫」二字爲全首關鍵。上二句言少年出遊，下乃轉及家人也。

又

輕勻兩臉花，淡掃雙眉柳。會寫錦牋時①〔一〕，學弄朱絃後②〔二〕。　今春玉釧寬③〔三〕，昨夜羅裙皺〔四〕。無計奈情何，且醉金杯酒。

【校　記】

①錦牋：毛本、四庫本、王本作「彩牋」。時：抱經齋鈔本作「詩」。　②後：抱經齋鈔本作「手」。
③玉釧：吴鈔本作「玉馴」，誤。王本作「玉帶」。

【箋　注】

〔一〕會寫句：學會在錦箋上寫詩寫信。錦牋：精緻華美的箋紙。

〔二〕學弄句：學會彈奏樂器。朱絃：用練絲（即熟絲）製作的琴弦，泛指琴瑟類絃樂器。

〔三〕玉釧寬：玉鐲寬松，表明人已消瘦。

〔四〕羅裙皺：夜來輾轉無眠，羅裙揉皺。

【疏　解】

此首題詠歌女，從妝容切入。由下片「昨夜」這個時間詞回看，可知起二句所寫乃是歌女早妝。「臉花」「眉柳」，使用比擬手法，形容其人的容顏美麗。「輕勻」「淡掃」，表明非是濃妝豔抹，見出其人的淡雅不俗。就歌女身份而言，容顔美麗者多見，淡雅不俗者少有。三句寫她早妝之後，在錦箋上練習寫字題詩，可知其注重提高文化素養，這是她的妝容淡雅不俗的深層原因。四句寫她練習彈撥絲弦，提高表演技藝，這是她安身立命的基本保證。

下片展示歌女的情感世界。後起二句，説她今春手腕上的玉釧顯得寬松，昨夜羅裙上弄得都是皺褶。玉鐲寬松，暗示人因相思而消瘦。羅裙揉皺，暗示夜來輾轉不成眠。這是兩個陳述敘描句子，間接達成抒情的目的，含蓄耐讀。結二句點出歌女爲情所困，無可奈何，於是只能借酒消愁，聊作排遣。從下片所寫來看，詞中歌女意有所矚而又不得如願，陷入情感的困境，但是癡心不改，用情甚深，可見並非浮花浪蕊。結合上片寫她裝飾淡雅，寫字題詩，可知這是一個有着豐富的精神生活的歌女。

【集　評】

王焕猷《小山詞箋》：按此首描摹少年女兒嬌憨之態，唯妙唯肖，造句亦極工。然女兒而愛醉酒，究非正道。此蓋小山少年時因己愛酒，乃借女兒以自喻，玩末二句語意可知。

又①

關山魂夢長，魚雁音塵少〔一〕。兩鬢可憐青〔二〕，只爲相思老。　　歸夢碧紗窗②，説與人人道〔三〕。真箇別離難〔四〕，不似相逢好。

【校　記】

①《唐宋諸賢絶妙詞選》、《花草粹編》作王觀詞，又見杜安世《壽域詞》，並誤。　②歸夢：毛本、四庫本、四寶齋鈔本、家刻本、王本作「歸傍」。

【箋　注】

〔一〕音塵：音信，消息。漢蔡琰《胡笳十八拍》之十：「故鄉隔兮音塵絶，哭無聲兮氣將咽。」《文選》謝莊《月賦》：「美人邁兮音塵闕。」

〔二〕可憐青：張相《詩詞曲語辭匯釋》卷五：「可憐，猶云可怪也。引申之則爲甚辭，猶云很也，非常也。……王觀《生查子》詞：『兩鬢可憐青，一夜相思老。』可憐青，猶今云怪青或很青。」青：黑。

〔三〕人人：用以稱親昵者。宋歐陽修《蝶戀花》：「翠被雙盤金縷鳳。憶得前春，有個人人共。」

〔四〕真箇：真的，的確。

【疏　解】

詞寫離别相思之情，采用遊子的視角。一起五字，意藴密度很高。「關山」見出人在天涯，道阻且長，回歸不易，催生相思；「魂夢」乃是相思所致，現實中不能回歸，就借助夢境來實現。同時，這兩個字還爲下片的「歸夢」張本。「長」是説歸途漫長，也兼有常做歸夢這層意思，「長」和下句的

「少」相對，可以作「多」理解，就是經常、常常之意。因爲思歸情切，所以常做歸夢。二句説別離之後音信稀少，這也是進一步加重遊子思念之情、以至於常常做夢的原因。三、四句説原本青青的兩鬢，因爲相思折磨，也早染星霜，變得斑白了。這裏化用《古詩十九首》「思君令人老，歲月忽已晚」辭意，加上「只爲」，大有以青春殉愛情的悲壯意味。

下片轉寫夢境，回應起句的「魂夢長」，當是無數歸夢中的一個歸夢。遊子夢裏回到伊人的身邊，「碧紗窗」意象，以居室環境映襯伊人之姣好，與《花間》詞「勸我早歸家，緑窗人似花」意韻相似。以下三句寫夢裏相逢之際，遊子對伊人訴説情話。迢遥的時空，無盡的思念，及至當面説出來，竟是如此樸素甚至幼稚的話：「真箇別離難，不似相逢好。」没有淚水淋漓，没有欣喜若狂，只有得遂所願後的一絲欣慰，但確是受盡離別相思熬煎之苦的人，終得相逢時的甘苦三昧之言。有時一個簡單的「好」字，表現力勝過千言萬語的熱烈贊歎。

【集　評】

王焕猷《小山詞箋》：按此首蓋亦客中思歸之作也。

又

墜雨已辭雲，流水難歸浦〔一〕。遺恨幾時休，心抵秋蓮苦〔二〕。　忍淚不能歌①，試託哀絃語〔三〕。絃語願相逢②，知有相逢否。

【校記】

①忍淚：吳鈔本作「忍忍」，誤。 ②絃語願：抱經齋鈔本作「語語願」。

【箋注】

〔一〕墜雨二句：以墜雨辭雲、流水出浦，喻指女子被遺棄。墜雨，東漢王充《論衡·説日》：「雨之出山，或謂雲載而行。雲散水墜，名爲雨矣。」南朝齊謝朓《辭記室箋》：「邈若墜雨，翩似秋蒂。」浦，支流與幹流交匯的水口。張協《雜詩》：「流波戀舊浦，行雲思故山。」

〔二〕抵：相當。唐杜甫《春望》：「烽火連三月，家書抵萬金。」秋蓮：此指秋日所結蓮子，其心極苦。

〔三〕哀絃：悲涼的弦樂聲。三國魏曹丕《善哉行》：「哀弦微妙，清氣含芳。」宋張先《惜雙雙》：「夢斷歸雲經日去，無計使，哀弦寄語。」

【疏解】

此詞可作兩解，或謂别後相思，或謂離棄怨思；文本的性質隨之産生差異，或爲思婦之詞，或爲棄婦之詞；詞中抒情主人公的身份也隨之發生變化，或爲思婦，或爲棄婦；情感抒發的程度也不相同，或以思念爲主，或以怨恨爲主。以上幾點，是讀詞時需要注意辨析的。

詞以比興起首，雨滴已從雲頭墜落，流水已從河道遠去，以喻别離或遺棄。落下的雨滴無法回到雲頭，遠去的流水無法回到浦口，以喻别後難再相逢，離異難再重合。而感歎墜雨難收、流水難歸的文字背後，實寓有相逢重合之意，這也是不言而喻的。三句直接抒發「遺恨」，此恨綿綿，不知幾時能休。「遺恨」二字，措語狠重，非是泛泛之言，則導致離别或離異的原因，或者非同一般；而給當事一方的女子造成的創傷，自是非同尋常。而究其實，還是源於女子内心深處最後無法割舍、難以消除的眷戀和愛意。「心抵秋蓮苦」的比喻，「蓮」就是「憐」的諧音，似也透露了個中隱曲。如果不愛，則一了百了，深重的遺恨和難耐的苦澀都將不復存在。

下片前二句，描寫爲離别或離棄所苦的女子欲作排遣。她想强忍淚水，放歌一曲，舒泄心中悲鬱，但已不能成聲。於是援琴鳴弦，寄託心中哀愁。結二句以「絃語」一疊打頭，與前句頂針接續，借助彈奏的樂曲，把女子心中最深的願望説出。那就是我們在分析一起二句時就指出來的，在分析上片後二句時又强調過的，女子心底那份無法舍棄的眷戀、難以消解的愛意，因此而一直懷有的再度「相逢」、歡好如初的隱秘渴望。但能否得遂所願，女子亦無成算，詞作就以「知有相逢否」的懸疑語氣，不了了之地終篇了。留給讀者品嚼的，則是一種難以言説的滋味。

【集　評】

王焕猷《小山詞箋》：按此首當是初之官而作，上半片蓋言既作粗官，不能復入玉堂也。起首二句，已明明道出。

又①

一分殘酒霞，兩點愁蛾暈〔一〕。羅幕夜猶寒，玉枕春先困。　心情翦綵慵〔二〕，時節燒燈近〔三〕。見少別離多，還有人堪恨。

【校　記】

①《唐宋諸賢絶妙詞選》題作「別思」。

【箋　注】

〔一〕一分二句：酒霞，酒後臉上泛起的紅暈。愁蛾，愁眉。唐温庭筠《清平樂》：「上陽春晚，宫女愁蛾淺。」

〔二〕翦綵：古代正月七日，以金銀箔或彩帛剪成人或花鳥圖形，插於髮髻或貼在鬢角上，也有貼於窗户、門屏，或掛在樹枝上作爲裝飾的，謂之「翦彩」。南朝梁宗懔《荆楚歲時記》：「正月七日，爲人日，以七種菜爲羹，翦彩爲人，或鏤金箔爲人，以貼屏風，亦戴之頭鬢，又造華勝以相遺，登高賦詩。」唐李商隱《人日即事》：「鏤金作勝傳荆俗，翦彩爲人起晉風。」

〔三〕燒燈：點燈，指舉辦燈會或燈市。唐王建《宫詞》之八九：「院院燒燈如白日，沉香火底坐吹笙。」《舊唐書·玄宗紀下》：開元二十八年春正月，「壬寅，以望日御勤政樓宴群臣，連夜燒燈，會大雪而罷，因命自今常以二月望日夜爲之。」此指元宵節燈會。宋蔡絛《鐵圍山叢談》卷一：「國朝上元節燒燈盛於前代，爲彩山峻極而對峙於端門。」

【疏　解】

詞寫女子春怨。起二句采用外視角，描寫女子被酒之後，臉頰還殘留一分醉紅，蹙結的蛾眉暈染出一抹愁緒。第二句的「愁」字，解釋第一句喝酒的原因。從第三句開始，轉换爲女子的内視角。羅幕夜寒，當然是因爲時在早春，還有空閨獨宿的因素，似也不能排除在外。第四句是説還不到天氣大暖、日長人困的時候，女子已覺殆倦，足見她的情緒低落，萎靡不振。

上片以夜寒春困暗示女子心緒不佳，下片則直寫「心情」慵懶，連彩花羅勝都不願去剪裁。須知逢年過節，剪紙裁綢，製作飾物，這可是女子最樂意從事的活動項目。今年的燈節眼看就要來了，女子過節的興致卻是一點也提不起來。「燒燈」指元宵節，唐宋時代的元宵節，猶如先秦漢晉的上巳節，那是全民狂歡的日子。尤其在宋代，三夜元宵或五夜元宵，人山燈海，滿城若狂，可算是一年裏最盛大的節日。然而詞中女子卻爲何無動於衷？第三句「見少别離多」作出了回答，原來那人不在身邊，熱鬧都是别人的，她什麽都没有，所以打不起精神來。結句是女子的自寬自解，她退一步想，無論如何，自己還有個可恨之人，總是比無人可恨還要好一些吧。「還有人堪恨」五字，寫心微妙婉轉，可稱出彩之筆。

【集　評】

王焕猷《小山詞箋》：按此首乃小山深慨不必再以文學自見也，「心情翦綵慵」句，乃其點睛處。……「殘酒」二字，含有門户凋零之意。

又①

輕輕製舞衣，小小裁歌扇。三月柳濃時，又向津亭見〔一〕。垂淚送行人，濕破紅妝面。玉指袖中彈，一曲清商怨〔二〕。

【校　記】

①《詞林萬選》卷四作牛希濟詞，楊金本《草堂詩餘》前集卷下作趙彦端詞，並誤。

【箋　注】

〔一〕津亭：渡口旁的驛亭，供行旅休憩之用。唐王勃《江亭夜月送别》之一：「津亭秋月夜，誰見泣離羣？」

〔二〕清商怨：古樂府有《清商曲》，聲調哀怨。詞牌和曲牌皆有名《清商怨》者。

【疏　解】

詞寫歌女津亭送别，筆致靈動，構思新穎。起二句描寫歌女的舞衣之輕，歌扇之小，見其體態輕盈，嬌美可人。輕輕小小，都是普通字面，如此相疊爲用，工於描摹形容，極能寫意傳神。在一、二句引入人物之後，三、四句切入送別正題，但是並没有點明送别字面，這是詞人運思、用筆的巧妙處。「三月柳濃時」交代時間，描寫風物，寓有良辰美景不能相守共度之意。河津多柳是客觀存在，一旦寫進詞句，「柳」意象就與别離情事闗合一起，起到方便折柳相贈、烘染送别氣氛的作用。「又向津亭見」一句值得細讀，「津亭」是送别地點，但也可能是迎歸地點，江上往來人，本就是有去有回，「見」字就此含有歧義。因爲詞人並没有點明送别這一層意思，「津亭見」就有引發誤讀、造成誤會的可能，賦予詞作更多幾分意味。再者，把津亭相别説成相見，把送别之地説成相逢之處，見面的全部價值就是爲了分離，這未嘗不是一種「黑色幽默」，是一次反諷，用詞運思皆能别開生面。讓人對於離合聚散的人生況味，多了一個理解感受的層面與向度。還有「又」字，説明津亭相送，見面即是分離的難堪，歌女已非一次面對。如上分析，這一句詞看似出語甚易，實則千回百轉，很能顯示小晏詞的語言藝術特色。

下片前二句描寫歌女灑淚相送，臉上的脂粉被淚水損壞的情狀，可知所送之人乃是真愛，歌女動了真情。至此，詞人方始點明「送别」之事。這兩句送别場合的人物描寫，算是尋常可見的筆墨。不尋常的是緊接着的後結二句：「玉指袖中彈，一曲清商怨。」離别傷心之際，歌女悲情難抑，手指在衣袖裏下意識地撚動起來，指法按出的是一支《清商怨》曲譜。此刻的歌女，袖裏手指撥動的是心弦，彈奏的是心聲。這個細節，一是長期養成的職業技藝，二是發自内心的情不自禁，兩者在「玉指袖中彈」這個極富個性化的細節裏合二爲一，刷新了讀者的審美經驗。甚至讓人無端想起陶潛彈奏無弦琴的典事，瞬間生出香豔情詞也能寫到「蓬萊高處」之感覺。

【集　評】

王焕猷《小山詞箋》：按此首言惜别，首二句敍出曩時之樂，而以「濃」字「又」字，暗相叫應。蓋當情意方濃之時，又將再别，有會少離多之意。

又①

紅塵陌上游〔一〕，碧柳堤邊住。纔趁彩雲來，又逐飛花去。　深深美酒家，曲曲幽香路。風月有情時〔二〕，總是相思處②。

【校　記】

①《唐宋諸賢絶妙詞選》題作「閨思」。　②相思：《唐宋諸賢絶妙詞選》、《花草粹編》、吴鈔本、毛本、《歷代詩餘》、四庫本、四寶齋鈔本、家刻本、王本作「相逢」。

【箋　注】

〔一〕紅塵陌上：繁華的街衢。唐劉禹錫《元和十一年自朗州召至京戲贈看花諸君子》：「紫陌紅塵拂面來，無人不道看花回。」

〔二〕風月：男女間的情事。前蜀韋莊《多情》：「一生風月供惆悵，到處煙花恨別離。」

【疏解】

詞抒相思情懷，是詞人用一支生花的彩筆，譜寫出的美妙浪漫的青春頌歌。生命的真滋味或許不在於高蹈出世，小晏也不是清心寡欲的悟道高人，他深信俗世紅塵中自有樂地，及時行樂就是他信守的價值判斷取捨。

你看他信馬由繮，踏上青青的郊野，來作紅塵陌上之遊。累了困了，翠柳之下，大堤旁邊，隨時都有可以歇腳之處。早晨趁着漫天彩霞而來，傍晚追逐滿地落花歸去。這上片四句，説的是青春生命體驗享受到的大自然的美好。下片轉寫人世的美好，陌上遊罷，回到城市，深深的巷子裏藏着沽酒的人家，曲曲的小路上飄着幽幽的酒香，等待着遊人們去暢飲買醉，享受不同於郊野自然之中的另一番滋味的人生美好。風月有情，人間有愛；何所不遇，是處相逢；過從之人，皆有前緣；經行之地，總惹相思。

這首小詞，没有過於具體實在的內容，聯翩而至的華美的詞藻，諸如紅塵、碧柳、彩雲、飛花、美酒、幽香、風月、相思，給人以如行山陰道上之美感。加上諧婉的節奏，流轉的韻律，摇曳的情思，像一度落花飄灑的駘蕩春風，像一場酒意微醺的迷離春夢，讓人忘形追逐，目眩心醉。不消説，滋生這種人生態度的土壤氣候，是北宋彌漫一片的追求享樂的社會風氣；而給這樣唯美的詞篇找一個文學史的譜系，則非六朝小樂府的吴歌西曲莫屬。

【集　評】

王焕猷《小山詞箋》：按此首以「處」字總結上文，有歡樂甚長之意，與上首會少離多相反。上半闋四句，遊字住字相應，來字去字相應，一開一合，一無定一有定，一逢一别也。

又

長恨涉江遥①〔一〕，移近溪頭住〔二〕。閒蕩木蘭舟〔三〕，誤入雙鴛浦②〔四〕。　無端輕薄雲，暗作廉纖雨③〔五〕。翠袖不勝寒〔六〕，欲向荷花語。

【校　記】

①涉江：明鈔本作「涉紅」，誤。②誤入：明鈔本、毛本、《歷代詩餘》、四庫本、抱經齋鈔本、四寶齋鈔本、家刻本、王本作「臥入」。明鈔一卷本作「臥入」，校爲「誤入」。③廉纖：王本作「簾纖」。

【箋　注】

〔一〕長恨句：漢無名氏《古詩十九首》：「涉江采芙蓉，蘭澤多芳草。采之欲遺誰，所思在遠道。」涉江：渡江，渡水。

〔二〕溪頭：溪水邊。

〔三〕木蘭舟：見《鷓鴣天》「守得蓮開結伴遊」注。

〔四〕雙鴛浦：成雙成對鴛鴦戲水的浦口。宋柳永《甘草子》：「雨過月華生，冷徹鴛鴦浦。」宋張先《一叢花》：「雙鴛池沼水溶溶。南北小橋通。」

〔五〕無端二句：暗用宋玉《高唐賦序》楚襄王夢見巫山神女典故，雲雨暗喻男女之事。感歎自己無端墮入輕薄男子的情網。無端：無奈。表示事與願違，或没有辦法。唐楊巨源《大堤曲》：「無端嫁與五陵少，離别煙波傷玉顏。」宋柳永《尾犯》：「秋漸老，蛩聲正苦，夜將闌，燈花旋落。最無端處，總把良宵，祇恁孤眠卻。」亦有無因由、無故之意。《楚辭·九辯》：「蹇充倔而無端兮，泊莽莽而無垠。」王逸注：「媒理斷絶，無因緣也。」晉陸機《君子行》：「福鍾恆有兆，禍集非無端。」廉纖雨：細雨。唐韓愈《晚雨》：「廉纖晚雨不能晴，池岸草間蚯蚓鳴。」

〔六〕翠袖句：唐杜甫《佳人》：「天寒翠袖薄，日暮倚修竹。」

【疏　解】

詞寫采蓮女子的愛情際遇，而有六朝民歌風味。嘗言小晏頗有豪宕磊落之氣，有時他的這種氣質，會投射到筆下女性人物身上。即如此篇所寫采蓮女，因恨路途遥遠，涉江不便，索性移家溪頭，就近居住。她的舉動，就很有幾分敢作敢爲的魄力。詞的起句用《古詩十九首》語典，引出采蓮女的相思之意。在漢樂府《江南》裏，采蓮本來就是勞動、遊戲、愛情的三位一體；在南朝樂府詩裏，「芙蓉」更與「夫容」諧音雙關。因「長恨」而「移家」，是深思熟慮之後的毅然決然之舉，「移家」有着明確的目的指向性。但第三句卻説「閒蕩木蘭舟」，一副若無其事的樣子，分明是想掩飾些什麽。第四句

「誤入雙鴛浦」更值得玩味，鴛鴦成雙，喻指男女愛情。此女本爲「芙蓉」而來，蕩舟駛入「鴛鴦浦」，可謂正中下懷。説是「誤入」，一者與上句「閑蕩」呼應，繼續將有心之舉説成無心之失；同時也有真誠的後悔之意，爲下片伏筆。

下片情節繼續進展，事情的性質跟着發生了變化，芳意無成，走向了良好願望的反面。「無端輕薄雲，暗作廉纖雨」二句，繼前面以「芙蓉」「鴛鴦」作喻之後，再以「雲雨」作喻，表遇人不淑的追悔莫及、無可如何之意，回應上片的「誤入」。以雲雨喻指男子，屬於對典故的活用。采蓮女能放言指責雲雨「輕薄」，知其非任人狎昵、委曲求全者。就像上片後二句，雖帶有欲蓋彌彰的小兒女心性，但敢於蕩舟入浦，畢竟表現出主動追求的勇氣。結二句活用杜甫《佳人》詩意，説明采蓮女在一場錯誤的情感關係中已被遺棄。她在惡劣的處境中引荷花爲知己，芳心自持，清操自守，顯示出一種凛然的風骨。采蓮女敢作敢當的性格，她的追求反思勇氣與持守風操，都是詞人的豪宕磊落之氣在詞中人物身上的投射。結句裏明言的「荷花」與起句裏隱去的「芙蓉」，首尾照應，見出詞人筆法之細密。

【集　評】

清李調元《雨村詞話》卷一：晏幾道小山詞似古樂府。余絶愛其《生查子》云：「長恨涉江遥（略）。」公自序云：「補亡一篇，補樂府之亡也。」可以當之。

俞陛雲《唐五代兩宋詞選釋》：起句用「涉江采芙蓉」詩，以呼應「荷花」結句，蓋詠採蓮女之作。上段寫綺懷之幽杳，下段寫麗情之宛轉，殊有《竹枝詞》意味。

王焕猷《小山詞箋》：按此首蓋爲蓮鴻而作，首句暗含芙蓉二字。芙蓉，荷别名也，暗用蓮字。末句明點荷字，與芙蓉之暗含相應，蓋恐人不知其爲蓮鴻之作也。

又

遠山眉黛長〔一〕，細柳腰肢嫋。妝罷立春風，一笑千金少〔二〕。　歸去鳳城時〔三〕，説與青樓道〔四〕。徧看潁川花①〔五〕，不似師師好〔六〕。

【校　記】

①徧看：吴鈔本、毛本、四寶齋鈔本作「偏看」。潁川：家刻本、王本作「潁州」。

【箋　注】

〔一〕遠山句：《西京雜記》：「司馬相如妻文君，眉色如望遠山。」時人效畫遠山眉。眉黛：古代的女子用黛來畫眉，所以稱眉爲眉黛或黛眉。晉左思《嬌女詩》：「明朝弄梳臺，黛眉類掃跡。」唐白居易《喜小樓西新柳抽條》：「須教碧玉羞眉黛，莫與紅桃作麴塵。」

〔二〕一笑句：極言女子笑顔之美，珍貴難得。漢崔駰《七依》：「回顧百萬，一笑千金。」南朝梁王僧孺《詠寵姬》：「再顧連城易，一笑千金買。」

〔三〕鳳城：即鳳凰城，指京城。唐李嶷《少年行三首》其一：「朝遊茂陵道，暮宿鳳凰城。」

〔四〕青樓：歌伎所居，借指在青樓内賣藝的女子。唐羅鄴《邊將》：「若無紫塞煙塵事，誰識青樓歌舞人。」

〔五〕潁川：秦漢郡名，豫州八郡之一，治陽翟（今河南禹州）。此指宋代許州潁昌府，治所在今河南許昌。花：喻指歌女。

〔六〕師師：即詞中所詠歌女。師師在宋代是歌女的一個共名，柳永《西江月》：「師師生得豔冶，香香於我情多。安安那更久比和，四個打成一個。」張先曾作《師師令》新詞；秦觀《一叢花》：「年時今夜見師師，雙頰酒紅滋。」徽宗時的李師師，更爲徽宗和周邦彦所共戀，張端義《貴耳集》、周密《浩然齋雅談》皆紀其事，周爲作《少年游》「并刀如水」詞。

【疏　解】

此首題詠歌女，采用詞人的視角，當作於潁川許田鎮監任上。起二句以遠山喻其長眉，以細柳喻其纖腰，雖屬陳詞套語，卻也恰切妥帖，形象生動。前二句爲歌女賦形之後，三、四句傳寫歌女神韻。「妝罷」總結前兩句長眉、柳腰的描寫，然後説她站在春風裏嫣然一笑，真是千金難買。巧笑倩兮，女子的笑靨，大概比她的眉黛、腰肢更令人迷醉。

這上片四句，往淺處看，都是熟俗的比擬和形容。往深處看，則有兩點需要注意。一是上片的寫法，明顯模仿了《詩經·衛風·碩人》第二章對莊姜的描寫：「手如柔荑，膚如凝脂。領如蝤蠐，齒如瓠犀。螓首蛾眉，巧笑倩兮，美目盼兮。」都是先作具體描寫，再借笑意傳神。二是如何看待比喻

形容的運用。美感具有共同性，具體到對於女性美的感知，眉如遠山，腰如纖柳，一笑千金等，都是

公認的女性美感形態，凡美皆如此，所以其實是不能去苛責語言陳舊的。

上片比喻形容之後，詞人意猶未足，下片宕開一筆，表示自己任滿回京後，要説給所有的青樓歌女們，讓她們都知道：整個潁川的歌女，就數師師出類拔萃，最爲美麗。這樣就把對這位歌女的讚美推向頂點。對這首詞的下片，存在不同的理解。或認爲詞中的師師不是潁川歌女，而是詞人在京城的一個舊相識。詞人遠在潁川，或擔心師師産生疑慮誤解，所以才有這下片的一番説辭。詞人説看遍潁川歌女，没有一個比得上師師之美的。這樣比較誇贊，目的是向師師表明情感態度。這樣理解，似乎也能説得通。

【集　評】

清葉申薌《本事詞》卷上：李師師汴中名妓，不獨周美成爲之傾倒，一時諸名士，亦多有題贈焉。晏小山則有《生查子》云：「遠山眉黛長」。

夏承燾《張子野年譜》：晏幾道《小山詞》有《生查子》云：「遍看潁川花，不似師師好。」「醉後莫思家，借取師師宿。」皆非宣和李師師。唐人孫棨爲《北里志》，記平康妓亦有李師師，師師蓋不僅一人也。

王焕猷《小山詞箋》：按此首蓋其出監潁州時所作也。鳳城即五鳳城，乃帝都也。上半闋之末用一少字，含有不足之意，是其著眼之處。蓋叔原與鄭俠爲友，因反對荆公新法，有鄭監門所繪《流

民圖》，遂遭時忌。

又按，李師師爲徽宗所賞名妓，此人所皆知者。然疑「師師」二字，爲宋人通用妓女之名。張先詞中亦有師師，先仁宗初已成進士，而師師乃名於徽宗時。故疑叔原此首末句所言，非指李師師也。至南宋人詞，則此二字已不多見矣。

又

落梅庭榭香①，芳草池塘緑〔一〕。春恨最關情〔二〕，日過闌干曲②〔三〕。　幾時花裏閒，看得花枝足。醉後莫思家，借取師師宿。

【校　記】

①庭榭：毛本、四庫本、王本作「亭榭」。明鈔本、明鈔一卷本作「庭樹」。香：抱經齋鈔本作「秀」。

②日過：吴鈔本、毛本、四庫本、四寶齋鈔本、王本作「月過」。

【箋　注】

〔一〕芳草池塘：南朝宋謝靈運《登池上樓》：「池塘生春草，園柳變鳴禽。」

〔二〕春恨：猶春愁，春怨。唐楊炯《梅花落》：「行人斷消息，春恨幾徘徊。」關情：動心，牽動情懷。宋王安石《菩薩蠻》：「何物最關情，黄鸝三兩聲。」

〔三〕日過句：言每天都到闌干曲處看花。

【疏　解】

詞抒遊子鄉愁，采用詞人的視角。起二句從早春風物切入，庭樹落梅飄香，池塘春草染緑，寫出了冬去春來的季節轉换。古典詩詞對時間的表現，一年四季裏寫得最多的是春秋二季，因爲這兩個季節特征最鮮明，最易引發人們的心理感應和情緒波動。春恨秋悲，就是與這兩個季節相對應的兩種屬於人的主觀情感。詞的第三句即點出「春恨」，强調它最是「關情」。「春恨」義同春愁、春怨，是人的時間生命意識被季節唤醒之後，内心的生涯之悲和年華之歎，惜春、怨别是其主要意涵。而這兩重意涵，在起二句裏即已寫到。落梅寓惜春之意，春草興怨别之感，都屬第三句裏「春恨」的範疇。第四句是對「最關情」的落實，「日過」，日日都要經過，見出「關情」的程度，的確當得起一個「最」字。「闌干曲」回應起句裏的「庭樹」，是詞人的憑依之處。他每天都要憑依曲闌，關注着春天發生的每一點變化。

日日經過曲闌猶覺不足，下片前二句表示，要專門找一段空閑的時間，走進花叢深處，把花朵的美麗看足看夠，因爲他深知花開易謝。這兩句既見出詞人對花朵的極度愛惜，也表現了詞人爲花意亂的微妙心情。第三句拍到題旨，卻是正話反説，醉酒是爲了消解春愁别怨，但是顯然達不到這種效果，刻意提醒自己「莫思家」，正是格外「思家」的表現。看來酒是没有用的，那就「借取師師宿」吧。這大概是小晏詞最爲頽放的句子，良人變成浪子，是鄉愁春恨無以消解之際的最後挣扎。這裏再次提到「師師」，可能與前一首作於同一時期。

【集　評】

王焕猷《小山詞箋》：按此首蓋小山言其兄已得門廕而爲諫議大夫，可以繼先人之業矣，故有芳草池塘之句。下半片，言自己無妨縱情於詩酒也。

又

狂花頃刻香〔一〕，晚蝶纏緜意〔二〕。天與短因緣〔三〕，聚散常容易。　傳唱入離聲〔四〕，惱亂雙蛾翠〔五〕。游子不堪聞，正是衷腸事〔六〕。

【箋　注】

〔一〕狂花：盛開的花。北周庾信《小園賦》：「落葉半床，狂花滿屋。」唐薛逢《醉中看花因思去歲之任》：「狂花野草途中恨，春月秋風劍外情。」頃刻香：謂快速衰謝。

〔二〕纏緜：絲線縈繞，不能解脱。此謂留戀不去。晉潘岳《寡婦賦》：「思纏綿以瞀亂兮，心摧傷以愴惻。」唐張籍《節婦吟》：「感君纏綿意，繫在紅羅襦。」

〔三〕短因緣：男女情愛不能長久。《太平廣記》卷三四九《韋鮑生妓》：「鮑生者，有妾二人，遇外弟韋生有良馬，鮑出妾爲酒勸韋。韋請以馬换妾，鮑許以抱胡琴者，仍命歌以送韋酒。既而妾又歌以送鮑酒，歌曰：『風颭荷珠難暫圓，多生信有短因緣。西樓今夜三更月，還照離人泣斷弦。』」

〔四〕離聲：别離的樂聲。南朝宋鮑照《代東門行》：「離聲斷客情，賓御皆涕零。」前蜀韋莊《上行杯》：「芳草灞陵春岸。柳煙深，滿樓弦管。一曲離聲腸寸斷。」

〔五〕雙蛾翠：女子的一雙翠眉。古時女子以青黛畫眉，故曰翠眉、眉翠、翠黛、翠蛾。唐張祜《愛妾换馬》之二：「休憐柳葉雙眉翠，卻愛桃花兩耳紅。」晏殊《點絳唇》：「斷腸聲裏。斂盡雙蛾翠。」

〔六〕衷腸：内心的誠實情意。唐韓偓《天鑒》：「神依正道終潛衛，天鑒衷腸競不違。」

【疏解】

詞抒别情，而以比興起首。「狂花」，繁盛但難以久開的花，句意喻指相逢的歡樂難以持久。「晚蝶」，傍晚的蝴蝶或秋天的蝴蝶，「晚」可解爲一日之晚，也可以解爲一歲之晚。句意喻指離别相思的悲傷綿綿不斷。第三句點明兩情相悦但不能長久這一層意思，而歸咎於天，正是人世阻隔無力克服的無可奈何之詞。第四句的「聚散」偏義，離散的意思；「容易」，輕易的意思；句謂相愛的男女迫於客觀的原因，短暫相愛，很快就不得不匆促分離了。

下片緊扣歌聲轉寫離别場面。後起説離别的歌聲一直在持續傳唱，二句説送别的女子聽得心情煩亂，雙眉蹙結。三句説游子不堪聽聞驪歌，結句説歌裏唱的正是他内心的離情别緒，歌聲與心情共鳴，讓他更加痛苦。

對上下片大致串講如上，這首詞還是有一些説不清楚的地方。詞中的男子既稱「游子」，説明已經遠離家鄉出門在外，「短因緣」説的應該不是家庭婚姻之事。那麼，是説在外的一次偶遇嗎？如果是，女方的身份是什麼呢？還有下片出現的「雙蛾」，是來送别的偶遇女子嗎？這位「雙蛾」，是唱歌者還是聽歌者？如果「雙蛾」是唱歌者，那麼她的身份會是歌女嗎？這都是關乎詞意的理解，而又不易説清的地方。

【集　評】

王焕猷《小山詞箋》：按此首亦小山初之官之作也，「狂」字下接「頃刻」二字，言輕狂者之不可久也。「晚」字下接「纏緜」二字，即孔子久要不忘之意也。

又

榴花滿琖香①〔一〕，金縷多情曲〔二〕。且盡眼中歡②，莫歎時光促。

官身幾日閒，世事何時足〔三〕。君貌不長紅，我鬢無重緑〔四〕。

【校　記】

①滿琖：家刻本、王本作「滿院」。　②眼中歡：王本作「醉中歡」。

【箋注】

〔一〕官身二句：謂爲官忙碌，閑暇之日無多；世事繁複，何時才能做完。官身：有官職在身，亦指身任公職的人。

〔二〕君貌二句：謂人生短暫，大好年華一去不還。紅顔緑鬢，代指青春年少。緑鬢，即青鬢。南朝梁吴均《和蕭洗馬子顯古意》之三：「緑鬢愁中減，紅顔啼裏滅。」

〔三〕榴花：此指榴花天酒，亦稱榴花酒。唐李嶠《甘露殿侍宴應制》：「御筵陳桂醑，天酒酌榴花。」

〔四〕金縷：曲調《金縷曲》、《金縷衣》的省稱。唐杜牧《杜秋娘詩》：「秋持玉斝醉，與唱金縷衣。」唐羅隱《金陵思古》：「綺筵金縷無消息，一陣征帆過海門。」唐杜秋娘《金縷衣》：「勸君莫惜金縷衣，勸君惜取少年時。花開堪折直須折，莫待無花空折枝。」

【疏解】

詞表及時行樂之意，可作兩解。一解乃詞人第一人稱抒情，在歌宴上抒發人生感慨。起二句感歎自己一官在身，整日忙碌，難得閑暇，可這人世之上的俗務，是永遠也忙碌不完的。三、四句關合人我雙方，「君」指聽者，應該就是宴席上的某位歌女。詞人對勸酒的歌女説：你的紅顔不會長在，我的霜鬢也不會變黑。如果説起二句是以世事忙碌爲襯引發感慨的話，這兩句已拍到題面，强調生命短暫、青春難駐、好景不長，爲下片點明題旨鋪墊。

換頭二句，即對酒當歌之意。滿杯的榴花天美酒，定要開懷暢飲；多情的金縷衣歌曲，須是盡情傾聽。「金縷多情曲」一句，回應上片「君貌不長紅，我鬢無重緑」二句，啟開下面「且盡眼中歡，莫歎時光促」三句。這樣就把及時行樂的題旨，表達得透徹顯豁。

以上是以詞人自抒的思路作出的解讀，也可以從歌女勸酒的角度來解釋這首詞，只需轉換詞中人稱關係即可，因此不再展開。

【集　評】

王焕猷《小山詞箋》：按此首蓋小山自慰也。

又

春從何處歸〔一〕，試向溪邊問。岸柳弄嬌黄，隴麥回青潤〔二〕。　多情美少年，屈指芳菲近〔三〕。誰寄嶺頭梅，來報江南信①〔四〕。

【校　記】

①來報：《歷代詩餘》、家刻本作「未報」。

【箋　注】

〔一〕歸：歸來，非謂歸去。

〔二〕岸柳二句：嬌黃，嫩黃色。隴麥：田畦裏的麥苗。隴，通「壟」，田埂。青潤，色青而潤澤。

〔三〕芳菲：芬芳的花草。唐李嶠《二月奉教作》：「乘春重遊豫，淹賞玩芳菲。」此指美好的春天。

〔四〕誰寄二句：嶺頭梅，大庾嶺的梅花。因大庾嶺多梅，亦稱梅嶺。江南信：江南春信。這兩句用陸凱贈范曄梅花典事。《太平御覽》引南朝盛弘之《荊州記》：「陸凱與范曄相善，自江南寄梅花一枝，詣長安與曄，並贈花詩曰：『折花逢驛使，寄與隴頭人。江南無所有，聊贈一枝春。』」

【疏解】

詞寫少年探春，取材別致，風格清新。用少年視角切入，擬人手法，問句領起，見出渴盼春歸的急切之意。「春歸」可有兩解，一指早春，春天歸來；一指暮春，春天歸去；這裏是春天歸來的意思。二句說探春的少年來到溪水邊，問詢春天從哪裏重返人間的消息。三、四句就「溪邊」展開，描寫岸上柳絲已吐出嫩黃的葉芽，田壟裏的春麥也已返青，一片翠綠之色。這兩句早春溪邊景物描寫，是大自然以歲時節令的物候變化，對少年的問詢作出的回答。

其實整個上片並無主語，主語是在下片第一句、也就是全詞的第五句才出現的。詞的主語也就是詞的抒情主人公，是一位「多情美少年」，他正在屈指計算春暖花開的日期。「屈指」二字，表現少年盼望花開的情形，是一個很有表現力的細節。結二句因「芳菲」帶出南嶺梅花，早春的北方，枝頭尚未開花，少年希望有個像陸凱那樣的友人，折一枝嶺梅，寄來江南的春信。這一結的用典，也是少年「多情」的表現，並與開頭的問詢呼應，意脈貫通，結構縝密。

最後，我們再就全詞的主語，也就是抒情主人公「多情美少年」略作申説。惟是「多情」才會溪邊探春，惟是「少年」才會如此「多情」。「多情」的「少年」有一顆青春敏感的心，有一身蓬勃的生命活力，有一腔對於生活的强烈熱愛，所以才有此富於詩意的行爲和舉動。而這個「多情」的「少年」，又必須是「美」的。繆鉞先生在《詞論》裏説：詞體婉細精美，不宜容受粗重的題材，就像大觀園女兒聚會，不僅屠沽兒不能側身其間，就是高士羽客在場也不相宜。的確如此，即如這首小詞，探春者唯有「多情美少年」，才能對得起早春的芳鮮之氣，才與唯美的詞體珠聯璧合。

【集　評】

王焕猷《小山詞箋》：按此首亦指蓮鴻、蘋雲也，蓮、蘋爲物，俱生安水中。第二句蓋言惟蓮、蘋爲相知也，乃因首句「何處」二字有泛泛無着之意，謂須指定處所方可，且有希望過高未必如願之意，亦藉以自勸也。

南鄉子〔一〕

渌水帶青潮①〔二〕。水上朱闌小渡橋②。橋上女兒雙笑靨③〔三〕，妖嬈④〔四〕。倚著闌干弄柳條。

月夜落花朝⑤〔五〕。減字偷聲按玉簫〔六〕。柳外行人回首處，迢迢〔七〕。若比銀河路更遥⑥。

【校　記】

①渌水：《唐宋諸賢絶妙詞選》、《陽春白雪》、抱經齋鈔本作「緑水」。青潮：《唐宋諸賢絶妙詞選》、《陽春白雪》、明鈔本、《歷代詩餘》、抱經齋鈔本、家刻本、王本作「春潮」。②朱闌：吴鈔本作「朱橋」，明鈔一卷本作「朱門」。渡：抱經齋鈔本注曰「一作『晝』」。③女兒：家刻本、王本作「人兒」。④妖嬈：《唐宋諸賢絶妙詞選》作「夭嬈」。⑤落花朝：《唐宋諸賢絶妙詞選》、吴鈔本、抱經齋鈔本作「與花朝」。⑥若比：毛本、四寶齋鈔本作「若此」。

【箋　注】

〔一〕南鄉子：唐教坊曲名，用爲詞調。又名好離鄉、蕉葉怨。單調始自後蜀歐陽炯，南唐馮延巳始增爲雙調，五十六字，上下片各五句，四平韻。另有單調二十七字，五句兩平韻、三仄韻，如歐陽炯《南鄉子・畫舸停橈》；單調二十八字，五句兩平韻、三仄韻，如歐陽炯《南鄉子・路入南中》；單調三十字，六句兩平韻、三仄韻，如李珣《南鄉子・煙漠漠》；雙調五十四字，上下片各五句、四平韻，如歐陽修《南鄉子・翠密紅繁》；雙調五十六字，上下片各五句、四平韻，如王之道《南鄉子・天際彩虹垂》；雙調五十八字，上下片各六句、四平韻。如黄機《南鄉子・簾幙閟深沈》等。

〔二〕渌水句：清澈的水流卷起碧緑的浪潮。

〔三〕雙笑靨：一對酒窩。笑靨，笑渦，酒窩。

〔四〕妖嬈：嫵媚多姿。三國魏曹植《感婚賦》：「顧有懷兮妖嬈，用搔首兮屏營。」唐何希堯《海棠》：「著雨胭脂點點消，半開時節最妖嬈。」

〔五〕落花朝：落花時節。唐董思恭《詠雪》：「天山飛雪度，言是落花朝。」唐白居易《喜楊六侍御同宿》：「岸幘静言明月夜，匡床閑臥落花朝。」

〔六〕減字偷聲：皆爲唐宋曲子詞術語。減字，詞的句度和聲韻，都須按譜填寫，不能變换。但當時音樂家在聲腔方面，仍有所伸縮，因舊曲爲新聲。如《木蘭花》原爲七言八句，後將一、三、五、七句各減去末三字，成爲《減字木蘭花》。偷聲，唐代絶句多配樂歌唱。歌唱常用和聲、散聲、偷聲等方法以調節聲調的抑揚緩急。偷聲，即在一句中偷去一字。如唐張志和《漁歌子》詞第三句「青箬笠，緑蓑衣」，劉禹錫《瀟湘神》第一句「斑竹枝，斑竹枝」，都是把七字句省去一字，分爲三字二句。偷聲、減字常連用。宋楊無咎《雨中花令》：「换羽移宫，偷聲減字，不顧人腸斷。」又古人依譜填詞，雖有一定格式，但在聲腔上仍可自由伸縮。如《木蘭花》上下闋原是各押三個仄韻，後來填詞者不但把上下闋的第三句各減去三字，並且將三、四兩句的仄韻改爲平韻，就好似這個平韻是從别處偷取來的，所以叫偷聲。新調《木蘭花》因而另名《偷聲木蘭花》。按：按曲，擊節唱曲。

〔七〕迢迢：路途遥遠貌。晉潘岳《内顧詩》之一：「漫漫三千里，迢迢遠行客。」

【疏　解】

這是一首題詠詞，題詠對象是一位稚氣未脱的美麗少女，采用詞人的全知視角。起句從一條碧浪翻湧的清澈流水切入，二句由流水寫到水上的朱闌小橋，人物的活動環境已然設定。三句人物出場，朱闌小橋上，有個笑出一雙酒窩的少女，十分嫵媚動人。她正倚着闌干，擺弄手裹的柳條。是想做成柳笛吹個小曲呢，還是想編成柳圈戴到頭頸上？抑或，這個女孩子情竇初開，她正在心裏虛擬一幕河橋折柳贈人的送別話劇。這些都是讀者可以進一步展開想象力，加以豐富完型、增添閱讀趣味的地方。前結描寫倚闌少女的動作情態，同時也是間接補寫景物。少女手裹的柳條告訴讀者，水邊橋旁栽種柳樹。水上宜架小橋，水邊適合植柳，柳絲拂水，佳人倚闌，風景格外迷人。

上片描寫少女白天水邊橋上倚闌弄柳的活動，下片轉寫夜晚和早晨，月夕花朝，女孩子變換着調譜字聲，吹奏動聽的簫曲。這個美麗的少女，身份應該是個歌女，上片寫過她的美麗之後，這裏再寫她的技藝。這都屬於描摹形容，敘説贊歎，就美寫美。下片後三句，則是「就美的效果來寫美」，柳外行人只是路過，匆匆回頭一瞥，就被橋上少女迷人的笑靨傾倒了，而又交接無方，頓覺眼前的一條小溪，比隔開牛女的銀河還要迢遥。此所謂驚豔，真正是驚心動魄，神魂顛倒。這樣就把少女之美，表現到極致狀態。這最後三句詞，寫法與《陌上桑》通過旁觀者的反應寫羅敷之美一樣。三句之中，同時還包含一個一見鐘情的愛情故事的古老「目成」模式。

【集　評】

王焕猷《小山詞箋》：按此首當是爲玉簫而作，與《虞美人》調「玉簫吹徧煙花路」一首相同。

又

小蘂受春風①〔一〕。日日宫花花樹中〔二〕。恰向柳緜撩亂處②，相逢。笑靨旁邊心字濃③〔三〕。歸路草茸茸④〔四〕。家在秦樓更近東〔五〕。醒去醉來無限事，誰同〔六〕。説著西池滿面紅〔七〕。

【校　記】

①受：吴鈔本、毛本、四庫本、四竇齋鈔本、家刻本、王本作「愛」。　②柳緜：抱經齋鈔本作「飛綿」。　③心字：《歷代詩餘》、家刻本、王本作「心事」。　④茸茸：明鈔本作「葺葺」，誤。

【箋　注】

〔一〕小蘂：初開的花。或謂指詞中所寫女子。

〔二〕宫花：皇宫庭苑中的花木。唐李白《宫中行樂詞》之五：「宫花争笑日，池草暗生春。」唐元稹《行宫》：「寥落古行宫，宫花寂寞紅。」

〔三〕笑靨句：言臉上的美麗笑容流露出内心的深濃情誼。或注爲心字香，恐不確，因爲這裏寫的是花樹叢中的室外場所，無從焚香。若解爲女子身上帶有香氣，亦可説通。

〔四〕茸茸：花草嬌嫩的樣子。唐盧仝《喜逢鄭三遊山》：「相逢之處花茸茸，石壁攢峰千萬重。」

〔五〕秦樓：此指歌樓，女子居處。

〔六〕誰同：與誰一起。

〔七〕西池：汴梁城西的金明池，爲京城遊覽勝地。宋葉夢得《石林燕語》卷一：「太平興國中，復鑿金明池……歲以二月開，命士庶縱觀。」明李濂《汴京遺跡志》卷八：「金明池，在城西鄭門外西北。」

【疏解】

此首題詠歌女，采用男子的視角。以春風吹開花朵領起，接寫宫花叢中日日賞花的遊人。這是容易發生愛情故事的季節和環境，果然，不早也不遲，撲面亂飛的濛濛柳緜裏，遊春的男子和歌女猝然相遇了。大概少女臉上的酒窩，是最讓男子動心之處，這裏就又寫到了女子魅人的「笑靨」。在男子眼裏，歌女臉上的美麗笑容，流露出内心的深濃情義，這是雙方有了互動交流的結果。看來，這裏寫的差不多又是一個一見鍾情的偶遇故事。

下片描寫歸路之上，細草茸茸，應該是男子與歌女攜手同歸。路邊萌生的柔嫩的草芽，點染的是他們像春草一樣新鮮的感情。「家在」一句，當是男子問詢，歌女回答。正是依據女子自報「秦樓」家門，推定出她的歌女身份。「醒去醉來無限事」一句容量很大，其中包含的故事時長遠遠大於詞句的敘事時長。這一句所寫，大致相當於白居易《琵琶行》裏的「今年歡笑復明年」。「醒去醉來」四字，就是歌女承歡侍宴的日常生活的概括，「無限事」者，歌宴舞席間不斷生出的新歡舊怨、紛紜糾葛也。「誰同」，與誰同，即和誰一起，大概也都如雲煙過眼、難以記數了。惟是説到這次西池相遇，歌女滿面羞紅，説明她是動了真情。詞作對歌女的風塵往事没有多寫，着力表現遊春一日之偶遇，凸顯她的美麗和純真的一面。

【集　評】

王焕猷《小山詞箋》：按自此以下三首，皆爲蕊而作，且一氣相連。此首言相逢也。

又

花落未須悲①。紅蘂明年又滿枝②。惟有花間人别後，無期〔一〕。水闊山長雁字遲〔二〕。今日最相思。記得攀條話别離〔三〕。共説春來春去事，多時。一點愁心入翠眉。

【校　記】

①須：明鈔本、明鈔一卷本、抱經齋鈔本作「消」，誤。　②紅蘂：明鈔本、抱經齋鈔本作「紅蘂」。

【箋　注】

〔一〕無期：言不知何時，没有約定日期。唐李頻《關東逢薛能》：「惟君一度别，便似見無期。」唐徐奩《燕》：「何嫌何恨秋須去，無約無期春自歸。」

〔二〕雁字遲：信使來遲，久盼的書信未到。

〔三〕攀條：攀著枝條。漢無名氏《古詩十九首》：「攀條折其榮，將以遺所思。」此指折柳贈別。

【疏解】

詞寫相思別情，性别視角不明，這裏暫按女性視角解讀。古典詩詞中的女性總是惜花傷春，這首詞裏的女子卻説「花落未須悲」，顯得不同一般。她給出的理由是「紅蘂明年又滿枝」，今年的花落了，明年繁花又開滿枝頭，所以用不着爲落花悲傷。可見詞的抒情主人公，是一位性格豁達的女子，這當是詞人豪宕性格在詞中人物身上的折射。從寫作策略角度看，前二句不僅寫出新意，而且爲第三句轉寫别離之悲作了對比和鋪襯。「惟有」是排除之後的特别强調，花落了明年還會如期開放，一同賞花的人離别之後，歸來卻遥遥無期，這才是讓人悲傷的事。前結折進一層，再作追加，説一别之後，山長水遠，不僅歸期渺茫，而且音信來遲，讓人更添思念痛苦。

後起「今日最相思」，在日日相思中，突出「今日」的思念之情最爲强烈。這是因爲女子想起了「攀條話别離」的情景。她和男子折花相贈，談説多時的「春來春去事」，就是歲月紅塵裏的聚散離合之事。她清楚地記得，説到内心觸動之處，自己愁眉蹙結的情形。或謂下片所寫，是去年今日話别情景的回憶，亦可説通。

【集評】

王焕猷《小山詞箋》：按此首亦爲蕊而作，乃言别離也。

又

何處别時難〔一〕。玉指偷將粉淚彈。記得來時樓上燭，初殘。待得清霜滿畫闌。不慣獨眠寒。自解羅衣襯枕檀〔二〕。百媚也應愁不睡〔三〕，更闌〔四〕。惱亂心情半被閒〔五〕。

【箋注】

〔一〕别時難：唐李商隱《無題》：「相見時難别亦難，東風無力百花殘。」

〔二〕枕檀：即枕頭。檀，香料，古人常將其置於枕内，故稱。南朝陳徐陵《中婦織流黄》：「帶衫行幛口，覓釧枕檀邊。」五代牛希濟《謁金門》：「夢斷禁城鐘鼓，淚滴枕檀無數。」

〔三〕百媚：極爲嫵媚。《樂府詩集·横吹曲辭五·淳于王歌》：「百媚在城中，千媚在中央。」唐白居易《長恨歌》：「回眸一笑百媚生，六宫粉黛無顔色。」

〔四〕更闌：更漏已殘，天將破曉。唐方干《元日》：「晨鷄兩遍報更闌，刁斗無聲曉露乾。」

〔五〕半被閒：因是獨睡，半邊被子空著。

【疏解】

詞賦別情，視角性別不明，語詞意脈存在説不清處。我們先以女子視角，嘗試加以解讀。情人離別，處處皆難。而以「何處别時難」的問句提起，是爲了突出難中尤難者，即第二句所寫的情景。分手之際，女子内心非常痛苦，她想大哭一場，一任淚水痛快地流瀉。但她顧及即將出門遠行的男子的感受，强壓悲傷，趁男子不注意，偷偷地抹去眼裏的淚水。這個細節，顯示女子對男子的摯愛和體貼。第三句的「來時」，應是女子送別之後獨自歸來之時。她當是黄昏時分下樓送别的，其時室内已經點燭。及至送别回來，燭火快要燒殘，她卻没有睡意。前結是説女子憑倚樓頭，一直到夜霜落滿闌干。

下片寫女子回到室内，今宵初别，她一下子還不習慣寒夜獨自睡眠。輾轉之際，她脱下羅衣襯在冷硬的枕頭上，意圖舒適一些，好使自己能夠入睡。第三句的「百媚」二字，以女子視角解釋不通，她不應該自稱「百媚」，所以這首詞也可能是男子的視角，寫男子送别女子。上片前二句寫他看到女子偷抹眼淚，更覺不忍分别。上片後三句寫他送罷女子，回到樓上的情形。下片前二句寫他獨眠不適，解衣襯枕。「百媚」是他對女子的昵稱，他想象女子也像自己一樣，爲别愁困擾，無法成眠。「更闌」。惱亂心情半被閒」二句，可以是男子自説苦惱，也可能是他想象中的女子的苦惱煩亂。「半被閒」三字語新，雖然略覺形而下一些。

【集　評】

王煥猷《小山詞箋》：按此首蓋與《采桑子》「當時月下分飛處」首相同，亦少年初離家時所作。觀《采桑子》「不道孤眠夜更長」，與此首「不慣獨眠寒」，即可知矣。

又

畫鴨嬾熏香①〔一〕。繡茵猶展舊鴛鴦〔二〕。不似同衾愁易曉，空牀。細剔銀燈怨漏長〔三〕。

幾夜月波涼〔四〕。夢魂隨月到蘭房〔五〕。殘睡覺來人又遠②，難忘。便是無情也斷腸③。

【校　記】

①熏香：抱經齋鈔本作「偷香」。②殘睡：抱經齋鈔本作「愁睡」。又遠：抱經齋鈔本作「易遠」。③便是：底本作「更是」，吴鈔本、毛本同，抱經齋鈔本作「便是」，據改。

【箋　注】

〔一〕畫鴨：飾有彩畫的鴨形香爐。唐宋時代，銅製鴨形香爐的使用很普遍，詩詞中也多有描寫。唐李商隱《促漏》：「舞鸞鏡匣收殘黛，睡鴨香爐换夕熏。」五代和凝《何滿子》：「卻愛熏香小鴨，羨他長在屏幃。」

〔二〕繡茵：繡花的坐褥。舊鴛鴦：指昔日所繡的鴛鴦圖案。詞句所寫褥墊，即所謂鴛鴦茵。唐李商隱《燕臺詩·秋》：「金魚鏁斷紅桂春，古時塵滿鴛鴦茵。」

〔三〕剔銀燈：將燒枯的燈芯剔除，使燈焰更明亮。剔燈，也叫挑燈。唐岑參《邯鄲客舍歌》：「邯鄲女兒夜沽酒，對客挑燈誇數錢。」

〔四〕月波：指月光。月光似水，故稱。《漢書·禮樂志》：「月穆穆以金波。」南朝宋王僧達《七夕月下詩》：「遠山斂氛祲，廣庭揚月波。」

〔五〕蘭房：猶香閨。婦女所居之室。《文選·潘岳〈哀永逝文〉》：「委蘭房兮繁華，襲窮泉兮朽壤。」吕延濟注：「蘭房，妻嘗所居室也。」南朝梁劉孝綽《淇上戲蕩子婦示行事》：「日闇人聲静，微步出蘭房。」

【疏　解】

詞寫孤眠滋味，而視角性别不明。從意脈貫通着眼，詞中的抒情主人公應是男子。起句寫其慵懶，睡前不願給被褥熏香。接寫鋪開繡褥，上面還是以前繡出的鴛鴦圖案。鴛鴦寓成雙之意，這裏用作反襯。以下三句説，與共枕同眠時發愁天亮得太快不一樣，今夜空床獨卧，毫無睡意，剔除燈焰餘燼之際，抱怨夜漏滴答不盡，夜晚變得如此漫長。「細剔」的動作，表明百無聊賴，是在有意無意地消磨時間。這三句寫人物的心理時間。作爲物理時間，夜的時長是不會改變的。但同寢共眠，貪歡不足，感覺夜好像變短了，天特别容易亮。所以就有了南朝樂府《讀曲歌》這樣的痴絶願望的表達：

「打殺長鳴鷄，彈去烏臼鳥。願得連冥不復曙，一年都一曉。」而獨處寂寞，「不眠知夕永」，在心理感覺中，竟是漏聲迢遞，長夜難明，所以引發了內心的抱怨。

下片寫在月光如水、清涼舒適的夜晚，終於能夠入睡了。睡夢裏，隨着月光的照引，來到了所愛女子的閨房，見到了朝思暮想的伊人。然而好夢易破，夢醒之時，伊人遠去不見了。但是，夢中光景那麼令人難忘，即使無情之人，也會感到銷魂斷腸，何況我輩多情之人呢！

以上從男性視角所作的解讀，大致疏通了篇句意脈，不過問題也是明顯的，那就是整個上片非常突出的女性化色彩，總覺得上片所寫的人物，應該是一位女性。《花間》詞中，就有不少寫男子的文本過於香豔和女性化，小晏這樣寫，或接受了《花間》詞風的影響。又或，這首詞采取的就是女性視角，詞的抒情主人公是一個相思不眠的女子。只需把下片第二句解釋成女子做夢，夢見男子來到她的閨房裏，夢魂意爲女子的夢中人。這樣理解，詞意即無齟齬違和之感。

【集評】

王焕猷《小山詞箋》：按此首乃承上首，而體會家人之孤單，用「鴛鴦」二字，亦與《采桑子》相同。更用「同衾」二字再加明點，因不能相會，故以「人遠、難忘、斷腸」作結。

又

眼約也應虛①〔一〕，昨夜歸來鳳枕孤〔二〕。且據如今情分裏，相於②〔三〕。只恐多時不似初〔四〕。深意託雙魚〔五〕。小翦蠻牋細字書③〔六〕。更把此情重問得〔七〕，何如。共結因緣久遠無④〔八〕。

【校　記】

①眼約：王本作「眠約」。②相於：毛本、四庫本、四寶齋鈔本、王本作「相期」。抱經齋鈔本缺「於」字。③蠻牋：抱經齋鈔本作「鸞箋」。④因緣：抱經齋鈔本作「良緣」。

【箋　注】

〔一〕眼約：用目光訂約，猶言目成也。戰國楚屈原《九歌·少司命》：「滿堂兮美人，忽獨與余兮目成。」朱熹集注：「言美人並會，盈滿於堂，而司命獨與我睨而相視，以成親好。」唐皇甫冉《見諸姬學玉臺體》：「傳杯見目成，結帶明心許。」或謂：「眼」字是「䀶」字之誤。䀶，目明也，引申有明確之意。䀶約，明確地約定。

〔二〕鳳枕：豔美的枕頭。前蜀韋莊《江城子》：「緩揭繡衾抽皓腕，移鳳枕，枕潘郎。」

〔三〕相於：交好，親近。東漢孔融《與韋甫休書》：「間僻疾動，不得復與足下岸幘廣坐，舉杯相於，以爲邑邑。」唐齊己《酬王秀才》：「相於分倍親，静論到吟真。」

〔四〕只恐句：擔心分離的時間久了，情分不似當初那般親近。

〔五〕雙魚：書信。古人有魚腹傳書的説法。漢樂府《飲馬長城窟行》：「客從遠方來，遺我雙鯉魚。

呼兒烹鯉魚，中有尺素書。」

〔六〕小蕑蠻牋：用剪刀把大幅紙張剪成小幅信箋。南唐馮延巳《更漏子》：「金剪刀，青絲髮。香墨蠻箋親劄。」蠻牋：唐時高麗紙的别稱。亦指蜀地所産名貴的彩色箋紙。唐陸龜蒙《酬襲美夏首病癒見招次韻》：「雨多青合是垣衣，一幅蠻牋夜款扉。」五代韓溥《以蜀箋寄弟洎》：「十樣蠻牋出益州，寄來新自浣溪頭。」細字：很小的字。北齊顏之推《顏氏家訓·養生》：「庾肩吾常服槐實，年七十餘，目看細字，鬚髮猶黑。」唐韓愈《短燈檠歌》：「夜書細字綴語言，兩目眵昏頭雪白。」

〔七〕得：用在動詞後的語助詞。唐杜甫《絶句漫興九首》其二：「恰似春風相欺得，夜來吹折數枝花。」

〔八〕無：句尾疑問語氣詞。唐朱慶餘《近試上張水部》：「妝罷低聲問夫婿，畫眉深淺入時無。」

【疏　解】

詞寫愛情心理，采用女子第一人稱視角，很有特色。起句即切入變故，對方爽約，愛情面臨危機。面對這樣的情況，大多數女子的反應都是情緒化的失望、愁怨，詞中這個女子則相當理性。昨夜約會落空，歸來孤枕獨宿，女子内心無疑也是寂寞、難過的，但是她没有一味沉浸在情緒之中，而是對兩人的關係變化進行分析、評估。她根據當前男子爽約的現狀，預測了兩人關係的前景，擔心這種狀態持續時間久了，情分不會再像當初那般親近。也就是説，這個女子是有問題意識和危機意識的，那麽，她就必然采取行動，化解問題和危機，從而表現出掌握命運的主動性。

下片寫她試圖挽回舊情的努力。她馬上行動起來，把自己深深的愛意，用細密的小字寫在精美的箋紙上，託付給捎書傳信的「雙魚」，寄與爽約不來的男子。看來，她是一個行動力很强的人，這也是具備理性意識的人的突出性格特點。她在信裏再次剖白心跡，表達了與男子共結長久姻緣的願望，詢問男子的態度如何。可知書信的内容抓住問題的要害，直指兩人關係的核心，她需要男子再申舊約，以堅其心。詞中女子所追求的，是一份穩定、長久的婚姻關係。

【集評】

俞陛雲《唐五代兩宋詞選釋》：反復詰問，惟恐歷久寒盟，寫情入深細處。人謂小山之詞，「字字娉娉嫋嫋，如攬嬙施之袂」，此等句足以當之。

王焕猷《小山詞箋》：按此首蓋亦承上二首之意，觀「歸來鳳枕孤」句，可知縱傷無益，遂欲託書箋，而以能否因緣久遠作結。

又

新月又如眉〔一〕。長笛誰教月下吹〔二〕。樓倚暮雲初見雁，南飛。漫道行人雁後歸〔三〕。

意欲夢佳期。夢裏關山路不知〔四〕。卻待短書來破恨〔五〕，應遲。還是涼生玉枕時〔六〕。

【箋　注】

〔一〕新月句：唐齊己《湘妃廟》：「黄昏一岸陰風起，新月如眉生闊水。」五代牛希濟《生查子》：「新月曲如眉，未有團圞意。」

〔二〕長笛句：唐杜牧《題元處士高亭》：「何人叫我吹長笛，與倚春風弄月明。」唐趙嘏《長安晚秋》：「殘星幾點雁横塞，長笛一聲人倚樓。」

〔三〕漫道句：隋薛道衡《人日思歸》：「人歸落雁後，思發在花前。」

〔四〕夢裏句：南朝梁沈約《别范安成》：「夢中不識路，何以慰相思。」

〔五〕卻待：還等。

〔六〕還是：仍是。前蜀韋莊《對梨花贈皇甫秀才》：「依前此地逢君處，還是去年今日時。」

【疏　解】

詞寫秋日相思，采用女子視角，意脈結構甚是曲折。起句寫景交代時間，襯托人物。新月如眉，應是月初的某一天傍晚時分，這裏包含着黄昏盼歸、望月懷思的心理圖式。而如眉的比擬，自然關合人物，暗示其人之美妍。第二句的理解有歧義，或謂女子月下吹笛寄託心事，或謂女子聽聞笛聲撩動情思，皆可説通。第三、四句寫女子倚樓憑眺，看見南還的新雁飛過暮雲籠罩的晚空。回看前二句，所寫亦是女子樓上見聞。初見南飛之雁，説明時令已是深秋。大雁候鳥，秋來準時南歸，觸動女子盼歸之念想。現實是行人歸期已落雁後，「漫道」見出女子不願正視，因爲這不符合她的心裏期盼。

女子憑欄見雁，不見歸人，所以想在夢中與之相會，以釋渴念。然而入夢之後，關山迢遥，遠道多歧，她不知道那一條是通往行人身邊的路。「夢裏關山路不知」一句，是寫實也是用典，化用沈約《别范安成》「夢中不識路，何以慰相思」句意，《文選》李善注引《韓非子》曰：六國時，張敏與高惠二人爲友，每相思，不能得見，敏便於夢中往尋，但行至半道，即迷不知路，遂回。如此者三。因爲夢尋迷路，女子只好等待行人來信，消解心中的愁恨，但傳書的大雁飛過，卻没有捎來行人的家書。「短書」回應上片的「見雁」，説明别離日久，男子不僅遲滯不歸，而且連一封短信都懶得寫，女子已不敢抱有奢望。則女子之深情，男子之薄情，於焉可見。結句以描寫代抒情，只説秋夜涼生玉枕，女子淒涼絶望之心情，盡在不言之中。

【集　評】

清先著、程洪《詞潔》卷二：小詞之妙，如漢魏五言詩，其風骨興象，迥乎不同。苟徒求之色澤字句間，斯末矣。然入崇、宣以後，雖情事較新，而體氣已薄，亦風氣爲之，要不可以强也。

王焕猷《小山詞箋》：按此首承上二首，爲别後之作。

清平樂〔一〕

留人不住。醉解蘭舟去〔二〕。一棹碧濤春水路。過盡曉鶯啼處。　渡頭楊柳青青〔三〕。枝枝葉葉離情。此後錦書休寄〔四〕，畫樓雲雨無憑〔五〕。

【箋　注】

〔一〕清平樂：原爲唐教坊曲名，用作詞調，又名清平樂令、醉東風、憶蘿月，爲宋詞常用詞調。此調正體雙調八句四十六字，前片四仄韵，後片三平韵。

〔二〕解：解纜放舟。蘭舟：木蘭舟，用木蘭樹刻成的舟船。用作船的美稱。南朝梁任昉《述異記》卷下曰：「七里洲中有魯班刻木蘭爲舟，至今在洲中。詩家所云木蘭舟出於此。」唐許渾《重遊練湖懷舊》：「西風渺渺月連天，同醉蘭舟未十年。」

〔三〕渡頭：渡口。唐王維《送沈子福歸江東》：「楊柳渡頭行客稀，罟師蕩槳向臨圻。」

〔四〕錦書：錦字書。用蘇蕙織錦回文璿璣圖典故。唐劉兼《征婦怨》：「曾寄錦書無限意，塞鴻何事不歸來。」

〔五〕畫樓句：用宋玉《高唐賦序》典故，雲雨以喻男女之事。無憑：没有憑據。無所倚仗。

【疏　解】

詞賦别情，采用女子的視角。「留人不住」的開頭，仿佛五代孫光憲《謁金門》的起句「留不得。

留得也應無益」，都是陡然而起，發唱驚挺。這四個字陳述的是眼前的事實，但略去的内容更多，這是複雜過程之後的結果。「留人」的是女子，留「不住」的是男子，一個是癡心挽留，一個是去意已決，見出男女性愛心理的差異，所導致的情感態度的不同。第二句寫男子别酒喝得大醉，然後解舟順流而去，是對第一句「留人不住」的落實。女子視角裏看男子醉酒，説明女子是清醒的，「留人不住」的她已無心酒食。但是男子心情不錯，别離並没有影響到他的胃口。三、四句順承前二句，是女子想象男子舟行水路的沿途風光，江中碧濤春水，岸上鶯啼燕飛，映襯男子的怡悦心情。「過盡」一語，見出舟行之快，更是男子急於離開、略不回顧的心理寫照。「曉鶯啼處」四字，應該包含有更複雜難言的寓意。

换頭二句寫送别之後，女子尚未離去。男子放舟已遠，這時候她才顧上打量渡口的風景，「楊柳青青」是寫實也是寓意，詩詞中的楊柳意象，都與别情相關。女子的眼裏，楊柳的枝枝葉葉都牽惹着離情别緒。男子毫無留戀之意，女子的愁怨是如此之多，以至於讓她感覺到無法承受。這樣就迫發出結二句一反常態的決絶語，男子既然如此不念舊好，那麽走後也就没有必要捎書寄信了，雲雨之歡本無憑據，彼此還是了斷爲好。這兩句是女子的賭氣話，也是對未來命運的預感，而在最深層次，還是難以割舍的情感心理的體現。「畫樓雲雨」，透露了她的風塵女子身份，想求得一份穩定久長的愛情關係，尤爲不易。明乎此，對於理解詞意大有幫助。

【集　評】

清周濟《宋四家詞選目録序》：結語殊怨，然不忍割。

清陳廷焯《别調集》卷一：怨語，然自是淒絶。

王焕猷《小山詞箋》：按此詞含有怨望之意，當是之官潁州時作。

又

千花百草〔一〕。送得春歸了。拾蕊人稀紅漸少①〔二〕。葉底杏青梅小②。　小瓊閒抱琵琶③〔三〕。雪香微透輕紗〔四〕。正好一枝嬌豔〔五〕，當筵獨占韶華④〔六〕。

【校　記】

①拾蕊：《花草粹編》、《歷代詩餘》、四庫本、抱經齋鈔本、家刻本、王本作「拾翠」。明鈔本原作「拾蕊」，改爲「拾翠」。　②杏青：王本作「杏清」，誤。　③閒抱：《花草粹編》作「閑把」。　④當筵：毛本、《歷代詩餘》、四庫本、四寶齋鈔本、家刻本、王本作「當年」。

【箋　注】

〔一〕千花百草：春天繁盛的花草。白居易《贈長安妓女阿軟》：「緑水紅蓮一朵開，千花百草無顔色。」南唐馮延巳《鵲踏枝》：「百草千花寒食路，香車繫在誰家樹。」

〔二〕拾蕊：唐武元衡《歸燕》：「銜泥傍金砌，拾蕊到荆扉。」此指拾取或摘取花朵。拾蕊人，猶言賞花人。

〔三〕小瓊：歌女之名。

〔四〕雪香：女子雪肌透出的香氣。唐温庭筠《菩薩蠻》：「小山重疊金明滅，鬢雲欲度香腮雪。」宋晏殊《木蘭花》：「雪香濃透紫檀槽，胡語急隨紅玉腕。」

〔五〕一枝嬌豔：用嬌豔的花枝形容小瓊的美麗。唐李白《清平調》三首其二：「一枝紅豔露凝香，雲雨巫山枉斷腸。」

〔六〕韶華：美好的時光。常指春光。唐戴叔倫《暮春感懷》：「東皇去後韶華盡，老圃寒香别有秋。」

【疏　解】

此首題詠歌女小瓊，采用詞人的視角。起句「千花百草」，不是表現花草的繁盛，而是説各種花草都開過了。花草以其飄落送走了春天，這與慣常的風雨送春的説法不同，意思顯得新穎。第三句説枝頭的花朵零落殆盡，賞花的遊人也變得少了。正是紅瘦緑肥，第四句即説緑葉下面，已結出青青的杏子和小小的梅實。

换頭推出詞中人物小瓊，「閒抱琵琶」四字特寫，既見儀態風韻，也交代人物身份。唐宋婉約詞多是琵琶曲，小瓊「閒抱琵琶」，説明是個唱詞的歌女。第二句寫小瓊的衣着、膚色和氣息，略覺魅惑，正是歌女本色。三、四句説小瓊正像一枝嬌豔的鮮花，佔盡了這場暮春歌宴的韶光。這首小詞雖無深意，題詠的人物只是一個歌女，但寫法上很是盛大，詞人提起全部力氣，以上片的整個季節背景作爲小瓊的鋪墊陪襯，來突出小瓊的獨佔芳時，突出小瓊的美麗，顯得筆酣墨飽。

【集　評】

王焕猷《小山詞箋》：按小山詞常小杏、小梅並舉，蓋皆姬妾之名也。又小瓊爲陳尚書家歌伎，小山頗賞識之。

又

煙輕雨小。紫陌香塵少〔一〕。謝客池塘生緑草〔二〕。一夜紅梅先老①。　旋題羅帶新詩〔三〕。重尋楊柳佳期〔四〕。强半春寒去後〔五〕，幾番花信來時〔六〕。

【校　記】

①紅梅：明鈔本作「紅花」。

【箋　注】

〔一〕紫陌：指京師郊野的道路。唐岑參《奉和中書舍人賈至早朝大明宫》：「鷄鳴紫陌曙光寒，鶯囀皇州春色闌。」香塵：芳香之塵。多指女子之步履而起者。晉王嘉《拾遺記·晉時事》：「（石崇）又屑沉水之香如塵末，布象牀上，使所愛者踐之。」用爲塵土的美稱。唐沈佺期《洛陽道》：「行樂歸恒晚，香塵撲地遥。」唐劉禹錫《元和十一年自朗州至京戲贈看花諸君子》：「紫陌紅塵拂面來，無人不道看花回。」

〔二〕謝客：南朝宋詩人謝靈運，幼名客兒，故稱。因謝靈運《登池上樓》名句「池塘生春草」，故稱池塘爲「謝客池塘」。

〔三〕旋題：即刻題寫。古時歌女請名人在羅帶上題詩的故事頗多，唐李商隱《柳枝序》：「柳枝手斷長帶，結讓山爲贈叔，乞詩。」宋人詞中多寫及，蘇軾《殢人嬌》：「尋一首好詩，要書裙帶。」賀鑄《菩薩蠻》：「翠帶一雙垂，索人題豔詩。」

〔四〕佳期：情人的約會。《楚辭·九歌·湘夫人》：「登白薠兮騁望，與佳期兮夕張。」南朝梁武帝《七夕》：「妙會非綺節，佳期乃良年。」楊柳佳期：宋歐陽修《生查子·元夕》：「月上柳梢頭，人約黄昏後。」

〔五〕强半：大半；過半。隋煬帝《憶韓俊娥》之一：「須知潘岳鬢，强半爲多情。」唐杜牧《題池州貴池亭》：「蜀江雪浪西江滿，强半春寒去卻來。」

〔六〕花信：花開的信期。應花期而來的風，稱爲花信風。以梅花爲首，楝花爲終，自小寒至穀雨一百二十日，共分八氣，每氣三候，每五日爲一候，共計二十四候，每候對應一種花信，稱二十四番花信或二十四番花信風。

【疏　解】

詞詠春情，在季節與人的對應關係中展開。上片描寫早春景色，春煙淡淡，細雨霏霏，京郊的道路上，塵土不起，等待着遊人前來踏青。池塘邊生出碧緑的草芽，一夜風吹，報春的梅花已開始飄落。一方面是春雨的滋潤，草木的萌發，大地正在回春，唤醒了人們的生命和愛情意識；幾乎同時，春天的第一花梅花，花期已過，它似乎是在向人們發出一種時不我與、行樂須及春的提醒。

下片即寫被時間和季節唤醒的人，再一次開始對於美好愛情生活的追求。相愛的男女，又在羅帶之上題寫了新詩，表達彼此摯愛的情愫。他們再次規劃着柳蔭深處的約會，那裏大約是他們的定情之處，他們要找回最初的熱烈感覺。等到大半的春寒褪去，幾番花信風吹開萬紫千紅，那就是「月上柳梢頭，人約黄昏後」的佳期。論者指下片所寫係男女重修舊好，倒也未必；但隨着春回大地，原本有些疲軟的感情，再次勃發生機，卻是真的。天人之間，畢竟有着最爲内在的深層感應。

【集　評】

王焕猷《小山詞箋》：按此首當係悼姬妾而作。

又

畫堂秋月

可憐嬌小〔一〕。掌上承恩早①〔二〕。把鏡不知人易老〔三〕。欲占朱顔長好。

佳期。藏鉤賭酒歸遲〔四〕。紅燭淚前低語〔五〕，緑牋花裏新詞。

【校　記】

①早：明鈔本作「草」，誤。

【箋注】

〔一〕可憐：可愛。唐李白《清平調》：「借問漢宫誰得似，可憐飛燕倚新妝。」

〔二〕掌上：掌上舞。謂體態輕盈。《飛燕外傳》言漢成帝皇后趙飛燕「體輕，能爲掌上舞」。《南史·羊侃傳》：「儛人張浄琬腰圍一尺六寸，時人咸推能掌上儛。」

〔三〕把鏡：持鏡自照。唐岑參《下外江舟懷終南舊居》：「顔容老難赬，把鏡悲鬢髮。」

〔四〕藏鉤：傳統猜物遊戲。戲者多爲兒童老人。相傳漢昭帝母鉤弋夫人少時手拳，入宫，漢武帝展其手，得一鉤，後人乃作藏鉤之戲。三國魏邯鄲淳《藝經·藏鉤》：「臘日飲祭之後，叟嫗兒童爲藏鉤之戲。分爲二曹，以交勝負。」唐李白《宫中行樂詞》：「更憐花月夜，宫女笑藏鉤。」賭酒：藏鉤射覆，負者罰酒。唐白居易《劉十九同宿》：「唯共嵩陽劉處士，圍棋賭酒到天明。」

〔五〕燭淚：蠟燭燃燒時所滴下的蠟油，如淚一般，稱爲燭淚、蠟淚。唐白居易《房家夜宴喜雪戲贈主人》：「酒鉤送盞推蓮子，燭淚粘盤壘蒲萄。」唐温庭筠《詠曉》：「亂珠凝燭淚，微紅上露盤。」

【疏解】

此首題詠歌女，采用詞人的外視角。起句總寫歌女體態「嬌小」的特點，因「嬌小」而格外惹人愛憐。二句用典，説歌女的肢體輕盈，像趙飛燕、張浄琬那樣能作「掌上舞」，因而早得恩寵。歌女攬鏡自照，不知人生易老，想要青春永駐。見其樂以忘憂之心態，春風得意之情狀。

下片敘事密度很高。秋月之夜，畫堂佳期，藏鉤賭酒，樂而忘返。結二句承接「佳期」，描寫幽會情景，紅燭光裏，低聲私語邇密；緑箋紙上，又題花裏新詞。下片的可貴之處在於，既寫了歌女得意盡歡、及時行樂，又不流於形而下，尤其是寫到燭光低語地步，又以緑箋新詞歸於情感精神之高境，所以值得稱道。

【集　評】

王焕猷《小山詞箋》：按此首蓋初見章臺中人而作，玩藏鉤賭酒歸遲句，可見其非友人家之歌姬。

又

紅英落盡〔一〕。未有相逢信。可恨流年凋緑鬢〔二〕。睡得春酲欲醒〔三〕。　鈿箏曾醉西樓〔四〕。朱絃玉指梁州〔五〕。曲罷翠簾高卷，幾回新月如鉤。

【箋　注】

〔一〕紅英：紅花。南唐李煜《採桑子》：「亭前春逐紅英盡，舞態徘徊。」

〔二〕緑鬢：烏黑而有光澤的鬢髮。南朝梁吴均《和蕭洗馬子顯古意詩》之三：「緑鬢愁中改，紅顔啼裏滅。」唐李白《怨歌行》:「沉憂能傷人,緑鬢成霜蓬。」

〔三〕春酲:春日醉酒後的困倦。唐元稹《襄陽爲盧竇紀事》之三:「猶帶春酲嬾相送,櫻桃花下隔簾看。」

〔四〕鈿筝:以螺鈿鑲嵌的筝,言其華美。晏殊《蝶戀花》:「誰把鈿筝移玉柱,穿簾海燕雙飛去。」

〔五〕梁州:唐教坊曲名,本作《涼州》。詞調中有《梁州令》。唐顧況《李湖州孺人彈筝歌》:「獨把《梁州》凡幾拍,風沙對面胡秦隔。」

【疏 解】

詞抒離别相思之情,詞人即是詞中的抒情主人公。上片寫别後相思,起二句從「紅英落盡」的暮春切入,表明在離别相思之中熬過了一個春天。結果不僅不能見面,連何時相逢的期信都没有,詞人内心十分思念,感覺特别熬煎。三句説歲月在思念的熬煎中流逝,青青的鬢髮已經凋殘,即是思君令人老之意。四句説每天在醉酒和昏睡中度過,以求减緩離愁别緒的痛苦折磨。

下片轉入回憶,再次出現「西樓」意象,可知他思念的人即是西樓歌女。回憶亦如夢幻,都是現實缺憾的補償。相思春盡,相見無期,醉酒昏睡,可憐無補,詞人只能在回憶裏尋求慰藉了。他又一次憶及西樓歡會,朱絃玉指,對坐調筝,一曲《梁州》令人陶醉。鈿筝、朱弦、玉指,襯出其人的美麗,技藝的高超。結二句寫歌宴罷後,高卷翠簾,同賞新月。這裏再一次顯示出小山情詞與《花間》情詞和北宋柳永等人情詞的重大差異,描寫男女歡會不涉情欲内容,高卷翠簾,光明磊落,這等愛情高境，在整個婉約情詞裏都不多見。

【集評】

王煥猷《小山詞箋》：按此首蓋承上首而作，爲別後追想之辭。上半片「可恨」句，緊跟上首「把鏡」句來，下半片描摹追想之意，落處言歡有盡，而無圓滿之時。

又按，此首「西樓」二字，疑爲「南樓」之譌。統觀全集，東樓、西樓均指沈陳二家而言，南樓、北樓則指冶遊而言，此詞不似指友人之家而亦用西樓，故疑有誤。

又

春雲緑處。又見歸鴻去〔一〕。側帽風前花滿路①〔二〕。冶葉倡條情緒〔三〕。　紅樓桂酒新開②〔四〕。曾攜翠袖同來〔五〕。醉弄影娥池水〔六〕，短簫吹落殘梅〔七〕。

【校記】

①路：明鈔本作「露」。　②新開：《詞綜》作「初開」。

【箋注】

〔一〕歸鴻：歸雁。詩文中多用以寄託歸思。三國魏嵇康《贈秀才入軍》之四：「目送歸鴻，手揮五絃。」唐張喬《登慈恩寺塔》：「斜陽越鄉思，天末見歸鴻。」大雁春秋南北遷徙，對北人而言，春雁是「歸鴻」；對南人來説，秋雁是「歸鴻」。

〔二〕側帽：斜戴帽子。《周書·獨孤信傳》：「信在秦州，嘗因獵，日暮馳馬入城，其帽微側。詰旦，而吏民有戴帽者，咸慕信而側帽焉。」後以指灑脱不羈的裝束、風度。

〔三〕冶葉倡條：形容楊柳的枝葉婀娜多姿，後比喻任人玩賞攀折的花草枝葉，借指倡伎。唐李商隱《燕臺詩·春》：「蜜房羽客類芳心，冶葉倡條遍相識。」

〔四〕桂酒：用玉桂浸製的美酒。泛指美酒。《楚辭·九歌·東皇太一》：「蕙肴蒸兮蘭藉，奠桂酒兮椒漿。」王逸注：「桂酒，切桂置酒中也。」《漢書·禮樂志》：「牲繭栗，粢盛香，尊桂酒，賓八鄉。」三國魏曹植《仙人篇》：「玉樽盈桂酒，河伯獻神魚。」

〔五〕翠袖：青緑色衣袖。泛指女子的裝束。唐杜甫《佳人》：「天寒翠袖薄，日暮倚修竹。」用以指代女子。

〔六〕影娥池：漢代未央宫中池名。本鑿以玩月，後以指清澈鑒月的水池。《三輔黄圖·未央宫》：「影娥池，武帝鑿以玩月。其旁起望鵠臺，以眺月影入池中，亦曰眺蟾臺。」唐上官儀《詠雪應詔》：「花明棲鳳閣，珠散影娥池。」

〔七〕短簫：吹奏樂器名。漢晉時多以鼓吹鐃歌形式，用於郊、廟的軍樂。後亦用於民間歌舞伴奏或獨奏等。吹落殘梅：指《梅花落》，古笛曲名，亦可以它種樂器演奏。唐駱賓王《代女道士王靈妃贈道士李榮》：「鸚鵡杯中浮竹葉，鳳凰琴裏落梅花。」唐李白《與史郎中欽聽黄鶴樓上吹笛》：「黄鶴樓中吹玉笛，江城五月落梅花。」

【疏　解】

詞寫春日冶遊，采用詞人視角。起二句從季節轉换切入，北歸的鴻雁飛過油油碧雲，帶來了春回人間的消息。「又見」者，年年此時皆見也。時節正好，東風有力，不僅吹斜了出遊的詞人時新的帽子，而且吹開了滿路姹紫嫣紅的花朵。婀娜多姿的花枝柳條，撩動起人心中的滿腔春意。上片仍然是季節與人的内在呼應，前結爲下片張本。

上片既已撩動「情緒」，下片即寫趕赴紅樓歌宴。故地重遊，桂酒新開，讓他不免想起「翠袖同來」的香豔舊事。結二句所寫，眼前與回憶是交織在一起的，可以理解爲現在時態，也可以理解爲過去時態。「醉」字呼應後起裏的「酒」字，寫被酒的歌女在庭院的池水邊弄妝照影，這時樂聲響起，是誰在用短簫吹奏一曲《梅花落》，像是應和，開殘的梅花在樂曲聲裏，一片片飄落到地面上。這一類文本，屬小山詞中下乘，不作可也。

【集　評】

王焕猷《小山詞箋》：按曰「花滿路」，當是指人而言，故知此首乃有所遇之作也。末句之梅，疑亦暗指人也。

又①

波紋碧皺〔一〕。曲水清明後〔二〕。折得疏梅香滿袖。暗喜春紅依舊。　歸來紫陌東頭。金釵換酒消愁〔三〕。柳影深深細路〔四〕，花梢小小層樓②。

【校　記】

①《唐宋諸賢絶妙詞選》、抱經齋鈔本題作「春情」。　②花梢：明鈔本作「花稍」，誤。

【箋　注】

〔一〕碧皺：形容水之形色。言水色碧緑，水面皺起波紋。

〔二〕曲水：古代風俗，於三月上巳日（上旬的巳日，魏晉以後始固定爲三月三日）就水濱宴飲，認爲可祓除不祥。後人因引水環曲成渠，流觴取飲，相與爲樂，稱爲曲水流觴。晉王羲之《蘭亭集序》：「又有清流激湍，映帶左右，引以爲流觴曲水，列坐其次。」唐元稹《代曲江老人》：「曲水流觴日，倡優醉度旬。」

〔三〕金釵換酒：形容貧窮潦倒，落魄失意。唐元稹《遣悲懷》之一：「顧我無衣搜藎篋，泥他沽酒拔金釵。」或謂如賀知章「金龜換酒」，言其人的灑脱豪放。

〔四〕細路：狹小的路徑。唐杜甫《秋風》二首之二：「天清小城擣練急，石古細路行人稀。」

【疏　解】

此首與前詞一樣，寫春日冶遊。從清明上巳的曲水流觴切入，「波紋碧皺」，見其風日晴好，以助遊賞雅興。這兩句用蘭亭修禊典事，未必是寫實，起到的是點出時令的作用。三、四句所寫與季節不合，清明上巳時候，梅花早已開過，必無折得梅枝、花香依舊之事理，這兩句當有所喻指。於是有論者指「疏梅」爲小晏舊好名稱，説這兩句寫與舊好重敘舊情。這樣詮釋，又覺過於穿鑿，於義未安。結合下片看，詞人似是獨遊，而非結伴尋歡。

下片寫遊罷歸來，在「紫陌東頭」的酒家金釵换酒，以消春愁。由换頭這兩句看，詞人應是獨自出遊，所以才有「换酒消愁」之舉。若與舊好重會，則何愁之有？紫陌，京郊大道，從這個方位詞可以大致確定，這首詞寫於汴梁的某年春天。結二句描寫柳影深處的小徑，花樹林中的層樓，這是一處環境静美的人居。詞人大約是向慕小樓所居之人，寓可望而不可及之意，這當是他「换酒消愁」的原因。解讀這一類文本，但賞其字句靈動、詞色芳鮮即可，似不必推求脈理、索隱人物也。

【集　評】

俞陛雲《唐五代兩宋詞選釋》：上闋「梅香」二句，喻暗喜彼姝之仍在。下闋「細路」、「層樓」二句，將其居處分明寫出，其中人若唤之欲應也。

王焕猷《小山詞箋》：按小山詞屢見「疏梅」二字與「小梅」二字，疑疏梅、小梅或即一人。

又

西池煙草①〔一〕。恨不尋芳早②〔二〕。滿路落花紅不掃③〔三〕。春色漸隨人老。　遠山眉黛嬌長〔四〕。清歌細逐霞觴〔五〕。正在十洲殘夢〔六〕，水心宫殿斜陽〔七〕。

【校　記】

①草：抱經齋鈔本作「罩」。　②早：明鈔本、抱經齋鈔本作「草」。　③落花：明鈔本作「露花」。

【箋　注】

〔一〕西池：南朝宋劉義慶《世説新語·豪爽》：「（晉明帝）時爲太子，好養武士，一夕中作池，比曉便成，今太子西池是也。」劉孝標注引《丹陽記》：「西池，孫登所創，《吴史》所稱西苑也，明帝修復之耳。」撫州西門亦有池名西池，宋阮閲《詩話總龜後集》卷四八《麗人門》記：「近世婦人多能詩，……荆公妻吴國夫人亦能文，嘗有小詞《約諸親游西池》。」相傳西王母所居瑶池，亦稱西池。或泛指西面的池塘，此或指汴梁金明池。

〔二〕恨不句：用杜牧《歎花》詩典。尋芳，遊春賞景，喻指尋訪美人。唐于鄴《揚州夢記》：「太和末，牧自御史出佐宣州幕，雖所至輒遊，終無屬意。因遊湖州，得鴉頭女子十餘歲，驚爲國色。因語其母，將接至舟中，母女皆懼。牧曰：『且不即納，當爲後期，吾不十年，必守此郡。不來，乃從爾所適。』母許諾，爲盟而别。故牧歸，頗以湖州爲念。……大中三年，始授湖州刺史，則已十四年矣。所約者已從人三載，而生二子。牧乃爲詩曰：『自是尋春去較遲，不須惆悵怨芳時。狂風落盡深紅色，緑葉成蔭子滿枝。』」

〔三〕滿路句：唐白居易《長恨歌》：「西宫南内多秋草，落葉滿階紅不掃。」

〔四〕遠山眉黛：見前《生查子》「遠山眉黛長」注。

〔五〕霞觴：猶霞杯，酒杯之美稱，亦指代美酒。唐李白《夏日諸從弟登汝州龍興閣序》：「當揮爾鳳藻，挹予霞觴。」唐曹唐《送劉尊師祇詔闕庭》之二：「霞觴共飲身雖在，風馭難陪跡未閑。」

〔六〕十洲：道教傳説中仙人居住的十個洲島，上有仙草神藥，珍禽異獸，美酒寶玩。舊題東方朔《海内十洲記》：「漢武帝既聞王母説八方巨海之中，有祖洲、瀛洲、玄洲、炎洲、長洲、元洲、流洲、生洲、鳳麟洲、聚窟洲，有此十洲，乃人跡所稀絶處。」祖洲、長洲、瀛洲、生洲、鳳麟洲在東海，炎洲、流洲在南海，玄洲、元洲在北海，聚窟洲在西海。

〔七〕水心宫殿：以宋宫水心殿借指西池樓臺。《宋史·禮志》：「太宗太平興國九年三月十五日，詔宰相近臣賞花於後苑。……帝習射於水心殿。」

【疏解】

詞寫西池遊樂，采用詞人的視角。起二句描寫西池芳草含煙之景，用杜牧《歎花》詩典，感歎尋春太遲，錯失良時。三句説落花滿路，無人打掃，一片狼藉。四句説春色和遊人都在一天天老去，含有惜春自惜之意。

換頭二句描寫歌宴場面，既已錯過早春，那就抓住暮春趕緊找補吧。前一句用卓文君「眉色如望遠山」典故，形容當宴歌女之美。後一句説清歌一曲，飲下一杯芳酒，即唱歌佐酒、持酒聽歌之娱樂。「細逐」二字，將唱者與飲者、歌女與詞人聯繫起來，見出彼此的默契與相得。結二句寫開懷暢飲致醉的境界，如同夢遊十洲雲水，神仙也似快樂。醉夢醒時，斜陽卻照水心宫殿，不覺已是黄昏時分。這兩句將醉夢中的十洲雲水幻境，與現實中的西池樓臺之景銜接融合，有力地烘托了歌酒歡宴的美好體驗。

【集　評】

俞陛雲《唐五代兩宋詞選釋》：前六句爲春暮訪豔，後二句，十洲宫殿，忽託思在仙靈境界，爲此調十八首中清超之作。

王焕猷《小山詞箋》：按此首蓋小山不忘少年時欲官翰林心事，「西池」二字，暗用唐張説應制詩「東壁圖書府，西園翰墨林」意。十洲殘夢，宫殿斜陽，明指翰林視草時也。「春色」句，乃指明本意。

又

蕙心堪怨〔一〕。也逐春風轉〔二〕。丹杏牆東當日見。幽會緑窗題徧〔三〕。　眼中前事分明〔四〕。可憐如夢難憑。都把舊時薄倖〔五〕，只消今日無情。

【箋　注】

〔一〕蕙心：比喻女子芳潔、純美的心。南朝宋鮑照《蕪城賦》：「東都妙姬，南國麗人。蕙心紈質，玉貌絳脣。」唐王勃《七夕賦》：「金聲玉韻，蕙心蘭質。」

〔二〕也逐句：謂「蕙心」女子變心，追逐春風飄轉。

〔三〕緑窗：緑色紗窗。指女子居室。唐李紳《鶯鶯歌》：「緑窗嬌女字鶯鶯，金雀婭鬟年十七。」前蜀韋莊《菩薩蠻》：「勸我早歸家，緑窗人似花。」題徧：遍題詩詞。

〔四〕前事：舊事，過去的事情。《戰國策·趙策一》：「前事之不忘，後事之師。」唐戴叔倫《除夜宿石頭驛》：「寥落悲前事，支離笑此身。」

〔五〕薄倖：薄情，負心。唐杜牧《遣懷》：「十年一覺揚州夢，贏得青樓薄倖名。」

【疏　解】

詞寫男女恩怨，采用詞人的視角。一、二句比興起首，謂蕙心蘭質的女子也不可恃，竟然負情變心，像凡花追逐春風任意飄轉，讓人不免心生尤怨。三、四句回憶初見、幽會情景。「丹杏牆東」是初見的地點，也是留存於記憶裏的一個細節。如果只説「牆」「樹」，那就是一個遥遠時空裏的模糊印象。説到牆東的具體方位，那裏有一棵開花的紅杏，那就是難忘的第一印象。「緑窗」代指女子居處，兩人的關係迅速升温，熱戀幽會，親密接觸。這裏又寫了一個細節，即在女子的窗紗上題滿詩詞，見出情感的熱烈和情趣的高雅。緊要之處，小山從不涉筆形而下的色欲描寫。

換頭承接上片後二句，説眼前往事，歷歷分明，可見那段美好的感情經歷，讓詞人時常回憶，銘心難忘。可惜這一切竟然像一場夢，如今已經虚幻得難以憑借。這兩句包含着詞人試圖抓住這一段感情，不願放手的掙扎和努力，其間的情感狀態是異常糾結和痛苦的。詞裏講述的是一個負心女子癡心漢的倒轉了的故事，這在男權社會是較爲少見的，詞作的取材較爲新鮮。更有新意的是後結兩句，詞人没有繼續責備女子的負情變心，而是反躬自問，將心比心，既然自己當初曾經薄倖在先，也難怪今日女子的絶情。落得這樣的下場，都是天道好還的報應。詞人在這裏表現出的自責自省和性别平等意識，值得稱道。

【集評】

王焕猷《小山詞箋》：按此首全是懺悔之語，雖不確指其人，然細玩之，所指當非一人。

又

幺絃寫意①〔一〕。意密絃聲碎②。書得鳳牋無限事〔二〕。猶恨春心難寄〔三〕。　臥聽疏雨梧桐③〔四〕。雨餘淡月朦朧〔五〕。一夜夢魂何處，那回楊葉樓中〔六〕。

【校記】

①幺絃：抱經齋鈔本作「絲絃」。　②意：明鈔一卷本缺此字，校補。　③梧桐：明鈔一卷本作

「桐梧」，誤。淡月：抱經齋鈔本作「殘月」。

【箋　注】

〔一〕幺絃：琵琶的第四弦，借指琵琶。唐劉禹錫《奉和淮南李相公早秋即事寄成都武相公》：「聆音還竊抃，不覺撫幺絃。」。宋張先《千秋歲》：「莫把幺絃撥，怨極弦能説。」寫意：抒發心意。

〔二〕鳳牋：精美的紙張，供題詩、寫信之用。因紙地有鳳紋，故稱。亦借指詩作或書信。無限事：白居易《琵琶行》：「低眉信手續續彈，説盡心中無限事。」

〔三〕春心：春景所引發的意興或情懷。《楚辭·招魂》：「目極千里兮傷春心，魂兮歸來哀江南。」用指男女之間相思愛慕的情懷。南朝梁元帝《春別應令》之一：「花朝月夜動春心，誰忍相思不相見？」

〔四〕疏雨梧桐：唐孟浩然《省試騏驥長鳴》：「微雲淡河漢，疏雨滴梧桐。」唐温庭筠《更漏子》：「梧桐樹，三更雨，不道離情正苦。一葉葉，一聲聲，空階滴到明。」

〔五〕雨餘：雨後。

〔六〕楊葉樓：指女子居處。唐李昂《從軍行》：「楊葉樓中不寄書，蓮花劍上空流血。」

【疏　解】

詞抒相思之情，采用男子的視角，應是詞人第一人稱自抒。起二句描寫琵琶演奏。琵琶女彈撥弦索寄託心意，急促的樂語含有説不盡的情愫，引起了詞人的心理感應。三句寫聽樂之後，詞人陷入了單相思的困局，他鋪開箋紙，修書一封，傾訴自己對琵琶女的無限愛慕思念，以通款曲。四句包含兩層意思，一是説春心難訴，無論書信寫得多麽懇切，都難表癡情於萬一。二是感歎魚雁難託，書信無由寄達，對方終究不知道自己的一片丹誠。

换頭描寫相思難寄的情況下，詞人入夜不眠，聽着窗外疏雨滴落梧桐的聲響，想着自己難言的心事。直到小雨漸漸停了，雲隙的淡月灑下薄光，他才有些朦朧的睡意。結二句即寫一夜夢魂，來到那回聽樂的楊葉樓中，現實中無法達成的願望，終得在虚幻的夢境中得以實現。結句的「楊葉樓」，是琵琶女的居所，也是開頭所寫詞人欣賞琵琶演奏的地方。

轉换角度看這首詞，解作琵琶女彈曲傳情，寫信寄意，聽雨不眠，夢憶舊事，大致也能説通。這個文本，再次證明古典詩詞具有很大的解讀彈性。

【集　評】

王焕猷《小山詞箋》：按幺絃者，小絃也，爲小山詞著意之字。

又

笙歌宛轉。臺上吴王宴〔一〕。宮女如花倚春殿①〔二〕。舞綻縷金衣線〔三〕。　酒闌畫燭低迷②〔四〕。彩鴛驚起雙棲〔五〕。月底三千繡户〔六〕，雲間十二瓊梯〔七〕。

【校　記】

①春殿：明鈔本、明鈔一卷本、抱經齋鈔本作「宮殿」。　②晝：明鈔一卷本作「畫」。

【箋　注】

〔一〕吴王：特指吴王夫差。唐李白《烏棲曲》：「姑蘇臺上烏棲時，吴王宫裏醉西施。」

〔二〕宫女句：李白《越中覽古》：「宫女如花滿春殿，只今惟有鷓鴣飛。」

〔三〕綻：綻裂。縷金：金絲。後蜀顧夐《酒泉子》之二：「羅帶縷金，蘭麝煙凝魂斷。」

〔四〕酒闌：酒宴將盡。低迷：迷離，迷濛。唐元稹《紅芍藥》：「受露色低迷，向人嬌婀娜。」南唐李煜《臨江仙》「別巷寂寥人散後，望殘煙草低迷。」

〔五〕彩鴛句：唐杜牧《入茶山下題水口草市絶句》：「驚起鴛鴦豈無恨，一雙飛去卻回頭。」彩鴛，鴛鴦毛羽五彩，故稱。五代孫光憲《謁金門》：「卻羨彩鴛三十六，孤鸞還一隻。」

〔六〕繡户：雕繪華美的門户。多指婦女居室。南朝宋鮑照《擬行路難》之三：「璿閨玉墀上椒閣，文窗繡户垂羅幕。」唐沈佺期《古歌》：「璿閨窈窕秋夜長，繡户徘徊明月光。」

〔七〕十二瓊梯：猶言十二玉梯，十二玉樓，極言樓臺之高。唐劉禹錫《樓上》：「江上樓高十二梯，梯梯登遍與雲齊。」

【疏　解】

詞詠吴王宴席，采用作者的全知視角。起句從婉轉動聽的樂歌切入，吸引注意，烘托氛圍。二句點出姑蘇臺上，吴王夫差排開豪華的夜宴。三句借用李白《越中覽古》詩句，描寫如花宫女遍倚春殿，見出這場春夜宴席的盛麗奢華，非同尋常。四句用「舞綻縷金衣線」的細節，形容歌舞沉酣，盡歡極樂。

換頭描寫畫燭即將燃盡，夜宴快要結束。樂舞之聲和人們的喧嘩、走動，驚起了池苑裏交頸棲宿的鴛鴦。月光之下，無數裝飾華美的門户，迎接散席的宫女們回來歇息。宫中的巍峨樓臺，一級一級的玉石階梯，高入雲間。詞中描寫宴席的盛大，宫女的衆多，建築的壯麗，都是表現夫差當年窮奢極欲的享樂生活，這是吴王也是歷代統治者敗亡的原因之一。詞人既用李白懷古詩句，詞中當也寓有興亡盛衰之感慨。

【集　評】

王焕猷《小山詞箋》：按此首蓋指時相極其享用者，而言吴王宫女等字，皆須活看。宋代封王不必作相，作相不必封王，要之其爲權貴者必也。

又

暫來還去。輕似風頭絮〔一〕。縱得相逢留不住。何況相逢無處①。　去時約略黄昏〔二〕。月華却到朱門〔三〕。别後幾番明月，素娥應是消魂〔四〕。

【校　記】

①何況：明鈔本作「何處」，誤。

【箋　注】

〔一〕風頭絮：風中飄飛的柳絮。

〔二〕約略：大約，大略。唐白居易《答客問杭州》：「爲我踟躕停酒盞，與君約略説杭州。」

〔三〕朱門：古代王侯貴族的府第大門漆成紅色，以示尊貴，後泛指富貴人家。

〔四〕素娥：嫦娥的别稱。亦用作月的代稱。《文選·謝莊〈月賦〉》：「引玄兔於帝臺，集素娥於後庭。」李周翰注：「常娥竊藥奔月，因以爲名。月色白，故云素娥。」唐李商隱《霜月》：「青女素娥俱耐冷，月中霜裏鬬嬋娟。」消魂：形容極度悲愁、歡樂、恐懼等情感體驗。唐綦毋潛《送宋秀才》：「秋風一送别，江上黯消魂。」

【疏　解】

詞抒離别相思之情。粗讀一過，似無難解之處。仔細推敲，則會發現人物視角難以確定。是女子自説「暫來還去」，還是男子眼中的女子「暫來還去」，抑或女子眼中的男子「暫來還去」？斟酌再三，我們確定采用女子的視角解讀這首詞。

在女子的感覺中，那個「暫來還去」的男子，行蹤就像風頭吹起的輕絮，飄忽無定。一起二句，言下含有怨責之意。第三句假設，縱使能有機會相逢，仍舊是留不住他。第四句説，何況連相逢的機會都没有，可知男子是一去無蹤了。讀詞至此，問題隨之産生，女子與這個男子到底是一種什麼關係？如是倫理之内的夫妻，這個丈夫是迫於生計遠走他鄉嗎？從下片所寫「朱門」來看，這是個富貴之家，這種可能性基本可以排除。那麽，這個男人就是浪子薄倖，冶遊不歸了。如果不是夫妻，則女子的身份可能是一個歌女，男子應該就是公子哥，這樣的男人是不可能長久地留在身邊的。歌女而居「朱門」，説明是當紅名角，纏頭資豐，所以有此豪華住所。

換頭「去時」承接起句「暫來還去」的「去」，説男子離開的時候天將黄昏，月華初上，照臨朱門。第三句繼續切定月亮，説别離之後，看到月亮就會想起男子。這裏有兩個深層心理動因，一是男子走時黄昏月出，之後女子看見月亮就會引起條件反射；二是《詩經·陳風·月出》肇始的「望月懷思」的原型心理模式。結句不説女子自己銷魂，而説月中嫦娥也應銷魂，亦「天若有情天亦老」之意，富有表現力。

【集　評】

俞陛雲《唐五代兩宋詞選釋》：先言無處相逢，似已説盡矣；後段託明月以見意，縱不相逢，而相思仍無既，真善寫情者。

王焕猷《小山詞箋》：按此首蓋爲暫來即去者而作，首句即其著眼處，故其後曰「留不住」，曰「相逢無處」，曰「别後」，又曰「銷魂」。

又

雙紋彩袖。笑捧金船酒〔一〕。嬌妙如花輕似柳〔二〕。勸客千春長壽①。　豔歌更倚疏絃〔三〕。有情須醉尊前②。恰是可憐時候〔四〕，玉嬌今夜初圓〔五〕。

【校　記】

①勸客：明鈔本作「歡客」，誤。　②須醉：《花草粹編》作「酒醉」。抱經齋鈔本注曰「『須』一作『酒』」。

【箋　注】

〔一〕金船：一種金質的盛酒器。北周庾信《北園新齋成應趙王教》：「玉節調笙管，金船代酒卮。」倪璠注：「《八王故事》曰：『陳思有神思，爲鴨頭杓，浮於九曲酒池。王意有所勸，鴨頭則迴向之。又爲鵲尾杓，柄長而直。王意有所到處，於罇上鏇之，鵲則指之。』……按：金船即鴨頭杓之遺，陳思王所製也。後李白詩云：『卻放酒船回。』李商隱詩云：『雨送酒船香。』皆云酒卮，蓋本此也。」唐張祜《少年樂》：「醉把金船擲，閒敲玉鐙遊。」

〔二〕嬌妙：美妙，俏麗。宋張先《夢仙鄉》：「江東蘇小，夭斜窈窕。都不勝、彩鸞嬌妙。」

〔三〕豔歌：抒寫男女戀情的詩歌。南朝梁劉勰《文心雕龍·樂府》：「若夫豔歌婉孌，怨志訣絶。」

唐白居易《長安道》：「花枝缺處青樓開，豔歌一曲酒一杯。」倚疏絃：隨著舒緩輕柔的絲弦伴奏而歌唱。

〔四〕可憐：可愛，令人喜歡。無名氏《古詩爲焦仲卿妻作》：「可憐體無比，阿母爲汝求。」唐白居易《曲江早春》：「可憐春淺遊人少，好傍池邊下馬行。」

〔五〕玉嬌：此指月亮。

【疏解】

此首題詠歌女，采用詞人的視角。起句以「雙紋彩袖」的衣飾指代歌女，二句説她含笑捧起酒杯，殷勤勸飲。這兩句所寫，就是小晏《鷓鴣天》起句「彩袖殷勤捧玉鍾」的光景。三句用如花似柳兩個比喻，形容歌女容貌美麗，體態輕盈。美人勸酒，加之「千春長壽」的美好祝辭，客人焉有不飲之理。

歌女不僅儀容美麗，態度殷勤，言辭得體，而且能夠一曲豔歌，當景愜情，以助酒興，引得多情的客人開懷暢飲，醉倒樽前。結二句説，恰值皎月初圓的好天良夜，今夜沉醉正是時候。皎月初圓寓有象徵意蘊，讀者自可領會。歌女一番祝辭勸酒，豔歌侑酒，收到了最佳效果。

【集評】

王焕猷《小山詞箋》：按疎絃者，大絃也。上首幺絃，此首疎絃，故知此首亦與上首相連。

又

寒催酒醒①。曉陌飛霜定〔一〕。背照畫簾殘燭影〔二〕。斜月光中人靜。錦衣才子西征〔三〕。萬重雲水初程〔四〕。翠黛倚門相送②，鸞腸斷處離聲③〔五〕。

【校　記】

①酒：抱經齋鈔本作「醉」。②倚門：抱經齋鈔本作「倚□」。③鸞腸：王本作「鸞弦」。腸斷：明鈔本作「斷腸」，誤。

【箋　注】

〔一〕定：止息，停止。《詩經·小雅·采薇》：「我戍未定，靡使歸聘。」唐杜甫《茅屋爲秋風所破歌》：「俄頃風定雲墨色，秋天漠漠向昏黑。」

〔二〕背照：略同《花間》詞屢次寫及的「背燈」。

〔三〕錦衣才子：形容遠行之人的豪華而多才，有風流自賞之意。西征：西行。

〔四〕萬重雲水：形容距離遥遠。白居易《夜聞箏中彈瀟湘送神曲感舊》：「萬重雲水思，今夜月明前。」初程：剛開始的旅程。唐司空圖《江行》之二：「初程風信好，迴望失津樓。」

〔五〕鸞腸：此指女子的心腸。或謂指樂器的絲弦。離聲：别離的樂歌聲。南朝宋鮑照《代東門行》：「傷禽惡弦驚，倦客惡離聲。離聲斷客情，賓御皆涕零。」前蜀韋莊《上行杯》：「芳草灞陵春岸，柳煙深，滿樓弦管。一曲離聲腸寸斷。」

【疏　解】

詞賦別情，采用詞人的全知視角。一起即從行人出門切入，省去了全部餞別過程描寫。這是一個清冷的早晨，陌上結了一層白霜，撲面的寒氣催醒了昨夜飲下的别酒。「寒催酒醒」四字，一是説淩晨寒氣最重，二是説行人從温暖的室内走出來的一刻，一下子還不適應室外的氣温，對風寒的感覺特别敏鋭。「酒」字暗寫餞别宴席。前二句交代了時間、季節、天氣、地點等敘事要素。三句寫行人走出門外時，殘燭照着他的背影。「殘燭」二字，暗示離宴話别，一夜未眠。四句寫月已西斜，清冷的月光灑了一地，人們這時都還没有起床，四周一片静悄悄的。

換頭二句説出門早行的是一位「錦衣才子」，他要走過萬水千山向西遠行，今天早晨剛剛踏上迢遥長旅的初程。接二句轉寫女子倚門相送，聽着離别的樂曲柔腸寸斷。詞中所寫的「錦衣才子」是詞人自指，「西征」指詞人遠赴長安。論者以爲此詞所寫與另一首《少年游》所寫内容相同。《少年游》中的詞句，如「西樓别後，風高露冷，無奈月分明。飛鴻影裏，擣衣砧外，總是玉關情。王孫此際，山重水遠，何處賦西征」，都與此詞相合。這兩首詞，都是詞人遠赴長安時，辭别西樓歌女所作。

【集　評】

王焕猷《小山詞箋》：按此首蓋送别之作也。

又

蓮開欲徧。一夜秋聲轉①〔一〕。殘緑斷紅香片片〔二〕。長是西風堪怨。莫愁家住溪邊〔三〕。采蓮心事年年。誰管水流花謝，月明昨夜蘭船。

【校　記】

①秋聲：明鈔本作「秋風」。

【箋　注】

〔一〕秋聲：指秋天裏自然界的聲音，如風聲、落葉聲、蟲鳥聲等。北周庾信《周譙國公夫人步陸孤氏墓誌銘》：「樹樹秋聲，山山寒色。」唐劉禹錫《登清暉樓》：「潯陽江色潮添滿，彭蠡秋聲雁送來。」

〔二〕殘緑斷紅：凋殘的荷葉，飄落的荷花。

〔三〕莫愁：關於莫愁女的傳説較多，主要有三：一是郢州石城莫愁女。《舊唐書·樂志》：「《莫愁樂》，出於《石城樂》，石城有女子名莫愁，善歌謡，石城樂和中復有『莫愁』聲，故歌云：莫愁在何處？莫愁石城西。艇子打兩槳，催送莫愁來。」《文獻通考》云：「石城女子名莫愁，善歌謡。」《容齋隨筆》亦云：「莫愁者，郢州石城人，今郢有莫愁村。」《鍾祥縣誌·古跡》：「莫愁村，在漢西二里，古漢水經城址，其西爲村，爲莫愁所居地，城北有湖，與村毗連，稱莫愁湖」。二是洛陽莫愁女。梁武帝《河中之水歌》：「河中之水向東流，洛陽女兒名莫愁。莫愁十三能織綺，十四採桑南陌頭。十五嫁爲盧家婦，十六生兒字阿侯。」唐李商隱《馬嵬》：「如何四紀爲天子，不及盧家有莫愁。」三是南京莫愁女，宋周邦彦《西河・金陵懷古》：「佳麗地，南朝盛事誰記……斷崖樹，猶倒倚。莫愁艇子曾繫。」南宋洪邁《容齋隨筆》：「莫愁者，郢州石城人，今郢有莫愁村。……近世周美成樂府《西河》一闋專詠金陵，所云『莫愁艇子曾繫』之語，豈非誤指石頭城爲石城乎？」此指采蓮女子。

【疏　解】

詞寫采蓮女的心事，采用作者的全知視角。上片描寫初秋荷塘之景，爲下片鋪墊。起句「蓮開欲徧」四字，屬於「逼近頂點」的寫法。物極必反，蓮花遍開、花事最盛的時候，也是轉變的開始，一夜秋聲蕭瑟傳響，摇落的季節到來了。第三句描寫荷葉凋殘、荷花飄落。第四句抒發「西風堪怨」的感慨，「西風」即秋風，回應第二句的「秋聲」。荷塘裏花瓣片片，都是西風吹落，故而「堪怨」。

换頭介紹人物，莫愁是六朝詩歌和唐詩裏的一個共名，這裏借指一位「家住溪邊」的采蓮少女。一年又一年，每到秋天，她懷着一樣的「心事」采集蓮子。采蓮既是勞動又是遊戲，荷塘裏男女追逐調笑，容易生情，漢樂府《江南》即是勞歌加情歌的性質。南朝詩歌裏的「吴格」修辭，「蓮」與「憐」、「藕」與「偶」、「絲」與「思」、「芙蓉」與「夫容」諧音雙關，更使采蓮活動與男女愛情緊密聯繫在一起。

這裏所寫的莫愁「心事」，當即少女内心的愛情渴望。三句説眼看秋風又起，水流花謝，一年一度的采蓮又要結束了，可是莫愁仍然没有遇合，她的「心事」仍然没有着落。「誰管」即無人管，嗟怨之詞，回應上片裏的「西風堪怨」，抒發遲暮之感。結句寫昨夜月明，莫愁撑着木蘭船到荷塘采蓮，她是懷有深切期待的吧。以景語作結，詞情含蓄不盡。論者指此詞與《鷓鴣天》「守得蓮開結伴遊」、《玉樓春》「彩蓮時候慵歌舞」，都是寫詞人與一歌女的戀情，似覺過於穿鑿。

【集　評】

俞陛雲《唐五代兩宋詞選釋》：下闋言流水落花，最是無情有恨，而夜月蘭船，嬉游自若，徒使採蓮人年年惆悵，莫愁之愁，殆與春潮俱滿矣。

夏敬觀批語：抵過六朝人一篇《采蓮賦》。

王煥猷《小山詞箋》：按此首首言蓮開，而忽秋轉，似與《采桑子》白蓮池上一首，用意略同，篇中亦處處相似。

又

沈思暗記。幾許無憑事〔一〕。菊靨開殘秋少味①〔二〕。閒卻畫闌風意〔三〕。　夢雲歸處難尋〔四〕。微涼暗入香襟。猶恨那回庭院②，依前月淺燈深③。

【校記】

①秋少味：《花草粹編》作「酒少味」。②那回：抱經齋鈔本作「那□」。③月淺：《花草粹編》作「月淡」，抱經齋鈔本「淺」下注曰「一作『淡』」。

【箋注】

〔一〕無憑：沒有憑據。唐韓偓《幽窗》：「無憑諳鵲語，猶得暫心寬。」

〔二〕菊靨：將菊花擬人化，靨，指菊朵、菊瓣。

〔三〕閒卻：閑了，空閑。風意：唐鮑融《過薛舍人舊隱》：「風意猶憶瑟，螢光乍近書。」

〔四〕夢雲：活用戰國楚宋玉《高唐賦序》典事，指代行蹤不定的男子。唐杜牧《潤州》之二：「城高鐵甕横强弩，柳暗朱樓多夢雲。」

【疏解】

詞寫秋閨怨思，采用女子視角。一起從心理描寫切入，回憶過去了的沒有結果的事情。無憑之事猶沉思暗記，見出其事私密，不便明言；亦見出女子耽溺之深，無力自拔。三句描寫庭院裏的菊花已經開殘，這個秋天淡薄少味，則知女子情緒低落。四句説女子沉浸於感懷往事，畫闌秋光等閒放過，無人愛賞，此正所謂心不在焉。

換頭活用《高唐賦》典事，説那個男子的行蹤不定，無處追尋。二句寫微涼之氣悄無聲息地透入衣襟，這是以膚覺暗示心理體驗。小山詞中亦有不能自洽之處，上片既説菊花開殘，可知時已深秋，這句卻説「微涼」，前後抵牾。結二句是在相似情境中，回憶往日情事，舊夢重温，引發心中深長的憾恨。這兩句回應開頭的「沉思暗記」，以心理描寫開始，又以心理描寫結束，結構完整。論者指此詞爲詞人追懷舊情，是過於拘泥「行雲」一語的意涵，而忽略了「香襟」意象的女性性别標示。

【集　評】

王煥猷《小山詞箋》：按此首蓋亦爲雲而作，與《浣溪沙》樓上首同意，觀俱用夢雲、燈深等字，可概見矣。

又

鶯來燕去①〔一〕。宋玉牆東路〔二〕。草草幽歡能幾度〔三〕。便有繫人心處。　碧天秋月無端。别來長照關山。一點懨懨誰會②〔四〕，依前憑暖闌干。

【校　記】

①燕去：抱經齋鈔本作「鶯去」，誤。　②懨懨：《花草粹編》、毛本、四庫本、抱經齋鈔本、四寶齋鈔本、王本作「厭厭」。

【箋　注】

〔一〕鶯來燕去：此句借鶯燕來去，寫由春到秋的時間流逝，季節變化。

〔二〕宋玉句：戰國楚宋玉《登徒子好色賦》：「玉曰：『天下之佳人莫若楚國，楚國之麗者莫若臣里，臣里之美者莫若臣東家之子。東家之子，增之一分則太長，減之一分則太短；著粉則太白，施朱則太赤；眉如翠羽，肌如白雪；腰如束素，齒如含貝；嫣然一笑，惑陽城，迷下蔡。然此女登牆窺臣三年，至今未許也。』」

〔三〕草草：匆忙倉促。唐李白《南奔書懷》：「草草出近關，行行昧前筭。」

〔四〕懨懨：精神委靡貌。唐劉兼《春晝醉眠》：「處處落花春寂寂，時時中酒病懨懨。」

【疏　解】

詞賦別情，而性別視角不明。起句以「鶯來燕去」寫季節變化，時光流逝。二句用宋玉《登徒子好色賦》典事，可以從女子角度解爲「窺宋」，也可以從男性角度解爲贊美東鄰之女的美麗。這是一場發生在比鄰而居的男女之間的愛情故事，看來三年「窺宋」終有結果，「未許」的男子終於動心。三句説幽歡幾度，都是匆匆忙忙，但是愛情總歸實現了。四句説幾度倉促相見，便已縈記人心，足見對方魅力。從語氣看，這三四兩句更像是男性的口吻。

下片抒別後相思之情。前二句從男子角度落筆，無理而妙，責怨碧天秋月無端長照關山，正是旅途遊子望月懷思、不勝煩惱的表現。後二句轉換角度，寫孤寂的女子月夜憑闌憶念，與跋涉道路的男子隔千里兮共明月。「依前」者，非止今夜，别後夜夜如斯也。秋夜寒涼，而把闌干暖熱，可見女子憑闌時間之長久，思念情感之强烈，這是一個富有表現力的細節。

【集　評】

王焕猷《小山詞箋》：按此首蓋與《采桑子》心期首同意，下半片極寫别後之思。

又

心期休問〔一〕。只有尊前分〔二〕。勾引行人添别恨①。因是語低香近②〔三〕。　勸人滿酌金鍾〔四〕。清歌唱徹還重〔五〕。莫道後期無定〔六〕，夢魂猶有相逢。

【校　記】

①勾引：抱經齋鈔本作「引得」。　②香近：王本作「相近」。

【箋　注】

〔一〕心期：心中的期望。唐袁郊《甘澤謡·紅線》：「感知酬德，聊副於心期。」

〔二〕分：緣分。

〔三〕語低香近：形容男女私語、相偎相依的親密狀態。

〔四〕金鍾：金質的酒杯，用爲酒杯之美稱。宋王琪《望江南》：「江南酒，何處味偏濃。醉臥春風深巷裏，曉尋香旆小橋東。竹葉滿金鍾。」宋歐陽修《定風波》：「把酒花前欲問公。對花何事訴金鍾。」

〔五〕清歌句：此句寫歌女清歌侑酒的情形。清歌，不用樂器伴奏的歌唱。漢張衡《思玄賦》：「雙材悲於不納兮，並詠詩而清歌。」三國魏曹丕《燕歌行》：「展詩清歌聊自寬，樂往哀來摧肺肝。」《晉書·樂志下》：「宋識善擊節唱和，陳左善清歌。」唱徹還重：唱完後再唱，反復歌唱，以求盡興。

〔六〕後期：後約，後會。唐方干《送沛縣司馬丞之任》：「羈游故交少，遠別後期難。」

【疏　解】

詞寫偶遇生情，采用男子的視角。一起即説「心期」，可謂直奔主題，而曰「休問」，是不能問、不可問、不必問也。第二句解釋「休問」的原因，男子清楚，他與歌女只有酒席間的一面之緣，容不得自己多想。三、四句寫旅途歌宴尚未結束，男子心中已有離愁别恨，見出歌女魅力非凡。這固然是因爲歌女美麗，也不能排除男子旅途寂寞的因素。

换頭描寫歌女與行人宴席間的互動。歌女斟滿金杯，殷勤勸飲；清歌侑酒，唱徹還重。所謂互動，其實是男子眼裏女子的活動，女子勸酒，男子拚卻一醉；女子唱歌，男子傾耳聆聽；見出男子已經被歌女的魅力徹底折服。於是，自知無分的男子，竟又情不自禁想到「後期」，大概他已邀約歌女，不過他也知道歌女未必相許，現實中也許永難再見了，但在夢裏還會有重逢的機會。看來，這又是一個癡心的男子；這個男子，或者就是詞人自己。

【集　評】

王焕猷《小山詞箋》：按此首蓋承上首，而以後期作結。故首標心期，而落到猶有相逢。

木蘭花①〔一〕

鞦韆院落重簾暮。彩筆閒來題繡户②〔二〕。牆頭丹杏雨餘花③，門外緑楊風後絮④。朝雲信斷知何處。應作襄王春夢去⑤〔三〕。紫騮認得舊游蹤〔四〕，嘶過畫橋東畔路。

【校　記】

①《草堂詩餘》、毛本、《詞律》、《歷代詩餘》、四寶齋鈔本、家刻本、王本調作「玉樓春」，下同。《草堂詩餘》題作「離别」。　②彩筆閒來題：《草堂詩餘》、抱經齋鈔本作「寂寞春閑扃」。　③丹杏：《草堂詩餘》、抱經齋鈔本作「紅杏」。　④風後絮：《花草粹編》作「花後絮」。　⑤襄王：《草堂詩餘》作「巫陽」。

【箋　注】

〔一〕木蘭花：又名木蘭花令，原唐教坊曲名，後用爲詞牌。按《花間集》載《木蘭花》、《玉樓春》兩調，其七字八句者爲《玉樓春》體，《木蘭花》則韋詞、毛詞、魏詞共三體，從無與《玉樓春》同者。茲以韋莊詞爲准，雙調五十五字，前後片各三仄韻。《尊前集》所録皆五十六字體，北宋以後多遵用之。柳永《樂章集》入仙吕調，雙調小令。全詞五十六字，七言八句，上、下片各四句三仄韻。

〔二〕彩筆：《古今事文類聚别集》卷五：南朝梁江淹少時，曾夢人授以五色筆，從此文思大進。晚年又夢一個自稱郭璞者索還其筆，自後作詩，再無佳句，人謂「才盡」。後人因以「彩筆」喻指才藻富麗。唐杜甫《秋興》八首之八：「彩筆昔曾干氣象，白頭吟望苦低垂。」題繡户：在門上題詩。用唐崔護《題都城南莊》本事。

〔三〕朝雲二句：用宋玉《高唐賦序》「襄王雲雨」典故。

〔四〕紫騮：駿馬名。《南史·羊侃傳》：「帝因賜侃河南國紫騮，令試之。」唐李益《紫騮馬》：「争場看門鷄，白鼻紫騮嘶。」

【疏解】

此首懷舊，本事背景，可參看《小山詞自序》所記之内容。上片寫故地重遊。起句描寫鞦韆院落、重簾黄昏之景，交代地點、時間，詞人恍然聽到鞦韆架旁的歡聲笑語，依稀看到重重簾幕隱映的黄昏燈火。二句説門户之上，還留有自己昔日閑暇時題寫的詩句，那是應歌女的邀請而留題，當日情景又閃回到眼前。牆頭還是那棵紅杏，雨後的枝條，殘留幾片稀疏的花瓣；門外還是那排緑楊，一陣風吹過，濛濛雪絮飄飛在眼前。紅杏的胭脂色，讓人如睹那些美妍的臉腮；飄飛的楊柳絮，令人感慨歌女們飄零的身世。這兩句就眼前景，憶當年人，抒心中情，周邦彦《玉樓春》「人如風後入江雲，情似雨餘黏地絮」兩句與之相似。

下片前二句用《高唐賦》典故，既喻指舊遊如一場春夢，又將離散了的舊好比作行雲，不知道如今飄往何處，或者又在趕赴一場新的約會吧。這兩句暗示了舊好的身份，表達了自己的牽掛與猜測，説明自己對於往事故人的難以忘懷。結二句宕開一筆，不説自己故地重遊，熟悉環境，而説坐騎因爲跟隨自己常來此地，還能辨認出來「畫橋東畔」的舊遊蹤跡。馬尚如此，而況人乎？這兩句詞，當是小晏借鑒《離騷》結尾「陟陞皇之赫戲兮，忽臨睨夫舊鄉。僕夫悲余馬懷兮，蜷局顧而不行」四句的構思。這是化實爲虛、虛中寓實、以無知襯有知、以無情襯有情的寫法，很有表現力。確如詞論家所言，小晏此詞一結二句，筆法動盪，意境迷離，允稱佳構。

【集　評】

明沈際飛《草堂詩餘正集》卷一：雨餘花、風後絮，入江雲、黏地絮，如出一手。

清沈謙《填詞雜説》：填詞結句，或以動蕩見奇，或以迷離稱雋，著一實語，敗矣。康伯可「正是銷魂時候也，撩亂花飛」、晏叔原「紫騮認得舊遊蹤，嘶過畫橋東畔路」、秦少游「放花無語對斜暉，此恨誰知」，深得此法。

清陳廷焯《閒情集》卷一：「餘」、「後」二字，有哀味。

清黃蘇《蓼園詞選》：前闋首二句，别後想其院宇深沉，門闌謹閉。接言牆内之人，如雨餘之花。門外行蹤，如風後之絮。次闋起二句，言此後杳無音信。末二句言重經其地，馬尚有情，況於人乎？似爲遊冶思其舊好而言。然叔原嘗言其先公不作婦人語，則叔原又豈肯爲狹邪之事，或亦有所寄託言之也。

王煥猷《小山詞箋》：按《玉樓春》一名《木蘭花》，其調蓋仄韻七律也。又按，小山終身不得志，此首所以勸人之自立也。或又謂下疊首句言朝雲信斷，則此仍爲雲而作。

又

小顰若解愁春暮〔一〕。一笑留春春也住。晚紅初減謝池花〔二〕，新翠已遮瓊苑路〔三〕。

湔裙曲水曾相遇①〔四〕。挽斷羅巾容易去〔五〕。啼珠彈盡又成行〔六〕，畢竟心情無會處②。

【校　記】

①曾：抱經齋鈔本作「已」。　②會處：抱經齋鈔本作「處會」，誤。

【箋　注】

〔一〕小顰：女子之名，論者多將「小顰」和友人家姬小蘋視爲一人。

〔二〕晚紅：晚春的花朵。謝池：南朝宋詩人謝靈運家的池塘。因謝靈運《登池上樓》詩中「池塘生春草」的名句，後世遂將「謝家池」「謝池」作爲池塘的美稱和泛指。

〔三〕新翠：猶新緑。唐宋之問《龍門應制》：「河堤柳新翠，苑樹花先發。」瓊苑：或指瓊林苑。《明一統志》卷二十六《開封府》上：「瓊林苑，在府城西鄭門外。宋嘗宴進士於此。」

〔四〕湔裙：古代民俗，正月元日至月底，士女酹酒洗衣於水邊，可以避災度厄，洗掉晦氣。《北史・竇泰傳》：「（竇泰母）遂有娠。期而不産，大懼。有巫曰：『度河湔裙，産子必易。』」唐吕渭《皇帝移晦日爲中和節》：「湔裙移舊俗，賜尺下新科。」「湔裙」二句或用唐李商隱《柳枝序》事：「柳枝，洛中里娘也。父饒好賈，風波死於湖上。其母不念他兒子，獨念柳枝。生十七年，塗妝綰髻，未嘗竟，已復起去，吹葉嚼蕊，調絲擫管，作天海風濤之曲，幽憶怨斷之音。居其旁，與其家接故往來者，聞十年尚相與，疑其醉眠夢物斷不娉。余從昆讓山，比柳枝居爲近。他日春曾陰，讓山下馬柳枝南柳下，詠余燕臺詩，柳枝驚問：『誰人有此？誰人爲是？』讓山謂曰：『此吾里中少年叔耳。』柳枝手斷長帶，結讓山爲贈叔乞詩。明日，余比馬出其巷，柳枝丫環畢妝，抱立扇下，風鄣一袖，指曰：『若叔是？後三日，鄰當去濺裙水上，以博山香待，與郎俱過。』余諾之。會所友有偕當詣京師者，戲盜余臥裝以先，不果留。雪中讓山至，且曰：『爲東諸侯取去矣。』明年，讓山復東，相背於戲上，因寓詩以墨其故處云。」

〔五〕挽斷句：宋晏殊《木蘭花》：「聞琴解佩神仙侶。挽斷羅衣留不住。」

〔六〕啼珠：喻指露滴或淚滴。唐元稹《月臨花》：「夜久清露多，啼珠墜還結。」

【疏解】

此首傷春恨别之詞，而託之小顰，小顰或即小蘋。一起二句，本是表現傷春情緒，却從小顰不解「愁春暮」切入，可知小顰年齒尚幼，心性嬌憨。假設小顰若是懂得惜春，只需嫣然一笑，向春天示好，春天就會留下不走了。這兩句堪稱神來之筆，極其靈動鮮活，在全詞中最爲出色，把小顰之美麗表現得無以復加，可説是詞史上形容人物之美最爲精彩的句子之一。三、四句扣住「春暮」二字具體展開，描寫池塘邊開放的晚春花朵已開始飄落，枝頭的新緑已經成蔭，遮住了瓊苑的道路。這兩句所寫，即是晚春緑暗紅稀、緑肥紅瘦之景。

上片説小顰不解留春，下片寫小顰卻解留人。後起用李商隱《柳枝序》事典和語典，説小顰在水邊「湔裙」之時，遇到了自己心儀的人。這一句濃縮了許多情節，故事時長遠大於敘事時長。第二句説小顰盡力挽留不果，那人還是輕易地離去了。第三句寫小顰傷别，眼淚剛剛拭去，又成行流下，見其極度痛苦。四句説小顰留人不住的悲傷心情，無人能夠解會。有此一段感情經歷，小顰不僅深切體驗了離别的滋味，她也會進而懂得傷春了。

【集評】

王焕猷《小山詞箋》：按顰、蘋疊韻，小顰或即指蘋雲也。此詞前半疊以富麗爲工，後半疊「湔裙」「挽斷」二句，與《鷓鴣天》「夢魂慣得」二句，同其雋妙。

又

小蓮未解論心素①〔一〕。狂似鈿箏絃底柱②〔二〕。臉邊霞散酒初醒〔三〕，眉上月殘人欲去〔四〕。　舊時家近章臺住〔五〕。盡日東風吹柳絮。生憎繁杏緑陰時③〔六〕，正礙粉牆偷眼覷④。

【校　記】

①小蓮：《陽春白雪》作「小憐」。　②狂似：明鈔一卷本作「旺似」，底本校曰：「原本『狂』作『旺』，從毛本。」鈿箏：《陽春白雪》作「秦箏」。　③緑陰：《陽春白雪》作「欲陰」。　④偷眼覷：《陽春白雪》作「偷眼處」。

【箋　注】

〔一〕小蓮：即友人家姬小蓮。心素：亦作「心愫」。心意，心願。晉王羲之《雜帖》：「足下不返，重遣信往問，願知心素。」唐李白《寄遠》之八：「空留錦字表心素，至今緘愁不忍窺。」意爲小蓮情竇未開。

〔二〕狂：輕狂，狂放。謂其心性活潑，天真爛漫。絃底柱：弦下的箏柱，移動以調節音高。

〔三〕臉邊霞散：臉上紅暈消褪。
〔四〕眉上月殘：彎月形的眉黛已變得淺淡。
〔五〕舊時句：言其本爲章臺歌伎，後爲作者朋友家的侍女。
〔六〕生憎：最恨，偏恨。唐盧照鄰《長安古意》：「生憎帳額繡孤鸞，好取門簾帖雙燕。」

【疏　解】

前一首寫過小鬟，這一首再寫小蓮。前一首說小鬟不解留春，但經歷了一段悲劇性的短暫愛情。這一首說「小蓮未解論心素」，情竇未開，還不懂得談情說愛，看來她比小鬟還要幼稚單純。第二句說小蓮狂放，像是頻頻移動的鈿箏弦柱。這一句把人物性格與歌女身份合起來寫，比喻新奇。這裏的「狂」，是說小蓮生性活潑，少有拘束，不知輕重，平時總有一些出人意外的言行。但「鈿箏絃柱」的比喻，已經透露了她的身份。三、四句霞臉月眉的美麗容貌描寫，更是與她必須面對的侍宴侑酒、歌舞娛賓的日常生活緊密相連。那麽，她的天真活潑還能保持多久呢？

下片交代她「家近章臺」的出身，近朱近墨，總易濡染，小蓮出淤泥而不染，顯得十分難能可貴。第二句承上寫到「章臺柳」，進一步喻示小蓮的身份和境遇。這一句意涵相當複雜，既有點出暮春季節的作用，又和前面的「狂如箏柱」相呼應，更暗示了小蓮風中柳絮一般不能自主的命運，好在她年紀尚小，還不懂得生活的辛酸和不堪的一面。結二句說小蓮特別討厭杏樹花落之後長出的茂密緑葉，因爲她有事没事，總喜歡透過粉牆的罅隙張望牆外的世界，杏樹的密葉遮擋了她的視線。詞筆重又回到上片突出的小蓮的孩子心性，人物性格的表現在上下片裏保持了同一。

【集　評】

王焕猷《小山詞箋》：按此首之小蓮，當即蓮鴻也。

又

風簾向曉寒成陣〔一〕。來報東風消息近①。試從梅蒂紫邊尋，更繞柳枝柔處問。　來遲不是春無信②〔二〕。開晚卻疑花有恨③。又應添得幾分愁，二十五絃彈未盡〔三〕。

【校　記】

①來報：毛本、《歷代詩餘》、四庫本、四寶齋鈔本、家刻本、王本作「未報」。②春無信：王本作「風無信」。③開晚：毛本、四庫本、四寶齋鈔本作「開曉」。

【箋　注】

〔一〕向曉：拂曉。唐王昌齡《宿裴氏山莊》：「西峰下微雨，向曉白雲收。」寒成陣：寒氣像陣仗一樣强烈逼人。

〔二〕春無信：春天没有准信。

〔三〕二十五絃：古代由二十五根弦組成的一種琴瑟。《史記》卷二十八《封禪書》：「太帝使素女鼓五十弦瑟，悲，帝禁不止，故破其瑟爲二十五弦。」唐錢起《歸雁》：「二十五弦彈夜月，不勝清怨卻飛來。」

【疏　解】

此首迎春之詞，采用作者視角。起句從風吹簾幕、寒氣逼人的拂曉天氣切入，第二句説，透過門簾湧入的陣陣寒氣，是來報告東風的消息已經近了。人們總是習慣把冬天和春天、寒冷與温暖對立起來，這兩句説最冷的風報告的恰是春風的消息，把對立的事物作辯證統一看待，頗有新意。三、四句轉寫渴望春回大地的人，正從梅花的紫色花萼、從柳條的柔軟嬝娜，探詢春天回歸的跡象。「試從」見其急切，「更繞」見其耐心，都是生動傳神的描寫。

下片説春天來遲，不是春天没有準信；而花朵開晚，卻讓人疑惑花朵有什麽愁恨。這兩句寫盼望春歸的人所作的多方揣測，這是一種頗爲焦灼難耐的心理表現。結句説人心向暖，春天卻遲遲不歸，花兒也遲遲不開，迎春不遂的人，内心又增添了幾分愁怨，於是只能借助琴瑟，來宣泄心中因盼春不至而產生的愁緒。

【集　評】

明卓人月《古今詞統》卷八：（「試從」二句）便是七處徵心之法。

又

念奴初唱離亭宴〔一〕。會作離聲勾别怨。當時垂淚憶西樓，濕盡羅衣歌未徧①〔二〕。難逢最是身强健。無定莫如人聚散。已拚歸袖醉相扶，更惱香檀珍重勸〔三〕。

【校　記】

①羅衣：毛本、《歷代詩餘》、四庫本、四寶齋鈔本、家刻本、王本作「羅衫」。

【箋　注】

〔一〕念奴：唐天寶年間著名歌女，歌聲激越清亮。後用以泛指歌女。唐元稹《連昌宫詞》：「力士傳呼覓念奴，念奴潛伴諸郎宿。須臾覓得又連催，特敕街中許燃燭。春嬌滿眼淚紅綃，掠削雲鬟旋裝束。飛上九天歌一聲，二十五郎吹管篴。」元稹自注曰：「念奴，天寶中名倡，善歌。每歲樓下酺宴，累日之後，萬衆喧隘，嚴安之、韋黄裳輩辟易不能禁，衆樂爲之罷奏。玄宗遣高力士大呼於樓上曰：『欲遣念奴唱歌，邠二十五郎吹小管篴（古同「笛」），看人能聽否？』未嘗不悄然奉詔。」離亭宴：詞調名，首見於宋張先詞。

〔二〕歌未徧：一支歌曲没有唱完。徧，歌遍。原作變，變更之意，一曲終了，另奏一曲，叫作一遍。《周禮·大司樂》：「凡六樂者，一變而致羽物及川澤之示……大變而致象物及天神。」鄭玄注曰：「變，猶更也。樂成則更奏也。」南宋時期，遍字簡寫作「片」。

〔三〕香檀：樂器名，檀木製作的拍板，即檀板。宋柳永《木蘭花》：「香檀敲緩玉纖遲，畫鼓聲催蓮步緊。」

【疏解】

詞寫聞歌憶舊，采用詞人視角。一起從歌女演唱《離亭宴》切入，念奴本是唐玄宗時梨園歌女，這裏用作代指。二句説恰逢歌女唱起離別的歌曲，因而勾起了自己的離愁別恨。「離聲」，離別的歌聲，即指起句裏的《離亭宴》。三、四句就「別怨」二字展開，説自己含淚想起西樓舊事，一曲《離亭宴》還没有唱完，眼淚已經把衣襟都沾濕了。這兩句見出歌女演唱的感人效果，同時也表明西樓舊事的銘心難忘。

下片前兩句宕開，説人世最稀有難得的是身體强健，最無常難定的是離合聚散。這兩句是理悟之語，是認識到生命的本質屬性、閱歷了人間的悲歡離合之後，才能説出來的話。這樣議論説理的句子，出現在言情的小歌詞裏，讓有「美少年」之稱的詞人，略顯幾分老成。但理性和老成只是暫時的，後結二句就又露出詞人的少年疏狂本色，表示不須檀板清歌殷勤勸酒，自己已經決定開懷痛飲，扶醉而歸。這種不管不顧的豁出與捨得，在最深的層次上，還是爲了消解西樓舊事觸發的內心隱痛。

【集　評】

王焕猷《小山詞箋》：按此首當是少年時所作。

又

玉真能唱朱簾静①〔一〕。憶在雙蓮池上聽②〔二〕。百分蕉葉醉如泥〔三〕，卻向斷腸聲裏醒。　夜涼水月鋪明鏡。更看嬌花閒弄影③〔四〕。曲終人意似流波〔五〕，休問心期何處定〔六〕。

【校　記】

①朱簾：抱經齋鈔本作「珠簾」。　②憶在：毛本、《歷代詩餘》、四庫本、四寶齋鈔本、王本作「憶上」。　③更看：《歷代詩餘》、家刻本、王本作「更有」。

【箋　注】

〔一〕玉真：謂仙人。南朝梁陶弘景《真靈位業圖》：「玉清三元宫……右位，太上玉真保皇道君。」唐張籍《靈都觀李道士》：「泥灶煮靈液，掃壇朝玉真。」亦特指仙女。唐曹唐《劉阮再到天臺不復見仙子》：「再到天臺訪玉真，青苔白石已成塵。」此處指代歌女。

〔二〕雙蓮：並蒂蓮，古人以爲祥瑞。此處喻指男女情好。

〔三〕百分蕉葉：杯中斟滿美酒。宋晏殊《木蘭花》：「百分芳酒祝長春，再拜斂容抬粉面。」蕉葉，淺底酒杯。宋胡仔《苕溪漁隱叢話後集·回仙》引宋陸元光《回仙録》：「飲器中，惟鐘鼎爲大，屈卮、螺杯次之，而梨花、蕉葉最小。」醉如泥：爛醉貌。唐杜甫《將赴成都草堂途中有作先寄嚴鄭公》之三：「肯藉荒亭春草色，先判一飲醉如泥。」

〔四〕弄影：謂物動使影子也隨著摇晃或移動。南朝宋鮑照《舞鶴賦》：「迭霜毛而弄影，振玉羽而臨霞。」唐王勃《江曲孤鳧賦》：「爾乃忘機絶慮，懷聲弄影。」宋張先《天仙子》：「沙上並禽池上暝，雲破月來花弄影。」

〔五〕流波：流水。《楚辭·遠遊》：「叛陸離其上下兮，遊驚霧之流波。」三國魏嵇康《琴賦》：「狀若崇山，又象流波。」

〔六〕心期：期望，心願。

【疏解】

此首憶舊，采用詞人視角。起句從歌女玉真切入，説她唱歌的時候，能使珠簾静垂。這與歌動梁塵一樣，都是烘托演唱效果，形容歌聲動聽，不過一個是從動的角度説，一個是從静的角度説。玉真的歌聲如此美妙，作者自是印象殊深，於是有了第二句的蓮池聽歌的往事回憶。雙蓮，並蒂蓮，寓意男女情愛，暗示詞人的心理期待。其時，杯中斟滿美酒，詞人已經喝得爛醉如泥，玉真的斷腸歌聲，讓詞人從醉酒狀態中清醒過來。説玉真的歌聲能使人斷腸醒酒，與起句裏説能使珠簾静垂，都是從效果的角度贊美玉真的歌聲格外動聽。

下片前二句宕開寫景，涼夜荷池，水月皎潔，像一面平鋪的明鏡，照出嬌美的荷花在鏡中弄影。這兩句回應上片的「雙蓮池」，就月夜蓮池美景展開描寫，補充交代了聽歌的時間。後結二句寫玉真一曲終了，詞人的心意已是如水悠悠，欲説心期，又覺一時之間難以開口。詞人就此留下深長的憾恨，以至於今重又想起，難以忘懷。

【集　評】

王焕猷《小山詞箋》：按「玉真」二字蓋指人，其「玉」字當係人名。

又

阿茸十五腰肢好〔一〕。天與懷春風味早〔二〕。畫眉匀臉不知愁，殢酒熏香偏稱小〔三〕。東城楊柳西城草。月會花期如意少①〔四〕。思量心事薄輕雲，緑鏡臺前還自笑。

【校　記】

①月會花期：毛本、四庫本、四寶齋鈔本作「會合花期」，《歷代詩餘》、家刻本、王本作「會合難期」。

【箋　注】

〔一〕阿茸：少年舞姬名。

〔二〕天與：上天賦與，天生，天然。宋賀鑄《唤春愁》：「天與多情不自由。占風流。」懷春：謂少女思慕異性。《詩經·召南·野有死麕》：「有女懷春，吉士誘之。」晉陸機《演連珠》之三一：「幽居之女，非無懷春之情。」

〔三〕殢酒：沉湎於酒，醉酒。偏稱：最適宜，最合適。唐劉禹錫《拋球樂》之一：「最宜紅燭下，偏稱落花前。」

〔四〕月會花期：花前月下的期約幽會。

【疏　解】

此首題詠歌女阿茸，采用詞人的全知視角。小晏題詠人物，往往一起即直呼人物名字，這裏亦是如此。起句七字，介紹了人物的名稱、年齡和體態，一個稚齡歌女的形象，已經娉婷地出現在讀者面前。第二句進一步介紹人物，説阿茸天賦情商，早解風情，展示人物的內心世界。三、四句寫阿茸「畫眉匀臉」「殢酒熏香」的日常，落實第二句的「懷春風味」。「不知愁」「偏稱小」，回應起句的「十五」年齡。就這麼懵懵懂懂地，阿茸開始了自己的紅塵煙花生涯。

雖説阿茸早知「懷春風味」，但她畢竟不通人情世故，不諳情場追逐，所以良辰美景，月會花期，今日東城，明日西城，不斷趕場忙碌，難有如意遇合。但是這些都如浮雲，阿茸少年豪氣，並不把它放在心上，對着妝鏡，嬉笑自若。結句對鏡自笑的細節畫面，寫意傳神，生動如見。

《木蘭花》詞調，句子連蹦接蕁，音節輕快流走，傳寫人物天真稚氣、樂不知愁的少年心性，內容與形式完滿適應，藝術效果良好。只是讀罷這首調性輕快的詞作，作爲讀者卻無法輕松。一個美麗單純的少女，誤入人生歧路而不自知，世情如鬼，人欲如熾，她的未來命運又會如何呢？不免讓人深懷隱憂。

【集　評】

王焕猷《小山詞箋》：按阿茸當爲侍兒之名。

又

初心已恨花期晚〔一〕。別後相思長在眼〔二〕。蘭衾猶有舊時香〔三〕，每到夢回珠淚滿①〔四〕。　多應不信人腸斷。幾夜夜寒誰共暖。欲將恩愛結來生〔五〕，只恐來生緣又短。

【校　記】

①夢回：抱經齋鈔本作「夢魂」，注曰「一作『回』」。

【箋　注】

〔一〕初心：最初的心意。意指做某件事的最初願望動因。晉干寶《搜神記》卷十五：「既不契於初心，生死永訣。」唐宋婉約詞中屢見「初心」二字，指説男女相愛的本願。「初心」亦是佛學用語，

〔二〕《華嚴經》：「不忘初心，方得始終。」《景德傳燈録·弘教大師》：「初心後學，近入叢林；方便門中，乞師指示。」唐白居易《畫彌勒上生幀記》：「所以表不忘初心，而必果本願也。」

〔三〕長在眼：長在眼前，以見内心不忘。

〔四〕蘭衾：熏香的被子，用爲美稱。

〔五〕夢回：從夢中醒來。南唐李璟《攤破浣溪沙》：「細雨夢回鷄塞遠，小樓吹徹玉笙寒。」

結來生：結緣來生。來生，來世；下一世。南朝宋顔延之《又釋何衡陽書》：「何必陋積慶之延祚，希無驗於來生。」來源於佛教三生三世之説，前生、今生、來生，前世、今世、來世，亦即過去、現在、未來，因果輪回。

【疏解】

詞寫離愁別恨，性別視角不明，這裏暫采女子視角解讀文本。起句從相見恨晚切入，這是所有得遇知己者的普遍心理體驗。而曰「初心」，見出女子情感態度的端重。「花期」，喻指相見之期。造化弄人，相見恨晚而又離别偏早，人世的舛錯乖違每每如此，第二句即寫「别後」，就像後來的《西廂》曲詞所唱：「恨相見得遲，怨歸去得疾。」當然，除了客觀之外，這「遲早」的時間，都是當事人的情感認知。因相見恨晚，别離之後的相思格外深長，也屬情所難免。第二句的「别後相思」四字，點明題旨。三、四句就「相思」二字展開，描寫别後的孤淒之狀。白天還好消磨，夜晚最難捱度，蘭衾猶有舊時的芬芳氣息，伊人早已不在身邊。這種物是人非之感讓她結想成夢，夢醒之後已是淚流滿面。我們就是根據第四句裏的「珠淚」一語，作出文本所寫乃是女性視角的判斷的。

下片前二句承上，繼續就寒夜無人與共的「孤眠滋味」生發、渲染。女子感覺已爲相思痛斷肝腸，「多應不信」，那是因爲他人没有此種經歷，所以缺乏感同身受的共情。這兩句裏，女子已是孤苦無依，哀傷無訴。她痛感今生重聚無望，於是希望結緣來生，這是萬不得已的以退爲進。但是她又擔心來生緣短，還似今生，這是濃重心理陰影籠罩下的進而復退。這兩句反復曲折，用語措意極爲沉痛，在俊逸灑脱的小晏詞中較爲少見。

【集　評】

王焕猷《小山詞箋》：按「蘭衾」句之「蘭」字，恐亦指人。

減字木蘭花〔一〕

長亭晚送〔二〕。都似緑窗前日夢①〔三〕。小字還家〔四〕。恰應紅燈昨夜花〔五〕。　良時易過。半鏡流年春欲破〔六〕。往事難忘。一枕高樓到夕陽。

【校　記】

①都似：明鈔本作「都是」。

【箋注】

〔一〕減字木蘭花：詞牌名，又名木蘭香、天下樂令、小木蘭花等。按《木蘭花令》，始于韋莊，係五十五字，全用韻者。《花間集》魏承班有五十四字詞一體，毛熙震有五十三字詞一體，亦用仄韻，皆非減字也。自南唐馮延巳製《偷聲木蘭花》，五十字，前後起兩句仍作仄韻七言，結處乃偷平聲，作四字一句、七字一句，始有兩仄兩平四換頭體。此詞亦四換韻，蓋又就偷聲詞兩起句各減三字，自成一體也。此調定格，雙調四十四字，前後段各四句，兩仄韻，兩平韻。

〔二〕長亭：古時於道路旁每隔五里設短亭，十里設長亭，供行旅停息，近城者常爲送別之處。北周庾信《哀江南賦》：「十里五里，長亭短亭。」唐杜牧《題齊安城樓》：「不用憑欄苦迴首，故鄉七十五長亭。」

〔三〕緑窗：緑色紗窗，指女子居室。唐李紳《鶯鶯歌》：「緑窗嬌女字鶯鶯，金雀婭鬟年十七。」

〔四〕小字：細小的字，指若蠅頭至櫻桃大小的楷體字。晉衛恒《四體書勢》：「鵠（梁鵠）宜爲大字，邯鄲淳宜爲小字。」此指小字寫成的家書。

〔五〕應：應驗。紅燈昨夜花：意爲昨夜燈花報喜。燈花：蠟燭或者油燈燈芯燒過後的灰燼，紅熱狀態下如同花朵，遂名燈花。俗以燈花爲吉兆。北周庾信《對燭賦》：「本知雪光能映紙，復訝燈花今得錢。」

〔六〕半鏡：孟棨《本事詩·情感》：「陳太子舍人徐德言之妻，後主叔寶之妹，封樂昌公主，才色冠絶。時陳政方亂，德言知不相保，謂其妻曰：『以君之才容，國亡必入權豪之家，斯永絶矣。儻情緣未斷，猶冀相見，宜有以信之。』乃破一鏡，人執其半，約曰：『他日必以正月望日賣於都市，我當在，即以是日訪之。』及陳亡，其妻果入越公楊素之家，寵嬖殊厚。德言流離辛苦，僅能至京，遂以正月望日訪於都市。有蒼頭賣半鏡者，大高其價，人皆笑之。德言直引至其居，設食，具言其故，出半鏡以合之，仍題詩曰：『鏡與人俱去，鏡歸人不歸。無復嫦娥影，空留明月輝。』陳氏得詩，涕泣不食。素知之，愴然改容，即召德言，還其妻，仍厚遺之。聞者無不感歎。仍與德言、陳氏偕飲，令陳氏爲詩，曰：『今日何遷次，新官對舊官。笑啼俱不敢，方驗作人難。』遂與德言歸江南，竟以終老。」後人遂以半鏡或破鏡喻指夫妻分散，以重圓喻指失散的夫妻重聚。半鏡流年：謂夫妻失散的歲月。春欲破：春天將要過去。宋晏殊《玉樓春》：「玉樓朱閣横金鎖，寒食清明春欲破。」

【疏　解】

詞抒别情，采用女子視角。一起「長亭晚送」四字，從黄昏離别切入，但非寫實，而是夢境中的畫面閃回，這是讀罷第二句才知道的。這樣措語，就使詞意多了一層曲折。三、四句説，繼前日緑窗夢後，昨晚燈花報喜，今天就收到了小字寫成的平安家書。長亭雖已作别，猶能緑窗夢見；遊子遠在天涯，但有書信寄達。是知别離之中，亦有安慰，所以詞境温情浪漫，輕愁微怨，不覺哀苦。

下片感歎「良時易過」，一個大好的春天，在别離之中眼看就要過去了。「半鏡」用典，虚度歲月的離散孤寂之感，還是相當濃重的，但是表達並不激烈。「往事難忘」一句總結前文所寫，點明相思題旨，然後以「一枕高樓到夕陽」的景語作結，含蓄有味。結句的「高樓夕陽」與起句的「長亭晚送」，不僅在結構上前後呼應，而且在時間上彼此複還。而斜陽黄昏，又是古典詩詞中的盼歸心理的一個臨界點，積澱着濃厚的情韻義，所以特别富於感染力。家居的思婦能夠一枕高樓睡到夕陽西下，或説明她的内心踏實，因已收到遊子寄回的家信。確如論者所評，全詞「輕而不浮，淺而不露，美而不豔，動而不流」，語勢「字外盤旋」，表情「句中含吐」，臻於詞藝之上乘。至於説詞中所寫情事乃「由相别而相逢，而又相别」，則是未及細察的誤讀。

【集　評】

清先著、程洪《詞潔》卷一：輕而不浮，淺而不露。美而不豔，動而不流。字外盤旋，句中含吐。小詞能事備矣。

俞陛雲《唐五代兩宋詞選釋》：由相别而相逢，而又相别，窗前燈影，樓上斜陽，寫悲歡離合，情景兼到。

王焕猷《小山詞箋》：按此首似指遺妾而言，故謂往事如夢也。

又

留春不住〔一〕。恰似年光無味處〔二〕。滿眼飛英〔三〕。彈指東風太淺情〔四〕。　箏絃未穩。學得新聲難破恨〔五〕。轉枕花前〔六〕。且占香紅一夜眠①〔七〕。

【校　記】

①且占：《歷代詩餘》、四庫本、四寶齋鈔本、家刻本、王本作「且伴」。抱經齋鈔本「占」下注曰「一作『伴』」。

【箋　注】

〔一〕留春：挽留春天，不使歸去。歐陽修《蝶戀花》：「雨横風狂三月暮。門掩黄昏，無計留春住。」王安石《清平樂》：「留春不住。費盡鶯兒語。」

〔二〕年光：年華，歲月。此指春光。唐王績《春桂問答》之一：「年光隨處滿，何事獨無花？」唐李觀《御溝新柳》：「翠色枝枝滿，年光樹樹新。」

〔三〕飛英：飄落的花瓣。

〔四〕彈指：撚彈手指，佛家多以喻時間短暫。《翻譯名義集・時分》：「僧祇云：二十念爲一瞬，二十瞬名一彈指。」《維摩經》：「度千百劫，猶如彈指。」

〔五〕新聲：新的樂曲。《國語・晉語八》：「平公説新聲。」晉陶潛《諸人共游周家墓柏下》：「清歌散新聲，緑酒開芳顔。」唐孟郊《楚竹吟酬盧虔端公見和湘弦怨》：「握中有新聲，楚竹人未聞。」破恨：消除愁恨，排解幽怨。宋蘇軾《王鞏屢約重九見訪既而不至以詩送將官梁交且見寄次韻答之》：「知君月下見傾城，破恨懸知酒有兵。」

〔六〕轉枕：轉放枕頭。唐白居易《睡覺》：「轉枕頻伸書帳下，披裘箕踞火爐前。」

〔七〕香紅：指花。唐顧況《春懷》：「園鶯啼已倦，樹樹隕香紅。」唐温庭筠《菩薩蠻》：「雙鬢隔香紅，玉釵頭上風。」

【疏　解】

詞寫春恨，采用女子視角。一起陡健，「留春不住」四字，直説結果，不言經過。第二句的「恰似」，應作「恰是」解，句謂春天不能長住，時光也就變得没有滋味了。三句描寫滿眼落花的暮春之景，回應起句。四句感歎春天太過短暫，責怨東風太過薄情，吹得花開，吹得花落，不過是瞬間之事。

下片説自己的彈奏技藝還不熟練，初學的曲子還不足以消解「留春不住」的深長憾恨。於是退一步想，既然不能把春天長久地留下來人間同住，那就且顧眼下，把枕頭搬到花前，守住枝頭尚餘的花朵，睡過這一夜再説。後結二句突發奇想，將一種留春惜花之意，作了個性化的表現。

【集　評】

王焕猷《小山詞箋》：按上首言流年破鏡，此首言年光無味，故知此首當承上首意義而言。

又

長楊輦路①〔一〕。緑滿當年攜手處。試逐春風②。重到宮花花樹中。　芳菲繞徧。今日不如前日健。酒罷凄涼。新恨猶添舊恨長。

【校　記】

①長楊：明鈔本作「長柳」，誤。　②試逐：抱經齋鈔本作「試看」。

【箋　注】

〔一〕長楊：長楊宮的省稱，舊址在今陝西周至東南。《三輔黄圖·秦宮》：「長楊宮在今盩厔縣東南三十里，本秦舊宮，至漢修飾之以備行幸。宮中有垂楊數畝，因爲宮名。門曰射熊館，秦漢遊獵之所。」《漢書·司馬相如傳下》：「(司馬相如)常從上至長楊獵。」漢揚雄《長楊賦》：「振師五柞，習馬長楊。」此處指代汴京宮殿。輦路：天子車駕所經的道路。《文選·班固〈西都賦〉》：「輦路經營，修除飛閣。」唐司空曙《金陵懷古》：「輦路江楓暗，宮庭野草春。」

【疏　解】

此首懷舊，采用詞人視角。起句從「長楊輦路」切入，指代汴京的宮苑道路，交代地點，是知此詞作於汴京。第二句説，這裏是當年攜手同遊之處。「緑滿」在字面上照應「長楊」，暗示季節時間。第

三、四句，説自己試着跟隨春風的腳步，來此故地重遊。「春風」將季節時間點明，「重到」回應「當年」，「宮花」回應「長楊輦路」。第四句與小晏《南鄉子》的「日日宮花花樹中」一句，構成互文關係。因爲當年有過宮花叢中攜手同遊的往事，才有今天的「重到」，以期尋覓舊蹤，重温舊夢。

後起「芳菲繞徧」承接前結，而今重到的詞人遊興甚濃，當是出於對舊遊之地的眷戀。但是，詞人感覺體力明顯不如初遊之時。「今日不如前日健」一句，既與「宮花花樹」對比，亦「年年歲歲花相似，歲歲年年人不同」之意，又回應上片的「試逐」，並啟開下句「酒罷淒涼」。花樹依舊，詞人年華已經老去，不見當年同遊之人，能不滿懷「淒涼」。結句的「新恨」謂今日尋訪不遇，「舊恨」指昔年與同遊之人的别離。本欲故地重遊尋求慰藉，不意事與願違，舊恨未了又添新恨，走向了初衷的反面。

【集　評】

王焕猷《小山詞箋》：按《碧雞漫志》謂小山還京，即居其父元獻公賜第，不踐諸貴之門，蔡京屢使人邀之不應。此首即潁州初歸之作，曰「重到」，乃還歸也。曰「長楊」，曰「宮花」，明非私家府第也。曰「今日前日」，曰「新恨舊恨」，悲今昔也。「輦路」後緊接「緑滿」，「緑」謂草，指小人也，言當路盡小人也。

泛清波摘徧〔一〕

催花雨小〔二〕，著柳風柔，都似去年時候好①。露紅煙緑，儘有狂情鬭春早〔三〕。長安道。

鞦韆影裏，絲管聲中，誰放豔陽輕過了。倦客登臨〔四〕，暗惜光陰恨多少②。楚天渺〔五〕。歸思正如亂雲，短夢未成芳草〔六〕。空把吳霜鬢華〔七〕，自悲清曉③。帝城杳〔八〕。雙鳳舊約漸虛〔九〕，孤鴻後期難到〔一〇〕。且趁朝花夜月，翠尊頻倒〔一一〕。

【校記】

①都似：明鈔本作「都是」。②暗惜光陰：毛本、四寶齋鈔本作「暗惜花光陰」。暗惜：抱經齋鈔本作「暗暗」。③自悲：明鈔一卷本作「月悲」，誤。

【箋注】

〔一〕泛清波摘徧：詞牌名，係從《泛清波》大曲中截取一遍來單譜單唱的曲子，調見《小山詞》。雙調，一百零六字，前段十一句，五仄韻；後段十句，六仄韻。《宋史·樂志》：「林鍾商其曲三：曰賀皇恩、泛清波、胡渭州。」「云韶部者，黄門樂也。……大曲十三……五曰林鍾商。」《夢溪筆談》卷五：大曲「每解有數疊者，裁截用之，則謂之摘遍。」

〔二〕催花：促花早開。唐白居易《歎春風兼贈李二十侍郎二絶》之一：「樹根雪盡催花發，池岸冰消放草生。」

〔三〕狂情：猶言狂興。李咸用《輕薄怨》：「碧蹄偃蹇連金鑣，狂情十里飛相燒。」鬭春早：在早春時節競相出遊，盡情嬉戲。

〔四〕倦客：長期客遊他鄉，對旅居生活感到厭倦的人。南朝宋鮑照《代東門行》：「傷禽惡弦驚，倦客惡離聲。」

〔五〕楚天：南天。古時楚國位居南方，故以楚天泛稱南方天空。唐唐彦謙《楚天》：「楚天遥望每長嚬，宋玉襄王盡作塵。」

〔六〕短夢句：暗用謝靈運夢弟得句典事。《南史·謝方明傳》：「子惠連，年十歲能屬文，族兄靈運嘉賞之，云：『每有篇章，對惠連輒得佳語。』嘗於永嘉西堂思詩，竟日不就，忽夢見惠連，即得『池塘生春草』，大以爲工。常云：『此語有神功，非吾語也。』」

〔七〕吴霜：吴地的霜，喻指白髮。唐李賀《還自會稽歌》：「吴霜點歸鬢，身與塘蒲晚。」

〔八〕帝城：京都；皇城。《漢書·陳咸傳》：「即蒙子公力，得入帝城，死不恨。」唐王維《奉和聖制春望之作應制》：「雲裏帝城雙鳳闕，雨中春樹萬人家。」

〔九〕雙鳳：鸞鳳和鳴成雙，喻指男女歡會。

〔一〇〕孤鴻：失伴的鴻雁。與上句「雙鳳」相對。三國魏阮籍《詠懷詩》之一：「孤鴻號外野，翔鳥鳴北林。」唐張九齡《感遇》之四：「孤鴻海上來，池潢不敢顧。」

〔一一〕翠尊：同「翠樽」，緑玉酒杯，飾以緑玉的酒杯。《文選》三國魏曹植《七啟》：「於是盛以翠樽，酌以雕觴，浮蟻鼎沸，酷烈馨香。」吕延濟注：「翠樽，以翠飾樽也。」

【疏 解】

此首倦客思歸之詞，采用詞人視角。上片描寫「長安道」上熱鬧的春景，以對句領起，描寫「花雨」之「小」,「柳風」之「柔」,並與去年春天的美好記憶疊印。「露紅煙緑」承接「花雨」「柳風」,説花柳「狂情」,在早春時節争新鬭豔。在寫過季節景物之後,「長安道」三字交代地點,帶出遊人,或鞦韆遊戲,或絲管作樂,都不願辜負這豔陽天氣,良辰美景。從自然與人事兩個方面鋪寫了「長安道」上的熱鬧春景之後,前結二句推出登臨的「倦客」,也就是客居異鄉、倦遊思歸的詞人,寫他悵惜光陰流逝,滿腹離愁别恨。這樣,詞意便從上片的寫景,轉向下片的抒情。

換頭三字以渺遠的「楚天」代指家鄉的方位,説明詞人客居北地,思念南方的家鄉。接着形容他的歸思如天上亂雲翻卷,倦思入夢,夢裹没有見到親人,夢後也没能吟出佳句。只能空對着鄉愁染白的鬢髮,在清冷的早晨自憐自悲。「帝城杳」三字遠承「長安道」,近承「楚天渺」,迢遥的汴京乃是詞人的家鄉所在。當初「比翼成雙」的約定無法實現,自己像一只失伴的孤雁,不知道何時才是重逢的佳期。這兩句裹,隱含着詞人與汴京歌女的聚散離合情事。詞人之倦客思歸,主要就是思念相好的京城歌女,渴望盡快回到她的身邊。後結二句,即「棄捐勿復道」之意,詞人於無可奈何之際,及時行樂,借酒消愁,歸於無數古典詩詞文本在相似境況中的思維定勢與行爲模式。

記載小晏生平的史料很少,有論者根據《少年遊》中的「何處賦西征」,《秋蕊香》和這首詞中的「長安道」,推定小晏曾赴長安爲官數年,並指認這首詞及相關詞作都是宦遊長安思念汴京「西樓」歌女之作。這種推斷雖然缺乏文獻史料的堅實支持,但可供參考。從體式的角度看,這首《泛清波摘徧》是以小令爲主的小晏詞中,少見的慢詞長調,寫法上也一改小令的含蓄藴藉,變而爲賦體的鋪排爲主，但遣詞下字的靈動仍在。

【集　評】

王焕猷《小山詞箋》：按《泛清波摘徧》，此詞必出自大曲，故曰摘徧，然已不可考矣。再此調宜從《詞律》，分爲四疊，與二首《梁州令》之合爲《梁州》，疊韻相同。然亦有只分兩疊者，如《憶故人》。周邦彦加以後疊，改名曰《燭影摇紅》。《憶故人》其原調分爲前後片，則《燭影摇紅》亦當分四疊也，而《詞律》却衹分爲兩疊。由是推之，《泛清波摘徧》分四疊可也，分兩疊亦可也。若分四疊，則「盡有狂情鬭春草」以上爲第一疊，「自悲清曉」以上爲第三疊。

洞仙歌〔一〕

春殘雨過，緑暗東池道〔二〕。玉豔藏羞媚頳笑〔三〕。記當時、已恨飛鏡歡疏〔四〕，那至此，仍苦題花信少〔五〕。　連環情未已〔六〕，物是人非，月下疏梅似伊好。澹秀色，黯寒香，粲若春容①〔七〕，何心顧、閒花凡草。但莫使、情隨歲華遷〔八〕，便杳隔秦源②〔九〕，也須能到。

【校　記】

①粲若：抱經齋鈔本作「淡若」。　②杳：毛本、抱經齋鈔本、四寶齋鈔本作「香」。

【箋　注】

〔一〕洞仙歌：唐教坊曲名，後用爲詞牌。原用以詠洞府神仙。敦煌曲中有此調，但與宋人所作此詞體式不同。有中調和長調兩體。《樂章集》兼入中吕、仙吕、般涉三調，句逗亦參差不一。常以《東坡樂府》之《洞仙歌令》爲準。雙調八十三字，前後片各三仄韻。前片第二句是上一、下四句法，後片收尾八言句是以一去聲字領下七言，緊接又以一去聲字領下四言兩句作結。前片第二句亦有用上二、下三句法，並于全闋增一、二襯字，句讀平仄略異。

〔二〕緑暗：緑葉漸濃，顔色轉深。唐韓琮《暮春滻水送别》：「緑暗紅稀出鳳城，暮雲樓閣古今情。」唐吴融《途次淮口》：「有村皆緑暗，無徑不紅芳。」東池：遊賞之處。參看《蝶戀花》「碾玉釵頭雙鳳小」注。

〔三〕玉豔：容光美豔如玉。晉陸雲《答大將軍祭酒顧令文》：「惠音聿來，瓊華玉豔。」唐李商隱《天平公座中呈令狐令公》：「更深欲訴蛾眉斂，衣薄臨醒玉豔寒。」赬笑：羞紅的笑臉。赬：淺紅色。《詩經·周南·汝墳》：「魴魚赬尾，王室如毁。」《傳》曰：「赬，赤也。」

〔四〕飛鏡：比喻圓月。唐李白《把酒問月》：「皎如飛鏡臨丹闕，緑煙滅盡清輝發。」

〔五〕題花：題詩詠花，或謂在花瓣上題詩。唐李商隱《牡丹》：「我是夢中傳彩筆，欲書花片寄朝雲。」唐邵謁《覽孟東野集》：「題花花已無，玩月月猶在。」唐韓偓《春悶偶成十二韻》：「粉字題花筆，香牋詠柳詩。」

〔六〕連環：一環套一環，謂連續不斷。《莊子·天下》：「今日適越而昔來，連環可解也。」唐韓愈《送張道士》：「昨宵夢倚門，手取連環持。」

〔七〕春容：猶春色，春天的景色。五代齊己《南歸舟中》之一：「春容含衆岫，雨氣泛平蕪。」亦指青春的容貌。《樂府詩集·清商曲辭一·子夜歌之三二》：「郎懷幽閨性，儂亦恃春容。」唐李白《古風》之十一：「春容捨我去，秋髮已衰改。」

〔八〕歲華：時光，年華。後蜀毛熙震《何滿子》：「寂寞芳菲暗度，歲華如箭堪驚。」

〔九〕秦源：晉陶潛《桃花源記》有武陵桃源，因秦人避亂於此，故稱秦源。又，南朝宋劉義慶《幽明録》記劉晨、阮肇入天台山采藥迷路，在桃源仙洞遇二女子，停留半年，還家子孫已過七代。再至山中，已找不到原地。後人常以此典喻指相愛男女無法再續前緣。此詞實用劉、阮天台山桃源典故，卻用「秦源」字面，這種將武陵桃源與天台桃源混用的情況，在詩詞中多見。

【疏解】

此首懷人之詞，采用詞人的視角。一起二句，交代時間地點，描寫景物天氣，寓傷春恨别之意。在暮春時節一片濃緑的背景襯托下，凸顯第三句「玉豔藏羞媚赬笑」，這顯然是寫人，光豔如玉，笑臉羞紅，有「萬緑叢中紅一點」的特寫聚焦之效果。伴隨這張動人笑臉的，是詞人的東池舊事漫憶。當時已恨月下歡事太少，别離至今，更爲不能常通音信所苦。

過頭總説一句，今昔聚散，長情未了。以下説重來東池，雖不見伊人，但月下清疏的梅花，還是像伊人那般姣好。梅花秀色濬濬，暗香幽幽，明麗的花色仿佛伊人的青春容顔。詞人自忖，梅花般的伊人占據了自己的心靈空間，那裏已經容不下「閑花凡草」。詞人祈禱，莫使情感在歲月裏變化，即便伊人遠在難以問津的桃源，自己也一定能去找到她，重敘舊好。這裏表現出的執著堅貞的情感態度，説明詞人與歌女之間，是有真愛存在的。

【集　評】

王焕猷《小山詞箋》：按《洞仙歌》本唐曲，見《教坊記》，唯其詞不傳。一名《羽仙歌》，大約亦七言絶句耳。蘇東坡「冰肌玉骨」一詞，最爲傳頌，後人多效其體。而小山所作之體，幾無人作矣。所不同者，東坡之詞「試問夜如何」句，字之多少不同耳。東坡自謂其八十三字體，五代時後蜀主孟昶已有之，而不知小山乃有八十四字體也。

菩薩蠻〔一〕

來時楊柳東橋路〔二〕。曲中暗有相期處〔三〕。明月好因緣〔四〕。欲圓還未圓。　卻尋芳草去〔五〕。畫扇遮微雨〔六〕。飛絮莫無情。閒花應笑人。

【箋　注】

〔一〕菩薩蠻：唐教坊曲名，用爲詞調。又名重疊金、子夜歌、花間意、梅花句、花溪碧、晚雲烘日等。

《宋史·樂志》：「女弟子舞隊名。」唐蘇鄂《杜陽雜編》云：「大中初，女蠻國入貢，危髻金冠，纓絡被體，號菩薩蠻隊，當時倡優遂製《菩薩蠻》曲，文士亦往往聲其詞。」五代孫光憲《北夢瑣言》云：「唐宣宗愛唱《菩薩蠻》詞，令狐綯命温庭筠新撰進之。」宋王灼《碧鷄漫志》云：「今《花間集》温詞十四首是也。」格一雙調四十四字，前後段各四句，兩仄韻、兩平韻。格二雙調四十四字，前後段各四句，兩仄韻、兩平韻，後段仄韻、平韻即押前段原韻。格三雙調四十四字，前後段各四句，兩叶韻、兩平韻。

〔二〕東橋：灞橋在長安東，因稱東橋。此處泛指東邊的橋梁。唐韋應物《送汾城王主簿》：「相望東橋別，微風起夕波。」

〔三〕曲中：坊曲裏面。曲：坊曲，泛指街巷。唐白居易《昭國閒居》：「勿嫌坊曲遠，近即多牽役。」唐康駢《劇談録·田膨郎偷玉枕》：「聖旨嚴切，收繫者漸多，坊曲閭巷，靡不搜捕。」南唐尉遲偓《中朝故事》：「大中皇帝多微行坊曲間，跨驢重載，縱目四顧，往往及暮方歸大内。」亦指歌伎聚居之地。明楊慎《詞品·坊曲》：「唐制，妓女所居曰坊曲。《北里志》有南曲、北曲，如今之南院、北院。」相期：相約，相會。唐李白《月下獨酌》：「永結無情遊，相期邈雲漢。」唐姚鵠《及第後上主司王起》：「莫道只陪金馬貴，相期更在鳳凰池。」

〔四〕好因緣：五代陶穀《風光好》：「好姻緣，惡姻緣。只得郵亭一夜眠，別神仙。琵琶撥盡相思調，知音少。待得鸞膠續斷弦，是何年？」

〔五〕卻尋：再尋。唐劉長卿《過橫山顧山人草堂》：「卻尋樵徑去，惆悵緑溪東。」

〔六〕畫扇：有畫飾的扇子。南朝梁鮑泉《落日看還》：「雕甍斜落影，畫扇拂遊塵。」唐杜甫《傷秋》：「高秋收畫扇，久客掩荆扉。」

【疏　解】

詞寫幽期密約，而性别視角不明，這裏暫采女子視角對文本加以解讀。起句從趕赴約會所走的「楊柳東橋路」切入，二句説在東橋一帶的坊曲小巷裏，有暗中約定的相見之處。三、四句説約會的時間，是在月亮將圓未圓之夜。上片四句所寫，即「月上柳梢頭，人約黄昏後」情境。在女子的眼裏，月亮代表好因緣，是説它將要趨向圓滿，就像男女的愛情關係，將在今夕的約會裏進一步發展。這兩句詞裏，有女子的激動、喜悦和期待在焉。最好莫如十四夜，一分留得到明宵。將圓未圓之月，無論是從愛情心理還是從審美心理的角度説，都是最值得期待、進一步向好並臻於完美的象喻。

换頭轉寫女子昨夜約會之後，今朝尋折花草，準備參加鬬百草的遊戲，這是間接表現她的歡喜心情。這是一個微雨天氣，她用畫扇遮雨，興致不減。我們就是依據這一句裏「畫扇遮雨」的人物動作描寫，作出這首詞采用女性視角的判斷的。結二句仍然是用自然物象傳寫女子的心理，柳絮被雨水沾濕不再飄飛，女子感覺這是「無情」的表現，反襯出還處在約會之後興奮狀態的女子情多，思緒飛揚。路邊的閑花笑人，則是女子敏感、嬌羞心態的反映。

【集　評】

俞陛雲《唐五代兩宋詞選釋》：月未十分圓滿，情味最長。取喻因緣，小山獨能見到。

王焕猷《小山詞箋》：按此首託空而言，蓋言其有意無意而已耳。

又

個人輕似低飛燕〔一〕。春來綺陌時相見〔二〕。堪恨兩横波〔三〕。惱人情緒多。　長留青鬢住。莫放紅顏去。占取豔陽天〔四〕。且教伊少年。

【箋　注】

〔一〕個人：那人。此句用趙飛燕典故：「長而纖便輕細，舉止翩然，人謂之飛燕。」

〔二〕綺陌：繁華的街道。亦指風景美麗的郊野道路。南朝梁簡文帝《登烽火樓》：「萬邑王畿曠，三條綺陌平。」唐劉滄《及第後宴曲江》：「歸時不省花間醉，綺陌香車似水流。」

〔三〕横波：比喻女子眼神流動，如水横流。《文選・傅毅〈舞賦〉》：「眉連娟以增繞兮，目流睇而横波。」李善注：「横波，言目邪視，如水之横流也。」借指婦女之目。北周庾信《擬詠懷》之七：「纖腰減束素，别淚損横波。」唐張碧《古意》：「手持紈扇獨含情，秋風吹落横波血。」

〔四〕占取：佔有。宋晏殊《迎春樂》：「莫惜明珠百琲，占取長年少。」豔陽天：陽光明媚的春天。

唐杜甫《數陪李梓州泛江有女樂在諸舫戲爲豔曲》之一：「競將明媚色，偷眼豔陽天。」前蜀毛文錫《虞美人》：「珠簾不捲度沉煙，庭前閑立畫鞦韆，豔陽天。」

【疏　解】

看上去簡簡單單的一首小詞，又是一個不易講清的文本。從上片看，應是采用男子的視角。男子眼裏那個身輕如燕的人，應該是個女子。男子説陌上春遊的時候，時常與她相見。她生有一雙美麗的眼睛，招人喜歡也惹人煩惱。看來男子已被深深吸引，但是愛情還不能迅速實現，所以感覺那一雙明亮的眼睛「堪恨」，一看見那雙眼睛，就會平添許多煩惱情緒。

上片大致可以講通，下片有點不知所云。單獨看，每一句都好理解；合起來看，卻弄不清楚是誰在對誰説話。可以順着上片的男子視角，把下片理解爲男子對女子説話，他希望女子鬢絲長青，紅顔不老，享有美好的時光，永做青春美少年。也可以理解爲陌上相見的青年男女，彼此的互相提醒和祝願。或者還可以有其他理解，未知孰是。小晏詞中多次出現類似的情況，一者因爲詩詞體式短小，省略了許多成分，所以造成閲讀障礙；再者就是像小晏這樣的高手，寫作中也存在命意、措辭、構句方面表現失誤的問題。

【集　評】

王焕猷《小山詞箋》：按此首蓋亦少年時冶遊之作，曰「低飛」，可知其爲章臺中人。「長留」句言自己，「莫放」句言所眷，以歸結於末句「少年」二字。

又

鶯啼似作留春語①。花飛鬬學回風舞②〔一〕。紅日又平西〔二〕。畫簾遮燕泥〔三〕。煙光還自老③〔四〕。緑鏡人空好④〔五〕。香在去年衣。魚箋音信稀〔六〕。

【校　記】

①鶯啼：唐本作「鸞啼」，似誤。②花飛：抱經齋鈔本作「花間」。③煙光：吴鈔本、毛本、四庫本、四寶齋鈔本、王本作「煙花」。④緑鏡：明鈔本、明鈔一卷本、毛本、四寶齋鈔本作「緑境」，疑誤。

【箋　注】

〔一〕鬬學：争學，競相模仿。回風舞：形容落花在風中迴旋飄飛。回風：旋風。《楚辭·九章·悲回風》：「悲回風之摇蕙兮，心冤結而内傷。」《古詩十九首·東城高且長》：「回風動地起，秋草萋已緑。」又，回風，曲名。舊題後漢郭憲《洞冥記》：「帝所幸宫人名麗娟，年十四，玉膚柔軟，吹氣勝蘭，不欲衣纓拂之，恐體痕也。每歌，李延年和之。於芝生殿唱《迴風》之曲，庭中花皆翻落。」唐李賀《殘絲曲》：「花臺欲暮春辭去，落花起作回風舞。」

〔二〕平西：太陽將要在西邊地平線墜落。唐白居易《北樓送客歸上都》：「京路人歸天直北，江樓客散日平西。」

〔三〕燕泥：燕子築巢所銜的泥；燕巢上的泥。南朝梁簡文帝《和湘東王首夏詩》：「燕泥銜復落，鶗吟斂更揚。」隋薛道衡《昔昔鹽》：「暗牖懸蛛網，空梁落燕泥。」唐李德裕《謫嶺南道中作》：「愁衝毒霧逢蛇草，畏落沙蟲避燕泥。」

〔四〕煙光：春日風光。唐黄韜《祭崔補闕》：「閩中二月，煙光秀絶。」

〔五〕緑鏡：即青銅鏡。

〔六〕魚箋：魚子箋的簡稱。古時四川所造的一種箋紙。唐羊士諤《寄江陵韓少尹》：「蜀國魚箋數行字，憶君秋夢過南塘。」五代和凝《何滿子》：「寫得魚牋無限，其如花鎖春暉。」

【疏解】

詞寫思婦春怨，采用女子視角。起二句比擬手法，形容黄鶯的啼囀似在殷勤挽留春天，飄飛的花瓣若有不捨，競相在風中回旋起舞。把自然物鶯花寫得依依有情，本質上是女子以我觀物、將自己的惜春之情投射於客觀物象的結果。前二句寫過暮春一季之晚，三、四句再寫一日之晚，一輪紅日又墜到西邊的地平線上，銜泥的燕子回巢了，卻被畫簾遮擋在門外。黄昏日暮是一個時間的臨界點，思婦一天的盼歸又要落空。燕子成雙銜泥回巢，也會觸發思婦的孤獨之感和行人不歸之歎。

换頭一句是對上片内容的總結。春晚和日晚，都是時間的遲暮，衰老的徵象，大好春光正在不知不覺中老去。二句説良辰好景既已虚度，縱使鏡中人貌如花，又有什麽意義？況且，春光都已老去，人貌又能好得幾時。三句説思婦慵懶萎靡，自從去年别後，再也無心燃香熏衣。四句解釋原因，行人不僅春盡不歸，而且音信稀少，這讓思婦更加難以爲懷。小詞傷春傷别，輕歎微怨，辭色鮮麗，蘊藉含蓄，最得《花間》情詞之神韻。

【集　評】

王焕猷《小山詞箋》：按此首當從上首而來，其關鍵在一「燕」字。上首相見時所作，此首乃别後之作也。用「燕泥」二字，燕本輕狂之物，泥又有風塵之象，以象章臺中人。況又於不經意處，明點「煙花」二字。

又

春風未放花心吐〔一〕。尊前不擬分明語〔二〕。酒色上來遲①。緑鬟紅杏枝②〔三〕。今朝眉黛淺。暗恨歸時遠③〔四〕。前夜月當樓④。相逢南陌頭〔五〕。

【校　記】

①來遲：抱經齋鈔本作「來時」。②緑鬟：家刻本、王本作「淡匀」，抱經齋鈔本作「緑鬢」。③歸時：抱經齋鈔本作「歸遲」。④前夜：《歷代詩餘》、家刻本、王本作「别後」。

【箋　注】

〔一〕花心：花蕊。唐韋應物《與盧陟同遊永定寺北池僧齋》：「晴蝶飄蘭徑，遊蜂繞花心。」唐白居易《履道春居》：「低風洗池面，斜日拆花心。」此喻女子之春心。

〔二〕不擬：不打算。

〔三〕緑鬢：喻指女子緑髮。紅杏：喻指女子被酒的紅暈臉色。

〔四〕歸時：歸來之時。唐葛鴉兒《懷良人》：「胡麻好種無人種，正是歸時底不歸。」此指再度相會之時。

〔五〕南陌：南邊的道路。南朝梁沈約《鼓吹曲同諸公賦·臨高臺》：「所思竟何在，洛陽南陌頭。」唐沈佺期《李舍人山園送龐邵》：「東鄰借山水，南陌駐驂騑。」

【疏　解】

詞寫男女之情，采用作者的全知視角。上片寫宴席之上相見生情，先以一個比擬性的句子爲襯，然後引出正題。早春時候，春風還没有吹開花朵，所以，初見的宴席上，女子也未明白地説出心事。這裏以「花心」喻指女子的「春心」，花心未吐，春心難訴。三、四兩句，寫女子被酒之後，臉色慢慢起了紅暈，看上去豔如枝頭紅杏；臉邊的緑髮，像是杏花吐露出來的須蕊。這兩句説，經過宴席上的接觸，借著酒意，女子表明了自己的態度。上片以花開的過程，喻寫女子從相見到相知的心理變化，筆法巧妙。

換頭二句，没有順接上片的敘事，而是掐斷線索，跳開先寫别後相思。前一句説今天眉色淺淡，懶化早妝；二句説這是因爲歸時相别，男子遠去，讓她心生愁怨，所以打不起精神。三、四句在敘事時間上倒回，接續上片宴席上相見生情之後，月夜南陌約會。至此回看「歸時」二字，方知説的是「前夜」南陌約會歸來之時，而非上片所寫席散歸來之時。這首小詞敘事性突出，故事容量很大，敘事手法曲折變化，詞藝臻於上乘。

【集　評】

王焕猷《小山詞箋》：按此首當係别後初歸之作，故首句即言其歸來尚早也，以下四首意皆相連。

又

嬌香淡染燕脂雪〔一〕。愁春細畫彎彎月①〔二〕。花月鏡邊情②〔三〕。淺妝匀未成。　佳期應有在〔四〕。試倚鞦韆待〔五〕。滿地落英紅③。萬條楊柳風〔六〕。

【校　記】

①彎彎：明鈔一卷本作「灣灣」，誤。　②鏡邊情：毛本、《歷代詩餘》、四庫本、四寶齋鈔本、家刻

本、王本作「鏡邊人」，《花草粹編》作「鏡邊明」。③落英紅：明鈔本作「落紅英」。

【箋注】

〔一〕嬌香：以花香喻指女子體香。唐張説《温泉馮劉二監客舍觀妓》：「秀色然紅黛，嬌香發綺羅。」

〔二〕彎彎月：宋蘇軾《菩薩蠻》：「畫簷初掛彎彎月。孤光未滿先憂缺。」此以彎月喻指女子彎彎的細眉。

〔三〕花月：喻指女子嬌媚的容顔。

〔四〕佳期：情人約會的日期、時間。南朝梁武帝《七夕》：「妙會非綺節，佳期乃良年。」

〔五〕試倚鞦韆待：唐李商隱《無題二首》：「十五泣春風，背面鞦韆下。」

〔六〕萬條楊柳風：唐温庭筠《楊柳枝詞》：「蘇小門前柳萬條，毿毿金線拂平橋。」五代馮延巳《鵲踏枝》：「六曲闌干偎碧樹。楊柳風輕，展盡黄金縷。」

【疏解】

詞寫女子約會，采用詞人的視角。上片寫爲趕赴約會，女子精心畫妝。起句意象密度和意蘊密度都很大，簡化理解，是説女子在如雪的香腮上淡染胭脂。二句説她仔細畫出的彎月形雙眉，似含一縷春愁。春愁即季節引發的惜春自惜情緒，這是女子畫妝赴約的心理動因。三句説妝鏡照出女子含情脈脈的花容月貌，「情」字暗示她的内心渴望。四句説女子的淡妝還没有畫成，是對前三句畫妝過程的補充説明。「淡妝」二字，暗示女子容貌姣好，格調不俗。

換頭二句，寫女子妝成之後來到鞦韆架下赴約。她斜倚鞦韆，内心充滿堅定的期待，她相信男子一定會如約前來。當然，也可以從「應有」的推測、「試倚」的動作，感覺到女子心理中的些許不確定成分。走近命運關口的人，内心的感受都是複雜的，這個候人的女子也是如此。後結二句描寫暮春景色，滿地繽紛落紅，萬條楊柳迎風，見出春色將老。作爲女子情感心理的映襯，這兩句美妍的景語餘味悠長。

【集評】

王焕猷《小山詞箋》：按此首承上，而言佳期乃在春日也。

又

香蓮燭下勻丹雪〔一〕。妝成笑弄金階月〔二〕。嬌面勝芙蓉①〔三〕。臉邊天與紅〔四〕。 玳筵雙揭鼓②〔五〕。唤上華茵舞③〔六〕。春淺未禁寒〔七〕。暗嫌羅袖寬。

【校記】

①芙蓉：明鈔一卷本作「美蓉」。②雙揭鼓：《歷代詩餘》、家刻本、王本作「催疊鼓」。③華

茵：家刻本作「華裀」。

【箋　注】

〔一〕香蓮句：描寫歌女在燭光下畫妝。香蓮：歌女名，或實有其人，或泛稱。或謂：香蓮燭，蓮花型燈燭，即蓮炬。前蜀杜光庭《中元衆修金籙齋詞》：「焰九光之蓮炬，下照冥津；飄三素之檀煙，上聞真域。」丹雪：胭脂和鉛粉。

〔二〕妝成句：弄月：賞月，玩月。南朝陳後主《三婦豔》之六：「小婦春妝罷，弄月當宵楹。」金階：黄金的臺階。用指華美的臺階。唐顧況《公子行》：「入門不肯自升堂，美人扶踏金階月。」

〔三〕芙蓉：荷花。喻指女子臉容。唐施肩吾《冬詞》：「錦繡堆中卧初起，芙蓉面上粉猶殘。」唐白居易《簡簡吟》：「蘇家小女名簡簡，芙蓉花腮柳葉眼。」

〔四〕天與：上天賜予，天生。

〔五〕玳筵：玳瑁筵，豪華的筵席。隋江總《今日樂相樂》：「綺殿文雅遒，玳筵歡趣密。」揭鼓：即羯鼓。南北朝時經西域傳入，盛行于唐開元、天寶年間。唐南卓《羯鼓録》曰：「如漆桶，山桑木爲之，下以小牙床承之。擊用兩杖。」故又稱「兩杖鼓」。

〔六〕華茵：華美的地毯。唐劉禹錫《歷陽書事七十韻》：「熾炭烘蹲獸，華茵織鬬鯨。」

〔七〕春淺：春初，春意淺淡。唐張説《晦日》：「晦日嫌春淺，江浦看湔衣。」唐戴叔倫《早春曲》：「青樓昨夜東風轉，錦帳凝寒覺春淺。」未禁寒：猶言不勝寒。

【疏　解】

此首題詠舞女，采用詞人的視角。起句從畫妝切入，燈燭之下擦勻脂粉，應是晚妝侍宴。「香蓮」二字歧義，或謂舞女名字，或謂與「燭」字連讀，指一種蓮花型燈燭。聯繫第三句的比喻，我們認爲應該解作舞女名字。二句寫舞女妝成，月亮已經升起，她便笑鬧着在階前玩月。這一句交代月夜的時間，見出稚齡舞女的活潑性格。三句説她的容顏勝過芙蓉花，這應該是由「香蓮」二字引出的比喻，與她的名字相照應。四句贊歎她的臉頰，天生的紅暈十分好看。

下片寫妝成開宴，這是一場豪華的筵席，當雙槌的羯鼓急促地敲響，催喚她踏上華美的地毯翩遷起舞。早春時節夜氣尚冷，舞衣鼓蕩寒風，讓她覺得羅袖太寬大了。「羅袖寬」三字，見出稚齡舞女身體尚未發育完全，若不勝衣的樣子，同時也見出羯鼓伴奏的舞蹈節奏促快。

【集　評】

王焕猷《小山詞箋》：按此首承上，而言歸來開家宴之樂也。

又①

哀箏一弄湘江曲〔一〕。聲聲寫盡湘波綠〔二〕。纖指十三弦〔三〕。細將幽恨傳。　當筵秋水慢②〔四〕。玉柱斜飛雁〔五〕。彈到斷腸時。春山眉黛低。

【校　記】

①此首《類編草堂詩餘》卷一誤作張子野詞，《詞綜》卷六誤作陳師道詞。②秋水慢：明鈔一卷本作「秋水幔」，家刻本作「秋水漫」。

【箋　注】

〔一〕哀箏：在弦樂中，箏聲以哀怨著稱。漢侯瑾《箏賦》云：「感悲音而增歎，愴憔悴而懷愁。」即指出箏曲令人悲愁的音樂特質。此後詩文言箏必哀，如三國魏曹丕《與朝歌令吳質書》云：「高譚娛心，哀箏順耳。」唐杜甫《秋日夔府詠懷一百韻》云：「哀箏傷老大，華屋豔神仙。」唐李商隱《哀箏》云：「輕幰長無道，哀箏不出門。」宋蘇軾《江神子》云：「忽聞江上弄哀箏，苦含情，遣誰聽。煙斂雲收，依約是湘靈。」弄：彈撥。唐王涯《秋夜曲》：「銀箏夜久殷勤弄，心怯空房不忍歸。」湘江曲：用湘靈鼓瑟典故。屈原《遠遊》：「使湘靈鼓瑟兮，令海若舞馮夷。」唐李益《古瑟怨》：「破瑟悲秋已減弦，湘靈沉怨不知年。」

〔二〕寫盡：抒盡。

〔三〕十三弦：唐宋箏十三弦。唐李商隱《昨日》：「二八月輪蟾影破，十三弦柱雁行斜。」

〔四〕秋水：比喻明澈的眼波。唐白居易《箏》：「雙眸剪秋水，十指剥春蔥。」慢：或解爲凝神，指樂伎全神貫注；或解爲「漫」，指樂伎情緒起伏，目光波動。

〔五〕玉柱：玉飾的箏柱。斜飛雁：箏柱排列如斜飛的雁行。這一句不是静態描寫箏柱，彈箏時要移動箏柱調適音節，所以是寫樂伎極爲熟練地移柱調弦，使箏柱看上去有了飛動的感覺，使人如睹箏伎從十三弦上變化如飛的美妙指法。

【疏解】

此首詠寫彈箏，抒發哀怨之情。起句以「哀箏」二字領起，爲箏曲定性，也爲全詞定調，形成籠罩全篇之勢。「一弄」者，言樂伎入手初彈也。「湘江曲」，謂彈奏的曲名，用湘靈鼓瑟典故。「斑竹啼舜妃，清湘沉楚臣」（韓愈《送惠師》），湘水流域的悲劇色彩特别濃鬱，以此爲題材的樂曲，必是悲涼之音。在這裏，樂器的特點與樂曲的内容是互相適應、彼此加持的。第二句説樂伎開彈之後，持續演奏，弦弦掩抑，似乎要把湘水緑波盡情展示出來。「寫」是繪畫術語，用在這裏，是把音樂的聽覺轉化爲色彩的視覺，增强樂曲的形象可感性。這一句還將湘水無窮無盡的緑波，與樂曲悠悠不盡的長恨結合起來。第三句對准樂伎的「纖指」與箏上的「十三弦」特寫聚焦。絲弦本無聲，哀怨的箏曲，正是彈者手指撥動箏上的絲弦發出的音響，産生出的聽覺效果。第四句的「細」字形容彈者的專注與投入，細傳難以言喻的幽恨深愁，將箏聲的哀怨與彈箏者内心的哀傷融合爲一。至此，「哀箏」之「哀」至少有了三層含義：一是樂器的特點，二是樂曲的内涵，三是樂伎的情感投入。

下片前二句寫箏伎的秋水明眸，「當筵」補充交代演奏的場所，「秋水」與「湘波」隱然呼應。「玉柱」句藉助擬喻，使人如睹箏伎移柱調弦、變化如飛的美妙指法。「飛雁」意象出於「雁柱」的習慣比喻，同時指涉離別、書信，關聯湖湘一帶的回雁峰，在似有若無之間，起到了烘染音樂主題的作用。後二句寫箏伎的春山眉黛。與上片輕攏慢撚的「細」彈不同，哀怨的樂曲進入悲情的高潮，箏伎這時眉黛低斂，哀感無限。從眼睛到眉毛的人物描寫對象的變化，反映出的是人物情緒隨着樂曲發生的起伏變化。「斷腸」回應「哀箏」，突出强調樂曲哀怨悲傷的旨意。

這首詞是小晏名作，音樂形象的化虛爲實，人物形象的勾畫傳神，都值得稱道。詞中的演奏者是泛寫還是確指，論者有不同看法，或謂所寫箏伎即沈陳家侍兒小蓮，因小晏詞中多處將小蓮和彈箏並提。這裏所寫，當是沈死陳病、家姬流散的滄桑變故之後，小蓮又與詞人相逢，故而箏曲格外哀怨淒傷。至於詞中流露的湘楚騷意，有無寄託，亦難論定。

【集　評】

明沈際飛《草堂詩餘正集》：「斷腸」二句俊極，與「一一春鶯語」比美。

清黃蘇《蓼園詞選》：寫箏耶？寄託耶？意致卻極淒惋。末句意濃而韻遠，妙在能蘊藉。

俞陛雲《唐五代兩宋詞選釋》：宋時善箏之妓，有輕輕，有伍卿，每拂指登場，座客皆爲癡立。客有贈詩者曰：「輕輕歿後便無箏，玉腕紅紗到伍卿。座客滿筵都不語，一行哀雁十三聲。」此詩出而伍卿之名益著。

王煥猷《小山詞箋》：按此首承上，而言傳恨絲竹，故末言春山眉低，謂面色之改變也。

又①

江南未雪梅花白②。憶梅人是江南客〔一〕。猶記舊相逢。淡煙微月中。　玉容長有信③〔二〕。一笑歸來近④。懷遠上樓時。晚雲和雁低。

【校　記】

①此首劉毓盤輯《濟南集》誤作李廌詞。②梅花白：《梅苑》作「梅先白」。③玉容：《梅苑》作「春風」。④一笑：《梅苑》作「消息」。

【箋　注】

〔一〕江南客：客居江南的北方人。唐白居易《代鶴》：「我本海上鶴，偶逢江南客。」亦指客居北方的江南人。唐鄭谷《席上貽歌者》：「座中亦有江南客，莫向春風唱鷓鴣。」

〔二〕玉容：女子容貌的美稱。晉陸機《擬西北有高樓》：「玉容誰得顧，傾城在一彈。」借指美女。唐方干《陪李郎中夜宴》：「遍請玉容歌白雪，高燒紅蠟照朱衣。」這裏兼喻白梅。

【疏　解】

此首詠梅之詞，寓思鄉懷人之意。起句説江南還没有下雪，白梅就開花了。二句説客居江南的人看到梅開，想起了北方家鄉的梅花。三、四句回憶在北方家鄉的淡煙微月之夜，曾看到過一樹梅花的開放。「舊相逢」明説與梅花相逢，暗寓與伊人相逢。

換頭仍就白梅來説，「玉容」以伊人的容顔比擬白梅的花色，「長有信」既説白梅守時花開的期信，又説伊人時常寄來的書信。二句是想象之辭，説因自己歸期已近，故而梅花綻蕾，伊人開顔。結二句説因懷念遠方的家鄉而登樓憑眺，適有遷徙的雁行從雲空低飛而過，「雁」字回應「長有信」的「信」字。

詞中的「江南客」，也可以解爲客居北方的江南人，起句就是他以生活經驗爲基礎而展開的家鄉想象。詞寫他對江南家鄉、對家鄉的梅花和伊人的思念。梅花自以江南爲最，客居北方的江南人，早春時節想念家鄉的梅花，喚起月夜的記憶，引發對伊人的思念，原是順理成章的事情。因家在江南，伊人託北飛的春雁給客居北方的遊子捎書寄信，也更合乎情理。

【集　評】

俞陛雲《唐五代兩宋詞選釋》：「淡煙微月」句高雅絶塵，人與花合寫也。「晚雲」句在空際寫懷人，旨趣彌永。

王煥猷《小山詞箋》：按此首乃總結别歸五首，「玉容」句，謂常致信於家人也。

又

相逢欲話相思苦。淺情肯信相思否①〔一〕。還恐漫相思〔二〕。淺情人不知。　憶曾攜手處。月滿窗前路。長到月來時。不眠猶待伊。

【校　記】

①否：明鈔本作「杏」，誤。

【箋　注】

〔一〕淺情：薄情。

〔二〕漫：徒然。杜甫《賓至》：「豈有文章驚海内，漫勞車馬駐江干。」

【疏　解】

詞寫相思之苦，性别視角不明，這裏采用女子視角作文本解讀。起句虚擬相逢之後，女子想向對方訴説相思之苦，因爲那是别離之時縈繞於心、揮之不去的難言滋味。二句説對方淺情，未必相信自己的相思是如此牽腸掛肚、刻骨銘心。三句説自己擔心深摯的相思情義不過是徒然浪費，因爲淺情之人是無法理解這一切的。上片三説「相思」，就自己説；兩説「淺情」，就對方説。把相思視爲離别之宗教的女子，當然是個「深情」之人，這是不言而喻的。至於對方是不是「淺情」之人，需要相逢之後的檢驗，提前假設對方「淺情」，實際上是害怕對方忘了自己。感情的付出都需要對等的報答，尤其是兩性之愛，上片觸及的就是這種具有普遍性的愛情心理。語言形式上的複還回環，與相思困擾的情感内容，在上片裏達成了完滿的適應。

上片虛擬相逢説相思，下片實寫離别苦相思。换頭二句，描寫耽於相思的女子，無法忘懷清夜攜手、窗前賞月的美好往事。結二句説别離之後，每到月明之夜，自己都無法成眠，都在等待對方回來攜手賞月。下片所寫，正是女子「相思」「深情」的證明。這四句借助月亮，把别前與别後、回憶與現實連成一片，月亮是團聚幸福的見證，也是離别相思的觸媒。在最深的層次上，正與「望月懷思」的心理模式相契合。

【集　評】

王焕猷《小山詞箋》：按此首用連環句法，詞家多以爲小樣，恐爲小山少年時所作，故亦無甚寓意，與《長相思》一首相同。

又按，「苦」字本麌韻字，而「否」字本屬有部，與「負」字、「婦」字同。宋詞借作音「甫」，屬魚虞部，非獨小山然也。《詞林正韻》以此爲俗音，故不收。然此類亦甚多，可援以爲例，如「北」字本職韻字，而宋人詞有借用以屬屋沃部者，《詞林正韻》則以之入補收。

玉樓春〔一〕

雕鞍好爲鶯花住〔二〕。占取東城南陌路。儘教春思亂如雲〔三〕，莫管世情輕似絮。古來多被虛名誤①。寧負虛名身莫負②。勸君頻入醉鄉來〔四〕，此是無愁無恨處。

【校　記】

①多被：毛本、四寶齋鈔本作「都被」。　②寧負虚名身莫負：抱經齋鈔本作「寧誤虚名身莫誤」。

【箋　注】

〔一〕玉樓春：因五代歐陽炯詞有句「日照玉樓花似錦」「春早玉樓煙雨夜」，顧敻詞有句「月照玉樓春漏促」「柳映玉樓春日晚」，取為調名。又名惜春容、玉樓春令、歸朝歡令等。體制與七言仄韻體律詩、《木蘭花》詞相似。雙調五十六字，上下片各四句三仄韻。宋人填此調，多與木蘭花混用。

〔二〕雕鞍：刻飾花紋的馬鞍，華美的馬鞍。代指騎馬的人。唐駱賓王《帝京篇》：「寶蓋雕鞍金絡馬，蘭窗繡柱玉盤龍。」宋歐陽修《蝶戀花》：「玉勒雕鞍遊冶處，樓高不見章臺路。」鶯花：鶯啼花開。泛指春日景色。唐杜甫《陪李梓州等四使君登惠義寺》：「鶯花隨世界，樓閣倚山巔。」

〔三〕春思：春日的思緒；春日的情懷。

〔四〕醉鄉：醉酒後神志不清的境界。唐王績《醉鄉記》：「阮嗣宗、陶淵明等十數人，並遊於醉鄉。」南唐李煜《錦堂春》：「醉鄉路穩宜頻到，此外不堪行。」

【疏　解】

此首直抒胸臆，在小晏詞中較爲罕見。一起即説「雕鞍」應爲「鶯花」駐留，雖是形象性的寫法，但表達的是深層的價值觀問題，涉及人的價值標准和尺度。第二句承上，説東城南陌一帶風光優美，正是駐馬遊玩的好去處。三句説儘管放縱自己的春日情思，哪怕它亂如飛雲，也不要加以束縛。四句説不要在意世情涼薄如水，人情輕似風絮。

下片援引歷史經驗，發表議論看法。自古以來，人們多被世俗成見所困，被功名利禄所誤，在政教倫理的秩序鏈條上盡忠盡孝，克己復禮，卻往往忽略了個人的權利和生命的要義。所以詞人表示「寧負虛名身莫負」，要抛卻虛名的羈絆，掙脱世俗的枷鎖，不要辜負自己，應該活出一個真實、瀟灑的人生。後結二句用王績《醉鄉記》語典，勸人兼自勸，説醉鄉自有樂地，那裏無愁無恨，忘懷得失，的確是一個大好的去處。

聯繫小晏由豪門公子而落魄潦倒的人生經歷，詞中的感慨當非憑空而發，應有他的切身體驗在內。古人消解現實苦悶，大概有三個好去處，一是醉鄉，二是翠紅鄉，三是白雲鄉，小晏選擇的主要是前二者，對於遁世歸隱，小晏始終隔膜。小晏一生耽情嗜欲，這首看似曠達的詞作，仍是及時行樂之意，是現實中的失落者維持心理平衡的掙扎和自救。但能鄙棄功名，不與世俗同流合污，這樣的人生態度還是值得肯定的。

【集　評】

王焕猷《小山詞箋》：按此首仍接上首牢騷之意。

又

一尊相遇春風裏。詩好似君人有幾①。吴姬十五語如絃〔一〕，能唱當時樓下水〔二〕。

良辰易去如彈指②〔三〕。金盞十分須盡意〔四〕。明朝三丈日高時，共拚醉頭扶不起〔五〕。

【校　記】

①人有：明鈔本、抱經齋鈔本作「能有」。　②易：明鈔一卷本作「昜」，誤。

【箋　注】

〔一〕吴姬：吴地的美女。唐王勃《採蓮曲》：「徘徊蓮浦夜相逢，吴姬越女何豐茸。」唐李白《金陵酒肆留別》：「風吹柳花滿店香，吴姬壓酒唤客嘗。」語如弦：話音像絲弦一樣悦耳。唐趙嘏《贈女仙》：「水思雲情小鳳仙，月涵花態語如弦。」

〔二〕能唱句：唐杜牧《題安州浮雲寺樓寄湖州張郎中》：「當時樓下水，今日到何處。」宋詞言及「樓下水」者甚多，蓋多本之杜牧詩。吴幵《優古堂詩話》引晁元忠《西歸》詩：「安得龍山潮，駕回安河水。水從樓前來，中有美人淚。」亦本諸小杜。

〔三〕彈指：撚彈手指作聲。佛家多以喻時間短暫。《翻譯名義集·時分》：「一刹那者爲一念，二十念爲一瞬，二十瞬爲一彈指，二十彈指爲一羅預，二十羅預爲一須臾，一日一夜有三十須臾。」

〔四〕金盞：金質或金飾的酒杯，用爲酒杯的美稱。

〔五〕明朝二句：唐杜牧《醉題》：「醉頭扶不起，三丈日還高。」

【疏解】

這是一首勸酒詞，表及時行樂之意。起句「一尊相遇」即切定緣分，美酒助興，這是世間最美好的相遇。況兼良辰美景，真有如坐春風之感。在第一句營造出良好的氛圍之後，第二句贊美對方，進一步拉近彼此的距離，密切雙方的關係。再加上吴姬妙年，語如琴弦，即景生情，唱歌侑酒，那麽剩下的，也就是「將進酒，杯莫停」了。

上片是一方對一方的勸，下片前二句則是酒局漸入佳境，雙方開始互勸，一個感歎人間良時易過，吾生不過須臾；一個應和那就再滿一杯，須是盡歡得意。至此朝着一個共同的目標，互相促進，臻於高潮：那就是不醉不休，而且必須是酩酊大醉，明天睡到日高三丈，仍舊沉醉不起。

這首勸酒詞寫得極好，讀之讓人頓生渴酒之意。但是也有歧解，是泛寫主人勸客，還是寫主人勸飲詞人，抑或是唱歌娱賓的吴姬在勸酒，其實是説不清處，好像也無需説清楚的。下片所寫痛飲酣醉，正是詞人豪宕疏狂性格的自然流露。

【集評】

王焕猷《小山詞箋》：按此首蓋知音相逢之作也。

又

瓊酥酒面風吹醒〔一〕。一縷斜紅臨晚鏡①〔二〕。小顰微笑盡妖嬈〔三〕，淺注輕匀長淡淨。〔四〕　手挼梅蕊尋香徑〔五〕。正是佳期期未定。春來還爲個般愁〔六〕，瘦損宫腰羅帶賸②〔七〕。

【校記】

①臨：明鈔本作「照」，誤。　②賸：毛本作「剩」。

【箋注】

〔一〕瓊酥：即瓊蘇，酒名。隋薛道衡《和許給事善心戲場轉韻》：「共酌瓊酥酒，同傾鸚鵡杯。」或謂形容女子面容潔白細潤。瓊，美玉。酥，油脂。酒面：飲酒後的面色。唐白居易《贈晦叔憶夢得》：「酒面浮花應是喜，歌眉斂黛不關愁。」宋歐陽修《採桑子》：「蓮芰香清，水面風來酒面醒。」

〔二〕斜紅：古時一種面部妝式。唐張泌《妝樓記》：「斜紅繞臉，蓋古妝也。」或謂斜紅即由曉霞妝演化而來。同書曰：「夜來初入魏宫，一夕，文帝在燈下詠，以水晶七尺屏風障之。夜來至，不覺面觸屏上，傷處如曉霞將散，自是宫人俱用胭脂仿畫，名曉霞妝。」南朝梁簡文帝《豔歌篇十八韻》：「分妝間淺靨，繞臉傳斜紅。」唐白居易《時世妝》：「圓鬟無鬢堆髻樣，斜紅不暈赭面狀。」臨晚鏡：對鏡晚妝。宋張先《天仙子》：「臨晚鏡，傷流景，往事後期空記省。」

〔三〕小蘋：歌女名，或即小蘋。

〔四〕淺注輕勻：淺淺塗抹，輕輕揉勻。唐白居易《時世妝》：「烏膏注脣脣似泥，雙眉畫作八字低。」唐元稹《生春》二十首之十六：「手寒勻面粉，鬟動倚簾風。」

〔五〕手挼：用手揉搓。唐韓愈《讀東方朔雜事》：「瞻相北斗柄，兩手自相挼。」五代馮延巳《謁金門》：「閑引鴛鴦香徑裏，手挼紅杏蕊。」香徑：花間小路，或指落花滿地的小徑。唐戴叔倫《游少林寺》：「石龕苔蘚積，香徑白雲深。」宋晏殊《浣溪沙》：「小園香徑獨徘徊。」

〔六〕個般：這般。宋賀鑄《減字浣溪沙》：「落花中酒寂寥天，個般情味已三年。」

〔七〕宮腰：《韓非子》：「楚靈王好細腰，而國中多餓人。」《後漢書·馬廖傳》：「楚王好細腰，宮中多餓死。」後因以宮腰泛指女子的細腰。宋柳永《木蘭花·柳枝》：「楚王空待學風流，餓損宮腰終不似。」

【疏　解】

此首題詠小顰，采用詞人的視角。歌女生涯，無非陪酒唱曲，承歡侍宴，故而一起即從風吹酒醒切入。第二句寫對鏡描畫晚妝，可知起句之酒乃是昨夜宿酒，或是白天侍宴之酒。今夜妝成陪侍，不免又是一場酣醉。前二句承後省卻主語，三句點出人物名字，形容小顰的微笑盡態極妍。在另一首詞裏，詞人説小蘋「一笑留春春也住」，可知此女善笑，且笑容極美。第四句説小蘋淺注脣膏，輕勻粉面，長是淡雅素净的化妝風格。

下片跳開，中斷上片的敘事，轉寫小蘋手挼一枝梅花，在花樹叢中尋找小路。原來是因爲相見的佳期未定，故而不知道該怎麽走。這兩句借花間尋路，寫小蘋個人感情没有着落的踟躕迷茫狀態。結二句即説入春以來，小蘋一直爲此苦惱，以至於細腰瘦損，羅帶寬松。

據《臨江仙》所寫，小蘋是讓詞人牽念一生的歌女。所以，這首詞題詠小蘋，就不僅止於她的美麗，她的歌酒生涯，而是深入到她的個人情感世界。一個歌女除了獻藝賠笑，娱賓遣興，她也有自己的情感生活，也渴望找到一份穩定長久的感情，以爲終身的依托。這種很難實現的愛情理想，讓小蘋非常苦惱。詞人能夠體察小蘋内心的感受，説明他對小蘋的體貼關懷，表現了可貴的同情。

【集評】

王焕猷《小山詞箋》：按此首又用小蘋，則與上「小蘋若解愁春暮」一首之小蘋，當爲一人。

又

清歌學得秦娥似〔一〕。金屋瑶臺知姓字〔二〕。可憐春恨一生心〔三〕，長帶粉痕雙袖淚。

從來懶話低眉事①〔四〕。今日新聲誰會意〔五〕。坐中應有賞音人②，試問回腸曾斷未③〔六〕。

【校　記】

①懶話：抱經齋鈔本作「懶語」。②坐中：明鈔本作「座中」。③回腸：明鈔本作「回腹」，誤。

【箋　注】

〔一〕清歌：清唱，不用樂器伴奏的歌唱。亦指清亮的歌聲。秦娥：古代歌女。《文選·陸機〈擬今日良宴會〉》：「齊僮《梁甫吟》，秦娥《張女彈》。」李周翰注：「齊僮、秦娥，皆古善歌者。」

〔二〕金屋瑶臺：代指豪華的富貴之家。《舊唐書·後妃傳上·太宗賢妃徐氏》：「是以卑宫菲食，聖主之所安；金屋瑶臺，驕主之爲麗。」金屋，飾金的華美之屋舍。東漢班固《漢武故事》：「若得阿嬌作婦，當作金屋貯之也。」南朝梁柳惲《長門怨》：「無復金屋念，豈照長門心。」瑶臺，美玉砌成的樓臺。亦泛指雕飾華麗的樓臺。《楚辭·離騷》：「望瑶臺之偃蹇兮，見有娀之佚女。」姓字：姓氏和名字，猶姓名。南朝宋謝惠連《祭古塚文》：「萬馬叢中聞姓字，千軍隊裏奪頭功。」

〔三〕春恨：猶春愁，春怨。唐楊炯《梅花落》：「行人斷消息，春恨幾徘徊。」前蜀韋莊《庭前桃》：「五陵公子饒春恨，莫引香風上酒樓。」

〔四〕低眉：低首斂眉，抑鬱煩憂貌。唐白居易《琵琶行》：「低眉信手續續彈，説盡心中無限事。」

〔五〕新聲：新作的樂曲，新穎美妙的樂音。晉陶潛《諸人共游周家墓柏下》：「清歌散新聲，緑酒開芳顔。」唐孟郊《楚竹吟酬盧虔端公見和湘弦怨》：「握中有新聲，楚竹人未聞。」

〔六〕回腸：形容内心焦慮不安，仿佛腸子被牽轉一樣。漢司馬遷《報任安書》：「是以腸一日而九回，居則忽忽若有所亡，出門則不知其所往。」南朝陳徐陵《在北齊與楊僕射書》：「朝千悲而掩泣，夜萬緒而回腸。」腸斷：形容極度悲痛。晉干寶《搜神記》卷二十：「臨川東興，有人入山，得猿子，便將歸。猿母自後逐至家。此人縛猿子於庭中樹上，以示之。其母便搏頰向人，欲乞哀狀，直謂口不能言耳。此人既不能放，竟擊殺之，猿母悲唤，自擲而死。此人破腸視之，寸寸斷裂。」唐李白《對雪獻從兄虞城宰》：「庭前看玉樹，腸斷憶連枝。」唐李商隱《落花》：「腸斷未忍掃，眼穿仍欲歸。」

【疏解】

此首題詠歌女，采用詞人的視角。一起二句，首先介紹這是一位刻苦學藝的歌女，唱功非常出色，清亮的歌聲可以比美古代著名歌者秦娥，因此知名於富貴人家和上流社會。應該説，這位歌女屬於職業上的成功者。但是，在風光的表象下，她的情感生活很不如意，内心一直十分痛苦。她的衣袖之上，經常可以看到擦拭的脂粉淚痕。

她的性格特别要强，從不向人説起自己的煩惱之事。她把自己的真情實感，融入歌聲之中，渴望能夠有人理解，遇到知音。可是，有誰懂得今天這支新歌寄託的思想情感呢？坐中聽歌者裏，應該有個知音之人吧，那麼請問，你是否有過柔腸寸斷的感覺？問聽者是否斷腸，説明歌聲是斷腸之音，唱者是斷腸之人，需要共情和慰藉。

與前一首一樣，這首詞裏的歌女，也是個人情感没有着落，愛的需要得不到滿足。她們都都有自己的内心堅持和愛情理想，這是十分難能可貴的。

【集　評】

王焕猷《小山詞箋》：按金屋爲人間，瑶臺爲天上，蓋即天上人間之意。

又

旗亭西畔朝雲住〔一〕。沈水香煙長滿路〔二〕。柳陰分到畫眉邊，花片飛來垂手處。　妝成儘任秋娘妒〔三〕。嫋嫋盈盈當繡户〔四〕。臨風一曲醉朦騰①〔五〕，陌上行人凝恨去〔六〕。

【校　記】

①朦騰：毛本、《歷代詩餘》、四庫本、四寶齋鈔本、家刻本、王本作「朧騰」，抱經齋鈔本作「朦朧」。

【箋　注】

〔一〕旗亭：酒樓。懸旗爲酒招，故稱。唐劉禹錫《武陵觀火》：「花縣與琴焦，旗亭無酒濡。」朝雲：巫山神女名，見宋玉《高唐賦序》。此指歌女。

〔二〕沈水：沉水香。晉嵇含《南方草木狀·蜜香沉香》：「此八物同出於一樹也……木心與節堅黑，沉水者爲沉香，與水面平者爲鷄骨香。」唐羅隱《香》：「沉水良材食柏珍，博山煙暖玉樓春。」

〔三〕妝成句：唐時金陵女子，姓杜，名秋娘，擅唱《金縷曲》。本爲節度使李錡妾，後錡叛亂被誅，入宮有寵于憲宗。穆宗立，爲皇子傅姆，皇子廢，秋娘賜歸故鄉，窮老而終。見唐杜牧《杜秋娘》詩序。亦用爲歌女侍妾通稱。唐白居易《琵琶引》：「曲罷曾教善才伏，妝成每被秋娘妒。」唐元稹《贈吕二校書》：「共占花園争趙辟，競添錢貫定秋娘。」

〔四〕嫋嫋盈盈：形容女子的體態神情之美。嫋嫋，輕盈纖美貌。晉左思《吴都賦》：「藹藹翠幄，嫋嫋素女。」南朝梁武帝《白紵辭》之二：「纖腰嫋嫋不任衣，嬌態獨立特爲誰？」盈盈，儀態美好貌。《玉臺新詠·古樂府〈日出東南隅行〉》：「盈盈公府步，冉冉府中趨。」《文選·古詩〈青青河畔草〉》：「盈盈樓上女，皎皎當窗牖。」李善注：「《廣雅》曰：『嬴，容也。』『盈』與『嬴』同。」

繡户：雕繪華美的門户，多指婦女居室。南朝宋鮑照《擬行路難》之三：「璿閨玉墀上椒閣，文窗繡户垂羅幕。」唐韓翃《宴楊駙馬山池》：「垂楊拂岸草茸茸，繡户簾前花影重。」

〔五〕醉朦騰：醉酒後視線朦朧意識模糊的樣子。

〔六〕凝恨：愁恨凝聚於心，不能釋懷。五代韋莊《菩薩蠻》之五：「凝恨對殘暉，憶君君不知。」

【疏　解】

此首題詠歌女朝雲，采用詞人的視角。起句交代朝雲住在旗亭西邊，旗亭即酒樓，乃消遣娱樂之地。環境居處描寫，暗示朝雲的歌女身份。二句説朝雲愛好修潔，經常熏香，名貴的沉水香煙透過居室的門窗，飄滿樓前的道路。三、四句寫朝雲梳妝，描眉插花，形容其容貌美麗。畫眉分到柳蔭，垂手飛來花片，構句生新，不落俗套。

後起寫朝雲妝成，她知道自己的美麗，所以聽任秋娘嫉妒，一點也不在意。二句寫她當窗而立，盡顯嫋嫋盈盈的美好儀態。疊字形容詞密度很高，一句七字占了四字，從修辭效果看，不如此不足以展示朝雲之美。儀態出衆固然很重要，但朝雲的魅力主要體現在唱歌上。後結二句即寫她窗前臨風，引吭一曲，酒樓食客、路上行人無不聽得如癡如醉，離去的時候還有戀戀不捨之意。

這首小詞取材一般化，但表現上很有特點。局部修辭如「柳陰」二句，「嫋嫋」一句，前已談及。整體上看，詞中的人物始終在受衆的距離之外，有了距離，美感就會加倍强烈。詞人先用飄到路上的沉水香煙，從嗅覺上引起人們的注意；再讓人物當窗而立，從視覺上給人以驚豔之感；最後才寫到臨風一曲，從聽覺上給人以如聞仙樂的美妙享受。層層鋪染，步步推進，突出重點，圍繞中心，最後完成人物形象塑造，手法十分成功。整個下片，深合「就美的效果來寫美」的表現規律，也值得稱道。

【集　評】

明卓人月《古今詞統》卷七：極似「紅豆啄殘」、「碧梧棲老」一聯，於此可參活句。

王焕猷《小山詞箋》：按本調第一首用朝雲，此又用之，則此亦當又爲雲而作也。

又

離鸞照罷塵生鏡〔一〕。幾點吴霜侵綠鬢〔二〕。琵琶弦上語無憑〔三〕，荳蔻梢頭春有信〔四〕。

相思拚損朱顔盡①。天若多情終欲問〔五〕。雪窗休記夜來寒〔六〕，桂酒已消人去恨〔七〕。

【校　記】

①朱顔：明鈔一卷本作「朱弦」，底本校曰：「原本『顔』作『弦』，從毛本。」

【箋　注】

〔一〕離鸞：比喻分離的配偶。唐李賀《湘妃》：「離鸞别鳳煙梧中，巫雲蜀雨遥相通。」唐李商隱《當句有對》：「但覺游蜂饒舞蝶，豈知孤鳳憶離鸞。」

〔二〕吴霜：用爲白髮之喻。唐李賀《還自會稽歌》：「吴霜點歸鬢，身與塘蒲晚。」

〔三〕琵琶弦上語：借彈奏琵琶訴説的心事。唐白居易《新豔》：「飛雁一行挑玉柱，十三弦上語嚶嚶。」五代李珣《酒泉子》：「曲中情，弦上語，不堪聽。」

〔四〕荳蔻梢頭：唐杜牧《贈别》：「娉娉嫋嫋十三餘，豆蔻梢頭二月初。」

〔五〕天若多情：唐李賀《金銅仙人辭漢歌》：「衰蘭送客咸陽道，天若有情天亦老。」

〔六〕雪窗：映雪的窗户，寒窗。唐鄭谷《送太學顔明經及第東歸》：「閒來思學館，猶夢雪窗明。」唐黄滔《題友人山齋》："句成苔石茗，吟弄雪窗棋。"

〔七〕桂酒：香桂浸製的酒，用爲美酒代稱。見《清平樂》"緑雲深處"注。

【疏　解】

詞寫離别相思之情，應是詞人自抒。"離鸞"二字領起，通過鏡子這個服用器物意象，點出别離的題旨。"塵生鏡"，是説離别之後再也無心照鏡整容，故而鏡臺積塵。二句説緑鬢之上已有斑駁的白髮，即是相思熬煎所致。三句説當時琵琶樂曲傳遞的信息是靠不住的，句中含有怨責之意。但也可能一開始就是詞人聽者有心，想得多了，使自己陷入一場單相思的困擾之中，而不自知。四句以荳蔻花開有信對比琵琶弦語無憑，感歎人的誠信不如花木，這一句也有交代時間季節的作用。

以小晏的癡人性情，一旦困於相思，那就是全身心的投入與淪陷。下片即寫他的這種情感心理與生存狀態，他已爲這份"無憑"的感情，拚得朱顔消盡。苦惱難耐之際，他訴之於天，覺得天若多情，也會對他表達關切，加以存問。上天終究救不了他，於是他只能展開自救。後結二句表示，忘掉冬天裏雪夜不眠、憑窗相思的侵人寒氣，當春天來臨，美酒已經消盡了伊人離去而生的愁恨。這顯然是反話正説，企圖以遺忘掙脱痛苦，見出詞人的終極無奈。這首詞，是詞人多情性格結出的一枚苦果，異常苦澀的滋味，也只能由詞人獨自品嘗。

【集　評】

王焕猷《小山詞箋》：按結句桂酒之桂字，恐亦指人。

又

東風又作無情計。豔粉嬌紅吹滿地〔一〕。碧樓簾影不遮愁①〔二〕，還似去年今日意②。誰知錯管春殘事。到處登臨曾費淚〔三〕。此時金盞直須深，看盡落花能幾醉〔四〕。

【校　記】

①不遮句：抱經齋鈔本作「不知」。②還似：明鈔本、抱經齋鈔本作「還是」。

【箋　注】

〔一〕豔粉嬌紅：嬌豔的紅白花瓣。

〔二〕不遮句：謂簾子遮不住人的目光，使簾中人看見滿地落花而生愁緒。

〔三〕誰知二句：謂春殘花落是自然現象，登臨遊賞，見落花而生愁，是多管閒事，空費眼淚。

〔四〕此時二句：謂此時應該暢飲，春殘花落，醉酒花間的時日不多了。

【疏　解】

此首惜春之詞，采用詞人的視角。這一類作品題材陳熟，有過無數類型化文本，再來染指，關鍵是看角度和措語有無新意。小晏此詞，起句説東風再次定下無情的計謀，即不落俗套。人説東風送暖，我説東風無情，何以見得？第二句用東風把嬌豔的花朵吹落滿地的狼藉景象，將起句東風處心積慮、無情作計的説法落到實處。三句説高樓的簾幕遮不住詞人的目光，讓他看見滿地落花，生出愁緒。四句的「去年今日意」，兼説東風與詞人。東風年年作此無情之計，詞人年年生出惜花之情，主客因果，循環不已。

於是開始自我省思，試圖擺脱困擾。下片前二句，謂春殘花落是自然現象，登臨遊賞，見落花而生愁，是多管閒事，空費眼淚。這兩句反躬自責，爽然自失，道人所不道，亦頗有新意。詞人經過一番省思，已經想明白了，既然惜春無益，於事無補，那就珍惜時光，開懷暢飲，春殘花落，醉酒花間的時日不多了。最後歸結到及時行樂，未嘗不含借酒消愁之意。

【集　評】

唐圭璋《唐宋詞簡釋》：此首傷春，文筆清勁。起句沉痛之至，「東風又作無情計」，可見怨風之甚。一「又」字，與子野詞「殘花中酒，又是去年病」之「又」字同妙。「豔粉」句，即東風所摧殘之落花。「碧樓」兩句，言隔簾見花飛零亂，景亦至佳。「還似」與「又」字相應，引起去年今日之情景。「誰知」兩句，自怨自悔，皆因傷極而有此語。「春殘」從「豔粉」來，「到處」從「去年」來。「此時」兩句，自作解語，言費淚無益，惟有藉酒澆愁。此與同叔之「勸君莫做獨醒人，爛醉花間應有數」同意。但小晏出之以問語，更覺深婉。又後主詞云：「醉鄉路穩宜頻到，此外不堪行」，此處「直須」二字，最能得其神理。

陳匪石《宋詞舉》：小山學《花間》，妙在吞吐含蓄，全不説破。此詞爲爽利一派，已開慢曲門徑矣。首句破空而來，先怨「東風」之「無情」，著一「又」字，將第四、五、六等句元神提出，直貫篇末。次句，「落花」正面。第三句，飛花零亂，隔簾可見。「簾影不遮愁」，恨簾抑惜春？出以囫圇語氣，氣味絶厚。第四句，回想去年。「還似」二字，跟「又」字來，二情倍深，語倍沉痛。過變兩句，承「去年」說，而作翻案語，不說春去須惜，反認惜春爲多事。「登臨」之「淚」，遂嫌其「費」，以有「錯管」之悔。「誰知」是翻筆。「到處」及「曾」字，又回顧「又」字。既嫌以前之「錯管」，故「此時」惟有以沉醉消之。末兩句是得過且過之意，亦古人「惜分陰」之心，恐時不再來，而及時行樂，遂轉不惜「落花」，而欲趁花未落盡以前，恣意玩賞。語似曠達，其沉痛則較惋惜尤甚，實進一層立意也。至其疏而不密，勁而不撓，全從李煜得來。周之琦所謂「道得亭上紅羅語」，其在斯乎？

王焕猷《小山詞箋》：按此首當爲晚年牢騷時所作。

又

斑騅路與陽臺近〔一〕。前度無題初借問①〔二〕。暖風鞭袖儘閒垂②〔三〕，微月簾櫳曾暗認〔四〕。　梅花未足憑芳信。絃語豈堪傳素恨。翠眉饒似遠山長③〔五〕，寄與此愁顰不盡④。

【校記】

①初：抱經齋鈔本作「今」。　②閒：明鈔本作「寒」，校改爲「閒」。　③饒似：毛本、四庫本、四寶

齋鈔本作「繞似」。④寄與：毛本、四庫本、四寶齋鈔本作「寄興」，抱經齋鈔本作「寄語」。蠹不盡：四寶齋鈔本無此三字。

【箋注】

〔一〕斑騅：毛色青白相雜的駿馬。唐李商隱《春遊》：「橋峻斑騅疾，川長白鳥高。」《無題》：「斑騅只繫垂楊岸，何處西南待好風。」陽臺：用宋玉《高唐賦序》典事，代指風月場所。唐劉禹錫《楊柳枝詞》：「因想陽臺無限事，爲君回唱竹枝歌。」

〔二〕前度句：謂初見時的隨意攀談。

〔三〕暖風句：謂男子有所留戀，收攏馬鞭，慢慢行走。句中暗用唐白行簡《李娃傳》中生與李娃初見典事。

〔四〕簾櫳：窗簾和窗牖。也泛指門窗的簾子。南朝梁江淹《雜體詩·效張華〈離情〉》：「秋月映簾櫳，懸光入丹墀。」此代指住宅門户。暗認：暗記。

〔五〕饒：任憑，儘管。唐徐凝《鸚鵡》：「任饒長被金籠闔，也免棲飛雨雪難。」

【疏解】

詞寫企戀心態，采用男子的視角。起句從男子騎馬路過切入，展開一個一見鍾情的故事。陽臺，用《高唐賦》典故，代指風月場所，暗示所遇的歌女身份。二句説前度從這裏路過時，曾没話找話，製造與歌女接觸的機會。「無題初借問」是一個典型的細節，見出男子主動交結的意圖。借問，借故問詢，或問姓名，或問路徑等等。三句説，男子像《李娃傳》裏生與李娃初見時那樣，收攏馬鞭，慢慢行走，意圖多延挨一時。四句裏，男子交代他還借着月光，把女子家的簾幕暗中記下來，以便再來時容易找尋。

下片寫前度初遇之後，無由交接，男子贈送梅花表達愛慕的心意，彈奏琴弦抒發相思的愁怨。男子想着，即使她的翠眉像遠山那樣長，把心中的愁緒寄與她，她的雙眉也嚬蹙不盡。從上片看，所寫應該是男子的視角；從下片看，好像是在寫女子。我們雖然繼續用男子的視角，試圖把文本上下片之間意脈疏通，但實際上是有些推敲不定的。

【集評】 王焕猷《小山詞箋》：按首句既言陽臺，二句又言初借問，則當係有官妓會與相見，而未嘗深注意也。

又

紅綃學舞腰肢軟〔一〕。旋織舞衣宫樣染①〔二〕。織成雲外雁行斜〔三〕，染作江南春水淺。露桃宫裏隨歌管②〔四〕。一曲霓裳紅日晚〔五〕。歸來雙袖酒成痕③，小字香箋無意展〔六〕。

【校　記】

①旋：毛本、四寶齋鈔本作「施」，《歷代詩餘》、四庫本、家刻本、王本作「巧」。②露桃：王本作「露花」。③成痕：抱經齋鈔本作「初痕」。

【箋　注】

〔一〕紅綃：唐裴鉶《傳奇·昆侖奴》中的人物名。又，白居易《小庭亦有月》：「菱角執笙簧，谷兒抹琵琶。紅綃信手舞，紫綃隨意歌。」用爲歌兒舞女代稱。

〔二〕旋：隨即。宫樣：宫中流行的式樣。唐玄宗《好時光》詞：「寶髻偏宜宫樣，蓮臉嫩，體紅香。」唐韓偓《忍笑》：「宫樣衣裳淺畫眉，晚來梳洗更相宜。」

〔三〕織成二句：唐白居易《繚綾》：「織爲雲外秋雁行，染作江南春水色。」

〔四〕露桃宫：植有桃樹的宫苑。前蜀韋莊《天仙子》：「悵望前回夢裡期，看花不語苦尋思。露桃宫裏小腰肢。」露桃，見《蝶戀花》「碾玉釵頭雙鳳小」注。

〔五〕霓裳：唐代宫廷樂舞曲《霓裳羽衣曲》。開元中河西節度使楊敬忠所獻，初名《婆羅門曲》。後經唐玄宗潤色並作詞，改稱今名。《楊太真外傳》載：此曲爲唐玄宗登洛陽三鄉驛，望女几山所作。唐劉禹錫《三鄉驛樓伏睹玄宗望女几山詩小臣斐然有感》：「開元天子萬事足，惟惜當時光景促。三鄉驛上望仙山，歸作《霓裳羽衣曲》。」

〔六〕小字香箋：小字寫有詩詞或書信的精美箋紙。宋晏殊《清平樂》：「紅箋小字。説盡平生意。鴻雁在雲魚在水。惆悵此情難寄。」

【疏解】

此首題詠宫廷舞女，采用詞人的視角。起句直呼「紅綃」之名，説她腰肢柔軟，具有練習舞蹈的天賦。舞蹈屬於肢體藝術，腰肢的柔軟度，是學好舞蹈的關鍵所在，故而作特别的突出强調。紅綃既具備跳舞的先天資質，那就需要一襲漂亮得體的舞衣，使她的舞蹈表演更有魅力，更爲引人。二、三、四句，即寫紅綃「織染舞衣」，依照最時尚的宫廷樣式，織出雲天雁行斜飛的圖案，染成江南春水的淺碧顔色。這幾句從樣式、圖案、顔色三個角度形容舞衣，恰與紅綃的柔軟腰肢相配。

天生好腰肢，舞蹈已練就，舞衣已製成。真是萬事俱備，只等觀看婀娜多姿、儀態萬方的演出了。下片即寫露桃宫苑裏舉辦的宫廷舞會，紅綃隨着歌管伴奏，翩翩起舞，一支由十二歌遍組成的《霓裳羽衣舞》表演結束，已是紅日西沉，天色將晚。《霓裳》是一套大型宫廷歌舞曲，演出時間很長，表演難度很高，詞人以此突出紅綃非凡的舞蹈技藝，她無負於自己天生的好腰肢，對得起那一襲精心製作的漂亮舞衣，最大限度滿足了觀者的審美期待。後結兩句，描寫紅綃舞罷歸來，衣袖上滿是點滴酒痕，連香箋小字寫成的情書，都没有力氣再打開看了。即此可以想見，這一場宫廷舞會的酣暢淋漓，以及紅綃舞蹈的全身心投入。

這樣的小詞，在小晏也許就是隨手點染，即成篇什。在讀者眼裏，還是看出了不少高妙的表現藝術。比如上片的人物描寫，慣常寫到的女子的翠眉、笑靨、雲鬟、鳳釵，都屬多餘，一字未及，只寫與舞蹈表演關係最爲緊密的腰肢和舞衣，顯然就是經過精心取捨的。再如下片描寫紅綃的舞藝，只以一場高規格的宫廷舞會，一支高難度的《霓裳羽衣舞》，就足以表現她的身手不凡，全詞的情節在此進入高潮。之後再以結二句作進一步的烘染，詞情顯得更加濃鬱飽滿，更具感人的力量。

【集　評】

王焕猷《小山詞箋》：按此首語態，一如上一首。

又

當年信道情無價①〔一〕。桃葉尊前論别夜〔二〕。臉紅心緒學梅妝〔三〕，眉翠工夫如月畫〔四〕。來時醉倒旗亭下。知是阿誰扶上馬②〔五〕。憶曾挑盡五更燈〔六〕，不記臨分多少話③〔七〕。

【校　記】

①信道：抱經齋鈔本作「信到」。②阿誰：底本校曰：「原本『阿』作『何』，從毛本。」③臨分：《花草粹編》作「臨時」，抱經齋鈔本「分」下注曰「一作『時』」。

【箋　注】

〔一〕信道：知道。宋柳永《瑞鷓鴣》：「須信道，緣情寄意，别有知音。」

〔二〕桃葉：晉王獻之愛妾名。《樂府詩集·清商曲辭二·桃葉歌》郭茂倩解題引《古今樂録》：「桃葉，子敬妾名……子敬，獻之字也。」宋張敦頤《六朝事蹟·桃葉渡》：「桃葉者，王獻之愛妾名也；其妹曰桃根。」借指愛妾或所愛戀的女子。唐皇甫松《江上送别》：「隔筵桃葉泣，吹管杏花飄。」論别：敘别。

〔三〕梅妝：即梅花妝。參看《鷓鴣天》「梅蕊新妝桂葉眉」注。

〔四〕眉翠：即翠眉。參看《生查子》「狂花頃刻香」注。

〔五〕阿誰：疑問代詞。猶言誰人，何人。《樂府詩集·横吹曲辭五·紫騮馬歌辭》：「道逢鄉里人，家中有阿誰？」《三國志·蜀書·龐統傳》：「先主謂曰：『向者之論，阿誰爲失？』」

〔六〕五更：舊時從黄昏至天明分爲五個時段，謂之五更，又稱五鼓、五夜。北齊顔之推《顔氏家訓·書證》：「或問：一夜何故五更，更何所訓？答曰：漢魏以來，謂爲甲夜、乙夜、丙夜、丁夜、戊夜；又云鼓，一鼓、二鼓、三鼓、四鼓、五鼓；亦云一更、二更、三更、四更、五更；皆以五爲節……更，歷也，經也，故曰五更爾。」亦特指第五更天將亮時。南朝陳伏知道《從軍五更轉》之五：「五更催送籌，曉色映山頭。」唐杜甫《閣夜》「五更鼓角聲悲壯，三峽星河影動摇。」

〔七〕臨分：臨别。唐韓愈《示爽》：「臨分不汝誑，有路即歸田。」

【疏　解】

此首回憶昔年離别情景，采用詞人的視角。「當年」二字領起全詞，切入往事回憶。因爲那時就懂得情義無價，所以分首前鄭重設下夜宴，與心愛的女子殷勤話别。爲了固結對方的心，給詞人留下難忘的印象，女子精心打扮，臉頰上畫出鮮豔的梅妝，花了很長時間，把眉毛描得如彎月一樣。因是出於回憶，詞人依然把當年分别之時女子的妝容記得清清楚楚，説明時間並没有沖淡記憶，他對女子的印象刻骨銘心。看來詞人和女子，都是多情重義之人。

下片寫旗亭醉酒，更是情義無價的表現。「旗亭」回應上片的「論别」，可知餞别的夜宴，是設在酒家的。而這次别宴之上，不是一般的醉酒，而是「醉倒」，人事不省，回家的時候是被人攙扶上馬的，卻不知道攙扶的人是誰。回想那個離别之夜，只記得燈焰挑盡，通宵不眠，卻不記得説了多少告别的情話。「知是阿誰扶上馬」「不記臨分多少話」二句，寫了兩個十分生動、逼真的細節，見出深情之人臨别之際的痛苦心情。

但是詞的下片仍有不明之處。這場夜宴，是爲詞人餞行，還是爲女子餞行？按説古時男子出行的概率應該大一些，可詞裏卻説「來時」而不是「去時」，看上去又不像是詞人遠行。還有，他們是在旗亭分别了呢，還是宴罷又回到住處，挑燈話别，第二天早晨行人方才上路呢？是詞人獨自「挑盡五更燈」，還是二人共挑？「臨分多少話」是在旗亭説的呢，還是宴罷回家説的？僅靠文本的有限字句，這些都是説不清楚的問題。

【集　評】

清郭麐《靈芬館詞話》卷二：詠酒醉之詩，唐人有「不知誰送出深松」，宋人有「阿誰扶我上雕鞍」，皆善於描寫。叔原《玉樓春》詞云：「當年信道情無價。（略）不記臨分多少話。」真能委曲言情。

夏敬觀批語：清真襲取入《瑞鶴仙》「悄郊原」詞。

王焕猷《小山詞箋》：按此首自寫少年時之狂態也，末二句頗有自悟之意。

又

採蓮時候慵歌舞〔一〕。永日閒從花裏度〔二〕。暗隨蘋末曉風來〔三〕，直待柳梢斜月去〔四〕。

停橈共説江頭路〔五〕。臨水樓臺蘇小住〔六〕。細思巫峽夢回時〔七〕，不減秦源腸斷處〔八〕。

【箋　注】

〔一〕慵：懶惰，懶散，懶得。杜甫《送李校書二十六韻》：「小來習性懶，晚節慵轉劇。」

〔二〕永日：長日，漫長的白天。從早到晚，整天。《梁書·王規傳》：「玄冬修夜，朱明永日。」漢劉楨《公宴》：「永日行遊戲，歡樂猶未央。」前蜀韋莊《丙辰年鄜州遇寒食城外醉吟五首》之五：「永日迢迢無一事，隔街聞築氣球聲。」

〔三〕蘋末曉風：戰國宋玉《風賦》：「夫風生於地，起於青萍之末。」唐王涯《秋思二首》之二：「一夜清風蘋末起，露珠翻盡滿池荷。」

〔四〕柳梢斜月：唐唐彦謙《無題十首》之六：「漏滴銅龍夜已深，柳梢斜月弄疏陰。」

〔五〕停橈：停船。橈，船槳。唐元結《欸乃曲五首》之三：「停橈静聽曲中意，好是雲山韶濩音。」五代歐陽炯《南鄉子》：「畫舸停橈，槿花籬外竹横橋。」

〔六〕蘇小：蘇小小，南齊錢塘名伎。《玉臺新詠》載《錢塘蘇小歌》：「妾乘油壁車，郎騎青驄馬。何處結同心，西陵松柏下。」此代指歌女。

〔七〕巫峽夢回：用宋玉《高唐賦序》典事。參看《臨江仙》「淺淺餘寒春半」注。

〔八〕秦源：桃源。參看《洞仙歌》「春殘雨過」注。

【疏解】

詞寫與歌女一起采蓮，采用男子的視角，但男子的身份不明，可以理解爲詞人自抒，也可以理解爲替人代言。起句從季節切入，説采蓮時節，女子感覺慵倦，無心歌舞。於是，整天悠閑無事的她，都與男子相約，來荷花蕩裏消磨時光。三、四句承接第二句，説一大早就趁着青萍之末的曉風來到荷塘，一直玩耍到月上柳梢才回家去。上片所寫，一者見出日子悠閑，二者見出兩人情好，契合相得。

很多時候，采蓮就是一種愛情遊戲。尤其是男女共同采蓮，相愛的人置身荷塘的環境裏，更容易説起情愛的話題，下片所寫即是這種情形。他們停下蓮舟，指着江頭的那條路，説那路邊的臨水樓臺，就是蘇小小當年的住處。這樣的談話，本來就是傳聞居多，不必考較其真實性。因眼前兩人的歡聚，而想到以後可能的分散，他們便又説起巫山雲雨之夢，説起天台桃源遇仙，好夢難尋，仙源難覓，讓有情之人傷感斷腸。蘇小、巫山、秦源等語典，暗示的都是女子的身份和兩人的關係。

【集　評】

清陳廷焯《閒情集》卷一：綿麗有致。

王煥猷《小山詞箋》：按此首仍承接上首而言。

又

芳年正是香英嫩[一]。天與嬌波長入鬢[二]。蕊珠宮裏舊承恩[三]，夜拂銀屏朝把鏡[四]。

雲情去住終難信[五]。花意有無休更問[六]。醉中同盡一杯歡，歸後各成孤枕恨。

【箋　注】

〔一〕芳年：美好的年歲；青春年華。南朝宋劉鑠《擬行行重行行》：「芳年有華月，佳人無還期。」宋柳永《看花回》之二：「雅俗熙熙物態妍，忍負芳年。」香英：香花。唐羅隱《人日新安道中見梅花》：「長途酒醒臘春寒，嫩蕊香英撲馬鞍。」宋晏殊《玉堂春》：「數樹寒梅，欲綻香英。」

〔二〕天與：天生，天然。嬌波：嫵媚的目光。唐李隆基《題梅妃畫真》：「霜綃雖似當時態，争奈嬌波不顧人。」宋柳永《河傳》：「愁蛾黛蹙，嬌波刀翦。」

〔三〕蕊珠宮：亦省稱「蕊宮」，道教經典中所説的仙宫。唐顧雲《華清詞》：「相公清齋朝蕊宫，太上符籙龍蛇蹤。」

〔四〕夜拂句：唐王建《宫詞》一百首之六十八：「夜拂玉床朝把鏡，黄金殿外不教行。」

〔五〕雲情：雲的情狀。唐杜牧《許七侍御棄官東歸瀟灑自適題詩寄贈》：「塵意迷今古，雲情識卷舒。」花意：花的儀態。唐孟郊《看花》：「高歌夜更清，花意晚更多。」此處皆喻男女情好之意。

〔六〕孤枕：獨宿。唐李白《月下獨酌》之三：「醉後失天地，兀然就孤枕。」唐李商隱《戲贈張書記》：「别館君孤枕，空庭我閉關。」

【疏　解】

此首題詠歌女，采用詞人的視角。一、二句説，這是一個像花兒一樣鮮嫩的妙齡歌女，天生一雙嫵媚的大眼睛，流轉的眼波快要連着青青的鬢髮。第三句説，她像仙女一樣美麗，曾在仙宫中侍奉承恩。這就把歌女的身價，擡高到無以復加的程度。四句寫她夜拂銀屏、朝把妝鏡的日常生活。

下片觸及她的個人情感，職業身份決定了她很難遇合穩定、持久的愛情，貪圖美色的男人像一片行雲，來去無定，難有準信。他們到底有無愛花之意，惜花之心，更是不必問起。結二句説，酒宴歌席之上，多是交際應酬，逢場作戲，聚時推杯换盞，散後即成路人。偶有真情遇合，限於種種違礙，也難相守成雙，徒留孤棲之恨。歌女容貌是美麗的，物質是優渥的，日子是熱鬧的，内心是寂寞的，情感是痛苦的，這就是她們這一職業身份的女子，真實的生存狀態。

詞中還有兩處值得注意。一是上片，第三句的「承恩」是泛説還是實指，無法確定。第四句借用王建《宫詞》成句，只改一字，三、四句聯繫起來看，或者此歌女是内廷放出的宫女，抑或因爲色藝出衆，而有宣入大内之經歷，亦未可知。小晏情詞中多首涉及宫廷内容，是否宫怨，難於按斷。二是下片，更像是歌女自訴悲苦，後結兩句所寫，是否歌女和詞人之間的情感關係，亦難作出確解。

【集　評】

王焕猷《小山詞箋》：按此首爲藻或雲而作，人雖難定，而意甚顯，觀落二句可以知矣。

又

輕風拂柳冰初綻。細雨消塵雲未散。紅窗青鏡待妝梅〔一〕，緑陌高樓催送雁〔二〕。　華羅歌扇金蕉盞①〔三〕。記得尋芳心緒慣〔四〕。鳳城寒盡又飛花〔五〕，歲歲春光常有限②。

【校　記】

①華羅：《歷代詩餘》、四庫本、家刻本、王本作「畫羅」，明鈔本、抱經齋鈔本作「華樓」。　②有限：吴鈔本、明鈔本、明鈔一卷本、毛本、四寳齋鈔本作「有恨」。

【箋　注】

〔一〕紅窗：紅紗窗。青鏡：青銅鏡。唐李嶠《梅》：「妝面回青鏡，歌塵起畫梁。」妝梅：畫梅花妝，泛指梳妝。

〔二〕送雁：古時民俗，訂婚送雁爲信物。或在閏月，已嫁女子爲娘家送雁。此處用意不明。

〔三〕華羅：華美的綢緞。金蕉盞：金蕉葉，酒杯名。唐馮贄《雲仙雜記·酒器九品》：「李適之有酒器九品：蓬萊盞、海川螺、舞仙、瓠子巵、幔捲荷、金蕉葉、玉蟾兒、醉劉伶、東溟樣。」亦省作「金蕉」。宋張先《天仙子·觀舞》：「固愛弄妝傅粉，金蕉併爲舞時空。」

〔四〕尋芳：游賞美景。唐姚合《游陽河岸》：「尋芳愁路盡，逢景畏人多。」

〔五〕鳳城：京師，帝都。唐沈佺期《奉和立春遊苑迎春》：「歌吹銜恩歸路晚，棲烏半下鳳城來。」

【疏　解】

此首迎春之詞，采用詞人全知視角。起二句描寫早春天氣，輕風拂柳，河冰初綻，細雨消塵，濕雲未散，這是冷暖即將交接的時刻，大自然正在爲春回人間做着前期準備工作。寫過早春自然景色之後，三、四兩句轉寫人世，紅紗窗前，青銅鏡裏，閨中女子正在描畫梅花妝；緑楊陌上，高樓宅院，大家互相催喚着定親結好，行媒送雁。人們對美的追求，對生活的熱愛，對繁衍生息的渴望，對春天和未來的向往，通過畫妝的女子和送雁的民俗，生動地表現出來。

下片應是詞人自抒。當春天來臨，壓抑了一個冬天的生命能量，需要盡情釋放。聽歌觀舞，飲酒賦詩，踏青尋芳，遊春賞景，像過往的每一個春天一樣，這些給人歡樂、令人陶醉的春天裏的保留節目，都要次第巡演一遍。「華羅歌扇金蕉盞」一句，歌扇與酒杯的並置組合，從句法的角度，顯示出熱愛生活的詞人，敞開胸懷熱情擁抱春天的心情，已是迫不及待，刻不容緩。結二句時空前置，早春花尚未開，即預想到暮春花落，正是這種「春光有限」的心理認知，激發出詞人心中對於春天、對於生活、對於生命的更加强烈的熱愛之情。

【集　評】

王焕猷《小山詞箋》：按此首當是小山中年時所作。

阮郎歸〔一〕

粉痕閒印玉尖纖〔二〕。啼紅傍晚奩①〔三〕。舊寒新暖尚相兼〔四〕。梅疏待雪添。　春冉冉〔五〕，恨懨懨②〔六〕。章臺對卷簾〔七〕。個人鞭影弄涼蟾〔八〕。樓前側帽檐〔九〕。

【校　記】

①晚奩：毛本、《歷代詩餘》、四寶齋鈔本、家刻本、王本作「曉奩」。　②懨懨：毛本、抱經齋鈔本、四寶齋鈔本作「厭厭」。

【箋　注】

〔一〕阮郎歸：又名醉桃源、醉桃園、碧桃春。唐教坊曲有《阮郎迷》，疑爲其初名。詞名用劉晨、阮肇故事。雙調四十七字，前後片各四平韻。也是曲牌名。有二，均屬南曲南吕宫。其一字句格律與詞牌同，但多僅用其前半闋或後半闋，用作引子；其一與詞牌不同，用作過曲。

〔二〕玉尖：女子纖白的手指。

〔三〕啼紅：女子傷心流淚。唐戴叔倫《早春曲》：「玉頰啼紅夢初醒，羞見青鸞鏡中影。」晚奩：晚妝的鏡匣。

〔四〕舊寒句：謂天氣乍暖還寒。

〔五〕冉冉：形容時光漸漸流逝。《文選·屈原〈離騷〉》：「老冉冉其將至兮，恐脩名之不立。」吕向注：「冉冉，漸漸也。」三國魏吴質《答魏太子箋》：「日月冉冉，歲不我與。」

〔六〕懨懨：困倦萎靡的樣子。唐劉兼《春晝醉眠》：「處處落花春寂寂，時時中酒病懨懨。」

〔七〕章臺：漢代長安街道名，歌伎聚集之地，用爲歌臺舞榭、風月場所的代指。參看《鷓鴣天》「楚女腰肢越女腮」注。

〔八〕個人：那個人。涼蟾：清冷的月光。李商隱《燕臺四首·秋》：「月浪沖天天宇濕，涼蟾落盡疏星入。」

〔九〕側帽：斜戴帽子。用《周書·獨孤信傳》典事，代指灑脱不羈的裝束。唐李商隱《飲席代官妓贈兩從事》：「新人橋上著春衫，舊主江邊側帽簷。」

【疏解】

詞寫女子春情，采用詞人的全知視角。起句從女子玉指拭淚切入，可以理解爲女子的粉臉上留下了指痕，也可以理解爲女子的手指粘上了脂粉，這就是古典詩詞語言彈性的體現。二句説晚妝的女子，坐在妝臺旁傷心流淚，把起句裏粉臉指痕的細節描寫落實下來。然則女子爲何哭泣？這裏留下一個懸念。第三句宕開轉寫天氣，所謂乍暖還寒時候，正是早春的季節特點。四句説梅花已經開了，但花朵稀疏，看來還需要一場春雪，催開一季繁花。

換頭二句，接續上片前二句的人物描寫，進行心理刻畫。晚妝流淚的女子，感覺春光正在冉冉流逝，惹起了心中的懨懨春恨。這裏仍然是季節與人的内在呼應，是春天對人的生命意識和愛情意識的唤醒。第三句説她爲消解鬱悶卷起簾子，樓窗正對着章臺街面。「章臺」的地名，暗示了女子的身份，非是閨秀或一般意義上的思婦。後結兩句寫女子卷簾所見，清冷的月光下，那個騎馬的人打扮時尚，斜戴帽子，正在樓前逡巡。這個結尾，暗合的還是《詩經》「有女懷春，吉士誘之」的古老敘事模式。

【集　評】

王焕猷《小山詞箋》：按此首所言之梅疎，蓋即疎梅，故此詞亦爲梅之作也。

又

來時紅日弄窗紗①。春紅入睡霞〔一〕。去時庭樹欲棲鴉〔二〕。香屏掩月斜。　收翠羽〔三〕，整妝華〔四〕。青驪信又差〔五〕。玉笙猶戀碧桃花〔六〕。今宵未憶家。

【校記】

①窗紗：明鈔本作「紗窗」。

【箋注】

〔一〕春紅：春天的花朵。唐李白《怨歌行》：「十五入漢宮，花顏笑春紅。」睡霞：睡眠時暈紅的臉色。

〔二〕去時句：唐王建《十五夜望月》：「中庭地白樹棲鴉，冷露無聲濕桂花。」前蜀韋莊《延興門外作》：「王孫歸去晚，宮樹欲棲鴉。」

〔三〕翠羽：翠鳥的羽毛，或翡翠等製成的羽毛狀飾品。《文選·曹植〈七啟〉》：「戴金搖之熠燿，揚翠羽之雙翹。」劉良注：「金搖，釵也；熠爍，光色也；又飾以翡翠之羽於上也。」唐盧照鄰《劉生》：「翠羽裝刀鞘，黄金飾馬鈴。」

〔四〕妝華：華貴的化妝品。

〔五〕青驪：毛色青黑相雜的駿馬。唐王維《燕支行》：「颯踏青驪躍紫騮，拔劍已斷天驕臂。」此指騎乘青驪之人。

〔六〕玉笙句：意爲「猶戀玉笙碧桃花」。玉笙：飾玉的笙。亦用爲笙之美稱。南朝梁劉孝威《奉和簡文帝太子應令》：「園綺隨金輅，浮丘侍玉笙。」此指女子的彈唱。碧桃花：喻指彈唱的歌女。

【疏　解】

小晏有一些詞，乍看上去没有難解的字句，細究起來卻又不容易講清楚，此詞即是如此。上片的「來時」「去時」，就有點莫名其妙。由「春紅入睡霞」的描寫形容，大概知道日高猶睡的是一個女子。「斜月」映照的「香屏」，也是女子的閨房陳設。那麽，「來」者和「去」者，應該就是一個男子。這個男子能夠看到女子的睡態，看到女子卧室的屏風，或許是女子的夫婿。然則這個男子爲何朝來晚去，讀者僅從上片還是看不明白的。

换頭二句，「收」和「整」這兩個動詞的主語應該是女子。整理收拾起晝妝用品，看來是無心梳妝了。從時間順序看，女子「罷妝」，罷的應該是晚妝。月上時分，庭樹鴉棲而男子出門，讓女子不悦；男子騎馬走時，嘴裏説着今晚還要回來，結果不做準信，遲遲未歸。這是女子「罷妝」的原因。結二句説，男子留戀的是漂亮的歌女，看來今夜是把回家忘到腦後了，言外有責其薄倖之意。對於這首小詞的意脈，略作如上串講，未知是也不是。

【集　評】

王焕猷《小山詞箋》：按此首當爲冶遊之作。

又

舊香殘粉似當初〔一〕。人情恨不如。一春猶有數行書〔二〕。秋來書更疏。衾鳳冷，枕鴛孤①〔三〕。愁腸待酒舒〔四〕。夢魂縱有也成虚。那堪和夢無〔五〕。

【校　記】

①枕鴛：毛本、《花草粹編》、四庫本、抱經齋鈔本、四寶齋鈔本、家刻本、王本作「枕鸞」。

【箋　注】

〔一〕舊香二句：謂人情之薄，還不如舊香殘粉。

〔二〕書：書信。

〔三〕衾鳳：即鳳衾，繡有鳳凰花飾的被子。宋柳永《隔簾聽》：「咫尺鳳衾鴛帳，欲去無因到。」枕鴛：即鴛枕，繡有鴛鴦圖案的枕頭。唐温庭筠《南歌子》：「懶拂鴛鴦枕，休縫翡翠裙。」

〔四〕愁腸：鬱結愁悶的心緒。《藝文類聚》卷一引晉傅玄詩：「青雲徘徊，爲我愁腸。」《敦煌變文集·伍子胥變文》：「自從一别音書絶，憶君愁腸氣欲絶。」

〔五〕和夢無：連夢也没有。

【疏　解】

詞寫相思別怨，性別視角不明，但屬居者責怨行者，則是清楚的。按之古代社會生活實際和離別題材詩詞所寫，居者多爲女子，行者多爲男子。據此，這裏采用女子視角解讀文本。一起二句，以「物」與「人」對比，感慨人情涼薄。脂粉雖然殘剩，但舊香猶在；人情就不一樣了，離別之後，明顯感覺一天比一天冷淡了。三、四句承接第二句，説春天還有几行書信寄來，到了秋天，連書信也難得收到。這是對人不如物、今不如昔的舉例證明。

換頭二句，寫女子就寢時的感受。鳳凰于飛，鴛鴦雙棲，衾枕之上飾以鴛鳳，寓男女成雙之意。而今別離，女子獨守空閨，感覺冷寂索寞，於是移情於物，説衾被上的鳳凰感到寒冷，枕頭上的鴛鴦也顯得孤單。在這樣的感覺和心境下，女子當然更無法入睡了，於是她想借酒澆愁，以爲消解。大概酒真起到了麻醉作用，女子後來睡着了，結二句即寫她一覺醒來時的空虛和悵惘。入睡前，她大概是想做一個夢，在夢裏和行人相逢。她明知夢中相見終屬虚幻，並不等於真正的團聚，但她還是希望能夠入夢。然而，最讓人不堪的是連一場短暫虚無的夢都没有做成。宋徽宗《燕山亭》有句曰：「怎不思量，除夢裏有時曾去。無據，和夢也新來不做。」與這兩句一樣，都是運用層折筆法，愈轉愈深，最後把情感推入徹底絶望的境地，顯示痛苦的無法解脱。

對於這首詞的上下片之間的時間關係，也有不同的理解。或謂上片所寫乃是女子早妝之時，因看到過去的畫妝用品，而觸發人不如物的感慨。下片則是倒敘夜間的孤獨相思情景。其實，把上片理解爲女子晚妝時睹物思人，下片接寫入眠前後，上下片在時間上的銜接顯得更爲自然緊密。

【集　評】

唐圭璋《唐宋詞簡釋》：此首起兩句，言物是人非。「一春」兩句，正寫人不如之實，殊覺怨而不怒。換頭，言獨處之孤冷。「夢魂」兩句，言和夢都無，亦覺哀而不傷。又此首上下片結處文筆，皆用層深之法，極爲疏雋。少游「衡陽猶有雁傳書，郴陽和雁無」，亦與此意同。

吳世昌《詞林新話》卷三：叢碧謂小山《阮郎歸》結句與道君《燕山亭》詞不期而同，其實道君即用小山語意。

王焕猷《小山詞箋》：按此首乃有所思憶之作，轉折甚多，令人不可捉尋。

又

天邊金掌露成霜〔一〕。雲隨雁字長〔二〕。緑杯紅袖趁重陽①〔三〕。人情似故鄉。　蘭佩紫②〔四〕，菊簪黄〔五〕。殷勤理舊狂③〔六〕。欲將沈醉換悲涼④。清歌莫斷腸。

【校　記】

①趁：抱經齋鈔本、唐本作「稱」，唐本按：「稱」原作「趁」，改從陸校本小山詞。重陽：明鈔一卷本作「重易」，誤。②佩：明鈔一卷本作「珮」。③舊狂：家刻本、王本作「舊妝」。④沈醉：明

鈔本作「沉罪」，誤。

【箋注】

〔一〕金掌：銅製的仙人手掌，爲漢武帝作承露盤擎盤之用。見《鷓鴣天》「碧藕花開水殿涼」注。露成霜：《詩經·秦風·蒹葭》：「蒹葭蒼蒼，白露爲霜。」

〔二〕雁字：成列而飛的雁群。群雁飛行時常排成『一』或『人』字，故稱。唐白居易《江樓晚眺景物鮮奇吟玩成篇寄水部張員外》：「風翻白浪花千片，雁點青天字一行。」宋黄庭堅《虚飄飄》：「蜃樓百尺聳滄海，雁字一行書絳霄。」

〔三〕緑杯：酒杯的美稱，或謂指盛有美酒的杯子。唐錢起《酬趙給事相尋不遇留贈》：「其無鷄黍期他日，惜此殘春阻緑杯。」

〔四〕蘭佩紫：《楚辭·離騷》：「扈江離與辟芷兮，紉秋蘭以爲佩。」

〔五〕菊簪黄：唐杜牧《九日齊山登高》：「塵世難逢開口笑，菊花須插滿頭歸。」

〔六〕理舊狂：謂重温舊日之狂態。

【疏解】

此首重陽節令詞，第一人稱自抒。起句從漢武帝金銅仙人承露盤切入，表明時令已是深秋。第二句繼續寫高秋之景，説秋雲隨着南飛的雁行飄向天邊。白露爲霜，群雁南翔，都是典型的重陽時節的深秋物候。第三句描寫重陽宴席，緑杯斟酒，紅袖勸飲，一派歡度佳節的和樂氣氛。第四句説風俗的美好，人情的温暖，讓詞人感到猶如家鄉一般。但「似故鄉」的感覺裏，傳達出的不正是異鄉之感嗎？這裏不只是寫異鄉節日風俗人情的美好，結合前面的深秋物候描寫，詞人表達的其實是對家鄉的懷念之意。

換頭二句承接上片三、四句，説受到佳節氣氛的感染，詞人也像宴席上的人們那樣，身上佩戴紫蘭，頭上插戴黄花。第三句説興致起來的時候，詞人忍不住想重温舊日之狂態。小晏本是縱酒疏狂之人，而曰重「理舊狂」，則説明性格中的狂恣已經收斂、壓抑了許久。而曰「殷勤」，則説明重理不易，需要刻意用力方可。一個人的天性改易，必是生活中遭遇重大變故所導致。這首重陽詞的寫作，應在父親去世家道中落、遭受牽連被逮下獄、沈死陳病歌女走散的滄桑之後。結二句説，殷勤重理舊狂，是爲圖今日一醉，好暫時忘掉心中的悲涼。這裏的「悲涼」當然有切題的季節因素，但主要還是生活的變故帶來的心境的變化，此時的小晏早已是一個「傷心人」，往事不堪回首，憂傷無人與訴，所以想借重陽歌酒來一番宣泄。「欲將」二字，説明詞人對能不能用醉酒忘卻悲涼，其實並無把握。於是吩咐紅袖歌女，莫唱令人哀傷的「斷腸」之歌，免得影響好不容易才找回來的狂興。

這首《阮郎歸》「沉著厚重」（《蕙風詞話》），在小晏詞中洵爲别調，與衆多麗辭俊語的歌酒留連之作，存在很大的差别，這是小晏的人生閲歷帶來的詞風重大變化。關於這首詞的寫作地點，論者或據起句所寫指爲汴京，似乎不妥。小晏詞中説到故鄉，都是指汴京而言。如果此詞寫於汴京，作者身在故鄉，不應再有「人情似故鄉」的感覺。或謂此詞作於監許田鎮時，亦乏事實證據。起句「天邊金掌」與長安地望最爲吻合，此詞或者作於長安，亦未可知。

【集　評】

清況周頤《蕙風詞話》卷二：「緑杯」二句，意已厚矣。「殷勤理舊狂」，五字三層意。「狂」者，所謂一肚皮不合時宜，發見於外者也。狂已舊矣，而理之，而殷勤理之，其狂若有甚不得已者。「欲將沉醉換悲涼」，是上句注腳。「清歌莫斷腸」，仍含不盡之意。此詞沉著厚重，得此結句，便覺竟體空靈。小晏神仙中人，重以名父之貽，賢師友相沆瀣，其獨造處豈凡夫肉眼所能見及。「夢魂慣得無拘管，又逐楊花過謝橋」，以是爲至，烏足與論小山詞耶。

唐圭璋《唐宋詞簡釋》：此首起兩句，言霜寒雲薄，是深秋冷落景象，令人生悲。「緑杯」兩句，言所以欲暫圖沉醉，藉解悲涼者，一則因重陽佳節，一則因人情隆重。換頭三句，言重陽行樂之實。「欲將」二字與「莫」字呼應，既將全詞收束，更覺餘韻悠然。況蕙風釋此詞云：「『緑杯』二句，意已厚矣。『殷勤理舊狂』五字三層意，『狂』者，所謂一肚皮不合時宜，發見於外者也。『狂』已『舊』矣，而『理』之，而『殷勤理』之，其『狂』若有甚不得已者。『欲將沉醉換悲涼』是上句注腳。『清歌莫斷腸』仍含不盡之意。此詞沉著厚重，得此結句，便覺竟體空靈。」況氏所釋頗精，並録於此。

陳匪石《宋詞舉》：此在《小山詞》中，爲最凝重深厚之作，與其他豔詞不同。考山谷《小山詞序》：小山磊隗權奇，疏於顧忌。仕宦偃蹇，而不能一傍貴人之門。論文自有體，不肯一作新進士語。費資千百萬，家人饑寒，而面有孺子之色。是殆不隨人俯仰者，其别有傷心可知，此詞其自寫懷抱乎？起兩句寫秋景。「天邊金掌」，本是高寒，而「露」已「成霜」矣。秋雲本薄，而其「長」乃隨「雁」字，短又可想矣。悲涼之意，已淋漓盡致。「緑杯」句一轉，本不縈情於「緑杯紅袖」，而姑「趁」「重陽」令節，一作歡娱，滿腔幽怨，無可奈何，一「趁」字盡之。其所以然者，以「人情」尚「似故鄉」也。過變二句，跟前而來，爲「似故鄉」之風物。「殷勤理舊狂」，則「趁」字心理。「欲將」句再申言之。「沉醉」爲「緑杯紅袖」之究竟，「悲涼」則霜雲之境地。「清歌」偶聽，仍是「斷腸」，終欲换不得，下一「莫」字，自爲解勸，究不肯作一决絶語，其温和爲何如，其欲屠仍茹爲何如耶！況周頤曰：「『緑杯』二句，意已厚矣。『殷勤理舊狂』五字三層意，『狂』者，所謂一肚皮不合時宜發見於外者也。『狂』已『舊』矣，而『理』之，而『殷勤理』之，其『狂』若有甚不得已者。『欲將沉醉换悲涼』是上句注脚。『清歌莫斷腸』仍含不盡之意。此詞沉著厚重，得此結句，便覺竟體空靈。」旨哉言乎！小晏多聰俊語，一覽即知其勝，此則非好學深思不能知其妙處者。

吴世昌《詞林新話》卷三：小山《阮郎歸》末句「清歌莫斷腸」，乃慰藉歌者之意。謂我但欲藉爾清歌，助我沉醉而已，求我沉醉以忘悲涼而已，爾莫因歌斷腸，使我更增悲涼也。蓋不欲因己之悲涼，引起歌者之斷腸也。仁人用心隨處可見，此小山得天獨厚處。

王焕猷《小山詞箋》：按蘭菊疑皆侍兒之名。

又

晚妝長趁景陽鐘〔一〕。雙蛾著意濃〔二〕。舞腰浮動緑雲濃〔三〕。櫻桃半點紅①〔四〕。　憐美景，惜芳容。沈思暗記中②〔五〕。春寒簾幕幾重重。楊花盡日風。

【校　記】

①櫻桃：毛本、《歷代詩餘》、四庫本、四寶齋鈔本、家刻本、王本作「櫻唇」。　②暗記：明鈔本、明鈔一卷本作「晻記」。

【箋　注】

〔一〕景陽鐘：《南史》卷十一《後妃傳上·武穆裴皇后傳》：南朝齊武帝時，以「宮内深隱，不聞端門鼓漏聲，置鐘于景陽樓上，應五鼓及三鼓。宮人聞鐘聲，早起裝飾」，後人稱之爲「景陽鐘」。唐李賀《畫江潭苑》之四：「今朝畫眉早，不待景陽鐘。」

〔二〕雙蛾：指女子的雙眉。蛾，蛾眉。著意：集中注意力，用心。《楚辭·九辯》：「罔流涕以聊慮兮，惟著意而得之。」朱熹集注：「著意，猶言著乎心，言存於心而不釋也。」

〔三〕緑雲：喻女子茂密烏亮的頭髮。唐杜牧《阿房宮賦》：「緑雲擾擾，妝曉鬟也。」

〔四〕櫻桃：喻女子小而紅潤的口唇。唐孟棨《本事詩·事感》：「白尚書姬人樊素善歌，妓人小蠻善舞，嘗爲詩曰：『櫻桃樊素口，楊柳小蠻腰。』」唐李商隱《贈歌妓》：「紅綻櫻桃含白雪，斷腸聲裏唱陽關。」

〔五〕沈思句：謂深思暗記女子的芳容。

【疏　解】

此首題詠舞女，采用詞人的視角。上片寫舞女曉妝，起句用「景陽鐘」典故，只取曉鐘之意，似乎並無更多的意涵，並不暗示詞中人物是宫女身份。小晏詞多處出現宫廷意象，可能與他生活在汴京的特殊環境有關。二句説她用心描畫雙眉，眉色暈染得很重。三句寫她的腰肢和茂密的長髮，「舞腰」是説舞女的腰肢，還是説舞動的腰肢？還有腰肢的「浮動」，是形容婀娜轉動的樣子嗎？那麽，她是已經妝成開始舞蹈了呢，還是在繼續畫妝呢？因爲第四句在前面寫過她的蛾眉、腰肢、頭髮之後，再寫她的櫻桃小口，方始完成整個妝容的刻畫。

下片是代言還是詞人自抒，也無法確定。换頭二句，是説舞女「憐惜美景芳容」，還是説詞人「憐惜美景芳容」？第三句是説誰在「沉思暗記」，「沉思暗記」的又是什麽？這都是無法給出確定解釋的存疑之處。後二句以景結情，補寫簾幕重重的居處環境，交代盡日風絮、寒意未去的暮春天氣，似乎也理不清楚與上文之關係。小晏才氣高妙，但少數作品也有率爾拼湊成章之弊。

【集　評】

王焕猷《小山詞箋》：按此首當係追憶舊伎而作。

歸田樂〔一〕

試把花期數①〔二〕。便早有、感春情緒。看即梅花吐②〔三〕。願花更不謝，春且長住。只恐花飛又春去③。　花開還不語〔四〕。問此意、年年春還會否④〔五〕。絳唇青鬢〔六〕，漸少花前侶⑤。對花又記得、舊曾遊處。門外垂楊未飄絮。

【校　記】

①數：明鈔一卷本作「教」，底本校曰：「原本『數』作『教』。」　②即：四寶齋鈔本作「卻」。　③只恐句：明鈔本、明鈔一卷本、毛本、抱經齋鈔本、四寶齋鈔本、家刻本作「只恐去」三字句。　④花開二句：明鈔本、明鈔一卷本、毛本、抱經齋鈔本、四寶齋鈔本、家刻本作「春去花開還不語，此意年年春會否」。　⑤花前侶：底本及諸本作「花前語」，王本作「花前侶」，與後起避重，且於義較長，可從。

【箋　注】

〔一〕歸田樂：又名歸田樂引。見宋晁補之《晁氏琴趣外篇》。清毛先舒《填詞名解》云：「采張衡《歸田賦》名。」歸田，指古代官員辭官歸里、退隱還鄉。此調爲宋教坊曲。調名本意即詠歸隱田園的快樂。一説爲黄庭堅自度曲。有雙調五十字，前段六句三仄韻，後段四句兩仄韻，以晁補之《歸田樂·春又去》爲代表。雙調五十字，前後段各四句、三仄韻。以蔡伸《歸田樂·風生蘋末蓮香細》爲代表。雙調七十一字，前段六句五仄韻、一疊韻，後段七句五仄韻、一疊韻，以《樂府雅詞》無名氏《歸田樂·水繞溪橋淥》爲代表。小晏此詞亦雙調七十一字，前段六句五仄韻，後段七句五仄韻。

〔二〕花期：每年開花的季節或月份。五代和凝《小重山》：「管弦分響亮，探花期。」

〔三〕吐：吐蕊，開花。北魏楊衒之《洛陽伽藍記·大覺寺》：「秋霜降草，則菊吐黄花。」

〔四〕花開句：宋歐陽修《蝶戀花》：「淚眼問花花不語，亂紅飛過秋千去。」詞句暗用「花解語」典故，五代王仁裕《開元天寶遺事·解語花》：「明皇秋八月，太液池有千葉白蓮數枝盛開，帝與貴戚宴賞焉。左右皆嘆羨久之，帝指貴妃示于左右曰：『争如我解語花？』」

〔五〕會：解會，領悟。晉陶潛《五柳先生傳》：「每有會意，便欣然忘食。」

〔六〕絳唇青鬢：紅唇青絲，指年輕的花前遊侣。

【疏　解】

此首惜春之詞，第一人稱自抒。起句説詞人試數開花的日期，見出其盼望春來花開的急切心情。二句一轉，説在數着開花日期的時候，便早早地起了一種惜春、傷春的情緒。春來便有春去，花開便有花落，這是詞人看似反常的心理發生基礎。三句即説正在數着花期，眼看着梅花就要開了，證明自己的「感春」並非無據。四、五兩句，發出花長開不謝、春長駐不去的殷切祝願。但是經驗讓他轉而又擔心，花恐怕還是要謝的，春恐怕還是要去的。上片以盼春寫惜春，把一種矛盾複雜的心理表現得千回百轉。

上片表達了詞人對於花和春天的願望與擔心，下片轉寫花和春天的反應。後起説花只管開著，默默無語，並不理會詞人。於是詞人轉問春天，自己希望花長開、春長駐的一番心意，年年不變，春天是否理解呢？言外之意是不理解，因爲年年花落春去，與詞人的願望相違，讓詞人年年惜春傷春。惜春只惜年華晚，詞意在此發生轉折，在「感春」之後，抒寫惜年華、懷故人之意。三、四句説，當年一起賞花、紅唇青鬢的遊伴，一年比一年少了。這兩句裏包含很深的歲月滄桑感慨，可與《小山詞自序》對照看。結三句説，看到花開又記起往昔舊遊之處。那時門外楊柳金嫩，没有暮春亂飄的飛絮，季節和人是多麽年輕啊！這裏的垂楊門户，應該就是《浣溪沙》裏「户外緑楊春繫馬」之處。只説「門外垂楊」而不言及門内之人，是一種含蓄的寫法，更能誘發讀者的想象力。

【集　評】

王焕猷《小山詞箋》：按此首當是由潁州歸後所作，乃倚《歸田樂》調以自寄意。蓋自淵明《歸去來辭》而後，往往有此。歐陽修罷官後，亦著有《歸田録》一書。小山此詞末句，蓋有年雖長而未衰老之意。

浣溪沙①〔一〕

二月春花厭落梅。仙源歸路碧桃催〔二〕。渭城絲雨勸離杯〔三〕。　歡意似雲真薄倖〔四〕，客鞭搖柳正多才②〔五〕，鳳樓人待錦書來〔六〕。

【校　記】

①此首《歷代詩餘》卷六誤作歐陽修詞。抱經齋鈔本無此首。　②搖柳：明鈔本作「搖楊」，誤。

【箋　注】

〔一〕浣溪沙：又名浣沙溪、玩溪沙、小庭花、減字浣溪沙等。原爲唐教坊曲名，後用爲詞調。此調分平仄兩體，平韻體見唐韓偓《香奩詞》「宿醉離愁慢髻鬟」，雙調四十二字，上片三句三平韻，下片三句兩平韻。仄韻體見南唐李煜詞「紅日已高三丈透」，雙調四十二字，上片三句三仄韻，下片三句兩仄韻。

〔二〕仙源：桃花源，唐王維《桃源行》：「春來遍是桃花水，不辨仙源何處尋。」此處用劉、阮天台山桃花源遇仙典事。參看《洞仙歌》「春殘雨過」注。

〔三〕渭城句：櫽栝王維《渭城曲》詩意：「渭城朝雨浥輕塵，客舍青青柳色新。勸君更盡一杯酒，西出陽關無故人。」

〔四〕薄倖：薄情；負心。唐杜牧《遺懷》：「十年一覺揚州夢，贏得青樓薄倖名。」

〔五〕客鞭句：謂行客揮起柳條鞭登程就道之際，不盡情思湧動，直欲賦詩言別。多才：謂富於才情。唐杜甫《戲贈閿鄉秦少公短歌》：「昨夜邀歡樂更無，多才依舊能潦倒。」唐韓愈《酬裴十六功曹》：「多才自勞苦，無用祇因循。」

〔六〕鳳樓：本指宫内樓閣。南朝宋鮑照《代陳思王京洛篇》：「鳳樓十二重，四户八綺窗。」借指婦女華美的居處。南朝梁江淹《征怨》：「蕩子從征久，鳳樓簫管閑。」隋江總《簫史曲》：「來時兔月滿，去後鳳樓空。」南唐馮延巳《鵲踏枝》：「幾度鳳樓同飲宴，此夕相逢，卻勝當時見。」錦書：錦字書。唐劉兼《征婦怨》：「曾寄錦書無限意，塞鴻何事不歸來。」

【疏　解】

詞賦别離，性别視角不明，暫按男性視角加以解讀。起句從「二月落梅」切入，見出這是一場春日的别離。心厭，表惜花之意，更是良辰美景不能共度引發的心理不適的反映。二句用天台山桃源典事，暗示所别者之身份，與雙方關係的性質。一個「催」字，强調歸期迫近，離别在即，更有一份不願分别卻又不得不别的無奈意味。三句化用王維《渭城曲》詩意，説在一個雨天裹，安排了餞别宴席。果如論者所言，小晏有過一段長安仕宦經歷的話，此詞或作於離開長安東歸之時。

如果繼續采用男性視角，下片所寫就是詞人别離之際的複雜心情。後起用《高唐賦》語典，説人似行雲離散，不能永以爲好，真是薄倖之人，語含自責之意。二句説摇着柳條馬鞭，已有吟詩賦别的靈感湧動，這一句轉作風流自賞之辭。句中出現「柳條」意象，補足前結的「渭城絲雨」。三句裏的「鳳樓人」，即上片第二句裏暗寫的天台桃源仙女，都是所别女子的代指。説她正等着寄來「錦書」，回應上句的「多才」，關合送者和行者雙方，維繫别後的情感聯絡。

以女性視角解讀下片，也可説通。第一句對男子的離開表責怨之意，第二句又忍不住贊賞其多才，顯示女子的複雜心理。三句裏的「鳳樓人」，是女子自稱，她對男子説，等着你將别後相思寫成文采斐然的書信郵寄過來，表達了她對男子留戀不捨的深厚情義。

【集　評】

王焕猷《小山詞箋》：按此首乃久客思歸之作，蓋小山心事，念念不忘玉堂，故末句以造五鳳樓手自喻，然久任外官而召試入翰林，則須人保薦，是以有待錦書之來也。

又

臥鴨池頭小苑開①〔一〕。暄風吹盡北枝梅〔二〕。柳長莎軟路縈回②。　静避緑陰鶯有意③，漫隨游騎絮多才〔三〕。去年今日憶同來。

【校　記】

①小苑：抱經齋鈔本作「小院」。　②柳長句：明鈔本、明鈔一卷本作「長莎軟路縈回」，毛本、《歷代詩餘》、四庫本、四寶齋鈔本、家刻本、王本作「長莎軟路幾縈回」。　③静避：吴鈔本、明鈔本、明鈔一卷本、毛本、《歷代詩餘》、四庫本、抱經齋鈔本、王本作「静選」。

【箋　注】

〔一〕小苑：唐裴達《小苑春望宮池柳色》：「勝游經小苑，閑望上春城。」苑，原指帝王苑囿，後泛指園林，花園。

〔二〕暄風：暖風，春風。晉陶潛《九日閒居》：「露凄暄風息，氣澈天象明。」唐楊巨源《春日奉獻聖壽無疆詞》之四：「瑞靄方呈賞，暄風本配仁。」北枝梅：北面枝條上的梅花。《白孔六帖》：「庾嶺上梅花，南枝已落，北枝方開，寒暖之候異也。」宋歐陽修《玉樓春》：「北枝梅蕊犯寒開，南浦波紋如酒緑。」

〔三〕游騎：此指游人的坐騎。絮多才：韓愈《晚春》：「楊花榆莢無才思，惟解漫天作雪飛。」此處反用其意。

【疏　解】

此首懷人之詞，采用詞人的視角。起句從春遊之地切入，那裏是位於臥鴨池邊的一座小巧的園林。二句説，暖風把遲開的北枝梅花吹落浄盡，時節已是春深。三句説柳樹的枝條已經抽出很長，小路旁的莎草又緑又軟。「路縈回」三字值得玩味，這三個字指説的可能是小苑裏一條曲折的小路，也可能是人在小路上流連往復，踟躕徘徊，感覺這條小路縈回不斷。也就是説，「路縈回」三字呈示的更多是一種心象，尤其是與結句聯繫起來看的時候。

在上片寫過梅花、柳條、莎草、小路之後，下片繼續描寫小苑景色。黄鶯仿佛害怕打擾遊人，不再啼叫了，静静地藏在緑陰深處。只有飄飛的柳絮仗恃多才，追隨着騎在馬上的遊人，像是要一比高下。這裏恐怕不僅是反用韓愈詩意，柳絮是和晉代才女謝道韞有聯繫的一個詩詞意象，詠絮才指代才女。緊接着就説想起去年的今天，曾經與伊人一同來此遊賞，那麽，這「絮多才」三字，是否暗示去年同遊之人是一個才女呢？

這首詞在結構上很有特點，前五句均寫今日之遊，最後一句突然回憶去年今日「同遊」，是知今日乃是「獨遊」，去年「同遊」之人已不在身邊，卒章點出懷人題旨。人生聚散離合之感慨，自在不言之中。回看第二句的梅花落盡、第三句的小路縈回、第四句的黄鶯不鳴、第五句的飛絮多才，似乎都是在爲末句的懷人預作鋪墊襯托。

【集　評】

王焕猷《小山詞箋》：按第二句言寒梅爲暖風吹盡，蓋傷熱人之催己也。下半闋首句「静選」二字，有擇枝而棲之意。次句「多才」二字，含有「楊花滿地無才思」之意，末句蓋有不勝今昔之感也。

又①

二月和風到碧城②〔一〕。萬條千縷緑相迎〔二〕。舞煙眠雨過清明③〔三〕。　妝鏡巧眉偷葉樣④〔四〕，歌樓妍曲借枝名⑤〔五〕。晚秋霜霰莫無情〔六〕。

【校　記】

①《歷代詩餘》、家刻本題作「柳」。　②和風：毛本、《歷代詩餘》、四寶齋鈔本、王本作「風和」。③眠雨：毛本、《歷代詩餘》、四庫本、四寶齋鈔本、家刻本、王本作「弄日」。　④巧眉：明鈔一卷本作「巧看」，底本校曰：「原本『眉』作『看』，從毛本。」　⑤歌樓：毛本、《歷代詩餘》、四庫本、四寶齋鈔本、家刻本、王本作「歌臺」。

【箋　注】

〔一〕碧城：《太平御覽》卷六七四引《上清經》：「元始居紫雲之闕，碧霞爲城。」後因以碧城爲仙人所居。此指華美的居所。或謂「碧城」指碧柳籠罩的城郭。又南宋李萊老《小重山》詞句「畫簷簪柳碧如城」，「碧城」指濃密如城的柳色。

〔二〕萬條千縷：唐何希堯《柳枝詞》：「大堤楊柳雨沉沉，萬縷千條惹恨深。」

〔三〕舞煙眠雨：言柳條在煙雨中或隨風飄舞或静垂不動。

〔四〕妝鏡句：言對鏡梳妝，比照柳葉描畫眉樣。唐韓偓《復偶見三絕》：「桃花臉薄難藏淚，柳葉眉長易覺愁。」前蜀韋莊《女冠子》：「依舊桃花面，頻低柳葉眉。」

〔五〕歌樓句：言歌樓流行的豔曲以「楊柳枝」爲名。樂府横笛曲有《折楊柳》。唐玄宗開元年間入教坊曲，名《楊柳枝》，後經白居易、劉禹錫整理、改編，依舊曲作詞，翻爲新聲。劉禹錫《楊柳枝詞》：「請君莫奏前朝曲，聽唱新翻楊柳枝。」

〔六〕霜霰：霜露和霰雪。晉陶潛《歸園田居》之二：「常恐霜霰至，零落同草莽。」南朝宋鮑照《侍郎報滿辭閣疏》：「煦蒸霜霰，孚甲雲露。」唐杜甫《青陽峽》：「魑魅嘯有風，霜霰浩漠漠。」

【疏　解】

此首詠柳之作，采用詞人的視角。起句從「二月和風」切入，柳條和春風自來關係密切。「碧城」，意爲緑城、春城，點出所詠乃生長在城市裏的柳樹。二句説春柳繁茂，萬條千縷，一片碧緑，像是在迎接春風的光臨。柳條不僅與春風關係密切，也和煙雨不可分離，第三句描寫柳條在煙靄中飄舞，在細雨中静眠，這都是擬人手法。春風煙雨，都是對柳條之美的映襯烘托。

上片是將柳擬人，下片换成將人擬柳。妝鏡臺前，巧手描出的翠眉，偷學了柳葉的式樣；歌樓之上，傳唱的妍美曲調，借用了柳枝的名稱。以女子的眉樣和歌樓的妍曲比擬，仍是對春柳的映襯烘托，與上片一樣，都是「尊題」的寫法。結句又是一個大幅度的跳轉，方當三春柳色濯濯之時，忽然想到晚秋霜霰摧落之日，這是心裏時間的超前，預爲春柳的未來命運擔憂。祈禱「霜霰莫無情」，見出詞人愛柳惜春之深衷。這首詞的結句與前首一樣，深合藝術的辯證法，大幅跳開的「離」，乃是最大限度的「即」。

詩詞中的擬人、擬物手法，都是將物與人聯繫起來，一體視之。所以，這首詠柳之作，隱顯之間，映帶人物，春柳意象已經人格化。詞人對春柳的贊美愛賞，未嘗不是對人物的贊美愛賞。人物的身份，大約就是詞人喜愛的歌女，這從下片「歌樓妍曲」，甚至從上片「舞煙眠雨」、「相迎」等措語中，可以看出。至於論者指説此詞乃是諷喻呂夷簡家族三世執政，盛極必衰，似乎求之過深。

【集評】

劉永濟《唐五代兩宋詞簡析》：此詞通首詠柳，細味之皆含諷意。上半闋言其盛時。下半闋一、二句，言趨附者之多也。末句似諷、似憐，又似以盛衰無常警戒之。蓋柳盛於二月時而衰於晚秋，似得勢者有盛必有衰也。作者意中必有所指之人，必係權勢煊赫于一時者。考宋仁宗朝，呂夷簡權勢最盛，子公綽、公弼、公著、公孺皆榮顯。《宋史·呂夷簡傳》論曰：「呂氏更執國政，三世四人，世家之盛，則之未有也。」神宗朝王安石得君雖專，然不如呂氏之三世執政。此詞所諷，當指呂氏。

吴世昌《詞林新話》卷三：小山《浣溪沙》：「二月和風到碧城（略）」，某選家解曰：「此詞通首詠柳，細味之皆含諷意。上半闋言其盛時，下半闋一、二句，言趨附者之多也。末句似諷似憐，又似以盛衰無常警戒之。」又曰：「作者意中必有所指之人，必係權勢煊赫於一時者。考宋仁宗朝，呂夷簡權勢最盛。」「此詞所諷，當指呂氏。」完全是牽强附會，但亦是中常州派之毒。

王焕猷《小山詞箋》：按此首言柳之經春及秋，由盛而衰，蓋比人之一生也。

又

白紵春衫楊柳鞭①〔一〕。碧蹄驕馬杏花韉〔二〕。落英飛絮冶游天〔三〕。南陌暖風吹舞榭，東城涼月照歌筵。賞心多是酒中仙〔四〕。

【校　記】

①白紵：抱經齋鈔本作「白苧」。

【箋　注】

〔一〕白紵：白紵是白色苧麻所織的夏布。鄭玄注《周禮·典枲》：「白而細疏曰紵。」唐張籍《白紵歌》：「皎皎白紵白且鮮，將作春衣稱少年。」唐柳宗元《同劉二十八院長述舊言懷》：「春衫裁白苧，朝帽掛烏紗。」五代孫光憲《謁金門》：「白苧春衫如雪色，揚州初去日。」楊柳鞭：折柳條作馬鞭。

〔二〕碧蹄：馬蹄。唐劉言史《樂府》之二：「弄影便從天禁出，碧蹄聲碎五門橋。」唐張仲素《天馬辭》之二：「來時欲盡金河道，獵獵輕風在碧蹄。」杏花韉：繡有杏花圖案的馬鞍墊。

〔三〕冶游：野游。男女在春天或節日裏外出游玩。後指涉足風月場所。《樂府詩集·清商曲辭一·子夜四時歌》：「冶游步春露，豔覓同心郎。」李商隱《蝶》：「見我佯羞頻照影，不知身屬冶游郎。」

〔四〕賞心：娱悦心志，心意歡樂。南朝宋謝靈運《晚出西射堂》：「含情尚勞愛，如何離賞心。」謝靈運《擬魏太子鄴中集詩序》：「天下良辰、美景、賞心、樂事，四者難並。」酒中仙：唐杜甫《飲中八仙歌》：「天子呼來不上船，自言臣是酒中仙。」

【疏　解】

詞寫冶遊之樂，采用詞人視角。以人物描寫領起，身穿白紵春衫，手執柳條馬鞭，胯下碧蹄驕馬，馬上杏花繡鞍，其人真可謂鮮衣怒馬，行頭時尚，瀟灑俊朗，正是五陵年少，行樂中人。這個人物應該就是詞人自己，這開頭二句，是詞人的一幅自畫像，見出詞人的盛大心情。第三句轉寫「落英飛絮」的暮春天氣，含有良辰容易過、爲樂當及時之意。這一句點出題旨，説暮春天氣正是適合「冶遊」的好時節。

下片描寫冶遊的具體情景。「南陌」「東城」，泛指風光美好之地，這也是反復出現在小晏詞中的地名意象，是詞人經常光顧之所。在這裏，沐着暖風臺榭觀舞，照着涼月宴席聽歌。這兩句裏的「南陌」與「東城」、「舞榭」與「歌筵」，都是互文見義。「暖風」説白天，「涼月」説夜晚，可知冶遊夜以繼日，通宵達旦。結句就「歌宴」生發，説賞心之人體驗到的冶遊之樂，真有醉酒之後飄飄欲仙的境界，這就把全詞的抒情推向頂點。

【集　評】

王焕猷《小山詞箋》：按此首當是少年時所作，暖風謂白晝，涼月則夜間，乃日夜冶遊不息也。

又

床上銀屏幾點山〔一〕。鴨爐香過瑣窗寒〔二〕。小雲雙枕恨春閒〔三〕。　惜别漫成良夜醉，解愁時有翠箋還〔四〕。那回分袂月初殘①〔五〕。

【校　記】

①那回：家刻本、王本作「那時」。

【箋　注】

〔一〕床上銀屏：枕屏，枕前精美的鑲銀屏風。唐白居易《長恨歌》：「攬衣推枕起徘徊，珠箔銀屏邐迤開。」唐温庭筠《菩薩蠻》：「無言匀睡臉。枕上屏山掩。」宋柳永《引駕行》：「消凝，花朝月夕，最苦冷落銀屏。」幾點山：指屏風上所畫的遠山。

〔二〕鴨爐：鴨形香爐。唐李商隱《促織》：「舞鸞鏡匣收殘黛，睡鴨香爐换夕熏。」五代和凝《河滿子》：「卻愛熏香小鴨，羡他長在屏幃。」瑣窗：雕刻或繪有連環形花紋之窗。南朝宋鮑照《玩月城西門廨中》：「蛾眉蔽珠櫳，玉鉤隔瑣窗。」

〔三〕小雲：即《小山詞自敍》中説到的「蓮鴻蘋雲」的小雲，爲作者友人沈廉叔或陳君龍家的侍兒。雙枕恨春閒：言春宵孤眠，一枕閒置，引以爲憾。

〔四〕惜别二句：言别後良夜難遣，只好飲酒致醉。幸有書信往還，可以聊解愁悶。漫成：徒成，枉成。宋晏殊《浣溪沙》：「月好漫成孤枕夢，酒闌空得兩眉愁。」翠箋：翠色的箋紙。

〔五〕分袂：離别，分手。晉干寶《秦女賣枕記》：「取金枕一枚，與度爲信，乃分袂泣别。」唐李白《廣陵送别》：「興罷各分袂，何須慘别顔。」

【疏解】

詞詠别情，采用詞人的視角。起句從床頭的枕屏畫面切入，描寫臥室陳設。畫屏幾點遠山，引出天涯人遠之思。飾銀屏風與熏香鴨爐，皆是女性閨房陳設服用。三句推出人物，小雲即與詞人相好的沈、陳二家歌女。在這個瑣窗透進寒氣的春夜，小雲春宵孤眠，一枕閒置，引爲憾恨。

下片即寫小雲的離愁别恨。後起説她由於惜别，良夜難遣，所以借酒消愁，至於醺醉。二句説她何以解憂，那就是不時收到的來信，得知遠人消息，略感慰藉。因展讀來書，而勾起回憶，結句倒敘分袂情景，那是一個既望之夜，初殘的圓月，成爲他們乍别的象征，給她留下了難以磨滅的印象。

【集評】

王焕猷《小山詞箋》：按此首爲雲而作，已明言之矣。通首不言我之思雲，而言雲之有恨，從對面著筆，倍見情切。

又①

緑柳藏烏静掩關②〔一〕。鴨爐香細瑣窗閒。那回分袂月初殘。　惜別漫成良夜醉，解愁時有翠箋還。欲尋雙葉寄情難〔二〕。

【校　記】

①明鈔一卷本調下批曰：「略改前作。」　②藏烏：抱經齋鈔本作「藏鶯」。

【箋　注】

〔一〕藏烏：《樂府詩集·清商曲辭·西曲歌》無名氏《楊叛兒》：「暫出白門前，楊柳可藏烏。」掩關：閉關，關門。唐吴少微《怨歌行》：「長信重門晝掩關，清房曉帳幽且閒。」

〔二〕雙葉：成雙的花葉。古時女子采雙葉插鬢以爲裝飾，或寄贈雙葉表相思之意。《玉臺新詠》卷十徐悱婦《摘同心支子贈謝娘因附此詩》：「兩葉雖爲贈，交情永未因。」宋晏殊《採桑子》：「林間摘遍雙雙葉，寄與相思。」宋人詩詞中常用此語典。

【疏　解】

此首與前首，大同小異。近人夏敬觀批語曰：「此篇當是原作，上一篇爲改作。編者兩存之。」所説接近實際。若用西人文論術語指説，這兩首詞是一組互文性文本，是詞人的自我互文。

兩相比較可以看到，原作和改作有四句完全相同，只有兩句不同。所以，詞作的基本意藴没有明顯差别，在此，我們只需把不同之處略作疏解即可。先看起句，原作主要寫夜晚庭院之景，緑柳藏烏，門關静掩，烘襯一種悄謐的氛圍。改作描寫臥室枕屏，與人物關聯更緊，屏畫幾點遠山，隱約逗起遠人之思，一起就關合題旨。再看第三句，改作把這一句從前結移到後結的位置，就讓詞情有了更大的跌宕，突出了「那回分袂」給人物留下的永久創傷性記憶，使别情的抒發更爲深至有力。作者在第三句的位置補寫了一句「小雲雙枕恨春閒」，使詞作裏出現了具體的人物名字，抒情主體更爲明確，在某種意義上可以説彌補了原作的缺陷。原作結句「欲尋雙葉寄情難」則被删掉，原因大約有二，一是與前一句意思重複，二是與前一句相互矛盾，前句既説時有書信往還，這句又説題葉寄情困難，前後齟齬，是一處敗筆。删掉這一句，也就避免了表現上的一個瑕疵。

【集　評】

清陳廷焯《閒情集》卷一：（「那回」句）幽怨。

王焕猷《小山詞箋》：按此首與上首，只第一句與末一句不同，第二句不過虚字略異，第三句即上首之末句，而四五兩句更完全相同，當原是一首，而有原本改本之别，後人不知而兩收之。此在古人集中甚多，不足異也。

又①

家近旗亭酒易酤②〔一〕。花時長得醉工夫③〔二〕。伴人歌笑懶妝梳④。户外緑楊春繫馬⑤〔三〕，床前紅燭夜呼盧⑥〔四〕。相逢還解有情無⑦。

【校　記】

①此首《古今圖書集成·藝術典》卷八二三誤作晏殊詞。②酤：明鈔本、家刻本作「沽」。③花時：明鈔一卷本、抱經齋鈔本作「花村」。④歌笑：明鈔本、毛本、四庫本作「歌扇」。⑤緑楊：明鈔一卷本作「緑柳」，旁批曰「楊」。⑥床前：毛本、四庫本、四寶齋鈔本作「床頭」。⑦還解：《歷代詩餘》、《古今詞選》、家刻本、王本作「不解」。

【箋　注】

〔一〕酤：通「沽」，買酒或賣酒。此指買酒。《詩經·小雅·伐木》：「有酒湑我，無酒酤我。」

〔二〕花時：花開時節，常指春日。唐杜甫《遣遇》：「自喜遂生理，花時甘緼袍。」

〔三〕緑楊繫馬：唐杜牧《句溪夏日送盧霈秀才歸王屋山將欲赴舉》：「行人碧溪渡，繫馬緑楊枝。」宋王禹偁《春郊獨步》：「緑楊繫馬尋芳逕，春草隨人上古城。」

〔四〕呼盧：古時博戲，用木製骰子五枚，每枚兩面，一面塗黑，畫牛犢；一面塗白，畫雉。一擲五子皆黑者爲盧，爲最勝采；五子四黑一白者爲雉，是次勝采。賭博時爲求勝采，往往且擲且喝，故稱賭博爲「呼盧喝雉」，亦稱「呼盧」。《晉書》卷八十五《劉毅列傳》：「後於東府聚摴蒱大擲，一判應至數百萬，餘人並黑犢以還，唯劉裕及毅在後。毅次擲得雉，大喜，褰衣繞床，叫謂同坐曰：『非不能盧，不事此耳。』裕惡之，因挼五木久之，曰：『老兄試爲卿答。』既而四子俱黑，其一子轉躍未定，裕厲聲喝之，即成盧焉。」唐李白《少年行》之三：「呼盧百萬終不惜，報讎千里如咫尺。」

【疏　解】

詞寫歌女生涯，解作歌女視角或詞人視角均可。起句交代歌女鄰近旗亭的居住環境，説酤酒甚是方便，爲下文醉飲張本。二句説因爲住得離酒家很近，酤酒甚易，所以當春來花開，對良辰美景，會有很多時間飲酒至醉。然則獨飲還是聚飲，尚不清楚。由第三句的「伴人歌笑」，方知二句的醉酒，乃是唱歌侑酒、承歡侍宴的結果。從字面看，「懶妝梳」是因爲醉酒無力，更深層次則是對於追歡賣笑生涯的厭倦情緒的流露。每到花開時節，浪子冶遊，興高采烈，歌女忙於逢場作戲，雖無心妝梳仍需妝梳見客，内心的苦澀可以想見。

下片轉寫打馬而來的冶遊男子，在門外的柳樹上拴好坐騎，然後升堂入室，座前紅燭高燒，徹夜呼盧博戲，見出遊興之高昂。這個男子，可能是以前的舊相識，今夜重逢，故而歌女有此後結一問。這一問觸及一個實質性的問題，冶遊郎是爲欲望而來，還是爲情感而來？可見詞中厭倦日常生存狀態的歌女，尚存一份遇合真愛之希冀。

【集　評】

宋吴曾《能改齋漫録》卷八：晏叔原「門外緑楊春繫馬，床頭紅燭夜呼盧」，蓋用樂府《水調歌》

云：「户外碧潭春洗馬，樓前紅燭夜迎人。」然叔原之辭甚工。

宋陸遊《老學庵筆記》卷五：唐韓翃詩云：「門外碧潭春洗馬，樓前紅燭夜迎人。」近世晏叔原樂府詞云：「門外緑楊春繫馬，床前紅燭夜呼廬。」氣格乃過本句，不謂之剽可也。

明沈際飛《草堂詩餘續集》卷上：不恨無花，不恨無醉，恨無工夫耳。叔原可詩。

王煥猷《小山詞箋》：按此首當指蔡攸、李邦彦等名爲大臣，實係徽宗狎客而言。攸常侍曲宴，多道市井淫婦語，又附會道家説，以迎合帝意。邦彦習猥鄙，都人目爲浪子宰相。皆導帝邪狎，而圖易沾帝恩也。伴人句，乃指蔡、李等之不理政事也。下半闋極力描寫狎客情狀，而以相逢不以正道，只知逢君之惡作結。

又

日日雙眉鬬畫長〔一〕。行雲飛絮共輕狂〔二〕。不將心嫁冶游郎〔三〕。　濺酒滴殘歌扇字〔四〕，弄花熏得舞衣香〔五〕。一春彈淚説凄涼。

【箋　注】

〔一〕日日句：唐秦韜玉《貧女》：「敢將十指誇針巧，不把雙眉鬬畫長。」

〔二〕行雲句：謂像行雲飛絮一般輕浮狂放。行雲：用《高唐賦》語典，切合歌女的身份。飛絮：杜甫《絶句漫興》：「癲狂柳絮隨風舞，輕薄桃花逐水流。」

〔三〕冶游郎：指喜歡歌酒遊樂的男子。唐李商隱《蝶》：「見我佯羞頻照影，不知身屬冶游郎。」

〔四〕歌扇：歌舞時用的扇子，上面寫有歌詞曲目。庾信《春賦》：「月入歌扇，花承節鼓。」唐李義府《堂堂詞二首》之一：「鏤月成歌扇，裁雲作舞衣。」唐李邕《奉和初春幸太平公主南莊應制》：「流風入座飄歌扇，瀑水侵階濺舞衣。」

〔五〕弄花：唐于良史《春山夜月》：「掬水月在手，弄花香滿衣。」

【疏解】

此首題詠歌女。起句從畫妝切入，這是職業生涯規訓出的生活習慣使然。這一句反用秦韜玉《貧女》詩句「敢將十指誇針巧，不把雙眉鬭畫長」，「誇針巧」是貧女爲人傭工的生存需要，「鬭畫長」是歌女隨人啼笑的生存需要，在本質上她們都是一種被動的因應，反映出女性在男權社會裏的處境和命運。「鬭」字值得玩味，一者是天生麗質，又争强好勝，要和衆人比高，以此證明自己。二者是行業生態，内部競争激烈殘酷，爲招攬客人，必須把自己打扮得更爲漂亮。第二句描寫歌女的行爲舉止，連用「行雲」「飛絮」兩個質輕之物爲喻，但「輕狂」只是一種表象，是迫不得已的生存處境中的身不由己的反應，而更多一層自矜自哀的消極對抗的發泄意味。於是有了第三句的歌女心理描寫。一旦淪落風塵不能守身，那就守住自己的心。歌女的内心堅持，與她的輕狂舉止形成反差距大的對比，表明她已看清「冶游郎」們追逐情慾滿足的真面目，顯示出她的理性意識的覺醒，她對個性獨立和人格尊嚴的勇敢追求。「心嫁」的造語，亦堪稱新奇不俗。

下片前二句描寫歌女飲酒插花的日常生活，字色穠麗，情緒酣暢，正是上片「輕狂」二字的具體展示。但歌女的内心卻是另一種感受，與酒宴歌席上的熱鬧歡樂截然相反，這就是結句所寫「一春彈淚説淒涼」。整個春天，日日描眉，日日歌舞，日日縱飲，但她的真實感受是淒苦的。由於堅守自己的内心，必然陷於孤獨的境地，終無遇合的歌女哀哀無告，只能獨自流淚，滿懷淒涼。

這首詞的最大特點，就是在人物形象的刻畫上，成功地借助於矛盾律，將人物的行爲與心理、表象與本質對立起來，使之呈現相互矛盾的狀態，加大文本的張力，收到相反相成的效果，塑造出一個性格獨特的歌女形象。上下片的結構上，都是前二句描寫人物行爲，後一句揭示人物心理；前兩句形容表面的輕狂與歡快，後一句展露内心的堅守與孤淒。前後的反轉，形成詞情表現上的跌宕頓挫，强化了詞作的抒情力度。詞中歌女的身上，可以隱約感受到詞人的「癡狂」性格投影，和「傷心人」的懷抱寄託。

【集　評】

清賀裳《皺水軒詞筌》：晏幾道「濺酒滴殘羅扇字，弄花熏得舞衣香」，真覺儼然如在目前，疑於化工之筆。

劉永濟《唐五代兩宋詞簡析》：此詞乃寫一舞伎之内心矛盾，亦即其内心之痛苦。於上、下兩闋之前兩句，極力寫出此舞女之日常輕狂生活，而於兩結句寫其心理之痛苦，更從其生活與心理之矛盾上顯出其個性。上半闋結句，言其不輕以身許人，則其上二句所言妝飾之美、舉止之狂，非以媚人，實自憐也。下半闋結句，言其一春彈淚，則其上二句所言濺酒、弄花歌舞之樂，非真感樂，實慰苦也。作者將此一舞女之生活和内心寫得如此酣暢，其自身幾化爲此女。蓋由作者自身亦具有此種矛盾之痛苦，亦同有此舞女之個性，故能體認真切，此舞女，直可認爲作者己身之寫照。此種寫法，又較託閨情以抒己情者更加親切，因之更加動人。論者稱其詞頓挫，即從此等處看出也。

王焕猷《小山詞箋》：按此首雖有「行雲」二字，而並非指雲。此人當是小山所欲得而不能者，故辭中含有抑揚輕重之意。曰「日日鬬畫眉」，明非貧家女也。第二句形其輕狂而抑之，第三句言其不許而疑之怨之，四句「濺」字，五句「弄」字，正以描寫輕狂之態。末句即與不嫁作鬬合。

又①

飛鵲臺前暈翠蛾〔一〕。千金新換絳仙螺〔二〕。最難加意爲顰多〔三〕。　幾處睡痕留醉袖，一春愁思近横波〔四〕。遠山低盡不成歌②〔五〕。

【校　記】

①此首或作黄庭堅詞，見《山谷詞》。毛本、四寳齋鈔本無此首。　②低盡：抱經齋鈔本作「低畫」。

【箋　注】

〔一〕飛鵲臺：妝鏡臺。背面鑄有鵲形的銅鏡，名鵲鏡。《太平御覽》卷七一七引漢東方朔《神異經》：「昔有夫婦將别，破鏡，人執半以爲信。其妻與人通，其鏡化鵲，飛至夫前，其夫乃知之。後人因鑄鏡爲鵲安背上，自此始也。」唐王勃《上皇甫常伯啟》：「鵲鏡臨春，妍媸自遠。」唐何據《琥珀拾芥賦》：「雲發彩於虹玉，竹乘陰於鵲鏡。」暈翠蛾：畫眉。

〔二〕絳仙螺：隋煬帝宫人吴絳仙畫眉用的螺子黛。顔師古《隋遺録》：「絳仙善畫長蛾眉……由是殿腳女争效爲長蛾眉，司宫吏日給螺子黛五斛，號爲蛾緑。螺子黛出波斯國，每顆值十金。後征賦不足，雜以銅黛給之，獨絳仙得賜螺子黛不絶。帝每倚簾視絳仙，移時不去，顧内謁者云：『古人言秀色若可餐，如絳仙真可療饑矣！』」

〔三〕加意：特别留意，非常留心。《史記·龜策列傳》：「上尤加意，賞賜至或數千萬。」顰：又通作矉，皺眉。《莊子·天運》：「西施病心而矉其里，其里之醜人見而美之，歸亦捧心而矉其里。」唐李白《效古二首》其二：「蛾眉不可妒，況乃效其顰。」唐李群玉《黄陵廟》：「猶如含顰望巡狩，九疑如黛隔湘川。」

〔四〕横波：目光流動如水波，以喻美目。參看《菩薩蠻》「個人輕似低飛燕」注。

〔五〕遠山：遠山眉。晉葛洪《西京雜記》卷二：「文君姣好，眉色如望遠山，臉際常若芙蓉。」唐白居易《井底引銀瓶》：「嬋娟兩鬢秋蟬翼，宛轉雙蛾遠山色。」前蜀韋莊《荷葉杯》二首之一：「一雙愁黛遠山眉，不忍更思惟。」

【疏　解】

此首題詠歌女，采用詞人視角。起句從妝鏡臺前描眉切入，二句説描眉用的螺子黛，是花費千金新買來的。按説早晨就對着鏡子暈染眉毛，用的又是新近購得的貴重螺黛，畫出來的眉色一定會特别漂亮。可是，三句説因爲總是皺眉，加意描畫，也難以把眉毛畫好。然則她爲什麽總是蹙緊眉頭呢？詞情在這裏出現跌宕。

下片第一句描寫歌女的衣袖，包含的信息量很大。她的衣袖不整，留有昨夜睡覺時揉出的皺褶，説明她慵懶萎靡，和衣而卧。而曰「醉袖」，見出她昨夜睡前，是喝醉了酒的，這也是她和衣而卧的一個原因。昨夜醉酒，應該是侍宴時喝得多了，或者是夜裏獨自飲醉。無論是哪一種情况，都説明她的心緒不佳，需要借酒消解。第二句把她的「愁思」點明，説不僅是昨夜今晨，整個春天她都是滿懷愁思，這從她的眼神裏可以看得出來。結句説她侍宴獻唱之時，低首斂眉，唱不成腔調，可見她的内心鬱積了多少愁恨。

這首詞有兩點值得注意，一是上片前二句寫歌女重金購買眉黛，早妝對鏡描眉，似乎興致很高。當你準備欣賞她的漂亮妝容時，三句逆接，説她不住地皺眉，眉翠一直描畫不好。結構和詞情，在此出現頓挫跌宕。二是詞人没有停留在對於歌女承歡侍宴的表面熱鬧的描寫，而是把詞筆進抵歌女的内心世界，表現她的精神情感的酸楚苦澀。顯示了詞人對於歌女生活命運的深入體察和真摯關懷。

又

午醉西橋夕未醒〔一〕。雨花淒斷不堪聽〔二〕。歸時應減鬢邊青。衣化客塵今古道〔三〕，柳含春意短長亭〔四〕。鳳樓争見路旁情〔五〕。

【箋　注】

〔一〕午醉：宋張先《天仙子》：「水調數聲持酒聽，午醉醒來愁未醒。」宋蘇軾《蝶戀花》：「午醉未醒紅日晚，黄昏簾幕無人卷。」

〔二〕雨花：雨滴濺落的水花。唐李紳《真娘墓》：「愁態自隨風燭滅，愛心難逐雨花輕。」前蜀韋莊《江南送李明府入關》：「雨花煙柳傍江郵，流落天涯酒一罇。」此指雨打花枝的聲音。淒斷：淒絶。北周庾信《夜聽擣衣》：「風流響和韻，哀怨聲悽斷。」

〔三〕衣化客塵：晉陸機《爲顧彦先贈婦二首》之一：「京洛多風塵，素衣化爲緇。」

〔四〕短長亭：古人於驛路邊，五里設短亭，十里設長亭，爲行人休憩或送行餞别之所。北周庾信《哀江南賦》：「十里五里，長亭短亭。」唐李白《菩薩蠻》：「何處是歸程，長亭更短亭。」

〔五〕鳳樓：參看《浣溪沙》「二月春花厭落梅」注。争見：怎見，怎知。

【疏　解】

此首遊子思家之詞，采用詞人視角，第一人稱自抒。起句從醉酒切入，不消説，這午間的酒是爲化解鄉愁而飲了。飲而至醉，説明鄉愁深濃，三杯兩盞不起作用，不知不覺就喝多了。西橋，客途的一處地名，即是詞人飲酒之處。午間喝醉，向晚尚未醒酒，説明是痛飲大醉。二句説入夜之後，天又下起雨來，雨水打在花樹上的聲音，蕭瑟淒涼，讓人不堪聽聞。看來這個旅途之夜，思鄉的詞人病酒聽雨，注定是無法成眠了。所以第三句説，經受鄉愁這樣的折磨，等到回家的時候，自己應該已是鬢髮斑白。

換頭二句，狀寫道路奔走的辛苦之狀，春來之時的思鄉之情。屬對極工，堪稱雋句。素衣被路途風塵染黑，即所謂風塵僕僕，一則説奔波時間之久，一則説路途之上不便洗浣。「今古道」三字，把個人體驗融入群體經驗，古今離鄉背井之人，都在這條驛路上辛苦跋涉，今天自己體驗的旅途辛苦，正是自古以來無數旅人都體驗過的，這就使詞句擴大了感情容量，具有一種歷史的滄桑感。「柳含春意」，是説良辰美景，愈動行人思鄉之情。「短長亭」照應「今古道」，時空交疊，天然妙對，將一種離思客情，抒寫得像迢遥旅途一樣悠遠不盡。結句聚焦家中思婦，説她怎會知道奔波道途的辛苦之狀，和自己心中强烈的思鄉思親之情。道旁柳含春意，道上人亦如之，遊子鄉愁最後落實到家中思婦身上，就成爲勢所必然。説思婦不知，正是遊子想念思婦、其情縈懷的表現。

論者指認這首詞可能作於離開汴京赴任潁昌許田鎮監的途中，由詞中的「柳含春意」，知道時間是在春天。離任回京是在秋天，有《臨江仙》爲證：「曉霜紅葉舞歸程。客情今古道，秋夢短長亭。」二詞用語的高度相似，表明内容上可能存在的相互關聯性。

【集評】

俞陛雲《唐五代兩宋詞選釋》：「客塵」兩句感歎殊深。夕陽古道之旁，素衣化緇，攀條惜别者，悠悠今古，閱盡行人。彼高倚鳳樓者，蛾眉爭豔，浪擲年光，焉有俯仰今昔之懷乎！

王焕猷《小山詞箋》：按此首當指用兵西夏而言。

又

一樣宫妝簇彩舟〔一〕。碧羅團扇自障羞①〔二〕。水仙人在鏡中游②〔三〕。　腰自細來多態度〔四〕，臉因紅處轉風流。年年相遇緑江頭。

【校　記】

①碧羅團扇：毛本、四寶齋鈔本作「碧團羅扇」。　②人在：毛本、四庫本、四寶齋鈔本、王本作「時在」。

【箋　注】

〔一〕宫妝：宫中女子的妝束。唐高適《聽張立本女吟》：「危冠廣袖楚宫妝，獨步閒庭逐夜涼。」唐鄭嵎《津陽門》：「鳴鞭後騎何躞蹀，宫妝襟袖皆仙姿。」簇：聚集。

〔二〕障羞：遮住害羞的臉容。唐李商隱《擬意》：「雲衣不取暖，月扇未障羞。」

〔三〕水仙：傳説中的水中神仙。唐司馬承禎《天隱子·神解八》：「在人謂之人仙，在天曰天仙，在地曰地仙，在水曰水仙，能變通之曰神仙。」宋王安石《小姑》：「初學水仙騎赤鯉，竟尋山鬼從文貍。」宋趙令時《侯鯖録》卷八：「馮夷，華陰潼鄉隄伯人也。服八石，得水仙，是爲河伯。」此借指采蓮女。鏡中游：水面波平如鏡，采蓮女如在鏡中遊。唐虞世南《賦得吴郡》：「吴趨自有樂，還似鏡中遊。」

〔四〕態度：人物的舉止姿態，神情韻度。《荀子·修身》：「容貌、態度、進退、趨行，由禮則雅，不由禮則夷固僻違，庸眾而野。」《吕氏春秋·去尤》：「人有亡鈇者，意其鄰之子，視其行步，竊鈇也；顔色，竊鈇也；言語，竊鈇也；動作態度無爲而不竊鈇也。」唐陸龜蒙《送侯道士還太白山序》：「侯生嘗應舉，名彤，作七言詩，甚有態度。」

【疏解】

詞寫采蓮活動，采用詞人的視角。詞中所寫，不是采蓮女獨自采蓮，也不是男女相與采蓮，而是畫着宫中妝式的一群女孩子，簇擁到畫船上，去江邊采蓮。她們一方面熙熙攘攘，一方面好像又有點害羞，便拿手中的碧羅團扇，遮住自己的臉頰，而更增添了嫵媚動人的儀態。詞的前兩句，出現了「宫妝」「團扇」等宫廷意象，像小晏其它詞作裏不時出現宫廷意象一樣，不能據此斷定詞中所寫乃是宫廷題材。大約是因爲小晏生活在汴京，日常習尚容易受到宫中風氣的影響，耳目見聞，隨手寫入詞中。所以這首詞不是描寫宫女們在庭掖之内的采蓮遊戲，而是表現民間女子結隊來到江邊采蓮的情景。三句說這群貌美如仙的采蓮女，在波平如鏡的湖面上快樂地遊玩。宫妝少女本就美麗，置身荷花蕩裏，倒影水鏡之中，就顯得更加美麗，望之恍如仙人了。

下片前二句描寫采蓮女天生細腰，顯得婀娜多姿；臉頰紅豔，更覺風流嬌美。這兩句人物描寫大約是以荷花作爲參照映襯的，腰肢纖細，如荷莖亭亭而立；臉色潮潤，與荷花相映生紅。詞人暗中使用了比擬手法，荷花之美與人物之美已合二爲一。結句因眼前所見荷花美景，采蓮美女，而憶及往年的江邊采蓮活動，進而瞻望明年的采蓮時節，還能與美景、美女在江邊相遇，表現了詞人對采蓮活動的深深喜愛之情。小晏詞中多首描寫采蓮，如《清平樂》：「莫愁家住溪邊，采蓮心事年年。」《采桑子》：「舊事年年，時節南湖又采蓮。」這些詞句中都使用了「年年」這個疊詞。

【集評】

王焕猷《小山詞箋》：按此首蓋亦爲蓮而作，「水仙」二字，即暗指蓮也。

又

已拆鞦韆不奈閒①〔一〕。卻隨胡蝶到花間②。旋尋雙葉插雲鬟③。　幾摺湘裙煙縷細④〔二〕，一鉤羅襪素蟾彎〔三〕。緑窗紅豆憶前歡⑤〔四〕。

【校記】

①拆：明鈔一卷本作「折」，誤。不奈：明鈔本作「不禁」。②花間：底本作「花閒」，誤，從他本改。③旋尋：抱經齋鈔本作「旋隨」。④湘裙：王本作「緗裙」。⑤緑窗：底本作「紅窗」，吴

鈔本、明鈔本、明鈔一卷本同，從唐本改。唐本按：「『緑』原作『紅』，改從陸校本小山詞。」毛本、《歷代詩餘》、四庫本、四寶齋鈔本、家刻本、王本作「緑箋」。

【箋注】

〔一〕已拆鞦韆：唐宋時的鞦韆遊戲多在寒食以前。農事轉忙後，拆去鞦韆架。宋柳永《促拍滿路花》：「畫堂春過，悄悄落花天。最是嬌癡處，尤殢檀郎，未教拆了鞦韆。」

〔二〕湘裙：湘地絲織品製成的女裙。煙縷：形容裙褶。

〔三〕素蟾彎：謂女子的足弓如彎彎的素月。素蟾：古代傳説月中有蟾蜍，故稱。唐黄滔《捲簾》：「緑鬟侍女手纖纖，新捧嫦娥出素蟾。」

〔四〕緑窗：緑色紗窗。指女子居室。唐李紳《鶯鶯歌》：「緑窗嬌女字鶯鶯，金雀婭鬟年十七。」前蜀韋莊《菩薩蠻》：「勸我早歸家，緑窗人似花。」紅豆：又名相思子，詩詞中用爲男女相思的信物。唐王維《相思》：「紅豆生南國，春來發幾枝。願君多采擷，此物最相思。」

【疏解】

此首題詠少女，采用詞人的視角。起句從已然拆除鞦韆切入，説没有了蕩鞦韆的遊戲，女子忍受不了時間的空閒。鞦韆是古老的民俗活動項目，起源甚早，唐宋時期十分流行，清明前後最盛。清明過後，農桑之事漸忙，人們少有時間玩樂，遂拆除鞦韆架。這裏卻説此女不耐空閒，可知她是一個「不事家人生産作業」的少女，非常迷戀鞦韆遊戲，所以一下子無事可做，她就閒的受不了了，這正是少年人的貪玩天性。二、三句即寫她閒得無聊，就去追逐一雙蝴蝶，因此來到花樹叢中。然後尋找並生的「雙葉」，折取插戴於髮鬢之上。看其舉動，果然是一派天真爛漫。

在讀者已對這個少女留下鮮明的印象之後，下片描寫她的衣著。湘裙上打出的皺褶，像煙縷一樣輕細；羅襪裏的足弓，像一鉤彎彎的月亮。讀者可以借助這樣的比喻形容，想象少女之美麗可愛。結句説這個天性貪玩的少女，情竇已開，並且有過一段愛情經歷，窗前紅豆，就是所歡贈予的定情信物。至此回看上片的「蝴蝶」「雙葉」意象，原來都有暗示寓意，都是預作鋪墊。小山詞心之細密，即此可見一斑。

【集　評】

王焕猷《小山詞箋》：按此首蓋不得志於功名，初發牢騷之作。故首句言「鞦韆已拆」，英雄無用武之地也。次句乃因無聊而始蕩遊也，三句蓋言家庭姬妾之衆也。下半闋首言粧飾之美，次言姿態之妙，遂因聊以取樂。末則表其如此蕩遊，實非素志。「憶前歡」三字，有微意也。

又

閒弄箏絃懶繫裙。鉛華消盡見天真〔一〕。眼波低處事還新〔二〕。　悵恨不逢如意酒。尋思難值有情人①〔三〕。可憐虚度瑣窗春②。

【校　記】

①難值：抱經齋鈔本作「難得」。　②瑣窗：吴鈔本、明鈔本、明鈔一卷本、毛本、四寶齋鈔本作「鎖窗」。

【箋　注】

〔一〕鉛華：婦女畫妝用的鉛粉。晉崔豹《古今注》：「紂燒鉛爲粉，曰胡粉，又名鉛粉。簫史煉飛雪丹，與弄玉塗之，後因曰鉛華，曰金粉。今水銀膩粉也。」三國曹植《洛神賦》：「芳澤無加，鉛華弗御。」唐劉長卿《戲贈干越尼子歌》：「北客相逢疑姓秦，鉛花抛卻仍青春。」天真：指女子的天然容貌。南唐馮延巳《憶江南》之一：「玉人貪睡墜釵雲，粉消妝薄見天真。」

〔二〕眼波句：謂低頭回想，往事記憶猶新。

〔三〕難值：難以碰上，難以遇見。《漢書·蒯通傳》：「夫功者難成而易敗，時者難值而易失。」北周庾信《鏡賦》：「鏡乃照膽照心，難逢難值。」宋王安石《次韻酬龔深甫二首》：「芳辰一笑真難值，暮齒相思豈久堪。」

【疏　解】

此首代言歌女春怨。起句從人物動作情態描寫切入，「閒弄箏絃」，顯其百無聊賴，她大概不是在温習技藝，而是一種職業習慣性的下意識動作。「懶繫裙」，是説懶於梳妝打扮，見出其情緒低抑，萎靡不振。二句説她因不施鉛華，而露出天然本色之美。三句説她低頭回想，往事歷歷，記憶猶新。可知她有過一段感情經歷，至今難忘，這也是起句寫她心情抑鬱的主要原因。

下片點明歌女的「悵恨」心情。「不逢」「難值」，都是説遇合之艱難。「如意酒」，好喝的酒，願意喝的酒，代指歌女願意過的生活。歌女出入歌宴舞席，喝的大都是不願喝的酒，做的大都是違背心願的事，她們也有自己的人格尊嚴，她們想遇到一個有情之人，尋找一份長久的、穩定的、可以依靠的感情。然而歌女的職業決定了她們碰到的多是「一餉貪歡」的冶遊浪子。所以，這一個春天就在瑣窗裏虛度了。「瑣窗春」，説明這個春天，她知道真愛難逢，所以就困居室内，懶得出去虛與委蛇地應酬了。

【集　評】

王焕猷《小山詞箋》：按此首當是冶遊之作，觀「眼波」句，可知非指友人家歌伎也。

又

團扇初隨碧簟收〔一〕。畫簷歸燕尚遲留①〔二〕。靨朱眉翠喜清秋〔三〕。　風意未應迷狹路②〔四〕，燈痕猶自記高樓③。露花煙葉與人愁。

【校　記】

①畫簷：毛本、《歷代詩餘》、四庫本、四寶齋鈔本、家刻本、王本作「畫簾」。　②風意：抱經齋鈔本

作「風景」。③記：抱經齋鈔本作「憶」。

【箋　注】

〔一〕碧簟：青緑色的竹編涼席。唐白居易《酬夢得秋夕不寐見寄》：「碧簟絳紗帳，夜涼風景清。」

〔二〕歸燕：指秋日南歸之燕。遲留：停留，逗留。唐韓愈《别知賦》：「倚郭郛而掩涕，空盡日以遲留。」唐杜牧《題揚州禪智寺》：「青苔滿階砌，白鳥故遲留。」

〔四〕靨朱：朱靨，搽抹胭脂的臉頰。唐李賀《惱公》：「月分蛾黛破，花合靨朱紅。」

〔五〕風意：唐鮑溶《過薛舍人舊隱》：「風意猶憶瑟，螢光乍近書。」

【疏　解】

此首題旨不明，試作解讀如下。上片寫女子喜秋，下片寫男子悲秋。先看上片，起句説初秋時節天氣轉涼，女子手裏的團扇、床上的竹席，都收起來了。二句説將要南歸的燕子，還在屋簷外逗留。三句説女子描翠施朱，妝扮一番，洋溢着對於清秋天氣的喜愛之情。

下片説微涼的秋風，應該没有在狹窄的街巷裏迷路。燈影斑駁之處，還認得那一座從前來過的高樓。帶露的花朵與含煙的秋葉，透出一派蕭瑟之意，讓人不禁生愁。

很明顯，下片所寫是轉换人物視角的結果，也就是説，下片的内容是另一個人的見聞感受。上片裏女子表露的是喜秋情緒，下片裏表露的是悲秋情緒，上下片所寫必不是一人。細讀文本，感覺下片所寫應是一男子，他在狹斜街巷裏尋訪，看到熟悉的燈光，認出了那座高樓。他當然是沖着樓中人而來，但又無緣接近。「風意迷路」或是黄昏光景，「燈痕」已是夜晚，「露花煙葉」則是秋晨之景，可知他整夜都在樓外瞻顧徘徊，通宵未去，見出他對樓中人眷戀至深。那個樓中人，就是上片裏的喜秋女子。一則以喜，一則以悲，無焦點沖突的戲劇化情境裏，不知彼此遇合最終會否發生。

【集　評】

王焕猷《小山詞箋》：按此首爲初不見用而作，有如秋扇之捐。次句有既不見用，即不應浮沈宦海之意。然獨有因天涼而覺易飾者，蓋謂惟假借之才，乃宜於季世也。下半闋首言雖有風塵之感，而胸中有主則不爲狹路所迷，次句乃繼以立志高明而不肯改之意。末句則言花與葉只于夜中煙中見之，固可悦衆，殊非真色，以與上半闋末句相應。

又

翠閣朱闌倚處危〔一〕。夜涼閒撚彩簫吹①〔二〕。曲中雙鳳已分飛〔三〕。　　緑酒細傾消別恨，紅箋小寫問歸期〔四〕。月華風意似當時〔五〕。

【校　記】

①夜涼閒撚：明鈔一卷本作「夜閒涼撚」。夜涼：抱經齋鈔本作「夜闌」。

【箋　注】

〔一〕危：高。李白《夜宿山寺》：「危樓高百尺，手可摘星辰。」

〔二〕夜涼句：唐杜牧《杜秋娘詩》：「金階露新重，閒撚紫簫吹。」撚：按。撚管，按抑管孔。吹奏管樂器的手法。

〔三〕曲中雙鳳：《西京雜記》卷二：「慶安世年十五，爲成帝侍郎，善鼓琴，能爲《雙鳳》、《離鸞》之曲。」

〔四〕緑酒：即緑蟻、醽醁。明李時珍《本草綱目》：「酒，紅曰堤，緑曰醽，白曰磋。」唐杜甫《獨酌成詩》：「燈花何太喜，酒緑正相親。」五代馮延巳《長命女》：「春日宴，緑酒一杯歌一遍。」

〔五〕紅箋：紅色箋紙，多用以題寫詩詞或作名片等。唐白居易《江樓夜吟元九律詩成三十韻》：「斜行題粉壁，短卷寫紅牋。」五代王仁裕《開元天寶遺事·風流藪澤》：「長安有平康坊，妓女所居之地，京都俠少，萃集於此。兼每年新進士以紅牋名紙，遊謁其中，時人謂此坊爲風流藪澤。」宋晏殊《清平樂》：「紅箋小字，説盡平生意。」小寫：小字書寫。此指問詢歸期的短信。

【疏　解】

詞寫閨情，采用女子視角。起句從獨倚危闌切入，朱翠的色彩，暗示乃是女子所居樓閣。二句説這是一個涼夜，倚闌的女子閒按彩簫，寄託心事。三句説女子倚闌按簫，把《雙鳳》吹成了《離鸞》。

曲中「雙鳳分飛」，喻指女子和良人已然别離。

看來倚闌憑眺、吹奏洞簫仍不足以寄意，離愁别恨還需要細傾緑酒，慢加消解。然而，借酒消愁好像也如倚闌、吹簫一樣，没有什麽效果。於是女子鋪開紅箋，小字寫就一封書信，詢問良人歸家的日期。良人歸家，則一了百了，否則登高憑欄、吹簫寄意、借酒消愁，都不能真正解決問題。看來，女子明白根本所在，直截了當地詢問歸期，可謂抓住要害。寫信詢問歸期，又一次唤醒了别離的記憶，女子感覺月光和涼風，都和那夜仿佛。清風明月苦相思，對懷人盼歸的女子來説，看來這又是一個難捱的不眠之夜。

【集　評】

清陳廷焯《閒情集》卷一：小山諸詞，無不閒雅。後人描寫閨情，大半失之淫冶，此唐五代北宋猶爲近古。

王焕猷《小山詞箋》：按北宋結金滅遼，識者知其非計，而執政者不知其害，反視爲中興之基，樂其太平無事。故自處高危極言，起以下句句影照情勢，蓋有不便於明言者。

又

唱得紅梅字字香。柳枝桃葉盡深藏〔一〕。遏雲聲裏送離觴①〔二〕。　纔聽便拚衣袖濕，欲歌先倚黛眉長〔三〕。曲終敲損燕釵梁②〔四〕。

【校　記】

①離觴：底本作「雕觴」，從《歷代詩餘》、王本校改。　②曲終：明鈔本作「曲中」。

【箋　注】

〔一〕唱得二句：紅梅：或謂歌女名，或謂指《梅花落》《望梅花》曲。柳枝桃葉：或謂指白居易侍妾柳枝、王獻之侍妾桃葉，或謂指《楊柳枝》《桃葉歌》曲名。

〔二〕遏雲：使雲停止不前。形容歌聲響亮動聽。《列子》卷五《湯問》：「薛譚學謳于秦青，未窮青之技，自謂盡之，遂辭歸。秦青弗止，餞於郊衢，撫節悲歌，聲振林木，響遏行雲。薛譚乃謝求反，終身不敢言歸。」唐李白《南都行》：「清歌遏流雲，豔舞有餘閒。」唐許渾《陪王尚書泛舟蓮池》：「舞疑回雪態，歌轉遏雲聲。」

〔三〕纔聽二句：前句從聽歌著角度説，後句從唱歌者角度説。拚：舍棄，不顧惜。

〔四〕曲終句：敲損，敲壞，敲斷。燕釵，唐李賀《湖中曲》：「燕釵玉股照青渠，越王嬌郎小字書。」葉蔥奇注：「燕釵，指燕子形的釵。」釵梁，釵的主幹部分。北周庾信《鏡賦》：「懸媚子於搔頭，拭釵梁於粉絮。」

【疏　解】

這首詞文字上有歧異，第三句的「離觴」二字，底本作「雕觴」。若依底本，此首是酒宴聽歌之作；若從校本，則爲送别之詞。兩説皆可通，校作「離觴」於義更長。

通過描寫歌女唱歌賦别，是這首詞構思和表現上的突出特點。起句即從歌聲切入，用語綺麗。「紅梅」，當指歌曲名，古樂府有《梅花落》，多述離情；唐宋詞調有《望梅花》《落梅花》《梅花引》《小梅花》等；歌女所唱，當即古今這些以梅爲名的歌曲。「梅」字前着一「紅」字，頓添顏色。「字字香」，形容歌者聲情之美，由歌曲的名稱聯想到真實的梅花，用梅花的香氣喻字聲之美妙動聽，借助聯想，把聽覺、視覺、嗅覺聯成一體，極富表現力。第二句用襯托手法，進一步突出歌聲之美。「柳枝」即古樂府和唐宋詞的《楊柳枝》《折楊柳》《柳枝》等歌曲，多賦行旅離别之情。柳枝也是歌女名，見唐李商隱《柳枝》詩序。桃葉，晉王獻之愛妾名，亦是歌曲名，古樂府有《桃葉歌》，乃是王獻之送别桃葉時所唱。這一句既側面襯托、贊美歌聲，也用柳枝、桃葉的人名含義，來襯托、贊美唱「紅梅」歌曲的人。「柳枝」「桃葉」在字面上，與起句的「紅梅」相照應。第三句再用《列子》中秦青送别薛譚典故，既形容「紅梅」歌聲的高亢悲涼，亦與送别的題旨吻合。「送離觴」三字，由描寫歌聲轉到離别題意。

下片起句從行人即聽歌者的角度説，聞歌下淚的描寫，既是上片形容歌聲美妙的必然結果，又是對歌聲美妙的進一步贊美，是「就美的效果來寫美」，因而更有表現力。第二句從唱歌者的角度説，與上句呼應，見出歌者聽者亦即送者行者的心意相通。倚，倚恃，憑仗，長眉易傳聲情，這裏是以眉黛之美代指唱功之高。結句化用《世説新語·豪爽》壺口盡缺典事，説離宴一曲終了，聽歌者用燕釵擘打節拍，不覺已把釵梁敲斷。這一句仍是兼寫雙方，既説歌聲極爲動人，又説聽者極其投入，這裏有着送、行雙方的巨大感情共鳴，是謂心心相印。釵梁敲斷，暗含「分釵」寓意。這樣，唱歌與送別、歌聲與别情，已是密邇無間，極爲出色地完成了題旨的表現。

【集　評】

宋吴可《藏海詩話》：秦少游詩：「十年逋欠僧房睡，準擬如今處處還。」又晏叔原詞：「唱得紅梅字字香。」如「處處還」、「字字香」，下得巧。

王焕猷《小山詞箋》：按此首乃自言曲高和寡之意。首句言曲之高，次句言凡聲未可與比，三句則明言曲高和寡而被遠棄。下半闋首以自悲，次言粧飾須得入時，末句則傷無知音而有碎琴之感。

又

小杏春聲學浪仙〔一〕。疏梅清唱替哀絃〔二〕。似花如雪繞瓊筵〔三〕。　腮粉月痕粧罷後，臉紅蓮豔酒醒前。今年水調得人憐①〔四〕。

【校　記】

①水調：毛本、《歷代詩餘》、四庫本、四寶齋鈔本、家刻本、王本作「新調」。

【箋　注】

〔一〕小杏：歌女名。春聲：春天的聲響。唐元稹《和樂天早春見寄》：「雨香雲淡覺微和，誰送春聲入棹歌。」此指歌聲美妙。學，模仿，述説。浪仙：唐代詩人賈島，字浪仙。此或言歌女所唱是賈島的詩歌。或謂賈島詩歌與詞意無涉，此浪仙當指一前輩歌唱名手。

〔二〕疏梅句：此句多解，或謂疏梅亦是歌女名；或謂此句是説小杏的歌聲清如疏梅，替换了哀傷的弦樂；或謂所唱曲調與梅花有關。清唱：不用樂器伴奏的歌唱。哀絃：悲涼的弦樂聲。三國魏曹丕《善哉行》：「哀弦微妙，清氣含芳。」唐杜甫《題柏大兄弟山居屋壁》：「哀弦繞白雪，未與俗人操。」

〔三〕瓊筵：盛宴，精美豪華的宴席。南朝齊謝朓《始出尚書省》：「既通金閨籍，復酌瓊筵醴。」唐李白《春夜宴從弟桃李園序》：「開瓊筵以坐花，飛羽觴而醉月。」

〔四〕水調：古代樂曲名。《全唐詩》無名氏《水調歌》題下注：「水調，商調曲也。唐曲凡十一疊，前五疊爲歌，後六疊爲入破。」唐杜牧《揚州》之一：「誰家唱《水調》，明月滿揚州。」自注：「煬帝鑿汴渠成，自造《水調》。」馮集梧注：「《樂苑》：《水調》，商調曲。舊説隋煬帝幸江都所製。」

【疏　解】

此首題詠歌女，采用詞人視角。起句介紹人物，「小杏」是歌女名字。這句説她的美妙歌聲，學的是浪仙的唱法，師承有自。這裏的浪仙，似不指晚唐詩人賈島，當是一位不見載籍的著名前輩歌手。二句説小杏的歌聲清如疏梅，替换了哀傷的弦樂演奏。這一句歧解頗多，或謂疏梅亦是歌女名，或謂所唱曲調與梅花有關，可供讀詞參考。三句的「如花似雪」，當是形容小杏肌膚白皙，容顔美麗。「繞瓊筵」，説歌聲在華美的宴席間繚繞回響。或謂歌女繞着宴席唱歌勸酒，亦可説通。

下片前二句描寫歌女的容貌。前一句説她妝罷，傅粉的臉腮像月亮一樣皎潔。「妝罷」，妝成，這個「罷」是「成」的意思，不作「之後」解。後一句説她醉酒之後，臉頰像荷花一樣紅豔。這一聯構句頗巧，腮粉月痕，臉紅蓮豔，都不按常規組織字詞，但説俗了，這兩句十四個字，就是「花容月貌」的意思，略覺辭費。結句説今年流行水調歌，小杏唱的人人愛聽。

【集　評】

王焕猷《小山詞箋》：按此首蓋指新貴而言，首言新曲學舊曲，繼則新曲代舊曲矣。因接言似花拍如雪白，一片得意氣象。末句乃言得人憐者，惟新調耳。而句中小杏、疏梅，則又似真有其人者也。

又

銅虎分符領外臺〔一〕。五雲深處彩旌來〔二〕。春隨紅旆過長淮〔三〕。　千里袴襦添舊暖〔四〕，萬家桃李間新栽①〔五〕。使星回首是三臺〔六〕。

【校　記】

①間：抱經齋鈔本作「問」，誤。

【箋　注】

〔一〕銅虎分符：虎符爲中國古代帝王授予臣屬兵權和調發軍隊的信物。銅製，虎形，分左右兩半，有子母口可以相合。右符留存中樞，左符在將領之手。君王若派人前往調動軍隊，就需帶上右符，持符驗合，軍將才能聽命而動。外臺：後漢刺史爲州郡的長官，置別駕、治中，諸曹掾屬，號爲外臺。後泛指州郡長官。《後漢書·方術傳上·謝夷吾》：「〔謝夷吾〕爰牧荆州，威行邦國……尋功簡能，爲外臺之表。」

〔二〕五雲深處：帝京，皇帝所在之地。五雲：五色祥雲。唐王建《贈郭將軍》：「承恩新拜上將軍，當值巡更近五雲。」彩旌：古代用犛牛尾或彩色羽毛飾於旗杆頂端的旗幟，爲高官出行儀仗。

〔三〕紅旆：紅旗。唐高適《部落曲》：「琱戈蒙豹尾，紅旆插狼頭。」唐劉禹錫《酬浙東李侍郎越州春晚即事長句》：「青油晝卷臨高閣，紅旆晴翻繞古堤。」長淮：唐王維《送方城韋明府》：「高鳥長淮水，平蕪故郢城。」

〔四〕袴襦：衣褲，意指地方官吏的善政。《後漢書·廉范傳》：「建中初，遷蜀郡太守，其俗尚文辯，好相持短長，范每厲以淳厚，不受偷薄之說。成都民物豐盛，邑宇逼側，舊制禁民夜作，以防火災，而更相隱蔽，燒者日屬。范乃毁削先令，但嚴使儲水而已。百姓爲便，乃歌之曰：『廉叔度，來何暮？不禁火，民安作。平生無襦今五絝。』」

〔五〕桃李：《白孔六帖》卷七十七：「潘岳爲河陽令，樹桃李花，人號曰：『河陽一縣花』。」後以此典稱譽地方官吏治理有方。

〔六〕使星：祝願外任之後升遷朝廷中樞。《後漢書·李郃傳》：「和帝即位，分遣使者，皆微服單行，各至州縣觀采風謡。使者二人當到益部，投郃候舍。時夏夕露坐……郃指星示云：『有二使星向益州分野。』」後因稱使者爲「使星」。唐杜甫《秦州雜詩》之九：「稠疊多幽事，喧呼閲使星。」三臺：漢襲秦制，以尚書省爲中臺，御史爲憲臺，謁者爲外臺，合稱三臺。

【疏解】

此首送别之作，采用詞人視角，送一京官赴外任，本事不可考。起句直敘事件人物，這位京官得到朝廷分剖虎符授權，出任地方州郡長官。二句説他排開彩旗儀仗，從京城出發赴任。這兩句雖屬應酬的門面話，但寫的很有語感氣勢。第三句説他的儀仗隊打著紅旗，在春天裏渡過淮河。可知他的任所是在淮南。這一句用意很巧，本來就是交代時間季節和任官之地，卻説春天隨著他的儀仗紅旗一起渡過長淮。言外之意，説他所到之處，即見大地春回，他的到任，必將惠民一方。

下片承上，説隨著新官到任，春回淮南，人們的衣服穿起來感覺比過去更加暖和了；千家萬户新栽了桃樹李樹，在和煦的春風吹拂下，很快就會再現「河陽一縣花」的大好景象。這兩句是説新官到任之後，地方必將得到更好的治理，老百姓也會得到新的更多的實惠。誇獎新官才幹突出，惠政愛民，績效不凡。所以結句預祝三年任滿，使君調任回京，加官進爵，位居臺省，參與機要，表達了詞人的良好祝福。

此類應酬之作，本無多大意義。但是讀這類詞，一者可以見出小晏並非不通人情世故，該有的世俗交際，他這裏也不缺少。二者應酬得體，亦需要高超的語言功夫。不乏應酬而且應酬得體，顯示出小晏頗通人情世故的另一性格側面，我們在引述黄庭堅「四癡」之説的時候，還需顧及全人，注意不要把話説到極端。

【集評】

王焕猷《小山詞箋》：按此首當係送由宰相出知府事者而作，如韓琦之出知大名府也，但此不知爲何人耳，故次句即言來自帝都也。

又

浦口蓮香夜不收。水邊風裏欲生秋〔一〕。棹歌聲細不驚鷗〔二〕。　涼月送歸思往事，落英飄去起新愁。可堪題葉寄東樓①〔三〕。

【校記】

①東樓：家刻本、王本作「東流」。

【箋　注】

〔一〕欲生秋：漸生秋涼。

〔二〕棹歌：船夫行船時所唱的歌。漢武帝《秋風辭》：「簫鼓鳴兮發棹歌，歡樂極兮哀情多。」

〔三〕題葉：即紅葉題詩，相關記載頗多。唐范攄《雲溪友議》卷十，記唐宣宗時中書舍人盧渥，「偶臨御溝，見一紅葉」，葉上題詩云：「水流何太急，深宮盡日閒。殷勤謝紅葉，好去到人間。」盧渥後娶一位被遣出宮的韓姓宮女，即紅葉題詩者。唐孟棨《本事詩·情感》，記唐玄宗時顧況于「苑中，坐流水上，得大梧葉」，上有題詩云：「一入深宮裏，年年不見春。聊題一片葉，寄與有情人。」況亦于葉上題詩與之反覆唱和。宋王銍《補侍兒小名録·鳳兒》，記唐德宗時進士賈全虛於御溝見一花流至，旁連數葉，上有王才人養女鳳兒題詩，「筆蹟纖麗，言詞幽怨」，詩云：「一入深宮裏，無由得見春。題詩花葉上，寄與接流人。」全虛見詩，爲之流淚。德宗聞此事，因以鳳兒賜全虛。宋劉斧《青瑣高議》卷五載張實《流紅記》，記唐僖宗時儒士于祐與宫人韓氏紅葉唱酬，後遂結爲夫婦。五代孫光憲《北夢瑣言》卷九，記唐僖宗時進士李茵嘗游苑中，於御溝得宮娥雲方子紅葉題詩。後茵與宮娥同行詣蜀，被内官田大夫拆散，宮娥與李情愛至深，至前驛，自縊而死。後以「題紅葉」爲吟詠情思、宮怨、閨怨或良緣巧合之典。唐杜牧《題桐葉》：「江樓今日送歸燕，正是去年題葉時。」

【疏　解】

詞寫蓮塘秋怨，采用女子視角。起句從浦口蓮香的嗅覺切入，寫女子月夜采蓮。南方女子每於初秋月夜采蓮，這在《花間集》所收温庭筠《荷葉杯》中就有表現。「夜不收」，是説夜晚像白天一樣，蓮香依然在水上飄浮不散。二句寫風，知起句的「蓮香」，正是被風吹送過來。水邊多風，水風，風起於青萍之末，風生水起，這些語詞都説水與風的關係密不可分。而水風多涼，尤其是在夜晚，所以采蓮女從浦口江邊的沁涼水風裏，感覺到了漸濃的秋意。這一句寫的是采蓮女的膚覺。三句寫采蓮女低聲唱起棹歌，不曾驚動荷蕩葦叢裏棲宿的鷗鷺。這一句寫聽覺，采蓮女唱起棹歌，是被浦口之夜的蓮香風涼所觸動，情不自禁；聲音壓得很低很小，則又見出女性的細心與體貼。

在浦口寧謐的夜色裏，在涼風吹送的蓮香裏，在低聲唱起的棹歌裏，采蓮女憶起了去秋采蓮、月夜送歸的往事。看來，去年秋天月夜采蓮，她曾有過一段愛情遇合。一年一度，今又秋夜采蓮，往事不再，故人不見，徒然看着飄落的荷花隨水遠去，心中生出幾多惆悵。於是，她想題葉寄情，訴説深長的相思之意。東樓，應該是去年采蓮、月夜送歸之人的住所吧。

【集　評】

王焕猷《小山詞箋》：按京職自漢以來，人皆重視。此首蓋叔原不得京職之作，故首句言香溢於夜，猶人才之棄於外也，乃有賈誼長沙之歎焉！次句感時之衰言非佳兆，棹歌聲細，謂賢者隱名。不驚鷗，謂不見用也。末句則有放而不可收回之意。

又

莫問逢春能幾回〔一〕。能歌能笑是多才。露花猶有好枝開。　緑鬢舊人皆老大〔二〕，紅梁新燕又歸來。儘須珍重掌中杯〔三〕。

【箋注】

〔一〕莫問句：唐杜甫《絶句漫興九首》其四：「二月已破三月來，漸老逢春能幾回。」

〔二〕緑鬢：烏黑而有光澤的鬢髮。南朝梁吴均《和蕭洗馬子顯古意詩》之三：「緑鬢愁中改，紅顔啼裏滅。」唐李白《怨歌行》：「沉憂能傷人，緑鬢成霜蓬。」舊人：相識已久的朋友。漢王充《論衡·問孔》：「孔子重賻舊人之恩，輕廢葬子之禮。」東漢王粲《思友賦》：「行游目于林中，覩舊人之故場。」唐劉禹錫《與歌者何戡》：「舊人唯有何戡在，更與殷勤唱《渭城》。」

〔三〕珍重：重視愛惜，保重身體。《楚辭·遠游》王逸序：「是以君子珍重其志，而瑋其辭焉。」南朝梁王僧孺《與何炯書》：「所以握手戀戀，離別珍重。」唐元稹《鶯鶯傳》：「臨紙嗚咽，情不能申。千萬珍重，珍重千萬。」

【疏解】

此首感歎老大，表及時行樂之意，應是詞人中年以後之作。整首詞意，遠承曹操《短歌行》「對酒當歌，人生幾何」而來，近接杜甫《絶句漫興》九首其四：「二月已破三月來，漸老逢春能幾回。莫思身外無窮事，且盡生前有限杯。」可以説，小晏此詞就是對上引杜詩的跨文體改寫。「莫問」二字領起，即是何須再問、不管不顧的意思，説明詞人心裏清楚漸入老境，來日無多。所以不用再説人生苦短，只需擺去拘束，縱情高歌，開懷大笑，便是高境要着。「多才」一語，在小晏詞裏數見，此處有詼諧自嘲意味。小晏一代才人，「多才」是其自許，也是公認。其他情況下，「多才」是詞人的自賞、自負，這裏則是説那些吟詩填詞、舞文弄墨的才華，不過浮名而已，只有體健身閒，歌笑行樂，才是透破的高明之人。三句説人雖老大，花開猶好，正是抓緊行樂的好時機。

下片前二句聯語，將人事與自然進行比較。兩鬢青青的故人，都已年歲老大；畫梁築巢的燕子，一年一度又來。故人日日老，梁燕歲歲新，在大自然不停變化的無限循環面前，不可逆的人生顯得微不足道。於是有了結句「且樂生前一杯酒」的認知、提醒，更重要的當然是身體力行。雖屬老生常談，但確是閱盡人生的透徹之悟。

【集　評】

王焕猷《小山詞箋》：按此首亦承上首之意而作，觀「露花」句可知。

又①

樓上燈深欲閉門。夢雲歸去不留痕②〔一〕。幾年芳草憶王孫〔二〕。　向日闌干依舊緑③〔三〕，試將前事倚黃昏④〔四〕。記曾來處易消魂。

【校　記】

①此首毛本、四寶齋鈔本調下注曰「舊失題，次卷末」。②歸去：毛本、四庫本、王本、四寶齋鈔本作「散處」。③向日：毛本、四庫本、四寶齋鈔本、王本作「白日」。④倚：抱經齋鈔本作「憶」。

【箋　注】

〔一〕夢雲：用宋玉《高唐賦序》典故，參看《臨江仙》「淺淺餘寒春半」注。

〔二〕芳草憶王孫：《楚辭》淮南小山《招隱士》：「王孫游兮不歸，春草生兮萋萋。」

〔三〕向日：往日，從前。

〔四〕試將句：意謂欲借黃昏時分回憶往事。

【疏　解】

此首離別相思之詞，采用女子視角。起句從樓上掌燈閉門切入，交代地點和時間。二句的「夢雲」，既寫向晚雲色，亦用《高唐賦》典事。雲去無痕，既説離去之人，亦説自己苦於相思的懷人春夢。三句説離別已數載，春天今又回。芳草年年緑，王孫猶未歸。年光逝水，節序流轉，女子觸目興感，心中生出多少離愁别恨，相思牽念。

下片承上「憶」字，在今昔時空交錯中展開往事漫憶。昔日的闌干依然翠色不減，而今獨倚黃昏，當年相攜憑眺的歡樂往事，又一一重現眼前。黄昏是一個時間和心理的臨界點，是離别中人一天最難捱度的時段。下片前二句即寫女子黄昏憑闌，追思往事，想起這裏是曾經共同登眺的地方，不禁黯然消魂。而今「易消魂」，見出往事最難忘，雖以情語作結，亦覺含蘊不盡。

【集　評】

王焕猷《小山詞箋》：按此首蓋爲雲而作，不惟明言雲散，而下半片且有追憶前事之言也。

六幺令〔一〕

緑陰春盡，飛絮繞香閣〔二〕。晚來翠眉宫樣①〔三〕，巧把遠山學〔四〕。一寸狂心未説〔五〕，已向横波覺〔六〕。畫簾遮帀②〔七〕。新翻曲妙〔八〕，暗許閒人帶偷掐③〔九〕。前度書多隱語〔一〇〕，意淺愁難答。昨夜詩有回紋〔一一〕，韻險還慵押〔一二〕。都待笙歌散了，記取留時霎。不消紅蠟。閒雲歸後，月在庭花舊闌角。

【校　記】

①晚來：抱經齋鈔本作「曉來」。　②遮帀：明鈔本作「透匝」。　③偷掐：吴鈔本、毛本、四庫本、唐本作「偷招」。

【箋注】

〔一〕六幺令：唐教坊琵琶曲名，用爲詞牌。王灼《碧鷄漫志》卷三云：「《六幺》，一名《緑腰》，一名《樂世》，一名《録要》。或云此曲拍無過六字者，故曰《六幺》。元微之《琵琶歌》云：『《緑腰》散序多攏撚。』……又云：『逡巡彈得《六幺》徹。』……段安節《琵琶録》云：『《緑腰》，本《録要》也，樂工進曲，上令録其要者。』……至樂天又獨謂之《樂世》，他書不見也。」正體：雙調九十四字，前後段各九句、五仄韻。以柳永《六幺令·暮雲消散》爲代表。變體一：雙調九十四字，前段九句六仄韻，後段九句七仄韻。以賀鑄《六幺令·澹煙殘照》爲代表。變體二：雙調九十四字，前後段各九句、五仄韻。以陳允平《六幺令·授衣時節》爲代表。

〔二〕香閣：閨房。唐謝偃《踏歌詞》之二：「逶迤度香閣，顧步出蘭閨。」

〔三〕翠眉宫樣：晉崔豹《古今注》：「魏宫人多作翠眉。」

〔四〕遠山：遠山眉。晉葛洪《西京雜記》：「文君姣好，眉色如望遠山。」

〔五〕一寸：指心，古人謂心爲方寸之地。唐李商隱《無題》：「春心莫共花争發，一寸相思一寸灰。」

〔六〕横波：形容眼波流動，唐李白《長相思》：「昔時横波目，今作流淚泉。」

〔七〕遮帀：遮蔽嚴密。帀：同匝。

〔八〕新翻：新寫，改編。唐白居易《楊柳枝》：「古歌舊曲君休聽，聽取新翻楊柳枝。」

〔九〕偷掐：此指偷記樂譜。

〔一〇〕隱語：不直説本意而借别的詞語來暗示的話，類似今之謎語。《漢書·東方朔傳》：「舍人不服，因曰：『臣願復問朔隱語，不知，亦當榜。』」南朝梁劉勰《文心雕龍·諧隱》：「隱語之用，被于紀傳。」

〔一一〕回紋：回文詩。回還往復，正讀倒讀皆成章句的詩篇。回文詩有很多種形式，如通體回文、就句回文、雙句回文、本篇回文、環復回文等。唐吴兢《樂府古題要解》：「回文詩，回復讀之，皆歌而成文也。」

〔一二〕韻險：險韻。冷僻難押的韻脚。宋歐陽修《歸田録》卷二：「余六人歡然相得，羣居終日，長篇險韻，衆製交作。」

【疏　解】

此首題詠歌女，采用詞人視角。起二句從季節時令切入，描寫緑樹成蔭、柳絮飄飛的暮春之景，爲人物行爲心理提供一個大的背景。「香閣」點明女性居所，交代人物性别與活動地點。三、四句寫歌女晚妝，描畫出宫樣的遠山眉，顯得時尚而又美麗。五、六句通過眼睛描寫人物心理，歌女内心的激動興奮，不待開口，已從她那横流的眼波表露出來。「向横波覺」的人就是詞人，他已到場，正在敏鋭地觀察歌女的動静。即將開唱的歌女也已看見了他，一瞥眼神交流，已經明白了一切。前結三句描寫歌女演唱情形，在畫簾周遭遮護的香閣内，她唱着新翻的樂曲，歌聲美妙動聽，以致有人偷記樂譜，她也不管不顧。愛情的獲得使人寬容大度，富於同情心，前結的這個細節可以爲證。

換頭補敘，說歌女此前曾經來信，但信上多用隱語，詞人自覺讀不明白，所以難於作答。昨夜歌女又寄來了回文詩，用韻險仄，不易酬和。由這一段補敘看，歌女能作廋辭隱語，能寫回文險韻之詩，她的文化和詩歌素養是相當高的。在小晏的其它詞作裏，也不止一次出現過類似描寫。也就是說，詞人與歌女的交往，既有情欲滿足的因素，更多的還是追求更高層級的精神滿足。他與歌女之間的關係，是有心理深度與情感高度的，這才是小晏衆多的題詠歌女之詞最有價值與意義的地方，因而也是最值得讀者關注之所在。因爲回信、和詩困難，所以有了今晚的約會，詞人提醒歌女，等到演出結束，一定要記住停留片刻，當面溝通，說出彼此的心願。結三句說，不用點燃紅燭，雲散月明，就在開滿鮮花的闌干拐角處見面，那是兩人熟悉的老地方。詞的下片，尤其是結句，花月在場，把一次男女約會表現得富有詩意。

【集評】

明沈際飛《草堂詩餘別集》卷三：十韻都可矜許。隱躍。又：款密竭情。

清沈雄《古今詞話·詞辨下卷》：按《霓裳羽衣》，黃鐘宮音，而《六幺令》爲仙吕宮曲。《清真集》中「快風收雨」是也。晏小山「緑陰春盡」，辛稼軒「酒群花隊」，實與《霓裳羽衣》殊絶，然則並非六博之義可知。詞有與《六幺》調名無干者，如晏小山《六幺令》詞：「緑陰春盡，……月在庭花舊闌角。」

夏敬觀《吷庵詞評》：此倒押韻之法，甚峭拔。「市」、「掐」、「答」、「押」、「霎」、「蠟」，皆開口音，係「合」韻與「覺」韻同叶。

王焕猷《小山詞箋》：按《六幺令》須用入聲韻，此首用韻頗雜，屋沃、覺樂、葉洽三部通叶，究不可爲訓。

又按，小山《六幺令》爲北宋慢詞之最早者，查詞有小令、近詞、慢詞之分，慢詞中有《六幺令》《百字令》等調，皆屬長調。然何以稱之曰令，殊無從考。惟《六幺令》亦可無令字，但曰《六幺》，而《百字令》原名《念奴嬌》，均出於唐曲，具見《碧雞漫志》。又查《六幺》一名《緑腰》，一名《録要》，段安節《琵琶録》曰：「樂工進曲，帝命録其要者。」歐詞「貪看六幺花十八」，因此曲有一疊名「花十八」故也。而此亦大曲之名也，亦見《碧雞漫志》。

又①

雪殘風信〔一〕，悠颺春消息②〔二〕。天涯倚樓新恨，楊柳幾絲碧。還是南雲雁少〔三〕，錦字無端的〔四〕。寶釵瑶席。彩絃聲裏，拚作尊前未歸客〔五〕。　遥想疏梅此際，月底香英白③〔六〕。别後誰繞前溪，手揀繁枝摘。莫道傷高恨遠④〔七〕，付與臨風笛〔八〕。儘堪愁寂。花時往事，更有多情個人憶〔九〕。

【校　記】

①此首《梅苑》卷二誤作晏殊詞。　②消息：明鈔一卷本作「消自」，誤。　③香英白：毛本、《歷代

詩餘》、《詞綜》、四庫本、四寶齋鈔本、家刻本、王本作「香英拆」，《花草粹編》作「香英密」，抱經齋鈔本「白」字下注曰「一作『密』」。④恨遠：《花草粹編》作「懷遠」，抱經齋鈔本「恨」字下注曰「一作『懷』」。

【箋注】

〔一〕風信：信風，隨著季節變化應時吹來的風，報告時令天氣的信息。唐張繼《江上送客遊廬山》：「晚來風信好，併發上江船。」

〔二〕悠颺：飄忽不定。唐王勃《春思賦》：「淡蕩春色，悠揚懷抱。」前蜀韋莊《思歸》：「暖絲無力自悠揚，牽引東風斷客腸。」

〔三〕南雲：南飛之雲。常以寄託思親、懷鄉之情。晉陸機《思親賦》：「指南雲以寄欵，望歸風而效誠。」晉陸雲《感逝》：「眷南雲以興悲，蒙東雨而涕零。」唐李白《大堤曲》：「佳期大堤下，淚向南雲滿。」雁少：古有雁足傳書之説，雁少是説書信稀少。

〔四〕錦字：錦字書，女子向丈夫或情人表達思念的書信。《晉書·列女傳》：「竇滔妻蘇氏，始平人也，名蕙，字若蘭，善屬文。滔，苻堅時爲秦州刺史，被徙流沙，蘇氏思之，織錦爲回文旋圖詩以贈滔。宛轉循環以讀之，詞甚淒惋。凡八百四十字。」唐李白《秋浦寄内》：「開魚得錦字，歸問我何如？」無端的：無憑據。

〔五〕寶釵三句：謂只能靠飲酒宴樂、聲色之娱來消除客愁。

〔六〕遥想二句：疏梅，或實寫梅花，或以之喻指所戀歌女。香英：香花。唐羅隱《人日新安道中見梅花》：「長途酒醒臘春寒，嫩蕊香英撲馬鞍。」宋晏殊《玉堂春》：「數樹寒梅，欲綻香英。」

〔七〕傷高恨遠：宋張先《一叢花令》：「傷高懷遠幾時窮，無物似情濃。」

〔八〕臨風笛：風中吹送的笛聲。唐鄭谷《淮上與友人别》：「數聲風笛離亭晚，君向瀟湘我向秦。」宋黄庭堅《念奴嬌·斷虹霽雨》：「老子平生，江南江北，最愛臨風笛。」

〔九〕個人：那人，彼人。

【疏　解】

此首早春懷人之作，第一人稱自抒。起二句説殘雪融化，信風吹送春天將臨的消息。三、四句説，楊柳已有幾絲碧緑，惹動了倚樓憑眺的天涯遊子的春來新恨。五、六句説，樓頭所見，雲端飛雁稀少，伊人的錦字書信無法寄來。前結三句説，雁書不至，思鄉情切，自己只能靠飲酒宴樂、聲色之娱來消除客愁。「拚作」二字，見出遊子詞人的强爲掙扎之狀。

换頭展開想象，説家鄉此時，梅花也該開了，月夜的梅花暗香浮動，色澤瑩潔。小晏詞中所寫梅花，除了「唱得紅梅字字香」一首，好像都是白梅，見出詞人的偏嗜心理。如是以花喻指所戀之人，則其人白皙，其衣素淡，可以想見。三、四句説，離别之後，自己遠在天涯，還會有誰在前溪盤桓，折取早梅繁枝。這兩句透露了詞人的複雜心理，一方面體貼梅花無人愛賞，一方面又擔心有人插手染指。五、六句回應上片「天涯倚樓新恨」，詞人憑闌之際，聽到風中傳來的笛聲，打斷了他關於家鄉梅花的想象。這風中的笛聲，吹奏的應該是《梅花落》吧。第七句「盡堪愁寂」，説的是詞人憶梅聞笛之時的情感心理狀態，體味惆悵和孤寂，也能成爲天涯遊子的某種安慰和憑依。結二句説，家鄉花事的記憶裏，有一個人特别讓自己思念。全詞至此圖窮匕見，遊子天涯鄉愁的實質，是家鄉那個親愛的人。

【集　評】

王焕猷《小山詞箋》：按此首前半片言自己作客之苦，後半片首句點出「梅」字，可見「梅」字是此詞關鍵。末句復申明「個人」二字，則更覺瞭然矣。此詞情致纏綿，字斟句酌，以期盡善。選北宋慢詞者，皆以此詞爲首，蓋從來言詞者，小令須含蓄不盡，長調須空靈一氣，小山此詞可謂空靈一氣矣。

又

日高春睡，唤起懶裝束①。年年落花時候②，慣得嬌眠足③〔一〕。學唱宫梅便好，更暖銀笙逐〔二〕。黛蛾低緑④〔三〕。堪教人恨⑤，卻似江南舊時曲〔四〕。常記東樓夜雪，翠幕遮紅燭。還是芳酒杯中，一醉光陰促。曾笑陽臺夢短〔五〕，無計憐香玉。此歡難續。乞求歌罷，借取歸雲畫堂宿〔六〕。

【校 記】

①裝束：抱經齋鈔本作「粧束」。②落花：《歷代詩餘》、家刻本、王本作「花落」。③嬌眠：明鈔一卷本作「矯眠」，誤。《歷代詩餘》、家刻本、王本作「春眠」。④黛蛾：《花草粹編》作「黛娥」。⑤人恨：《歷代詩餘》、家刻本、王本作「一恨」。

【箋 注】

〔一〕慣得：縱容，隨意。五代和凝《河滿子》：「正是破瓜年紀，含情慣得人饒。」

〔二〕暖銀笙：把笙簧加熱，使音聲悦耳。北周庾信《春賦》：「更炙笙簧，還移筝柱。」宋周密《齊東野語》卷十七：「蓋笙簧必用高麗銅爲之，舥以緑蠟，簧暖則字正而聲清越，故必須焙而後可。」唐杜牧《寄李起居四韻》：「雲罍心凸知難捧，鳳管簧寒不受吹。」唐秦韜玉《吹笙歌》：「纖纖軟玉捧暖笙，深思香風吹不去。」唐陸龜蒙《贈遠》：「妾思冷如簧，時時望君暖。」逐：跟隨歌聲伴奏。

〔三〕黛蛾：黛眉。唐温庭筠《晚歸曲》：「湖西山淺似相笑，菱刺惹衣攢黛蛾。」

〔四〕江南舊時曲：過去在江南聽到的歌曲。

〔五〕陽臺夢：用《高唐賦》典事。五代李存勖製《陽臺夢》詞調，詩詞中常用「陽臺夢」喻指男女歡會。

〔六〕歸雲：用《高唐賦》典事，此指所戀歌女。

【疏　解】

此首題詠歌女，采用詞人視角。起句寫歌女春晨貪睡，日高未醒，這大概是承歡侍宴的夜生活使然。二句説她被人唤起之後，仍然感覺慵懶，不願妝梳。三、四句説，如此貪睡懶起已非一日，年年暮春落花時節都是這樣，早已成爲一種生活習慣。這前四句，突出歌女的慵懶、嬌媚情態，抓住人物的主要性格特點，傳神寫照。五、六句寫歌女聰慧，很快就學會了宫梅曲詞，便在銀笙的伴奏下開始演唱。七句説她唱歌時，一雙蛾眉低斂，若不勝情。八、九句轉换角度，説聽歌者即詞人如聞江南舊曲，唤起記憶，心生愁怨。

换頭即寫詞人的回憶，「常記」表明念念不忘。東樓雪夜，層層簾幕遮護的暖室裏，紅燭高燒，杯杯芳酒，勸得人醉，長夜很快就過去了。詞人曾經自笑歡事匆促，像是做了一個陽臺之夢，自己不能盡情地憐香惜玉。以上所寫東樓雪夜幽會，即是詞人聽歌時唤起的江南記憶。「此歡難續」一句，是説雪夜幽會之後，歡好難以繼續。因而有了結二句所寫，「祈求」歌女今宵唱罷，與詞人畫堂同宿。從這個結尾來看，歌女或者就是詞人雪夜幽會的老相識，今夜歌宴重逢，詞人希望再續舊好。

【集　評】

王焕猷《小山詞箋》：按小山《六幺令》三首，惟第一首選家往往不取，餘二首則諸家均入選。

更漏子〔一〕

檻花稀〔二〕，池草徧①〔三〕。冷落吹笙庭院。人去日，燕西飛〔四〕。燕歸人未歸。　數書期〔五〕，尋夢意。彈指一年春事。新悵望，舊悲涼。不堪紅日長。

【校　記】

①池草：毛本、四寶齋鈔本作「地草」。

【箋　注】

〔一〕更漏子：詞牌名，調見《花間集》温庭筠詞。雙調四十六字，上闋兩仄韻、兩平韻，下闋三仄韻、兩平韻。

〔二〕檻花：圍欄中的花。

〔三〕池草：南朝宋謝靈運《登池上樓》：「池塘生春草，園柳變鳴禽。」

〔四〕燕西飛：南朝梁蕭衍《東飛伯勞歌》：「東飛伯勞西飛燕，黄姑織女時相見。」

〔五〕書期：書信中約定的日期。

【疏　解】

詞寫歌女離思，第一人稱抒情。起二句從庭院暮春景物切入，交代時間和地點。三句「冷落」二字，從季節景物的角度看，是由起二句的「花落草長」而來；但「冷落」主要是人的主觀感受，是愛人去後歌女内心失落、生活無趣的表現。「吹笙」點出女子身份，愛人去後，院落笙歌應是依舊，但是歌女卻再也感受不到日常的熱鬧歡樂了。四、五句回憶去年，説愛人離去的時候，正值燕子西飛的秋天。秋天燕子南飛，這裏説「西飛」，是用「東飛伯勞西飛燕」的語典，以「燕西飛」喻人離散。第六句回到眼前，説秋天飛去的燕子，春天又飛回來了，可是愛人卻没有如期歸來。

下片説整整一個春天，女子都在數着信上約定的歸期，回想着夢裏相聚的情味，就這樣一彈指間，一年的春事就過去了。人在鬱悶情緒中，容易感到時間漫長難熬，這裏卻説時間快速流逝，大約有兩個原因：一是相思盼歸，注意力高度集中，已到夢魂迷離之地步，對於時間已經失去了真實的感知，恍惚之間春天就過去了。二是説春光短暫，含有年華虚度、惜春傷懷之意。四五句説，舊的悲涼還没消去，新的悵望早又襲來，轆轤循環，没完没了。她被折磨得實在難以承受，感覺太陽一直也不落山，這白天簡直也太長了。前面説春天過得快，那是整體感覺；這裏説白天過得慢，這是局部感覺。兩種感覺都是真實的，這個春天和這個白天的時長，都是困於離思的歌女的心理時間。

【集　評】

王焕猷《小山詞箋》：按此首蓋有所思憶而作也，檻花、池草、夢意，均詞中儁妙藻飾。

又

柳間眠，花裏醉。不惜繡裙鋪地。釵燕重〔一〕，鬢蟬輕〔二〕。一雙梅子青〔三〕。　粉箋書〔四〕，羅袖淚。還有可憐新意。遮悶綠〔五〕，掩羞紅。晚來團扇風。

【箋　注】

〔一〕釵燕：即燕釵，燕形的釵飾。舊題南朝梁任昉《述異記》卷下：「漢武帝元鼎元年，起招靈閣，有一神女，留一玉釵與帝，帝以賜趙婕妤。至昭帝元鳳中，宮人見此釵，光瑩甚異，共謀欲碎之。明視釵匣，唯見白燕，直升天去。後宮人常作玉釵，因名玉燕釵。」唐李賀《湖中曲》：「燕釵玉股照青渠，越王嬌郎小字書。」唐劉言史《贈成煉師四首》：「當時白燕無尋處，今日雲鬟見玉釵。」

〔二〕鬢蟬：即蟬鬢，古代婦女的一種髮式，兩鬢如蟬翼，故稱。晉崔豹《古今注·雜注》：「魏文帝宮人絶所寵者，有莫瓊樹、薛夜來、田尚衣、段巧笑，日夕在側，瓊樹乃製蟬鬢。縹眇如蟬翼，故曰蟬鬢。」南朝梁蕭繹《登顔園故閣》：「妝成理蟬鬢，笑罷斂蛾眉。」隋薛道衡《昭君辭》：「蛾眉非本質，蟬鬢改真形。」唐盧照鄰《長安古意》：「片片行雲著蟬鬢，纖纖初月上鴉黄。」

〔三〕一雙梅子青：指插在髮鬟上作爲裝飾的兩顆青梅。唐韓偓《中庭》：「中庭自摘青梅子，先向釵頭戴一雙。」

〔四〕粉箋書：粉色箋紙寫的書信。

〔五〕遮悶綠二句：綠，指翠眉；紅，指臉頰。

【疏　解】

詞寫女子春情，采用詞人視角。上片寫白天女子出遊，下片寫女子晚來相思，而互爲因果。起三句説出遊女子花間醉酒，柳下睡眠，不惜以繡羅裙裾鋪地作席。這樣放浪形骸的女子，我們在古典詩詞裏很少見到，讓人想到《花間》詞句「謝娘嬌極不成狂」。然則女子爲何如此放縱，是因爲少年天真，還是因爲身份特殊，似乎都不是。後三句描寫醉眠花柳的女子，燕釵墜地，髮鬟松散，作爲頭飾的一雙青梅也掉落下來。燕釵墜地，故曰「重」；鬟髮蓬松，故曰「輕」；青梅成雙，具含暗示和襯托意味。

下片前二句説，寫在粉箋上的書信，灑在羅袖上的淚痕，這是兩個並置的意象。書信往還，説明人在別離之中，這就解釋了上片女子醉眠花柳的原因，出遊狂極實爲相思苦極。前結的「青梅」意象的作用，亦至此分曉。青梅澀酸，以喻相思滋味；青梅成雙，反襯人的孤單。書信爲男子所寫還是女子所寫，意思不明。第三句的「可憐新意」，意爲信上的情話説得新巧動人。若是男子來信，則是女子得了安慰，誇獎對方；若是女子寫信，則是終於一吐衷曲，略覺自矜。結三句從「新意」二字生發，情人之間的私信，何所不言，説出新意，也就説出了格，這讓女子不免感到害羞。眉頭因相思還蹙著，臉頰已是燒起紅暈，於是拿起團扇裝作搧風，以爲遮掩。

【集　評】

王焕猷《小山詞箋》：按此首蓋仍承上怨恨之意也。

又

柳絲長〔一〕，桃葉小。深院斷無人到。紅日淡，綠煙晴〔二〕。流鶯三兩聲〔三〕。雪香濃〔四〕，檀暈少〔五〕。枕上臥枝花好〔六〕。春思重，曉妝遲〔七〕。尋思殘夢時。

【箋　注】

〔一〕柳絲長：唐溫庭筠《更漏子》：「柳絲長，春雨細。」

〔二〕綠煙：春煙，泛指春天的雲煙嵐氣等。《魏書·常景傳》：「長卿有艷才，直致不羣性，鬱若春煙舉，皎如秋月映。」唐張説《和張監游終南》：「春煙生古石，時鳥戲幽松。」

〔三〕流鶯：鳴聲婉轉、四處飛翔的黄鶯。唐武元衡《春興》：「楊柳陰陰細雨晴，殘花落盡見流鶯。」

〔四〕雪香：形容潔白的肌膚散發出香氣。宋晏殊《木蘭花》：「雪香濃透紫檀槽，胡語急隨紅玉腕。」

〔五〕檀暈：女子眉邊的淺赭顏色。宋蘇軾《次韻楊公濟奉議梅花》之九：「鮫綃剪碎玉簪輕，檀暈粧成雪月明。」

〔六〕臥枝花：横斜的花枝。此處以繡枕上横斜的花枝喻指枕頭上横躺的女子。五代馮延巳《相見歡》：「曉窗夢到昭華。阿瓊家。欹枕殘妝，一朵臥枝花。」

〔七〕曉妝：晨起梳妝。南唐徐鉉《柳枝辭十二首》之七：「水閣春來乍減寒，曉妝初罷倚闌干。」曉妝遲：唐温庭筠《菩薩蠻》：「懶起畫蛾眉，弄妝梳洗遲。」

【疏　解】

詞寫閨情，采用詞人視角，第三人稱代言。上片寫庭院春景，下片寫閨婦春思。起二句從柳絲、桃葉切入，柳絲已長，桃葉已生，説明是暮春光景，傷春之意已暗寓其中。「柳絲長」三字，直用温庭筠《更漏子》其一起句。三句言春日庭院，斷無人跡，這又是自《花間》詞以來爲思婦設置的典型居處環境，幽静封閉，是其特點。這一句已從起二句的視角轉爲聽覺。四、五句從光感色彩的角度，進一步對庭院春景加以點染。日淡，是説初升之日，光線尚不刺眼。煙晴，是説晴日煙靄，純浄而又稀薄。紅緑的顔色，在起二句寫桃柳時已暗含，至此點明。第六句再用聽覺，寫飛鳴的鶯聲，爲庭院春景添加黄色，同時爲下片寫人伏筆。

下片轉寫被鶯聲叫醒的思婦，上下片就這樣完成了過渡。一、二句屬於人物特寫，鏡頭對准已醒未起之思婦面部，視覺嗅覺並用，寫她膚色如雪，透出濃香，晚妝描畫的檀色眼暈，已經色澤淺淡。「香雪」二字，來自温庭筠《菩薩蠻》其一的「鬢雲欲度香腮雪」；「檀暈」二字，更是《花間》詞描寫女性妝容的慣用字眼。三句從女性面部拉開鏡頭，對准枕上刺繡的折枝花卉，暗喻躺在床上的女子美如花枝。第四句點題，詞筆探入女子的情感心理。她的濃重的「春思」，不外乎惜春懷人的年華之歎。第五句説她終於起床，開始早妝，「曉妝遲」三字，來自温庭筠詞句「弄妝梳洗遲」，「遲」狀其慵懶，亦即「誰適爲容」之意。結句再補一筆，説她梳妝之時因回味夜夢分神，所以早妝遲遲没有畫好。

「殘夢」遠承上片的「鶯聲」，近接下片的「春思」，因懷春而致夢，天明之時，夢裏的思婦又被鶯聲驚醒。讓她「尋思」不已的夢境，性質爲何，已是不言而喻。

《花間》詞是「倚聲填詞之祖」，宋代詞人普遍學習《花間》詞，北宋前期的晏歐等小令詞人，更是《花間》詞風的直接繼承者。包括這一首在内的小晏組詞《更漏子》，取材構思，用字着色，口角風調，都與《花間》詞十分相似，以至被論者指爲「《金荃集》中絶妙詞也」（俞陛雲《唐五代兩宋詞選釋》），是我們梳理分析唐宋詞嬗遞演變過程的重要文本例證。

【集　評】

清陳廷焯《閒情集》卷一：情餘言外，不必用香澤字面。

俞陛雲《唐五代兩宋詞選釋》：前寫景，後言情，景麗而情深，《金荃集》中絶妙詞也。

王焕猷《小山詞箋》：按此首乃事後思前之作，末句「殘」字，頗有怨恨之意。

又

露華高①〔一〕，風信遠〔二〕。宿醉畫簾低卷。梳洗倦，冶游慵。緑窗春睡濃。　彩條輕〔三〕，金縷重〔四〕。昨日小橋相送。芳草恨〔五〕，落花愁〔六〕。去年同倚樓。

【校　記】

①露華：王本作「露花」。

【箋注】

〔一〕露華：露水。《趙飛燕外傳》：「婕妤浴荳蔻湯，傳露華百英粉。」唐李白《清平調詞》之一：「雲想衣裳花想容，春風拂檻露華濃。」或指清冷的月光。南朝齊王儉《春夕》：「露華方照夜，雲彩復經春。」

〔二〕風信：隨著季節變化應時吹來的風。唐張繼《江上送客遊廬山》：「晚來風信好，併發上江船。」

〔三〕彩條：此指彩色衣帶。

〔四〕金縷：指金縷繡衣。前蜀韋莊《清平樂》：「雲解有情花解語，窣地繡羅金縷。」

〔五〕芳草恨：五代李煜《清平樂》：「離恨恰如春草，更行更遠還生。」

〔六〕落花愁：唐杜甫《曲江》二首之一：「一片花飛減卻春，風飄萬點更愁人。」

【疏解】

此首離別相思之詞，采用詞人視角。起二句從露華風信切入，描寫曉景，交代時間。第三句開始描寫人物，言其因昨夜醉酒，睡前不及放下簾幕。四、五句説她既不想早起梳洗，也不準備白天出遊，見出其慵懶殆倦之狀。因此有了第六句描寫的緑窗之内、春睡酣濃的情景。

下片前二句描寫女子的華美衣飾，輕重二字，傳達衣料的不同質感。三句説昨日在小橋上送别了心愛的人，這是全詞的重大事件，敘事抒情的關鍵所在。回看前二句，則知女子着裝華美，是爲了離别之際固結其心。上片的「宿醉」，當是昨日相送時别酒飲醉。這三句所寫是女子睡醒之後，回憶昨日送别之事。四、五兩句，以芳草落花的暮春之景，點染女子的離愁春恨。結句寫女子倚樓憑眺以爲消遣，引發去年此時與愛人攜手憑闌的回憶，這是條件反射心理，物是人非之感。結句逆挽，前二句所寫的芳草落花之景，乃是女子憑闌所見。

詩詞中多以人的不眠寫離别相思之情，這首詞很特别，詞中女子竟能春睡酣濃，這是個罕見的例外。除了女子性格方面的原因，恐怕主要是昨日新别，尚未諳盡别離滋味所致。同時，也與昨日送别勞累、飲酒沉醉有關。

【集　評】

清陳廷焯《閒情集》卷一：曰「昨日」，曰「去年」，宛雅哀怨。

王焕猷《小山詞箋》：按此首極言相思之切，「高」字、「遠」字、「輕」字、「重」字，極其組織之工。曰「宿」、曰「昨日」、曰「去年」，皆其用意之處。

又

出牆花，當路柳〔一〕。借問芳心誰有①〔二〕。紅解笑，緑能顰〔三〕。千般惱亂春〔四〕。北來人，南去客。朝暮等閒攀折〔五〕。憐晚秀〔六〕，惜殘陽。情知枉斷腸〔七〕。

【校　記】

①誰有：毛本、四庫本、四寶齋鈔本、王本作「可否」。

【箋　注】

〔一〕出牆二句：牆邊的花，路旁的柳。以喻妓女。

〔二〕芳心：指女子的情懷。唐李白《古風》之四九：「皓齒終不發，芳心空自持。」

〔三〕紅解笑，緑能顰：能笑能顰，描寫女子風情。紅，口唇。緑，眉黛。

〔四〕惱亂春：讓人春心繚亂。

〔五〕等閒：輕易，隨便。攀折：攀拉，折取。以攀花折柳喻男子狎妓。

〔六〕晚秀：遲開的花。南朝宋謝惠連《連珠》：「秋菊晚秀，無憚繁霜。」殘陽：將落的太陽。唐李商隱《登樂遊原》：「夕陽無限好，只是近黄昏。」二句以「晚秀」「殘陽」喻女子遲暮色衰。

〔七〕情知：心知，明知。唐駱賓王《豔情代郭氏答盧照鄰》：「情知唾井終無理，情知覆水也難收。」

【疏　解】

此首題詠歌女，可作兩解。起二句以出牆之花、路邊之柳喻指歌女的特殊職業身份。三句「借問」，是歌女自問，還是詞人代問，句意差別很大。若是歌女自問，「芳心誰有」四字就是詰問冶遊郎，誰有愛花惜柳的同情之心？若是詞人代問，問的對象就變成了歌女，是説歌女們習慣於逢場作戲，没有真情實感。四、五兩句承接一、二兩句，「紅」指牆花，「緑」指路柳。花兒像歌女的笑臉，柳葉像歌女的翠眉。第六句説能笑能顰、千嬌百媚的歌女，引得牆外路邊之人，春心繚亂，不能自持。這四、五、六三句，也可作不同視角解讀。若從歌女視角，則是説她們的種種姿態，都是爲了生存的被動行爲，其情可憫。若是從詞人角度，則是説歌女們故意用妖冶風情，撩動遊人的春心，這是寫風塵女子沾染的職業習氣。其實可以把這兩方面綜合起來，歌女既有迫不得已的一面，也有近墨者黑的問題，表現出社會生活和人性情感的高度複雜性。

下片前三句説，南來北去的行客隨時伸手，攀折牆花路柳，這當然是一種比擬修辭，寓意不言自明。敦煌曲子詞裏有一首《望江南》寫道：「莫攀我，攀我太心偏。我是曲江臨池柳，者人折了那人攀。恩愛一時間。」與這首詞下片前三句所寫相近。若是歌女自嗟，則是被侮辱與被損害者的譴責和控訴。若在路人看來，則是被歌女「惱亂春心」之後的必然結果。結三句若是歌女自憐自惜，則她們已知年長色衰之後，自己將會面臨的悲慘命運，但是她們無力改變自己的人生道路，只能黯然神傷。若是詞人看清了歌女人老珠黄的未來下場，並爲之感到憐惜和憂傷，則表現出一種難能可貴的人道同情。

【集　評】

王焕猷《小山詞箋》：按此首蓋小山少年時思走馬章臺之作也，首標「牆花路柳」「紅笑緑顰」，下半片又曰「北來人南去客」，曰「朝暮等閒攀折」，均語意顯然。

又

欲論心①〔一〕，先掩淚〔二〕。零落去年風味②。閒臥處，不言時。愁多只自知。　到情深，俱是怨。惟有夢中相見。猶似舊，奈人禁③〔三〕。偎人説寸心。

【校　記】

①掩淚：明鈔一卷本作「掩波」，誤。　②零落：明鈔一卷本作「容落」，誤。　③人禁：抱經齋鈔本作「難禁」。

【箋　注】

〔一〕論心：談心，傾心交談。晉陸機《演連珠》之二九：「撫臆論心，有時而謬。」唐李白《答王十二寒夜獨酌有懷》：「與君論心握君手，榮辱于余亦何有。」

〔二〕掩淚：掩面流淚。晉左思《嬌女詩》：「瞥聞當與杖，掩淚俱向壁。」晉陸機《門有車馬客行》：「拊膺攜客泣，掩淚敘温凉。」唐李嘉祐《游徐城河忽見清淮因寄趙八》：「長恨相逢即分首，含情掩淚獨回頭。」

〔三〕奈人禁：讓人怎能禁受。

【疏　解】

詞寫相思別情，采用女子視角，第一人稱抒情。從別後重逢切入，構思別具匠心。起二句説久別重逢，本欲傾訴相思別情，可是未語淚先流，女子悲喜交加的心理情態，寫來真切感人。從第三句開始，時空倒回去年，女子回憶別離之後的孤苦無依情味，也就是起句相逢論心的具體内容。她憶及別後百無聊賴，閑臥閨房，不言不語，種種鬱悶惆悵，只有自己一個人默默承受。

下片繼續訴説別後的深情思念，滿腔愁怨。思極成幻，只有在夢裏，才能與親愛的人相見，片時歡樂，得些虛擬的補償與安慰。結三句打住回憶，時空重新回到現在，與起二句接續。她感覺別後重逢，還像當年初見那樣，讓人激動地難以自持，禁不住偎依在一起，向對方分剖寸心丹誠。

當然，對這首詞也可以有另一種解讀。「惟有夢中相見」一句，是結構全詞的主句，詞中所寫都是夢境。起二句就是夢境的展開，「零落」以下七句是夢中相見之時，掩淚傾訴相思，第七句更是夢中説夢。結三句仍寫誤夢爲真，情不自禁地偎人論心。這樣解讀，詞心更見旋復，意味更覺深長。

【集　評】

王焕猷《小山詞箋》：按此首蓋亦追思舊好之作。

河滿子〔一〕

對鏡偷匀玉箸〔二〕，背人學寫銀鉤〔三〕。繫誰紅豆羅帶角①，心情正著春游。那日楊花陌上，多時杏子牆頭。　眼底關山無奈，夢中雲雨空休。問看幾許憐才意②〔四〕，兩蛾藏盡離愁〔五〕。　難拚此回腸斷，終須鎖定紅樓③。

【校　記】

①繫誰紅豆：《歷代詩餘》、王本作「紅豆繫誰」。　②問看：王本作「間看」。　③鎖定：抱經齋鈔本作「倚定」。

【箋　注】

〔一〕河滿子：唐教坊曲名。本應作《何滿子》，然崔令欽《教坊記》作《河滿子》，宋人多相沿，至《詞律》《詞譜》遂以《河滿子》爲正名。調名本事見白居易《何滿子》、元稹《何滿子歌》。正體，單調三十六字，六句三平韻，以和凝《何滿子·寫得魚牋無限》爲代表。變體一，單調三十七字，六句，三平韻，以和凝《何滿子·正是破瓜年紀》爲代表。變體二，雙調七十三字，前後段各六句，三平韻，以尹鶚《何滿子·雲雨常陪勝會》爲代表。此詞爲變體三，雙調七十四字，前後段各六句、三平韻。

〔二〕玉箸：玉製的筷子。以喻女子眼淚。《白孔六帖》：「魏甄后面白，淚雙垂如玉箸。」南朝梁劉孝威《獨不見》：「誰憐雙玉箸，流面復流襟。」

〔三〕銀鉤：比喻遒勁的草書筆法。王僧虔《又論書》：「索靖字幼安，敦煌人，散騎常侍張芝姊之孫也。傳芝草而形異，甚矜其書，名其字勢曰銀鉤蠆尾。」《晉書·索靖傳》：「蓋草書之爲狀也，婉若銀鉤，飄若驚鸞。」唐杜甫《陳拾遺故宅》：「到今素壁滑，灑翰銀鉤連。」

〔四〕問看：張相《詩詞曲語辭彙釋》卷三：「看，嘗試之辭，如云試試看。……宋柳永《滿江紅》詞：『待到頭終究問伊看，如何是。』」

〔五〕兩蛾：雙眉。

【疏　解】

詞寫離別相思，采用女子視角。起句從對鏡補妝切入，因爲相思而流淚，又不欲人知，故而對鏡悄悄地把淚痕勻平。二句説背著别人濡墨習字，爲的是寫起情書方便。看來這是一場不能公開的愛情，一切都在秘密地進行。三句設問提起，説是誰在羅帶一角繫上一顆紅豆，作爲愛情的信物？四句説滿心都在想着春遊的事。因爲贈送紅豆的人，正是那日春遊在楊花陌上遇到的人。而這個人就住在西鄰，自己隔着牆頭的杏樹，已經偷窺許久，暗戀多時了。終於有了那日陌上春遊，得到互通款曲、實現愛情的機會。

下片接續起二句的敘事時間，説「那日」之後，再無借口外出見面。隔着一道高牆，看看就在眼前，卻如同關山萬里之遥，讓人徒唤奈何。「眼底關山」，説的是女子的咫尺天涯之感。於是只能託之於夢中歡聚，但片時雲雨，終了無憑。由「夢中雲雨」四字，可以肯定她與西鄰是在陌上私定終身了的。三句説要問心裏有多少憐才之意，只有眉頭深藏的無盡離愁知道。這裏展示的，還是「憐才慕色」的才子佳人豔情故事模式，其原型來自於宋玉《登徒子好色賦》所寫的「東鄰之子」隔牆「窺宋」典故，小晏筆下這個女子，就是宋詞版的「東鄰之子」。只不過那個宋詞版的「宋玉」被窺之後，有了陌上贈送紅豆以定情之舉動。結二句説，種種現實的拘禁，即是豁出去也難以克服障礙，看來這一回只能困居閨樓，相思斷腸了。「終須」，終是之意；「鎖定紅樓」，是説自己被關鎖在紅樓之內，再無外出之機會。「紅樓」，謂女子所居之閨樓。於是滿懷離愁的女子，只能背人偷抹眼淚、學寫情書以寄相思之情了。

【集　評】

王焕猷《小山詞箋》：按此首當是少年時有所屬意而作。

又

綠綺琴中心事〔一〕，齊紈扇上時光〔二〕。五陵年少渾薄倖〔三〕，輕如曲水飄香〔四〕。夜夜魂消夢峽〔五〕，年年淚盡啼湘〔六〕。

歸雁行邊遠字〔七〕，驚鸞舞處離腸〔八〕。蕙樓多少鉛華在〔九〕，從來錯倚紅妝〔一〇〕。可羨鄰姬十五，金釵早嫁王昌〔一一〕。

【箋　注】

〔一〕綠綺：古琴名。晉傅玄《琴賦》序：「齊桓公有鳴琴曰號鐘，楚莊有鳴琴曰繞梁，中世司馬相如有緑綺，蔡邕有焦尾，皆名器也。」晉張載《擬四愁詩》：「佳人遺我緑綺琴，何以贈之雙南金。」唐李白《聽蜀僧濬彈琴》：「蜀僧抱緑綺，西下峨眉峰。」

〔二〕齊紈扇：漢班婕妤《怨歌行》：「新裂齊紈素，皎潔如霜雪。裁爲合歡扇，團團似明月。出入君懷袖，動摇微風發。常恐秋節至，涼飆奪炎熱。棄捐篋笥中，恩情中道絶。」

〔三〕五陵：漢代五個皇帝的陵墓，在長安附近渭水北岸咸陽一帶。漢元帝以前，每立陵墓，輒遷徙四方富豪及外戚于此居住，令供奉園陵，稱爲陵縣。五陵因此成爲富貴人家聚居之地。五陵年少：泛指京城富豪子弟。唐白居易《琵琶行》：「五陵年少争纏頭，一曲紅綃不知數。」渾薄倖：都是薄倖之人。

〔四〕曲水飄香：水面上漂流的落花。李賀《河南府試十二月樂詞·三月》：「曲水飄香去不歸，梨花落盡成秋苑。」

〔五〕夢峽：用宋玉《高唐賦》楚王夢見巫山神女典事。

〔六〕淚盡啼湘：晉張華《博物志》卷八：「堯之二女，舜之二妃，曰湘夫人，帝崩，二妃啼，以涕揮竹，竹盡斑。」唐李白《遠别離》：「蒼梧山崩湘水絶，竹上之淚乃可滅。」唐杜甫《奉先劉少府新畫山水障歌》：「不見湘妃鼓瑟時，至今斑竹臨江活。」

〔七〕遠字：遠書。舊説大雁能傳遞書信，故云。

〔八〕驚鸞：形容舞姿輕盈美妙。南朝陳徐陵《玉臺新詠》序：「驚鸞冶袖，時飄韓掾之香；飛燕長裾，宜結陳王之佩。」

〔九〕蕙樓：樓房的美稱。亦指女子居室。漢王褒《九懷・匡機》：「菌閣兮蕙樓，觀道兮從横。」唐高適《秋胡行》：「蕙樓獨臥頻度春，彩閣辭君幾徂暑。」鉛華：婦女化妝用的鉛粉。

〔一〇〕錯倚紅妝：以容貌爲憑借是靠不住的。即以色事人豈能久之意。

〔一一〕王昌：南朝樂府與唐詩中屢見「東家王昌」，本事已不可稽考。據諸家詩意，大抵是一風流美男，故常用作女子意中人之代指。《襄陽耆舊傳》載：王昌，字公伯，爲東平相，散騎常侍，早卒。其妻乃任城王曹子文女。或謂此即「東家王昌」，然閻若璩《潛丘劄記》卷五、趙殿成《王右承集箋注》卷九、馮浩《玉溪生詩集箋注》卷三皆謂「東家王昌」決非《襄陽耆舊傳》之王昌。南朝梁蕭衍《河中之水歌》：「人生富貴何所望，恨不嫁與東家王。」上官儀《和太尉戲贈高陽公》：「南國自然勝掌上，東家復是憶王昌。」李商隱《天水閒話舊事》：「王昌且在牆東住，未必金堂得免嫌。」又《代應》：「誰與王昌報消息，盡知三十六鴛鴦。」此用唐崔顥《古意》語典：「十五嫁王昌，盈盈入畫堂。自矜年最少，復倚壻爲郎。舞愛前溪緑，歌憐子夜長。閑來鬬百草，度日不成妝。」

【疏解】

此首題詠歌女。對句領起，概説歌女的日常生活情感。她的心事只能在琴弦上傳達，時光只能靠歌舞娱人來消磨。三、四句説，前來冶遊的貴家子弟都是薄倖之徒，浪蕩輕浮，像流水上飄落的花片。五、六句苦樂對比，前句説那些薄倖的男子只求夜夜縱欲作樂，後句説陪侍的歌女則年年强顔歡笑，過着以淚洗面的痛苦日子。

下片前二句訴説離愁别恨，是知歌女也曾遇上意中之人，但那人後來還是離她遠去了。她只能靠歸雁捎書傳信訴説相思，歌舞獻藝之時，滿懷痛苦的心事。三、四句説她終於意識到，不管妝樓上有多少胭脂粉黛，自己的容貌妝扮多麽美麗，都是不足倚恃的。這兩句無疑是歌女從無數不幸遭遇中總結出的經驗教訓，説明她的理性意識開始覺醒。於是，她開始羨慕鄰家少女，早早嫁個可靠的夫婿。後結兩句，表達了歌女厭倦獻藝賣笑生涯，希望過上穩定正常的愛情婚姻生活的願景。

【集　評】

俞陛雲《唐五代兩宋詞選釋》：詞言淪落風塵之苦，相逢者皆屬薄倖，人但知其夢峽之歡，而不見其啼湘之淚。下闋「鉛華」、「紅妝」二句言容華豈堪長恃，老大徒傷，其中亦有特秀者。盈盈十五，早嫁王昌，信乎命之不齊也。

王焕猷《小山詞箋》：按此詞仍承接上首，爲所屬意者而作。惟不知「蕙樓多少鉛華在」句之「蕙」字，是否爲人名。

又按，《河滿子》調第三句，毛熙震作「緬想舊歡多少事」，又一首作「幾度香閨眠過曉」，皆係仄仄平平平仄仄句法。小山詞「紅豆繫誰羅帶角」，句法與之同。而朱本則改爲「繫誰紅豆」，乃成仄平平仄平仄仄句，變作拗句，與第二首「五陵年少渾薄倖」句法相同。考此調，此句作拗句者，亦多若作順句，則第二首當作「年少五陵渾薄倖」，不但與上首相合，且與毛詞亦合矣。惟「年少五陵」，語氣乃不大順從耳。

于飛樂〔一〕

曉日當簾，睡痕猶占香腮〔二〕。輕盈笑倚鸞臺〔三〕。暈殘紅，匀宿翠〔四〕，滿鏡花開〔五〕。嬌蟬鬢畔，插一枝、淡蕊疏梅。　每到春深，多愁饒恨，妝成懶下香階〔六〕。意中人，從別後，縈繫情懷。良辰好景，相思字〔七〕、喚不歸來。

【箋　注】

〔一〕于飛樂：詞牌名。又名于飛樂令、鴛鴦怨曲，調見晏幾道此詞。調名取《詩經・周南・葛覃》「黄鳥于飛，其鳴喈喈」，《左傳・莊公二十二年》「鳳凰于飛，和鳴鏘鏘」之意。雙調，七十二字，前段八句四平韻，後段八句三平韻。

〔二〕睡痕：睡眠時臉腮上印出的枕痕。猶占：還存留者。

〔三〕鸞臺：妝鏡臺，妝臺。《敦煌曲子詞・天仙子》：「燕語鶯啼驚覺夢，羞見鸞臺雙舞鳳。」宋張先《木蘭花・席上贈同邵二生》：「弄妝俱學閒心性，固向鸞臺同照影。」

〔四〕殘紅、宿翠：指晚妝殘留的胭脂翠黛。

〔五〕滿鏡花開：形容妝鏡裏映出的容顔像花一樣嬌豔。

〔六〕香階：臺階之美稱。五代李煜《菩薩蠻》：「刬襪步香階，手提金縷鞋。」

〔七〕相思字：傾訴相思情義的書信。

【疏　解】

詞寫離别相思之情，采用詞人視角。起句從曉日照簾切入，二句説女子的臉腮上留着清晰的枕痕，説明她剛剛睡起。三句説她昨夜好眠，故而心情愉悦，含着輕盈的笑意，倚在鏡臺前描畫早妝。四、五句説她重新暈染睡殘的胭脂，再把晚妝的眉翠描畫匀停。六句「滿鏡花開」，是一個亮人眼目的比喻，稱贊女子貌美如花，堪稱雋句。以下説如花的女子妝成之後，又在蟬鬢邊斜插一枝淡雅的梅花，讓她看上去更加嫵媚動人。

换頭三句説女子每到春深，滿懷離愁别恨，妝成之後，身心慵懶，不願出門。結三句説自從别離之後，她一直縈記着「意中人」的行蹤，擔心他道途辛苦，諸多不便。結三句説，當此良辰好景，女子格外想念自己的「意中人」，希望能與他相守共度。可是捎書寄信，傾訴相思情意，也無法唤他歸來。

這首詞中的女子，上片日高猶睡，笑意盈盈，精心梳妝，心情甚是愉悦，容貌美豔無比，不像是飽受春愁别怨折磨的思婦，或者是「閨中少婦不知愁」的緣故？下片突然説她多愁饒恨，身心慵懶，苦於相思，難以釋懷，與上片的樂不知愁完全相反，或者是「爲賦新詞强説愁」的原因？上下片的人物形象性格互相齟齬，呈現矛盾分裂狀態。應該承認，這是小晏詞中一個失敗的文本例子。

【集　評】

王焕猷《小山詞箋》：按小山全集中言蕊梅處甚多，皆人名也。此詞中間有「淡蕊疎梅」四字，然此首當指一人而言，未知其爲蕊抑爲梅也。

愁倚闌令〔一〕

憑江閣，看煙鴻〔二〕。恨春濃①。還有當年聞笛淚〔三〕，灑東風。　　時候草緑花紅②。斜陽外、遠水溶溶③〔四〕。渾似阿蓮雙枕畔④〔五〕，畫屏中⑤。

【校　記】

①春濃：明鈔本作「春暖」。②草緑花紅：明鈔一卷本、毛本作「草紅花緑」，誤。③斜陽：明鈔一卷本作「斜易」，誤。④渾似：《歷代詩餘》、家刻本、王本作「渾是」。⑤畫屏：《歷代詩餘》作「畫堂」，抱經齋鈔本作「畫眉」。

【箋　注】

〔一〕愁倚闌令：即春光好。唐教坊曲名，後用作詞調。又名愁倚闌、倚闌令等。雙調四十字，前段五句三平韻，後段四句兩平韻。另有雙調四十一字，前段五句三平韻，後段四句兩平韻。此首爲雙調四十二字，前段五句三平韻，後段四句三平韻。

〔二〕煙鴻：雲天的飛雁。唐太宗《秋日即事》：「散岫飄雲葉，迷路飛煙鴻。」唐楊巨源《題趙孟莊》：「煙鴻秋更遠，天馬寒愈健。」

〔三〕聞笛淚：晉向秀《思舊賦序》：「余與嵇康、吕安居止接近，其人並有不羈之才。然嵇志遠而疏，吕心曠而放，其後各以事見法。嵇博綜技藝，於絲竹特妙。臨當就命，顧視日影，索琴而彈之。余逝將西邁，經其舊廬。于時日薄虞淵，寒冰淒然。鄰人有吹笛者，發音寥亮。追思曩昔遊宴之好，感音而歎，故作賦云。」唐司空曙《冬夜耿拾遺王秀才就宿因傷故人》：「舊時聞笛淚，今夜重沾衣。」

〔四〕溶溶：水流盛大貌。《楚辭》劉向《九歎・逢紛》：「揚流波之潢潢兮，體溶溶而東回。」王逸注：「溶溶，波貌也。」南朝梁江淹《哀千里賦》：「水則遠天相逼，浮雲共色，茫茫無底，溶溶不測。」唐温庭筠《蓮浦謡》：「鳴橈軋軋溪溶溶，廢緑平煙吴苑東。」

〔五〕阿蓮：即作者友人沈廉叔或陳君龍家侍兒小蓮。

【疏　解】

此首感舊懷人，采用詞人視角。調名《愁倚闌令》，起句即從江閣憑眺切入，題詠本調。二句説憑闌所見，鴻雁從長天煙雲裏向北方飛去。結合下文所寫，這裏的「煙鴻」，或有喻指歌女小鴻之意。四、五句説，江閣憑眺之時，當年聞笛的淚水又一次流出來，在東風裏灑落。「聞笛淚」三字，用向秀《思舊賦》典事，寄託懷念亡友沈廉叔的悲傷之情。

换頭交代季節時令，草緑花紅，春光大好，可謂良辰美景。暗寓無人與共，没有賞心樂事這一層意思。上片「看煙鴻」是仰視遠天，下片二、三句是俯瞰遠水，斜陽落日之下，浩蕩的江水流向天邊外。結二句説，眼前的落日大江之景，看上去好像是小蓮枕屏上的畫面。

這首小令當是詞人中年以後之作，其時沈亡陳病，蓮鴻蘋雲一衆歌女流落民間，不知所終。詞人江閣憑眺之際，因見雁陣而聯想到歌女小鴻，因想到小鴻而憶及亡友沈廉叔，下片又因夕陽江水之景，而記起歌女小蓮的枕屏畫面。詞人的心理發生過程大致如是，詞中充滿一種淒涼感舊的情調。

【集　評】

王焕猷《小山詞箋》：又按此首當是思故友而作。

又

花陰月，柳梢鶯。近清明。長恨去年今夜雨，灑離亭〔一〕。　枕上懷遠詩成。紅箋紙、小研吳綾〔二〕。寄與征人教念遠〔三〕，莫無情。

【箋　注】

〔一〕離亭：驛亭，古時餞别之所。南朝陳陰鏗《江津送劉光録不及》：「泊處空餘鳥，離亭已散人。」

唐張九齡《送韋城李少府》：「送客南昌尉，離亭西候春。」

〔二〕砑：用卵形或弧形的石質工具碾壓或摩擦皮革、布帛等，使之緊實而光亮。吴綾：吴地出産的質地細薄的絲織品，品名衆多，唐代曾爲貢品。唐薛昭藴《醉公子》：「慢綰青絲髮，光砑吴綾襪。」

〔三〕征人：遠行的人。晉陶潛《答龐參軍》：「勗哉征人，在始思終。」

【疏　解】

此首思婦之詞，起句從「花陰月」切入，以花好月圓反襯人的别離，句中包含望月懷思的心理模式。二句再寫月夜柳梢的鶯聲，與起句一樣，都是良辰好景之意。三句點出時近清明的季節，引起去年離别的回憶。四、五兩句，回憶去年今夜雨中送别的情景，冠以「長恨」二字，强調去年離别之恨至今未消這一層意思。

换頭説思婦欹在枕上，並没有入睡，而是構思了一首懷念遠人的情詩。於是她展開吴綾砑成的紅箋，把這首枕上吟成的情詩，抄寫到精美的箋紙上。結二句説，她要把這封詩體書信寄給征人，提醒他不要忘了遠方的家，莫作無情無義之人。詞中的思婦是個深情的才女，以詩代書的寄情方式也很别致。但是，她對征人的提醒，還是在潛意識的層面，反映出男權社會裏弱勢的女性，對於自己未來命運的隱憂。

【集評】

王焕猷《小山詞箋》：按此首蓋思家之作，末句「征人」二字，乃從對面著筆也。詩詞中常如此用字。

又

春羅薄〔一〕，酒醒寒①。夢初殘〔二〕。欹枕片時雲雨事②，已關山。　樓上斜日闌干③。樓前路、曾試雕鞍〔三〕。拚卻一襟懷遠淚，倚闌看。

【校記】

①酒醒：毛本、四庫本作「酒醒」。　②雲雨事：明鈔一卷本作「雲是雲」，誤。　③斜日：明鈔一卷本作「敘日」，誤。

【箋注】

〔一〕春羅：一種質輕的絲織品。唐李賀《神仙曲》：「春羅書字邀王母，共宴紅樓最深處。」

〔二〕夢初殘：睡夢將醒之時。唐李賀《同沈駙馬賦得御溝水》：「別館驚殘夢，停杯泛小觴。」

〔三〕雕鞍：刻飾花紋的馬鞍；華美的馬鞍。唐駱賓王《帝京篇》：「寶蓋雕鞍金絡馬，蘭窗繡柱玉盤龍。」

【疏　解】

此首思婦之詞。起句從衣衫單薄切入，酒醒之後感到寒冷，説明女子是醉酒和衣而卧的，並未鋪蓋衾褥。而醉酒，當然是爲了消解離愁别恨。三句説她睡時入夢，酒醒之時，也是夢闌之時。四句裏的「欹枕」二字，説明思婦醉酒之後，不僅未解衣襟，未展衾褥，而且未及躺下，斜靠着枕頭就入睡了。其草草之狀，見出醉酒之深，心緒之劣。即便如此，她還是做了一個春夢，夢魂度越關山，與天涯遊子相會。「雲雨事」，用《高唐賦》語典，點明了思婦的情感焦點與心理指向。

换頭説，此刻樓頭的日光已經西斜。可知上片所寫，乃是午間醉夢。二句説曾與男子在樓前的大路上試馬，那時不過嬉戲，後來男子真就順着樓前這條路，騎馬遠行了。三句説，思婦看着樓前通往遠方的路，觸景生情，回憶往事，悲情難抑，不禁淚濕衣襟。結句三字回挽，點出下片所寫，都是思婦憑闌所見。

【集　評】

王焕猷《小山詞箋》：按此首當亦連上首而來，上首言枕上未睡時也，此首言夢初殘，則已醒時矣。

御街行〔一〕

年光正似花梢露①〔二〕。彈指春還暮〔三〕。翠眉仙子望歸來，倚遍玉城珠樹〔四〕。豈知别後，好風良月②，往事無尋處。狂情錯向紅塵住〔五〕。忘了瑤臺路〔六〕。碧桃花蕊已應開〔七〕，欲伴彩雲飛去。回思十載，朱顔青鬢，枉被浮名誤〔八〕。

【校記】

①正似：明鈔本、王本作「正是」。　②良月：明鈔本、毛本、《歷代詩餘》、四庫本、家刻本作「涼月」。

【箋注】

〔一〕御街行：又名孤雁兒。以柳永《御街行·聖壽》爲正體，雙調七十六字，前後段各七句、四仄韻。此首同柳詞。另有雙調七十七字，前後段各七句、四仄韻；雙調七十八字，前後段各七句、四仄韻等變體。

〔二〕年光：年華，歲月。南朝陳徐陵《答李顒之書》：「年光遒盡，觸目崩心，扶心含毫，諸不中具。」亦指春光。唐王績《春桂問答》之一：「年光隨處滿，何事獨無花？」唐李觀《御溝新柳》：「御溝迴廣陌，芳柳對行人。翠色枝枝滿，年光樹樹新。」

〔三〕彈指：撚彈手指作聲。佛家多以喻時間短暫。

〔四〕玉城：美玉壘砌的神仙所居之城。珠樹：傳説中的仙樹，又名三珠樹。《山海經·海外南經》：「三珠樹在厭火北，生赤水上。其爲樹如柏，葉皆爲珠。」《山海經·海内西經》：「開明北有視肉、珠樹、文玉樹、玗琪樹。」《淮南子·墬形訓》：「掘昆侖虛以下地，中有增城九重……珠樹、玉樹、琁樹、不死樹在其西。」唐黄滔《寄同年崔學士》：「雖知珠樹懸天上，終賴銀河接世間。」

〔五〕狂情：狂悖之情。紅塵：車馬揚塵的繁華之地。漢班固《西都賦》：「紅塵四合，煙雲相連。」南朝陳徐陵《洛陽道》之一：「緑柳三春暗，紅塵百戲多。」唐王建《從軍後寄山中友人》：「夜半聽鷄梳白髮，天明走馬入紅塵。」道教、佛教稱人世爲「紅塵」。

〔六〕瑶臺：玉砌的樓臺。《楚辭·離騷》：「望瑶臺之偃蹇兮，見有娀之佚女。」此指傳説中的神仙居處。

〔七〕碧桃：指傳説中西王母給漢武帝的仙桃。唐許渾《故洛城》：「可憐緱嶺登仙子，猶自吹笙醉碧桃。」唐韓偓《荔枝》之一：「漢武碧桃争比得，枉令方朔號偷兒。」

〔八〕浮名：虚名。南朝宋謝靈運《初去郡》：「伊余秉微尚，拙訥謝浮名。」唐李白《留别西河劉少府》：「東山春酒緑，歸隱謝浮名。」

【疏　解】

朱自清《詩言志辨》中，曾把比興手法歸納爲以古比今、以仙比俗、以物比人、以男女比主臣四類，這首詞即是一個以仙比俗的文本，性質類同於遊仙詩。起句感慨時光短促，像花梢上的露水，太陽一曬，就消失了。二句順接，説一彈指間，春天又要過完。這開頭二句，有比興起首的作用。良時易過，引出第三句的翠眉仙子盼歸。四句説仙子「倚遍玉城珠樹」，見出心情之急切。五、六、七句，寫仙子感歎一别之後良辰美景虚設，從此再無賞心樂事。

下片轉换角度，寫仙子所盼之人。他終於認識到當年的狂悖，從仙界入住紅塵是錯誤的。可知他已遭遇俗世種種不堪，而有幡然悔悟之意。但是回望瑶臺，忘了來時路，真是迷失得太久了。他想此時仙界，碧桃花蕊已開，自己不能再誤花期，決計乘着彩雲飛離塵世，回到天上。結三句對十載紅塵歲月進行總體反思，説朱顔青鬢的大好年華，都因自己追逐浮名而白白浪費，言外有無限追悔痛惜之意。

小晏詞中，這首《御街行》差不多算是重大題材之作了，它觸及了人生道路的選擇問題。價值選擇基於價值判斷，價值判斷基於價值標准，價值觀的背後，是人生觀和世界觀的重大命題。這樣的人生哲學問題出現在小晏詞中，實屬難能可貴。摒棄俗世浮名，回到來處，過一種符合自己願望的生活，這是主體意識覺醒的表現，值得充分肯定。但是，話説回來，詞中的仙界和仙子，實質上不過是歌樓歡場和相愛歌女的喻指，這首《御街行》不過是一首用遊仙的方式包裝過的、變相的離别相思之詞。然而即便如此，這首詞畢竟以其蕭然出塵之筆，滌盡了俗世紅塵的功名之想和肉身情欲，這正是小晏詞「高過《花間》」的地方。

【集　評】

王焕猷《小山詞箋》：按此首當是小山初之潁州時所作。自唐以來，世人重視京職而輕外官，宋時因目外官爲粗官，嘗爲之語曰：「金馬玉堂，如在天上。」蓋凡官待詔闕下者曰金馬，官翰林者曰玉堂。審小山「玉城珠樹」二句，頗有怨外出而欲内用之意，瑶臺句乃即言天上也。

又

街南緑樹春饒絮。雪滿游春路〔一〕。樹頭花豔雜嬌雲〔二〕，樹底人家朱户。北樓閒上，疏簾高卷，直見街南樹。　闌干倚盡猶慵去〔三〕。幾度黄昏雨。晚春盤馬踏青苔〔四〕，曾傍緑陰深駐〔五〕。落花猶在①，香屏空掩②，人面知何處〔六〕。

【校　記】

①落花：明鈔一卷本作「花落」。　②香屏：抱經齋鈔本「香」字下注曰「一作『錦』」。

【箋　注】

〔一〕雪：喻柳絮。絮雪之喻，起自東晉謝道韞以絮喻雪。之後絮雪互喻與梨雪互喻一樣，在詩詞中極多。以雪喻絮者，如唐杜甫《麗人行》：「楊花雪落覆白蘋，青鳥飛去銜紅巾。」唐韓愈《晚春》：「楊花榆莢無才思，惟解漫天作雪飛。」宋蘇軾《少年游》：「去年相送，余杭門外，飛雪似楊花。今年春盡，楊花似雪，猶不見還家。」則是在一篇之中絮雪互喻。

〔二〕嬌雲：嬌嫩的白雲，亦喻柳絮。

〔三〕倚盡：倚遍。

〔四〕盤馬：騎馬馳騁迴旋。唐韓愈《雉帶箭》：「將軍欲以巧伏人，盤馬彎弓惜不發。」唐段成式《和周繇見嘲》序：「成式未曾盤馬，徒效執鞭。」

〔五〕深駐：長時間駐馬停留。

〔六〕人面知何處：唐崔護《題都城南莊》：「去年今日此門中，人面桃花相映紅。人面不知何處去，桃花依舊笑春風。」

【疏解】

詞寫春遊豔遇，第一人稱敘事，詞中遊人當即詞人。構思框架借用崔護《題都城南莊》一詩，但詞作應有本事依據，文本的相似性基於事件的相似性。起句從「街南緑樹」切入，由「鐃絮」二字知是柳樹，時當暮春。二句以雪喻絮，絮雪滿路，落實起句的「鐃」字，在起句交代地點之後，交代「遊春」的事件，至此，人物實際上也已出場。三句的「樹頭花豔」，應指桃樹桃花，「嬌雲」亦喻柳絮，句謂桃樹花枝上間雜着落絮。四句説花樹底下是人家院落，門户是朱紅色的。這裏只寫到桃花門户，没有寫及門内人面，這是留白的寫法，可以調動讀者的想象力。因爲從後結所寫看，遊人是見到了朱門裏的面如桃花的美麗女子的，這裏略去了許多情節内容。前結三句説，他想再次看到門裏的女子，於是登上北樓，高卷疏簾，這裏居高臨下，視野開闊，可以毫無障礙地看見街南的花樹。當然，他不是爲了看到花樹，而是爲了看到花樹下的朱門，門户裏的麗人，這原是不消説的。

下片第一句説，他在北樓上倚遍闌干，兀自不肯離去，言下是説未遂所願，没有看到所見之人。二句説他曾多次登樓，整日憑眺，幾次被黄昏雨淋濕，足見用情之深。三、四句説他也曾在暮春騎馬尋訪，在青苔路面盤馬不去，在路旁的樹蔭下駐馬久等。「青苔」二字，暗示「朱户」已無人跡往來。結三句寫他駐馬所見，滿地落花還在，樹下門户不開，人面不知何處，空留下無盡的思念和悵惘。

細讀這首詞，詞中的敘事時間與故事時間仍有不明之處。按照崔護詩中設定，再來應是次年春天。但是詞中所寫登樓眺望，緊接「人家朱户」一句，似是遇見之後不久的事。後起裏的倚闌，是上片「北樓閑上」那次嗎，還是「數度」中的另一次？「數度」是説遇見的當年，還是第二年春天？還有晚春盤馬、緑蔭深駐，與登樓眺望在時間上如何銜接？這都是詞中説不清楚的地方。

【集評】

王焕猷《小山詞箋》：按此首當是冶遊之作。北宋都汴，樊樓其最繁盛處也。樊樓本酒樓，又爲選歌之地，故宋人詩詞中常有「樊樓燈火」四字。此詞有「北樓」二字，當是指樊樓。宋説部中，亦言樊樓在城北。小山詞屢有東樓、西樓等字，當指所與交好者家中而言。而北樓則惟此詞一見。細玩其語意，又與賦東樓、西樓不同，故知爲冶遊之作。

浪淘沙〔一〕

高閣對横塘〔二〕。新燕年光〔三〕。柳花殘夢隔瀟湘〔四〕。緑浦歸帆看不見〔五〕，還是斜陽。一笑解愁腸，人會娥妝①〔六〕。藕絲衫袖鬱金香〔七〕。曳雪牽雲留客醉②〔八〕，且伴春狂。

【校　記】

①娥妝：明鈔本、明鈔一卷本、毛本、《歷代詩餘》、四庫本、抱經齋鈔本、四寶齋鈔本、家刻本、王本作「蛾妝」。②雲：明鈔一卷本缺「雲」字。

【箋　注】

〔一〕浪淘沙：唐教坊曲名。創自劉禹錫、白居易，其形式爲七言絶句，後又用爲詞牌名，五代時始流行長短句雙調小令，又名《賣花聲》。正體雙調五十六字，前後片各四平韻，見《南唐二主詞》之李煜《浪淘沙》「簾外雨潺潺」。此詞體同李煜詞。宋人又有仄韻體，見杜安世《壽域詞》之《浪淘沙》「又是春暮」。《樂章集》名《浪淘沙令》，入「歇指調」，前後片首句各少一字。復就本宮調演爲長調慢曲，共一百三十四字，分三段，第一、二段各四仄韻，第三段兩仄韻，定用入聲韻。唐宋人詞，凡同一曲調，原用平聲韻者，如改仄韻，例用入聲，原用入聲韻者，亦改作平韻。《清真集》入「商調」，韻位轉密，句逗亦與《樂章集》多有不同，共一百三十三字，第一段六仄韻，第二、三段各五仄韻，並叶入聲韻。

〔二〕橫塘：南京、蘇州都有橫塘地名。此處泛指湖沼河池的堤岸。

〔三〕新燕年光：春天燕子剛剛飛回的時候。

〔四〕瀟湘：湘江與瀟水的並稱。多借指今湖南地區。唐劉滄《秋日夜懷》：「近日每思歸少室，故人遥憶隔瀟湘。」

〔五〕緑浦：緑水之濱。南朝梁沈約《釣竿》：「桂舟既容與，緑浦復回紆。」唐李賀《大堤曲》：「莫指襄陽道，緑浦歸帆少。」

〔六〕娥妝：女子的美麗妝飾。

〔七〕藕絲：淺黄色或白色。唐元稹《白衣裳》二首之二：「藕絲衫子柳花裙，空著沈香慢火熏。」唐李賀《天上謡》：「粉霞紅綬藕絲裙，青洲步拾蘭苕春。」王琦匯解：「粉霞、藕絲，皆當時彩色名。」葉葱奇注：「藕絲即純白色。」鬱金香：此指熏衣所用的鬱金香料。

〔八〕曳雪牽雲：唐李賀《洛姝真珠》：「玉喉窕窕排空光，牽雲曳雪留陸郎。」王琦注曰：「牽雲曳雪，謂攬其衣裳而留之也。」

【疏　解】

此首意脈不明，可作三解。一是閨怨，家中妻子春日思念遠在瀟湘的丈夫，但結二句所指爲何，難以論定。若解作丈夫在外尋歡作樂，似覺突兀。二是寫歌女離别，相好的男子遠走瀟湘不歸，讓她思念苦悶。她豔妝留客，再結新歡，以爲排遣。此亦《古詩》「蕩子行不歸，空床難獨守」之意，正與歌女身份、心性吻合。

這裏采用第三種解釋，即男子視角的第一人稱自抒。起二句説在燕子飛來的新歲，他仍然淹留不歸，思鄉情濃，於是登上横塘對面的高閣，眺望遠在瀟湘的家鄉，那是他夢繞魂牽的地方。他想在浦口覓得歸帆，但是遍尋不見，又當斜陽黄昏，讓他難以爲懷。下片寫他遇見盛裝歌女，一笑開顔，愁腸頓解。歌女穿着好看的藕絲衫子，飄散出熏衣的鬱金花香。她牽衣留客，殷勤相勸，春光大好，人也應狂，須得放開行樂才是。下片所寫，是久客不歸的男子，以曠放爲解脱的做法。

但作第三種解釋，也有問題。上片後三句所寫，更像思婦盼歸，而不是遊子思歸，未知孰是。小晏詞中，每有解釋不清的地方，這恐怕不是含蓄與否的風格問題，而是運思與語言層面存在的問題。

【集　評】

王焕猷《小山詞箋》：按《浪淘沙》本唐曲，唐人詞多作七言絶句，五代至宋，始有此五十四字體。其中除四字句四句外，餘皆五七言詩句法，也若宋祁所作。

又按《浪淘沙》四首一意相連，此首蓋爲雲而作也。

又

小緑間長紅〔一〕。露蕊煙叢。花開花落昔年同①〔二〕。惟恨花前攜手處，往事成空。

山遠水重重。一笑難逢〔三〕。已拚長在别離中。霜鬢知他從此去〔四〕，幾度春風。

【校　記】

①花開花落：明鈔一卷本作「花落花開」。

【箋　注】

〔一〕小緑間長紅：言新發的緑葉與盛開的花朵相間。唐李賀《南園》之一：「花枝草蔓眼中開，小白長紅越女腮。」

〔二〕花開句：唐劉希夷《代悲白頭翁》：「年年歲歲花相似，歲歲年年人不同。」昔年同：與昔年相同。

〔三〕一笑難逢：唐杜牧《九日齊山登高》：「塵世難逢開口笑，菊花須插滿頭歸。」

〔四〕霜鬢：白色的鬢髮。唐高適《除夜作》：「故鄉今夜思千里，霜鬢明朝又一年。」

【疏　解】

此首離别相思之詞，性别視角不明，全詞似從歐陽修《浪淘沙》「把酒祝東風」一首脱化而出。起句「小緑間長紅」，言新發的緑葉與盛開的花朵相間，這是從李賀「小白長紅」變來，小晏詞中屢見長吉字法，如「悶緑」「穠蛾疊柳」等皆是。二句説紅花緑葉上沾着露水，含着輕煙。三句説今年的花開花落與往年相同，即「年年歲歲花相似」之意。四、五句用「惟」字領起，加以强調，謂所恨者是花前攜手同遊之事，已然成空，即「歲歲年年人不同」之意。

下片承接前結，寫離別之後山長水遠，難得見面，一睹笑顔。「一笑難逢」四字，化用「塵世難逢開口笑」句意。「已拚長在別離中」一句，言此心不爲離別所改，是情感態度的堅執，也是對未來命運的透徹，與「衣帶漸寬終不悔」義近。結二句就「長在別離中」生發，説離別歲月漫長，不知道再過多少個春天才能重聚。由「霜鬢」二字可知，此番離別非復少年之時，乃是人世滄桑之後。

【集評】

清陳廷焯《別調集》卷一：纏綿悱惻。

俞陛雲《唐五代兩宋詞選釋》：花事依然而伊人長往，重撫霜花衰鬢，當年幾度春風，皆冉冉向鬢邊掠過，其悵惘可知矣。「花落花開」句與結句「幾度春風」正相關合。

王焕猷《小山詞箋》：按此首蓋爲蕊而作也。

又

麗曲醉思仙〔一〕。十二哀絃〔二〕。穠蛾疊柳臉紅蓮〔三〕。多少雨條煙葉恨〔四〕，紅淚離筵。行子惜流年①〔五〕。鶗鴂枝邊〔六〕。吴堤春水艤蘭船②〔七〕。南去北來今漸老，難負尊前。

【校記】

①行子：《歷代詩餘》作「衫子」，誤。　②艤：《歷代詩餘》、家刻本作「檥」。

【箋 注】

〔一〕麗曲：美妙的樂曲。《晉書·文苑傳序》：「窮廣內之青編，緝平臺之麗曲。」唐白居易《酬微之》：「聲聲麗曲敲寒玉，句句妍辭綴色絲。」醉思仙：詞牌名，調見宋吕渭老《聖求詞》。吕渭老年輩晚於晏幾道，與晏幾道同時或前輩詞人，未見有作。

〔二〕十二哀絃：《宋史·樂志》：「宋始製二弦之琴，以象天帝，謂之兩儀琴。每弦各六柱。又爲十二弦，以象十二律。」哀絃：三國魏曹丕《善哉行》：「哀弦微妙，清氣含芳。」唐杜甫《題柏大兄弟山居屋壁》：「哀弦繞白雪，未與俗人操。」

〔三〕穠蛾疊柳：唐李賀《洛妹真珠》：「花袍白馬不歸來，濃蛾疊柳香脣醉。」王琦注曰：「蓋念所歡之人不來，故黛眉嚬蹙，如柳葉之疊而不舒。」

〔四〕雨條煙葉：雨中的柳條，煙中的柳葉，形容煙雨淒迷的景色。宋晏殊《浣溪沙》：「只有醉吟寬別恨，不須朝暮促歸程。雨條煙葉繫人情。」

〔五〕行子：出行的人。出門在外的人。南朝宋鮑照《代東門行》：「野風吹草木，行子心腸斷。」唐李頎《送陳章甫》：「鄭國遊人未及家，洛陽行子空歎息。」流年：如水般流逝的光陰、年華。南朝宋鮑照《登雲陽九里埭》：「宿心不復歸，流年抱衰疾。」唐黄滔《寓言》：「流年五十前，朝朝倚少年。流年五十後，日日侵皓首。」

〔六〕鶗鴂：杜鵑鳥。《廣韻》：「春分鳴則衆芳生，秋分鳴則衆芳歇。」《楚辭·離騷》：「恐鶗鴂之先鳴兮，使夫百草爲之不芳。」《後漢書·張衡傳》：「恃己知而華予兮，鶗鴂鳴而不芳。」李善注：「《臨海異物志》曰：『鶗鴂，一名杜鵑，至三月鳴，晝夜不止，夏末乃止。』」唐白居易《東南行一百韻寄通州元九侍御澧州李十一》：「殘芳悲鶗鴂，暮節感茱萸。」

〔七〕吴堤：泛指堤岸，吴地多水多堤，故稱。艤：與檥同，停船靠岸。蘭船：木蘭船，蘭舟。

【疏 解】

詞賦别情，采用男子視角。起句從别宴張樂切入，言歌女演奏的是一支叫作《醉思仙》的美妙樂曲。二句説曲子由十二琴弦彈奏出來，充滿動人的感情色彩。三句描寫歌女的容貌表情，前四字寫其柳眉蹙結，言其愁怨；後三字寫其臉如紅蓮，言其美麗。第四句從「穠蛾疊柳」生發，説演奏的歌女似有無窮離恨，其情態仿佛煙雨中的柳色一樣淒迷。第五句説歌女演奏到動情之處，悲情難抑，淚灑離宴。揆以情理，這個歌女不似按照規定情緒的職業表演，下片的「行子」就是她送别的所愛之人。

上片主要寫送者，渲染離别的悲傷；下片轉寫行者，感慨時光的流逝。鶗鴂又開始鳴叫了，一年春事又將過去。這是在傷别中加入傷春的情感，是加重的寫法。堤岸春水之上停靠的客船，似在催唤行色，隨時準備出發。結二句將眼前的别離與南去北來的常年奔波聯繫起來，在一次又一次的出發和告别中，人已漸漸老去，所以更不能辜負這離宴别酒，更進一杯，以酬情義，以慰流年。一結二句，含有無限感慨。

【集評】

王焕猷《小山詞箋》：按此首蓋爲蓮而作也。

又

翠幕綺筵張〔一〕。淑景難忘〔二〕。陽關聲巧繞雕梁〔三〕。美酒十分誰與共，玉指持觴〔四〕。

曉枕夢高唐。略話衷腸①〔五〕。小山池院竹風涼。明夜月圓簾四卷〔六〕，今夜思量。

【校記】

①衷腸：明鈔一卷本、毛本、四寶齋鈔本作「哀腸」，誤。

【箋注】

〔一〕翠幕：翠色的帷幕。晉潘岳《藉田賦》：「壇蔚其嶽立兮，翠幕黕以雲布。」北周庾信《奉和夏日應令詩》：「朱簾卷麗日，翠幕蔽重陽。」綺筵：豪華豐盛的筵席。唐陳子昂《春夜别友人》之一：「銀燭吐青煙，金樽對綺筵。」

〔二〕淑景：美好的時光。南朝齊謝朓《七夕賦》：「嗟斯靈之淑景，招好仇於服箱。」

〔三〕陽關：參看《臨江仙》「淡水三年歡意」注。繞雕梁：《列子·湯問》：「昔韓娥東之齊，匱糧，過雍門，鬻歌假食。既去，而餘音繞梁欐，三日不絶。」後遂以「繞梁」形容歌聲高亢迴旋，經久不息。晉陸機《演連珠》之十：「繞梁之音，實縈弦所思。」南朝梁沈約《詠箏》：「徒聞音繞梁，寧知顔如玉。」

〔四〕持觴：言歌女捧杯勸酒。

〔五〕曉枕二句：用《高唐賦》典事，説自己晨夢中與所愛歡會敘情。衷腸：内心的情意。唐韓偓《天鑒》：「神依正道終潛衛，天鑒衷腸竟不違。」

〔六〕簾四卷：卷起四面的簾子。宋歐陽修《漁家傲》：「樓上四垂簾不卷，天寒山色偏宜遠。」

【疏　解】

詞賦别情，采用男子的視角。起句從離别宴席切入，翠幕綺筵，豪華豐盛。二句説餞别的時光令人難忘。但用「淑景」一詞形容離宴，確實不夠恰切，但也不必拘泥理解，這裏强調的是送者的美意。而且與别後的苦澀相思比起來，離宴上還能相守一時半刻，也算是最後的好時光了。三句説驪歌唱起，美妙的歌聲繞梁不散。四、五句説美酒盈杯，佳人勸飲。都是對「淑景」二字的具體展開。下片轉寫别後。想其光景，當是席散之後，黄昏首途。一、二句用《高唐賦》典事，説自己旅途晨夢，與所愛歡會敘情。第三句或是夢中所見女子的居處環境，或是旅途驛舍景色。結二句説，明夜月圓，要卷起四面的簾幕，對月懷想今夜别宴的美好，以爲别後的慰藉。

細讀文本，下片所寫又不像是旅途光景，倒是更像居者的庭院屋舍。或者下片轉寫女子，也未可知。小晏詞中除了那些感情濃烈深摯的離别相思名篇，還有一些應酬性的類型化寫作，本無真情投入，所以寫得淩亂，成爲某種存在藝術瑕疵的「問題文本」。這首《浪淘沙》，就是其中之一。

【集　評】

王焕猷《小山詞箋》：按此首直言到自己，而結束以上諸首。

醜奴兒〔一〕①

昭華鳳管知名久〔二〕。長閉簾櫳。日日春慵〔三〕。閒倚庭花暈臉紅。　應説金谷無人後②〔四〕，此會相逢。三弄臨風〔五〕。送得當筵玉盞空〔六〕。

【校　記】

①吴鈔本調下注曰：「此兩曲不見於采桑子，其間小有不同，今兩存之。」明鈔本、明鈔一卷本調下注略同吴鈔本。王本作「采桑子」，下闋同。　②應説：吴鈔本、四庫本、抱經齋鈔本、王本作「應從」。

【箋　注】

〔一〕醜奴兒：又名采桑子、醜奴兒令、羅敷媚歌、羅敷媚等。雙調小令，殆就唐教坊大曲中截取一遍爲之。《尊前集》注「羽調」，《張子野詞》入「雙調」。此調正體兩段四十四字，前後段各四句，三平韻。

〔二〕昭華鳳管：仙人之玉笛。《晉書·律曆志》：「舜時，西王母獻昭華之琯，以玉爲之。」《西京雜記》卷三：「高祖初入咸陽宮，周行庫府，金玉珍寶，不可稱言。其尤驚異者……玉管長二尺三寸，二十六孔，吹之則見車馬山林，隱轔相次，吹息亦不復見，銘曰昭華之琯。」唐杜牧《出宮人》之一：「閑吹玉殿昭華管，醉折梨園縹蒂花。」鳳管：笙簫的美稱。《洞冥記》：「（漢武帝）見雙白鵠集臺之上，倏忽變爲二神女舞於臺，握鳳管之簫。」南朝宋鮑照《登廬山望石門》：「傾聽鳳管賓，緬望釣龍子。」

〔三〕春慵：春天的懶散情緒和感覺。五代劉兼《晝寢》：「花落青苔錦數重，書淫不覺避春慵。」

〔四〕金谷：金谷園，西晉石崇的別墅，遺址在今洛陽老城東北七里處的金谷洞内，園林池館極盡奢華。後崇得罪被誅，園廢。金谷無人後：或喻指沈廉叔下世、陳君龍疾廢後。

〔五〕三弄：梅花三弄。《晉書·桓伊傳》：「伊性謙素，雖有大功，而始終不替。善音樂，盡一時之妙，爲江左第一。有蔡邕『柯亭笛』，常自吹之。王徽之赴召京師，泊舟青溪側。素不與徽之相識，伊於岸上過，船中稱伊小字曰：『此桓野王也。』徽之便令人謂伊曰：『聞君善吹笛，試爲我一奏。』伊是時已貴顯，素聞徽之名，便下車，踞胡床，爲作三調，弄畢，便上車去，客主不交一言。」後人據桓伊笛曲作《梅花三弄》，明清改爲琴曲或琴簫合奏曲。唐李郢《贈羽林將軍》：「惟有桓伊江上笛，臥吹三弄送殘陽。」

〔六〕送：送酒，意爲奉酒、敬酒。

【疏解】

此首題詠歌女，采用詞人視角，敘寫與之重逢。起句介紹歌女的簫笛吹奏技藝精湛，久已聞名，説明詞人很了解這名歌女。二句説作爲知名藝人，她卻長閉簾櫳，深居簡出，似乎並不喜歡熱鬧招摇。三句説每到春天，她總是一副殆倦慵懶的樣子。四句説她閑靠在庭院的花欄旁，漫不經心地暈染臉上的胭脂。這個細節，表明她的人生態度雖然淡漠，但卻保持着一顆愛美之心。

下片寫詞人與之重逢。第一句透露了重要信息，這一句用西晉石崇金谷園典事。石崇獲罪被誅之後，金谷園廢，詞句説「金谷無人」，應是喻指豪貴之家發生了重大的變故。上片所寫的歌女是貴家歌姬，不喜熱鬧，神情慵懶，可能與貴家遭遇變故有關，所謂滄桑之後，心境自是不同。大概詞人久矣不復見此歌女，今日宴會上竟得相逢，説起故人舊事，真是悲喜莫名。歌女爲詞人臨風吹奏一曲《梅花三弄》，詞人痛飲空杯以爲答謝。或謂金谷無人，喻指沈廉叔下世、陳君龍疾廢，歌女乃沈陳家姬，是小晏舊好。可備一説，供讀者參考。

【集　評】

王焕猷《小山詞箋》：按此首蓋爲歌婢而作。凡年幼者爲婢，玩「長閉簾櫳」四字，可見非姬非妓也。曰「昭華鳳管」，曰「三弄臨風」，此婢當是善於笛者。下半片用金谷故事，蓋石崇於金谷園中宴客，每令美婢出而勸客，客如不飲即殺婢。王敦不能飲，亦勉進三爵。送酒至王導前，導固不飲，已連殺三人矣。他客有勸導者，導曰：「他殺他自家人，與我何涉？」崇亦無如之何也。

又

日高庭院楊花轉，閑淡春風①。鶯語惺松②〔一〕。似笑金屏昨夜空〔二〕。　嬌慵未洗匀妝手，閒印斜紅〔三〕。新恨重重。都與年時舊意同〔四〕。

【校　記】

①閒淡：《花草粹編》作「闇淡」。　②惺忪：《花草粹編》、吴鈔本、四庫本、抱經齋鈔本、四寶齋鈔本作「惺憁」。

【箋　注】

〔一〕惺忪：形容聲音輕快。唐元稹《春六十韻》：「燕巢才點綴，鶯舌最惺憁。」

〔二〕金屏昨夜空：言良人未歸，閨房空寂。

〔三〕斜紅：女子的一種面飾妝式，參看《玉樓春》「瓊酥酒面風吹醒」注。

〔四〕年時：當年，往年。晉王羲之《雜帖一》：「吾服食久，猶爲劣劣，大都比之年時，爲復可耳。」唐盧殷《雨霽登北岸寄友人》：「憶得年時馮翊部，謝郎相引上樓頭。」

【疏　解】

詞寫思婦春怨，采用詞人視角。上片描寫庭院晨景，起二句説，太陽已升起老高，楊花在微風裏飄轉，早晨的庭院静悄悄的，没有人的活動。這裏只説「日高」，暗示人尚未起。寫到「楊花」，説明已是春深。第三句寫早鶯清脆的啼囀，打破了庭院的寂静，也叫醒了閨中的思婦。四句説在思婦聽來，鶯聲似乎是在笑她良人昨夜未歸，閨房空虚寂寞。

下片寫遲起的思婦神態嬌慵，匀面之後，手都懶得去洗，就又在那裏心不在焉地貼印斜紅妝式。「新恨重重」一句，將思婦今年鬱積的離愁别恨點明，遲起和慵懶都是離恨重多的表現。結句説今年的重重新恨，都與去年的舊恨一樣。是知思婦不僅昨夜屏空，而且經年屏空，這也是她「新恨重重」的原因所在。

【集　評】

王焕猷《小山詞箋》：按此首接連上首（指《采桑子》「日高庭院楊花轉」）之意，故首二句完全相同，其下乃轉入另一層意思，仿《詩經》章法也。上首啼鳥方哭泣也，此首鶯語已由哭而笑矣，兩首照應自成章法。

訴衷情〔一〕

種花人自蕊宫來〔二〕。牽衣問小梅。今年芳意何似〔三〕，應向舊枝開①。憑寄語，謝瑶臺〔四〕。客無才。粉香傳信〔五〕，玉盞開筵，莫待春回〔六〕。

【校　記】

①今年芳意何似，應向舊枝開：明鈔本、明鈔一卷本、毛本、四庫本、四寶齋鈔本、王本作「今年芳意無數，何似應枝開」。

【箋　注】

〔一〕訴衷情：唐教坊曲名。温庭筠取《離騷》「衆不可户説兮，孰云察余之中情」之意，創製此調。單調三十三字，六平韻爲主，五仄韻兩部錯叶。此首雙調四十四字，上下片各三平韻。

〔二〕蕊宫：蕊珠宫，道教經典中所説的仙宫。唐顧雲《華清詞》：「相公清齋朝蕊宫，太上符籙龍蛇蹤。」

〔三〕芳意：花意，春意。唐徐彦伯《同韋舍人元旦早朝》：「相問韶光歇，彌憐芳意濃。」

〔四〕瑶臺：傳説中的神仙居處。晉王嘉《拾遺記·昆侖山》：「傍有瑶臺十二，各廣千步，皆五色玉爲臺基。」泛指華美的亭榭樓臺。

〔五〕粉香：脂粉的香氣，指代傅粉的女子。此指梅花。

〔六〕春回：此指春盡、春歸。

【疏　解】

此首詞意不明，試作解讀如下。陳述句領起，説種花人從蕊珠仙宫而來。二句是説種花人牽小梅之衣相問，還是説種花人牽詞中人物之衣相問，抑或是詞中人物牽種花人之衣相問？未知孰是。爲了能夠把詞意大致串通，這裏暫按詞中人物牽種花人之衣相問來理解。三、四句是問詢的内容，小梅今春開花的意向如何，應該還是和去年一樣吧。向蕊珠宫裏來的種花人打探小梅的情況，説明小梅是種在仙宫裏的仙花，表現了詞中人物對梅花的極度愛賞。如果梅花用作比擬，則「芳意」「舊枝」當有所喻指。

换頭三句，揣摩語氣應是詞中人物憑借種花人寄語梅花，瑶臺與蕊珠宫寓意相同，都是指梅花的生長環境。詞中人物向梅花致意，自謙凡庸，難配仙花。結三句可作兩解，或解爲詞中人傳信梅花，説自己雖然無才，但還是希望承蒙不棄，開宴舉酒，共賞早春風光。或解爲種花人爲通款曲之後，梅花傳信詞中人物，邀其前來酌酒同歡。因爲從上片所寫「芳意」「舊枝」來看，詞中人與梅花是曾有過從的老相識。

【集　評】

王焕猷《小山詞箋》：按此首蓋爲梅而作，曰「應向舊枝開」，願早相見也。曰「莫待春回」，莫失時也。

又

浄揩妝臉淺匀眉①。衫子素梅兒②〔一〕。苦無心緒梳洗③，閒淡也相宜〔二〕。　雲態度〔三〕，柳腰肢。入相思。夜來月底〔四〕，今日尊前，未當佳期〔五〕。

【校　記】

①淺匀：抱經齋鈔本作「淡匀」。　②衫子：吴鈔本作「山子」。　③苦無：毛本、四庫本、王本作

「方無」。

【箋　注】

〔一〕衫子：古代婦女穿的上衣。五代馬縞《中華古今注·衫子背心》：「衫子，自黄帝無衣裳，而女人有尊一之義，故衣裳相連。始皇元年，詔宫人及近侍宫人，皆服衫子，亦曰半衣，蓋取便於侍奉。」宋高承《事物紀原·衣裘帶服·衫子》：「（《實録》）曰：『女子之衣與裳連，如披衫，短長與裙相似，秦始皇方令短作衫子，長袖猶至於膝。』宜衫裙之分自秦始也。」唐元稹《白衣裳》之二：「藕絲衫子柳花裙，空著沉香慢火熏。」素梅兒：衫子上繡有白梅圖案。

〔二〕閒淡：《北史·王晞傳》：「性閒澹寡欲，雖王事鞅掌，而雅操不移。」五代齊己《喜得自牧上人書》：「身依閒淡中銷日，髮向清涼處落刀。」相宜：合適。漢蔡邕《獨斷》卷上：「春薦韭卵，夏薦麥魚，秋薦黍豚，冬薦稻鴈，制無常牲，取與新物相宜而已。」唐方干《胡中丞早梅》：「芬鬱合將蘭並茂，凝明應與雪相宜。」

〔三〕雲態度：形容女子柔媚而輕盈的儀態。態度：人的舉止神情。《荀子·修身》：「容貌、態度、進退、趨行，由禮則雅，不由禮則夷固僻違，庸眾而野。」

〔四〕夜來：夜間，昨夜。唐孟浩然《春曉》：「夜來風雨聲，花落知多少。」

〔五〕當：值，逢，遇。

【疏　解】

詞寫思婦閨情，采用詞人視角。起句從早妝切入，説她浄拭妝臉，不施胭脂，淺勾雙眉，不加描畫。二句説她不僅只畫淡妝，而且不穿豔色的衣服，挑了一件白梅圖案的衫子。三句説她雖然苦無心緒梳洗打扮，淡妝素衣，看上去卻也十分合適得體。

换頭二句，形容她儀態輕盈，腰肢細嫋。三句説她雖然表面雲淡風輕，内心卻在經受着相思的折磨。結三句説，昨夜她曾望月懷思，今日她再借酒消愁，昨夜今日，都不逢佳期。結句照應「相思」，點出「懷人」的題旨，逆挽全詞，給出了淡妝素衣、無心梳洗的原因。

【集　評】

王焕猷《小山詞箋》：按此首接連上首而來，故用「衫子素梅兒」一句。上首從自己期望方面而言，下首從梅本身方面而言。「閒淡」句從「素」字脱出，「雲態」句蓋應首句之洗臉畫眉，「柳腰」句蓋應二句之衫子素梅也。

又

渚蓮霜曉墜殘紅〔一〕。依約舊秋同。玉人團扇恩淺〔二〕，一意恨西風〔三〕。　雲去住，月朦朧。夜寒濃。此時還是，淚墨書成〔四〕，未有歸鴻〔五〕。

【箋　注】

〔一〕渚蓮：水邊的荷花。唐趙嘏《長安晚秋》：「紫豔半開籬菊净，紅衣落盡渚蓮愁。」五代孫光憲《思越人》：「渚蓮枯，宫樹老。長洲廢苑蕭條。」

〔二〕玉人：容貌美麗的人。《晉書·衛玠傳》：「（玠）年五歲，風神秀異……總角乘羊車入市，見者皆以爲玉人，觀之者傾都。」南朝宋劉義慶《世説新語·容止》：「（裴楷）麤服亂頭皆好，時人以爲玉人。」後多用以稱美麗的女子。唐元稹《鶯鶯傳》：「隔牆花影動，疑是玉人來。」前蜀韋莊《秋霽晚景》：「玉人襟袖薄，斜憑翠欄干。」團扇恩淺：漢成帝班婕妤因趙飛燕姊妹而失寵，求供養太后於長信宫，而作《怨歌行》。參看《河滿子》「緑綺琴中心事」注。

〔三〕西風：秋風。

〔四〕淚墨：淚水研墨，淚水混合墨水。唐孟郊《歸信吟》：「淚墨灑爲書，將寄萬裏親。」

〔五〕歸鴻：秋日南飛和春日北飛的大雁，都稱歸鴻。此指秋日南歸之雁。三國魏嵇康《送秀才入軍》：「目送歸鴻，手揮五弦。」唐王維《奉寄韋太守陟》：「天高秋日迥，嘹唳聞歸鴻。」

【疏　解】

此首代言思婦秋怨，從時令物候切入。起句描寫下霜的早晨，水邊的紅蓮花瓣飄墜，用爲比興。二句説這衰颯零落的新秋物候，和去年秋天依約相似。「舊秋」提示，離别已是經年。三句説思婦非常美麗，但恩愛緣淺，言外有紅顔薄命之意。「團扇」本爲失寵宫人之象喻，此指思婦像秋扇一樣，被人棄置不顧。四句即承「團扇」之喻，説思婦與團扇「一意」悵恨秋風。

上片以嚴霜秋風爲背景，以殘荷團扇爲喻象，表現思婦的遲暮之感和身世之歎，情感内涵悲涼沉重。下片描寫思婦寒夜不眠，望月懷思。换頭二句的月夜之景，因「雲去住」而「月朦朧」，前因後果，似有隱喻意涵。在思婦的感覺中，離家的男子像那去住不定的行雲，愁苦憂傷的自己則像那朦朧淒迷的月色。三句特意提點，强調這是一個寒意濃重的深秋之夜，側寫思婦情有不堪之苦況。結三句説，和「舊秋」一樣，今夜還是和淚研墨，寫成書信，但是苦無信使寄達。詞中苦於離别、寒夜不眠之思婦，至此已陷入絶境。全詞抒情調性哀苦沉痛，在小晏詞裏較爲少見。

【集　評】

王焕猷《小山詞箋》：按此首乃爲蓮鴻而作，因以蓮字砌入起句，又以鴻字作結。團扇句係正面之接應，西風句爲反面之接應，下半片又有夜寒句作後面之接應，至收處乃説到欲寄相思而不得也。又首句蓮字下便接一霜字，又接墜殘紅三字，其用情於蓮可謂至矣。

又

憑觴静憶去年秋。桐落故溪頭〔一〕。詩成自寫紅葉，和恨寄東流①〔二〕。　人脈脈〔三〕，水悠悠。幾多愁。雁書不到〔四〕，蝶夢無憑〔五〕，漫倚高樓。

【校　記】

①寄東流：毛本、《歷代詩餘》、四庫本、四寶齋鈔本、王本作「向東流」。

【箋　注】

〔一〕故溪：唐錢珝《江行無題一百首》之九十八：「故溪黄稻熟，一夜夢中香。」

〔二〕詩成二句：用紅葉題詩事典。見前《浣溪沙》「浦口蓮香夜不收」注。

〔三〕脈脈：含情凝矚貌。漢無名氏《古詩十九首·迢迢牽牛星》：「盈盈一水間，脈脈不得語。」

〔四〕雁書：雁足書，用《漢書·蘇武傳》典故。唐王勃《九日懷封元寂》：「今日龍山外，當憶雁書歸。」

〔五〕蝶夢：《莊子·齊物論》：「昔者莊周夢爲蝴蝶，栩栩然蝴蝶也，自喻適志與！不知周也。俄然覺，則蘧蘧然周也。不知周之夢爲蝴蝶與，蝴蝶之夢爲周與？周與蝴蝶，則必有分矣。此之謂物化。」後因以「蝶夢」喻迷離恍惚的夢境。唐崔塗《金陵晚眺》：「千古是非輸蝶夢，一輪風雨屬漁舟。」唐李咸用《早行》：「困纔成蝶夢，行不待鷄鳴。」

【疏　解】

詞寫離别相思，性别視角與時間銜接不明。起句從持杯沉思切入，人物首先出場。回憶中的時間倒入去年秋天，地點位移到落滿桐葉的故鄉溪頭。三、四句用紅葉題詩典故，説詩成之後寫到紅葉上，讓它和離恨一起順着東流之水寄與遠人。

換頭説題葉寄詩之人脈脈含情，漂載題詩紅葉的溪水悠悠東流。「水悠悠」是「情脈脈」的象喻，「愁」字回應上片的「恨」字。「幾多愁」三字承上啟下，既點明「脈脈」與「悠悠」的情感質都是無窮無盡的離愁别恨，又引發後結三句所寫。後結三句，時空已由回憶切换到現在。收不到遠人的書信，説明紅葉上的題詩没有寄達。「蝶夢無憑」，是説和夢也無或夢境虚幻。收不到信，做不成夢，此情無計可消除，於是只好倚樓持杯，回憶往事。結句與起句時空銜接，前後呼應，構成一個離别相思的痛苦情感的閉環。

以上解讀，有意回避了詞中抒情主人公的性别問題。紅葉題詩典故，題詩者基本是宫中女子，但孟棨《本事詩・情感》記顧況亦曾題詩葉上，放入御溝上遊流進宫内。所以，紅葉題詩的典故其實無法確認性别。從文本内證看，倚樓持杯的做派似是男子，但脈脈含情的容態、雁書不來的期盼，又像是説的居家女子。對於上文梳理出的時間前後關係，我們只求大致説通，也不敢自是。

【集　評】

王焕猷《小山詞箋》：按凡四字句三疊，用二偶句、一單句，較易出色。若純作單句，則往往氣促，不易見長。小山此首及下二首，均用此法。若三字句三疊，則可用此法，亦可不用。

又

小梅風韻最妖嬈①〔一〕。開處雪初消。南枝欲附春信〔二〕，長恨隴人遥②〔三〕。　閒記憶，舊江皋〔五〕。路迢迢。暗香浮動，疏影横斜〔六〕，幾處溪橋。

【校　記】

①小梅：《歷代詩餘》作「小樓」，誤。　②隴人遥：明鈔一卷本作「憑謾倚高樓」，誤。

【箋　注】

〔一〕風韻：風度，韻致。《晉書·桓石秀傳》：「石秀幼有令名，風韻秀徹。」李白《贈宣州靈源寺仲濬公》：「風韻逸江左，文章動海隅。」後多指女子的神態。妖嬈：嫵媚多姿。唐何希堯《海棠》：「著雨胭脂點點消，半開時節最妖嬈。」

〔二〕南枝：朝南的樹枝。借指梅花。宋蘇軾《次韻蘇伯固游蜀岡送李孝博奉使嶺表》：「願及南枝謝，早隨北雁翩。」王文誥輯注引趙次公曰：「南枝，梅也。」春信：春天的消息。唐鄭谷《梅》：「江國正寒春信穩，嶺頭枝上雪飄飄。」

〔三〕隴人：陸凱《贈范曄》：「折花逢驛使，寄與隴頭人。江南無所有，聊贈一枝春。」

〔四〕江皋：江岸，江邊。《楚辭·九歌·湘夫人》：「朝馳余馬兮江皋，夕濟兮西澨。」

〔五〕暗香二句：宋林逋《山園小梅》二首之一：「疏影横斜水清淺，暗香浮動月黄昏。」

【疏　解】

此首詠梅之詞，采用詞人視角。起句直呼「小梅」，贊美稚梅風韻最是妖嬈，擬人修辭，口角親切。二句説小梅開處，冬雪已開始融化。這一句既收以雪襯梅之效果，又傳遞了天氣向暖這一層意思，看似閒筆，實有大用。三、四句用陸凱《贈范曄》詩意，説欲折南枝梅花與春信一起寄與友人，但路途遥遠，無由寄達，讓人深覺遺憾。這就在詠物之中寓託了離别相思之意，豐富了詠物的情感内涵。

换頭二句繼續就陸凱江南寄梅的典故生發，回憶江邊舊事，眷念故人情誼。梅花習稱江梅，生長水邊，與「江皋」意象切合。第三句「迢迢」回應上片「隴人遥」，再抒江南塞北、道阻且長之離思。四、五句借用林逋《山園小梅》語詞，傳寫梅花之神韻。結句「幾處溪橋」，照應「疏影横斜」，交代「小梅」的生長環境，補足詞作的敘事要素。

這一類作品，借用典故，點綴字面，靈腕巧運，不乏才氣，亦饒美感。但略欠缺真切飽滿的情感投入，所以終不具備深入人心的藝術力量。

【集　評】

王焕猷《小山詞箋》：按此首之小梅，是否即《浣溪沙》小杏首「踈梅清唱替哀絃」之「踈梅」，未能考證。

又①

長因蕙草記羅裙〔一〕。緑腰沈水熏。闌干曲處人静，曾共倚黄昏。　風有韻，月無痕〔二〕。暗消魂。擬將幽恨〔三〕，試寫殘花②，寄與朝雲〔四〕。

【校記】

①此首《詞的》卷一誤作元人張伯遠詞。　②殘花：抱經齋鈔本作「殘箋」，家刻本、王本作「花箋」。

【箋注】

〔一〕長因句：南朝江總妻《賦庭草》：「雨過草芊芊，連雲鎖南陌。門前君試看，是妾羅裙色。」五代牛希濟《生查子》：「記得緑羅裙，處處憐芳草。」

〔二〕沈水：沉水香。

〔三〕月無痕：月光清澈皎潔，没有陰影。

〔四〕幽恨：深藏於心中的怨恨。唐元稹《楚歌》之十：「各自埋幽恨，江流終宛然。」韓渥《春悶》：「相思不相信，幽恨更誰知。」

〔五〕試寫二句：唐李商隱《牡丹》：「我是夢中傳彩筆，欲書花片寄朝雲。」朝雲：用巫山神女典，此指所憶女子。

【疏　解】

此首離別相思之詞，采用詞人視角。起句説因草色而記起裙色，融合南朝江總妻《賦庭草》詩意，與五代牛希濟《生查子》「記得緑羅裙，處處憐芳草」句意。二句「緑腰」即緑色裙腰，代指羅裙，句謂伊人的緑羅裙是用沉水香熏過的，言外含有芳潔之意。色澤如睹，芬芳可嗅，是知已深陷懷念心理之中。三、四句即是往事回憶，曲闌人静之處，夕陽暮色之中，曾與伊人攜手憑依，久久不願離去。

换頭二句字法靈動，意藴豐富。風而有韻，是説萬物皆流動於風中；月而無痕，是説月光皎潔如水，没有一絲陰影。夜色之美好，已在此六字中寫盡。從寓意的層面，也可以把這兩句讀作互文見義，即風月有韻，曾經温柔地吹拂過，明媚地照耀過。但拂過之風，照臨之月，終歸無蹤可尋，無痕可辨。這多麽像曾共同擁有過而又消逝了的那個曲闌黄昏，那一段朝夕相對的美好的時光！在時間上，可以把這兩句所寫的月夜與上片的「黄昏」連接，也可以理解爲現在，風月今昔無異，人已昨是今非。第三句「暗銷魂」的意思，因前二句所寫是回憶還是現實而不同。月夜如屬回憶，則是美好得令人「消魂」；如屬現在，則是思念得令人「消魂」。後結三句説，準備將離别相思之恨，試着寫到飄落的花瓣上，然後寄與伊人。「朝雲」，指代詞人所憶之女子。

【集　評】

明卓人月《古今詞統》卷四：樂府《六幺》，訛作《六腰》，此則直指裙腰耳。

王焕猷《小山詞箋》：按此首語意，似寫與姬妾之最寵而爲人所妒者。

又

御紗新製石榴裙〔一〕。沈香慢火熏。越羅雙帶宮樣〔二〕，飛鷺碧波紋〔三〕。　　隨錦字，疊香痕①。寄文君〔四〕。繫來花下，解向尊前，誰伴朝雲。

【校　記】

①香痕：毛本、四庫本、四寶齋鈔本、王本作「香芸」。

【箋　注】

〔一〕御紗：宮紗，指精美的絲織品。石榴裙：南朝梁元帝蕭繹《烏棲曲》：「交龍成錦鬭鳳紋，芙蓉爲帶石榴裙。」唐武則天《如意娘》：「不信比來長下淚，開箱驗取石榴裙。」

〔二〕越羅：越地所産的絲織品，以輕柔精緻著稱。唐杜甫《後出塞五首》：「越羅與楚練，照耀輿臺軀。」唐劉禹錫《酬樂天衫酒見寄》：「酒法衆傳吴米好，舞衣偏尚越羅輕。」雙帶：參看《蝶戀花》「黄菊開時傷聚散」注。宮樣：皇宮中流行的裝束、服具等的式樣。唐李隆基《好時光》：

「寶髻偏宜宫樣，蓮臉嫩，體紅香。」

〔三〕飛鷺碧波：指羅帶上的圖案。

〔四〕隨錦字三句：是説將錦字書與折疊好的石榴裙一道，寄給心愛的女子。文君，卓文君，代指美女。

【疏解】

此首與前首皆借裙裾抒寫離情，前一首是春草碧色的緑羅裙，這一首是宫紗新裁的石榴裙。裙色紅緑不一，但都經過沉水香熏，芳潔可人，則是一樣的。三句説石榴裙所用的宫紗，是越地出産的上好絲羅貢品。裝飾裙腰的雙帶，是宫中流行的時尚樣式，上面繡出的是飛鷺碧波花紋。換頭三句，是説將錦字書與折疊好的石榴裙一道，寄給心愛的女子文君。結三句説，文君收到郵寄來的新製紗裙，穿向花間，解向尊前，十分喜愛。可是，想到朝雲還穿着昔日那件緑色舊裙，能有誰去陪伴慰藉她呢？

這首詞藝術上無足稱道，但是很有解讀價值。與前首合看，很可能都是歌宴即興之作。先寫了一首詠緑裙的，交給名叫朝雲的緑裙歌女去演唱。又隨手再填一闋詠紅裙的，交給紅裙歌女文君演唱。但又不想拂了朝雲的興致，所以結句對她表示體貼和撫慰。唐五代北宋應歌的小詞，不少就是花間尊前即興寫就的，在相似的情境中，出現題材命意、遣詞下字的重複雷同，出現信筆揮寫、不待推敲的文本瑕疵，也就在所難免。像這一首中錦字書的典故使用，就有明顯的不妥之處。進一步解讀這首詞，甚至可以還原當時的歌宴氛圍，綠裙歌女得詞先唱，引得紅裙歌女也來索要新詞，這裏面傳達了歌女之間存在的微妙競争心理。而詞人周旋於一衆歌女之中，照顧平衡她們的情緒的努力亦可見出。左手朝雲，右手文君，反映出的是才子詞人歡場遊戲的「博愛」性別心理。解讀這一類逢場作戲之詞，實不必過於嚴肅地加以拔高。

【集　評】

王焕猷《小山詞箋》：按此首當是小山新製一紅色紗裙贈雲，而示酬歌，且附以此詞。

又

都人離恨滿歌筵〔一〕。清唱倚危絃〔二〕。星屏別後千里①〔三〕，重見是何年②。驄騎穩，繡衣鮮〔四〕。欲朝天〔五〕。北人歡笑，南國悲涼，迎送金鞭。

【校　記】

①星屏：底本校曰：「星屏，按二字誤倒。」　②重見：唐本作「更見」。

【箋　注】

〔一〕都人：或謂都城的人。或謂都人子，指美麗的女子。《文選》陸雲《爲顧彦先贈婦詩》之二：「京師多妖冶，粲粲都人子。」吕延濟注：「都，亦美也。人子，士女也。」

〔二〕危絃：急弦。《文選》張協《七命》：「撫促柱則酸鼻，揮危絃則涕流。」唐虞世南《門有車馬客》：「危弦促柱奏《巴渝》，遺簪墮珥解羅襦。」

〔三〕星屏：或謂指家鄉庭院門前飾有星辰圖案的照壁。或謂指魏晉時刺史、别駕所乘車上用以遮蔽灰塵的箄篂，見宋李劉《四六標準》卷四十《賀劉提刑》明孫雲翼箋釋、《太平御覽》卷二六三引《豫章列士傳·孔恂傳》。

〔四〕驄騎：驄馬。繡衣：彩繡的絲綢衣服，古代貴者所服。

〔五〕朝天：朝見天子。唐王維《聞逆賊凝碧池作樂》：「萬户傷心生野煙，百官何日再朝天。」

【疏　解】

此詞題旨不明，緣於「都人」「星屏」二語無法確解，嘗試串講如下。起句從别宴切入，「都人」指宴席上的歌女，她們滿懷離愁别恨。二句説追着急管繁弦的伴奏，她們唱起送别歌曲。三句的「星屏」，指代將要回京的使君，他是送别的對象，是這場别宴的中心人物。歌女和預宴者紛紛向他表示，今日千裏遠别，不知何年重見的依依惜别之情。

换頭三句聚焦使君，説他席散之後，騎上穩健的驄馬，身穿鮮亮的繡衣，就要踏上途程，回京朝見皇帝了。結三句對比描寫，説汴京之人聽到使君回朝的消息，喜笑顔開；南國送别的人，感念使君惠政，滿懷惜别的憂傷。「迎」指「北人」，「送」指「南國」，「金鞭」指代使君的車駕。

如果以上的串講能夠成立，那麽這首《訴衷情》與《鷓鴣天》「緑橘梢頭幾點春」，可能作於相同的時地。

【集　評】

王焕猷《小山詞箋》：按此首蓋指王安石或蔡京當國而作，上半片言老成重臣去位，故有「星屏別後千里，重見是何年」二句。下半片言小人之倖進，爲北國所慶，而成宋室之憂。末歸到羣小之狂喜誇耀，不知危懼作結。

破陣子①〔一〕

柳下笙歌庭院，花間姊妹鞦韆。記得青樓當日事②〔二〕，寫向紅窗夜月前。憑誰寄小蓮③〔三〕。　絳蠟等閒陪淚〔四〕，吴蠶到了纏綿〔五〕。綠鬢能供多少恨〔六〕，未肯無情比斷絃。今年老去年〔七〕。

【校　記】

①此首《歷代詩餘》、家刻本、王本調作「十拍子」。　②青樓：唐本作「春樓」。　③憑誰：《詞綜》作「憑伊」。

【箋　注】

〔一〕破陣子：又名十拍子、破對子、醉瓊枝、齊破陣。唐教坊曲名，調見敦煌《雲謡集雜曲子》唐無名氏詞。雙調，六十二字。前後段各五句，三平韻。

〔二〕青樓：女子居住的地方。三國魏曹植《美女篇》：「借問女安居，乃在城南端。青樓臨大路，高門結重關。」北周庾信《春日觀早朝》：「繡衣年少朝欲歸，美人猶在青樓夢。」

〔三〕小蓮：沈廉叔或陳君龍家侍兒。

〔四〕絳蠟：紅蠟燭。唐杜牧《贈别》：「蠟燭有心還惜别，替人垂淚到天明。」

〔五〕吴蠶：吴地之蠶。吴地盛養蠶，故稱良蠶爲吴蠶。唐李白《寄東魯二稚子》：「吴地桑葉緑，吴蠶已三眠。」纏綿：像蠶絲纏繞，固結不解。唐張籍《節婦吟》：「感君纏綿意，繫在紅羅襦。」唐李商隱《無題》：「春蠶到死絲方盡，蠟炬成灰淚始乾。」

〔六〕緑鬢句：能供，能禁得起。斷絃，絲弦斷絶。唐元稹《夜聞》：「孤琴在幽匣，時迸斷弦聲。」此喻恩斷義絶。

〔七〕老：老於。唐薛能《和曹侍御除夜有懷》：「田事終歸彼，心情倦老於。」

【疏解】

此首懷念小蓮之作，回憶昔日舊遊，抒發年華之歎。對句領起，描寫昔遊環境，當即作者友人沈廉叔、陳君龍家之庭院。這裏栽花植柳，家姬唱歌奏樂，習藝之餘蕩起鞦韆，遊戲消遣。這兩句所寫，就是北宋享樂之風流行的社會背景下，富貴之家豪奢的日常生活。三句用「記得」二字特提，「青樓當日事」大要即是前二句所寫内容，《小山詞自序》裏有更加詳細的描寫。不過這是要在「紅窗夜月」之前寫給小蓮的私人話語，其間當有詞人與小蓮之間不能與人分享的情感秘密。但是，這承載著美好回憶和深切思念的書信，卻不知道請誰寄給小蓮。此時沈陳二家敗落，小蓮等侍女家姬已流散民間，不知所終，詞人故而錦書難託，生出無限悵惘。

下片起二句化用杜牧《贈別》、李商隱《無題》詩意，抒寫自己對小蓮的深情思念，無限傷感，表達自己至死不渝的情感態度，見出小晏癡情纏綿的性格特點。後三句説，不知道自己的青鬢能禁受多少離愁別恨的折磨，但無論如何自己都不會做絶情之人，雖然在捱度離別相思的日子裏，自己明顯地一年比一年顯得衰老了。這三句化用「思君令人老」之意，抒發了深沉的年華之歎。

【集　評】

清陳廷焯《閒情集》卷一：對法活潑，措辭亦婉媚。（「緑鬢」二句）淒咽芊綿。

王煥猷《小山詞箋》：按上疊結句之小蓮，當即《玉樓春》之小蓮也。

又按，《十拍子》即《破陣子》，始於南唐後主。自李後主後，有小山此詞。唯上下疊收句「憑誰寄小蓮」「今年老去年」，皆作平平仄仄平五言詩句法，與後主詞平仄異，故此句或不可拘，其餘句法全同。用此調者不可不知。

好女兒①〔一〕

緑遍西池〔二〕。梅子青時。儘無端、盡日東風惡〔三〕，更霏微細雨〔四〕，惱人離恨，滿路春泥②。應是行雲歸路〔五〕，有閒淚、灑相思。想旗亭、望斷黄昏月〔六〕，又依前誤了，紅箋香信，翠袖歡期。

【校　記】

①《詞律》曰：「按『好女兒』調即『繡帶兒』。」　②滿路：《詞律》作「沸路」，誤。

【箋　注】

〔一〕好女兒：又名九回腸、月先圓、好女兒令、國門東等。雙調六十二字，前段六句三平韻，後段六句兩平韻。調見晏幾道此詞。另一體，又名相思兒令、繡帶子、繡帶兒，雙調四十五字，前段四句三平韻，後段五句三平韻。調見宋黄庭堅《山谷詞》。

〔二〕西池：當指汴京城西的金明池，爲當時遊覽勝地。

〔三〕東風惡：東風猛烈。唐王建《春去曲》：「就中一夜東風惡，收拾紅紫無遺落。」

〔四〕霏微：雨雪細小貌。唐李端《巫山高》：「回合雲藏日，霏微雨帶風。」五代李煜《採桑子》：「細雨霏微，不放雙眉時暫開。」

〔五〕行雲：喻指離去的女子。

〔六〕望斷：向遠處望直至看不見。《南齊書·蘇侃傳》：「青關望斷，白日西斜。」

【疏　解】

這又是一首意脈淩亂的拼凑之作，除了辭色，别無可取，試作簡要疏解如下。起二句，交代地點和季節物候。第三句以下，先怨東風太猛，吹盡落花；再怨細雨霏微，道路泥濘；惡劣的天氣讓人無法出行，前往西池遊覽，聊作排遣，更增添了滿腹惱人的離愁别恨。

上片大致尚可説通，下片簡直不知所云。「應是」「想」都是推測不定的語氣，我們在此也試着推測一下。前三句承接上片的「雨」，説這是歸去的「行雲」，灑落的相思淚水。「相思」回應上片的「離恨」，這三句當是上片怨風怨雨、惱亂離恨的人，設想對方的情形。以「行雲」喻指對方，對方當是歌女，詞的抒情主人公當是男子，全詞采用的是男子視角。「想」以下仍是男子設想對方，他在苦雨之時，想象歌女在旗亭黄昏，對着月亮想念自己。可知他們雨晴不同天，確實不在一地。「又」字以下三句，説像以前一樣，這次因爲下雨，又誤了信上約定的歡會日期。

【集　評】

王焕猷《小山詞箋》：按應是行雲歸路之雲，當指蘋雲。

又

酌酒殷勤〔一〕。儘更留春。忍無情①〔二〕、便賦餘花落〔三〕，待花前細把、一春心事，問個人人〔四〕。　莫似花開還謝，願芳意、且長新②。倚嬌紅、待得歡期定〔五〕，向水沈煙底，金蓮影下〔六〕，睡過佳辰。

【校　記】

①忍：抱經齋鈔本作「認」，注曰「一作『忍』」。王本作「忽」。　②長新：毛本、四庫本、四寶齋鈔本、家刻本、王本作「常新」。

【箋　注】

〔一〕酹酒：《説文》：「酹，盛酒行觴也。」南朝宋鮑照《擬行路難》：「酹酒以自寬，舉杯斷絶歌路難。」唐王維《酹酒與裴迪》：「酹酒與君君自寬，人情翻覆似波瀾。」

〔二〕忍：怎忍。杜甫《丹青引贈曹將軍霸》：「幹惟畫肉不畫骨，忍使驊騮氣凋喪。」

〔三〕餘花落：南朝齊謝朓《游東田》：「魚戲新荷動，鳥散餘花落。」

〔四〕人人：親昵的人。參看《生查子》「關山魂夢長」注。

〔五〕歡期：歡聚的日子。

〔六〕水沈煙：沉水香的煙氣。金蓮：金飾蓮花形燈炬。《新唐書·令狐綯傳》：「（綯）夜對禁中，燭盡，帝以乘輿、金蓮華炬送還。」此泛指華美的燈燭。

【疏　解】

此首留春之詞，采用詞人視角。起句從殷勤酹酒切入，二句説這樣盡心盡力，是爲了能把春天留住。三句説怎會忍心做那等無情之人，去寫題詠落花的詩。春是不能離去的，花是不能零落的，自己正打算在花前把一春的心事，説給那個人聽，並問她意欲如何呢。

下片向對方表達自己的心願，希望她的想法不要像花兒那樣開了又謝，要初衷不改，芳意長新。他表示要趁着花開尚好，定下歡聚的日期。後三句暢想歡會情境，説要在沉水香煙繚繞的臥室，在金蓮燈燭的光影映照下，長睡不醒，一直睡到過了晨起的時辰。這一結三句，一方面表現了得遂心願的極度喜悦，同時也是享樂時代人們頽廢的人生理想的真實寫照。

【集　評】

王焕猷《小山詞箋》：按金蓮影下之蓮，當爲蓮鴻。

點絳唇〔一〕

花信來時〔二〕，恨無人似花依舊。又成春瘦〔三〕。折斷門前柳〔四〕。　天與多情，不與長相守〔五〕。分飛後〔六〕。淚痕和酒。占了雙羅袖①。

【校　記】

①占了：毛本、《歷代詩餘》、四庫本、抱經齋鈔本、家刻本、王本作「沾了」。

【箋　注】

〔一〕點絳唇：又名點櫻桃、十八香、南浦月、沙頭雨、尋瑶草等。調名用南朝江淹《詠美人春遊詩》

「白雪凝瓊貌，明珠點絳唇」辭意。以馮延巳詞《點絳唇·蔭緑圍紅》爲正體，雙調四十一字，前段四句三仄韻，後段五句四仄韻。另有四十一字前後段各五句四仄韻，四十三字前段四句三仄韻，後段五句四仄韻的變體。

〔二〕花信：花開的期信，花信風。據南朝宗懔《荆楚歲時記》：自小寒至穀雨共八氣，一百二十日，每五日爲一候，計二十四候，每候應一種花信。始梅花，終楝花，凡二十四番花信風。宋程大昌《演繁露·花信風》、宋王逵《蠡海集·氣候類》説法相同。

〔三〕春瘦：因惜春傷别而致瘦。唐李商隱《贈歌妓二首》之二：「只知解道春來瘦，不道春來獨自多。」

〔四〕折斷句：回憶别時折柳相送。唐李賀《致酒行》：「主父西遊去不歸，家人折斷門前柳。」

〔五〕不與：不使、不許。

〔六〕分飛：《樂府詩集·東飛伯勞歌》：「東飛伯勞西飛燕，黄姑織女時相見。」後因稱離别爲分飛。唐武元衡《八月十五夜與諸公錦樓望月得中字》：「相向秦樓鏡，分飛碣石鴻。」唐白居易《古意》：「昔爲連理枝，今作分飛翮。」

【疏　解】

此首思婦之詞，采用女子視角。起句從「花信來時」切入，説一年一度，花兒如期開放了。二句寫因花開觸發的思婦怨情，一則恨花有信期而人無歸期，二則恨自己不能像花兒一樣歲歲重開，容顔長好。第三句從「恨」字來，「春瘦」與「花依舊」構成對比，「又」字説明非止一個春天如此。四句説因爲送别，折斷了門前的柳枝。這一句裏包含的别離，是思婦致瘦的原因。

换頭二句怨天，見出思婦已是不堪忍受離别的痛苦，「勞苦倦極，未嘗不呼天也」，她的離愁别恨已達承受的極限。她抱怨上天賦予人多情的天性，卻又總是讓多情之人不能長相廝守。把人的主觀願望與客觀現實的矛盾歸咎於天，正是面對命運的安排極度不滿而又無可奈何的表現。這兩句直抵兩性情感的終極困局，可稱觸著之句。第三句「分飛後」，回應上片的「折斷門前柳」。結二句説自從折柳送别、勞燕分飛之後，自己每天過的都是以淚洗面、借酒消愁的日子，以至於淚痕和酒漬沾滿了一雙羅袖。一結以描寫代抒情，哀傷無限而又形象可感。

【集　評】

明沈際飛《草堂詩餘續集》卷上：句能鑄新。

清陳廷焯《閒情集》卷一：淋漓盡致。

俞陛雲《唐五代兩宋詞選釋》：前四句謂春色重歸，乃花發而人已去，爲伊消瘦，折盡長條，四句曲折而下，如清溪之宛轉。下闋謂天畀以情而吝其福，畀以相逢而不使相守。既無力回天，但有酒國埋愁，淚潮濕鏡，雙袖飄零，酒暈與淚痕層層漬滿，則年來心事可知矣。

王焕猷《小山詞箋》：按范仲淹、富弼皆出晏氏之門，弼又爲晏殊壻。殊同平章事兼樞密使，薦弼爲樞密副使。殊知應天府時，延范仲淹教授生徒。故《宋史》謂殊爲相，專以得人爲急，所進者且多名士。及殊死而人情冷落，叔原乃有所感，故皆既歎人情之不如花，又謂折斷門前柳。門前柳，即門前桃李也。柳不獨春日方有，故感春瘦，叔原之意蓋可知矣。

又

明日征鞭①〔一〕，又將南陌垂楊折。自憐輕别〔二〕，拚得音塵絶②〔三〕。　杏子枝邊，倚處闌干月③。依前缺〔四〕。去年時節。舊事無人説。

【校　記】

①明日：毛本作「明月」。②音塵：《花草粹編》作「音書」，抱經齋鈔本「塵」下注曰「一作『書』」。③倚處：《花草粹編》、吴鈔本、明鈔本、毛本、《歷代詩餘》、四庫本、抱經齋鈔本、四寶齋鈔本、家刻本、王本作「倚徧」。

【箋　注】

〔一〕征鞭：馬鞭。因用其驅馬行進，故稱。宋張先《偷聲木蘭花》：「驪馭征鞭，一去東風十二年。」

〔二〕輕别：輕易離别。五代孫光憲《謁金門》：「輕别離，甘抛擲，江上滿帆風疾。」

〔三〕音塵絶：音信斷絶。音塵，音信，消息，行蹤。漢蔡琰《胡笳十八拍》之十：「故鄉隔兮音塵絶，哭無聲兮氣將咽。」《文選》謝莊《月賦》：「美人邁兮音塵闕，隔千里兮共明月。」張銑注：「音信復闕。」唐李白《憶秦娥》：「樂游原上清秋節，咸陽古道音塵絶。」

〔四〕缺：指月缺，以喻别離。

【疏　解】

詞賦别情，采用詞人的視角。起句從離别前夜切入，説明天就要策馬遠行。二句説驅馬的鞭子，折取的是南陌的垂楊枝條。「又將」二字，見出這樣的離别已非止一次。三、四兩句意思刻苦，句法拗峭，既已知道自己「輕别」，又表示不惜拚得一去音信斷絶，這正是人在命運面前無奈掙扎的表現，也是詞人疏狂天性的又一次流露。「自憐」者，自惜自悲之謂也。

明天就要遠行，而且已知此行面臨失去聯繫的嚴重後果，所以詞人的内心很不平静。换頭二句，即寫他在杏花枝邊的樓闌上，憑眺望月。第三句「依前」回應上片的「又將」，啟開下面的「去年舊事」回憶。缺月，當然是離别的象喻。去年這個時候的「舊事」是團聚還是離别？從「依前缺」三字看，應該是離别。年年月缺傷别，悲傷無人與訴，一結沉痛嗚咽。

【集　評】

清陳廷焯《閒情集》卷一：流連往復，情味自永。

俞陛雲《唐五代兩宋詞選釋》：此記再别之詞。承前首折柳門前，故此云又折垂楊。下闋言本期人月同圓，乃幾度憑闌，依然月缺。正如唐人詩「思君如滿月，夜夜減清輝」。結句舊事更無人説，其實傷心之事，本不願人重提也。

王焕猷《小山詞箋》：按此首蓋其初出監潁州許昌，離别京師時所作。叔原父殊，曾拜集賢殿學士同平章事，而已屈居下位，乃不得不有門閥之歎。故上用輕字，下用舊字，以見人情之冷暖也。

又

碧水東流〔一〕，漫題涼葉津頭寄①〔二〕。謝娘春意〔三〕。臨水顰雙翠〔四〕。　日日驪歌〔五〕，空費行人淚。成何計〔六〕。未如濃醉②。閒掩紅樓睡〔七〕。

【校　記】

①涼葉：毛本作「涼華」，家刻本、王本作「桐葉」。　②未如：明鈔本、毛本、四庫本、四寶齋鈔本、王本作「未知」。

【箋　注】

〔一〕碧水句：唐李白《望天門山》：「天門中斷楚江開，碧水東流至此回。」

〔二〕漫題涼葉：參看《浣溪沙》「浦口蓮香夜不收」注。津頭：渡口。唐王昌齡《送薛大赴安陸》：「津頭雲雨暗湘山，遷客離憂楚地顏。」唐盧綸《送崔琦赴宣州幕》：「天際曉山三峽路，津頭臘市九江人。」

〔三〕謝娘：唐宰相李德裕家姬謝秋娘爲名歌妓。後因以「謝娘」泛指歌妓。唐李賀《惱公》：「春遲王子態，鶯囀謝娘慵。」唐温庭筠《歸國遥》：「謝娘無限心曲，曉屏山斷續。」春意：春情。《樂府詩集·清商曲辭一·子夜四時歌·春歌四》：「温風入南牖，織婦懷春意。」

〔四〕雙翠：雙眉。參看《生查子》「狂花頃刻香」注。

〔五〕驪歌：告别的歌。南朝梁劉孝綽《陪徐僕射晚宴》：「洛城雖半掩，愛客待驪歌。」唐李穀《浙東罷府西歸酬别張廣文皮先輩陸秀才》：「相逢只恨相知晚，一曲驪歌又幾年。」

〔六〕成何計：成何事。

〔七〕紅樓：女子居所。唐李商隱《春雨》：「紅樓隔雨相望冷，珠箔飄燈獨自歸。」

【疏解】

詞賦别情。起句從東流碧水切入，有比興意味。二句説不要紅葉題詩漂寄遠人，想他也是收不到的。第三句出現主語「謝娘」，前二句是承後省的無主句，人物其實已經出場。她的身份是個歌女，滿懷春情，在流水邊悵望，這裏是她與男子的分袂之地。四句描寫她緊蹙雙眉的表情，見其内心離愁的深重。

下片緊扣女子的歌女身份，刻畫她的心理活動，與上片「漫題涼葉」呼應。不僅不須題詩相寄，驪歌也不須唱。即便天天唱起哀怨的驪歌，也不過浪費行人的淚水，最終又有什麽實際意義呢？還不如濃醉酣睡，尚可暫時忘記憂愁。

這首小詞中的女子頗有個性，不再題葉寄情，也不再唱歌抒憂，這些衆人習慣采用的方式，都爲她所不取。是她特別理智明白嗎？恐怕也不是，應該是她總結經驗教訓的結果。她也曾題葉相寄，她也曾唱歌相留，而且不止一次，但信無回音，人留不住。所以她不再寄信唱歌，只以飲酒大醉、閉門酣睡的方式，來減輕相思的痛苦。一結二句，以頹放寫沉痛，正是無可奈何的情感掙扎。

【集　評】

王焕猷《小山詞箋》：按此首蓋有所見憶而作，「謝娘」二句言終日顰眉，乃亦借以自喻也。

又

妝席相逢〔一〕，旋匀紅淚歌金縷〔二〕。意中曾許。欲共吹花去〔三〕。　長愛荷香①，柳色殷橋路〔四〕。留人住。淡煙微雨。好個雙棲處〔五〕。

【校　記】

①荷香：明鈔本作「荷花」。

【箋　注】

〔一〕妝席：妝臺。

〔二〕金縷：曲調《金縷曲》、《金縷衣》的省稱。唐羅隱《金陵思古》：「綺筵金縷無消息，一陣征帆過海門。」

〔三〕吹花：古代重陽節的一種遊藝活動。唐趙彦昭《奉和九日幸臨渭亭登高應制》：「須陪長久宴，歲歲奉吹花。」宋宋祁《〈皇帝後苑燕射賦〉序》：「月著授衣之令，日紀吹花之遊。」宋祁《和晏相公九日郡筵》：「鏤管新篇逸，吹花舊俗存。」或謂吹花即吹葉，吹動花葉以作曲調，意指吹奏、演唱。唐白居易《楊柳枝》：「蘇家小女舊知名，楊柳風前别有情。剥條盤作銀環樣，卷葉吹爲玉笛聲。」唐李商隱《柳枝序》：「柳枝，洛中里娘也。……生十七年，塗妝綰髻，未嘗竟，已復起去。吹葉嚼蕊，調絲擫管，作天海風濤之曲，幽憶怨斷之音。」

〔四〕殷橋：唐李賀《休洗紅》：「卿卿騁少年，昨日殷橋見。」王琦注：「殷橋，地名，未詳所在。」

〔五〕雙棲：飛禽雌雄共同棲止。三國魏曹植《種葛篇》：「下有交頸獸，仰見雙棲禽。」喻男女同處。

【疏　解】

詞寫相遇生情，采用男子視角。起句從「妝席相逢」切入，四字中地點、事件、人物俱全，而且兼及男女雙方。以下專寫歌女，二句説相見之後，她很快抹去眼淚，唱了一支《金縷曲》。「旋抹紅淚」這個細節，透露出她的内心憂傷，爲下文伏筆鋪墊。這就有了第三句的「意中曾許」，歌女在承歡陪笑的生涯裏，依人作計，身世無著，這次終於碰到中意的男子，便有相許之心。四句的「欲共」回應起句的「相逢」，兼及雙方而言。他們相約，要一起吹花嚼蕊，聯袂遊賞。上片所寫，差不多又是一個一見鍾情的故事。

下片承接前結，説他們一起來到殷橋路上，這裏荷香馥馥，柳色依依，似有留人停駐之意。這時水上起了一層淡煙，落下一陣小雨，天公作美，天意也要留人。至此結句已呼之欲出，「好個雙棲處」，是男女雙方的共同心願和由衷贊歎。

【集　評】

清陳廷焯《閒情集》卷一：情景兼寫，景生於情。

王焕猷《小山詞箋》：按此首蓋承上首，而歎人情之浮薄也。言人皆表面，孰爲真誠？故人皆熱而我獨冷。言柳色謂送我去，惟留熱人在也。

又

湖上西風，露花啼處秋香老①〔一〕。謝家春草〔二〕。唱得清商好〔三〕。　笑倚蘭舟，轉盡新聲了②〔四〕。煙波渺。暮雲稀少。一點涼蟾小〔五〕。

【校　記】

①秋香：明鈔本作「秋家」。　②新聲：吴鈔本、明鈔本、明鈔一卷本、抱經齋鈔本作「新亭」。

【箋　注】

〔一〕露花啼處：唐李賀《蘇小小墓》：「幽蘭露，如啼眼。」秋香：秋日開放的花。多指菊花、桂花。

唐李賀《金銅仙人辭漢歌》：「畫欄桂樹懸秋香，三十六宮土花碧。」唐鄭谷《菊》：「露溼秋香滿池岸，由來不羨瓦松高。」

〔二〕謝家春草：南朝宋謝靈運《登池上樓》：「池塘生春草，園柳變鳴禽。」後世遂有「謝家春草」之說。或謂歌女所唱，係歐陽修《少年游》詠春草詞：「闌干十二獨憑春，晴碧遠連雲。千里萬里，二月三月，行色苦愁人。　謝家池上，江淹浦畔，吟魄與離魂。那堪疏雨滴黄昏。更特地、憶王孫。」

〔三〕清商：商聲，五音之一，音調淒清悲切，故稱。《韓非子·十過》：「公曰：『清商固最悲乎？』師曠曰：『不如清徵。』」晉葛洪《抱朴子·暢玄》：「夫五聲八音，清商流徵，損聰者也。」唐杜甫《秋笛》：「清商欲盡奏，奏苦血霑衣。」

〔四〕轉：同囀，鳴囀，歌唱。新聲：新作的樂曲，新穎美妙的樂音。《國語·晉語八》：「平公説新聲。」唐孟郊《楚竹吟酬盧虔端公見和湘弦怨》：「握中有新聲，楚竹人未聞。」宋柳永《木蘭花慢》：「風暖繁弦脆管，萬家競奏新聲。」

〔五〕涼蟾：秋月。傳説月中有蟾蜍，故稱。唐李商隱《燕臺詩·秋》：「月浪衡天天宇濕，涼蟾落盡疎星入。」

【疏　解】

詞寫秋日遊湖，采用詞人視角。起句從地點時令切入，二句寫秋日湖上風物，看那帶露的花朵，如在哭泣自己老去的容顏。這裏的「秋香」，似不指菊花、桂花，應是説湖上凋殘的秋荷。三、四句説遊湖之時，同船歌女在唱謝家春草詞句，清商曲調淒傷感人。

換頭二句仍寫歌女唱曲，只見她笑倚蘭舟，歌聲婉轉，把一曲新詞演唱完畢。結三句寫湖上黄昏之景，説這時水面煙波浩渺，天上暮雲稀少，一點涼月，已經升上天邊。這三句景物描寫，起到了烘托演唱效果的作用。

秋日遊湖，卻唱春草之詞，似不當景愜情。春草之詞，調入清商，聲情似不相偕。清商悲淒，歌女笑唱，信口不須真情。這是文本的問題，也是人性的問題。上片第二句「露花啼處秋香老」，結句「一點涼蟾小」，皆用長吉字法。

【集評】

王焕猷《小山詞箋》：按小山父殊，性狷急，小山亦如之。其兄名知止，官朝請大夫，無文名令聞。而小山則抑置下位，故有「謝家春草」之感。此句方在春日，下句即言清商，忽轉入秋氣，哀人情之遽變也。末句「一點」二字，頗有微意。

兩同心〔一〕

楚鄉春晚〔二〕，似入仙源〔三〕。拾翠處、閒隨流水①〔四〕，踏青路、暗惹香塵②〔五〕。心心在〔六〕，柳外青簾〔七〕，花下朱門〔八〕。對景且醉芳尊〔九〕。莫話消魂。好意思、曾同明月，惡滋味、最是黄昏③。相思處，一紙紅箋，無限啼痕④。

【校　記】

①閒：明鈔本、明鈔一卷本、毛本、四寶齋鈔本無「閒」字，吴鈔本作「間」，底本校曰：「原本『閒』字脱，從《花草粹編》。」②香：抱經齋鈔本「香」字下注曰「一作『芳』」。③惡滋味：毛本、《歷代詩餘》、四庫本、家刻本、王本作「愁滋味」。④四寶齋鈔本下片作「對景且研墨。漸寫到别來，此情深處，紅箋爲無色」，誤。

【箋　注】

〔一〕兩同心：又名仙源拾翠。雙調六十八或七十二字，有仄、平韻及三聲叶韻三體。其中仄韻者創自柳永，雙調六十八字，前段七句三仄韻，後段七句四仄韻。平韻者創自晏幾道，雙調六十八字，前段七句三平韻，後段七句四平韻。三聲叶韻者創自杜安世，雙調七十二字，前段七句四平韻，後段七句三平韻、兩叶韻。

〔二〕楚鄉：楚地。唐戴叔倫《夜發袁江寄李潁川劉侍御》：「半夜回舟入楚鄉，月明山水共蒼蒼。」唐温庭筠《南湖》：「飄然篷艇東歸客，盡日相看憶楚鄉。」春晚：春暮。

〔三〕仙源：此指天台山桃源。參看《洞仙歌》「春殘雨過」注。

〔四〕拾翠：拾取翠鳥羽毛以爲首飾。後多指婦女遊春。語出三國魏曹植《洛神賦》：「或採明珠，或拾翠羽。」南朝梁紀少瑜《游建興苑》：「踟躕憐拾翠，顧步惜遺簪。」唐吴融《閒居有作》：「踏青堤上煙多緑，拾翠江邊月更明。」

〔五〕踏青：又叫探春、踏春，指春天到郊野遊覽。踏青的習俗由來已久，唐李淖《秦中歲時記》：「上巳（農曆三月初三），賜宴曲江，都人於江頭禊飲，踐踏青草，謂之踏青履。」宋柳永《木蘭花慢》：「盈盈。鬭草踏青。人豔冶、遞逢迎。」香塵：芳香之塵。多指女子之步履而起者。

〔六〕心心：心心念念。隋江總《長相思》之二：「心心不相照，望望何由知。」唐孟郊《結愛》：「心心復心心，結愛務在深。」

〔七〕青簾：舊時酒店門口掛的幌子。多用青布製成。唐鄭谷《旅寓洛陽村舍》：「白鳥窺魚網，青簾認酒家。」

〔八〕芳尊：精緻的酒器。亦借指美酒。唐韋應物《對芳尊》：「對芳尊，醉來百事何足論。」宋錢惟演《玉樓春》：「昔年多病厭芳尊，今日芳尊惟恐淺。」

〔九〕惡滋味、最是黄昏：離別相思中人，黄昏滋味難捱，故云。

【疏解】

詞寫相思別情，采用男子視角。起句從楚地暮春切入，交代時間地點。二句用典比擬，總贊楚地暮春風光美麗，如同仙境。「仙源」的典故意象，爲下文張本。以下展開具體描寫，水邊拾翠的女子，路上踏青的香塵，都與桃源遇仙的女性化指向有關，可知這裏的暮春風光，是經過詞中男子的主體意識選擇過的。但是男子的心意並不在此，他並不是爲欣賞拾翠踏青的如雲士女而來，而是另有所屬，「心心在」以下二句所寫的「柳外青簾，花下朱門」，才是他的心理焦點所在。這裏是他誤入「桃源」的「遇仙」之處，也是這次重入「桃源」的「尋仙」之地。

下片寫他此番重尋得遇，這是他比劉阮當年幸運的地方，看來真個是「何似在人間」啊！换頭即寫他與「青簾朱門」裏的舊好酌酒賞景，他們相約只享重逢之樂，不説相思之苦。但苦樂聚散，都是他們的真實經歷，所以重敘舊好，還是繞不開相關話題。他們一起回憶當年共賞明月之樂，傾訴離别後黄昏相思之苦。最後以淚墨題寫紅箋的細節結束回憶，見出離别相思的刻骨銘心，這也正是男子今番重尋的心理動因。

【集評】

清沈雄《古今詞話·詞品下卷》：張炎曰：「詞中句法，須要平妥精粹。」一曲之中，安能句句高妙，只要相搭襯付得去，於好發揮筆力處，極要用工，不輕放過，讀之使人擊節，所以時多警句。……如「惡滋味、最是黄昏」，晏小山《兩同心》句。

清陳廷焯《閒情集》卷一：清詞麗句，爲元曲濫觴。

王焕猷《小山詞箋》：按「源」字，《詞林正韻》歸入元寒部，不入真文部。此詞全用真文部，惟「源」字不屬此部。宋詞如此等用韻者，雖固有之，然亦不多，而今人則不可以爲例也。

少年游①〔一〕

緑勾闌畔〔二〕，黄昏淡月，攜手對殘紅。紗窗影裏，朦騰春睡②〔三〕，繁杏小屏風〔四〕。須愁别後，天高海闊，何處更相逢。幸有花前③，一杯芳酒，歡計莫悤悤④〔五〕。

【校　記】

①此首家刻本作「《少年游》又一體」。②朦騰：吳鈔本、明鈔本、毛本、《歷代詩餘》、四庫本、抱經齋鈔本、四寶齋鈔本、家刻本、王本作「朦朧」。③花前：明鈔本作「花間」。④歡計：吳鈔本、毛本、《歷代詩餘》、四庫本、四寶齋鈔本、家刻本、王本作「歸計」，明鈔本作「勸□」。

【箋　注】

〔一〕少年游：又名小闌干、玉臘梅枝等。近人梁啟勳《詞學・調名》稱：「調名源自鮑照《行樂詩》：『春風太多情，村村花柳好。少年宜游春，莫使顔色槁。』」或曰因柳永詞句「貪迷戀、少年游，似恁疏狂」而得名。雙調五十字，前段五句三平韻，後段五句兩平韻。另有雙調五十字，前後段各五句、兩平韻等變體多種。晏幾道此詞雙調五十二字，前後段各六句、兩平韻。

〔二〕勾闌：亦作構闌，闌干。

〔三〕朦騰：迷糊，意識不清。

〔四〕繁杏句：謂繪有盛開的杏花的屏風。小屏風：形制小巧的屏風，或指枕屏。五代薛昭藴《相見歡》：「羅襦繡袂香紅，畫堂中。細草平沙蕃馬，小屏風。」

〔五〕歡計：尋歡的打算安排。歐陽修《漁家傲》：「別恨長長歡計短。疏鐘促漏真堪怨。」

【疏　解】

詞寫相聚之樂，采用男子視角。起句從庭院的緑色花欄切入，交代人物活動的地點。二、三句説在黄昏淡月下，他們相攜共看暮春落花。需要注意的是，這裏出現了「黄昏」「殘紅」意象，因是相聚而非別離，情境不同，這兩個意象自無悲苦之色彩，但也似乎向人暗示着遲暮與零落，讓如花美眷更珍惜似水流年。前三句寫過黄昏庭院的遊賞，後三句接寫入夜卧房的酣眠，緑紗窗影裏，紅杏屏風前，花柔玉暖，共度春宵，其温馨與美好，着實讓人豔羡。

纏綿之時，他們心裏始終是有陰影罩着的，下片即寫他們終究必須面對的别離。想到一别之後，天高海闊，山長水遠，今生何處，更得相逢，他們能不黯然神傷。因熱愛而不舍，終極的答案無法改寫，那就在被設定的過程中，變幻出更多迷人的細節。也就是説，他們都是時間生命意識覺醒的人，長度無法展延，密度必須增加。所幸未到别時，那就賞花對酒，且樂眼前，不放過每一個匆匆而去的日子，把相守的每一天都過成兩個人的節日。

的確如此，對於具備主體意識的人來説，及時有爲與及時行樂具有同等的價值和意義，關鍵在於如何選擇，而不是抑此揚彼。及時行樂，或是基於對有限人生的强烈熱愛，對轉瞬即逝的美好事物的深摯眷戀。

【集　評】

王焕猷《小山詞箋》：按此詞爲《少年游》正格，全首共五十二字，凡十二句，四字句八句，五字句四句。此體人皆從之，與上五十一字之又一體不同。

又

西溪丹杏〔一〕，波前媚臉，珠露與深匀〔二〕。南樓翠柳①，煙中愁黛〔三〕，絲雨惱嬌顰②。當年此處③，聞歌殢酒〔四〕，曾對可憐人〔五〕。今夜相思，水長山遠④，閒臥送殘春。

【校　記】

①南樓：吴鈔本、毛本、《歷代詩餘》、四庫本、四寶齋鈔本、家刻本、王本作「南橋」，抱經齋鈔本「樓」下注曰「一作『橋』」。②絲雨：抱經齋鈔本作「緑雨」。③當年：毛本作「常年」。④水長山遠：《歷代詩餘》、家刻本、王本作「山長水遠」。

【箋　注】

〔一〕西溪：泛言西邊的溪水。或謂即小山詞中多次提到的「故溪」「前溪」「玉溪」，因在晏家京城私邸西邊，故稱。

〔二〕匀：匀面。女子塗抹脂粉後，用手輕揉臉頰，使之均匀。五代張泌《江城子》：「睡起卷簾無一事，匀面了，没心情。」此處形容帶露的杏花，顔色如同匀臉之後女子的容色。

〔三〕愁黛：愁眉。唐吴融《玉女廟》：「愁黛不開山淺淺，離心長在草萋萋。」前蜀韋莊《荷葉杯》：「花下見無期，一雙愁黛遠山眉。」此處形容煙雨中的柳葉像女子的愁眉。

〔四〕殢酒：沉湎於酒，醉酒。宋秦觀《滿庭芳》：「謾道愁須殢酒，酒未醒、愁已先回。」

〔五〕可憐人：可愛的人，讓人愛憐的人。

【疏　解】

此首感舊之作，采用詞人的視角。《少年游》一體，上下片各六句，每片實際構成兩個大致相對的句組，可以並列鋪寫，也可以遞進轉折。此首上片寫景，即是並列鋪寫「西溪丹杏」與「南樓翠柳」，杏花映之以水鏡，柳絲染之以煙雨。水鏡映出的帶露紅杏，顔色如同匀臉之後女子姣好的容色；煙雨籠罩的青翠柳葉，看着好像含愁嬌惱的女子顰蹙之眉黛。

與上片空間上的並列鋪寫不同，下片則是時間上的前後轉换。後起「當年此處」四字，提示上片所寫乃是同游西溪、南樓之回憶，今日重來，所見景物當與昔時無異，但聽歌醉酒之樂事，楚楚可憐之麗人，則已不復可見矣。前三句回憶「當年」，寓物是人非之感；後三句轉回「今夜」，抒離别相思之情。「水長山遠」説空間距離之迢遥，亦「道阻且長」之意，正是古人無法克服之客觀障礙，它成爲無數有情之人離散悲劇的主要原因。結句「閒臥送殘春」，正是無可奈何的表現。

【集　評】

夏敬觀批語：前三句與次三句對，作法變幻。

王焕猷《小山詞箋》：按此首蓋承上而言也。

又

離多最是①，東西流水〔一〕，終解兩相逢。淺情終似②，行雲無定，猶到夢魂中〔二〕。可憐人意，薄於雲水，佳會更難重。細想從來〔三〕，斷腸多處③，不與者番同④〔四〕。

【校　記】

①離多：抱經齋鈔本作「離人」。②終似：《花草粹編》作「縱似」，《歷代詩餘》、家刻本、王本作「長似」，抱經齋鈔本作「終是」。③多處：抱經齋鈔本無「多」字。④者番：吴鈔本、明鈔本、明鈔一卷本、毛本、抱經齋鈔本、四寶齋鈔本、家刻本、王本作「這番」。

【箋　注】

〔一〕東西流水：漢卓文君《白頭吟》：「躞蹀御溝上，溝水東西流。」南朝宋鮑照《擬行路難》十八首之四：「瀉水置平地，各自東西南北流。」

〔二〕行雲二句：用宋玉《高唐賦》楚王夢見巫山神女的典故。神女自謂「旦爲朝雲，暮爲行雨」，而朝雲「崪兮直上，忽兮改容，須臾之間，變化無窮」。

〔三〕從來：從前，原來。唐歸仁《題楚廟》：「羞容難更返江東，誰問從來百戰功。」

〔四〕者番：這番，這次。

【疏　解】

詞寫離情，可以解作詞人自抒，也可以解作爲人代言。上片六句，仍是兩個並列長句。前一個長句，先用流水作喻，説這世界上分離最多的莫過於流水，一山一石相隔，動輒東西異向，但是水流千里歸大海，它們最終還是懂得兩相匯合的。後一個長句，再用行雲作喻，説這世界上用情最淺、飄蕩不定的莫過於行雲，行雲雖然輕薄，但是它還能飄進高唐夢中。

下片前三句，對上片的「流水」「行雲」兩個比喻加以總收，而與「人意」進行對比。東西分流的水在大海相逢，漂浮不定的雲在夢裏相逢，世上分離的人卻難再佳會重逢。人意薄於雲水的旨意，通過對比揭示出來。後三句繼續進行比較，説仔細想來，生平所經離别之事非止一端，但是那些離别的斷腸滋味，都和這一次不同。言外是説，這一次體驗的斷腸滋味最爲濃烈。原因在於下片前三句的對比，因看清「人意」的真面，而感到徹底絶望，心裏的滋味自然是不同於往常了。

【集　評】

明卓人月《古今詞統》卷六：前段兩比，後段賦之。

夏敬觀批語：雲水意相對，上分述而又總之，作法變幻。

王焕猷《小山詞箋》：按此首亦承上而言也。

又

西樓別後〔一〕，風高露冷，無奈月分明〔二〕。飛鴻影裏，擣衣砧外，總是玉關情〔三〕。王孫此際〔四〕，山重水遠，何處賦西征〔五〕。金閨魂夢枉丁寧①〔六〕。尋盡短長亭。

【校記】

①丁寧：吴鈔本、毛本、抱經齋鈔本、四寶齋鈔本作「叮嚀」，同。

【箋注】

〔一〕西樓別後：《蝶戀花》「醉別西樓醒不記」亦寫西樓之別。作者寫及西樓的作品還有《采桑子》「西樓月下當時見」、《少年游》「有人凝淡倚西樓」、《滿庭芳》「南園吹花，西樓題葉」等。

〔二〕分明：明亮。唐元稹《哭女樊》：「秋天净緑月分明，何事巴猿不賸鳴。」五代歐陽炯《三字令》：「月分明，花淡薄，惹相思。」

〔三〕擣衣二句：唐李白《子夜吴歌》四首之三：「長安一片月，萬户擣衣聲。秋風吹不盡，總是玉關情。何日平胡虜，良人罷遠征。」

〔四〕王孫：舊時對人的尊稱。《史記·淮陰侯列傳》：「吾哀王孫而進食，豈望報乎？」司馬貞索隱引劉德曰：「秦末多失國，言王孫、公子，尊之也。」《文選》左思《蜀都賦》：「有西蜀公子者，言於東吴王孫。」李善注引張華《博物志》：「王孫、公子，皆相推敬之辭。」《楚辭·招隱士》：「王孫遊兮不歸，春草生兮萋萋。……王孫兮歸來，山中兮不可以久留。」唐王維《山居秋暝》：「隨意春芳歇，王孫自可留。」

〔五〕賦西征：西晉潘岳從洛陽出發赴任長安令，作《西征賦》記述了旅途的所見所聞所感。因長安在洛陽之西，赴任西行，故名《西征賦》。此或指作者往汴京之西的長安。

〔六〕金閨：閨閣的美稱。唐王昌齡《從軍行》之一：「更吹羌笛關山月，無那金閨萬里愁。」此指西樓歌女。丁寧：同叮嚀，再三囑咐。

【疏　解】

此首思婦之詞，從「西樓别後」切入，季節到了「風高露冷」的深秋，夜晚的月色格外清亮。而曰「無奈」，是離人别有懷抱，月色越好，越是撩動思婦的離愁别緒，所以她嫌月光太亮。這裏暗含的，還是「望月懷思」的原型心理模式。以下從視覺和聽覺兩個方面描寫深秋月夜之景，看到天上飛過一行遷徙的鴻雁翅影，讓思婦想到邊關征人可有寄來書信；聽見空中傳來起伏不斷的搗衣砧聲，讓思婦惦記遠在邊關的征人是否收到了郵去的寒衣。前結「總是玉關情」，即指思婦秋夜懷人念遠的情思。

下片即是「玉關情」的進一步展開，她想此時此刻，家鄉與邊關相隔千山萬水，征人會在何處賦詠西征呢？結二句説，思婦的魂魄沿着通往玉關的驛路，尋遍長亭短亭，最後才在夢裏相會。她殷勤叮嚀長毋相忘，反復囑托千萬保重。「枉」者，是説思婦誤夢爲真也。

論者根據小晏詞中「長安道」等語匯，而指小晏曾有遊宦長安數年之經歷，這首詞就是詞人作别「西樓」歌女所寫。「王孫」是小晏自稱，「金閨」與「王孫」照應，「西征」指小晏離開汴京前往長安赴任。此等説法，未知是耶非耶。

【集　評】

王焕猷《小山詞箋》：按此詞共五十一字，爲《少年游》又一體。

又

雕梁燕去〔一〕，裁詩寄遠〔二〕，庭院舊風流。黄花醉了〔三〕，碧梧題罷〔四〕，閒臥對高秋〔五〕。繁雲破後〔六〕，分明素月，涼影掛金鉤〔七〕。有人凝澹倚西樓①〔八〕。新樣兩眉愁〔九〕。

【校　記】

①有人句：抱經齋鈔本作「有人凝望，澹倚西樓」。凝澹：《花草粹編》作「凝盼」。

【箋　注】

〔一〕雕梁：飾有浮雕、彩繪的屋梁；裝飾華美的屋梁。南朝梁蕭統《錦帶書十二月啟·姑洗三月》：「燕語雕梁，狀對幽閨之語。」

〔二〕裁詩：作詩。唐杜甫《江亭》：「故林歸未得，排悶强裁詩。」唐權德輿《酬馮絳州早秋絳臺感懷見寄》：「接部青絲騎，裁詩白露天。」

〔三〕黄花：菊花，此指黄花酒。唐杜甫《九日登梓州城》：「伊昔黄花酒，如今白髮翁。」

〔四〕碧梧題罷：唐杜牧《題桐葉》：「去年桐落故溪上，把葉因題歸燕詩。」

〔五〕高秋：深秋。南朝梁何遜《贈族人秣陵兄弟》：「蕭索高秋暮，砧杵鳴四隣。」

〔六〕繁雲：猶層雲。西晉張協《雜詩》之四：「翳翳結繁雲，森森散雨足。」南朝宋謝靈運《詠冬》：「繁雲起重陰，迴飈流輕雪。」破：分開、散去。宋張先《天仙子》：「沙上並禽池上暝，雲破月來花弄影。」

〔七〕金鉤：喻彎月。

〔八〕凝淡：凝注，淡静。

〔九〕新樣：新的眉樣。兩眉愁：蹙眉含愁。唐韓偓《閨情》：「敲折玉釵歌轉咽，一聲聲作兩眉愁。」宋晏殊《浣溪沙》：「漁父酒醒重撥棹，鴛鴦飛去卻回頭。一杯銷盡兩眉愁。」

【疏　解】

詞寫秋懷，性别視角不明，這裏按照詞人代言的視角加以解讀。起句從畫梁棲宿的燕子飛去切入，點出秋天的季節，暗含傳書燕的典故。二句説女子題寫詩箋，託南飛的燕子寄給遠方的人。是知她所思念的人，應在南方某地。三句説題詩寄遠是庭院的風流舊事，或解爲題詩詠寫的是别離之前居家相守時的恩愛情事。四句説已到深秋重陽時節，女子醉酒之後，又在梧桐葉上題詩寄情。六句的「閒臥」是因爲醉酒，也是因爲空閨寂寞，無所事事。「高秋」回應「黄花」，菊花開時，重陽前後，時令已是深秋。這一句貌似閒逸的描寫，容易被人誤讀。重陽本該外出登高遊賞，佩山茱萸，飲菊花酒，但是良人不歸，女子獨處，所以不便外出也没有興致外出，就在家中醉酒閒臥，對着深秋的風物出神凝想。

下片前三句寫入夜之後，天上的層雲散了，露出皎潔的月亮，看上去像是斜掛天空的一彎金鉤。這三句月夜之景描寫，對應的是「望月懷思」的心理圖式。第四句點出人物，説她風韻素淨，深情專注，在西樓之上憑欄望月，懷念遠人。結句特寫她的面部，新的眉樣蹙結着離愁别恨。

這首詞字面雅潔，調性輕逸，人物淡淨。裁詩題葉，飲酒賞月，都是風流韻事，很能體現小晏令詞的風格特點。

【集　評】

王焕猷《小山詞箋》：按西樓必與蓮鴻、蘋雲有關，如《采桑子》詞中，上一首「西樓月下當時見」，而下一首則爲「湘妃浦口蓮開盡」。《西江月》「西樓把袂人稀」首中，有「香屏曉放雲歸」之句，而此詞上一首「飛鴻影裏」之鴻，當爲蓮鴻，而首句則曰「西樓别後」。此一首「繁雲破後」之雲，當爲蘋雲，乃復有「有人凝澹倚西樓」句，則更顯然。

虞美人〔一〕

閒敲玉鐙隋堤路〔二〕。一笑開朱户。素雲凝澹月嬋娟〔三〕。門外鴨頭春水、木蘭船〔四〕。
吹花拾蕊嬉游慣①。天與相逢晚。一聲長笛倚樓時〔五〕。應恨不題紅葉、寄相思〔六〕。

【校　記】

①拾蕊：抱經齋鈔本作「拾翠」。

【箋　注】

〔一〕虞美人：唐教坊曲，初詠項羽寵姬虞美人，因以爲名。又名一江春水、玉壺水、巫山十二峰等。調見《敦煌歌辭總編》卷三唐無名氏詞，單調二十九字，三平韻。《花間集》顧敻詞，雙調五十八字，前後段各五句，五平韻。《花間集》毛文錫詞，雙調五十八字，前後段各五句，兩仄韻，三平韻。《尊前集》李煜詞，雙調五十六字，前後段各四句，兩仄韻、兩平韻。另有變體多種。宋代填《虞美人》皆準李煜體式。

〔二〕玉鐙：馬鐙的美稱。南朝梁簡文帝《紫騮馬》：「青絲懸玉鐙，朱汗染香衣。」唐張祜《少年樂》：「醉把金船擲，閑敲玉鐙遊。」隋堤：隋煬帝開通濟渠，沿河構築隄防，並植柳其上，世稱爲隋隄、汴堤。《欽定大清一統志》卷一五〇《開封府》二：「隋堤，一名汴堤。隋大業元年築，以西通濟水，南達淮泗，幾千餘里，繞堤植柳。明正統、景泰間重築，鎮以鐵犀。亦名三里堤，以去府城三里也」。

〔三〕凝淡：雲色淡薄静定。嬋娟：形容月色明媚，亦指明月。唐劉長卿《琴曲歌辭・湘妃》：「嬋娟湘江月，千載空蛾眉。」唐孟郊《嬋娟篇》：「月嬋娟，真可憐。」

〔四〕鴨頭：綠色。形容水色碧綠。唐李白《襄陽歌》：「遥看漢水鴨頭綠，恰似葡萄初醱醅。」王琦注曰：「師古《急就篇》注：春草、鷄翹、鳧翁，皆謂染采而色似之，若今染家言鴨頭綠、翠毛碧云。」

〔五〕一聲句：唐趙嘏《長安晚秋》：「殘星幾點雁橫塞，長笛一聲人倚樓。」

〔六〕應恨句：用紅葉題詩典故，感歎與女子無法溝通聯繫。可參《訴衷情》「憑觴静憶去年秋」注。

【疏　解】

此首懷人之詞，采用詞人的視角。可以按照時間順序理解，也可以解作别後思念伊人，回憶往事，區别在於如何看待後結二句與前六句的關係。起二句所寫，是一個猝遇生情的故事開頭。隋堤路上，閒遊的詞人敲着馬鐙，信步而行，路邊朱門開處，露出一張笑臉。第三句比喻形容，説朱門裏的含笑之人，有雲的凝淡儀態，月的嬋娟風韻。四句再以門外碧緑的春水作爲伊人的映襯，春水上的蘭舟，已經候在那裏，向偶遇生情的他們發出了同遊的邀約。

下片即寫他們同遊的快樂，他們最喜歡玩折花吹弄的遊戲。兩人在一起非常相得，於是生出相見恨晚之歎。歸因於天，詞情達到高潮。後結二句轉寫別後，詞人倚樓聽笛，思念伊人，責怨伊人爲何不題寫紅葉，以寄相思之情，亦即「縱我不往，子寧不嗣音」之意。

對這首詞裏的敘事時間，可以理解爲順敘的猝遇、同遊、別離，一路按時間先後寫到別後相思。也可以把前六句所寫，理解爲詞人倚樓聞笛之時的往事回憶，是心理時間的倒流與心理空間的位移。

【集　評】

王焕猷《小山詞箋》：按此詞之素雲，當即指蘋雲。

又①

飛花自有牽情處②〔一〕。不向枝邊墜③。隨風飄蕩已堪愁。更伴東流流水、過秦樓④〔二〕。

樓中翠黛含春怨。閒倚闌干見⑤。遠彈雙淚惜香紅⑥〔三〕。暗恨玉顏光景、與花同〔四〕。

【校　記】

①此首明鈔一卷本調下批語題作「落花」。　②牽情處：《歷代詩餘》、家刻本、王本作「牽情地」。

③枝邊墜：底本作「枝邊□」，明鈔本、明鈔一卷本同，據毛本補「墜」字。抱經齋鈔本作「枝邊舞」。④東流：《歷代詩餘》、家刻本、王本作「東溪」。⑤見：吴鈔本、毛本、《歷代詩餘》、四庫本、四寶齋鈔本、家刻本、王本作「遍」。⑥遠彈：吴鈔本、明鈔一卷本、毛本、《歷代詩餘》、四庫本、四寶齋鈔本、家刻本、王本作「自彈」。

【箋　注】

〔一〕牽情：觸動感情，動情。唐朱慶餘《中秋月》：「孤高稀此遇，吟賞倍牽情。」唐孫魴《柳》之四：「春物牽情不奈何，就中楊柳態難過。」

〔二〕秦樓：此指歌舞風月場所。宋柳永《笛家弄》：「未省、宴處能忘管弦，醉裏不尋花柳。豈知秦樓，玉簫聲斷，前事難重偶。」

〔三〕香紅：指花。唐顧況《春懷》：「園鶯啼已倦，樹樹隕香紅。」唐温庭筠《菩薩蠻》：「雙鬢隔香紅，玉釵頭上風。」

〔四〕玉顔：美麗的容貌。戰國楚宋玉《神女賦》：「貌豐盈以莊姝兮，苞温潤之玉顔。」南朝宋鮑令暉《擬古·擬青青河畔草》：「明志逸秋霜，玉顔豔春紅。」唐王昌齡《長信秋詞》之三：「玉顔不及寒鴉色，猶帶昭陽日影來。」

【疏　解】

詞寫歌女自歎身世遭遇，以落花爲比興。上片全寫落花，起句比擬，説落花自有牽情之處，不肯輕易向枝邊墜落。世間之物，卑微如一片落花，也有自己的堅持，也有自己的心之所向，並不甘心命運的擺布。然而，自然和社會的異己力量過於强大，使卑微之物的堅持輕易落空。就如花朵，寧肯抱香枝上老，但最終改變不了隨風飄蕩的被動生存狀態，而且還要落入流水，漂過秦樓，淪入更加不堪之境地。前結的後兩字「秦樓」，是花與人的連結與過渡。

下片即由漂過秦樓之落花，轉寫秦樓所居之歌女。她在樓上倚闌憑眺，蹙結的翠眉滿含春怨。上片所寫落花流水之景，就是她的眼中所見。觸物興感的歌女，由落花聯想到自身的命運，一種惜花自惜、物傷其類的心情，讓她淒然下淚。她意識到自己的美麗容顏並不可恃，終究會和落花一樣悲慘。詞中的歌女，是個具備清醒的理性意識的人，顯得至爲難得。歌女自歎身世遭遇，表達的何嘗不是詞人的一份體恤與同情。

【集評】

王焕猷《小山詞箋》：按此首各本異字頗多，此處依晏本，似較王氏四印齋本與朱氏彊邨叢書本均佳。

又

曲闌干外天如水〔一〕。昨夜還曾倚。初將明月比佳期〔二〕。長向月圓時候、望人歸。

羅衣著破前香在。舊意誰教改〔三〕。一春離恨懶調絃。猶有兩行閒淚、寶箏前。

【箋　注】

〔一〕天如水：形容天空晴朗，澄明如水。唐温庭筠《瑶瑟怨》：「冰簟銀床夢不成，碧天如水夜雲輕。」

〔二〕初：當初。佳期：相會之期。南朝齊謝朓《晚登三山還望京邑》：「佳期悵何許，淚下如流霰。」

〔三〕舊意：舊日的情意。誰教：張相《詩詞曲語辭彙釋》：「晏幾道《虞美人》詞『羅衣著破前香在，舊意誰教改』，此教字爲能義。誰教，猶謂那能也。」

【疏　解】

詞寫思婦離情，從闌外天色切入。曲闌干外夜天如水，是曲闌干内憑眺所見，起句表面寫景，實則寫人。二句不言今夜，卻撇開説昨夜也曾在這裏倚闌，是知倚闌憑眺已非一夜，則思婦盼歸心切這一層意思，不予説破，通過人物動作描寫傳達出來。三、四句説，當初别離之時曾約定以月圓爲歸期，别離之後因有約在先，思婦便長望月圓，期盼人歸。讀這兩句，方知前兩句所寫憑闌即是爲了望月，夜天如水的清朗，正是明月清輝灑照的結果。這兩句的「長望」，回應前二句的「曾倚」。以月圓爲歸期的約定，心理基礎當是以月圓喻人聚的古老習俗，天上月圓之夜就是人間團圓之時。唐吴競《樂府古題要解》即有「月半當還」的説法，以月圓爲標志的中秋節即是團圓節。思婦的長望明月，又與《詩經·陳風·月出》肇端的「望月懷思」的原型模式相契合。

上片的夜夜憑闌，長望明月，已見出思婦癡心。下片轉換角度，説她「羅衣著破」，這是一個很有表現力的日常生活細節，寫人所未寫。這個細節不僅説明别離時間之長久，在這個時長裏面，還包含着男子月圓未歸、女子反復望月，由希望到失望並重新燃起希望的複雜心理過程。「羅衣著破」不换新衣，當然不是因爲置辦不起，而是這件羅衣有着特殊的意義，或爲男子所贈，或爲别時所穿，或者男子特别喜歡。何況衣上舊香猶在，那是他們相守共度的美好生活氣息，讓思婦格外迷戀不捨。同時，這個細節還説明别離之後，良人不在，誰適爲容，思婦無心打扮，所以别時所穿之衣服，也就一直没有替换。羅衣著破不换，已知此女的堅貞志節，「舊意誰教改」一句，將這層意思點明，説舊日的情義任誰也不能改變。這是女子的癡心表白，同時也透露了她内心深處的疑惑和憂慮。出門在外的男子逾期不歸，是否負情變心，這是古代思婦最爲擔心的事情。詞中思婦羅衣穿破、留戀前香、不改舊意，固然是在强調自己癡心不變，但也未嘗不是疑慮男子變心。這一層隱曲的意思，是需要讀者細加體會的。結二句再次轉换角度，説思婦鬱積了一春的離恨需要宣泄紓解，但是她卻没有心情移柱調弦，只是呆坐在寶箏之前，默默地流淚。這兩句將「離恨」的題旨點明，「一春」是説思婦飽受離愁别恨的折磨，「閒淚」表現思婦悲怨難訴、無可奈何的情態。

【集　評】

唐圭璋《唐宋詞簡釋》：此首寫離恨。上片言望之切，下片言恨之深。起兩句，是倚闌所見。

「初將」兩句，是倚闌所思。「羅衣著破」，別離之久可知。前香猶在，舊意未改，亦極見忠厚之忱。「一春」兩句，寫箏前落淚，尤爲哀惋。

王焕猷《小山詞箋》：按此首仍接上首憶家之意。

又

疏梅月下歌金縷〔一〕。憶共文君語〔二〕。更誰情淺似春風。一夜滿枝新綠、替殘紅①。

蘋香已有蓮開信②〔三〕。兩槳佳期近〔四〕。采蓮時節定來無。醉後滿身花影、倩人扶〔五〕。

【校　記】

①一夜：抱經齋鈔本作「一葉」。②蘋香：明鈔本作「蘋間」。蓮開：明鈔本作「逢開」，誤。

【箋　注】

〔一〕疏梅月下：四字仍化用林逋《山園小梅》「疏影横斜水清淺，暗香浮動月黄昏」句意。疏梅：清疏的梅花，非是歌女名。金縷：指唐杜秋娘所唱《金縷衣》。

〔二〕文君：漢代臨邛卓王孫之女卓文君，事蹟見《史記·司馬相如列傳》。此處指代所憶歌女。

〔三〕蘋香句：言蘋花已開，荷花也快開了，相約採蓮的日子就要到了。或謂句中蘋蓮指小蘋、小蓮，恐非是。

〔四〕兩槳：雙槳。南朝樂府《西洲曲》：「西洲在何處，兩槳橋頭渡。」《莫愁樂》：「莫愁在何處，莫愁石城西。艇子打兩槳，催送莫愁來。」

〔五〕醉後句：唐陸龜蒙《和襲美春夕酒醒》：「覺後不知明月上，滿身花影倩人扶。」

【疏解】

此首憶舊懷人，采用詞人的視角。起句從回憶切入，那是一個梅花初開的早春月夜，詞人聽唱一支《金縷曲》。二句點明「憶」字，聽歌之後，詞人曾與歌女共話多時。「共話」的内容雖未説明，但結合上下句所寫，當不外乎交心訂盟。三句用「春風」比情淺之人，運意生新。四句説一夜之間，滿枝的緑葉代替了殘花，正是春風情淺的表現。詞中的時間，也從初春到了暮春。這三、四兩句，當是以新緑替换殘紅，喻指歌女負情變心，另有新歡，句中含有責怨之意。

但是詞人並不打算與她決絶，仍然對她割捨不下。下片即寫水上蘋花散香，蓮花也快開了，時間已從暮春到了初夏，打起雙槳、蕩舟采蓮的日子快要臨近了。「佳期」二字，説明早春梅開「共話」之時，彼此約定荷花開後一同采蓮。但上片已喻示歌女移情别戀，所以詞人詢問「采蓮時節定來無」？不知道她還會不會踐約而來。結句借用唐人詩句，看似瀟灑，實則可哀，詞人説你可一定要來踐約，到時候我準備在荷花叢中喝得酩酊大醉，還需要請你扶我回家呢。這差不多是在博取同情，見出詞人爲情所困，一時難以解脱的苦況。

論者指説詞中的「疏梅」「文君」「蘋」「蓮」都是歌女名，「蘋」「蓮」就是《小山詞自序》的小蘋、小蓮。這樣解釋未免牽涉太多，頭緒太亂。小晏涉足歡場，雖不免泛愛濫情之弊，但在一首懷人之詞中，心思尚不至如此發散。

【集　評】

明卓人月《古今詞統》卷七：「替」字妙。

俞陛雲《唐五代兩宋詞選釋》：集中多離索之感。此調「新緑」、「殘紅」，甫嗟易别，「蘋香」、「兩槳」，旋盼相逢，「花影人扶」句預想歸來。鬧紅一舸，風致嫣然，麗而有則。

王焕猷《小山詞箋》：按此詞上疊首用「疎梅」二字，當即《浣溪沙》《清平樂》各詞中之「疎梅」。下疊首句，則又蘋雲、蓮鴻並提也。

又

玉簫吹徧煙花路〔一〕。小謝經年去①〔二〕。更教誰畫遠山眉〔三〕。又是陌頭風細、惱人時②。

時光不解年年好〔四〕。葉上秋聲早〔五〕。可憐蝴蝶易分飛〔六〕。只有杏梁雙燕、每來歸③〔七〕。

【校　記】

①經年：抱經齋鈔本作「今年」。②又是：《歷代詩餘》、家刻本、王本作「又似」。③杏梁：抱

經齋鈔本作「畫梁」。

【箋注】

〔一〕玉簫：玉製的簫，簫的美稱。南朝梁陶弘景《真誥》卷三：「玉簫和我神，金醴釋我憂。」煙花：泛指綺麗的春景。唐李白《黄鶴樓送孟浩然之廣陵》：「故人西辭黄鶴樓，煙花三月下揚州。」唐杜甫《清明》之二：「秦城樓閣煙花裏，漢主山河錦繡中。」

〔二〕小謝：詞中主人公懷念之人。或謂指南朝謝氏家族的謝惠連或謝朓，二人皆稱小謝，乃是作者自喻。經年：經過一年或若干年。亦指一整年，全年。宋之問《登總持寺閣》：「東京楊柳陌，少別已經年。」

〔三〕誰畫遠山眉：《漢書·張敞傳》：「然敞無威儀，時罷朝會，過走馬章臺街，使御史驅，自以便面拊馬。又爲婦畫眉，長安中傳張京兆眉憮。」《西京雜記》：「文君姣好，眉色如望遠山，臉際常若芙蓉。」

〔四〕不解：不懂，不理解。三國魏嵇康《琴賦》：「推其所由，似元不解音聲。」唐李白《月下獨酌》之一：「月既不解飲，影徒隨我身。」

〔五〕葉上句：唐孟浩然《渡揚子江》：「更聞楓葉下，淅瀝度秋聲。」秋聲：指秋天自然界的聲音。唐劉禹錫《登清暉樓》：「潯陽江色潮添滿，彭蠡秋聲雁送來。」

〔六〕分飛：與雙飛相對。此以蝴蝶分飛比喻情人分離，與出自《樂府詩集·東飛伯勞歌》的勞燕分飛義同。

〔七〕杏梁：文杏木所製的屋樑，言其屋宇的華貴。漢司馬相如《長門賦》：「刻木蘭以爲榱兮，飾文杏以爲梁。」南朝齊謝朓《雜詠三首・燭》：「杏梁賓未散，桂宫明欲沉。」宋晏殊《采桑子》：「燕子雙雙，依舊銜泥入杏梁。」

【疏　解】

詞寫秋閨怨思，采用思婦視角。起句從春日送别的回憶切入，離宴之上，玉簫吹奏一曲，行人已在大好的春光裏踏上驛路。二句轉回現在，説男子出門已是經年。用「小謝」稱謂，則這個男人身上帶有詞人的影子。三句寫思婦的責怨，説男子一去不歸，自己的遠山眉黛再也無人描畫。這裏用張敞畫眉的典事，代指夫妻之間親昵甜蜜的生活。「遠山眉」三字，見出思婦容顔的姣好。四句説陌上秋風又起，到了草木零落、歲晚遲暮的惱人時節。「陌頭風細」回應起句的「煙花路」，時間已從春天到了秋天。

下片感歎歲華流逝，説時光不懂得年年長好，草木的枝葉間早早地響起了秋聲。「秋聲」二字回應「陌頭風細」，意脈密致。到了秋天，風寒露冷，雙飛的蝴蝶很容易失散。「可憐」二字，是思婦觸目興感，憐物自憐。結句説雙飛雙棲的蝴蝶都分飛了，大概只有杏梁上的雙燕，明年春天還會成雙飛回吧。一結九字内涵豐富，既表達了人不如燕的怨思，也寄託了燕歸人亦歸的希望。

【集　評】

王焕猷《小山詞箋》：按此詞首用「玉簫」，當即常言之玉簫也。二句之「小謝」，蓋小山自謂也。

又

秋風不似春風好。一夜金英老〔一〕。更誰來凭曲闌干。惟有雁邊斜月、照關山。　雙星舊約年年在①〔二〕。笑盡人情改。有期無定是無期。説與小雲新恨、也低眉〔三〕。

【校　記】

①舊約：明鈔本作「舊物」，誤。

【箋　注】

〔一〕金英：指菊花。唐裴夷直《奉和大梁相公重九日軍中宴會之什》：「酒泛金英麗，詩通玉律清。」宋王禹偁《池邊菊》：「未到重陽歸闕去，金英寂寞爲誰開。」

〔二〕雙星舊約：牽牛織女的七夕之約，年年在鵲橋上如期相會。雙星：唐杜甫《奉酬薛十二丈判官見贈》：「相如才調逸，銀漢會雙星。」仇兆鼇注：「會雙星，指牛、女相會事。」舊約：從前的約言；從前的盟約。南唐馮延巳《采桑子》：「如今别館添蕭索，滿面啼痕。舊約猶存，忍把金環别與人。」

〔三〕小雲：沈廉叔或陳君龍家侍兒。《浣溪沙》有句：「小雲雙枕恨春閒。」新恨：新的悵惘之情。唐戴叔倫《賦得長亭柳》：「送客添新恨，聽鶯憶舊遊。」低眉：抑鬱不伸，愁苦貌。唐韓翃《送鄭員外》：「要路眼青知己在，不應窮巷久低眉。」參看《玉樓春》「清歌學得秦娥似」注。

【疏　解】

詞寫秋日離思，采用詞人視角，第一人稱自抒。起句將秋風與春風進行比較，春風温煦，秋風肅殺，得出「秋風不如春風好」的看法。二句説菊花一夜之間就被秋風吹得凋殘了，對第一句的看法加以印證。三句説在這「秋士易感」的衰颯時日，曲闌干畔，更有誰人前來同倚？一種孤苦之感與懷人之情，已從字句間隱隱透出。四句没有直接回答三句的提問，而是轉寫詞人憑闌所見，南遷的雁陣從夜天飛過，一彎斜月照臨關山。這又是一個意藴密度很高的句子，「關山」見出人在旅途，「雁陣」提示遠方音書，「斜月」撩動懷人情思，「唯有」以單獨的肯定作完全的排除，間接回答了前一句設問。結果是絶望的，無人前來陪伴，詞人陷入徹底孤獨的境地。

於是有了下片的感慨，作天上人間的比較：牛女雙星一年一度相會的舊約，從没有改變過，那是一種永恒的愛情之約。而人世的情愛，卻總是反復無常。一個「笑」字，既是上帝視角，從天上笑看人間；也是詞人視角，是人意識到自身欠缺後的爽然自失。三句可作哲理格言來讀，其間包含的卻是詞人的真實經歷和情感體驗。大概雙方曾商量相見之事，但是一方總是難定日期，或者是原本説定日期，一方卻又不能如約，所以「有期」也就變成「無期」。結句謂把這一層意思説給小雲，她也會平添新恨，悵然低眉。小雲是沈陳家姬，與詞人多有過從，這首詞可能就是寫給小雲的。

【集　評】

王焕猷《小山詞箋》：按此首疑爲鴻而作，意謂與雲雖有舊約，而今日已改約，故末句言與鴻説雲之無定，而鴻亦爲之低眉也。

又

小梅枝上東君信〔一〕。雪後花期近〔二〕。南枝開盡北枝開〔三〕。長被隴頭游子、寄春來①〔四〕。

年年衣袖年年淚。總爲今朝意②。問誰同是憶花人。賺得小鴻眉黛、也低顰③〔五〕。

【校　記】

①隴頭游子：明鈔一卷本作「游子隴頭」。②總爲：毛本、四庫本、四寶齋鈔本、王本作「堪爲」。③小鴻：毛本、四庫本、四寶齋鈔本、王本作「小鳴」。

【箋　注】

〔一〕東君：司春之神。唐王初《立春後作》：「東君珂佩響珊珊，青馭多時下九關。方信玉霄千萬里，春風猶未到人間。」東君信，春天的消息。

〔二〕花期：開花的日期。唐鄭谷《輦下冬暮詠懷》：「煙含紫禁花期近，雪滿長安酒價高。」

〔三〕南枝句：南枝向陽，故先開花，所謂向陽花木易爲春是也。北枝背陰，開花晚於南枝。參看《生查子》「春從何處歸」注。

〔四〕長被句：南朝宋盛弘之《荊州記》：「陸凱與范曄相善，自江南寄梅花一枝，詣長安與曄，並贈花詩曰：『折花逢驛使，寄與隴頭人。江南無所有，聊寄一枝春。』」此處反用其意，説春天由隴頭游子寄來。

〔五〕小鴻：沈廉叔或陳君龍家侍兒。

【疏解】

此首春日懷人，采用詞人視角，題旨與前一首相近，前一首寫給小雲，這一首寫給小鴻。起句從梅枝春意切入，説小梅枝條上已經傳遞了春歸的消息。二句以雪襯梅，説一場落雪之後，枝條上的梅蕚看看就要綻放了。三句説梅花南枝開盡，北枝始開，以開放的順序，寫時間的推移。四句反用陸凱《贈范曄》詩意，説春天由隴頭游子寄來，意思不明。或者詞人以隴頭游子自指，説自己總是折取梅枝，把春天的消息寄給小鴻。那麽，這首詞應該是詞人離開汴京滯留外地時所作。

下片説年年衣袖淚水不乾，都是爲了今天花開不能共賞之意，見出詞人盼春懷人之心切。三句設問，有誰和自己一樣也是深愛梅花之人？結句落到小鴻身上，不答答之。梅花將開，不能共賞，小鴻也會爲此而眉黛低顰，傷心落淚。

此首與前首詞旨相近，用語也有重複之處。前首結句云「説與小雲新恨、也低眉」，此首結句云「賺得小鴻眉黛、也低顰」，都以眉黛低顰表相思之意。此種現象在前後聯排的詞作中多次出現，皆是類型化寫作帶來的問題。

【集評】

王焕猷《小山詞箋》：按此首蓋爲梅而作，故首標「小梅」二字。

又

溼紅箋紙回紋字〔一〕。多少柔腸事〔二〕。去年雙燕欲歸時〔三〕。還是碧雲千里、錦書遲〔四〕。

南樓風月長依舊。別恨無端有〔五〕。倩誰横笛倚危闌〔六〕。今夜落梅聲裏、怨關山〔七〕。

【箋注】

〔一〕溼紅箋紙：淚水沾溼的紅色箋紙。回紋字：織錦回文詩。用《晉書·列女傳》竇滔妻蘇氏典事。

〔二〕柔腸：柔曲的心腸。喻指女子纏綿的情意。宋柳永《清平樂》：「翠減紅稀鶯似嬾，特地柔腸欲斷。」

〔三〕雙燕欲歸：宋晏殊《清平樂》：「雙燕欲歸時節，銀屏昨夜微寒。」

〔四〕碧雲：《文選》江淹《雜體詩・效惠休〈别怨〉》：「日暮碧雲合，佳人殊未來。」

〔五〕無端：無因由，無緣無故。《楚辭・九辯》：「蹇充倔而無端兮，泊莽莽而無垠。」東漢王逸注：「媒理斷絶，無因緣也。」晉陸機《君子行》：「福鍾恆有兆，禍集非無端。」唐唐彦謙《柳》：「楚王江畔無端種，餓損宫娥學不成。」

〔六〕倩誰：請誰。倩，請人做事。《文選》陳琳《爲曹洪與魏文帝書》：「怪乃輕其家丘，謂爲倩人，是何言歟！」横笛：横吹的笛子。唐張巡《聞笛》：「旦夕危樓上，遥聞横笛音。」宋沈括《夢溪筆談・樂律一》：「後漢馬融所賦長笛……李善爲之注云：『七孔，長一尺四寸。』此乃今之横笛耳。太常鼓吹部中謂之横吹，非融之所賦者。」胡道静校證引朱珔《〈文選〉集釋》：「至古笛多用竪吹，而今則横吹。」危闌：高處的闌干。宋歐陽修《踏莎行》：「寸寸柔腸，盈盈粉淚。樓高莫近危闌倚。」

〔七〕今夜句：落梅，即《梅花落》，古笛曲名。唐李白《司馬將軍歌》：「羌笛横吹阿嚲回，向月樓中吹落梅。」怨關山：唐王昌齡《從軍行》：「更吹羌笛關山月，無那金閨萬裏愁。」

【疏　解】

詞寫相思别情，性别視角不明，這裏按照思婦視角解讀。起句從寫信切入，這是一封用回文詩體寫成的書信，可知思婦是個才女。淚濕信箋，見出思婦寫信之時心情憂傷。二句説回文詩寫成的書信裏，傾訴了多少相思柔情，「柔腸」與「回紋」照應。三句説這是去年春天的事，「雙燕欲歸」反襯行人不歸。四句説不僅行人不歸，連回信也遲遲没有寄來。

下片説南樓風月依舊，寫物是人非之感。「南樓」當是思婦的居所，亦即她和行人當年恩愛相守、共賞風月之地。二句説因風月依舊而引發往事回憶，又添離愁别恨。而曰「無端」，不僅是含蓄的説法，也不止見出思婦心緒的煩亂，這兩個字更强調了别恨隨時來襲，思婦觸處生愁。三句説思婦無眠，憑闌望月，她能請誰前來同倚危闌，吹奏一曲横笛。「倚闌」回應「南樓風月」，是知「風月」之景，乃是思婦憑闌之所見。句中所寫倚闌吹笛，當是思婦回憶往昔舊事，今夜獨自憑闌，當年身邊同倚吹笛之人遠在天涯，思婦緣此生出「倩誰」之想。結句承上，因「横笛」而及笛曲《梅花落》，思婦想在笛聲裏，寄託關山阻隔、行人不歸之愁怨。「今夜」點出時間，與上片的「去年」照應，見出别離之久長。

這首小詞字色漂亮，句法摇曳，但是性别視角、敘事時間和抒情脈絡，都有些淩亂斷脱，試作如上疏解，未知是否確當。

【集　評】

王焕猷《小山詞箋》：按此詞「還是碧雲」句之意，可知此首當是思雲之作。

又

一絃彈盡仙韶樂〔一〕。曾破千金學〔二〕。玉樓銀燭夜深深〔三〕。愁見曲中雙淚、落香襟①〔四〕。　從來不奈離聲怨〔五〕。　幾度朱絃斷②〔六〕。　未知誰解賞新音。　長是好風明月、暗知心③。

【校　記】

①香襟：毛本、《歷代詩餘》、四庫本、四寶齋鈔本、家刻本、王本作「千金」，誤。　②朱絃：抱經齋鈔本作「朱顏」，誤。　③長是：明鈔本作「長星」，誤。

【箋　注】

〔一〕一絃：一曲。仙韶樂：謂韶樂美妙，如同仙樂。韶樂，史稱舜樂，是一種集詩、樂、舞爲一體的綜合古典藝術。該樂在《竹書紀年》、《呂氏春秋·古樂篇》《史記·孝文帝本紀》《漢書·禮樂志》等書中皆有記載。《論語·八佾》：「子謂韶，盡美矣，又盡善也。」《論語·學而》：「子在齊聞韶，三月不知肉味。」或引《淮南子·説林訓》「行一棊不足以見智，彈一弦不足以見悲」，謂此處反用其意。一弦而能彈盡仙韶，足見其彈奏之妙。又解仙韶爲仙韶曲，即唐代法曲。《新唐書·禮樂志》十二：「文宗好雅樂，詔太常卿馮定采開元雅樂製《雲韶法曲》及《霓裳羽衣舞曲》。……遇内宴乃奏。謂大臣曰：『笙磬同音，沈吟忘味，不圖爲樂至於斯也。』自是臣下功高者，輒賜之。樂成，改法曲爲仙韶曲。」

〔二〕曾破句：謂曾經花費千金，學習韶樂。

〔三〕銀燭：蠟燭的美稱。唐王維《早朝》：「銀燭已成行，金門儼騶馭。」唐杜牧《秋夕》：「銀燭秋光冷畫屏，輕羅小扇撲流螢。」

〔四〕雙淚：唐張籍《節婦吟》：「還君明珠雙淚垂，恨不相逢未嫁時。」唐賈島《題詩後》：「兩句三年得，一吟雙淚流。」

〔五〕不奈：不耐。離聲：別離的音聲。南朝宋鮑照《代東門行》：「傷禽惡弦驚，倦客惡離聲。離聲斷客情，賓御皆涕零。」前蜀韋莊《上行杯》：「芳草灞陵春岸，柳煙深，滿樓弦管。一曲離聲腸寸斷。」

〔六〕朱絃：練朱弦，用練絲（即熟絲）製作的琴弦。泛指琴弦。唐李世民《春日玄武門宴群臣》：「清尊浮緑醑，雅曲韻朱弦。」

【疏解】

此首題詠歌女，感歎知音難遇。起句從演奏切入，一弦而能彈盡仙韶，足見其彈奏技藝之高妙。二句説有此高妙之技藝，是破費千金學來的。這一句不僅見出此女學藝決心之大，亦見出其拜師高門，承傳有自。三句承接第一句，描寫演奏的場所和時間，玉樓銀燭，説明這是一場豪華的夜宴。四句「愁見」，不是説見聽者落淚，渲染演奏效果，是説見歌女演奏之時内心感動，淚灑衣襟。

下片承上，説歌女一直禁受不了離別之聲的悲怨情感，每當演奏到動情之時，朱弦都被彈斷。「斷弦」的細節，足見她的心性敏感，善於共情，以及演奏之時的傾情投入。三句感歎新聲曲高和寡，知音難遇，點出題旨，亦「不惜歌者苦，但傷知音稀」之意。《文心雕龍》云：「音實難知，知實難逢。逢其知音，千載其一乎！」這裏所寫歌女的際遇，是古今才人的普遍悲劇，其間當有詞人的感慨寓託。結句回答前句，説好風明月都是知音，這是反話正説，襯出世無知音的深深悲哀。

【集　評】

王焕猷《小山詞箋》：按此首含有自己懺悔之意。

采桑子〔一〕

鞦韆散後朦朧月①〔二〕，滿院人閒。幾處雕闌。一夜風吹杏粉殘〔三〕。　昭陽殿裏春衣就〔四〕，金縷初乾〔五〕。莫信朝寒。明日花前試舞看。

【校　記】

①朦朧：抱經齋鈔本作「朧朦」，誤。

【箋　注】

〔一〕采桑子：又名醜奴兒令、醜奴兒、羅敷媚歌、羅敷媚等。唐代教坊曲有《楊下采桑》，調名本此，此曲應是漢樂府《陌上桑》演化而來，後入燕樂者。五代和凝《采桑子·蝤蠐領上訶梨子》爲創調之作，雙調四十四字，前後段各四句，三平韻。另有四十八字，前後段各四句，兩平韻一疊韻；五十四字，前段五句四平韻，後段五句三平韻等變體。

〔二〕鞦韆：古代遊戲器具，起源甚早。清翟灝《通俗編》卷三一引《古今藝術圖》：「此北方山戎之戲，以習輕者。」五代王仁裕《開元天寶遺事・半仙戲》：「天寶宫中，至寒食節，競豎鞦韆，令宫嬪輩戲笑以爲宴樂。帝呼爲半仙之戲，都中市民因而呼之。」唐宋時鞦韆遊戲流行於宫廷和民間。

〔三〕杏粉：杏花的花粉。或謂，粉色的杏花。

〔四〕昭陽殿：漢宫殿名。《西京雜記》卷一：「趙飛燕女弟居昭陽殿。中庭彤朱，而殿上丹漆，砌皆銅遝，黄金塗，白玉階。壁帶往往爲黄金釭，含藍田璧，明珠、翠羽飾之。上設九金龍，皆銜九子金鈴，五色流蘇。帶以緑文紫綬，金銀花鑷。」《三輔黄圖・未央宫》：「武帝時，後宫八區，有昭陽、飛翔、增城、合歡、蘭林、披香、鳳皇、鴛鴦等殿。」後泛指后妃居住的宫殿。唐杜甫《哀江頭》：「昭陽殿裏第一人，同輦隨君侍君側。」春衣：春季穿的衣服。北周庾信《春賦》：「宜春苑中春已歸，披香殿裏作春衣。」唐施肩吾《長安春夜吟》：「露盤滴時河漢微，美人燈下試春衣。」

〔五〕金縷：指金縷繡衣。唐杜秋娘《金縷衣》：「勸君莫惜金縷衣，勸君惜取少年時。」前蜀韋莊《清平樂》：「雲解有情花解語，窣地繡羅金縷。」

【疏解】

此首題詠宫女，題材較爲特殊。起句從鞦韆遊戲切入，唐宋時期，宫廷和民間普遍流行蕩鞦韆，宫女們蕩悠到黄昏月上，才結束遊戲。二句承接「散後」，説滿院都是悠閒的宫女們。「滿院」見出參加鞦韆遊戲的宫女之多，這一方面反映了鞦韆遊戲深受喜愛，更主要的還在於宫女的「閒」，幽閉深宫，無所事事，空虚寂寞，無數的青春生命就這樣白白浪費掉了。蕩蕩鞦韆，嬉鬧一陣，算是她們難得享有的一點快樂。

下片第一句的「昭陽殿裏」，點明宫廷大内的地點，交代蕩鞦韆者的身份，寄託宫女内心的希冀。昭陽殿是趙飛燕姊妹所居，是得寵者的寢殿，試穿春衣的宫女，希望能夠像飛燕姊妹那樣得寵承恩。二句説金縷春衣剛剛裁就，浣洗晾乾。「金縷」二字，明寫春衣之華美，暗含《金縷曲》的年華之歎。裁就初乾，就急於穿上，花前試舞，而且表示不管明朝天寒，正是「爲樂當及時，何能待來茲」之意。「試舞看」，舞給誰看？在宫女的深層意識裏，當然是希望「長得君王帶笑看」了。

【集　評】

王焕猷《小山詞箋》：按此首當是春闈落第而作，首句言試畢考官之不明，次句言試場已散，三句言得中者之登朝，五句言自己之不中。下半片「昭陽」句言曾預備登朝，「明日」句言再看究如何也。全詞皆言登朝廷之事。「杏粉殘」句，可見其不中第而徒抱大志也。

又按，自唐至清，皆以科甲爲清貴才。宋代待進士又極厚，爲狀元者，每十年之中可以官至宰輔。王曾及第，人謂之曰：狀元一生喫著不盡矣。小山恃才疏狂，爲人所忌，可以屈抑，故終只僅官潁稅。如能中第，則當道者雖欲抑之，亦不可能，所以有此作也。

又①

花前獨占春風早②〔一〕，長愛江梅〔二〕。秀豔清杯③〔三〕。芳意先愁鳳管催④〔四〕。　尋香已落閒人後，此恨難裁〔五〕。更晚須來⑤。卻恐初開勝未開。

【校　記】

①此首抱經齋鈔本《珠玉詞》補遺引《群賢梅苑》誤作晏殊詞。明鈔一卷本調下題作「梅」。②花前：《梅苑》作「花中」。③秀豔：《梅苑》、抱經齋鈔本作「香豔」。④催：吴鈔本、毛本、四庫本、四寶齋鈔本、王本作「吹」。⑤更晚：《梅苑》作「更曉」。勝：王本作「怨」。

【箋　注】

〔一〕花前：指在衆花開放之前。梅花開早，居二十四番花信之首，號稱「東風第一枝。」

〔二〕江梅：水邊的野生梅花。宋范成大《梅譜》：「江梅，遺核野生，不經栽接者，又名直腳梅，或謂之野梅。凡山間水濱荒寒清絶之趣，皆此本也。花稍小而疎瘦有韻，香最清，實小而硬。」唐張泌《碧户》：「寶箏横塞雁，怨笛落江梅。」

〔三〕清杯：盛清酒的杯子，指代清酒。南朝梁沈炯《十二屬詩》：「猴栗羞芳果，鷄蹠引清杯。」

〔四〕芳意句：鳳管，笙簫或笙簫之樂的美稱。《洞冥記》：「（漢武帝）見雙白鵠集臺之上，倏忽變爲二神女舞於臺，握鳳管之簫。」南朝宋鮑照《登廬山望石門》：「傾聽鳳管賓，緬望釣龍子。」此指笛，笛曲有《梅花落》。句謂怕聞笛曲，擔心梅花被其催落。

〔五〕難裁：難以消除。唐李白《北風行》：「黄河捧土尚可塞，北風雨雪恨難裁。」唐柳宗元《湘口館瀟湘二水所會》：「境勝豈不豫，慮分固難裁。」

【疏　解】

此首賞梅之詞，采用詞人視角。世間花品，不可執一而論，大概梅花貴早，而菊花貴遲。起句即從「早」字切入，梅開百花之前，占春時之先，號稱「東風第一枝」，所貴者即在於「早」。二句説自己一直喜歡梅花，因愛而賞，在花與人之間建立起情感聯繫。三句説賞花不可無酒，在秀豔的梅樹前飲酒賞花，亦文人詞客之雅趣。四句説席間吹奏笛曲《梅花落》，讓他擔心早梅果真會被曲子催落。這句寫惜花之心理，即「孤光未滿先憂缺」「惜春長怕花開早」之意。

下片第一句説自己事務冗雜，比起清閒的人，尋芳已是去較遲，反承起句的「早」字。二句説因此番前來，已落人後，故而生出無窮的憾恨。三句表示即使晚了，也必須得來。四句説因來得晚，所見乃初開之花，這比早來的閒人見到的未開之蕚，顯得更爲好看。

此首令詞，體段短小，但一種愛梅之意，卻寫得反復變化，摇曳生姿。先説梅占春早，後説尋芳來遲；先説聽曲擔心花落，後説遲了也要前來；詞心之旋復，詞筆之靈妙，令人贊歎不置。

【集　評】

王焕猷《小山詞箋》：按此首蓋亦爲梅而作，極見情思纏綿，故《碧雞漫志》謂叔原於悲歡離合，能寫衆人之所不能。

又

蘆鞭墜偏楊花陌〔一〕，晚見珍珍〔二〕。疑是朝雲。來作高唐夢裏人。　應憐醉落樓中帽①〔三〕，長帶歌塵〔四〕。試拂香茵。留解金鞍睡過春②〔五〕。

【校　記】

①醉落：毛本、四庫本、四寶齋鈔本、王本作「醉拂」，明鈔本、明鈔一卷本作「醉歸」。底本校曰：「『醉落』，原本作『歸』，從《花草粹編》。」　②留解：明鈔本作「□解」，明鈔一卷本作「香解」。底本校曰：「原本『留』作『香』，從毛本。」金鞍：《花草粹編》、毛本、四庫本、四寶齋鈔本作「金鞭」。

【箋　注】

〔一〕蘆鞭句：用唐白行簡《李娃傳》事典：「嘗遊東市還，自平康東門入，將訪友於西南。至鳴珂曲，見一宅，門庭不甚廣，而室宇嚴邃。闔一扉。有娃方憑一雙鬟青衣立，妖姿要妙，絶代未有。生忽見之，不覺停驂久之，徘徊不能去。乃詐墜鞭於地，候其從者，勑取之。累眄於娃。

娃回眸凝睇，情甚相慕。」蘆鞭：蘆葦權充馬鞭。

〔二〕珍珍：所遇女子之名。

〔三〕應憐句：《晉書·孟嘉傳》：「嘉後爲征西桓温參軍，温甚重之。九月九日，温燕龍山，僚佐畢集。時佐吏並著戎服，有風至，吹嘉帽墮落，嘉之不覺。温使左右勿言，欲觀其舉止。嘉良久如廁，温令取還之，命孫盛作文嘲嘉，著嘉坐處。嘉還見，即答之，其文甚美，四坐嗟歎。」此即龍山落帽典故的出處，用以形容文士瀟灑多才。唐韓鄂《歲華紀麗·重陽》：「授衣之月，落帽之辰。」唐錢起《九日閒居寄登高數子》：「今朝落帽客，幾處管弦留。」

〔四〕歌塵：歌動梁塵。形容歌聲嘹亮動人。劉向《别録》：「漢興，魯人虞公善雅樂，發聲盡動梁上塵。」

〔五〕留解金鞍：南朝梁蕭綱《賦得當壚》：「當壚設夜酒，宿客解金鞍。」晚唐韋莊《秦婦吟》：「君能爲妾解金鞍，妾亦與君停玉趾。」

【疏　解】

詞寫偶遇生情，采用男子視角。起句活用《李娃傳》事典，説男子騎馬遊春，手中的蘆葦馬鞭墜遍楊花陌上，見出他是在刻意尋訪，處心積慮地製造偶遇的機緣。二句「晚見」係從「墜徧」而來，既説天色已晚，更説相見恨晚，男子尋遍陌上，終遇可人。三、四句，用《高唐賦》典事，形容看到珍珍時的驚豔恍惚之感。比珍珍爲神女朝雲，固説其極爲美麗；説自己如同做夢，亦見出心醉神迷。但朝雲之喻，高唐之夢，欲望的指向性明確到不加掩飾的地步。

下片寫「晚見」之後，彼此生情，珍珍邀他來到歌樓飲酒聽歌。第一句用「龍山落帽」典事，説珍珍愛上了他的瀟灑多才。第二句用「歌動梁塵」典事，贊美珍珍的歌聲極爲美妙動聽。至此，慕色憐才的情愛心理已是深度溝通。於是有了後結二句所寫，珍珍拂拭香茵，男子解下馬鞍，一場快速升温的豔情故事以「留宿」的方式逼近高潮。「睡過春」三字，雖説雙方，但主要是男子的性愛心理之反映。

【集　評】

王焕猷《小山詞箋》：按此首蓋亦冶遊之作，因唐人乞昏，曰「遞絲鞭」，故於貴家女，欲訂婚則用「遞鞭」二字，而冶游則用鄭元和汧國夫人故事，用「墜鞭」二字。此首首曰「蘆鞭墜徧楊花陌」，即已標明用意，而況又用高唐夢事，且「留解金鞭睡過春」作結也。

又

日高庭院楊花轉〔一〕，閒淡春風。昨夜匆匆〔二〕。顰入遥山翠黛中〔三〕。　金盆水冷菱花淨①〔四〕，滿面殘紅〔五〕。欲洗猶慵。絃上啼烏此夜同〔六〕。

【校　記】

①淨：明鈔本作「静」。

【箋　注】

〔一〕轉：翻飛，漂轉。

〔二〕悤悤：亦作怱怱、匆匆。倉促，匆忙。唐張鷟《遊仙窟》：「十娘曰：『人生相見，且論盃酒，房中小小，何暇怱怱。』」歐陽修《浪淘沙》：「聚散苦怱怱。此恨無窮。」

〔三〕遥山翠黛：謂女子用翠黛畫出的遠山眉。

〔四〕金盆：銅製的盆。供注水盥洗之用。《南史·海南諸國傳·扶南國》：「王坐則偏踞翹膝，垂左膝至地，以白疊敷前，設金盆、香爐於其上。」唐張謂《三日岐王宅》：「金盆浴未了，繃子繡初成。」唐王建《宫詞》之四五：「叢叢洗手遶金盆，旋拭紅巾入殿門。」菱花：古代常以菱花爲銅鏡背面的圖案，故稱鏡子爲「菱花」。唐駱賓王《王昭君》：「古鏡菱花暗，愁眉柳葉顰。」唐李白《代美人愁鏡》之二：「狂風吹卻妾心斷，玉筯並墮菱花前。」

〔五〕殘紅：謂晚妝留下的胭脂痕跡。

〔六〕絃上啼烏：琴弦上彈奏出的《烏夜啼》樂曲。啼烏，古琴曲《烏夜啼》。原爲南北朝時期表現愛情題材的西曲。唐代的軟舞、清商西曲，宋代的詞牌，元代的曲牌及後世昆曲中均有此曲。《神奇秘譜》解題引《唐書·樂志》：宋臨川王劉義慶因受皇帝疑忌，擔心將有大禍臨頭，而他的姬妾聽到烏鵲夜啼，告知將獲赦，後來果然應驗，遂作此曲。另據唐李勉《琴説》記載：「何晏繫獄，有二烏止晏舍上，晏女曰：『烏有喜聲，父必免。』遂作此曲。」與前説不同。夜啼之烏，皆指烏鵲。曲意爲烏鵲夜啼，必有喜事將臨之意。

【疏　解】

詞寫女子春情，采用詞人視角。起句從庭院景色切入，太陽已高高升起，柳絮在悠悠飄蕩，時令已是暮春。上句的「楊花轉」三字，已暗寫風的存在，二句點明春風。因是「閒淡」微風，柳絮在風裏飄轉，若是大風，柳絮就會是濛濛亂飛的光景了。三句轉寫室内人物，含義不明，或曰良人忽忽離去，或曰所歡忽忽一會，這又牽涉到詞中女子身份，是居家思婦還是青樓歌女？四句特寫女子面部，蹙結的遠山眉黛，寫滿了惆悵的心事。

下片寫含愁的女子日高方起，無心妝梳。金盆盛水，鏡匣已開，她的臉上到處都是宿妝殘紅。「滿面殘紅」四字，回應「昨夜忽忽」，暗示因相會而宿妝濃豔，因時間倉促而愈加狂恣之情狀，也間接解釋了「欲洗猶慵」的原因。後結又是一個含義不明的句子，琴弦奏出的《烏夜啼》曲子，是昨夜所彈，還是今晨所彈？所同者，是指夜棲庭樹的烏鵲鳴叫聲，還是指女子的離别啼泣聲？如是烏鵲啼叫聲，是取其兆喜之意，還是取其淒切之意？如取其兆喜之意，是説其兆應驗，還是説其兆不靈？這些問題都無法解釋清楚。但結句也有比較明白的一點，就是彈奏弦樂，提示了女子的歌女身份。

【集　評】

王焕猷《小山詞箋》：按此首及下首（指《醜奴兒》「日高庭院楊花轉」），蓋冶遊中致興風波而作，俗所謂喫醋也。《燕在閣知新録》：「世以妬婦比獅子，《續通考》：「獅子日食醋、酪各一缾。喫醋之説，殆本此耶？」」玩此詞首句「楊花轉」三字可知矣。「滿面殘紅」「弦上啼烏」，喻婦女之哭泣也。

又

征人去日殷勤囑，莫負心期。寒雁來時①。第一傳書慰別離〔一〕。　輕春織就機中素②〔二〕，淚墨題詩〔三〕。欲寄相思。日日高樓看雁飛。

【校　記】

①寒雁：抱經齋鈔本作「塞雁」。　②輕春：底本校曰：「輕春，按『輕』字，疑『經』誤。」明鈔本、毛本、四庫本、四寶齋鈔本、王本作「輕風」，《花草粹編》、抱經齋鈔本作「輕絲」，吳鈔本作「輕春」。

【箋　注】

〔一〕征人四句：唐無名氏《伊州歌》第一：「秋風明月獨離居，蕩子從戎十載餘。征人去日殷勤囑，歸雁來時數寄書。」此四句係改寫。心期：相思。傳書：傳遞書信。唐李商隱《離思》：「朔雁傳書絶，湘篁染淚多。」

〔二〕輕春：當爲「經春」之誤。經春，經過一個春季。唐杜甫《燕子來舟中作》：「湖南爲客動經春，燕子銜泥兩度新。」唐白居易《中書連直寒食不歸因懷元九》：「經春不同宿，何異在忠州。」

素：未染的生絹，白色絲絹。《禮記·雜記下》：「純以素，紃以五采。」漢樂府《孔雀東南飛》：「十三能織素，十四學裁衣。」

〔三〕淚墨題詩：和淚研墨題寫詩句。參看《訴衷情》「蓮渚霜曉墜殘紅」注。

【疏 解】

此首思婦之詞，從征人離家之時切入。「征人」兩解，一爲從軍戍邊之人，一指出門遠行之人。這首詞的上片四句，係對唐無名氏《伊州歌》第一辭意的改寫，根據初始文本，這個二級文本裏的「征人」應指戍邊之軍人。一、二句説，征人出門那天，女子殷勤叮囑，離家之後莫忘恩情，莫負相思。三、四句繼續寫臨別的囑咐，説等到秋天大雁南飛，託大雁捎書傳信以慰思念牽掛，是第一要緊之事，一定要千萬記住。

下片説別離之後的一個春天，思婦都在機中織素，她把自己的萬千思緒都織進素絹，然後和淚研墨，題寫情詩。她想託付大雁，把自己的相思之意寄給征人，所以每天都登上高樓，憑眺遠空，等着北歸的大雁從樓前飛過。後結二句回應前結二句，叮囑征人秋雁南飛時勿忘寄書，自己趕在春雁北歸時提前寄書，足見女子相思情濃。

【集 評】

王焕猷《小山詞箋》：按此首蓋贈別之作也。

又

花時惱得瓊枝瘦①〔一〕，半被殘香〔二〕。睡損梅妝〔三〕。紅淚今春第一行〔四〕。　風流笑伴相逢處〔五〕，白馬游韁〔六〕。共折垂楊。手撚芳條説夜長〔七〕。

【校　記】

①瘦：四寶齋鈔本作「廋」。

【箋　注】

〔一〕花時：百花盛開的時節，常指春日。唐杜甫《遣遇》：「自喜遂生理，花時甘緼袍。」瓊枝：喻美女的肢體肌膚。唐韋應物《黿頭山神女歌》：「皓雪瓊枝殊異色，北方絶代徒傾國。」

〔二〕半被句：謂半邊被子上尚留餘香。唐元稹《鶯鶯傳》：「雖半衾猶暖，而思之甚遥。」

〔三〕梅妝：即梅花妝。參看《鷓鴣天》「梅蕊新妝桂葉眉」注。

〔四〕紅淚：晉王嘉《拾遺記》卷七：「魏文帝所愛美人，姓薛名靈芸，常山人也……靈芸聞别父母，歔欷累日，淚下沾衣。至升車就路之時，以玉唾壺承淚，壺則紅色。既發常山，及至京師，壺中淚凝如血。」後因以「紅淚」指代女子傷心之淚。

〔五〕笑伴：唐盧綸《春日登樓有懷》：「年來笑伴皆歸去，今日晴明獨上樓。」

〔六〕白馬游韁：《晉書·五行志中》晉雜歌謡辭《太和中百姓歌》：「青青御路楊，白馬紫游韁。」游韁，即馬韁繩。控御之時，因能放鬆或拉緊，如游動般牽引，故名。唐段成式《柳枝詞》：「公子驊騮往何處，綠楊堪繫紫游韁。」

〔七〕芳條：樹木枝條的美稱。唐賈島《送蔡京》：「易折芳條桂，難窮邃義經。」宋歐陽修《玉樓春》：「樓前獨繞鳴蟬樹，憶把芳條吹暖絮。」此指柳條。

【疏　解】

這首《采桑子》，又是一個不易説清的文本。可以作三種思路的解讀。一説上片寫芳春花時丈夫出門，妻子苦於相思，以致肢體消瘦。空閨獨卧，梅妝睡損，半被殘香猶在，良人已往遠方，於是流下了今春第一行傷心的淚水。下片寫出門的丈夫在外冶遊，騎着白馬，收控韁繩，十分瀟灑。遇到一個談笑風流的伴侶，於是共折垂柳，手撚芳條，説着春宵夜長的情話私語。這是一首閨怨之作，表現了女子的相思痛苦，譴責了丈夫的放蕩薄倖。

二説此詞上片寫女子的别離痛苦，下片回憶當初的相逢之樂，「白馬游韁」的「風流笑伴」，就是自己邂逅結好的心愛男子。這樣理解，詞中的男女身份和關係，可能就不一定是在倫理範圍之内了。三説上片的理解同於二説，下片的理解與二説不同，認爲乃是苦於相思的女子出游消遣，巧遇投緣之人，再結一段歡緣。此女不受禮教約束，或爲歌女。

以上三説，未知孰是。小晏詞每每如此，看上去没有難字僻典，每個字詞、每個句子單獨看，都是清楚明白的，似乎不存在閱讀障礙。但是合起來看時，句與句之間，上下片之間，全篇之中，往往存在性别視角不明、時空線索紊亂、意脈題旨不清的問題。這首詞就是小晏詞中又一個「問題」文本。

【集　評】

俞陛雲《唐五代兩宋詞選釋》：「半被」兩句已覺妍秀，「紅淚」七字更佳句，乘風欲去。下闋游伴相逢，别開一境。結句妙在不説盡，耐人攬擷。

王焕猷《小山詞箋》：按此首爲梅而作也。

又

春風不負年年信〔一〕，長趁花期。小錦堂西〔二〕。紅杏初開第一枝。　碧簫度曲留人醉①〔三〕，昨夜歸遲。短恨憑誰②〔四〕。鶯語殷勤月落時。

【校　記】

①留人醉：王本作「留花醉」。　②短恨：吴鈔本、毛本作「恨短」。

【箋　注】

〔一〕信：花信。古時風俗，自小寒至穀雨共有八個節氣，每個節氣三候，共有二十四候。每一候對應一種花，稱二十四番花信。詞中所寫杏花，爲雨水第二候對應的花品。趁：逐，追趕。唐杜甫《題鄭縣亭子》：「巢邊野雀群欺燕，花底山蜂遠趁人。」花期：開花季節、日期。五代和凝《小重山》：「管弦分響亮，探花期。」

〔二〕小錦堂：一處館舍的名稱。或是泛指。

〔三〕度曲：製曲，作曲。《漢書・元帝紀贊》：「鼓琴瑟，吹洞簫，自度曲，被歌聲，分刌節度，窮極幼眇。」顔師古注引應劭曰：「自隱度作新曲，因持新曲以爲歌詩聲也。」《新唐書・段成式傳》：「子安節，乾寧中，爲國子司業。善樂律，能自度曲云。」此當指按曲譜吹奏、歌唱。漢張衡《西京賦》：「度曲未終，雲起雪飛。」唐杜甫《陪李梓州泛江》之二：「翠眉縈度曲，雲鬢儼成行。」

〔四〕短恨：與長恨、長情相對，指暫時的惆悵失意。

【疏解】

詞寫春日聽歌飲酒，采用詞人視角。起二句說，春風總是追隨着開花的時令，年年如期吹送花開的消息。這兩句用作開頭興辭，興起人應不負韶華之意，於是乃有及時行樂的游賞之舉。三句的「小錦堂」，乃是冶游之地。四句裏堂西初開的第一枝紅杏，暗喻所遇之歌女。

下片寫小錦堂裏，歌女吹簫唱歌，留人醉酒，見出詞人與歌女之相得。此次當春出游，又是一番遇合，以致遲歸。結二句就「歸遲」生發，說回到家中已是月落時分，天將放亮，黃鶯已開始婉轉啼唱，讓他恍然記起昨夜清脆的歌聲，生出一種莫名的寂寞失落之感。小小情事，淡淡哀愁，寫來頗有韻致。

【集　評】

王焕猷《小山詞箋》：按此首蓋爲杏而作，玩「昨夜歸遲」句，可知杏必非小山自己家中歌姬也。

又

秋來更覺消魂苦〔一〕，小字還稀〔二〕。坐想行思〔三〕。怎得相看似舊時。　南樓把手憑肩處①〔四〕，風月應知〔五〕。别後除非。夢裏時時得見伊。

【校　記】

①憑肩：底本、明鈔一卷本作「憑看」，從吴鈔本、毛本改。

【箋　注】

〔一〕消魂：又作「銷魂」。靈魂離散，形容極度的悲愁。南朝梁江淹《别賦》：「黯然銷魂者，唯别而已矣。」唐綦毋潛《送宋秀才》：「秋風一送别，江上黯消魂。」

〔二〕小字：細小的字。一般指若蠅頭至櫻桃大小的楷體字。此指小字寫就的書信。

〔三〕坐想行思：謂不停地思念。宋柳永《鳳凰閣》：「霎時雲雨人抛卻。教我行思坐想，肌膚如削。」宋張先《偷聲木蘭花》：「莫更登樓。坐想行思已是愁。」

〔四〕南樓：歡聚之所。把手：指握手。憑肩：以手靠在別人肩上。把手憑肩：此處形容男女共處的親昵之狀。

〔五〕風月應知：唐韓偓《嫋娜》：「此時不敢分明道，風月應知暗斷腸。」宋張先《醉桃源》：「隔簾燈影閉門時，此情風月知。」

【疏　解】

詞寫秋日懷人，采用詞人的視角。起句從「秋來」切入，而以春夏爲襯，説秋來更覺相思銷魂之苦，是知春夏亦在相思之中，只不似入秋之後這般熬煎而已。二句交代原因，説到了秋天，不僅不能相見，伊人的書信也越發稀少了。這句所寫，即《阮郎歸》中「一春猶有數行書，秋來書更疏」之意。所以惹得詞人「坐想行思」，牽掛不已。怎樣才能像舊時那樣相守相看，免受相思之苦呢，詞人也不知計將安出。

下片承接「舊時」，轉入回憶，一方面是往事難忘，一方面可聊作慰藉。「南樓」當是歡聚之所，詞人用「把手憑肩」的細節動作，傳寫與伊人相守共度的時日，那種親密無間的日常生活。詞人説，昔日南樓的旖旎温馨，不惟自己銘心難忘，見證這一切的清風明月，也都記得清清楚楚。結句轉回現在，説誰料想一別之後，相見時難，除非在夢裏，才能見到伊人。「時時得見」，説明常常入夢，足見詞人秋來相思之情切。

【集　評】

王焕猷《小山詞箋》：按此首蓋冶遊懷舊好之作也，南樓當亦指瓦子。瓦子者，宋人呼窯子之謂也，玩「把手憑肩」四字可見矣。

又

誰將一點淒涼意，送入低眉〔一〕。畫箔閒垂〔二〕。多是今宵得睡遲〔三〕。　夜痕記盡窗間月①〔四〕，曾誤心期〔五〕。準擬相思。還是窗間記月時〔六〕。

【校　記】

①夜痕：家刻本、王本作「衣痕」。

【箋　注】

〔一〕低眉：眉目低垂，抑鬱愁苦貌。唐韓翃《送鄭員外》：「要路眼青知己在，不應窮巷久低眉。」唐白居易《琵琶行》：「低眉信手續續彈，説盡心中無限事。」

〔二〕畫箔：有畫飾的簾子。宋文同《閬州東園十詠·四照亭》：「畫箔褰何礙，珍叢發已圓。」宋舒亶《木蘭花·次韻贈歌妓》：「十二闌干褰畫箔，取次穿花成小酌。」

〔三〕多是：應是。得睡：入睡。

〔四〕夜痕句：謂徹夜失眠，看著月影在窗間移動。

〔五〕心期：心中的期許。晉陶潛《酬丁柴桑》：「實欣心期，方從我游。」唐王勃《山亭興序》：「百年奇表，開壯志於高明；千里心期，得神交於下走。」

〔六〕準擬：料想，料定。唐白居易《種柳三詠》之二：「準擬三年後，青絲拂綠波。」唐劉得仁《悲老宮人》：「曾緣玉貌君王寵，準擬人看似舊時。」

【疏解】

詞寫相思別情，采用詞人視角。問句領起，將一種平常的意思，説的很有意味。這樣的設問，其實是不用回答的。你可以説是那個遠走的男子，也可以説是女子心中的相思。二句的「送入」下字也很靈動，被動承受，更覺眉目低垂之可憐。三句説飾有畫圖的簾子，靜靜地垂掛在那裏，營造出與心中的淒涼之感相適應的寂寞氛圍。四句説簾子垂掛而没有完全放下，大約是因爲今晚入睡很遲。

下片從前結「得睡遲」三字生發，説徹夜失眠，看著月影在窗間一分一分移動，從升起到西斜，好像是夜色留下的明暗交替的斑駁痕跡。月記夜痕，這是一個刻骨銘心的細節。「夜痕」二字，琢語生新。二句説男子不守約定，没有按時前來相會。這是女子淒涼低眉、記月睡遲的原因。結二句説，自己準定會想念失約的男子，就在看著窗間的月影慢慢移動的時候。「窗間記月」構成前後呼應，循環反復，正如女子的相思轆轤回轉。下片所寫，仍是「望月懷思」的原型心理模式。

【集　評】

王煥猷《小山詞箋》：按此首蓋亦寫冶遊也，意雖穢而辭則佳。

又

宜春苑外樓堪倚〔一〕，雪意方濃〔二〕。雁影冥濛〔三〕。正共銀屏小景同〔四〕。　　可無人解

相思處①，昨夜東風。梅蕊應紅。知在誰家錦字中〔五〕。

【校　記】

①可無人解：王本作「可人無解」。

【箋　注】

〔一〕宜春苑：宮苑名。在今西安長安區東南曲江池。《史記·秦本紀》：「二世皇帝葬宜春。」漢名宜春下苑。《漢書·元帝紀》顔師古注：「宜春下苑，即今京城東南隅曲池是。」《太平寰宇記》卷二五《長安縣》：「曲江池，漢武帝所造，名爲宜春苑。」宋代宜春苑，在汴京城東，原是宋太祖趙匡胤之弟趙廷美的花園，俗稱東御園。《宋史·太祖紀一》：「己酉，幸宜春苑。」

〔二〕雪意：將欲下雪的景象。宋王安石《欲雪》：「天上雲驕未肯同，晚來雪意已填空。」

〔三〕冥濛：亦作冥蒙。模糊，幽暗不明貌。晉左思《吴都賦》：「島嶼緜邈，洲渚馮隆。曠瞻迢遞，

迴眺冥蒙。」唐黄滔《水殿賦》：「一千餘里之煙塵，冥蒙撲去。」

〔四〕共：與。銀屏小景：屏風上畫的小幅圖景。

〔五〕錦字：錦字書。句謂東風已起，梅花將開，不知誰會把梅花連同書信一起寄來，以慰相思之意。

【疏解】

詞寫早春相思，性别視角不明。起句從倚樓切入，交代地點與事件，倚樓是事件，也是人物動作，起句七字，地點、事件、人物要素齊全。二句寫倚樓所見，天空彤雲密布，雪意正濃。這一句以寫天氣交代時間。三句繼續寫景，説天上飛過一行模糊的雁影。四句説眼前所見之景，正與屏風上的小幅圖畫相同。

這樣一種欲雪的天氣，應該在暖閣之内，坐擁獸炭火爐，杯酒斟酌才是。爲什麽頂風冒寒，登上高樓倚闌憑眺呢？下片前二句給出答案。原來昨夜春回人間，東風乍起，吹醒了冬日蟄伏的相思。懷念遠人的心意無人能解，於是登高眺望，以爲排遣。結二句説，春來梅花將開，不知誰會把梅花連同書信一起寄來，以慰相思之意。

【集評】

王焕猷《小山詞箋》：按此首蓋接上首而相與呼應也。

又

白蓮池上當時月①，今夜重圓。曲水蘭船。憶伴飛瓊看月眠〔一〕。　黄花緑酒分攜後〔二〕，淚濕吟箋。舊事年年。時節南湖又采蓮〔三〕。

【校　記】

①池上：吴鈔本作「送上」，誤。

【箋　注】

〔一〕飛瓊：許飛瓊，仙女名。《漢武帝内傳》：「王母乃命諸侍女……許飛瓊鼓震靈之簧。」唐顧況《梁廣畫花歌》：「王母欲過劉徹家，飛瓊夜入雲軿車。」宋晏殊《拂霓裳》：「管弦清，旋翻紅袖學飛瓊。」此以許飛瓊指代采蓮歌女。

〔二〕分攜：離别，分手。唐李商隱《飲席戲贈同舍》：「洞中屐響省分攜，不是花迷客自迷。」

〔三〕南湖：《明一統志》卷二十七《歸德府》：南湖在歸德府（今河南商丘）城南五里，宋晏元獻天聖年間謫居歸德時，曾放馴鷺於湖中。或謂此詞中南湖即歸德南湖，但明顯與晏幾道年齡不合，未可據信。

【疏　解】

此首感舊懷人，采用詞人的視角。起句從回憶切入，將過去和現在打成一片。白蓮池是昔時月夜同游之地，詞人今夜重來，看到月亮又像那夜一樣圓了。今夜月如當時月，突出的是故地重游之時的物是人非之感。三句所寫的「曲水蘭船」與前二句所寫的「蓮池圓月」一樣，應是眼前實景與往昔回憶的重疊。曲水還在月下緩緩流淌，木蘭船還在岸邊静静停靠，只是不見了昔時同游之人。四句繼續回憶，聚焦同游之人，她像仙女一樣美麗，他們一起在「曲水蘭船」上玩賞，在水月輝光的灑照下入眠。詞的上片，即是「望月懷思」的原型心理模式的展開。

下片回憶餞别的情景，「黄花緑酒」，是説深秋時節的離宴，交代了他們分别的時間是在去年秋天。二句説自從分别之後，經常吟詩寄情，淚灑詩箋。三句的「舊事年年」四字，解讀彈性很大，既説采蓮是年時風俗，又説從前年年相伴采蓮，更説自己對昔年舊事的回憶。結句説又到了一年一度南湖采蓮的季節，言外含有期盼重來，再續舊歡之意。

【集　評】

王焕猷《小山詞箋》：按自此以下五首，皆指蔡京三人相三罷相而言。此首首尾二句，俱用「蓮」字，蓮、憐音近，詞中常暗以借用，如「薏」字之借爲「憶」也。此處二「蓮」字，亦即「憐」字之借字也。

又

高吟爛醉淮西月〔一〕，詩酒相留。明日歸舟〔二〕。碧藕花中醉過秋。　文姬贈别雙團扇，自寫銀鉤①〔三〕。散盡離愁。攜得清風出畫樓②。

【校　記】

①自寫：吴鈔本作「自瀉」，毛本、四寶齋鈔本作「舟瀉」，王本作「字寫」。②清風：抱經齋鈔本作「春風」。出畫樓：毛本、四庫本、四寶齋鈔本、家刻本、王本作「到别州」。

【箋　注】

〔一〕淮西：淮南西路。太宗至道三年（九九七）定天下爲十五路，循唐淮南道，置淮南路，治揚州。以揚州、亳州、宿州、楚州、海州、泰州、泗州、滁州、真州、通州、壽州、廬州、蘄州、和州、舒州、濠州、光州、黄州、無爲軍來屬。神宗熙寧五年（一〇七二）分置淮南東、西二路，西路治壽州。以壽州、廬州、蘄州、和州、舒州、濠州、光州、黄州、無爲軍來屬。

〔二〕明日歸舟：明日將離開淮西，乘舟回歸汴京。

〔三〕文姬二句：謂餞别宴席上，歌女以一雙自寫的團扇相贈。文姬，蔡文姬，指代贈别歌女。銀鉤：形容書法遒勁有力。比爲文姬，又兼書法上佳，可知此歌女是一才女。

【疏　解】

此首留別之詞，采用詞人視角。起句從月夜別宴切入，離開淮西的前一天晚上，友人設宴餞別，吟詩唱歌，痛飲大醉，賓主盡情。詞人因何、何時來到淮西，在這裏停留多久，又是因何離開，均無史料記載。二句「詩酒」回應起句的「高吟爛醉」，「相留」兼寫送者和行者，偏重突出送者的不捨之意。三句説明天就要乘船回汴京了，這是心理時間的提前。四句是心理空間的位移，説帶着今夜別酒的醉意，明日乘上歸舟，穿行在開滿藕花的水路上，過了這個秋天。三四兩句，交代了水路舟行的回京方式，與秋天的離別時間，但没有明顯的悲秋傷別情緒。

下片前二句再切回別宴，説歌女臨別以一雙團扇相贈，表毋捐篋笥之意。團扇上有她自題的草書詩句，書法非常漂亮。以文姬相呼，又兼長詩書，贈以團扇，切合班婕妤《怨歌行》典事，可知歌女是個色藝俱佳的飽學才女。三句説詞人因得歌女佳貺，而覺離愁散盡。於是便有了散席之時，「攜得清風出畫樓」的灑脱與輕松。一場別宴，一首別情詞，以這種超脱的方式結束，尚不多見。

【集　評】

王煥猷《小山詞箋》：按此首蓋去潁州時所作，潁本淮西地也。

又

前歡幾處笙歌地〔一〕，長負登臨〔二〕。月幌風襟〔三〕。猶憶西樓著意深〔四〕。　鶯花見盡當時事〔五〕，應笑如今。一寸愁心。日日寒蟬夜夜砧〔六〕。

【箋　注】

〔一〕前歡：往日的歡樂。唐劉禹錫《請告東歸發灞橋卻寄諸僚友》：「前歡漸成昔，感歎益勞歌。」南唐徐鉉《十日和張少監》：「每因佳節知身老，卻憶前歡似夢回。」

〔二〕登臨：登山臨水。亦泛指游覽。唐孟浩然《與諸子登峴山》：「江山留勝跡，我輩復登臨。」唐杜甫《登樓》：「花近高樓傷客心，萬方多難此登臨。」

〔三〕月幌風襟：月照帷幕，風吹衣襟。唐王勃《九成宫頌》序：「風閨夕敞，攜少女於歌筵；月幌宵朧，下姮娥於舞席。」唐楊炯《後周明威將軍梁公神道碑》：「月幌風襟，每吟謡於箋緗。」唐皎然《酬烏程楊明府華將赴渭北對月見懷》：「風襟自瀟灑，月意何高明。」

〔四〕著意：集中注意力，用心。《楚辭·九辯》：「罔流涕以聊慮兮，惟著意而得之。」朱熹集注：「著意，猶言著乎心，言存於心而不釋也。」

〔五〕鶯花句：謂當時之事，鶯花可以作證。五代張泌《浣溪沙》：「枕障薰爐隔繡帷，二年終日苦相思，杏花明月始應知。」晏幾道《采桑子》：「南樓把手憑肩處，風月應知。」

〔六〕寒蟬：蟬的一種。又稱寒螿、寒蜩。較一般蟬爲小，青赤色。《禮記·月令》：「（孟秋之月）涼風至，白露降，寒蟬鳴。」鄭玄注：「寒蟬，寒蜩，謂蜺也。」孔穎達疏引郭璞云：「寒螿也，似蟬而小，青赤。」《文選》曹植《贈白馬王彪》：「秋風發微涼，寒蟬鳴我側。」李善注：「蔡邕《月令章句》曰：『寒蟬應陰而鳴，鳴則天涼，故謂之寒蟬也。』」

【疏　解】

此首懷舊之詞，采用詞人視角自抒。起句從回憶切入，詞人坦承當年飲酒聽歌、追歡逐樂之地，非止一處。二句説久矣不再去那些地方游賞，雖覺有負歲時，但也説明那些地方畢竟魅力有限。詞人這樣寫，是爲以下突出西樓預作鋪墊，以「幾處」之可負，來陪襯西樓「一處」之難忘。三句寫月光灑照的帷幕，清風吹動的衣襟，以之概見西樓的良辰美景，賞心樂事。四句點明是處可忘，唯有西樓之事長存記憶，對西樓之事屬意最深。

下片説西樓當日之樂事，鶯花可作見證。二句説如今的枯寂索寞之狀，會被見證過昔日歡樂情景的鶯花笑話的。從鶯花的角度來對比今昔的變化，爲詞句增添許多情致。三句「一寸愁心」回應前結的「猶憶」「著意」，説自己的心裏積滿了懷舊的惆悵。結句以敘寫代抒情，日日寒蟬，夜夜砧聲，見出詞人生涯之孤寂、憶念之專注與心緒之煩亂。蟬聲、砧聲都是聽覺，人在孤寂之環境，聽覺才會格外敏鋭。日日夜夜，是説蟬聲、砧聲之連綿不斷，襯出耽於回憶的聞聲之人日夜煩亂不安的生存狀態。

【集　評】

王煥猷《小山詞箋》：按此首承接上意，「長負」句乃言長負此高位也，「猶憶」句亦指羣小，仍上首「憶伴」句之意也。末句則言執政者噤若寒蟬，而人民惟傷征戍之苦也。

又

無端惱破桃源夢〔一〕，明日青樓①〔二〕。玉膩花柔〔三〕。不學行雲易去留。　應嫌衫袖前香冷〔四〕，重傍金虬〔五〕。歌扇風流。遮盡歸時翠黛愁。

【校　記】

①明日：毛本、《歷代詩餘》、四庫本、四寶齋鈔本、家刻本、王本作「明月」。

【箋　注】

〔一〕桃源夢：天台桃源之仙夢。參看《洞仙歌》「春殘雨過」注。

〔二〕青樓：此指妓女居所。南朝梁劉邈《萬山見採桑人》：「倡妾不勝愁，結束下青樓。」唐杜牧《遣懷》：「十年一覺揚州夢，贏得青樓薄倖名。」

〔三〕玉膩花柔：形容女子肌膚細膩柔軟。

〔四〕前香：前時所熏之香。

〔五〕金虬：此指銅製蟠龍香爐。

【疏　解】

這又是一個不易説清的文本，試作疏解如下。詞采男子視角，起句從桃源仙夢被無端惱破切入，其間當有本事，讀詞者卻無法知曉了，於是覺得有些莫名其妙。二句以下即寫夢境，説這是一個月明之夜，他在青樓之内與一歌女相會。歌女肌膚細膩，肢體柔軟，兩人甚是相得，於是作永以爲好之計，表示不學巫山行雲轉瞬飄逝，容易去留。

下片描寫夢中的兩個細節。前二句説，歌女好像覺得衫袖上前時所熏之香已冷淡，於是靠緊銅製蟠龍香爐重新熏香，這是説歌女的體性嬌柔和愛好芳潔。後二句説臨别之時，歌女用手執歌扇的美妙造型，把一雙含愁的眉黛巧妙地遮掩起來，見出歌女的體貼和細心。這就使夢境顯得更爲生動，歌女的形象也變得豐滿起來。

【集　評】

王焕猷《小山詞箋》：按此首亦承上意，首句言其罷相，二三句言其卑污不堪，乃以「不學」句申其戀棧之貪。下半闋則首言其不甘寂寞，次言其再相依傍，末句又用「遮盡」二字，乃其著力處也。

又

年年此夕東城見①〔一〕，歡意悤悤。明日還重〔二〕。卻在樓臺縹緲中〔三〕。垂螺拂黛清歌女〔四〕，曾唱相逢。秋月春風。醉枕香衾一歲同②。

【校記】

①年年：毛本、《歷代詩餘》、四庫本、王本作「年時」。②一歲：抱經齋鈔本作「一夜」。

【箋注】

〔一〕年年此夕：應該是一個有特殊紀念意義的夜晚，或是節日如元宵、七夕、中秋等。但細繹詞意，應從毛本作「年時」，於義較長。

〔二〕歡意：歡樂的意興。南朝梁范縝《神滅論》：「千鍾委於富僧，歡意暢於容發。」

〔三〕縹緲：高遠隱約貌。唐杜甫《白帝城最高樓》：「城尖徑仄旌旆愁，獨立縹緲之飛樓。」唐白居易《長恨歌》：「忽聞海上有仙山，山在虛無縹緲間。」

〔四〕垂螺：古時少女髮式。螺，螺髻。《古今注·魚蟲》：「童子結髮，亦爲螺髻，亦謂其形似螺殼。」宋張先《減字木蘭花》：「垂螺近額，走上紅裀初趁拍。」明楊慎《丹鉛總録·詩話·角妓垂螺》：「垂螺、雙螺，蓋當時角妓未破瓜時額飾，今搬演淡色猶有此製。」淡色，即旦色。拂黛：以翠黛塗描雙眉。唐沈佺期《李員外秦援宅觀妓》：「拂黛隨時廣，挑鬟出意長。」

【疏解】

與前首一樣，這仍是一首説不清楚的文本。起句若作「年年此夕」，大約是寫一對戀人，像天上的牛女雙星一樣，每年只能在東城相見一晚，且是在固定的時間。二句説因爲只有一晚時間，所以相愛不能盡情，只能忽忽而别。三句説過了這一晚，明天還是日復一日的長久别離，女子所住的樓臺，仿佛遠在縹緲的雲霧之中，讓人可望而不可及，而有天人懸隔之感。這裏顯然是用男子視角。下片繼續用男子視角，説年年此夕東城相見的女子，雙髻垂額，翠黛描眉，年輕漂亮，歌聲清脆，可知這是一名歌女。二句説每到相會之夕，她都會唱起相逢的歌曲，表達終得重聚的喜悦之情。結二句理解有歧義，或謂就「相逢」生發，説歌女所唱的内容，表達了共度良辰美景，一年到頭同枕共衾、永不分離的美好願望。或謂一夕别後，秋月春風等閒虚度，在别後漫長的一年裏，雙方都過着借酒消愁的痛苦日子。

起句若作「年時此夕」，大約是説去年此夕一對戀人曾在東城相見。二句説歡聚之後，忽忽而别。三句説明天又是去年相見的日子，但是對方卻在縹緲的樓臺之中，無緣再見。下片描寫去年此夕東城相見之女的妝容，交代她的歌女身份，説年時相見，女子曾唱歡歌表達喜悦。結二句抒寫男子虚度良辰好景的感慨，和别後一年裏每天都靠醉酒度日的相思痛苦。詞中也是采用男子的視角。

第一種解釋裏，一雙相愛的男女爲何每年只能一夕相見，而且是在一個固定的日期？第二種解釋裏，那一座縹緲的樓臺是什麽所在，爲什麽能夠隔開相愛的男女，使他們無法再見？這些都是不明之處，或者皆有本事，但是讀者卻無從知道，因而也就不能拿來把文本解釋清楚了。

【集　評】

王焕猷《小山詞箋》：按此首仍承上意，「明日還重」，謂仍思再來也。「樓臺縹緲」，蓋言望高位也。「會唱相逢」，乃言其曾入相也。末則又以時間證之，「同」字亦其着眼之字。

又

雙螺未學同心綰〔一〕，已占歌名〔二〕。月白風清。長倚昭華笛裏聲〔三〕。　知音敲盡朱顏改①〔四〕，寂寞時情②〔五〕。一曲離亭〔六〕。借與青樓忍淚聽。

【校　記】

①敲盡：底本校曰：「敲盡，按『敲』字疑『散』誤。」②寂寞：四寶齋鈔本作「寂莫」。

【箋　注】

〔一〕雙螺：少女髮式，見前首注。同心綰：同心結。舊時用錦帶編成的連環回文樣式的結子，用以象徵堅貞的愛情。未學，言其稚齡，情竇未開。

〔二〕已占歌名：唱歌已很有名。占，占取。

〔三〕倚：應和樂聲歌唱。《史記·張釋之馮唐列傳》：「使慎夫人鼓瑟，上自倚瑟而歌。」昭華：昭華之琯，玉笛。參看《醜奴兒》「昭華鳳管知名久」注。

〔四〕知音敲盡：謂當初擊節歎賞的知音，如今都已不在。敲，擊打節拍。

〔五〕時情：世情。唐陸龜蒙《雜興》：「時情重不見，卻憶菖蒲花。」

〔六〕離亭：驛亭。南朝陳陰鏗《江津送劉光録不及》：「泊處空餘鳥，離亭已散人。」唐鄭谷《淮上與友人别》：「數聲風笛離亭晚，君向瀟湘我向秦。」一曲離亭，即一曲離歌。或謂：離亭，指離亭宴，詞調名。

【疏　解】

此首題詠歌女，起句從髮式切入，説明這是一個稚齡歌女，情竇未開，還没有學綰同心結。二句説這個天真活潑的歌女雖然年紀尚小，但是天資很好，刻苦學藝，早已成名。三、四句説，月白風清之夜，玳宴綺席之上，她常常倚着笛子的曲調，一展歌喉。這裏所寫應是歌女藝事的高光時刻，演唱效果雖未寫及，但名角獻唱，名器伴奏，滿堂彩聲、争相纏頭的熱烈場面可以想見。

盛極必衰，下片轉寫春去秋來，時光荏苒，歌女年華老大，朱顔已改。那些當年擊節賞曲的知音，也都凋零殆盡。歌女從此再無昔日的風光，門庭冷落，在寂寞時日中嘗盡人情世態的冷暖炎涼。離宴祖席之上，都是當紅的年輕歌女在獻藝，她只能忍著淚水聽别人唱歌，撫今思昔，心情無比淒涼。

這首小詞僅用幾十個字，就把歌女從少小成名、紅極一時到年長色衰、淪落潦倒的半生經歷傳寫出來，生活的故事時長是遠遠大於文本的敘事時長的，讓人感歎詩詞的驚人藝術表現力。詞中歌女的人生際遇，前後反差巨大，這與宋人喜聽年輕女子唱歌的審美習慣，與聽歌者多是冶遊男子有關。詞中歌女的遭遇，是時代和制度造成的命運悲劇。

【集　評】

王焕猷《小山詞箋》：按此首仍承上意，故首用「雙螺」憶幼時也。

又

西樓月下當時見〔一〕，淚粉偷匀①〔二〕。歌罷還顰。恨隔爐煙看未真〔三〕。　別來樓外垂楊縷，幾换青春〔四〕。倦客紅塵〔五〕。長記樓中粉淚人。

【校　記】

①淚粉：《歷代詩餘》、四庫本、王本作「粉淚」。

【箋　注】

〔一〕西樓：汴京的一處歌樓，是小山詞中出現次數極多的樓閣意象。

〔二〕淚粉：被淚水沾濕的脂粉。宋歐陽修《玉樓春》：「闌干倚遍重來憑。淚粉偷將紅袖印。」偷匀：趁人不注意時，悄悄抹匀。唐元稹《贈劉采春》：「正面偷匀光滑笏，緩行輕踏破紋波。」

〔三〕爐煙：熏爐或香爐中的煙氣。南朝梁簡文帝《曉思詩》：「爐煙入斗帳，屏風隱鏡臺。」

〔四〕別來二句：宋歐陽修《朝中措》：「手種堂前垂柳，別來幾度青春。」幾换：輪换了數次。青春：指春天。春季草木茂盛，其色青緑，故稱青春。南朝宋謝靈運《遊南亭》：「未厭青春好，已睹朱明移。」唐杜甫《聞官軍收河南河北》：「白日放歌須縱酒，青春作伴好還鄉。」

〔五〕倦客紅塵：即紅塵倦客。紅塵，車馬行人揚起的飛塵，指代熱鬧之所。佛教謂人間俗世爲紅塵。班固《西都賦》：「闐城溢郭，旁流百廛。紅塵四合，煙雲相連。」南朝陳徐陵《洛陽道》：「緑柳三春暗，紅塵百戲多。」倦客：對世俗生活感到厭倦的人。作者自指。唐孟郊《贈姚怤别》：「倦客厭出門，疲馬思解鞍。」宋宋祁《連秀才東歸》：「倦客辭城闕，深耕託灌叢。」

【疏　解】

此首感舊懷人，采用詞人的視角。起句從西樓月下初見切入。二句描寫歌女當時的動作表情，只見原本傷心的她，因要接待新來的客人，趕快悄悄地把淚水沾濕的脂粉匀好。這個細節表現了歌女的乖巧聰慧，她們必須哭笑隨人，不能流露自己的真情實感。詞人大概對歌女偷匀淚粉這個動作，留下了深刻的印象。所以三句寫一曲唱罷，詞人看到歌女的眉頭還蹙結着，説明他是在留意觀察。也就是説，歌女的憂傷已經引起了敏感的詞人的關注。所以才有四句所寫，隔着飄蕩的爐煙，没能看清歌女的表情，詞人爲此感到遺憾。

下片轉寫别後，西樓外的柳樹枝條，已經幾度回黄轉緑。光陰荏苒，幾年時光就這麼過去了。家道中落，年歲老大，詞人對人情世態有了更深的感受體認，已經厭倦了紅塵俗世追逐名利欲望滿足的生活。可是，西樓那個僅有一面之緣的流淚歌女，卻留在他的記憶中，讓他久久無法忘懷。

這首詞中所寫詞人與西樓歌女之間的關係，非常簡單純潔，不涉任何情色因素。論者説小晏詞

「高過花間」，這又是一個確鑿的文本例證。僅是歌宴之上的一面之緣，就能讓詞人如此牽掛不忘，大概是因爲歌女流淚的表情，讓詞人擔心她可能遭遇的痛苦不幸。這就不能習慣性地用多情或癡情來解釋了，這裏表現出的是比多情、癡情層級更高的人道同情。

【集　評】

俞陛雲《唐五代兩宋詞選釋》：此詞不過回憶從前，而能手寫之，便覺當時淒怨之神，宛呈紙上。

王焕猷《小山詞箋》：按此首承上，處處見其窺竊不已、仍思再來之意。

又

非花非霧前時見〔一〕，滿眼嬌春〔二〕。淺笑微顰。恨隔垂簾看未真①。　殷勤借問家何處〔三〕，不在紅塵。若是朝雲〔四〕。宜作今宵夢裏人。

【校　記】

①垂簾：吴鈔本、毛本、四庫本、王本作「重簾」。

【箋　注】

〔一〕非花非霧：唐白居易《花非花》：「花非花，霧非霧。夜半來，天明去。來如春夢幾多時？去似朝雲無覓處。」前時：此前，前些時候。

〔二〕嬌春：美好的春光。唐李賀《浩歌》：「青毛驄馬參差錢，嬌春楊柳含細煙。」宋張先《西江月》：「嬌春鶯舌巧如簧。飛在四條弦上。」此指嬌媚的春情。

〔三〕借問：向人打聽情況時所用的敬辭。隋佚名《送別詩》：「柳條折盡花飛盡，借問行人歸不歸。」唐崔顥《長干行》：「停船暫借問，或恐是同鄉。」

〔四〕若是二句：用宋玉《高唐賦》典事。朝雲，指代詞中女子。

【疏解】

詞寫猝遇生情，采用詞人的視角。起句從對女子的形容切入，非花非霧，既顯示其人的美麗縹緲，也是因爲在距離之外。二句説乍見之時，但覺滿眼都是嬌美的春色。三、四句説，尤其是她那迷人的淺笑微顰，隔着垂下的簾子，未能看得真切，讓人深感遺憾。

詞人已是爲之著迷，於是有了進一步接近的行動。下片即寫詞人主動上前搭訕，詢問女子家住何處，爲前去造訪鋪墊地步。二句「不在紅塵」，不是女子的回答，是詞人的心理自白。詞人感歎這樣美麗飄渺的女子，應非世間所能有。三、四句假設比擬，仍是詞人的心理展示，他想這女子若是神女朝雲，那麼今夜就要和她夢裏相會。

這首詞表現上的最大特點就是距離感和朦朧美，從非花非霧的形容，到滿眼春色的幻覺，隔簾相看的隱約，不在紅塵的超軼，若是朝雲的假設，巫山高唐的美夢，女子看看就在眼前，簾隙可見，接問可及，但又似真似幻，若即若離，因而產生出巨大的魅惑力。與前一首相比，語詞、句子有重復之處，如起句的「當時見」與「前時見」，前結的「恨隔爐煙看未真」與「恨隔垂簾看未真」，後結的「長記樓中粉淚人」與「宜作今宵夢裏人」。這也是小晏詞集前後連排之作多次出現的問題。在情感態度方面，前一首表現了詞人純情的一面，這一首表現了詞人濫情的一面；在前一首詞裏，詞人是濁世君子；在這一首詞裏，詞人是紅塵浪子；表現了人性的複雜性。

【集　評】

王煥猷《小山詞箋》：按此首蓋小山路間見不知姓名者而作，曰「借問」，明非真問也。

又

當時月下分飛處，依舊凄涼。也會思量〔一〕。不道孤眠夜更長〔二〕。　淚痕搵遍鴛鴦枕①〔三〕，重繞回廊。月上東窗。長到如今欲斷腸。

【校　記】

①搵遍鴛鴦枕：抱經齋鈔本作「濕遍宛央枕」。

【箋　注】

〔一〕思量：想念，相思。敦煌曲子詞《鳳歸雲》：「想君薄行，更不思量，誰爲傳書與表妾衷腸。」唐杜牧《不寢》：「到曉不成夢，思量堪白頭。」五代馮延巳《蝶戀花》：「可惜舊歡攜手地，思量一夕成憔悴。」

〔二〕不道：不覺，不料。唐元稹《雉媒》：「信君決無疑，不道君相覆。」孤眠：一人獨宿。唐林玥《陽春歌》：「孤眠愁不轉，點淚聲相及。」唐陳陶《水調詞》：「長夜孤眠倦錦衾，秦樓霜月苦邊心。」

〔三〕揾：揩拭。鴛鴦枕：繡有鴛鴦圖案的枕頭。爲夫妻或情侶所用。唐温庭筠《南歌子》：「懶拂鴛鴦枕，休縫翡翠裙。」

【疏　解】

詞寫離别相思，采用女子視角。起句從當時月下分手之處切入，揉進了回憶的内容。二句説至今仍覺分手之處一片淒涼，是離别造成的心靈痛苦的投射。三句説分手之時，就知道之後肯定會想念的。四句説不曾料到的是，空閨獨宿，夜晚的時間變得格外漫長。不眠知夕永，這一句意爲情人走後，女子夜晚難以成眠。

下片寫長夜難眠的女子，傷心流淚，鴛鴦枕上，擦拭得到處都是淚痕。「鴛鴦」二字，反承上片的「分飛」「孤眠」。枕頭上的鴛鴦圖案，對女子造成一種劇烈的心理刺激。再也無法入睡的女子無奈起身，在回廊裏往來徘徊，以爲消磨。這時月上東窗，將一片皎潔的月色灑入室内，女子更覺心神撩亂。結句的「長」，一説别離之長，二説思念之長，三説夜晚之長，長到今夜月上，女子已是無法忍受，令她斷腸。

【集　評】

王焕猷《小山詞箋》：按此首蓋少年初離家時所作，用「鴛鴦枕」三字，乃正式夫婦也，與單用「鴛枕」二字有别。

又

湘妃浦口蓮開盡〔一〕，昨夜紅稀〔二〕。懶過前溪。閒艤扁舟看雁飛①〔三〕。　去年謝女池邊醉〔四〕，晚雨霏微〔五〕。記得歸時。旋折新荷蓋舞衣〔六〕。

【校　記】

①艤：家刻本作「檥」。

【箋　注】

〔一〕湘妃：虞舜二妃娥皇、女英，傳説没於湘水，遂爲湘水之神。漢劉向《列女傳·母儀傳·有虞二妃》：「有虞二妃者，帝堯之二女也。長娥皇，次女英，堯以妻舜于嬀汭。舜既爲天子，娥皇爲后，女英爲妃。舜死於蒼梧，二妃死于江湘之間，俗謂之湘君。」晉羅含《湘中記》：「舜二妃死爲湘水神，故曰湘妃。」湘妃浦口：湘水的一處浦口。此泛指水邊。

〔二〕紅稀：暮春紅花凋謝。唐韓琮《暮春浐水送别》：「緑暗紅稀出鳳城，暮雲樓閣古今情。」宋晏殊《踏莎行》：「小徑紅稀，芳郊緑遍。高臺樹色陰陰見。」此指浦口紅蓮凋謝，時令已入秋天。

〔三〕艤：艤舟，使船靠岸。唐裴迪《輞川集二十首·欹湖》：「艤舟一長嘯，四面來清風。」

〔四〕謝女：才女。參看《鷓鴣天》「小玉樓中月上時」注。此指同遊之歌女。

〔五〕霏微：雨雪細小貌。唐李端《巫山高》：「回合雲藏日，霏微雨帶風。」

〔六〕旋：漫，隨意。李白《少年行》：「好鞍好馬乞與人，十千五千旋沽酒。」

【疏解】

此首感舊懷人之詞，采用詞人視角。起句從水邊蓮花開盡切入，而曰「湘妃浦」，是爲了點染感情色彩，並非實指湘水的某一處浦口。二句説昨夜詞人曾到水邊，看到入秋之後，紅蓮已經凋謝。「紅稀」二字，回應起句的「開盡」。三句説相約同游之人今年不來，詞人提不起精神獨自到前溪去，故而懶散地停船靠岸，閒看南遷的大雁從天上飛過。

下片回憶去年同游情景，傍晚時分下起小雨，同游的女子在荷塘邊喝醉了。「醉」「晚」二字，見出他們游玩的快樂盡興。「謝女」指代同游之女子，既然浦口屬湘妃，那麼游伴必須是謝女，這樣才能庶幾般配。後結兩句，用「記得」加以特别强調，説回去的時候，醉酒的女子隨意折了一莖荷葉，蓋在舞衣之上遮雨，「舞衣」透露了同游女子之身份。這個折荷擋雨的細節，詞人是把它當作才女韻事來寫的，這應該是去年同游留給詞人最爲美好的記憶。

【集　評】

夏敬觀批語：意新。

王焕猷《小山詞箋》：按此首似亦對蓮鴻而作也，故曰「蓮開盡」，又曰「看雁飛」，而末句又以「荷」字映之。

又

別來長記西樓事，結徧蘭襟①〔一〕。遺恨重尋〔二〕。絃斷相如緑綺琴〔三〕。　何時一枕逍遥夜②〔四〕，細話初心〔五〕。若問如今。也似當時著意深③。

【校　記】

①蘭襟：毛本、四庫本、王本作「蘭衿」。　②逍遥：明鈔本、明鈔一卷本、抱經齋鈔本作「逍迢」，誤。　③也似：明鈔本作「也是」。當時：吴鈔本、毛本、四庫本、四寶齋鈔本、王本作「當年」。

【箋　注】

〔一〕蘭襟：芬芳的衣襟，用爲衣襟的美稱。漢班倢伃《擣素賦》：「侈長袖於妍袂，綴半月於蘭襟。」襟，此指襟懷、心胸。結徧蘭襟，謂西樓歡事縈結於心。

〔二〕遺恨：遺憾，憾恨。晉陸機《文賦》：「恒遺恨以終篇，豈懷盈而自足。」唐胡宿《殘花》：「愁將玉笛傳遺恨，苦被芳風透綺寮。」唐薛能《留題》：「驟去無遺恨，幽棲已遍尋。」

〔三〕相如：漢司馬相如。綠綺琴：古琴名。參看《河滿子》「綠綺琴中心事」注。

〔四〕逍遥：優遊自得。《莊子·逍遥遊》：「彷徨乎無爲其側，逍遥乎寢臥其下。」成玄英疏：「逍遥，自得之稱。」《南史·袁粲傳》：「家居負郭，每杖策逍遥，當其意得，悠然忘反。」

〔五〕細話：猶細説。唐方干《送鄉中故人》：「少小與君情不疎，聽君細話勝家書。」初心：最初的心意。唐劉禹錫《詠古二首有所寄》之二：「豈無三千女，初心不可忘。」五代魏承班《滿宮花》：「少年何事負初心？淚滴縷金雙衽。」

【疏解】

此首感舊懷人之詞，性别視角不明，這裏暫按詞人視角加以解讀。起句從别後切入，西樓是小晏詞中出現次數最多的地名意象，也就是説，他在西樓游玩的次數最多，留下的故事最多，讓他長記於心，不能忘懷。二句「結遍蘭襟」，即是西樓舊事縈記心懷的形象説法。三、四句説回憶往事，重思舊情，對於斷絶聯繫深感遺憾。四句所寫，就是三句的「遺恨」，琴弦斷絶是詞人與西樓歌女愛情關係斷絶的形象説法。

下片表達詞人與西樓歌女求合的心願，他想何時能有一次重聚的機會，在一個時間從容的長夜，同衾共枕，細説初心。「若問」二句，可以理解爲詞人自問，也可以理解爲問西樓歌女。一方面是詞人自己深情依舊的剖白，一方面是對西樓歌女情感態度的探尋，「也似」一句可以讀爲陳述句，也可以讀爲疑問句。從詞中所寫來看，雙方别後斷絶聯繫，責任應該是在歌女一方。

【集　評】

俞陛雲《唐五代兩宋詞選釋》：下闋以三折筆寫之，深情若揭。洵君房語妙也。

王煥猷《小山詞箋》：按此首蓋憶蘭而作，故不但用「蘭衿」二字，且與「西樓」二字連用。

又①

紅窗碧玉新名舊〔一〕，猶綰雙螺〔二〕。一寸秋波〔三〕。千斛明珠覺未多②〔四〕。　小來竹馬同游客〔五〕，慣聽清歌。今日蹉跎③〔六〕。惱亂工夫暈翠蛾。〔七〕

【校　記】

①抱經齋鈔本調下題作「雙螺」。②千斛：毛本、《歷代詩餘》、四庫本、四寶齋鈔本、家刻本、王本作「一斛」，明鈔本作「十斛」。③今日：明鈔本作「今夜」。

【箋　注】

〔一〕紅窗：代指女子居所。五代孫光憲《虞美人》：「紅窗寂寂無人語，暗淡梨花雨。」碧玉：此指歌女之名。參看《蝶戀花》「碧玉高樓臨水住」注。新名舊：謂新名乃是沿用古人舊名。碧玉乃南朝宋汝南王妾名，今歌女用之，故曰「新名舊」。

〔二〕雙螺：雙螺髻，一種少女髮式。參看《采桑子》「年年此夕東城見」注。

〔三〕秋波：形容美女的眼睛像秋天的水波一樣清澈明亮。南唐李煜《菩薩蠻》：「眼色暗相鉤，秋波横欲流。」宋晏殊《更漏子》：「蕣華濃，山翠淺。一寸秋波如剪。」

〔四〕千斛明珠：《太平廣記》卷三九九引唐劉恂《嶺表録異》：「緑珠井在白州雙角山下。昔梁氏之女有容貌，石季倫爲交趾採訪使，以圓珠三斛買之。梁氏之居，舊井存焉。耆老傳云：汲飲此水者，誕女必多美麗。」唐喬知之《緑珠篇》：「石家金谷重新聲，明珠十斛買娉婷。」句謂千斛明珠，未抵一寸秋波。

〔五〕小來：小時候，年輕的時候。唐李頎《雜曲歌辭・緩歌行》：「小來攀貴游，傾財破産無所憂。」唐杜甫《送李校書二十六韻》：「小來習性懶，晚節慵轉劇。」竹馬：兒童遊戲時當馬騎的竹竿。《後漢書・郭伋傳》：「始至行部，到西河美稷，有童兒數百，各騎竹馬，道次迎拜。」南朝宋劉義慶《世説新語・品藻》：「桓公語諸人曰：『少時與淵源共騎竹馬。』」唐李白《長干行》：「郎騎竹馬來，繞床弄青梅。」

〔六〕蹉跎：衰頽。容顔老去。唐白居易《續古詩》之七：「容光未銷歇，歡愛忽蹉跎。」唐薛逢《追昔行》：「嘆息人生能幾何，喜君顔貌未蹉跎。」

〔七〕惱亂：煩憂，擾亂。唐白居易《和微之十七與君别及隴月花枝之詠》：「别時十七今頭白，惱亂君心三十年。」

【疏　解】

此首題詠歌女，采用詞人視角，第三人稱代言。起句從女性居室切入，帶出人物，「紅窗」「碧玉」，紅緑相映，色彩搭配和諧。歌女的名字與古人相重，所以説新名也是舊名。二句説碧玉當時梳著雙螺髻，還是一個天真美麗的少女。三、四句説碧玉的眼睛清澈明亮，以千斛明珠論價，猶未覺多。這兩句描寫碧玉的眼睛，爲人物傳神寫照，極力形容人物之美，謂千斛明珠，未抵一寸秋波，亦「一鬟五百萬，兩鬟千萬餘」之意也。

上片極寫碧玉年少之時的美麗，以「色」襯「藝」，虛摹她的歌藝出衆，自是不在話下。下片寫碧玉現在的狀況，歲華漸老，今非昔比，雖然那些從小一起的玩伴，還像過去那樣喜歡聽她唱歌，但畢竟年長色衰，門庭冷落了。强調小時玩伴來聽，正説明冶遊之客已不上門。所謂「今日蹉跎」，即指此而言。她的内心是失落的，想打起精神好好妝扮一番，但是鉛華難掩歲月滄桑，費了許多工夫，也畫不出滿意的效果，讓她感到心煩意亂。

這首詞的故事時長，是歌女碧玉半生的盛衰榮枯，在本質上，她不過是男權社會裏又一個被消費被損害的對象。她的美麗，她的遲暮，她的哀愁，都值得讀者予以關注同情。

【集　評】

王焕猷《小山詞箋》：按此首亦用「雙螺」，當仍承上之意也。

又①

昭華鳳管知名久，長閉簾櫳。聞道春慵②〔一〕。方倚庭花暈臉紅③。　可憐金谷無人後④，此會相逢。三弄臨風。送得當筵玉盞空。

【校　記】

①底本此首作《醜奴兒》，字句小異，見前。此從吴鈔本補録。毛本、四寶齋鈔本校曰：「此闋舊刻《醜奴兒》，另編，亦稍有異同」。②聞道：毛本、四寶齋鈔本作「日日」。③方倚：毛本、四寶齋鈔本作「閒倚」。④可憐：毛本、四寶齋鈔本作「應從」。

【箋　注】

〔一〕聞道：听説。唐杜甫《秋興》之四：「聞道長安似弈棋，百年世事不勝悲。」

【疏　解】

《采桑子》與《醜奴兒》同調而異名，這兩首詞實亦同一首作品，吴鈔本編排時重出。「疏解」可參《醜奴兒》一詞，幾處字句小異，表情亦隨之産生一定的差别，讀詞時需要適當加以注意。

【集　評】

見前《醜奴兒》一詞。

又

金風玉露初涼夜〔一〕，秋草窗前。淺醉閒眠①。一枕江風夢不圓〔二〕。　長情短恨難憑寄〔三〕，枉費紅箋。試拂幺絃②。卻恐琴心可暗傳③〔四〕。

【校　記】

①閒眠：明鈔一卷本作「間眠」，誤。②幺絃：抱經齋鈔本作「絲絃」。③暗傳：毛本、四庫本、抱經齋鈔本、四寶齋鈔本、王本作「倩傳」。

【箋　注】

〔一〕金風：秋風。《文選》張協《雜詩》十首之三：「金風扇素節，丹霞啟陰期。」李善注：「西方爲秋而主金，故秋風曰金風也。」唐李白《酬張卿夜宿南陵見贈》：「當君相思夜，火落金風高。」玉露：白露。南朝齊謝朓《泛水曲》：「玉露沾翠葉，金風鳴素枝。」唐杜甫《秋興》之一：「玉露凋傷楓樹林，巫山巫峽氣蕭森。」唐李商隱《辛未七夕》：「由來碧落銀河畔，可要金風玉露時。」

〔二〕夢不圓：夢沒有做完。意爲睡得不安穩。

〔三〕長情句：謂種種相思愁怨，無法用書信來傳寫寄達。

〔四〕琴心可暗傳：借琴聲暗傳情意。琴心：琴聲表達的情意。《史記·司馬相如列傳》：「是時卓王孫有女文君新寡，好音，故相如繆與令相重，而以琴心挑之。相如之臨邛，從車騎，雍容閒雅甚都。及飲卓氏，弄琴，文君竊從户窺之，心悦而好之，恐不得當也。既罷，相如乃使人重賜文君侍者通殷勤。文君夜亡奔相如，相如乃與馳歸成都。」唐白居易《和殷協律琴思》：「煩君玉指分明語，知是琴心佯不聞。」

【疏解】

此首秋夕懷人之詞，采用詞人視角。起句從季節天氣切入，秋風白露，夜氣初涼。「金風玉露」可作一般理解，也可特指七夕。二句説窗前長滿了秋草，可知詞人是在室内憑窗而望。窗前庭院，可寫者甚多，詞人何以只寫秋草，大約是與起句的風露夜涼呼應，草木一秋，興起歲時年光之歎。仔細觀察草的生長就會發現，夏末秋初是它的旺季，大約也知嚴霜將至，所以它要抓緊最後的機會瘋長。使得原本不起眼的幾莖小草，長得叢叢簇簇，蔚然一片，成爲一種入眼可見的不能忽略的存在。詞人憑窗抬眼，但見秋草離離，於是將其寫入詞中。三句説酒已喝過，人已微醺，長夜無聊，躺下閒睡。時當七夕，天上牛女尚得一會，這讓獨處的詞人情何以堪？四句説醉眠本想做一個團聚的夢，但是一枕江風吹過，把詞人的好夢給吹醒了。據「江風」二字，此詞當是作於江邊，具體情況不得而知。

人既不見，夢又不成，詞人於是寫信傾訴離别之後的諸般相思。然而長情短恨，層層疊疊，縱能寫出，託誰寄達？所以寫信訴説，不過是浪費箋紙罷了。那就换一種方式試試，詞人拋下信箋，撥動琴弦，琴聲或可暗傳情意，也未可知。

【集　評】

王焕猷《小山詞箋》：按此首蓋爲蓮而作，雖不明言，然玩首句之意，言蓮一遇秋來則芳時已過，盛年難再得也，頗含有憐惜之心，而欲其早爲終身之計。故下半片陰以知音自許，將作琴心之傳，而又恐其不解也。「倩傳」二字，乃故作模棱之語。

又

心期昨夜尋思徧〔一〕，猶負殷勤〔二〕。齊斗堆金〔三〕。難買丹誠一寸真〔四〕。　須知枕上尊前意，占得長春〔五〕。寄語東鄰〔六〕。似此相看有幾人〔七〕。

【箋　注】

〔一〕心期：心中的期願。《南齊書·豫章王嶷傳》：「居今之地，非心期所及。」唐袁郊《甘澤謡·紅線》：「感知酬德，聊副於心期。」

〔二〕負殷勤：辜負彼人的殷勤情意。殷勤：衷情，心意。漢繁欽《定情詩》：「何以致殷勤，約指一雙銀。」《晉書·賈謐傳》：「充（賈充）每讌賓僚，其女輒於青瑣中窺之，見壽而悦焉……壽聞而心動，便令爲通殷勤。」

〔三〕齊斗堆金：堆滿了一斗黄金。

〔四〕丹誠：赤誠之心。《三國志·魏書·陳思王植傳》：「承答聖問，拾遺左右，乃臣丹誠之至願，不離於夢想者也。」唐元稹《鶯鶯傳》：「則當骨化形銷，丹誠不泯。」一寸：指心。古人謂心爲方寸之地，故名。唐賀遂亮《贈韓思彦》：「意氣百年内，平生一寸心。」

〔五〕占得長春：永葆青春，永遠美好。這裹是永以爲好之意。

〔六〕寄語：指傳話，轉告。南朝宋鮑照《代少年時至衰老行》：「寄語後生子，作樂當及春。」唐劉希夷《晚春》：「寄語同心伴，迎春且薄妝。」東鄰：戰國楚宋玉《登徒子好色賦》：「楚國之麗者，莫若臣里，臣里之美者，莫若臣東家之子。」後因以「東鄰」指美女。唐李白《效古》之二：「自古有秀色，西施與東鄰。」

〔七〕相看：對待，看待。宋沈俶《諧史》：「今亦自知無脱理，但乞好好相看。」

【疏　解】

此首性别視角不明，試按女子視角加以疏解。起二句説，昨夜反復思量自己的人生願望，感覺這次結識的男子，就是自己想要遇到的人，她覺得自己雖然熱情相待，但還是辜負了彼人的殷勤情意。這兩句所寫，應該是女子獨處時的思想活動，揣摩女子的心理，她大概爲送走這個男子感到有點後悔。三、四句承接起句的「尋思」，仍是女子的心理獨白，給出後悔的理由，是感歎也是贊美。她説就是有成斗的黄金，也難買來一片真心。也就是説，女子感到自己終於碰到了真心相待的人，那就不應該和他再分別。女子的心理認知，包含着她過往的生活經驗，那些前來聽歌觀舞的冶游郎，少有真心，圖片時之樂者多，爲長久之計者少。所以，她才會由衷贊歎這個捧出真心的男人。

換頭二句繼續承接起句的「尋思」，寫女子回想與這個男子的親密接觸，無論是樽前共話，還是枕上論心，他表達的都是長相親愛、永以爲好的意思。這些細節，正是女子作出男子一片真心的情感判斷的依據。風塵淪落，終得遇合，女子感到幸福，也有點興奮，於是對東鄰姐妹分享了自己的故事，並且再一次感慨：似此真心相待的男子，世間能有幾人。這首詞細致深入地刻畫了歌女的情愛心理，表現她們對長久、專一、真誠的愛情理想的追求，具有特殊的認識價值。

【集評】

王焕猷《小山詞箋》：按此首承上首而作，反辭用宋玉東鄰處子窺臣者三年事，言我雖有琴心，無奈其人之不解何！上半片「齊斗」二句，尤見牢騷之極。

踏莎行〔一〕

柳上煙歸〔二〕，池南雪盡。東風漸有繁華信〔三〕。花開花謝蝶應知，春來春去鶯能問。

夢意猶疑〔四〕，心期欲近〔五〕。雲箋字字縈方寸〔六〕。宿妝曾比杏腮紅〔七〕，憶人細把香英認〔八〕。

【箋　注】

〔一〕踏莎行：又名踏雪行、踏雲行、柳長春、惜餘春、轉調踏莎行、喜朝天等。調名得自唐人詩句「踏莎行草過春溪」，調見宋張先詞。正體雙調五十八字，前後段各五句，三仄韻。另有雙調六十六字，前後段各六句，四仄韻；雙調六十四字，前後段各六句，四仄韻等變體。

〔二〕柳上煙歸：言柳樹已經萌出葉芽，漸有含煙惹霧之意。唐張建封《宿藍田山口奉寄沈員外》：「煙歸河畔草，月照渡頭人。」唐陸龜蒙《小桂》：「煙歸助華杪，雪點迎芳蕤。」

〔三〕繁華信：吹送繁華春色的風信。繁華，同繁花，盛開的花，繁密的花，各色各樣的花。

〔四〕夢意猶疑：言夢境虛幻無憑，讓人生疑。唐王昌齡《長信秋詞》五首之四：「真成薄命久尋思，夢見君王覺後疑。」

〔五〕心期：指心中期許之事。唐白居易《寄王質夫》：「因話出處心，心期老岩壑。」亦指兩心相許之人。南朝梁任昉《贈郭桐廬出溪口見候》：「客心幸自彌，中道遇心期。」此指相會之期。

〔六〕雲箋：有雲狀花紋的紙。方寸：指心。心處胸中方寸間，故稱。晉葛洪《抱朴子・嘉遯》：「方寸之心，制之在我，不可放之於流遁也。」唐賈島《易水懷古》：「我歎方寸心，誰論一時事。」

〔七〕宿妝：隔夜的妝容，舊妝，殘妝。唐岑參《醉戲竇子美人》：「朱唇一點桃花殷，宿妝嬌羞偏髻鬟。」唐温庭筠《菩薩蠻》：「蘂黄無限當山額，宿粧隱笑紗窗隔。」杏腮：杏花。宋歐陽修《玉樓春》：「杏腮輕粉日催紅，池面緑羅風卷皺。」

〔八〕香英：即香花。唐羅隱《人日新安道中見梅花》：「長途酒醒臘春寒，嫩蕊香英撲馬鞍。」宋晏殊《玉堂春》：「數樹寒梅，欲綻香英。」

【疏　解】

此首春日懷人之詞，采用男子的視角。起二句從季節轉换切入，柳梢之上又籠罩輕煙，池南的積雪已經融化，表明冬去春回。小晏詞雖有意脈斷脱之處，但更多的時候，運意十分細密。即如這開頭兩句，看上去很平常，但詞人的用心還是可以見出。因是早春，故從柳梢又見輕煙寫起。柳樹多生水邊，水邊易起煙靄，所以寫了柳煙，即寫池水。早春時候，朝南向陽的地方，積雪最先融化，故曰「池南雪盡」，而不是「池北」「池西」或者「池東」。讀者不經意讀過去的，都是作者用心寫就。

第三句説，當柳條萌芽、積雪融化的時候，東風漸次吹來了百花盛開的期信。四、五句説，花開花謝的日期蝴蝶應該是知道的，春去春來的消息黄鶯大約也可以探問。這兩句不僅寫出了自然物之間依存共生、嘘息相通的密切聯繫，而且反襯了人物的微妙心理。花期和春信在鶯蝶那裏是清楚和確定的，但在男子這裏卻不確定，尤其是伊人的期信。這四、五兩句，運思構句都很巧妙。

下片即寫男子的不確定感，當夢寐以求的相見之期臨近的時候，他反而感到不踏實了，開始擔心約定能否如期。伊人的來信，字字句句都縈記在男子的心裏，讓他念念不忘，默禱那個美好的日子一定要如期降臨。這種心存疑慮的不確定感，正是男子特别渴望相見的焦灼心理的表現。後結二句由伊人的來信引發男子的回憶，他記起伊人紅比杏花的妍美宿妝，於是對花出神，聊慰相思之意。

這首詞以東風花信比襯伊人期信，以花期春信在鶯蝶那裏的可知確定，比襯伊人期信在男子這裏的可知不定，上片既寫花開花落，結句就將人花合寫，將對伊人的思念之情寄託在細認花色上，與上片構成内在的呼應。凡此，均見詞人運意用筆之細密巧妙。

【集　評】

王焕猷《小山詞箋》：按此首末句曰「憶人」，則當爲感舊之作。「雲箋字字縈方寸」句，乃其點名之處，蓋爲思雲而作。以下三首，語意亦相連。

又

宿雨收塵〔一〕，朝霞破暝。風光暗許花期定。玉人呵手試妝時①〔二〕，粉香簾幕陰陰靜。

斜雁朱絃〔三〕，孤鸞緑鏡②〔四〕。傷春誤了尋芳興③〔五〕。去年今日杏牆西，啼鶯唤得閒愁醒〔六〕。

【校　記】

①呵手：抱經齋鈔本作「訶手」。　②緑鏡：抱經齋鈔本作「青鏡」。　③尋芳興：毛本、《歷代詩

餘》、四庫本、四寶齋鈔本、家刻本、王本作「尋芳信」。

【箋　注】

〔一〕宿雨：隔夜的雨。隋江總《詒孔中丞奂》：「初晴原野開，宿雨潤條枚。」唐韓翃《寄贈虢州張參軍》：「百雉歸雲過，千峯宿雨收。」

〔二〕呵手試妝：宋歐陽修《訴衷情》：「清晨簾幕卷輕霜，呵手試梅妝。」呵手，向手嘘氣使暖。

〔三〕斜雁：箏上斜列的弦柱。唐李商隱《昨日》：「二八月輪蟾影破，十三弦柱雁行斜。」朱絃：熟絲製成的箏弦。

〔四〕孤鸞緑鏡：飾有鸞鳥圖案的青銅鏡。

〔五〕尋芳：游賞美景。唐姚合《游陽河岸》：「尋芳愁路盡，逢景畏人多。」唐杜牧《歎花》：「自恨尋芳到已遲，往年曾見未開時。」

〔六〕去年二句：謂聽到鶯啼，想起去年今日的别離，因而又添愁悶。

【疏　解】

詞寫傷春懷人之情。對句領起，夜雨灑落塵埃，朝霞驅散幽暗，這是一個晴朗的早晨。三句説天氣如此之好，看來花期就要到來了。四句説晨起的女子心情也跟着好起來，一改往日的慵懶，呵暖雙手，開始描畫晨妝。五句説這個時候，閨房裏簾幕散香，一片静謐。這一句氣氛渲染，似乎又把前面春朝晴好的輕快情緒沖淡了不少，並爲下片的傷春懷人伏筆。

下片轉寫女子的琴箏和妝鏡，箏柱斜如雁行，喚起女子的遠人之思；鏡飾孤鸞圖案，觸發女子的孤單之感。因傷春而耽誤了游賞美景，就是必然的。結二句説，這時候傳來幾聲鶯啼，使女子想起去年今日杏牆西邊的別離，因而更添愁悶。

【集評】

王焕猷《小山詞箋》：按此首承接上首之意，仍爲思雲之作。

又按，「傷春誤了尋芳信」，朱本作「尋芳與」。查「信」字入真文部，與通首用庚青部者不合，應從朱本。

又

緑徑穿花〔一〕，紅樓壓水〔二〕。尋芳誤到蓬萊地〔三〕。玉顔人是蕊珠仙①〔四〕，相逢展盡雙蛾翠。　夢草閒眠〔五〕，流觴淺醉②〔六〕。一春總見瀛洲事〔七〕。別來雙燕又西飛，無端不寄相思字〔八〕。

【校記】

①蕊珠仙：明鈔本作「蕊中仙」。　②淺醉：抱經齋鈔本作「浪醉」。

【箋　注】

〔一〕穿花：穿過花樹。唐杜甫《曲江》詩之二：「穿花蛺蝶深深見，點水蜻蜓款款飛。」

〔二〕壓水：臨水，迫近水邊。

〔三〕蓬萊地：蓬萊山所在的地方，喻指仙境。

〔四〕蕊珠仙：蕊珠宫中的仙子。參看《玉樓春》「芳年正是香英嫩」注。

〔五〕夢草：或謂懷夢草，仙草名。漢郭憲《洞冥記》卷三：「有夢草，似蒲，色紅。晝縮入地，夜則出，亦名懷夢。懷其葉，則知夢之吉凶，立驗也。帝思李夫人之容不可得，朔乃獻一枝，帝懷之，夜果夢夫人，因改名懷夢草。」然與下句「流觴」對舉，應同是文人雅事，當指謝靈運夢弟得句。唐李延壽《南史·謝惠連傳》：「惠連，年十歲能屬文，族兄靈運嘉賞之，云『每有篇章，對惠連輒得佳語』。嘗於永嘉西堂思詩，竟日不就，忽夢見惠連，即得『池塘生春草』，大以爲工。常云『此語有神功，非吾語也。』」

〔六〕流觴：用王羲之《蘭亭集序》「曲水流觴」典事，參看《清平樂》「波紋碧皺」注。泛指水邊飲酒。

〔七〕瀛洲事：入仙境、遇神仙之事。作者把歌女比作蕊珠仙子，把歌女所居比作蓬萊、瀛洲仙境。

〔八〕無端：無因由，無緣無故。《楚辭·九辯》：「蹇充倔而無端兮，泊莽莽而無垠。」王逸注：「媒理斷絶，無因緣也。」唐陸龜蒙《自遺詩》之十二：「雪侵春事太無端，舞急微還近臘寒。」

【疏　解】

這是一首用遊仙的方式改裝的冶游詞。起二句從尋芳切入，詞人沿着綠蔭遮覆的小路，穿過花木扶疏的園林，看到一簇紅樓，臨水而立。三句説因爲尋芳而誤入蓬萊仙境，是一種曲折的表達。既然來到仙境，遇到的玉顔佳人當然就是蕊珠仙子，「展盡雙蛾翠」，表明相見甚歡，情極舒暢。

下片轉寫誤入仙境、得遇仙子之後的情事。一、二句説，閒眠之時夢弟得句，流觴曲水傳杯微醺，仙境之内的日常所爲，仿照的藍本是世間文人的風雅之事。三句概括地説，一春之間所歷都是仙境中的神奇之事。結二句回到現實，説辭别仙子、離開仙境之後，看到從蓬萊瀛洲西飛的雙燕，不知何故没有捎來仙子的書信。這一結兩句，表現了詞人的無限留戀思念之情。

這一類性質的文本，一方面是文飾，把冶游比作遇仙，把歌女比爲仙女，把歌樓比爲仙境，把欲望滿足點綴成詩酒風流。另一方面，這樣的文飾也是某種升華，省略淘汰了冶游過程中的低俗成分，欲望追逐庶幾變成精神追求。從而使這樣的文本，具有雙重的價值和意義。

【集　評】

王焕猷《小山詞箋》：按此首仍承上首之意，而以「蓬萊、瀛洲、蕊珠仙」等，點染雲字。

又

雪盡寒輕，月斜煙重。清歡猶記前時共①〔一〕。迎風朱户背燈開〔二〕，拂檐花影侵簾動〔三〕。繡枕雙鴛，香苞翠鳳〔四〕。從來往事都如夢。傷心最是醉歸時，眼前少個人人送〔五〕。

【校　記】

①猶記：毛本、四庫本、家刻本、王本作「猶計」。

【箋　注】

〔一〕清歡：清雅恬適之樂。唐馮贄《雲仙雜記·少延清歡》：「陶淵明得太守送酒，多以春秫水雜投之，曰：『少湮清歡數日。』」宋邵雍《名利吟》：「稍近美譽無多取，才近清歡與剩求。美譽既多須有患，清歡雖剩且無憂。」

〔二〕背燈：背對燈盞。唐白居易《村雪夜坐》：「南窗背燈坐，風霰暗紛紛。」五代耿玉真《菩薩蠻》：「背燈唯暗泣，甚處砧聲急。」

〔三〕花影：唐元稹《會真記》中鶯鶯答張生詩：「待月西廂下，迎風户半開。拂牆花影動，疑是玉人來。」

〔四〕香苞翠鳳：香荷包上繡有鳳凰圖案。古代女子常以荷包贈予情人，以爲信物。

〔五〕人人：稱呼親昵者。參看《生查子》「關山夢魂長」注。

【疏　解】

此首懷舊之詞，采用詞人的視角。起句從初春月夜切入，季節唤醒了蟄伏的生命，於是對月憶舊懷人。三句即寫對從前共享清歡的回憶，風月情濃卻説是「清歡」，反映出詞人的自我認知和評價。三、四句描寫夜晚所見的女子居住環境，朱户背燈迎風而開，屋簷花影在門簾上晃動。這兩句描寫包含許多細節，大概是相見之夕給詞人留下的深刻印象。

下片前二句以描寫爲敘事，高度概括而又形象生動。前一句四字只描寫枕頭上刺繡的鴛鴦圖案，敘述的是同衾共枕、鴛鴦交頸之夜宿事件。後一句四字只描寫荷包上刺繡的翠鳳圖案，敘述的是臨别之時女子贈予信物的事件。兩句八字描寫，就講完了他們從歡聚到别離的情愛故事始末。三句結束回憶，感慨往事如夢，轉頭皆空。結二句説，别後最爲傷心的是每當醉酒而歸，身邊没有一個相送的親近之人，寄託了詞人往事難忘的感舊懷人之意。

【集　評】

王焕猷《小山詞箋》：按此首仍爲思雲而作，故末句有感舊之意。

又按，《踏莎行》調與唐無名氏《後庭宴》詞，前半片相同，後半則不同，當是宋初人即據《後庭宴》，而改爲前後一律也。《後庭宴》相傳爲唐人詞，而不知作者姓氏。然唐人詞無前後半片如此之相去太遠者，唯五代人之有之。故《後庭宴》疑爲五代人所作，非唐詞也。

滿庭芳①〔一〕

南苑吹花〔二〕，西樓題葉〔三〕，故園歡事重重〔四〕。凭闌秋思，閒記舊相逢②。幾處歌雲夢雨〔五〕，可憐便〔六〕、流水西東③。別來久，淺情未有，錦字繫征鴻〔七〕。年光還少味〔八〕，開殘檻菊，落盡溪桐。漫留得，尊前淡月西風④。此恨誰堪共説⑤，清愁付、緑酒杯中⑥。佳期在，歸時待把，香袖看啼紅〔九〕。

【校　記】

①《花草粹編》、抱經齋鈔本題作「秋思」。　②閒記：抱經齋鈔本作「猶記」。　③可憐便流水西東：毛本、《歷代詩餘》、四庫本、四寶齋鈔本、家刻本、王本作「可憐流水各西東」，明鈔本、明鈔一卷本作「可憐流水西東」。　④西風：《花草粹編》、毛本、抱經齋鈔本作「淒風」。　⑤共説：《花草粹編》、毛本、抱經齋鈔本作「説與」。　⑥清愁：《歷代詩餘》、家刻本、王本作「消愁」。

【箋　注】

〔一〕滿庭芳：又名鎖陽臺、滿庭霜、瀟湘夜雨、話桐鄉、滿庭花、山抹微雲等。清徐釚《詞苑叢談》認爲：調名取自唐柳宗元詩句「滿庭芳草積」。以晏幾道此詞爲正體，雙調九十五字，前後段各十句，四平韻。另有雙調九十五字，前段十句四平韻，後段十一句五平韻；雙調九十三字，前段十句四平韻，後段十一句五平韻等變體。

〔二〕南苑：或指玉津園。參看《鷓鴣天》「題破香箋小研紅」注。吹花：參看《點絳唇》「妝席相逢」注。

〔三〕西樓：汴京的一處歌樓，屢見於小山詞中。題葉：參看《浣溪沙》「浦口蓮香夜不收」注。

〔四〕故園：指汴京。歡事：參看《臨江仙》「身外閒愁空滿」注。

〔五〕歌雲夢雨：謂男歡女愛、尋歡作樂之事。雲雨，用宋玉《高唐賦》典事。

〔六〕可憐：可惜。唐盧綸《早春歸盩厔别業卻寄耿拾遺》：「可憐芳歲青山裏，惟有松枝好寄君。」唐韓愈《贈崔立之評事》：「可憐無益費精神，有似黄金擲虚牝。」流水西東：喻指與歌女分離。宋柳永《雪梅香》：「雅態妍姿正歡洽，落花流水忽西東。」

〔七〕錦字：書信。

〔八〕年光：歲月，時光。南朝陳徐陵《答李顒之書》：「年光遒盡，觸目崩心。」

〔九〕把：持。香袖：熏香的衣袖。啼紅：女子的淚水。

【疏解】

此首憶舊懷人之詞，采用詞人視角。對句領起，互文見義，南苑西樓，舊日游樂之地；吹花題葉，當日歡樂之事。分説之後，第三句總説汴京的種種賞心樂事，即前二句的「吹花」「題葉」之類。四五句交代，前三句所寫的故園歡事，是詞人秋日憑欄之時的往事漫憶，落腳在「舊相逢」，説明事中有人，昔日相逢之人才是回憶的重心所在。第六句用「歌雲夢雨」喻寫男歡女愛、尋歡作樂。第七句説可惜好景不長，兩人很快就分别了。結三句説别來已是很久，對方淺情，竟然没有託大雁寄來一封書信。

下片前三句説，長久離别，音信斷絶，詞人感覺日子過得枯寂乏味。護欄中的菊花已經開殘，溪水邊的桐葉也已經落盡，看看又到了深秋時節。「檻」字回應上片的「憑闌」，「溪桐」回應上片的「題葉」。四、五句説，這乏味的日子，只剩下月夜風前幾杯消愁的淡酒。六、七句承接「樽前」，説自己滿腔的離愁别恨無人與訴，只能借喝酒來消解心中的淒涼之意。結三句説，好在回歸的日期已經約定，等到重見的時候，一定要拉起對方的衣袖，看看上面灑落的相思淚水。前結責怨對方情淺，别後不寄書信；這裏又説對方情深，滿袖相思淚痕；反映了詞人憶舊懷人之時的矛盾複雜心理。

這首《滿庭芳》雙調九十五字，篇幅較長，在以令詞爲主的小晏詞中，值得引起重視。鋪敘描寫，局度開張；時空轉换，運筆自如。説明小晏具備駕馭大篇的表現能力。

【集　評】

清陳廷焯《閒情集》卷一：（「香袖」句）柔情蜜意。

王煥猷《小山詞箋》：按《滿庭芳》調，向以秦少游詞爲正。「可憐」句，别本作「最可憐流水西東」，朱本作「可憐便流水西東」。因此句句法，當作上三下四，如别本皆是如此。唯上三字須平平仄，不可紊亂。下半片起處「年光」二字須用短韻，秦詞「消魂」二字即短韻也。雖别家所作亦有不用短韻者，究非正格。又此調開首，如秦詞「山抹微雲，天黏衰草」，於此詞起句平仄，無一字不合，是此四字對句，須二平二仄，與《齊天樂》《摸魚子》各調中之仄仄平平、平平仄仄者不同。亦如《玲瓏四犯》《西子粧》各調中之多用仄聲字也。吴文英《西子粧》起首四字對，「流水麴塵，艷陽醅酒」句平仄仄平仄平仄仄，須三平五仄，多用仄聲字，恰與此相反。再此首「故園」句，可作仄仄平仄平平，如秦詞「畫角聲斷譙門」，是此句可作拗句也。「幾處」句，須仄仄平平去上。《詩餘圖譜》以爲「歌」字可仄，「夢」字可平，大誤。唯「幾」字可以平仄不拘，「別來」之「別」字，乃入作平聲者，不可誤用去上聲也。「開殘」二句，須平平仄仄仄仄平平，其中唯「落」字可以平仄不拘。「淺情」句須平平仄仄，此「淺」字亦借用。總之，此調平仄極嚴，宋詞多如此，唯去上字前後片各只一處，較之去上最多之《花犯》，自覺易填耳。《花犯》共有十六去上，猶不若《蕙蘭花引》八十三字，字字須按四聲也。

留春令①〔一〕

畫屏天畔〔二〕，夢回依約〔三〕，十洲雲水〔四〕。手撚紅箋寄人書〔五〕，寫無限、傷春事。別浦高樓曾漫倚〔六〕。對江南千里。樓下分流水聲中，有當日、凭高淚〔七〕。

【校　記】

①抱經齋鈔本無此首。

【箋　注】

〔一〕留春令：又名玉華洞。調見晏幾道此詞。雙調五十字，前段五句兩仄韻，後段四句三仄韻。另有五十二字、五十四字體，句法略異。

〔二〕畫屏天畔：言屏風上的畫面平遠，連接天邊。

〔三〕夢回：夢醒。南唐李璟《攤破浣溪沙》：「細雨夢回鷄塞遠，小樓吹徹玉笙寒。」依約：仿佛；隱約。唐劉兼《登郡樓書懷》：「天際寂寥無雁下，雲端依約有僧行。」

〔四〕十洲：古代傳説中仙人居住的十個洲島。泛指仙境。十洲雲水，爲屏風上所畫。

〔五〕手撚：手執，手持。唐杜牧《重送》：「手撚金僕姑，腰懸玉轆轤。」

〔六〕別浦：小河小溪流入大河大江之處。唐鄭谷《登杭州城》：「潮平無別浦，木落見他山。」

〔七〕樓下二句：南唐馮延巳《三臺令》：「流水。流水。中有傷心雙淚。」

【疏　解】

詞寫別後相思之情。上片首三句寫夢境，及夢醒後的悵惘。「手撚」三句，傾訴心中無限的傷春恨別之情。下片追憶往事，不寫昔日相聚的歡樂，而寫既別之後思念的痛苦，不落詞家慣用的上下片今昔苦樂對比之窠臼。鄭文焯指出：「『樓下』二句是从馮延巳《三臺令》『流水，流水，中有傷心雙淚』化出（鄭文焯《評小山詞》）。

此詞約作於歌女蓮、鴻、蘋、雲流落人間之後。其中的地名意象「江南」值得注意。晏幾道《蝶戀花》有句：「夢入江南煙水路。行盡江南，不與離人遇。」寫夢中「行盡江南」尋訪離人。此詞倚樓懷遠時，又「對江南千里」。一再寫到「江南」這一地域方位，決非偶然。除用岑參「枕上片時春夢中，行盡江南數千里」句意外，更主要的原因，恐怕是「江南」乃詞人懷念不已的歌女們流落的地方，是詞人夢魂之所寄。而依約「十洲云水」的迷茫夢境，也正是借「江南」多水的地域風貌構建而成。

【集　評】

明楊慎《詞品》：晁元忠詩：「安得龍湖潮，駕回安河水。水從樓前來，中有美人淚。人生高唐觀，有情何能已。」晏小山《留春令》全用其語。

明卓人月《古今詞統》卷六：於人如此認取，何必紅綃裹來。

清鄭文焯《評小山詞》：晏小山《留春令》「樓下分流水聲中，有當日憑高淚」二語，亦襲馮延巳《三臺令》「流水。流水。中有傷心雙淚」。宋人所承如是，但乏質茂氣耳。

王焕猷《小山詞箋》：按此詞蓋因小山恨不能入玉堂得京職，乃憤懣牢騷而作也。

又按，「手撚紅箋寄人書」句，須用拗體，第六字如用仄聲字，則大誤矣。小山詞三首均如此也。《嘯餘圖譜》於此句第六字注「可仄」，是宜爲萬紅友所唾罵也。

又

采蓮舟上，夜來陡覺〔一〕，十分秋意。懊惱寒花暫時香〔二〕，與情淺、人相似。　玉蕊歌清招晚醉。戀小橋風細。水濕紅裙酒初消，又記得、南溪事〔三〕。

【箋　注】

〔一〕陡覺：突然覺得，頓時覺得。宋王禹偁《松江亭》：「登臨陡覺挹塵埃，時有清風颯滿懷。」

〔二〕寒花：寒冷時節開放的花。唐李頎《送李回》：「千岩曙雪旌門上，十月寒花輦路中。」此指秋荷。

〔三〕南溪事：過往的情事。南溪，溪水名，或在南湖附近。

【疏　解】

此首秋日懷人之詞，采用詞人視角。起三句敘寫秋夜采蓮，説夜晚的采蓮舟上，突然覺得有濃重的寒意襲來。後二句説，這些遲開的荷花，花期短暫，與淺情之人相似，這讓詞人感到懊惱。後二句裏的相似聯想，展示的是詞人睹物思人的怨艾心理，爲後結伏筆。

换頭説一起采蓮的是名叫玉蕊的歌女，聽着她的美妙歌聲，不知不覺就喝醉了。泊船在小橋邊，吹吹微風，讓人舒適愜意。這裏的「戀小橋風細」，似與上片的「十分秋意」互相矛盾。玉蕊一直在船頭玩水，她的紅裙被水灑濕的時候，詞人的醉意也消退了，讓他情不自禁地再次記起南溪采蓮的舊事。結句回應上片的「淺情人」，點出憶舊懷人的題旨。「淺情人」讓他懷念不已，見出詞人的「癡情」性格。

【集　評】

王焕猷《小山詞箋》：按此蓋又憶及而發牢騷也。

又

海棠風横〔一〕，醉中吹落，香紅强半〔二〕。小粉多情怨花飛①〔三〕，仔細把、殘香看②〔四〕。

一抹濃檀秋水畔〔五〕。縷金衣新换。鸚鵡杯深豔歌遲〔六〕，更莫放、人腸斷〔七〕。

【校　記】

①花飛：明鈔本、毛本作「飛絮」，明鈔一卷本作「花飛絮」，《歷代詩餘》、四庫本、家刻本、王本作「楊花」，四寶齋鈔本無「花飛」二字。②仔細把：明鈔一卷本作「細把」。殘香：吴鈔本、毛本、《歷代詩餘》、四庫本、王本作「殘春」。

【箋　注】

〔一〕海棠風：二十四番花信風之一，時當春分。春分花信三候：一候海棠，二候梨花，三候木蘭。横：横暴，猛烈，形容風勢之大。

〔二〕强半：大半，過半。隋煬帝《憶韓俊娥》之一：「須知潘岳鬢，强半爲多情。」

〔三〕小粉：當是歌女名。

〔四〕殘香：殘花。

〔五〕濃檀：濃深的檀暈，指女子畫妝時在眉眼之間塗抹出的淺赭色光影。秋水：喻指眼波或眼睛。

〔六〕鸚鵡杯：用鸚鵡螺製成的酒杯。隋薛道衡《和許給事善心戲場轉韻詩》：「共酌瓊酥酒，同傾鸚鵡杯。」唐駱賓王《蕩子從軍賦》：「鳳凰樓上罷吹簫，鸚鵡杯中休勸酒。」豔歌：表現戀情的詩歌。南朝梁劉勰《文心雕龍・樂府》：「若夫豔歌婉孌，怨志詄絶。」唐白居易《長安道》：「花枝缺處青樓開，豔歌一曲酒一杯。」遲：緩慢，曼長。

〔七〕莫放：莫使。

【疏　解】

此首傷春之詞，采用詞人的視角，雜湊成篇，藝術水准較低。起三句從横暴猛烈的風勢切入，正是海棠花開的春分時節，醉酒的詞人看到一陣風過，盛開的花朵被吹落大半。後二句寫多情的歌女小粉責怨暴風摧花，她在仔細地看視殘花，表現出深深的惜花之意。

換頭二句描寫小粉的妝容衣飾，秋水眸子檀暈濃染，金縷繡衣適才新換，顯得十分美豔動人。三句説宴席之上酒杯斟滿，小粉唱着旋律舒緩的情歌。結句是詞人的祈願，風暴催花已使人情有不堪，希望小粉不要再唱悲涼的歌曲，使人傷心斷腸。

【集　評】

王焕猷《小山詞箋》：按此首乃承上意，言其不必再牢騷也。

風入松①〔一〕

柳陰庭院杏梢牆。依舊巫陽〔二〕。鳳簫已遠青樓在〔三〕，水沈誰復暖前香②。臨鏡舞鸞離照，倚箏飛雁辭行〔四〕。　墜鞭人意自淒涼③〔五〕。淚眼回腸。斷雲殘雨當年事〔六〕，到如今、幾處難忘。兩袖曉風花陌，一簾夜月蘭堂〔七〕。

【校　記】

①此首又見韓玉《東浦詞》。②水沈誰復暖前香：底本作「水沈□誰暖前香」，吴鈔本同。從唐本、王本補改。唐本「復」字下按：此字原無，從陸校本小山詞補。明鈔本、毛本、《歷代詩餘》、四庫本、四寶齋鈔本、家刻本作「水沈難暖前香」，明鈔一卷本、抱經齋鈔本作「水沈誰暖前香」，《欽定詞譜》作「水沉煙復暖前香」，韓玉《東浦詞》作「水沈煙暖餘香」。③墜鞭人意：《花草粹編》作「墜鞭人去」，抱經齋鈔本「意」字下注曰「一作『去』」。

【箋　注】

〔一〕風入松：又名風入松慢、松風慢、遠山横、銷夏等。古琴曲有《風入松》，相傳爲晉代嵇康所作。唐皎然有《風入松歌》，見《樂府詩集》，調名本此。以晏幾道此詞爲正體，雙調七十四字，前後段各六句，四平韻。另有雙調七十二字，前後段各六句，四平韻；雙調七十六字，前後段各六句，四平韻等變體。

〔二〕巫陽：巫山之陽。參看《臨江仙》「淺淺餘寒春半」注。

〔三〕鳳簫：用弄玉蕭史典事。言青樓尚在，吹簫人已遠去。

〔四〕臨鏡二句：均喻人已離去。上句參看《玉樓春》「離鸞照罷塵生鏡」注，下句參看《踏莎行》「宿雨收塵」注。

〔五〕墜鞭人：作者自指。參看《采桑子》「蘆鞭墜遍楊花陌」注。

〔六〕斷雲殘雨：雲散雨歇，喻歡情結束。

〔七〕蘭堂：芳潔的廳堂，廳堂的美稱。《文選》張衡《南都賦》：「揖讓而升，宴于蘭堂。」吕延濟注：「蘭者，取其芬芳也。」南唐馮延巳《應天長》之五：「當時心事偷相許，宴罷蘭堂腸斷處。」

【疏解】

此首感舊懷人，采用詞人視角。起句從居處環境描寫切入，濃柳遮陰、紅杏出牆的庭院春色，似有暗示意味。二句説這個院子，依舊是巫山之陽那樣的歡場。三句説庭院裏青樓仍在，吹奏鳳簫的人已經遠去，有誰還能像從前那樣，點起沉水香籠把衣衾薰暖。四、五句以妝鏡上的孤鸞圖案、筝柱如雁行辭飛，喻指人已離開。整個上片，寫了庭院的柳樹杏花，寫了青樓中的香爐、妝鏡、琴筝，來表達詞人的物是人非之感。

後起用《霍小玉傳》典事，回憶當初相識的情景，詞人感到滿懷淒涼。二句説自己潸然淚下，愁腸回轉。三、四句以雲雨爲喻,回應上片的「巫陽」,説如今雖然雲散雨歇,但故地重遊,觸目興感,往事難忘。結二句真幻互映,今昔疊現,既説昔時相守共度花朝月夕的美好,又説如今獨自面對花朝月夕的淒涼,而一種朝思暮想之意,已寓於一結的寫景對句之中。

【集　評】

王焕猷《小山詞箋》:按此首當是感舊之作,故曰依舊,曰前香,曰常年,又曰難忘,句意甚明。中有「斷雲」二字,蓋明指雲也。凡作詩詞者,正意往往不從正面點明,以避呆滯。巧于用筆者,每於不經意處描寫一句,不知不覺將正意帶出。讀者若不留心,便當作空話,不知其實在關鍵即在其中,此所謂瞞字法也。

又

心心念念憶相逢。别恨誰濃。就中懊惱難拚處〔一〕,是擘釵、分鈿匆匆①〔二〕。却似桃源路失〔三〕,落花空記前蹤。　彩箋書盡浣溪紅〔四〕。深意難通。强歡殢酒圖消遣,到醒來、愁悶還重。若是初心未改〔五〕,多應此意須同〔六〕。

【校　記】

①是:抱經齋鈔本無「是」字。

【箋　注】

〔一〕就中：其中。唐李白《憶舊遊寄譙郡元參軍》：「海内賢豪青雲客，就中與君心莫逆。」難拚：難舍。

〔二〕擘釵分鈿：夫妻或情人分别時，把釵鈿首飾一分爲二，各執其半，以存念想，以圖重逢。唐白居易《長恨歌》：「唯將舊物表深情，鈿合金釵寄將去。釵留一股合一扇，釵擘黄金合分鈿。」宋晏殊《破陣子》：「惟有擘釵分鈿侣，離别常多會面難。」

〔三〕桃源：參看《洞仙歌》「春殘雨過」注。

〔四〕彩箋句：謂寫盡浣花溪的紅箋。唐女詩人薛濤，晚年寓居成都浣花溪，自製深紅小彩箋寫詩，時人稱爲「薛濤箋」，亦名「松花箋」、「減樣箋」、「紅箋」。唐李商隱《送崔珏往西川》：「浣花箋紙桃花色，好好題詩詠玉鉤。」舊時八行紅箋猶沿此稱。唐李匡乂《資暇集》卷下：「松花牋其來舊矣。元和初，薛濤尚斯色，而好製小詩，惜其幅大，不欲長，乃命匠人狹小之。蜀中才子既以爲便，後減諸牋亦如是，特名曰『薛濤牋』。今蜀紙有小樣者皆是也，非獨松花一色。」

〔五〕初心：本心，初始的心意。

〔六〕此意須同：彼此同有此意，即起句中「心念相逢」之意。

【疏　解】

此首離别相思之詞，采用詞人視角。起句即用疊字切入，説自己一心盼望相逢。心心念念，其實就是一心一念。二句提出一個問題，要和對方比較，誰的離愁别恨更深更濃？三、四句説最難消解的懊惱，就是擘釵分鈿，忽忽而别。五、六句用桃源典故，説自己别後曾去尋找對方，但是無果而返。

因重尋不果，所以詞人只能借書信訴説。後起即説詞人寫了很多很長的信，把浣花紅箋都用完了。這當然是誇張的説法，見出詞人相思之情的濃烈，渴望交流的迫切。三句一轉，説饒是自己寫盡紅箋，内心的深衷卻仍然難以溝通。這裏存在兩種可能，一是書信難以寄達，二是對方不予回應。四、五句説詞人强作歡顔，喝酒消遣，但酒醒之後，感受到的是更加深重的愁悶。結二句是自寬之詞，自己已説無可説，所以從自己跳開，想象對方若是不曾變心，也應該和自己一樣的感受吧。這樣，就與上片的「别恨誰濃」構成前後呼應，在一種假設裏，將比較的結果推定爲兩心相同。

這大概率是詞人的自我安慰，而不是事實真相。别後追尋不果，音書難通，醉酒無用，心心念念渴盼相逢的詞人，陷入無以解脱的困境，他已經没有勇氣面對殘酷的現實，需要用自我安慰來自救。一開頭就提出「别恨誰濃」的問題，結尾處又作出「此意須同」的推測，表明詞人渴望能有對等的感情回報，可又實在拿不准對方的心意如何。

【集 評】

俞陛雲《唐五代兩宋詞選釋》：寫别後情懷，通首一氣呵成，若明珠走盤，一絲縈曳。結句是其著眼處，與《采桑子》第三首「也似當年著意深」句相似，若用情於正，即「久要不忘」之義也。

王焕猷《小山詞箋》：按此首仍承接上首之意。

又按，《風入松》調，有七十四字體及七十六字體，其第二句作仄仄仄平平五言詩句法，自南宋人起多作七十六字體，從此作七十四字體者少矣。實則五字句易工，四字句造句乃稍難也。

清商怨〔一〕

庭花香信尚淺①〔二〕。最玉樓先暖②〔三〕。夢覺春衾③，江南依舊遠。　回紋錦字暗翦〔四〕。漫寄與〔五〕、也應歸晚。要問相思，天涯猶自短〔六〕。

【校　記】

①庭花句：毛本、四寶齋鈔本作「庭花香信□尚淺」。香信：王本作「相信」，誤。　②最：抱經齋鈔本作「最是」。　③春衾：《歷代詩餘》、王本作「香衾」。

【箋　注】

〔一〕清商怨：又名關河令、傷情怨、東陽歎、要銷凝、望西飛、爾汝歌等。《詞譜》卷四：「古樂府有清商曲辭，其音多哀怨，故取以爲名。」此詞調以晏殊《清商怨·關河愁思望處滿》爲正體，雙調四十三字，前後段各四句、三仄韻。另有雙調四十二字，前後段各四句、三仄韻；雙調四十三字，前後段各四句、三仄韻兩種變體。

〔二〕香信：花信，開花的期信。

〔三〕最：最先。或謂猶正、恰也。唐芮挺章《江南弄》：「春江可憐事，最在美人家。」

〔四〕回紋錦字：即織錦回文書。翦，翦裁編排，寫成巧妙的回文璿璣圖詩。

〔五〕漫寄與：徒然寄與。

〔六〕要問二句：是説與綿長的相思比起來，天涯也算是短的。

【疏解】

此首思婦之詞，第三人稱代言。起句從早春切入，説庭院裏的花還没有開的意思。二句説玉樓上的思婦已經最先感受到了春天的暖意。人比花信還要敏感，正見出内心的躁動不寧。動了春心，果然就有春夢，三、四句即寫思婦夢中與情人相會，一夢醒來，江南仍遠在千里之外。「江南」二字，提示男子所在之地。

換頭二句，説思婦將相思之意織成回文錦字，悄悄剪裁停當，欲要寄往江南催問歸期。但是她轉念又想，路途如此遥遠，等到書信寄達，男子回來也是很晚以後的事了。所以她又否定了自己寄書催歸的想法。夢境虚幻，書信難寄，相思之情無以排遣，越聚越多。結二句説，要問思婦心中的相思情意有多長，與之相比，迢遥的天涯之路也顯得很短。這兩句所寫，與《碧牡丹》詞句「静憶天涯，路比此情猶短」，運思和手法相同。

【集　評】

清陳廷焯《閒情集》卷一：夢生於情，「依舊」二字中，一波三折。豔詞至小山，全以情勝，後人好作淫褻語，又小山之罪人也。

王焕猷《小山詞箋》：按王安石曾罷相居金陵，蔡京曾罷相居杭州，此首似指罷相後又冀復相者也，惟不知其爲誰耳。

秋蕊香〔一〕

池苑清陰欲就①〔二〕。還傍送春時候②〔三〕。眼中人去難歡偶③〔四〕。誰共一杯芳酒④。朱闌碧砌皆如舊。記攜手。有情不管别離久。情在相逢終有〔五〕。

【校　記】

①清陰：明鈔一卷本作「清院」。　②還傍：《花草粹編》作「還候」。　③眼中：《歷代詩餘》、家刻本、王本作「眼前」。難歡偶：《花草粹編》、吴鈔本、毛本、《歷代詩餘》、四庫本、家刻本、王本作「歡難偶」。　④誰共：四寶齋鈔本作「誰笑」。

【箋　注】

〔一〕秋蕊香：北宋新聲，又名秋蕊香令，調見晏殊《珠玉詞》。以晏殊《秋蕊香·梅蕊雪殘香瘦》爲正體，雙調四十八字，前後段各四句，四仄韻。另有雙調四十八字，前後段各四句，四仄韻，與正體同，唯上片第一句與下片第三、四句的字聲與正體有異。以及雙調九十七字，前段十句五平韻，後段九句五平韻等變體。

〔二〕欲就：將成。宋晏殊《雨中花》：「翦翠妝紅欲就。」

〔三〕傍：臨近。《說文》：「傍，近也。」《樂府詩集·木蘭詩》：「雙兔傍地走，安能辨我是雄雌。」

〔四〕歡偶：一起歡聚。宋柳永《傾杯樂》：「如何媚容豔態，抵死孤歡偶。」

〔五〕相逢終有：終有相逢的時候。

【疏解】

此首暮春懷人，性別視角不明，暫按女子視角解讀。起句從寫景切入，池苑當是舊日同游之地，今日重到，緑葉將成清蔭。二句承前景物描寫，點明臨近晚春的時令，喚起傷春情緒，爲寫別情預作烘襯。三句交代情人離去，難以歡聚。四句感歎有誰能和自己杯酒小酌，流露出濃重的孤獨寂寞之感。

換頭二句回應前起的「池苑」重到，說這裏的朱闌碧砌，一切依舊。女子睹物思人，不禁回憶起當日攜手同游的情景。「記攜手」三字，反承上片「眼中人去難歡偶」。「誰共一杯芳酒」二句，今昔對比映襯。結二句議論抒情，說有情之人不管別離多久，彼此的情感都不會改變。她堅信，只要這份不變的感情在，終有重逢的時候。這種忠貞不渝的情感態度值得肯定，詞情也因此變得明朗樂觀。

【集　評】

王焕猷《小山詞箋》：按此首亦有所思憶之作也。

又按，「記攜手」句爲仄平仄句法，惟須用去平上字方合。小山用字，蓋一字不可假借。

又

歌徹郎君秋草〔一〕。别恨遠山眉小〔二〕。無情莫把多情惱〔三〕。第一歸來須早。　紅塵自古長安道。故人少〔四〕。相思不比相逢好。此别朱顔應老。

【箋　注】

〔一〕歌徹：歌遍，歌罷。五代李煜《木蘭花》：「笙簫吹斷水雲間，重按霓裳歌遍徹。」郎君：婦女稱夫或所愛戀的人。《樂府詩集·清商曲辭一·子夜四時歌·夏歌》：「郎君未可前，待我整容儀。」五代馮延巳《長命女》：「一願郎君千歲，二願妾身常健。三願如同梁上燕，歲歲長相見。」

〔二〕遠山眉小：因别恨而蹙眉，遠山長眉變得短小了。

〔三〕無情句：宋蘇軾《蝶戀花》：「笑漸不聞聲漸悄，多情却被無情惱。」

〔四〕故人：舊交，老朋友。《莊子·山木》：「夫子出於山，舍於故人之家。」《史記·范睢蔡澤列傳》：「公之所以得無死者，以綈袍戀戀，有故人之意，故釋公。」唐王維《送元二使安西》：「勸君更盡一杯酒，西出陽關無故人。」

【疏　解】

此首送別之詞，第三人稱代言。起句從別宴驪歌切入，「郎君」指女子即將送別的情人，「秋草」詞意不明，或爲交代季節。二句描寫唱歌送別情人的女子，一雙遠山眉蹙結在一起，滿含離愁別恨。三句以下，都是女子對郎君的叮囑。先提醒郎君莫作負情變心的無情之人，讓多情的自己心生煩惱。再囑託郎君莫留戀異鄉花草，最重要的是必須早日歸來。這兩點對於離別之後的女子來説尤爲關鍵，所以臨別之時一一加以强調。「第一歸來須早」一句，上承白居易《長相思》的「思悠悠，恨悠悠。恨到歸時方始休」，下啟姜夔《長亭怨慢》的「第一是早早歸來，怕紅萼無人爲主」。

該説的「醜話」「重話」都説過了，換頭轉示郎君以體貼温柔。女子感歎自古以來，長安道上極盡繁華熱鬧，但是那裏少有親故，郎君此去客居異鄉，一定要善自珍攝，多加保重。三句議論，女子對親愛的郎君實話實説，是透破之見也是撒嬌情話。結句前瞻，説此一别山遥水遠，不知何日才能相見，也許到那時候，彼此飽受相思折磨，紅顔都已變老。一結關合雙方，情深義重。

【集　評】

王焕猷《小山詞箋》：按此首當爲别家之作，而「故人少」句亦用去平上字，可知古人遵守格律之嚴矣。

思遠人〔一〕

紅葉黄花秋意晚〔二〕，千里念行客。飛雲過盡①，歸鴻無信〔三〕，何處寄書得。淚彈不盡臨窗滴。就硯旋研墨②〔四〕。漸寫到别來，此情深處，紅箋爲無色〔五〕。

【校記】

①飛雲：《花草粹編》、《欽定詞譜》作「看飛雲」。②就硯：《欽定詞譜》作「就枕」，誤。研墨：明鈔本作「硯墨」。四寶齋鈔本「旋」字以下作「房别來只是憑高淚眼，感舊離腸」，誤。

【箋注】

〔一〕思遠人：調見宋晏幾道此詞。詞中有「千里念行客」句，取其意爲調名。雙調五十二字，前段五句兩仄韻，後段五句三仄韻。此調亦無别首宋詞可校。《詞律》云：「前後段第二句、第五句『念』『寄』『旋』『爲』四字皆用去聲。」

〔二〕紅葉黄花：唐許渾《長慶寺遇常州阮秀才》：「晚收紅葉題詩遍，秋待黄花釀酒濃。」宋張先《少年游》：「紅葉黄花秋又老，疏雨更西風。」

〔三〕歸鴻：歸雁。詩文中多用以寄託歸思。唐張喬《登慈恩寺塔》：「斜陽越鄉思，天末見歸鴻。」

〔四〕就硯句：言靠近硯臺，用滴入硯臺的淚水研墨。

〔五〕紅箋：紅色箋紙，即薛濤箋。句謂紅箋被淚水沾濕，顏色褪盡。

【疏解】

此首秋閨懷人之詞，題詠調名，第三人稱代言。起句從秋色切入，言思婦對景懷人。霜葉已紅，菊花已開，正是晚秋光景。「曰歸曰歸，歲亦暮止」，起句的深秋景物描寫，興起思婦盼歸懷人之意。二句點明題旨，與調名相合。三、四句，言思婦看得飛雲過盡，南遷的大雁也沒有捎來行客的書信。五句言思婦想寄信與行客，因爲不知他的地址，無從寄送。盼信不來，寄信不得，愈增思婦的牽掛之情。

此詞的精彩之處全在下片。後起承上，言懷人情切的思婦，臨窗泣下，淚流不止，見其極度傷心。「臨窗」二字倒挽，上片所寫紅葉黄花、雲天歸鴻之景，都是思婦憑窗所見。二句説淚水滴落到硯臺裏，思婦旋即就近硯台，用淚水開始研墨。這一句已露奇思，結三句愈轉愈奇，用「漸」字領起，展示寫信的過程。上片已説無處寄書，思婦仍要淚墨題寫，見其情深義厚，萬不得已。當她寫到别後的種種思念，其情愈切，紅色的信箋爲之無色。

思婦詞中，淚墨寫信者有之，淚濕信箋者有之，但没有人寫到過箋紙爲之無色。這裏可作三重解釋，一是「漸」字表現的寫信過程，寫著寫著，淚水把信箋逐漸洇濕，紅色變得愈來愈淡，終至於無。結三句所寫，大概就是這種情形。但是這樣理解顯然過於質實，遠不能窮盡文字的神奇魅力。二是説思婦傷心下淚，淚盡繼之以血，紅淚之色殷殷，把紅箋的顏色比襯下去了。這樣誇張的理解，庶幾不負詞人筆意之妙，但仍不足以盡其奇。於是有第三種理解，那純粹是一種心理感覺，當思婦寫到情深之處，紅色的箋紙訝異於人間竟有深情如許，頓然大驚失色。必作如此之理解，方能對得起詞人的奇思妙筆。

【集　評】

明卓人月《古今詞統》卷六：筆則一時無色，字則三歲不滅。

清陳廷焯《閒情集》卷一：就「淚」「墨」二字，渲染成詞，何等姿態。

夏敬觀批語：凡到押韻處，皆峭絶。

唐圭璋《唐宋詞簡釋》：此首調與題合。起韻謂對景懷人。次韻謂書不得寄，懷念愈切。换頭承上，申言無處寄書而彈淚，雖彈淚而仍作書，用意極厚。滴淚研墨，真癡人癡事。末二句，不説己之悲哀，而言紅箋都爲無色，亦慧心妙語也。

陳匪石《宋詞舉》：首句寫景以起興。因感「秋意」，遂「念行客」，此屬於閨體，乃代閨中人立言者。「飛雲」縹緲無憑，況已「過盡」，而雲邊歸雁又杳無音信，是雖寄書而不知其處矣。然書雖無從寄，而又不肯不寫，故後遍説寫書時情事。因無處寄書，於是彈淚。「淚彈不盡」，而臨窗滴下，有硯承之，乃「就硯」「研墨」，仍以寫書，即墨即淚，幽閨動作，幽閨心事，極旖旎，極淒斷，看其只從「和淚濡墨」四字化出，而深婉如許，已令人叫絶矣。下文再進一層説，「漸」字極宛轉，卻激切。「寫到别來，此情深處」，墨中紙上，情與淚粘合爲一，不辨何者爲淚，何者爲情，故不謂箋色之紅因淚而淡，卻謂紅箋之色因情深而無，語似無理，而實則有此想法，體會入微，神妙達秋毫顛矣。至此詞純用直筆樸語，不事藻飾，在小山爲另一機杼。實則《花間》亦有質樸一派，特易涉淺露，小山則出以藴藉，故終不墮惡趣也。欲入此法門，當求諸《古詩十九首》。

王焕猷《小山詞箋》：按此調爲小山所剏，上半闋第二句第三字「念」字，第五句第三字「寄」字，下半闋第二句第三字「旋」字，第五句第三字「爲」字，皆用去聲，宜注意。

碧牡丹〔一〕

翠袖疏紈扇〔二〕。涼葉催歸燕①〔三〕。一夜西風，幾處傷高懷遠〔四〕。細菊枝頭，開嫩香還徧②〔五〕。月痕依舊庭院③。　事何限④〔六〕。悵望秋意晚⑤。離人鬢華將换〔七〕。静憶天涯，路比此情猶短⑥〔八〕。試約鸞箋⑦〔九〕，傳素期良願〔一〇〕。南雲應有新雁⑧〔一一〕。

【校　記】

①歸燕：《歷代詩餘》作「歸雁」。　②嫩香：《詞律》作「嫩香」。　③依舊：王本作「倚舊」。

④事何限：毛本、四寶齋鈔本「事何限」三字屬上片。　⑤秋意晚：《欽定詞譜》作「秋色晚」。

⑥猶短：《花草粹編》、《歷代詩餘》、《欽定詞譜》、《詞律》、《詞綜》、家刻本、王本作「還短」。　⑦鸞箋：明鈔一卷本無「箋」字。　⑧南雲：明鈔本作「南窗」。

【箋　注】

〔一〕碧牡丹：北宋新聲，調見宋張先詞。清沈雄《古今詞話》云：「蔣一葵曰：晏元獻爲京兆日，辟張子野爲通判。元獻屬意一侍兒，每子野來，必令歌子野詞以侑觴。王夫人出之。子野戲作《碧牡丹》一曲，自歌之。元獻爲之憮然，支俸錢贖之。一時《碧牡丹》曲盛傳焉。」碧牡丹，疑爲晏殊的歌姬名，調名本意即詠晏殊家姬。張先詞雙調七十五字，前段九句五仄韻，後段九句六仄韻。小晏此詞雙調七十四字，前段七句五仄韻，後段八句六仄韻。

〔二〕翠袖：指代女子。疏：疏離。因秋涼而不再手執紈扇。

〔三〕涼葉：秋天的樹葉。唐韋應物《秋夜作》：「暗窗涼葉動，秋齋寢席單。」

〔四〕傷高懷遠：因登高憑眺，懷念遠人而傷感。宋張先《一叢花令》：「傷高懷遠幾時窮，無物似情濃。」

〔五〕細菊：小菊。唐杜甫《九日奉寄嚴大夫》：「小驛香醪嫩，重岩細菊斑。」嫩香：嬌嫩的花。

〔六〕事何限：何限事，無限事。

〔七〕離人：離別中人。晉陶潛《贈長沙公族祖》：「敬哉離人，臨路凄然。」唐張若虚《春江花月夜》：「可憐樓上月徘徊，應照離人妝鏡臺。」鬢華：鬢髮。宋歐陽修《采桑子》：「鬢華雖改心無改，試把金觥，舊曲重聽，猶是當年醉裏聲。」

〔八〕静憶二句：比起思念之情，遥遠的天涯路還是顯得短了。與《清商怨》「要問相思，天涯猶自短」二句意同。

〔九〕約：準備。《戰國策・齊策四》：「於是約車治裝，載券契而行。」鸞箋：彩箋。宋蘇易簡《文房四譜・紙譜》：「蜀人造十色箋，凡十幅爲一榻，……然逐幅于方版之上研之。則隱起花木麟鸞，千狀萬態。」後人因稱彩箋爲鸞箋。

〔一〇〕素期：素常懷有的期待。唐韋應物《與幼遐、君貺兄弟同游白家竹潭》：「清賞非素期，偶游方自得。」唐劉禹錫《馬大夫見示浙西王侍御贈答詩因命同作》：「秣陵從事何年別，一見瓊章如素期。」良願：猶宿願。晉陸雲《贈顧彥先》之三：「邂逅相遇，良願乃從。」唐錢起《送任先生任唐山丞》：「再命果良願，幾年勤説詩。」唐温庭筠《正見寺曉別生公》：「香火有良願，宦名非素心。」

〔一一〕南雲：南飛之雲。常以寄託思親、懷鄉之情。新雁：新秋南遷之雁。

【疏解】

詞寫秋閨怨思，采用女子視角。上片寫景，起句卻從人物切入，女子因秋涼而不再手執紈扇。二句説秋樹涼葉，好像在催喚燕子飛回温暖的南方。三、四句總説、泛説，一夜秋風吹來，多少人因登高憑眺、懷念遠方而傷感。五、六句回到眼前，説枝頭嬌嫩的菊花已經開遍。前結點出上片所寫，乃是月夜庭院之景，也就是説，女子入夜未眠，在院子裏瞻顧徘徊，望月懷人。

下片轉入抒情，一、二句先説女子悵望晚秋景色，心中無限思量，這兩句其實也是對上片內容的總結。三句説因離别相思而早生華髮，人將老去。四、五句説，女子在默默地思念天涯游子，這一份思念之情，比通往遠方的道路還要綿長。六、七句説，女子準備箋紙，要把自己美好的期待和願望寫成書信，寄給遠人。結句是女子寫信時的推測，她想南飛的雲頭上，新近應該會有南遷的大雁經過，可以爲自己捎書傳信吧。至於究竟有没有大雁南飛，有没有捎書傳信，則都是留給讀者的懸念了。

【集　評】

王焕猷《小山詞箋》：按《碧牡丹》調始於張先，蓋子野登第後爲晏殊所辟，殊有寵姬而其妻以妒出之，殊常鬱鬱不樂。一日置酒招子野飲，子野作《碧牡丹》詞，殊聽之奮然曰：「人生貴行樂耳！」命取庫錢贖此姬歸。小山此詞既仿子野之體，當亦與原詞同意。

長相思〔一〕

長相思。長相思。若問相思甚了期〔二〕。除非相見時。　長相思。長相思。欲把相思説似誰①〔三〕。淺情人不知。

【校　記】

①似誰：明鈔本作「似難」，誤。

【箋　注】

〔一〕長相思：爲樂府舊題，南朝蕭統、陳後主、徐陵、陸瓊、江總等均有詩作，多抒寫離别相思之情。亦爲唐教坊曲名。《古詩十九首》「著以長相思，緣以結不解」「上言長相思，下言久離别」，蘇武詩「生當復來歸，死當長相思」，當是調名所本。又名吴山青、山漸青、相思令、長思仙、越山青等。以白居易詞《長相思》「汴水流」爲正體，雙調三十六字，前後段各四句，三平韻一疊韻。另有雙調三十六字，前段四句三平韻一疊韻，後段四句三平韻；雙調三十六字，前後段各四句四平韻等變體。

〔二〕甚了期：什麼時候了結。了期，盡頭，猶言了局。

〔三〕説似誰：説與誰。張相《詩詞曲語辭彙釋》：「似，猶與也，向也，特於動作影響既他處時用之。」宋歐陽修《漁家傲》：「對面不言情脈脈。煙水隔。無人説似長相思。」

【疏　解】

此首就題調詠歎，兼雙方而言，寫普遍心理，無需明確性别視角。一起就是兩個疊句，第一句和題目相同，第二句和第一句相同，連上題目就是三疊。反復詠歎，見出困於相思、無可解脱之意。第三句設問，這無盡的相思，什麼時候才是了期呢？第四句回答説，除非到了相見之日。

後起又是兩個疊句，再次反復詠歎，見出相思惱人、不勝其苦之意。於是想要打開心扉，向人訴説。但有誰可以做傾訴的對象呢?也就是説,誰人能夠聽懂自己的傾訴呢?大概在抒情主人公的認知裏,似我深情之人世上有幾?滿眼淺情之人皆非知音。於是,向人訴説的願望,終亦無法落實。

蓋因自己的深情,小晏詞中多次寫到「淺情人」。他的《菩薩蠻》説:「相逢欲話相思苦,淺情肯信相思否?還恐漫相思,淺情人不知。」措語、用意與此首十分相近。這裏的「淺情人」,可以解爲泛指,但也可以解爲確指。下片已是别後重見,按照上片預期,抒情主人公的無盡相思終得了結,這是多麽值得慶幸的事!但是且慢,朝暮相思、渴盼相見的主人公,發現對方竟然理解不了自己的相思癡情。似此相思難訴,了而未了,則又平添了失落、幻滅和悲涼。若作確指理解,顯然比泛指深刻得多,相思無藥可醫,人間並不值得,殘酷的現實大概率會修正你的情感態度。但對小晏這樣「人百負之而不恨,己信人,終不疑其欺己」的「癡人」來説,恐怕仍會一如既往,相思不改,癡心依舊。這無疑是感人的,然而也是可憫的。

這首詞的體式也值得注意,《長相思》詞調,本於漢人古詩「長相思」一語,原是樂府舊題,入唐教坊曲,後用爲詞調名。自白居易填《長相思》,後之作者填此調,皆是重章疊句,反復詠歎。這種體式,來自《詩經》十五國風民歌的複還章法。小晏這首詞,四次反復「長相思」,兩次反復「相思」,且都在上下片的對應位置上,手法與《詩經》民歌完全相同。語言的質樸自然,語淺情深,婉曲回環,也顯示出鮮明的民歌風格。這種風格的作品,在小山詞中並不多見,所以被論者評爲「小山集中别調」(陳廷焯)。

【集評】

清陳廷焯《白雨齋詞話》卷七：此亦《小山集》中别調，與其年贈别楊枝之作，筆墨相近。

又，《詞則·閒情集》卷一：此爲《小山集》中别調，而纏綿往復，姿態有餘。

王焕猷《小山詞箋》：按此首蓋小山少年時所作，惟言相思無已，爲淺情人所不知耳。

醉落魄①〔一〕

滿街斜月②。垂鞭自唱陽關徹〔二〕。斷盡柔腸思歸切③。都爲人人〔三〕，不許多時别〔四〕。

南橋昨夜風吹雪。短長亭下征塵歇④〔五〕。歸時定有梅堪折。欲把離愁，細撚花枝説⑤。

【校記】

①此首《歷代詩餘》、王本作「一斛珠」，下同。②滿街：明鈔本、明鈔一卷本作「滿鞭」，抱經齋鈔本作「滿鞍」。③思歸：吴鈔本、毛本、抱經齋鈔本、四寶齋鈔本作「歸思」。④短長亭：毛本、四寶齋鈔本作「短亭」。⑤花枝：抱經齋鈔本作「梅枝」。

【箋注】

〔一〕醉落魄：即南唐李煜詞《一斛珠》。又名怨春風、章臺月、醉落拓等。雙調五十七字，前後段各五句，四仄韻。據舊題曹鄴小説《梅妃傳》，謂唐玄宗封珍珠一斛密賜江妃。妃不受，以詩謝，有「長門自是無梳洗，何必珍珠慰寂寥」之句。玄宗覽詩不樂，令樂府以新聲度之，名《一斛珠》，曲名始此。又有宋大曲《一斛夜明珠》，見《宋史·樂志》。

〔二〕垂鞭：垂下鞭子，讓馬自在行走。唐岑參《西掖省即事》：「平明端笏陪鵷列，薄暮垂鞭信馬歸。」陽關：指《陽關三疊》。參看《臨江仙》「淡水三年歡意」注。

〔三〕人人：昵稱親密的人。參看《生查子》「關山夢魂長」注。

〔四〕不許：不允許，不打算。

〔五〕征塵：路上揚起的塵埃。唐王勃《別人》之一：「自然堪下淚，誰忍望征塵。」

【疏　解】

此首游子歸家之詞，第一人稱自抒。起句從月夜切入，即是望月懷思之意。二句說，在滿街灑落的斜月輝光中，詞人垂下馬鞭，讓馬自在行走。這前二句所寫，當是游子黎明時分踏上歸途的情形。「自唱陽關徹」五字出新，寫人所未寫，游子自唱離歌，自爲作別，且三疊唱徹，見出其孤寂無俚之狀，這將使他鄉情更濃。三句即直抒游子因歸意急切而斷盡柔腸的痛苦心情。四、五句將急切的歸意落實到那個「人人」身上，正是對她的强烈思念，使游子無法捱度長久的别離，而歸心似箭。

換頭二句描寫歸途所見，昨夜行過南橋，寒風凛冽，大雪飄飛，長亭短亭前的驛路上，積雪覆蓋了車馬行人踏起的塵土。風雪歸人，曉夜兼程，可知「人人」的魅力有多大，游子的歸意是何等急迫。結三句是心理時空的前置，風雪歸程本是極苦之事，卻被游子的還家想象改造得富有詩意。他忽略了降雪給行路帶來的困難，一心想着雪催梅蕊，到家時可以折取早梅，手撚花枝，把離愁別恨、路途風雪一一道來。這樣一個虛擬相逢的場景，與「何當共剪西窗燭，卻話巴山夜雨時」一樣，讀來感人至深。

【集　評】

王焕猷《小山詞箋》：按既曰「自唱」，又曰「歸思」，則此首當是去官潁州時所作。

又

鸞孤月缺〔一〕。兩春惆悵音塵絶。如今若負當時節。信道歡緣〔二〕，枉向衣襟結①〔三〕。若問相思何處歇。相逢便是相思徹〔四〕。儘饒別後留心別〔五〕。也待相逢。細把相思説。

【校　記】

①枉向：唐本作「狂向」。

【箋　注】

〔一〕鸞孤月缺：缺月孤鸞，皆喻夫妻或情人分離。没有配偶或配偶離散的人，稱爲孤鸞。北周庾信《擬詠懷》之二二：「抱松傷別鶴，向鏡絶孤鸞。」唐盧照鄰《長安古意》：「生憎帳額繡孤鸞，好取門簾貼雙燕。」五代孫光憲《謁金門》：「卻羨彩鴛三十六，孤鸞還一隻。」

〔二〕信道：知道，料到。宋柳永《瑞鷓鴣》：「須信道，緣情寄意，別有知音。」此處作果然解。歡緣：歡好的緣分。參看《鷓鴣天》「手撚香箋憶小蓮」注。

〔三〕衣襟結：指衣襟上綰出的同心結。

〔四〕徹：結束，完結。杜甫《茅屋爲秋風所破歌》：「自經喪亂少睡眠，長夜沾濕何由徹。」

〔五〕儘饒：儘管。別後留心別：謂別離之後，對於別離的況味，内心體驗很深。

【疏解】

此首離別相思之詞，采用詞人的視角。起句四字，連用兩個比喻，形容分別獨處的孤寂凄涼境況。二句説別離已經兩年，音訊斷絶，令人惆悵。三句説不寄音書，莫不是辜負了當時的情義？四、五句説，果然歡緣難憑，看來當初枉把衣襟打上同心結。「如今」三句語意不明，試作簡單串講如上，未知是否。

換頭二句用假設提起，若問相思何處停歇，相逢的時候相思才會完結。既已音信不通，懷疑對方變心，仍然相思不改，渴望重逢。三句説，儘管别離之後，對於别離的況味，内心體驗已經很深。四、五句接着説，但是等到相逢的時候，也還要把相思滋味向對方逐一説來。其深心癡情，於此可見。與上片後三句一樣，這下片後三句語意亦不明確，試作解釋，僅供參考。尤其是上片第三句「如今若負當時節」、下片第三句「儘饒别後留心别」，繞口辭費，語意不通。這首《醉落魄》，是小晏詞中存在表現瑕疵的又一個問題文本。

【集　評】

王焕猷《小山詞箋》：按此首蓋亦將歸懷思之作。

又

天教命薄〔一〕。青樓占得聲名惡〔二〕。對酒當歌尋思著。月户星窗〔三〕，多少舊期約〔四〕。

相逢細語初心錯①。兩行紅淚尊前落②。霞觴且共深深酌〔五〕。惱亂春宵，翠被都閒卻。

【校　記】

①細語：抱經齋鈔本作「細雨」。　②尊前：抱經齋鈔本作「燈前」。

【箋　注】

〔一〕天教：天生，上天使然。唐李隆基《好時光》：「眉黛不須張敞畫，天教入鬢長。」

〔二〕青樓句：言流落青樓，身份卑賤，名聲不好。

〔三〕月户星窗：華美的居處。

〔四〕多少舊期約：相愛訂盟的人很多。

〔五〕霞觴：霞杯，酒杯的美稱。唐李白《夏日諸從弟登汝州龍興閣序》：「當揮爾鳳藻，挹予霞觴。」唐曹唐《送劉尊師祇詔闕庭》之二：「霞觴共飲身雖在，風馭難陪跡未閒。」

【疏　解】

此首歌女怨艾之詞，起二句即説自己天生薄命，流落青樓，身份低賤，名聲敗壞。這個歌女已經意識到自己生存處境的不堪，她的理性意識和反抗精神已經初步覺醒，這是此詞最有價值的地方。歸咎於天命，是認知的局限性，也是身處困境卻無力改變現狀的表現。三句説唱歌侑酒的時候，她在仔細尋思過往。四、五句説，月户星窗之内，曾與冶游的紈絝子弟們定下多少期約，結果没有一個作準算數的。雖然還得繼續承歡侍宴，但她開始一筆一筆結算自己的情感經歷。

換頭交代她與一個知己相逢，上片所寫就是她對着知己的牢騷、嗟歎與回顧。她對知己細説自己初心已錯，因此誤入歧途，那些甜言蜜語、海誓山盟的男人，都是奔着滿足欲望而來，没有一個是真心相愛，但是自己卻一次次輕易地相信他們，一再上當受騙。二句寫她説到動情處，不禁淚灑樽前。三句説這位知己以且飲美酒相勸慰，一邊喝着，一邊説着，杯盞深深，話語絮絮。四、五句説，故人相逢、銜杯夜話，還是不能消除這個春夜内心的煩亂，因此翠被閒卻，無法入睡。小晏詞多寫歌女，相比之下，這首《醉落魄》詞藝一般，但是對於歌女的情感心理開掘，還是很有深度的。

【集　評】

夏敬觀批語：以爲惡者，怨辭也。

王煥猷《小山詞箋》：按此首蓋亦懷思之作。

又

休休莫莫〔一〕。離多還是因緣惡〔二〕。有情無奈思量著〔三〕。月夜佳期，近寫青箋約①〔四〕。心心口口長恨昨〔五〕。分飛容易當時錯②〔六〕。後期休似前歡薄〔七〕。買斷青樓〔八〕，莫放春閒卻③。

【校　記】

①青箋：明鈔本、毛本、《歷代詩餘》、四庫本、四寶齋鈔本、王本作「香箋」。②分飛容易：明鈔一卷本作「分容飛易」，誤。③莫放：抱經齋鈔本作「莫教」。

【箋　注】

〔一〕休休莫莫：休要，莫要，算了，罷了。唐司空圖《題休休亭》：「咄，諾，休休休，莫莫莫，伎兩雖多性靈惡，賴是長教閒處著。休休休，莫莫莫，一局棋，一爐藥，天意時情可料度。白日偏催快活人，黄金難買堪騎鶴。若曰爾何能，答言耐辱莫。」

〔二〕因緣惡：謂未結善緣。

〔三〕有情句：謂由於多情，所以分別之後被相思所困，無法解脱。

〔四〕近：新近。青箋約：通過書信相約會晤。青箋，青色的箋紙，指代書信。

〔五〕心心口口：心裏想的，口頭説的。

〔六〕分飛：夫妻或情人別離。參看《點絳脣》「花信來時」注。

〔七〕後期：後會。唐方干《送沛縣司馬丞之任》：「羈游故交少，遠別後期難。」前歡：往昔的歡會。

〔八〕買斷青樓：指用金錢爲青樓女子贖身。

【疏解】

與前首一樣，此首亦是歌女自訴情感煩惱。一起即是「休休莫莫」的連聲嗟歎，與前首起句「天教命薄」一樣，都是類似頂點抒情的開頭寫法，産生一種引人注目的驚悚效果。二句説頻繁的別離，難以維持一段持久的感情，皆是因爲自己命裏欠缺造化，前世未結善緣。這前兩句詞，是歌女面對一次次情感失敗的困擾，極度煩亂而又無可如何的怨恨和牢騷。嘴上説是算了罷了，但是内心的思念還是無法了卻，後三句即寫深情的歌女抑制不住内心的情感，近期又給對方寫信，約定月圓之夜相見。

換頭兩句繼續追悔往昔，「心心口口」疊詞，回應起句的「休休莫莫」疊詞。歌女對昨日之非深感悔恨，認識到自己錯愛了那些不重感情、輕易分手的冶游男子。她希望不久之後相約見面的人，不要像從前的男子那樣薄情。結二句裏，歌女更是説出了一個大膽的想法，她希望這個男子用金錢爲自己贖身，永遠相守，不再虚度春天的大好時光。過上正常的生活，擁有長久的感情，是歌女的終極心願。

【集　評】

王焕猷《小山詞箋》：按此首蓋亦思歸也。

望仙樓①〔一〕

小春花信日邊來②〔二〕，未上江樓先坼③〔三〕。今歲東君消息。還自南枝得④〔四〕。　素衣染盡天香⑤，玉酒添成國色⑥〔五〕。一自故溪疏隔⑦〔六〕。腸斷長相憶。

【校　記】

①此首《梅苑》《花草粹編》調作「胡搗練」。　②日邊：《梅苑》《花草粹編》作「雪中」。　③未上：《梅苑》、《花草粹編》作「壠上」，《詞律》作「冰上」。江樓：《梅苑》作「小梅」，《花草粹編》、毛本、《歷代詩餘》、四庫本、四寶齋鈔本、家刻本、王本作「江梅」。坼：《花草粹編》、明鈔一卷本、抱經齋鈔本作「折」。　④還自：明鈔本作「還有」。　⑤染盡：《梅苑》作「洗盡」。　⑥國色：毛本、四寶齋鈔本作「團色」，誤。　⑦故溪：《梅苑》《花草粹編》作「故園」。

【箋　注】

〔一〕望仙樓：即胡搗練，又名胡搗練令。以晏殊《胡搗練·夜來江上見寒梅》爲正體，雙調四十八字，前後段各四句，三仄韻。小晏此詞爲雙調四十七字，前後段各四句，三仄韻。另有雙調五十字，前後段各四句，三仄韻的變體。

〔二〕小春：農曆十月。宋陳元靚《歲時廣記》卷三七引《初學記》：「冬月之陽，萬物歸之。以其温暖如春，故謂之小春，亦云小陽春。」宋歐陽修《漁家傲》：「十月小春梅蕊綻，紅爐畫閣新裝遍。」花信日邊來：言小春花信，來自陽光的温暖普照。

〔三〕江樓：江邊的樓榭。江樓二字提示所詠爲江梅。坼：此指花蕚綻開。宋韓琦《中書東亭十詠·牡丹》：「何物衆人驚絶豔，一枝花坼瑞雲紅。」

〔四〕今歲二句：東君，司春之神，借指春天。南枝，向南生長的枝條。參看《生查子》「春從何處歸」注。

〔五〕素衣二句：由「素」「玉」等字，可知所詠爲小春早開的白梅。天香國色：唐李濬《松窗雜録》：「會春暮内殿賞牡丹花，上頗好詩，因問修己曰：『今京邑傳唱牡丹花詩，誰爲首出？』修己對曰：『臣嘗聞公卿間多吟賞中書舍人李正封詩曰：天香夜染衣，國色朝酣酒。』上聞之，嗟賞移時。」

〔六〕故溪：故鄉的溪水。唐杜牧《題桐葉》：「去年桐落故溪上，把葉因題歸燕詩。」

【疏　解】

此首詠梅之詞，起句從「小春」的時令切入，知所詠爲十月小陽春的早開之梅。句謂小春花信，來自陽光的温暖普照。二句説自己還没有來得及登上江樓憑眺，梅花已經綻蕾吐芳了，見出天氣之暖，梅開之早。三、四句說，今年春天的消息，是向陽的梅花枝條報送的。

換頭二句，「素衣」「玉酒」表明所詠是南枝白梅，「天香」「國色」借形容牡丹的語詞來稱贊梅花，表現詞人對梅花的高度熱愛。結二句說，因梅開而觸動鄉愁，一首詠梅詞，以濃烈的思鄉之情作結。

【集　評】

王煥猷《小山詞箋》：按此首明點梅字，且曰先折，則此首當爲惜梅之作。再證以「故溪疎隔」之「疎」字，更可知其爲疎梅也。

鳳孤飛〔一〕

一曲畫樓鐘動〔二〕，宛轉歌聲緩〔三〕。綺席飛塵滿①〔四〕。更少待、金蕉暖②〔五〕。　細雨輕寒今夜短。依前是、粉牆別館③〔六〕。端的歡期應未晚〔七〕。奈歸雲難管〔八〕。

【校　記】

①飛塵滿：《花草粹編》、毛本、《歷代詩餘》《欽定詞譜》、四寶齋鈔本、家刻本、王本作「飛塵座滿」。

②少待：《花草粹編》、吴鈔本、明鈔本、毛本、《歷代詩餘》、四寶齋鈔本、家刻本、王本作「小待」，抱經齋鈔本「少」字下注曰「一作『小』」。　③依前是：抱經齋鈔本作「依前」。

【箋　注】

〔一〕鳳孤飛：調見晏幾道《小山詞》，以此首爲正體，雙調四十九字，前段四句三仄韻，後段四句四仄韻。

〔二〕畫樓鐘動：言天已放亮。參看《阮郎歸》「曉妝長趁景陽鐘」注。畫樓：雕飾華美的樓閣。唐李嶠《晚秋喜雨》：「聚靄籠仙閣，連霏繞畫樓。」

〔三〕歌聲緩：歌聲低緩下來，謂一夜的歌舞將要結束。

〔四〕飛塵滿：形容歌聲格外動人。《藝文類聚》卷四十三引劉向《別録》：「漢興以來，善雅歌者魯人虞公，發聲清哀，蓋動梁塵。」

〔五〕金蕉：金蕉葉，酒杯名。此指代酒。

〔六〕別館：別墅。《晉書·隱逸傳·戴逵》：「吴國内史王珣有別館在武丘山，逵潛詣之。」唐白行簡《李娃傳》：「翌日，命駕與生先之成都，留娃於劍門，築別館以處之。」

〔七〕端的：真的，確實。宋晏殊《鳳銜杯》：「端的自家心下、眼中人，到處裏，覺尖新。」

〔八〕歸雲：猶行雲，喻離去的女伴或侍姬。宋柳永《少年游》：「歸雲一去無蹤跡，何處是前期？」

【疏　解】

詞寫徹夜聽歌，采用詞人視角。起句説畫樓裏的人聽到晨鐘敲響，長夜將盡，天色快要放亮了。

「一曲」寫歌聲，旋即被鐘聲打斷，二句才接續起來，説婉轉的歌聲變得舒緩，一夜的歌舞將告結束。前二句的斷接，構句十分别致。三句用歌動梁塵的典故，贊美歌女的演唱出色，豪華的宴席上落滿飛塵的描寫，如果不懂典故含義，是會引起生理不適的。四句説少待片時，把酒燙熱，重新開宴，見出詞人聽歌飲酒的興致之高。

换頭説這個細雨輕寒之夜，好像格外短暫，表明天亮之時，詞人還不盡興。二句交代聽歌飲酒的地點，還和以前一樣，是在友人家的别墅裏面。三句説歡聚的時間其實不算太久，還不到結束的時候。這一句回應「少待金蕉暖」「今夜短」，再一次表達不願就此結束夜宴的心願。結句説，通宵達旦演唱，感到疲倦的歌女們動身離開，要回去休息了。因是在朋友家作客，詞人不好再留歌女，讓她們繼續唱歌侑酒。

這首《鳳孤飛》屬於中平之作，值得關注的是詞人的濃厚興致。一方面是因爲詞人喜歡蓮鴻蘋雲等朋友家的歌女，捨不得與她們分别。同時也可以看出，詞人與友人相處的關係密切融洽，所以能在友人的别墅裏通宵作樂。更重要的是，詞人如此耽樂，幾無節制，是他的生命缺乏更高目的和更大關懷的反映，濃厚興致的底裏，是一個現實生活的失落者的空虚寂寞心態。

【集　評】

王焕猷《小山詞箋》：按此詞末句雲字，當係人名，故知此首蓋爲蘋雲而作。其上疊結句「更少待」句，乃折腰句法。

西江月①〔一〕

愁黛顰成月淺〔二〕，啼妝印得花殘〔三〕。只消鴛枕夜來閒②。曉鏡心情便懶③〔四〕。醉帽檐頭風細④，征衫袖口香寒〔五〕。緑江春水寄書難。攜手佳期又晚。

【校　記】

①此首《古今詞統》卷六誤作晏殊詞，《花草粹編》卷四誤作秦觀詞。②鴛枕：《歷代詩餘》誤作「警枕」，抱經齋鈔本作「夗枕」。③便懶：《歷代詩餘》、家刻本、王本作「更懶」。④簷頭：《歷代詩餘》作「簾頭」。

【箋　注】

〔一〕西江月：唐教坊曲名，後用爲詞牌名，又名白蘋香、步虛詞、江月令、壺天曉、醉高歌等。其調名或取自李白《蘇臺覽古》詩句「只今惟有西江月，曾照吴王宫裏人」。雙調五十字，前後段各四句，兩平韻一叶韻。另有雙調五十字，前後段各四句，兩平韻兩叶韻；雙調五十一字，前後段各四句，兩平韻兩仄韻；雙調五十六字，前後段各四句，三平韻等變體。

〔二〕月淺：淺淡的彎月。

〔三〕啼妝：女子妝式。東漢時，婦女以粉薄拭目下，有似啼痕，故名。《後漢書·五行志一》：「桓帝元嘉中，京都婦女作愁眉、啼妝……啼妝者，薄拭目下若啼處……始自大將軍梁冀家所爲，京都歙然，諸夏皆放效。」宋歐陽修《長相思》：「愛著鵝黄金縷衣，啼粧更爲誰？」借指美人的淚痕。前蜀韋莊《閨怨》：「啼粧曉不乾，素面凝香雪。」

〔四〕曉鏡：清晨對鏡梳妝。唐杜牧《代吴興妓春初寄薛軍事》：「自悲臨曉鏡，誰與惜流年。」唐李商隱《無題》：「曉鏡但愁雲鬢改，夜吟應覺月光寒。」

〔五〕征衫：旅人之衣衫。

【疏　解】

詞抒别情，上下片分寫思婦游子。起二句從思婦的愁容切入，顰蹙的黛眉如一彎淡月，淚濕的妝面如幾片殘花，美麗而又哀愁，是思婦的形象特點。三、四句之間是因果關係，説思婦只要夜晚孤枕獨宿，早晨便感覺慵懶，無心妝扮。這兩句可以從精神的層面理解，也可以從欲望的層面理解，在思婦那裏，二者本來就是分不開的。

下片轉寫旅途游子，也是從描寫形象入手。第一句説，檐頭的風吹着他因醉酒而歪斜的帽子；第二句説，征衫的袖子上依稀殘留着幾縷寒冷的香氣；給人以旅途奔波、風塵僕僕的印象。離家日久，道路辛苦，他已是冠帶不整，征衣著舊。醉酒當然是爲了消解鄉愁，袖口寒香，則是游子對昔日家居生活的留戀心理的反映。三句説，季節又到了大好的春天，游子面對一江春水，不見傳書的雙魚，寄信無由。結句説，回家團聚的日期，不知推遲到什麽時候。

這首詞並置畫面，切换鏡頭，上片聚焦居家思婦，下片對準旅途游子，亦「一種相思，兩處閑愁」之意。

【集　評】

王焕猷《小山詞箋》：按此首當是思家之作，首句「淺」字上應「愁」字，次句「殘」字上應「啼」字。

又

南苑垂鞭路冷①，西樓把袂人稀②〔一〕。庭花猶有鬢邊枝〔二〕。且插殘紅自醉。　畫幕涼催燕去，香屏曉放雲歸〔三〕。依前青枕夢回時。試問閒愁有幾③。

【校　記】

①路冷：抱經齋鈔本作「露冷」。　②把袂：《花草粹編》作「把袂」。　③閒愁：《花草粹編》作「愁閉閒」，誤。

【箋　注】

〔一〕南苑、西樓：屢見於小山詞中，皆是作者尋歡之地。把袂：握住衣袖，猶言握手，表示親昵之意。南朝梁元帝《與蕭挹書》：「何時把袂，共披心腹。」南朝梁何遜《贈江長史別》：「餞道出郊坰，把袂臨洲渚。」唐劉長卿《送賈三北游》：「把袂相看衣共緇，窮愁只是惜良時。」

〔二〕鬢邊枝：插戴鬢邊的花枝。

〔三〕畫幕：華麗的帷幕。唐李賀《春晝》：「日含畫幕，蜂上羅薦。」宋無名氏《玉樓春》：「青樓畫幕無重數。聽得樓邊車馬去。」香屏：華美的屏風。南朝梁簡文帝《美女篇》：「朱顏半已醉，微笑隱香屏。」燕去、雲歸：均喻指所愛女子離去。

【疏解】

此首感舊之作，采用詞人視角。對句領起，南苑、西樓，都是詞人舊游之地，「垂鞭」乃有所遇合，「把袂」見關係親密，但這都是過去時態，如今的境況是「路冷」「人稀」，今非昔比。三句說，院子裏的秋花，幸好還有可以折取簪鬢的花枝。這裏的「鬢邊枝」，可能有睹物思人的含義，詞人秋日重游故地，看到院子裏的花枝，憶起伊人曾經以之插鬢。於是有了第四句所寫，詞人折來殘花戴在頭上，以爲慰藉。「自醉」回應「路冷」「人稀」，重訪舊地，不遇故人，只能自斟自飲，借酒消愁，且圖一醉。

下片前二句從庭院轉入室内，看到華麗的帷幕和屏風猶在。但秋涼已至，羅幕結巢的燕子已經飛走了；屏風畫幅上繚繞的雲氣，也已回歸山裏。前一句「燕去」實寫，後一句「雲歸」虚擬，均喻指所愛女子離去。三句寫獨自留宿，「夢回」照應「雲歸」，則夢中之事已可知矣；「依前」説明如此非止一次，見出詞人懷舊情深。結句設問提起，説故地重游，舊室獨宿，天曉夢醒之時，心中的愁緒該有多少？一結以不定之辭，不了了之，耐人尋味。

【集　評】

王煥猷《小山詞箋》：按「雲歸」之「雲」字，蓋指蘋雲也。通首字句組織頗工至，結句而以寫意法作收，化滯重爲靈活，極其變换之妙。

武陵春①〔一〕

緑蕙紅蘭芳信歇〔二〕，金蕊正風流〔三〕。應爲詩人多怨秋〔四〕。花意與消愁。梁王苑路香英密〔五〕，長記舊嬉游。曾看飛瓊戴滿頭〔六〕。浮動舞梁州②〔七〕。

【校　記】

①此首明鈔一卷本調下題作「菊」。　②梁州：《歷代詩餘》作「涼州」。

【箋　注】

〔一〕武陵春：又名武林春、花想容，調見宋張先《張子野詞》。《填詞名解》云：調名取自唐人方干《睦州吕郎中郡中環溪亭》詩句「爲是仙才登望處，風光便似武陵春」，其源出東晉陶潛《桃花源記》。正體雙調四十八字，上下闋各四句，三平韻。另有兩種變體，其一雙調四十九字，下闋末句添一字，上下闋亦四句，三平韻。其二雙調五十四字，上下闋除首句外，每句皆添一字，上闋四句三平韻，下闋四句四平韻。

〔二〕緑蕙：香草名，王芻及蕙草。王芻，即菉草；蕙草，一種香草。《史記·司馬相如列傳》：「掩以緑蕙，被以江離。」張守節正義：「緑，王蒭也。蕙，薰草也。」南朝宋劉孝綽《詠素蝶詩》：「隨蜂繞緑蕙，避雀隱青薇。」紅蘭：蘭草的一種，即多花蘭。南朝梁江淹《别賦》：「見紅蘭之受露，望青楸之罹霜。」唐翁綬《倢伃怨》：「火燒白玉非因玷，霜翦紅蘭不待秋。」芳信：花信。

〔三〕金蕊：菊的異名。南朝梁蕭統《七契》：「玉樹始落，金蕊初榮。」宋歐陽修《希真堂東手種菊花十月始開》：「君看金蕊正芬敷，曉日浮霜相照耀。」

〔四〕詩人多怨秋：戰國宋玉《九辯》：「悲哉！秋之爲氣也。蕭瑟兮，草木摇落而變衰。」其悲秋母題，影響後世詩人的創作，詩歌史上出現了許多悲秋之作。

〔五〕梁王苑路：即梁苑的道路。梁苑，即梁園。西漢梁國都城睢陽（今河南省商丘市）的一處帝王苑囿，爲梁孝王劉武營造，規模宏大。西漢文人鄒陽、嚴忌、枚乘、司馬相如、公孫詭、羊勝等會聚於此，後世謝惠連、王勃、李白、高適、王昌齡、杜甫、岑參、李賀、李商隱、秦觀等都曾慕名前來梁園。香英：香花。唐羅隱《人日新安道中見梅花》：「長途酒醒臘春寒，嫩蕊香英撲馬鞍。」此指菊花。宋晏殊《破陣子》：「曾與玉人臨小檻，共折香英泛酒卮。」

〔六〕飛瓊：許飛瓊，傳説中的西王母侍女。此處指代所愛女子。

〔七〕梁州：唐教坊曲名，後入詞調。唐顧況《李湖州孺人彈箏歌》：「獨把梁州凡幾拍，風沙對面胡秦隔。」參看《清平樂》「紅英落盡」注。

【疏　解】

此首秋游賞菊之詞，采用詞人視角。起句從蘭蕙花謝切入，虛襯一筆，亦尊題之義也。二句點出題面，説菊花開的正好，獨占金秋風流。三、四句説，應該是因爲詩人常有秋怨，所以菊花開得格外繁盛，特意爲多愁善感的詩人消愁解憂。「詩人多怨秋」指出一種文學史現象，小晏詞中也曾多次寫到秋日怨思，但多爲離愁别恨而發，缺乏深沉的悲秋情感體驗。即如這首詞，雖説到「詩人多怨秋」，但那似乎都是别人的事，詞人賞菊嬉游，情緒歡快。

下片前二句交代賞菊的地點，是在梁王苑路之上，這裏的秋菊枝密花稠。「香英密」回應上片的「正風流」，生發下面的「戴滿頭」。今次梁苑賞菊，也是故地重游，令人難忘的昔日嬉游情景，被詞人再次記起。懷舊不僅没有該有的惆悵，反而成爲今日樂游的背景襯托。結二句是詞人回憶的心理焦點，當時曾看同游的美麗歌女插戴滿頭菊花，翩然跳了一支《梁州》舞曲。游賞梁苑，結以《梁州》舞曲，得巧用字面之趣。

【集　評】

王焕猷《小山詞箋》：按此首當係憶伎之作，詞中曰「梁王苑」，曰「梁州」，則似點明地方也。而「金蕊」之「蕊」字，恐爲人名。

又①

九日黄花如有意〔一〕，依舊滿珍叢〔二〕。誰似龍山秋興濃〔三〕。吹帽落西風。　年年歲歲登高節〔四〕，歡事旋成空。幾處佳人此會同。今在淚痕中。

【校　記】

①此首明鈔一卷本調下題作「九日」。

【箋　注】

〔一〕九日：指農曆九月九日重陽節。《藝文類聚》卷四引南朝梁吴均《續齊諧記》：「今世人每至九日，登山飲菊酒。」唐李白《九日龍山飲》：「九日龍山飲，黄花笑逐臣。」黄花：菊花。

〔二〕珍叢：美麗的花叢。宋晏殊《菩薩蠻》：「高梧葉下秋光晚，珍叢化出黄金盞。」

〔三〕誰似二句：參看《采桑子》「蘆鞭墜遍楊花陌」注。

〔四〕登高節：即重陽節。相關傳説與民俗記載，見於多種文獻資料。《西京雜記》：「九月九日，佩茱萸，食蓬餌，飲菊花酒，云令人長壽。」曹丕《九日與鍾繇書》：「歲往月來，忽復九月九日。九爲陽數，而日月並應，俗嘉其名，以爲宜於長久，故以享宴高會。」南朝梁吴均《續齊諧記》：「汝南桓景隨費長房游學累年，長房謂曰：『九月九日，汝家中當有災。宜急去，令家人各作絳囊，盛茱萸，以繫臂，登高飲菊花酒，此禍可除。』景如言，齊家登山。夕還，見鷄犬牛羊一時暴死。長房聞之曰：『此可代也。』今世人九日登高飲酒，婦人帶茱萸囊，蓋始於此。」

【疏　解】

此首重陽節令詞，采用詞人的視角。起二句從「九日」切入，説重陽佳節到來，菊花好像有意助興，依舊開滿花叢。三、四句用龍山落帽典故，抒寫才子詞人佳節登高的瀟灑風度與濃厚興致。下片第一句説歲月輪回，每年都有一個重陽節，親朋相攜登高，佩茱萸，食蓬餌，飲菊花酒，禳灾祈福，其樂融融。二句感歎歡樂不能長住，大家相聚游賞的美好日子，很快就過去了。結二句由「歡事旋成空」生發，詞人回憶往年的重陽節，幾處登高之地，都曾留下與佳人歡會的蹤跡。今日又逢重陽，而佳人不在身邊，令詞人思之落淚。一首本來逸興遄飛的九日詞，最終又落入男歡女愛的言情窠臼。

【集　評】

王焕猷《小山詞箋》：按此首蓋重陽節觸今感昔之作。

又

煙柳長堤知幾曲，一曲一魂消。秋水無情天共遥①。愁送木蘭橈〔一〕。　熏香繡被心情懶〔二〕，期信轉迢迢〔三〕。記得來時倚畫橋〔四〕。紅淚滿鮫綃〔五〕。

【校　記】

①共遥：吳鈔本作「又遥」，抱經齋鈔本作「更遥」。

【箋　注】

〔一〕木蘭橈：木蘭船槳，此猶言木蘭船。參看《鷓鴣天》「守得蓮開結伴游」注。

〔二〕熏香繡被：唐李商隱《碧城三首》之二：「鄂君悵望舟中夜，繡被焚香獨自眠。」

〔三〕期信：約定的時間。後蜀顧敻《荷葉杯》：「一去又乖期信，春盡。滿院長莓苔。」迢迢：時間久長貌。唐戴叔倫《雨》：「歷歷愁心亂，迢迢獨夜長。」

〔四〕畫橋：雕飾華麗的橋樑。南朝陳陰鏗《渡岸橋》：「畫橋長且曲，傍險復憑流。」

〔五〕鮫綃：傳説中鮫人所織的絲絹、薄紗。南朝梁任昉《述異記》卷上：「南海出鮫綃紗，泉室潛織，一名龍紗。其價百餘金，以爲服，入水不濡。」唐温庭筠《張靜婉採蓮曲》：「掌中無力舞衣輕，翦斷鮫鮹破春碧。」此指女子穿用的鮫綃衣衫或巾帕。

【疏　解】

此首傷別之詞，采用女子視角。起句從煙柳長堤切入，那是通往水邊送別之地的道路。長堤曲曲彎彎，不知凡幾，每一彎曲，都讓走在上面的女子感到銷魂。以堤路的曲折喻女子的銷魂，頗有新意。長堤煙柳之景，起到烘托別情的作用。三句大筆勾勒秋水長天的遠景，是女子目送客船駛離之時所見，目力的盡處，就是客船遠去的水天盡頭。曰「無情」，曰「愁」，正是望穿秋水的女子送別之時的内心感受。

下片轉寫別後，第一句説女子心情慵懶，不想再爲繡被熏香，這當然與別離有關。二句説還有一層原因，是他們分別之時約定的歸期，又被推遲了，這讓女子更覺不堪。結二句寫女子的回憶，她在送罷行人回家的時候，獨自一人靠在畫橋闌干上，淚濕鮫綃，傷心不已，見出她對遠行男子的無限深情。

【集　評】

王焕猷《小山詞箋》：按此詞首句用「柳」字，疑「柳」亦係人名。上下闋文句組織頗工，「秋水」二句承首句之「幾曲」，「熏香」二句承次句之「一曲」，「記得」句又承「幾曲」，「紅淚」句又承「一曲」。

解佩令①〔一〕

玉階秋感，年華暗去②。掩深宮、團扇無緒③〔二〕。記得當時，自翦下、機中輕素。點丹青、畫成秦女〔三〕。　涼襟猶在，朱絃未改④，忍霜紈、飄零何處⑤〔四〕。自古悲涼，是情事、輕如雲雨。倚幺絃、恨長難訴⑥〔五〕。

【校　記】

①《花草粹編》調下題作「宮詞」。②年華：抱經齋鈔本「華」字下注曰「一作『光』」。③無緒：毛本、四庫本、四寶齋鈔本、家刻本、王本作「無情緒」。④朱紘：四庫本、家刻本、王本作「朱顔」。⑤霜紈：王本作「雙紈」，抱經齋鈔本「霜」字下注曰「一作『冰』」。⑥倚幺弦：抱經齋鈔本「倚」字下注曰「一作『荷』」，「幺弦」作「絲弦」。

【箋　注】

〔一〕解佩令：調見晏幾道《小山詞》。調名取鄭交甫遇漢皋神女解佩事。漢劉向《列仙傳·江妃二女》：「江妃二女者，不知何所人也。出游于江漢之湄。逢鄭交甫，見而悦之，不知其神人也。謂其僕曰：『我欲下請其佩。』二女遂手解佩與交甫。交甫悦，受而懷之中當心。趨去數十步，視佩，空懷無佩。顧二女忽然不見。」後世常以「解佩」代指男女定情。此調正體，雙調六十六字，前段六句四仄韻，後段六句三仄韻。另有變體一：雙調六十六字，前後段各六句，四仄韻。變體二：雙調六十六字，前段六句四仄韻，後段六句五仄韻。變體三：雙調六十六字，前段六句五仄韻，後段六句四仄韻、一疊韻。變體四：雙調六十五字，前段六句三仄韻、兩疊韻，後段六句五仄韻。

〔二〕團扇：用班婕妤《怨歌行》典事，參看《河滿子》「緑綺琴中心事」注。

〔三〕秦女：指秦穆公女弄玉。《列仙傳》卷上《蕭史》：「蕭史者，秦穆公時人也，善吹簫，能致孔雀白鶴於庭。穆公有女字弄玉，好之。公遂以女妻焉，日教弄玉作鳳鳴，居數年，吹似鳳聲，鳳凰來止其屋。公爲作鳳臺。夫婦止其上，不下數年，一旦皆隨鳳凰飛去。故秦人留作鳳女祠于雍，宮中時有簫聲而已。」南朝梁江淹《雜體詩三十首·班婕妤詠扇》：「紈扇如團月，出自機中素。畫作秦王女，乘鸞向煙霧。」唐岑參《崔駙馬山池重送宇文明府》：「不逢秦女在，何處聽吹簫。」

〔四〕霜紈：白色的紈扇。

〔五〕幺絃：參看《清平樂》「幺絃寫意」注。

【疏　解】

此首秋宮怨思，第三人稱代言。起句四字，既説環境季節，又説人物心理。環境是宮殿的臺階，季節是摇落的秋天，人物是臺階上佇望的宮女，心理是宮女的秋日感懷。讀起句四字，讓人想起樂府舊題《玉階怨》，想起李白「玉階生白露，夜久浸羅襪」的詩句描寫的情景。二句展示宮女感歎年華悄悄流逝的心理活動，即是起句「秋感」二字的落實。三句用班婕妤《怨歌行》典事，知道這是個失寵的宮女，她的心情惱亂苦悶。關閉的宮門、眼前的團扇，都是失寵的象征。「記得」以下三句，寫宮女回憶製作團扇的過程，扇面的素紗是她親手織出剪成，並且在上面用丹青畫出弄玉的形象。弄玉蕭史夫妻相得，愛情美滿，扇面圖畫弄玉，寄託了宮女的生活理想。

下片前三句説，秋天的衣裳還穿在身上，琴床上張設的絲弦也没有替换，怎忍心冷落了自己精心製作的團扇，將它棄置不顧呢？四、五句感歎團扇炎天不離手、秋涼即被棄的遭遇，亦如人世男女情愛，輕薄短暫如行雲過雨，縱使歡好，不可倚恃，這是自古以來讓人悲涼之事。「自古」二字，照應班婕妤《怨歌行》典故，把前人的經歷和自身的體驗結合在一起，擴大了詞中表現的女性命運悲劇的情感容量。直用《高唐賦》中「雲雨」字面，在宫怨題材詩詞中尚不多見，凸顯了宫女情感欲望的巨大匱乏。這個意象本來就與君王有關，所以並無唐突之嫌。結二句回應「朱絃未改」，寫宫女彈奏琴弦以爲排遣，但她心中的長恨深悲，是琴弦無法訴説的。

這首詞將團扇因秋來遭遇冷落與宫女因遲暮而被棄冷宫合在一起寫，一把宫扇反映的是宫女這個傳統社會特殊群體普遍性的悲劇命運。詞人把目光投向宫女階層，是對詞作題材領域的拓展，表現了詞人對於宫女們的不幸遭遇的關切與同情。

【集　評】

王焕猷《小山詞箋》：按此首提出「團扇」後，「記得當時」數句，全自詠扇。後半片「涼襟」三句，又言秋扇之捐棄，故疑扇或係人名。

行香子①〔一〕

晚緑寒紅②〔二〕。芳意悤悤③。惜年華、今與誰同。碧雲零落〔三〕，數字征鴻④〔四〕。看渚蓮凋⑤，宮扇舊，怨秋風〔五〕。　流波墜葉〔六〕，佳期何在，想天教、離恨無窮。試將前事，閒倚梧桐〔七〕。有消魂處，明月夜，粉屏空⑥〔八〕。

【校　記】

①此首《唐宋諸賢絶妙詞選》卷五作汪輔之詞。　②寒紅：《歷代詩餘》作「寒江」，誤。　③悤悤：明鈔本作「忽忽」，誤。　④征鴻：《唐宋諸賢絶妙詞選》作「賓鴻」。　⑤渚蓮：《花草粹編》作「沼蓮」。　⑥粉屏：《歷代詩餘》、家刻本、王本作「錦屏」。

【箋　注】

〔一〕行香子：又名爇心香、讀書引。南宋程大昌《演繁露》云：「行香，即釋教之謂行道燒香也。行道者，主齋之人親自周行道場之中。燒香者，爇之於爐也。」《西溪叢話》卷下：「行香起於後魏及江左齊梁間，每燃香燻手，或以香末散行，謂之行香。」從南北朝開始，朝廷即舉辦行香法會。唐張籍《送令狐尚書赴東都留守》：「行香暫出天橋上，巡禮常過禁殿中。」調名本意，即以小曲的形式歌詠拜佛儀式中的繞行上香之事。正體雙調六十六字，前段八句四平韻，後段八句三平韻。另有雙調六十八字，前後段各八句、四平韻；雙調六十四字，前後段各八句、五平韻等變體。

〔二〕晚緑寒紅：秋天的樹葉和花朵。

〔三〕碧雲零落：隱含與所愛之人離散之意。參看《虞美人》「濕紅箋紙回紋字」注。

〔四〕數字征鴻：天上有幾行雁字。寓有見雁行遷徙而思念遠人之意。

〔五〕渚蓮：洲渚邊的蓮花。五代孫光憲《思越人》：「渚蓮枯，宮樹老，長洲廢苑蕭條。」宮扇：即團扇。宮中多用之，故名。

〔六〕流波墜葉：用「紅葉題詩」典故。

〔七〕試將二句：南唐馮延巳《采桑子》：「昔年無限傷心事，依舊東風。獨倚梧桐，閒想閒思到曉鐘。」

〔八〕粉屏：飾有粉圖的屏風。唐張祜《觀杭州柘枝》：「看著遍頭香袖褶，粉屏香帕又重隈。」

【疏　解】

詞寫秋怨，采用女子視角。起句從秋天的樹葉花朵切入，興起二句的芳時匆匆之歎。三句悵惜年華，點出目前的孤獨處境，表明懷人之意。四句以下寫景，都是女子眼中所見，而景中有人，景中有事，景中有情。「碧雲零落」，喻指與所愛之人離散；「數字征鴻」，寓有見雁行遷徙而思念遠人之意；領字「看」不僅領起下三句，也同時領起前二句，看來動詞也可以承後省略，這是小晏詞筆的新穎之處。渚蓮凋落，宮扇搖舊，都是秋風遲暮之怨愁。這裏的「宮扇」就是團扇，似乎不能表明這是一首宮怨詞。

下片前三句回應「今與誰同」，轉寫女子桐葉題詩，邀約佳期，但是不知道隨水漂流的桐葉，能否得遇其人。佳期難定，計無所出，讓女子感歎這無窮的離愁别恨，都是上天的安排。在意脈上，這三句是對上片「今與誰同」的回應。四、五句寫無可奈何的女子倚靠在梧桐樹上，回憶離别前的歡愛舊事，聊作慰藉。結三句寫入夜之後，女子從庭院轉回室内，這時月照閨帷，屏空無人，讓女子頓覺黯然銷魂。

此詞上下片近七十字，屬於中調，篇幅較大，其間現實回憶，寫景抒情，提頓勾勒，俱見匠心。雖「不爲極工」，但還是體現了較高的藝術水準。

【集評】

王焕猷《小山詞箋》：按詞調共分四種，一曰順，二曰粗，三曰澀，四曰拗。順調如《金縷曲》《齊天樂》《買陂塘》等，粗調如《西江月》《行香子》《沁園春》等，澀調如《遶佛閣》《塞垣春》等，拗調如《壽樓春》《夢揚州》等。而《西江月》之爲粗調，人皆知之；若《行香子》《沁園春》等，則知者尚鮮。初學作者，更不可填此調。

按此首當是晚年追想從前，如蘋雲蓮鴻等，皆已不見。故總之曰「離恨無窮」，此亦懺悔後有悟之作也。

慶春時〔一〕

倚天樓殿〔二〕，升平風月〔三〕，彩仗春移〔四〕。鸞絲鳳竹〔五〕，長生調裏〔六〕，迎得翠輿歸〔七〕。　雕鞍游罷，何處還有心期。濃熏翠被，深停畫燭〔八〕，人約月西時〔九〕。

【箋　注】

〔一〕慶春時：調見晏幾道《小山詞》，凡二首，俱慶賞春時宴樂之詞。雙調四十八字，前段六句兩平韻，後段五句兩平韻。

〔二〕倚天樓殿：形容皇宮樓殿極高。唐杜牧《過華清宮》三首之三：「萬國笙歌醉太平，倚天樓殿月分明。」

〔三〕升平：太平。《漢書·梅福傳》：「使孝武帝聽用其計，升平可致。」顏師古注引張晏曰：「民有三年之儲曰升平。」唐宋之問《扈從登封告成頌》：「萬方俱下拜，相與樂升平。」

〔四〕彩仗：彩飾的儀仗。指古代帝王、官員外出時儀衛人員所持的旗幟、傘、扇、兵器等。唐宋之問《龍門應制》：「綵仗蜺旌遶香閣，下輦登高望河洛。」亦指神仙儀仗。唐李復言《續玄怪録·楊恭政》：「至三更，有仙樂彩仗，霓旌絳節，鸞鶴紛紜，五雲來降，入于房中。」

〔五〕鸞絲鳳竹：琴瑟類弦樂器和笙簫類管樂器。《全唐文》卷八二九劉詠《堂陽亭子詩序》：「隋珠與趙璧相宜，鳳竹與鸞絲迭奏。」宋晏殊《連理枝》：「鳳竹鸞絲，清歌妙舞，盡呈遊藝。」

〔六〕長生調：祝賀長生不老的樂曲。

〔七〕翠輿：帝王的車駕。宋宋祁《九日侍宴太清樓》：「薦九標佳節，中天駐翠輿。」

〔八〕停：放。唐胡曾《詠史詩·玉門關》：「半夜帳中停燭坐，唯思生入玉門關。」畫燭：有畫飾的蠟燭。唐李嶠《燭》：「兔月清光隱，龍盤畫燭新。」

〔九〕人約句：宋歐陽修《生查子》：「月上柳梢頭，人約黄昏後。」月西時：月亮西斜的時候。

【疏　解】

對於此詞的理解，需依上下片之間的關係而定。上片所寫内容爲皇帝出游還駕，没有歧解。起句描寫皇宫高入雲天的巍峨樓殿，二句誇贊盛世歌舞升平的美好時光。在前二句做足渲染烘托之後，第三句裏，皇帝春游的車駕隆重出場。四、五、六句描寫絲管紛紛，演奏着祝願長生不老的吉祥樂曲，迎接皇帝乘坐的輦輿回到大内。據這幾句所寫，皇帝移駕，或是參加千秋節慶賀活動。

下片的理解分歧很大。或謂皇帝出游回宫之後，另有約會。有人點染畫燭，熏香翠被，等他前來赴約。猜測下片所寫，隱指坊間流傳的宋徽宗與李師師之間的情事。如此説來，這首詞下片所寫與周邦彦《少年游》「并刀如水」的本事相同。或謂下片寫一冶游男子，圍觀皇帝車駕之後，在弦月初上之時，趕赴一場約會。如果作這樣的解釋，則上下片之間缺乏必要的交代和聯繫，全詞的題旨無法統一，這首詞就成了無主題變奏。

【集　評】

王焕猷《小山詞箋》：按此首當是冶游之作。

又按，下半闋起處十字句，或作上四下六句法，或作上六下四句法，均可。

又

梅梢已有，春來音信①，風意猶寒。南樓暮雪，無人共賞，閒卻玉闌干。　殷勤今夜，涼月還似眉彎〔一〕。尊前爲把，桃根麗曲〔二〕，重倚四絃看〔三〕。

【校　記】

①音信：明鈔本作「意信」，誤。

【箋　注】

〔一〕涼月：南朝齊謝朓《移病還園示親屬》：「停琴佇涼月，滅燭聽歸鴻。」唐戴叔倫《蘭溪棹歌》：「涼月如眉掛柳灣，越中山色鏡中看。」

〔二〕桃根麗曲：指晉王獻之爲愛妾桃葉、桃根姊妹所作的《桃葉歌》三首。《樂府詩集·清商曲辭二·桃葉歌》郭茂倩解題引《古今樂録》：「《桃葉歌》者，晉王子敬所作也。桃葉，子敬妾名，緣於篤愛，所以歌之。」三首其二云：「桃葉復桃葉，桃樹連桃根。相憐兩樂事，獨使我殷勤。」

〔三〕倚：和著樂器伴奏唱歌。四絃：指琵琶。因有四弦，故稱。南朝梁簡文帝《生別離》：「別離四弦聲，相思雙笛引。」唐白居易《琵琶行》：「曲終收撥當心畫，四弦一聲如裂帛。」

【疏　解】

此首懷人之詞，采用詞人視角。起三句説，梅梢已經透出春信，雖然風裏還帶着寒意。後三句説，南樓傍晚下雪了，没有人一起憑欄賞雪。綜合上片六句，可知時令已到冬末春初，詞人來到南樓游賞，恰遇雪天，卻没有人同倚闌干共賞春雪美景。「南樓」是詞人的歡游之地，今日重來，即有懷舊意味。「無人共賞」一句有三層意思，一是文字表層的宣示義，陳説現在的情況；二是暗示，曾經與人在此憑欄賞景；三是懷念兼作期待，難忘昔日同游的賞心樂事，渴望此時有人來到身邊，以慰獨游無侶之寂寥。

下片寫雪停月出，詞人夜不能寐，對月懷人，天邊一彎涼月，仿佛伊人之眉黛。思而不見，借酒澆愁的詞人便把伊人昔日唱過的《桃葉歌》，重新拿來在琵琶上試彈一遍，以慰心中的相思之意。

【集　評】

王焕猷《小山詞箋》：按此詞首用「梅」字，疑「梅」當是人名。

喜團圓〔一〕

危樓静鎖，窗中遠岫①〔二〕，門外垂楊。珠簾不禁春風度〔三〕，解偷送餘香。　眠思夢想，不如雙燕，得到蘭房②〔四〕。别來只是，憑高淚眼〔五〕，感舊離腸〔六〕。

【校　記】

①遠岫：毛本、四寶齋鈔本作「迢岫」，《歷代詩餘》、家刻本、王本作「遥岫」。②四寶齋鈔本「蘭」字下作「醉芳樽，莫話銷魂。好意思，曾同明月，愁滋味，最是黄昏。相思處，一紙紅箋，無限啼痕」，誤。

【箋　注】

〔一〕喜團圓：又名與團圓，調見宋晏幾道《小山詞》。雙調四十八字，上片五句兩平韻，下片六句兩平韻。另一體：雙調四十八字，前後段各六句，兩平韻。

〔二〕窗中遠岫：南朝齊謝朓《郡内高齋閒望答吕法曹》：「窗中列遠岫，庭際俯喬林。」遠岫，遠處的峰巒。宋曾鞏《池上即席送梁況之赴宣城》：「遠岫煙雲供醉眼，雙溪魚鳥付新詩。」

〔三〕春風度：春風吹過。唐王之涣《涼州詞》：「羌笛何須怨楊柳，春風不度玉門關。」

〔四〕蘭房：閨房的美稱。《樂府詩集·清商曲辭一·子夜四時歌·秋歌七》：「蘭房競妝飾，綺帳待雙情。」南朝梁劉孝綽《淇上戲蕩子婦示行事》：「日暗人聲静，微步出蘭房。」

〔五〕憑高：登臨高處。唐李白《天台曉望》：「憑高遠登覽，直下見溟渤。」前蜀韋莊《婺州水館重陽日作》：「異國逢佳節，憑高獨苦吟。」

〔六〕離腸：充滿離愁的心腸。唐武元衡《南徐別業早春有懷》：「虚度年華不相見，離腸懷土併關情。」

【疏　解】

此首感舊懷人之詞，性别視角不明，暫按男子視角簡要解讀如下。起句從一座閉鎖的高樓切入，樓内静悄悄的，「危」「静」「鎖」三字修飾主詞「樓」，都是人的感知，這一句雖只寫樓，其實是有人在内的。二、三句描寫窗外遠景與門前近景，更是樓上之人憑眺所見。此人爲何要把自己閉鎖在静悄悄的高樓之上？這是讀詞至此可能産生的疑問。四、五句説，樓門雖然閉鎖，但樓上懸掛的珠簾並不禁止春風吹度，樓外的花香便被偷偷地吹送到樓内，送到憑眺之人的鼻端，誘使他想起一些與春天和花朵有關的事情。

於是下片點出懷人的題旨，回答了男子獨處高樓的問題。前三句説，樓上之人朝思暮想，寤寐求之，但是仍然不見伊人。他感歎自己還不如那一雙燕子，可以飛入伊人的閨房，得以與之親近。結三句説，與伊人分别之後，自己每天就是憑高望遠，感舊懷人，淚流雙眼，愁滿心腸。「憑高」遠承起句「危樓」，首尾呼應，意脈貫通。

【集　評】

王焕猷《小山詞箋》：按「得到蘭房」之「蘭」字，疑亦暗指人名。

又按，上疊結句爲一字領句法，其第二字須用平聲，與他處一字領句法不同，宜特别注意。

憶悶令〔一〕

取次臨鸞勻畫淺〔二〕。酒醒遲來晚。多情愛惹閒愁，長黛眉低斂〔三〕。　月底相逢花下見①。有深深良願。願期信、似月如花〔四〕，須更教長遠②。

【校　記】

①花下見：《花草粹編》、毛本、《歷代詩餘》、《欽定詞譜》、四庫本、四寶齋鈔本、家刻本、王本無「花下」二字，抱經齋鈔本注曰「一本無『花下』二字」。　②更教：四寶齋鈔本作「更交」。

【箋　注】

〔一〕憶悶令：調見晏幾道《小山詞》。雙調四十五字，前後段各四句，三仄韻。

〔二〕取次：隨意。唐杜甫《送元二適江左》：「經過自愛惜，取次莫論兵。」臨鸞：對鏡。勻畫：抹勻脂粉，描畫雙眉。

〔三〕長黛眉低斂：即黛眉長低斂。長：時間久。《玉臺新詠・古詩爲焦仲卿妻作》：「舉手長勞勞，二情同依依。」

〔四〕期信：約定的時間。五代顧敻《荷葉杯》：「一去又乖期信。」似月如花：謂期信應如月之升降圓缺、似花之準時開落。

【疏　解】

詞寫春怨，采用女子視角。起句從早妝切入，女子對鏡隨意描眉匀臉，略施淡妝。爲何如此草草呢？二句説因爲昨夜醉酒，醒來的晚了。至於宿醉的原因，詞人没有告知，但是讀者可以想見。三、四句説女子多情，總是添愁惹恨，所以經常心情鬱結，眉黛低斂。

下片撇開「閒愁」不説，轉説有朝一日花前月下得以相見，女子懷有一個深切美好的願望。願約定相見的日期，如月亮的升沉圓缺、像花朵的應時開落一樣作準。且要從今以後，永遠如此。從結二句看，上片的「醉酒」「斂眉」，蓋因男子爽約所致。

【集　評】

王焕猷《小山詞箋》：按此調五字句法凡五處，唯上闋第二句、下闋第一句用五言詩句法，餘皆用一字領句法。且下闋第二句用仄聲字領句，他二處皆平聲字領句，不可有誤。

梁州令①〔一〕

莫唱陽關曲〔二〕。淚濕當年金縷〔三〕。離歌自古最消魂〔四〕，聞歌更在魂消處②。南樓楊柳多情緒③〔五〕。不繫行人住。人情卻似飛絮④〔六〕。悠揚便逐春風去⑤。

【校　記】

①此首《歷代詩餘》調作「涼州令」，抱經齋鈔本作「梁春令」。②聞歌：《花草粹編》、毛本、《歷代詩餘》、四庫本、四寶齋鈔本、家刻本、王本作「於今」。更在：《詞律》作「更有」。魂消：《歷代詩餘》、家刻本作「消魂」。③南樓：明鈔本、毛本、《歷代詩餘》、四庫本、王本作「南橋」。④卻似：《花草粹編》作「切似」。⑤悠揚：吴鈔本作「悠悠」。

【箋　注】

〔一〕梁州令：又名涼州令、梁州令疊韻。《詞譜》卷八：「唐教坊曲名。一名《涼州令》。」正體雙調五十字，前段四句三仄韻，後段四句四仄韻。另有變體一：雙調五十二字，前段五句三仄韻，後段四句四仄韻；變體二：雙調五十五字，前後段各五句，三仄韻；變體三：雙調一百零四字，前後段各九句，六仄韻。

〔二〕陽關曲：即唐詩人王維的《渭城曲》，末句曰「西出陽關無故人」，故稱。是古代著名的送别歌曲，被譜爲琴曲《陽關三疊》。

〔三〕金縷：金縷衣。

〔四〕離歌：亦作驪歌，送别時所唱的歌曲，此處即指起句的《陽關曲》。唐駱賓王《送王明府參選賦得鶴》：「離歌凄妙曲，别操繞繁弦。」唐李白《灞陵行送别》：「正當今夕斷腸處，驪歌愁絶不忍聽。」

〔五〕情緒：纏綿的情意。南朝梁江淹《泣賦》：「闃寂以思，情緒留連。」唐韓偓《青春》：「光陰負我難相偶，情緒牽人不自由。」

〔六〕人情句：唐李咸用《依韻修睦上人山居十首》之六：「早是人情飛絮薄，可堪時令太行寒。」

【疏　解】

詞賦別情，采用女子視角。否定句領起，語勢突兀，送別之時不讓唱離別歌曲，這是爲什麼呢？於是有了以下的回答，二句説聽到唱陽關曲，女子的眼淚就止不住流下來，灑濕身上的金縷衣。「當年」二字，或謂此衣乃是定情之物，與一段難忘的少年時光相關，有着特殊的紀念意義，所以今日穿來送別，以唤起男子的回憶，固結其心。三、四兩句轉折遞進，繼續解釋「莫唱」的原因，一者驪歌自古最是消魂，輕易唱不得；二者此時此地，正當送別之際，聽到驪歌讓人更覺消魂，這是加一倍的寫法。「自古」二字，更爲眼前的別離增添了厚重的歷史内涵。

換頭交代送別的地點，用「南樓楊柳」長條嫋娜的纏綿儀態，烘托依依不捨的離情別緒。二句陡轉，責讓綿長的柳絲没有繫住行人。這是留人不住的無可奈何情緒的反映，無理而妙。三、四句再拿逐風而去的飛絮，比喻輕薄不耐的人情，流露出女子對行人薄情的責怨之意。

【集　評】

王焕猷《小山詞箋》：按此詞乃傷別離也，上疊第二句「淚濕當年金縷」爲六字句，下疊第三句

「人情欲似飛絮」亦爲六字句。然上疊係順句，爲仄仄平平平仄；下疊則須用拗句，而爲平平仄仄平仄。此等分別，不可混同。

燕歸梁①〔一〕

蓮葉雨，蓼花風〔二〕。秋恨幾枝紅②。遠煙收盡水溶溶〔三〕。飛雁碧雲中③。　衷腸事。魚箋字〔四〕。情緒年年相似。凭高雙袖晚寒濃④。人在月橋東⑤〔五〕。

【校　記】

①此首《花草粹編》、吳鈔本、毛本、四寶齋鈔本、四庫本作「燕歸來」，《歷代詩餘》、王本作「喜遷鶯」。《歷代詩餘》注曰：「一名燕歸梁，梁或作來。」按：彊村叢書本《小山詞》至此首終。②紅：抱經齋鈔本作「風」，誤。③飛雁：抱經齋鈔本作「飛鳥」。④晚寒：《歷代詩餘》作「曉寒」。⑤月橋：抱經齋鈔本作「月樓」，「樓」字下注曰「一作『橋』」。

【箋　注】

〔一〕燕歸梁：又名悟黄梁、醉紅妝、雙雁兒、折丹桂。調見北宋晏殊《珠玉詞》，因詞中有「雙燕歸飛繞畫堂，似留戀虹梁」之句，名爲《燕歸梁》。正體雙調五十一字，前段二十五字，四句四平韻，後段二十六字，五句三平韻。另有變體一：雙調五十一字，前段四句四平韻，後段四句三平韻；變體二：雙調五十字，前段五句四平韻，後段四句三平韻；變體三：雙調五十二字，前段四句四平韻，後段四句三平韻。

〔二〕蓼花風：指代秋風。唐趙嘏《發剡中》：「日暮不堪還上馬，蓼花風起路悠悠。」五代李中《舟次彭澤》：「無人秋浪晚，一岸蓼花風。」

〔三〕溶溶：水流盛大貌。見《愁倚闌令》「憑江閣」注。

〔四〕魚箋字：寫在魚箋上的書信。魚箋：魚子箋，唐時四川所産的一種箋紙，面呈霜粒，如魚子，故名。唐李肇《唐國史補》下：「紙則有越之剡藤、苔箋，蜀之麻面、屑末、滑石、金花、長麻、魚子、十色箋。」宋蘇易簡《文房四譜》云：「蜀人造十色箋，凡十幅爲一榻……又以細布，先以面漿膠令勁挺，隱出其文者，謂之魚子箋，又謂之羅箋，今剡溪亦有焉。」

〔五〕月橋：半月形拱橋。宋張先《行香子》：「淩波何處，月橋邊，青柳朱門。」或謂月夜橋邊。

【疏解】

詞抒離别相思之情，性别視角不明，暫按女子視角加以解讀。對句領起，描寫風雨吹打蓮葉蓼花之景，以爲比興之用。三句説風雨中的幾枝紅花，含着不得其時的恨意，這是以我觀物的結果。「幾枝紅」，兼指荷花與蓼花而言。前三句所寫爲岸邊近景，四句寫平遠之景，放眼一望，雨停煙收，江湖秋水浩瀚無邊。五句寫高遠之景，仰視秋空，但見雲天之上，正有南遷的雁陣飛過。「飛雁」意象，牽惹遠書之念與遠人之思。上片所寫近景遠景，都是觀景者所見，但這個人物在上片裏始終没有露面。

後起二句，由上片的寫景轉入抒情。女子説離别相思之事，都寫在信箋上，郵寄給遠人。三句説年年離别，年年相思，年年寫信，情形和感覺都差不多。或謂此句寫女子曾經寄信訴説相思而未見回音，所以年年盼望等待，若是如此，則她的相思之情就更加苦澀沉重了。結二句交代女子登眺盼歸，一直到夜來寒重，月上橋東，足見其相思深情。這兩句逆挽全詞，原來上片寫景，下片抒情，都是女子「憑高」之時所見所想。

【集　評】

王焕猷《小山詞箋》：按此詞宜加令字，曰《喜遷鶯令》，因《喜遷鶯》自有長調，亦曰《黄鍾喜遷鶯》，不宜相混也。

胡搗練①〔一〕

小亭初報一枝梅，惹起江南歸興。遥想玉溪風景〔二〕，水漾横斜影〔三〕。異香直到醉鄉中〔四〕，醉後還因香醒。好是玉容相並〔五〕。人與花争瑩。

【校　記】

①此首録自唐圭璋《全宋詞》。唐本乃據影宋本《梅苑》卷九補録。

【箋　注】

〔一〕胡搗練：又名望仙樓、胡搗練令。調名本意即詠胡地婦女拆洗縫製冬裝，調見北宋晏殊《珠玉詞》。《欽定詞譜》卷七：「此調與《搗練子》異，或云似《桃源憶故人》，但前後段起句有押韻不押韻之分。惟《望仙樓》調本此減字，觀《梅苑》刻《望仙樓》詞仍名《胡搗練》，可知矣。」正體雙調四十八字，前後段各四句，三仄韻。另有變體一：雙調四十七字，前後段各四句，三仄韻；變體二：雙調五十字，前後段各四句、三仄韻。

〔二〕玉溪：溪流的美稱。唐賈島《蓮峰歌》：「錦礫潺湲玉溪水，曉來微雨藤花紫。」唐曹唐《小遊仙詩九十八首》之三：「騎龍重過玉溪頭，紅葉還春碧水流。」此處或指汴京的西溪，參看《少年游》「西溪丹杏」注。

〔三〕水漾句：宋林逋《山園小梅》二首之一：「疏影横斜水清淺，暗香浮動月黄昏。」

〔四〕醉鄉：指醉酒後神志不清的境界。唐王績《醉鄉記》：「阮嗣宗、陶淵明等十數人，並遊於醉鄉。」南唐李煜《錦堂春》：「醉鄉路穩宜頻到，此外不堪行。」宋柳永《思歸樂》：「皓齒善歌長袖舞，漸引入醉鄉深處。」

〔五〕好是：猶好在，妙在。唐司空圖《楊柳枝壽杯詞》之十七：「好是梨花相映處，更勝松雪日初晴。」玉容：美稱女子的容貌。晉陸機《擬西北有高樓》：「玉容誰得顧，傾城在一彈。」唐姚合《詠雲》：「憐君翠染雙蟬鬢，鏡裏朝朝近玉容。」

【疏　解】

此首詠梅思鄉之詞，采用男子視角。起二句切定題旨，剛聽説小亭前一枝梅開，即惹起一腔濃重的鄉思。「江南歸興」四字可作兩解，一指客居江南者的歸興，一指回歸江南家鄉的意興，皆可説通。這個例子，再次顯示了古典詩詞的語言彈性。三句就「歸興」説，男子開始遥想家鄉小溪邊梅開的風景。四句化用林逋《山園小梅》詩意，説清淺的溪流裏映照着梅花横斜的姿影。

下片轉寫梅花的香氣，意思有四層轉折。第一句説不僅醒時梅香馥鬱，就是在醉鄉之中，也有梅花的異香撲鼻而來。二句説梅香不僅醉人，而且能夠醒人。這就把梅香推到極致，洵爲詠梅之奇句。在寫過梅影、梅香之後，結二句再寫梅色，而以玉人的美貌比並映襯，人貌與花色一樣光潔清瑩。可知詞中所詠，乃是白梅。這兩句既見筆法之活，更透出男子的思鄉乃是懷人的心理焦點所在。

撲蝴蝶①〔一〕

風梢雨葉②，緑徧江南岸。思歸倦客〔二〕，尋芳來最晚③〔三〕。酒邊紅日初長④〔四〕，陌上飛花正滿。淒涼數聲弦管⑤。怨春短。　玉人應在，明月樓中畫眉懶〔五〕。魚箋錦字，多時音信斷⑥。恨如去水空長⑦，事與行雲漸遠⑧。羅衾舊香餘暖⑨。

【校　記】

①此首録自唐圭璋《全宋詞》。唐本乃據《陽春白雪》卷三補録。按：《苕溪漁隱叢話》卷三十九載此首作舊詞，不云何人作。明温博《花間集補》卷下以此首爲唐人作。②風梢：《花間集補》《花草粹編》作「煙條」。③最晚：《花間集補》《花草粹編》作「較晚」。④酒邊：《花間集補》《花草粹編》作「岫邊」。初長：《花間集補》《花草粹編》作「初斜」。⑤弦管：《花間集補》《花草粹編》作「羌管」。⑥魚箋：《花間集補》《花草粹編》作「蠻牋」。音信斷：《花間集補》《花草粹編》作「魚雁斷」。⑦恨如：《花間集補》《花草粹編》作「恨隨」。空長：《花間集補》《花草粹編》作「東流」。⑧漸遠：《花間集補》《花草粹編》作「共遠」。⑨餘暖：《花間集補》《花草粹編》作「猶暖」。

【箋　注】

〔一〕撲蝴蝶：又名撲蝴蝶近。周密《癸辛雜誌》云：「吴有小妓，善舞《撲蝴蝶》。」疑是舞曲。雙調七十五字，前段七句三仄韻，後段八句四仄韻。格二雙調七十五字，前段七句四仄韻，後段八句五仄韻。格三雙調七十七字，前段七句四仄韻，後段八句五仄韻。格四雙調七十七字，前段七句六仄韻，後段八句五仄韻。

〔二〕倦客：客游他鄉而對旅居生活感到厭倦的人。南朝宋鮑照《代東門行》：「傷禽惡弦驚，倦客惡離聲。」

〔三〕尋芳：游賞美景。唐姚合《游陽河岸》：「尋芳愁路盡，逢景畏人多。」

〔四〕酒邊紅日初長：即「春日遲遲」之意。

〔五〕明月樓：唐張若虛《春江花月夜》：「誰家今夜扁舟子，何處相思明月樓。」

【疏　解】

此首傷春懷人之詞，采用男子的視角。上片寫倦客傷春，下片抒懷人之情。起二句交代季節、天氣和地點，説春來幾番風雨，已是緑遍江南。三、四句人物出場，是個旅居過久的思歸倦客，因心緒不佳而尋芳來遲。五、六、七句承接「尋芳」，説日長無事的倦客來到陌上，看到落花滿地，於是借酒消愁。這時，數聲淒涼的管弦樂曲傳來，似在怨恨春天的短暫。

換頭二句透過一層，從對面着筆，想象家中「玉人」在明月樓上望月懷遠，無心梳妝。三、四句説，她已很久没有給自己寫過信了。五、六句説離恨如迢迢春水不斷，往事如一片行雲漸遠。結句想象昔日家居情景，同寢的羅衾應該還留有温暖的餘香，透露出倦客相思心理的焦點所在。

醜奴兒①

夜來酒醒清夢無，愁倚闌干。露滴輕寒。雨打芙蓉淚不乾。　佳人別後音塵悄，瘦盡難拚〔一〕。明月無端〔二〕。已過紅樓十二間。

【校　記】

①此首録自唐圭璋《全宋詞》。唐本乃據《永樂大典》卷三〇〇六《人字韻》引《小山琴趣外篇》補録。

按曰：此首見《淮海居士長短句》卷中，乃秦觀作，又見《山谷琴趣外篇》卷三。疑《小山琴趣外篇》別有所據，姑兩存之。

【箋　注】

〔一〕難拚：難捨。

〔二〕無端：無因由，無緣無故。《楚辭·九辯》：「蹇充倔而無端兮，泊莽莽而無垠。」王逸注：「媒理斷絶，無因緣也。」

【疏　解】

此首秋夜相思之詞，性别視角不明。起句七字信息密度很高，交代昨夜的時間，借酒消愁、醉而後醒的事件，希望夢裏相見然而和夢也無的心理，則其人爲相思所苦之情狀，已可想見。二句説酒醒無夢，愁思難耐，於是夜起憑闌，再作排遣。三句言初秋夜半，輕寒惻惻，露滋樓闌。四句或解爲寫景，夜雨打在闌外池塘的芙蓉花上，淅淅瀝瀝，像傷心的淚水湧流不完。或解爲比擬，憑闌之人淚流不止，灑濕脂粉面頰，像雨中開放的芙蓉花一樣哀婉淒豔。如作這樣的理解，則詞中人物必爲女性無疑。

下片劈面而來的「佳人」二字，一下子就顛覆了上面的判斷。前二句説，夜起憑闌之人，因爲「佳人」别後音信全無，已是相思瘦損，終是難捨牽念。思「佳人」者，當是男子。後結二句，時間應爲今夜，昨夜雨停，今宵月上，詞中人望月懷思，久久不去，一直看着月影一點一點偏移，緩緩照過十二間紅樓。「無端」見出望月之人情思繚亂，「紅樓」又像閨閣女性之所居。這首詞中的時間是一夜還是兩夜，人物是男性還是女性，難以確定。這首《醜奴兒》，又是一個信筆揮寫的問題文本。

謁金門①〔一〕

溪聲急。無數落花漂出。燕子分泥蜂釀蜜〔二〕，遲遲豔風日〔三〕。　須信芳菲隨失〔四〕。況復佳期難必。擬把此情書萬一，愁多翻閣筆。

【校　記】

①此首録自唐圭璋《全宋詞》。唐本按：此首原見《花草粹編》卷三，題賀鑄作。注：「天作叔原。」蓋《天機餘錦》此首作晏叔原（幾道）詞。

【箋　注】

〔一〕謁金門：又名空相憶、花自落、垂楊碧、出塞、東風吹酒面、不怕醉、醉花春、春早湖山等，唐教坊曲名，用爲詞調。正體雙調四十五字，前後段各四句，四仄韻。另有雙調四十五字，前段四句四仄韻，後段五句四仄韻等變體。

〔二〕分泥：指燕子啄泥。

〔三〕遲遲：陽光温暖、光線充足的樣子。《詩經·豳風·七月》：「春日遲遲，采蘩祁祁。」朱熹《詩集傳》：「遲遲，日長而暄也。」《西京雜記》卷四引漢枚乘《柳賦》：「階草漠漠，白日遲遲。」豔風日：猶言豔陽天。風日，指天氣，氣候。唐李白《宫中行樂詞》之八：「今朝風日好，宜入未央游。」宋歐陽修《和梅聖俞杏花》：「何如豔風日，獨自占芳辰。」

〔四〕須信：須知，應信。宋歐陽修《戲贈丁判官》：「須信春風無遠近，維舟處處有花開。」

【疏　解】

此首傷春之詞，性别視角不明。起句從湍急的水聲切入，逝者如斯，興起人的時間生命意識。二句從聽覺轉爲視覺，描寫飄落在溪水急流裏的花瓣。流水落花，已是暮春光景。三句描寫燕子銜泥築巢，群蜂采花釀蜜，有一種時不我待的急切意味。四句説陽光温暖，天氣晴好，季節正從春末向初夏過渡。

换頭二句借助議論，抒發感慨。前一句就自然説，花兒隨時都在凋謝，回應上片的「無數落花」。「須信」是提醒也是强調，指向自我也兼及衆生。後一句就人事説，已是花落春去，相見的日期卻仍然難以確定。「況復」突出雪上加霜、不堪承受的感覺。於是有了結二句所寫，抒情主人公需要宣泄緩釋，想把内心的鬱積寫成書信寄給對方，哪怕只能説出萬分之一，也會覺得好受一些。但是由於愁緒太多太亂，一時不知從何説起，只好停筆作罷。從「佳期」二字看，説的是雙方的約會，所以「書」應該是指給對方寫信，「愁」的内涵是傷春傷别。愁多無以表述，觸及了語言的局限性，這是終極無解的問題。

附録

一、存目詞 據《全宋詞》迻録

調名	首句	出處	附注
破陣子	憶得去年今日	《全芳備祖》前集卷十二《菊花門》	晏殊詞，見《珠玉詞》。
采桑子	櫻桃謝了梨花發	《全芳備祖》後集卷二十四《櫻桃花門》	晏殊詞，見《珠玉詞》。
漁家傲	粉筆丹青描未得	《全芳備祖》後集卷二《蓮門》	晏殊詞，見《珠玉詞》。
胡搗練	夜來江上見寒梅	《永樂大典》卷二千八百十《梅字韻》	晏殊詞，見《珠玉詞》。
桃源憶故人	玉樓深鎖薄情種	《永樂大典》卷三千零零五《人字韻》	秦觀詞，見《淮海居士長短句》卷中。
醉桃源	南園春半踏青時	《陽春集》注引《蘭畹集》	馮延巳詞，見《陽春集》。
浣溪沙	一曲新詞酒一杯	陳鍾秀本《草堂詩餘》卷上	晏殊詞，見《珠玉詞》。

如夢令	樓外殘陽紅滿	《類編草堂詩餘》卷一	秦觀詞，見《淮海居士長短句》卷中。
探春令	緑楊枝上曉鶯啼	《類編草堂詩餘》卷一	無名氏詞，見《草堂詩餘》前集卷下。
探春令	簾旌微動	《花草粹編》卷五	宋徽宗趙佶詞，見《能改齋漫録》卷十六。
木蘭花	一年滴盡蓮花漏	《草堂詩餘》續集卷上	毛滂詞，見《東堂詞》。
玉樓春	紅樓十二闌干側	《詞的》卷二	王子武詞，見《花草粹編》卷六。
踏莎行	小徑紅稀	《詞的》卷三	晏殊詞，見《珠玉詞》。
與團圓	鮫綃霧縠没多重	趙琦美輯《小山詞》補遺	無名氏詞，見《花草粹編》卷四。
與團圓	輕攢碎玉玲瓏竹	趙琦美輯《小山詞》補遺	無名氏詞，見《梅苑》卷八。
御街行	霜風漸緊寒侵被	又引《古今詞話》	無名氏詞，見《花草粹編》卷八引《古今詞話》。
滿江紅	七十人稀	趙琦美輯《小山詞》補遺	蕭泰來詞，見《翰墨大全》丙集卷十四。
上行杯	落梅著雨消殘粉	又引《詞調元龜》	馮延巳詞，見《陽春集》。
春恩新	芙蓉一朵霜秋色	趙琦美輯《小山詞》補遺	晏殊詞，見《珠玉詞》。
真珠髻	重重山外	《歷代詩餘》卷八十四	無名氏詞，見《梅苑》卷一。

洞仙歌　江南臘盡　《古今圖書集成·草木典》卷二百六十六《柳部》　蘇軾詞，見《東坡詞》卷下。

二、晏幾道詩

與鄭介夫

小白長紅又滿枝，築毬場外獨支頤。春風自是人間客，張主繁華得幾時。

戲作示内

生計唯兹椀，般擎豈憚勞。造雖從假合，成不自埏陶。阮杓非同調，顔瓢庶共操。朝盛負餘米，暮貯藉殘糟。幸免墦間乞，終甘澤畔逃。挑宜筇作杖，捧稱葛爲袍。儻受桑間餉，何堪井上螬。綽然真自許，嘑爾未應饕。世久輕原憲，人方逐子敖。願君同此器，珍重到霜毛。

題司馬長卿畫像

犢鼻生涯一酒壚，當年嗤笑欲何如。窮通不屬兒曹意，自有真人愛子虚。

觀畫目送飛雁手提白魚

眼看飛雁手攜魚，似是當年綺季徒。仰羨知幾避繒繳，俯嗟貪餌失江湖。人間感緒聞詩語，塵外高縱見畫圖。三歎繪毫精寫意，慕冥傷涸兩躊躇。

公儀招觀畫

初約看花花已盡，重親閒客客應歡。真花既不能長豔，畫在霜紈更好看。

七夕

雲幕無波斗柄移，鵲慵烏慢得橋遲。若教精衛填河漢，一水還應有盡時。

晚春

一春無事又成空，擁鼻微吟半醉中。夾道桃花新過雨，馬蹄無處避殘紅。

失題

公餘終日坐閒亭，看得梅開梅葉青。可是近來疎酒盞，酒瓶今已作花瓶。

三、晏幾道傳記資料、年譜書目，《小山詞》題跋敘録

傳記資料

趙令畤《侯鯖録》卷四

邵博《邵氏聞見後録》卷十九

張邦基《墨莊漫録》卷三

年譜

夏承燾《二晏年譜》（《唐宋詞人年譜》）
鄭騫《夏著二晏年譜補正》（《唐宋詞人年譜》）
鄭騫《晏叔原繫年新考》（《景午叢編》下册）

題跋敘録

宋晏幾道《小山詞自序》：《補亡》一編，補樂府之亡也。叔原往者浮沉酒中，病世之歌詞不足以析酲解愠，試續南部諸賢緒餘，作五七字語，期以自娱，不獨敘其所懷，兼寫一時杯酒閒聞見，及同游者意中事。嘗思感物之情，古今不易，竊以爲篇中之意，昔人所不遺，第於今無傳爾。故今所製，通以《補亡》名之。始時沈十二廉叔，陳十君龍家，有蓮、鴻、蘋、雲，品清謳娱客。每得一解，即以草授諸兒，吾三人持酒聽之，爲一笑樂。已而君龍疾廢卧家，廉叔下世，昔之狂篇醉句，遂與兩家歌兒酒使，俱流轉於人間。自爾郵傳滋多，積有竄易。七月己巳，爲高平公綴緝成編。追惟往昔過從飲酒之人，或壟木已長，或病不偶。考其篇中所記悲歡合離之事，如幻如電，如昨夢前塵，但能掩卷憮然，感光陰之易遷，歎境緣之無實也。

宋黄庭堅《小山集序》：晏叔原，臨淄公之暮子也。磊隗權奇，疏于顧忌。文章翰墨，自立規模，常欲軒輊人而不受世人之輕重。諸公雖稱愛之，而又以小謹望之，遂陸沉於下位。平生潛心六藝，玩思百家，持論甚高，未嘗以沽世。余嘗怪而問焉，曰：「我槃跚勃窣，猶獲罪于諸公，憤而吐之，是唾人面也。」乃獨嬉弄于樂府之餘，而寓以詩人之句法，清壯頓挫，能動摇人心。士大夫傳之，以爲有臨淄之風耳，罕能味其言也。余嘗論叔原固人英也，其癡亦自絶人。愛叔原者皆愠而問其目，曰：「仕宦連蹇而不能一傍貴人之門，是一癡也；論文自有體，不肯一作新進士語，此又一癡也；費資千百萬，家人寒饑，而面有孺子之色，此又一癡也；人百負之而不恨，己信人，終不疑其欺己，此又一癡也。」乃共以爲然。雖若此，至其樂府，可謂狎邪之大雅，豪士之鼓吹，其合者高唐、洛神之流，其下者豈減桃葉、團扇哉？余少時間作樂府，以使酒玩世，道人法秀獨罪余以筆墨勸淫，於我法中，當下犂舌之獄。特未見叔原之作耶？雖然，彼富貴得意，室有倩盼慧女，而主人好文，必當市致千金，家求善本，曰：獨不得與叔原同時耶。若乃妙年美士，近知酒色之娱；苦節臞儒，晚悟裙裾之樂；鼓之舞之，使宴安鴆毒而不悔，是則叔原之罪也哉！山谷道人序。

宋陳振孫《直齋書録解題》卷二十一《小山集》一卷：晏幾道叔原撰。其詞在諸名勝中，獨可追逼《花間》，高處或過之。其爲人雖縱弛不羈，而不苟求進，尚氣磊落，未可貶也。

宋西山老人《小山集跋》：元祐年間，東坡因魯直欲見之，則謝曰：「今政事堂中，半是吾家舊客。」示未暇見也。或謂其「夢魂慣得無拘束，又踏楊花過謝橋」，程伊川爲鬼中嘉話。獨韓少師曰：「願郎君損有餘之才，崇未至之德，門下老吏之望」云。上言予得之崔德符、晁以道、程叔微。有刻叔原《小山集》者，並書其下，以廣魯直之説。（乾隆三十二年《東南晏氏重修宗譜》）

明毛晉《小山詞跋》：諸名勝詞集，删選相半。獨《小山集》直逼《花間》，字字娉娉嫋嫋，如攬嬙、施之袂，恨不能起蓮、鴻、蘋、雲，按紅牙拍板唱和一過。晏氏父子，具足追配李氏父子云。古虞毛晉記。

清《四庫全書總目·小山詞一卷提要》：宋晏幾道撰。幾道字叔原，號小山，殊之幼子。監潁昌許田鎮。熙寧中，鄭俠上書下獄，悉治平時所往還厚善者，幾道亦在其中。從俠家搜得其詩，裕陵稱之，始得釋。事見《侯鯖録》。黄庭堅《小山集序》曰：「其樂府可謂狹邪之大雅，豪士之鼓吹；其合者《高唐》《洛神》之流，其下者豈減《桃葉》《團扇》哉。」又《古今詞話》載程叔微之言曰：「伊川聞人誦叔原詞『夢魂慣得無拘檢，又踏楊花過謝橋』，曰，鬼語也，意頗賞之。」然則幾道之詞，固甚爲當時推挹矣。馬端臨《文獻通考》載

《小山詞》一卷，並録黄庭堅全序。此本佚去，惟存無名氏跋後一篇。據其所云，似幾道詞本名《補亡》，以爲補樂府之亡。單文孤證，未敢遽改，故仍舊本題之。至舊本字句，往往訛異。如《泛清波摘遍》一闋，「暗惜光陰恨多少」句，此於「光」字上，誤增「花」字，衍作八字句。《詞匯》遂改「陰」作「飲」，再誤爲「暗惜花光，飲恨多少」。如斯之類，殊失其真，今並訂正焉。

清鄭文焯《小山樂府補亡跋》：比於《文獻通考》得黄山谷所製《小山集序》，論叔原癡絶，有之。稱其樂府「寓以詩人之句法，清壯頓挫，能動摇人心。士大夫傳之，以爲有臨淄之風耳，罕能味其言也。」又謂「其合者《高唐》《洛神》之流，其下者豈減《桃葉》《團扇》」，誠足當小山知音雅舊。已別録一卷，即以茲序弁首，更爲斠訂詞中踳駁，以小字密行，精刊墨板。名曰《小山樂府補亡》，從其自序義例也。

清朱祖謀《小山詞校記》：右《小山詞》一卷，趙氏星鳳閣藏明鈔本。以校毛氏汲古閣刻，校正八十餘字。其訛文之顯見者，即以毛本校録如右。它所參校亦附見焉。孝臧識。

林大椿《小山詞校本跋》：《小山詞》一卷，毛晉刊在《六十一家詞》中。近歲，歸安朱氏《彊村叢書》取趙氏星鳳閣藏明鈔本以校毛刻，校正八十餘字，視毛本增多一闋。茲編次序，悉依是本，以毛刻及諸選本參校一過，列其同異，録爲校記一卷。凡是本校記所及，不復重著。中華民國十七年六月六日，閩侯林大椿記於北京。

劉毓盤《小山詞校記》：《小山詞》凡三本，一毛晉汲古閣本，一晏端書咸豐二年家刻本，一朱祖謀彊村叢書本。毛本最早，晏本最多，朱本則據趙氏星鳳閣藏明鈔本，以毛本參校，稱最善本。晏本則從《歷代詩餘》録出，凡一百九十首，又從四庫本補録六十八首，中多各本所無者，可以觀其全矣。小山事蹟無可考，《提要》惟據趙令畤《侯鯖録》載其嘗監潁昌許田鎮，又與鄭俠往還幾獲罪，及楊湜《古今詞話》謂伊川聞人誦其「夢魂慣得無拘檢」二句，曰「鬼語也，意頗賞之」二事。按，小山於仁宗慶曆中，開封府與棘寺同日獄空，奉命作《鷓鴣天》詞，得旨受賞，亦見於《古今詞話》者。既不得志，乃自荒於酒色。王灼《碧鷄漫志》謂《小山詞》初號《樂府補亡》，有自序，極言與沈氏陳氏游宴之樂。其詞於悲歡離合，能寫衆作之所不能。蓮鴻蘋雲皆篇中數見，而世多不知爲兩家歌兒也。其後改爲《小山集》，黄魯直爲之序。是《提要》以作序者爲無名氏，此《補亡》之名，單文孤證，不足爲據之，失考也。《漫志》又謂：小山年未至乞身，退居京城賜第，不踐諸貴之門。蔡京於重九、冬至日遣客求長短句，欣然兩爲作《鷓鴣天》，即「九日悲秋」「曉日迎長」二詞也，竟無一語及蔡者。是小山初見忤於王安石，復見忤於蔡京，其品節可見。《漫志》又謂：小山、僧仲殊、賀方回、周美成之於詞，各盡其才力，自成一家。賀、周語意精新，用心甚苦，小山如金陵王謝子弟，秀氣勝韻，得之天然，將不可學。仲殊次之，殊之贍晏反不逮也。晁補之亦謂小山不蹈襲人語，風度閒雅，如「舞低楊柳」等句，乃知此人必不生於三家村中者。胡仔《苕溪漁隱叢話》謂李清照亦盛稱其詞，而惜其無鋪敘。陳振孫《書録解題》則曰：小山詞在諸名勝中，猶可追逼《花間》，高處或過之。何毀譽之不一也？若胡應麟《藝林學山》且謂孫洙詞多爲晏氏所奪，是不免厚誣古人矣。馮煦《宋六十一家詞選》亦曰：毛子晉欲以晏氏父子配李氏父子，小山詞於兩宋詞中，尤罕其匹。其淡語皆有味，淺語皆有致，真古之傷心人也。馮氏之言，斯謂平允。彊村工於詞，其校勘尤精，故據之以校晏本。間有所疑者，則附識一二，將還以質諸彊村焉。癸亥孟春江山劉毓盤校畢并識。

王焕猷《小山詞箋·自序》：余於北京大學，學詞於江山劉子庚先生。劉先生論詞探源竟委，按調比律，多發前人之所未發。因知詞从司言，蓋謂伺我言者也。按《説文》司部，詈，意内而言外也。段注：意主於内而言發於外，故从司言。夫詞人，大都失志寡合，抑鬱莫釋，恆假言於物以抒情素，亦屈宋美人香草、假物寓言之遺也。然意常爲無定之意，言亦爲無定之言，期夫後人咀含玩味，申其意於千載之下耳。小山以清品逸才，出自高門，其抱負超脱不凡，唯一生不遇，乃流連於詩酒聲色，豈得已哉！是以黄山谷《小山集序》，無名氏《小山詞序》，及劉先生《小山詞校勘記》，均於其遭遇言之詳矣。余不但悲其志，且愛其文，上不似唐五代人之語直境淺，下不似南宋人之辭澀意晦。讀專集者，於其清氣徐徐中味其藴藉，取爲法門，庶不失詞家正軌，且可免婉細、豪放二派無爲之争執也。詎可不原其苦楚，而徒罪其狂放風流也哉？爰據劉先生校勘本而爲之箋，於其用意可尋者，點明注釋，使讀者易於會悟。若義見辭中，自不必畫蛇添足。又，古人遺辭，每採前人習用語句，故於其藻飾，則鈔引前人詩文原句，以明出處有自。其爲墨客騷人所屢用者，則擇其與本節語意較相近者。故往往辭句相同，而引文先後不一，間亦有與本文語意毫不相涉者，則藉以明古人用字之不肯輕易自我作古耳。其爲小山以後人所用者，則概不取。同時之人，惟略採司馬温公與蘇東坡詩數則，蓋時固不前，而君實與子瞻均文名甚籍，每一文成，世所普傳，且僅録一二，或亦無妨。若典實注釋，當以本事之時代爲斷，而説見某籍，則古今不拘。至格律之考證，祇於特要處或前人未言處提及。普通格式，則詞律具在，不繁贅也。又所採成語，詩占十分之九以上，蓋詞本詩餘，麗字綺語每自詩句蜕變而成，以見新意。臧晉叔曰：詞本於詩而亦取材於詩，大都在脱胎而止矣。楊纘曰：作詞要立新意，若用前人詩詞意爲之，則蹈襲無足奇者。須自作不經人道語，或翻前人意，便覺出奇。今之多採詩句，蓋以見小山之善於脱胎，且善翻前人之意以出奇也。不然，古人成語人皆可稽，何必鋪陳誇富，而誣小山且餖飣獺祭也哉？再，詞本短篇，首自成章，與其他著述全部一意、互相關聯者不同，或不必自首迄尾連篇閲讀。爲讀者便利計，故雖已釋辭句，無妨三四重出，緣此或招達士之譏，通人當能諒之。民國三十二年中秋日，商縣王焕猷儒卿箋訖序。

夏承燾《四庫全書詞籍提要校議》：案此云無名氏跋後，實幾道自敘也。其文有云：始時，沈十二廉叔，陳十君龍，家有蓮、鴻、蘋、雲，品清謳娱客，每得一解，即以草授諸兒，吾三人持酒聽之爲一笑樂。云「吾三人」，則非他人作跋可知。又云「七月己巳爲高平公綴緝成編」，蓋幾道緝此以獻范姓者。又云：「《補亡》一編，補樂府之亡也。嘗思感物之情，古今不易，竊以謂篇中之意，昔人所不遺，第於今無傳爾，故今所製，通以補亡名之。」是此編本名《樂府補亡》無疑。《直齋書録解題》《文獻通考》作《小山詞》，殆後人以其字題之。亦猶賀鑄詞本名《東山寓聲樂府》，後人改稱《賀方回詞》也。

四、晏幾道《小山詞》總評

宋王銍《默記》卷下：賀方回遍讀唐人遺集，取其意以爲詩詞。然所得在善取唐人遺意。不如晏叔原，盡見昇平氣象，所得者人情物態。叔原妙在得于婦人，方回妙在得詞人遺意。

宋李清照《詞論》：乃知别是一家，知之者少，後晏叔原、賀方回、秦少游、黄魯直出，始能知之。又晏苦無鋪敘，賀苦少典重，秦則專主情致，而少故實，譬如貧家美女，雖極妍麗豐逸，而終乏富貴態；黄即尚故實，而多疵病，譬如良玉有瑕，價自減半矣。

宋王灼《碧鷄漫志》卷二：叔原如金陵王謝子弟，秀氣勝韻，得之天然，將不可學。仲殊次之，殊之贍，晏反不逮也。

又：晏叔原歌詞，初號《樂府補亡》。自序曰：「往與二三忘名之士，浮沉酒中，病世之歌詞，不足以析醒解愠，試續南部諸賢，作五七字語，期以自娱。不皆敘所懷，亦兼寫一時杯酒間聞見，及同遊者意中事。嘗思感物之情，古今不異。竊謂篇中之意，昔人定已不遺，第今無傳耳。故今所製，通以《補亡》名之。始時，沈十二廉叔、陳十君龍家，有蓮、鴻、蘋、雲，工以清謳娱客，每得一解，即以草授諸兒，吾三人聽之，爲一笑樂。」其大旨如此。叔原于悲歡合離，寫衆作之所不能，而嫌於誇，故云昔人定已不遺，第今無傳。蓮、鴻、蘋、雲，皆篇中數見，而世多不知爲兩家歌兒也。其後目爲《小山集》，黄魯直序之云：「嬉弄于樂府之餘，寓以詩人句法，清壯頓挫，能動摇人心。」又云：「狹邪之大雅，豪士之鼓吹，其合者《高唐》、《洛神》之流，其下者不減《桃葉》《團扇》。」「若乃妙年美士，近知酒色之娱。苦節臞儒，晚悟裙裾之樂。鼓之舞之，使宴安鴆毒而不悔，則叔原之罪也哉。」叔原年未至乞身，退居京城賜第，不踐諸貴之門。

宋陳鵠《西塘集耆舊續聞》卷八：前輩謂伊川嘗見秦少游詞「天還知道，和天也瘦」之句，乃曰：「高高在上，豈可以此瀆上帝。」又見晏叔原詞「夢魂慣得無拘束，又踏楊花過謝橋」，乃曰：「此鬼語也。」蓋少游本李長吉「天若有情天亦老」之意，過於媟瀆，少游竟死於貶所。叔原壽亦不永，雖曰有數，亦口舌勸淫之過。

宋邵博《邵氏聞見後録》卷十九：叔原監潁昌府許田鎮，手寫自作長短句，上府帥韓少師，少師報書：「得新詞盈卷，蓋才有餘而德不足者，願郎君捐有餘之才，補不足之德，不勝門下老吏之望云。」一鎮監官，敢以杯酒間自作長短句示本道大帥。以大帥之嚴，猶盡門生忠於郎君之意。在叔原爲甚豪，在韓公爲甚德也。

清王又華《古今詞論》：王元美曰：李氏、晏氏父子、耆卿、子野、美成、少游、易安，至矣，詞之正宗也。温、韋豔而促，黄九精而刻，長公麗而壯，幼安辯而奇，又其次也。詞之變體也。

清郭麐《靈芬館詞話》卷二：叔原自許續南部餘緒，故所作足闖《花間》之室。以視《珠玉集》無愧也。

清周濟《介存齋論詞雜著》：晏氏父子，仍步温、韋，小晏精力尤勝。

清劉熙載《詞概》：叔原貴異，方回贍逸，耆卿細貼，少游清遠，四家詞趣各别，惟尚婉則同耳。

清杜文瀾《憩園詞話》：（周稚珪）所選心日齋十六家詞，專取唐宋，而以元之張蜕岩殿焉。其論曰：詞之有令，唐五代尚矣。宋惟晏叔原最擅勝場，賀方回差堪接武。其餘間有一二名作流傳，然皆非專門之學。自兹以降，專工慢詞，不復措意令曲。其作令曲，仍與慢詞聲響無異。

清陳廷焯《白雨齋詞話》卷一：詩三百篇，大旨歸於無邪。北宋晏小山工於言情，出元獻、文忠之後，然不免思涉於邪，有失風人之旨，而措詞婉妙，則一時獨步。

又，卷七：晏元獻、歐陽文忠皆工詞，而皆出小山下。專精之詣，固應讓渠獨步。然小山雖工詞，而卒不能比肩温韋，方駕正中者，以情溢詞外，未能意藴言中也。故悦人易而復古則不足。李後主、晏叔原皆非詞中正聲，而其詞則無人不愛，以其情勝也。情不深而爲詞，雖雅不韻，何足感人。

清陳廷焯《詞壇叢話》：晏小山詞，風流綺麗，獨冠一時。黄山谷序，稱叔原仕宦連蹇，而不能一傍貴人之門，是一癡也。論文自有體，而不肯一作新進士語，此又一癡也。

費資千百萬，家人饑寒，而面有孺子之色，此又一癡也。是叔原之爲人，正有異於流俗，不第以綺語稱矣。

又：北宋之晏叔原，南宋之劉改之，一以韻勝，一以氣勝，別于清真、白石外，自成大家。

清馮煦《蒿庵論詞》：淮海、小山，真古之傷心人也，其淡語皆有味，淺語皆有致。求之兩宋詞人，實罕其匹。子晉欲以晏氏父子追配李氏父子，誠爲知言。彼丹陽、歸愚之相承，固瑣瑣不足數爾。

清況周頤《蕙風詞話》卷二：晏叔原詞自序曰：「始時沈十二廉叔、陳十君龍家有蓮、鴻、蘋、雲，清謳娛客。」廉叔、君龍，殆亦風雅之士，竟無篇闋流傳，並其名亦不可考。宋興百年已還，凡著名之詞人，十九《宋史》有傳，或附見父若兄傳。大抵黄閣鉅公，烏衣華胄。即名位稍遜者，亦不獲二三焉。當時詞稱極盛，乃至青樓之妙姬，秋墳之靈鬼，亦有名章俊語，載之曩籍，流爲美談。萬不至章甫縫掖之士，尺板斗食者流，獨無含咀宫商，規撫秦、柳者。矧天子右文，羣公操雅，提倡甚非無人，而卒無補於湮没不彰，何耶？國初顧梁汾有言，燠涼之態，浸淫而入於風雅，良可浩歎。即北宋詞人以觀，蓋此風由來舊矣。即如叔原，其才庶幾跨竈，其名殆猶恃父以傳。夫傳不傳亦何足重輕之有。唯是自古迄今，不知蘊没幾許好詞，而其傳者，或反不如不傳者之可傳，是則重可惜耳。

又云：《小山詞》從《珠玉》出，而成就不同，體貌各具。《珠玉》比花中之牡丹，《小山》其文杏乎。

王國維《人間詞話》卷上：馮夢華《宋六十一家詞選序例》謂：「淮海、小山，古之傷心人也。其淡語皆有味，淺語皆有致。」余謂此唯淮海足以當之。小山矜貴有餘，但可方駕子野、方回，未足抗衡淮海也。

吴梅《詞學通論》第七章概論二：余謂豔詞自以小山爲最，以曲折嬌婉，淺處皆深也。

夏敬觀《吷庵詞評》：晏氏父子，嗣響南唐二主，才力相敵，蓋不特詞勝，尤有過人之情。叔原以貴人暮子，落拓一生，華屋山邱，身親經歷，哀絲豪竹，寓其微痛纖悲，宜其造詣又過於父。山谷謂爲「狎邪之大雅，豪士之鼓吹」，未足以盡之也。

又：殊父子詞，語淺意深，有迴腸盪氣之妙。幾道殆過其父。

陳匪石《聲執》卷下：至於北宋小令，近承五季。慢詞蕃衍，其風始微。晏殊、歐陽修、張先固雅負盛名，而砥柱中流，斷非幾道莫屬。

又：珠玉、小山、子野、屯田、東山、淮海、清真，其詞皆神於煉，不似南宋名家針綫之迹未滅盡也。

劉永濟《唐五代兩宋詞簡析》：幾道字叔原，號小山，晏殊之幼子。神宗元豐年間，監潁昌府許田鎮。有《小山詞》。黄庭堅序其詞集，目爲「人英」，舉其生平癡絶處有四：一曰「仕宦連蹇，而不能一傍貴人之門」；二曰「論文自有體，不肯一作新進士語」；三曰「費資千百萬，家人寒饑，而面有孺子之色」；四曰「人百負之而不恨，己信人，終不疑其欺己」。即此可見叔原之爲人。蓋叔原本貴公子，才氣飛揚，在朝皆其父友，而不能低首下之，故沉於下位。又爲文不趨時尚，不爲新進士語。凡此皆以見其不慕富貴。而人百負之而不恨，己信人而終不疑，尤爲難能。其詞能於小令之中，具有長調之氣格。查慎行有詩曰：「收拾光芒入小詩。」叔原可謂能收拾光芒入小詞者。昔人評其詞「清壯頓挫」，亦因其能「收拾光芒」，故能「清壯頓挫」也。

鄭騫《成府談詞》：小山詞境，清新淒婉，高華綺麗之外表，不能掩其蒼涼寂寞之内心，傷感文學，此爲上品。《人間詞話》云：「小山矜貴有餘，但可方駕子野、方回，未足抗衡淮海。」是猶以尋常貴公子目小山矣。

又：小山詞傷感中見豪邁，淒涼中有温暖，與少游之淒厲幽遠異趣，小山多寫高堂華燭、酒闌人散之空虚，淮海則多寫登山臨水、棲遲零落之苦悶。二人性情家世、環境遭遇不同，故詞境亦異，其爲自寫傷心則一也。

吴世昌《詞林新話》卷三：《小山詞》比當時其他詞集，令讀者有出類拔萃之感。它的文體清麗宛轉如轉明珠於玉盤，而明白曉暢，使兩宋作家無人能繼。

又：亦峰謂小山詞「情溢詞外，未能意藴言中」，又曰小山「不免思涉於邪，有失風人之旨」云云，「情溢詞外」，正是小山長處，謂小山「思涉於邪」，又是妄語。

又：蕙風曰：「寒酸語不可作，即愁苦之音亦以華貴出之。飲水詞人所以爲重光後身也」。「愁苦之音亦以華貴出之」，小山已先容若爲之矣。重光後身爲小山，非容若也。

又：静安以宋詞比唐詩，曰：「方回、叔原則大曆十子之流」云。則静安於叔原詞所知猶爲皮相也。又曰：「小山矜貴有餘，但可方駕子野、方回，未足抗衡淮海也。」以小山不足比淮海，静安非知小山者。

又：有選家謂小山詞能於小令之中，具有長調之氣格，此亦不知妄言。

五、鄭俠、黄庭堅、晁端禮、鄒浩與晏幾道唱和詩詞

鄭俠《西塘集》卷九《晏十五約重陽飲患無登高處》

道義相歡勝飲醪，況添流雪見承糟。臥籬一醉陶家宅，不是龍山趣也高。

黄庭堅《山谷外集》卷七《次韻答叔原會寂照房呈稚川》(作于元豐三年)

客愁非一種,歷亂如蜜房。食甘念慈母,衣綻懷孟光。我家猶北門,王子渺湖湘。寄書無雁來,衰草漫寒塘。故人哀王孫,交味耐久長。置酒相暖熱,愜于冬飲湯。吾儕癡絶處,不減顧長康。得閒枯木坐,冷日下牛羊。坐有稻田衲,頗薰知見香。勝談初亹亹,修綆汲銀床。聲名九鼎重,冠蓋萬夫望。老禪不掛眼,看蝸書屋樑。韻與境俱勝,意將言兩忘。出門事衮衮,斗柄莫昂昂。月色麗雙闕,雪雲浮建章。苦寒無處避,惟欲飲中藏。

黄庭堅《山谷外集》卷七《同王稚川晏叔原飯寂照房》(作于元豐三年)

高人住寶坊,重客款齋房。市聲猶在耳,虚静生白光。幽子遺淡墨,窗間見瀟湘。蒹葭落鳧雁,秋色媚横塘。博山沉水煙,淡與人意長。自攜鷹爪芽,來試魚眼湯。寒浴得温湢,體浄心凱康。盤飧取近市,饜飫謝膻羊。裂餅羞豚膾,包魚芰荷香。平生所懷人,忽言共榻床。常恐風雨散,千里鬱相望。期游豈易得,淵對妙濠梁。雅雅王稚川,易親復難忘。晏子與人交,風義盛激昂。兩公盛才力,宫錦麗文章。鄙夫得秀句,成誦更懷藏。

黄庭堅《山谷外集》卷七《次韻叔原會寂照房》(作于元豐三年)

風雨思齊詩，草木怨楚調。本無心擊排，勝日用歌嘯。僧窗茶煙底，清絶對二妙。俱含萬里情，雪梅開嶺徼。我慚風味淺，砌莎慕松蔦。中朝盛人物，誰與開顔笑。二公老諳事，似解寂寞釣。對之空歎嗟，樓閣重晚照。

黄庭堅《山谷外集》卷十四《自咸平至太康，鞍馬間得十小詩，寄懷晏叔原，並問王稚川行李。鵝兒黄似酒，對酒愛新鵝，此他日醉時與叔原所詠，因以爲韻》（作于元豐七年）

其一

詩入鷄林市，書邀道士鵝。雲間晏公子，風月興如何。

其二

春風馬上夢，樽酒故人持。猶作狂時語，鄰家乞侍兒。

其三

憶同嵇阮輩，醉卧酒家牀。今日壚邊客，初無人姓黄。

其四

對酒誠獨難，論詩良不易。人生如草木，臭味要相似。

其五

春色挾曙來，惱人似官酒。酬春無好語，懷我文章友。

其六

紅梅定自開，有酒無人對。歸時應好在，常恐風雨晦。

其七

東南萬里江，緑浄一杯酒。王孫江南去，更得消息否。

其八

獻笑果不情，貌親初不愛。誰言百年交，投分一傾蓋。

其九

四十垂垂老，文章豈更新。鼻端如可斲，猶擬爲揮斤。

其十

土氣昏風日，人囂極雁鵝。尋河著繩墨，詩思略無多。

晁端禮《鷓鴣天・晏叔原近作鷓鴣天曲，歌詠太平，輒擬之爲十篇。野人久去輦轂，不得目覩盛事，姑誦所聞萬一而已》

鷓鴣天

霜壓天街不動塵。千官環珮賀成禋。三竿閶闔樓邊日，五色蓬萊頂上雲。　隨步輦，卷香裀。六宮紅粉倍添春。樂章近與中聲合，一片《仙韶》特地新。

又

數騎飛塵入鳳城。朔方諸部奏河清。圜扉木索頻年静，大晟《簫韶》九奏成。　流協氣，溢歡聲。更將何事卜昇平。天顏不禁都人看，許近黄金輦路行。

又

閬苑瑶臺路暗通。皇州佳氣正葱葱。半天樓殿朦朧月，午夜笙歌淡蕩風。　車流水，馬游龍。萬家行樂醉醒中。何須更待元宵到，夜夜蓮燈十里紅。

又

洛水西來泛緑波。北瞻丹闕正嵯峨。先皇秘聿案原本字殘，不知何字無人解，聖子神孫果衆多。　民物阜，歲時和。帝居不用壯山河。卜年卜世過周室，億萬斯年入詠歌。

又

壁水溶溶漾碧漪。橋門清曉駐鸞旗。三千儒服鴛兼鷺，十萬犀兵虎與貔。　春服就，舞雩歸。四方争頌育莪詩。熙豐教養今成効，已見夔龍集鳳池。

又

八彩眉開喜色新。邊陲來奏捷書頻。百蠻洞穴皆王土，萬里戎羌盡漢臣。　丹轉轂，錦拖紳。充庭列貢集珠珍。宮花御柳年年好，萬歲聲中過一春。

又

聖澤昭天下漏泉。君王慈孝自天然。四民有養躋仁壽，九族咸親邁古先。　歌舜日，詠堯年。競翻玉管播朱絃。須知大觀崇寧事，不愧《生民》《下武》篇。

又

日日《仙韶》度曲新。萬機多暇宴游頻。歌餘蘭麝生紈扇，舞罷珠璣落繡絪。　金屋暖，璧臺春。意中情態掌中身。近來誰解辭同輦，似説昭陽第一人。

又

萬國梯航賀太平。天人協贊甚分明。兩階羽舞三苗格，九鼎神金一鑄成。　仙鶴唳，玉芝生。包茅三脊已充庭。翠華脈脈東封對，日觀雲深萬仞青。

又

金碧觚稜斗極邊。集英深殿聽臚傳。齊開雉扇雙分影，不動金鑪一噴煙。　紅錦地，碧羅天。昇平樓上語喧喧。依稀曾聽《鈞天》奏，耳冷人間四十年。

鄒浩《道鄉集》卷八《仲弓見訪同過叔原》

暮天雲不動，庭竹晚生寒。好事倏假蓋，擁爐聊整冠。香煤圍薄霧，松塵落驚湍。思逸何當盡，鄰家有謝安。

六、趙尊岳《和小山詞》

和小山詞序

癸亥五月，叔雍《和小山詞》成，屬爲審定，並綴數言卷端。夫陶寫之事，言塗轍則已拘，而神明所通，必身世得其似。在昔臨淄公子，天才黄絹，地望烏衣，涪皤屬以人英，伊陽賞其鬼語。蓮鴻蘋雲而外，孰託知音；《高唐》《洛神》之流，庶幾合作。其瑰磊權奇如彼，槃姍勃窣如此，雖歷年垂八百，而解人無二三。豈不以神韻之間，性情之地，非針芥之有合，寧驂靳之可期？解道湖山晚翠，舊數斜川；消受藕葉香風，誰爲處度。叔雍瓊思内湛，瑋埶旁流。得《惜香》之纏綿，方《飲水》之華貴。起雛鳳於丹穴，雝喈猶是元音；茁瑶草於閬風，沆瀣無非仙露。用能吹花嚼蘂，縫月裁雲。步詎學與邯鄲，韻或險於競病。㦣《補亡》之閟恉，换羽何用新聲；徵《聊復》之遺編，吟商尚存舊譜。緑嬴屏底，寫周柳之情懷；朱雀橋邊，識王謝之風度。同聲相應，有自來矣。彼西麓繼周，夢弢賡范，迂公《花間》之續，坐隱《草堂》之餘，以古方今，何遽多讓。此日移情海上，見觸目之琳琅；當年連句城南，愧在前之珠玉。曩寓都門，與張子苾、王半塘連句和《珠玉詞》，近叔雍授梓覆鍥。蕙風詞隱況周頤書於滬濱賃廡之天春樓。

《和小山詞》目録

臨江仙八調　蝶戀花十五調
鷓鴣天十九調　生查子十三調
南鄉子七調　清平樂十八調

玉樓春二十一調　減字木蘭花三調
洞仙歌　菩薩蠻九調
阮郎歸五調　浣溪沙二十調
六幺令三調　更漏子六調
御街行二調　浪淘沙四調
訴衷情八調　碧牡丹
望仙樓　行香子
點絳脣五調　少年游五調
虞美人九調　采桑子二十六調
踏莎行四調　留春令三調
清商怨　長相思
醉落魄四調　西江月二調
武陵春三調　解珮令
泛清波摘遍　歸田樂
河滿子二調　于飛樂

愁倚闌令三調　破陣子
好女兒二調　兩同心
滿庭芳　風入松二調
秋蕊香二調　思遠人
鳳孤飛　慶春時二調
喜團圓　憶悶令
梁州令　燕歸來

和小山詞

武進　趙尊岳　叔雍

臨江仙

凭遍曲闌十二，碧城猶記相逢。蓮房墜粉又秋風。畫嫞眉淺翠，醉薄靨輕紅。　澹月疏簾遥夜，清光乞與君同。誰知雁字解書空。雲崖無限恨，依約夢魂中。

前調

樓外粉鱗雲淡，尊前青眼花稀。難消平子《四愁詩》。緑波春草路，送別幾經時。　傍柳記曾驄繫，憐花賸有鶯知。海棠時節約來歸。莫教分袂地，紅雨泣空枝。

前調

翠罨樓臺芳意，紅消風月深情。天涯芳草黯征程。聞歌誰畫壁，送客此旗亭。　緑螘泛時須滿，黄鸝嗁到無聲。三生杜牧惜狂名。楚腰餘夢憶，淒絶緑楊城。

前調

一桁湘簾塵遠，午鶯嗁破春長。舊游難得夢横塘。夢迴尋不得，惆悵蕙鑪香。　卻道海棠依舊，東風未算荒唐。翦紅裁緑費商量。題花傳彩筆，作草賸斜行。

前調

院落重簾春悄，秋千燕子來時。倦懷無奈杜鵑嗁。陌頭楊柳色，雨後海棠枝。　也拌東風沈醉，難消佳日芳菲。天涯唱徹《阮郎歸》。仙源何處是，空有亂紅飛。

前調

金鴨銷殘心字，曉鶯不放愁眠。初暾紅到繡簾前。低徊春草夢，妍暖杏花天。　有約尋芳拾翠，拍浮酒欲論船。嫣紅姹紫不勝憐。韶華無限好，莫待緑陰圓。

前調

酒半麝熏濃暖，夢迴羅幕低垂。別離還記暮春時。游蜂黏絮落，香燕蘸泥飛。　樓上杏花斜月，衹今病怯單衣。吳雲天末最相思。錦書誰付託，極目雁南歸。

前調

塵世滄桑凭幾易，故山魚鳥總相親。倚樓閒自岸綸巾。鶯花成昨夢，丘壑屬高人。　酩酊直須千日酒，光陰莫負百年身。雙丸隨分去來頻。蘭荃芳未歇，珍重和陽春。

蝶戀花

已過清明寒不盡。簾外東風，花落紅成陣。柳慣三眠無那困。荼蘼管領經春恨。　去燕來鴻難借問。底事雲邊，不肯傳芳信。春色三分眉一寸。蓬山更遠天涯近。

前調

雲外樓高愁佇望。瑟瑟天風，摇曳哀蟬唱。雪藕沈瓜猶可餉。簾篩淡日微生浪。　秋氣涼於潮暗漲。卻憶濃春，絲柳隨檐向。一脈露華生海上。眉峰不減春愁樣。

前調

黃菊東籬開已遍。載酒攜萸，俊約山亭宴。涼沁玉纖捐畫扇。橫塘一碧澄如練。翠袖新嫞妝半面。玉立亭亭，玳瑁筵前見。留月駐雲歌宛轉。塞鴻無計將清怨。

前調

玉色珠光瓊引駕。天與姮娥，占斷清秋夜。似鏡如眉都入畫。翠樓珍重銀鈎挂。一曏花陰高復下。竹露瑽琤，如共人清話。爲道秋陰須乞借。海棠和淚勻妝罷。

前調

銀燭蘭燈星月晚。對酒當歌，莫問情深淺。蝶殢蜂迷芳草遠。淚痕長共襟塵滿。一自青鸞消息斷。總覺年時，衣帶香羅短。剗地落英飛絮亂。綠醪拌得春衫換。

前調

罨畫屏深羅扇小。望極星河，乞與機絲巧。梧葉半庭金井悄。穿針暗卜同心好。夢欲重尋須睡早。到得天涯，應是雲藍少。苦恨唬螿唬不了。月明錯認西窗曉。

前調

春夢如絲誰與記。春盡絲殘，尋夢何容易。遲日茜窗酣午睡。餘寒猶怯桃笙翠。柳影誰教摹雁字。得似人人，知否人中意？長日消磨無好計。思深望遠垂清淚。

前調

風約吴帆江上去。江遠帆收，惆悵無尋處。任是難尋尋亦許。凭闌禁得廉纖雨。雨過雲橫千萬縷。一縷癡雲，一縷相思緒。儘意相思須不誤。靈犀一寸蓬山路。

前調

釵鳳鏡鸞都嫵媚。兩點春山，新樣眉妝試。珠玉璁瓏紈綺膩。淺顰深笑宜人意。何止醇醪輸此味。問訊雲英，可是璚漿比？錦繡別無天與地。衆芳容易閒情寄。

前調

水活銀塘簾影動。聽盡嚦鵑，猶怯餘寒重。新緑抽條如丱鬈。光陰未到桐花凍。鈿閣箏塵慵撥鳳。生怕黄昏，眉月生西弄。芳約一春誰與共。花風迴首都如夢。

前調

雙燕倦飛猶掠浦。偷覷淩波，碧玉盈盈女。嚲鬌低鬟無一語。白蘋紅蓼誰爲主？手把芙蓉遲贈與。極目青萍，幾度飄紅雨。煙路迢迢知幾許？絳愁凝葯情懷苦。

前調

容易西風凋碧樹。敗葉疏陰，依約長亭路。金縷怨深投錦杼。銀灣得似銷魂處。　寶鴨熏鑪煙縷縷。縈損迴文，那識相思苦。熨帖羅衣無好緒。唾絨窗外多風露。

前調

唱徹驪歌留不住。後約難期，得似今番遇。夢雨慳晴天欲莫。紅襟故故雙飛去。　猶是東風花滿路。無復瑤尊，花底傳情愫。從此一春芳草渡。總然煙冷雲沈處。

前調

最憶來時芳草路。楊柳樓前，金勒曾相遇。雙燕見人攜手處。重尋底爲東風誤。　顒顒自憐腰束素。夢裏盟言，夢裏都無據。打疊愁心千萬縷。付它錦瑟縈絃柱。

前調

月浦雲歸人未散。萬一纖阿，爲證同心願。誰似冰輪常得見。教人不怨雲涯遠。　十二闌干都倚遍。等是無書，一任鴻來晚。望極疏林生別怨。星河洛角西風滿。

鷓鴣天

醉倚花枝進一鍾。繞枝蜂蝶見殘紅。春曉夢咽金壺漏，子夜歌翻玉笛風。　愁易別，自初逢。碧雲心事故人同。可能分付梁間燕，不盡迴環錦字中。

前調

明月西樓春未殘。珠簾十里似長干。梨花暈雨娟娟靜，燕子銜香款款還。　輕不度，莫教閒。番風容易換朱顏。誰堪更憶尋芳約，昨夜羅衣特地寒。

前調

淺畫遥山入黛眉。謝娘妝鏡影娥池。金鑪沈水銷難盡，繡幕芙蓉暖尚垂。　春宛宛，意遲遲。踏青天氣最宜詩。鈿車舊駐垂楊外，開到荼蘼未可期。

前調

夢雨西窗憶舊游。芰荷香裏採菱舟。蓬窗短笛清谿月，羅幕疏燈碧瓦樓。　隨岸轉，抱村流。清尊閒引不知愁。鴛鴦總在花間宿，荻雪蘋風滿浦秋。

前調

絳蠟燒殘未肯歸。醉餘襟袖任淋漓。凭闌佇月初三夜，側帽聞歌弟幾迴。　璚玉佩，縷金衣。紫鸞消息碧雲西。小窗虛幌堪惆悵，穩睡紅襟聖得知。

前調

韻笛瓊姿月下傳。倚闌風度恰如仙。夢迴心字燒殘後，腸斷腰圍未減前。　憐倩影，惜韶年。此情須問有情天。屏山只赤天涯路，分付姮娥各自圓。

前調

霜重前村烏桕紅。女兒浦口記曾逢。推篷醉倚尊前月，解佩清迴袖底風。　秋易感，思何窮。嬋娟千里與誰同。遥山一抹修眉緑，依約巫雲十二峰。

前調

尚怯餘寒未減衣。夢餘心緒倦鶯知。雲山長結相思恨，更展天涯錦字時。　花作障，玉爲墀。嬌紅鬒緑豔陽時。春人迴首春如夢，春色年年在柳枝。

前調

霧箔雲屏裊篆香。當筵又作少年狂。閒招紅袖酬芳節，未許藍橋隱夕陽。　山宛轉，水蒼茫。問渠争得似情長。推尊卻凭闌干立，指點雲涯數雁行。

前調

襌袖迴燈弄紫簫。醉餘丰度太嬌嬈。小憐唱徹秦娥憶，一曲尊前暈粉銷。　春水皺，莫雲迢。柳枝猶學女兒腰。花箋不浣東風怨，莫更尋春萬里橋。

前調

暈酒嬌紅上粉顋。小顰眉葉未全開。簫聲倦擫玲瓏玉，羅幕斜鈎佇月來。　添鳳餅，卸鸞釵。閒思芳約舊池臺。風光纔過收燈節，已是愁春弟幾回。

前調

畫罨濃陰一徑微。最深深處鷓鴣嗁。無端棖觸春人怨，喚起雙雙燕子飛。　消暮景，惜芳時。天涯薄倖幾時歸。樓前垂柳千千縷，欲繫嘶驄未可期。

前調

花絮伶俜滿院飛。黃昏無奈鷓鴣嗁。聲聲似説相思苦，畢竟相思付阿誰。　春向晚，暖猶微。倚闌人怯翠羅衣。番風早是難消遣，何況天涯有秭歸。

前調

樹色千門罨翠同。朝元宮裏景陽鐘。紫霞杯灩金莖露，青瑣花扶玉檻風。　仙仗擁，朵雲紅。九天珂韻佩丁東。御街驄馬歸來晚，滿袖香煙不放空。

前調

最是凝顰欲語時。此情能得幾人知。但留釵鈿皆傳恨，遍拍闌干孰與期。　芳宛宛，意遲遲。夢殘無地著尋思。韶光憔悴還堪否，衹恐新蟾亦斂眉。

前調

侶是鴛鴦性是蓮。夕陽清怨共誰傳。微波消息能通語，明鏡漣漪遠接天。　香夢悄，浪紋圓。艤舡僥倖柳爲緣。山鬟不妒新妝束，夜夜吴歌入管絃。

前調

欲訴年時宛轉心。離歌按譜不成音。參差竹較情長短，瀲灎杯含意淺深。　愁佇雁，怯聞砧。闌干也自倦凭臨。斜陽未省人惆悵，來照屏間孔雀金。

前調

粉倩夫渠逗曉涼。翠深眉岫襯朝陽。呢喃乳燕依煙樹，夭矯朱藤引露牀。　閒展卷，漫焚香。如年佳日夢餘長。沈瓜浮李清無奈，更勸芳醪進一觴。

前調

無語斜暉送暮春，晚晴猶説最宜人。半黃楊柳牽情緒，未雪梨花作夢雲。　寒尚峭，暖微醺。青回草色似羅裙。高唐十二峰何許，雲便無心也憶君。

生查子

春紅咽杜鵑，晚翠迷驄馬。説似不如歸，璧月檀欒夜。燕子最多情，争忍辭王謝。應念倚闌人，望極斜陽下。

前調

有恨枝上花，無定風前柳。花柳恰撩人，可奈分攜後。芳池水上春，底事干卿皺。道是不干卿，還更濃於酒。

前調

垂柳千萬絲，比似愁多少。杜宇一聲聲，催得嗁鶯老。深意拂雲藍，寄與君知道。明鏡玉芙蓉，長保朱顔好。

前調

翠袖倚蓀橈，花路迷煙浦。得似彩鴛棲，已忍蓮心苦。眼底惜微波，欲託渾無語。波外遠山青，畫出顰眉否。

前調

微紅泛臉波，薄醉融渦暈。縈損玉鑪煙，蘭麝催人困。　銜花燕未歸，簾幕黄昏近。暝色度疏鐘，故故傳幽恨。

前調

文鴛不解愁，秋信驚團扇。障扇脱紅衣，蚤被文鴛見。　露重月偏明，來照嚬妝面。望極楚雲深，只赤凌波怨。

前調

横塘並蒂花，花底雙鴛住。香夢莫頻驚，越女摇船去。　嬌雲罨麝波，回首相思路。載得月明歸，記省鴛棲處。

前調

罨翠畫簾深，臨水高樓住。倒影俛遥山，憶别傷南浦。　憑闌佇夕陽，高處涼於雨。清怨入雲羅，嗚咽春鴻語。

前調

卍文闌巧迴，心字香頻裊。玉笛落誰家，幽趣人知少。　辛苦盼團圞，嫞向姮娥道。蘭夜恰初三，妒煞纖眉好。

前調

日斜山額黃，草暗裙腰緑。無語凭闌干，倦倚湘江曲。柳絲情短長，怪底三眠足。燕燕不知愁，夜夜雙雙宿。

前調

春纖注玉徽，的的絃中意。未解別離難，卻道尋春易。芳約舊湔裙，記拾溪頭翠。皺水作瀠洄，得似關心事。

前調

金風玉露時，畫意詩情足。素月浣清光，掩映簾波緑。吹殘紫玉簫，不盡相思曲。苦恨夢中逢，一例分攜促。

前調

雲山千萬重，消息憑誰問。風佇杏鬟香，雨憶梨渦潤。能得夢中來，便擬天涯近。夜夜卜燈花，何止雙魚信。

南鄉子

官渡狎春潮。芳草隄邊小畫橋。繫得吴娃雙槳住，嬌嬈。解意新鶯織露條。　芳信近花朝。水市餳香入洞簫。無那緑波將别恨，雲迢。容易相逢夢亦遥。

前調

吹到杏花風。薄困人如宿酒中。蛺蝶柳花悠颺裏，初逢。淺約宫眉笑靨濃。　幽恨璅窗茸。勞恰西飛燕又東。兩地相思誰與寄，應同。愁煞雕闌一角紅。

前調

小别恰成悲。忍折長亭弱柳枝。邕好月圓花正發，相期。聞早歸來莫漫遲。　禁得幾相思。顛到由來爲遠離。容易夢尋鶯又唤，醒時。畫裏屏山學翠眉。

前調

欲拾墜歡難。彊把秦箏取次彈。一桁湘簾閒卷處，花殘。翠袖香痕十二闌。　生怕錦衾寒。撥火濃熏費麝檀。明月可知人意倦，宵闌。卻照銀屏畫閣閒。

前調

苦恨蕙鑪香。篆煙縈裊繡鴛鴦。繡倦香銷愁極目，銀牀。月轉庭梧影漸長。　仙袂露華涼。玉清應怨鑠瑤房。如此涼天如此夜，能忘。怪底人間鐵石腸。

前調

芳約總成虛。夢醒還憐抱影孤。薄似雲羅渾未信，難期。念取韶華豆蔻初。臨水託雙魚。珍重離情子細書。別後玉容長想望，誰如。消得文園病渴無。

前調

淺黛映纖眉。楊柳陰中玉笛吹。賺取多情雙燕子，斜飛。銜得香泥未肯歸。妍暖踏青期。促繡閨中聖得知。年少誰家金勒馬，來遲。紫陌塵香月上時。

清平樂

行行且住。莫向天涯去。吹盡柳綿芳草路。總是舊經行處。望中水碧山青。長亭樹色無情。珍重玉璫緘札，防它去雁難憑。

前調

池塘夢草。容易春來了。不恨綠窗春睡少。念取嚦鶯嬌小。東風倦倚箏琶。峭寒猶怯紋紗。惆悵佳人翠袖，淒其公子清華。

前調

花嬌鈿小。心緒知多少。春夢如煙縈碧草。錦瑟華年愁老。　紅箋自和新詞。緑窗莫問歸期。歸在荼蘼開後，詩成燕子來時。

前調

金猊篆小。日映雲屏早。昨夜東風春未老。薄暖輕寒都好。　小窗羅幕低垂。雕梁燕子來遲。心事天涯芳草，眉痕花底新詞。

前調

愁春不盡。望斷雙魚信。飛絮落花欺翠鬢。最是春酲初醒。　浮雲西北高樓。珠簾得似揚州。可奈黃昏細雨，峭寒都在瓊鈎。

前調

畫廊迴處。燕子雙飛去。細草如茵花滿路。迢遞年時芳緒。　遠山猶妒眉開。鈿車萬一重來。莫遣玉龍吹徹，吴儂最惜殘梅。

前調

翠漪微皺。佳約湔裙後。花底持觴迴綵袖。殢酒情懷依舊。　歸來楊柳梢頭。杜鵑説與春愁。那更東風無賴，落紅飛入層樓。

前調

瑶階鬬草。響屧人來早。香徑落英慵不掃。恰似春光未老。　酬春寫遍箋長。餘情更付壺觴。消得海棠沈醉，紅闌一角斜陽。

前調

緑顰紅怨。著意光風轉。别後思量誰得見。一日繞花千遍。　銀鈎錦字分明。赬鱗蒼雁難憑。衹有梁間燕子，見人無那深情。

前調

夢中芳意。雨滴空階碎。坐擁羅衾思往事。苦恨韶光如寄。　愁聽鄰院絲桐。雨餘殘月朦朧。依約兩潮聲裏，低徊五十絃中。

前調

銀河乍轉。夢裏春宵宴。按舞羽衣疑月殿。摇曳玉階柳線。　碧城十二淒迷。羅衾不耐單棲。畫裏屏山只赤，瓊霄何處丹梯。

前調

踏青人去。折柳和輕絮。柳外嗁鵑嗁不住。曾是鈿車行處。　殘陽淡入煙昏。藏鴉不見斜門。裘馬五陵年少，風流也黯吟魂。

前調

金尊綵袖。頻獻鵝黃酒。不數天魔狂妒柳。妙舞紫雲長壽。　珠喉玉指冰絃。紅羞翠掩燈前。綽約杏花半吐，清輝明月初圓。

前調

夢餘人醒。小立凭闌定。疏雨橫塘煙外影。紅蓼白蘋初靜。　雲鴻萬里南征。家山何處歸程？早是瓊簫吹徹，不成河滿聲聲。

前調

夫容開遍。芳景隨流轉。斜月半規秋一片。寫出湖山清怨。　柳絲縈繫隄邊。而今可似當年？何處數聲羌笛，有人重上吴船。

前調

夢回還記。夢裏歡娱事。濃到鬱金春酒味。未抵芳心密意。　上階斜月侵尋。篆香暗襲蘭襟。依約小蘋風度，畫屏銀燭宵深。

前調

嘶驄倦去。紫陌尋春路。百六韶光閒裏度。怕見將離開處。相思極目雲端。眉痕澹冶春山。回首舊游何許？夢魂昨夜闌干。

前調

蘭因莫問。拌得相思分。總爲舊游縈舊恨。人遠卻教日近。年時綺席金鍾。而今水複山重。長是愔愔庭院，花開猶似初逢。

玉樓春

日高深院愁春莫。倦緑成陰新網户。流鶯驚醒玉樓人，獨倚畫闌吹柳絮。夢中爲雨爲雲處。醒了卻教巫峽去。無情柳絮逐東風，飛過年時攜手路。

前調

簾波拂曉屏山莫。眉葉乍舒寒約住。總然寒盡不成歡，愁滿落花芳草路。路歧畢竟曾相遇。相遇誰教輕別去。垂楊也爲繫斑騅，緑到天涯斷腸處。

前調

紅牙舊曲傳香素。金譜新腔移雁柱。醉餘好夢幾回圓，賺得芳春無處去。　花枝長好春長住。底事春風欺弱絮。春風無力鬢雲低，彈徹伊州羞自覷。

前調

飛紅作雨香成陣。苦恨將離消息近。當歸何事不歸來，欲向柳梢眉月問。　柳梢盼斷人無信。眉月那知心上恨。燈花鵲喜更無憑，祇是韶光容易盡。

前調

春深花下傳觴宴。撥盡新篘傾別怨。片風絲雨短長亭，夢草鋪茵晴未遍。　明朝得似今朝健。也羨沙鷗無聚散。莫辭襟袖更淋浪，消領玉奴深意勸。

前調

杏鈿畫暖琉璃靜。百囀黄鸝枝上聽。東風吹徹繡簾深，怪底愁春猶未醒。　宫眉淺畫窺妝鏡。柳葉菱花紅翠影。畫眉休畫遠山眉，山遠歸期難與定。

前調

輕雲閣雨時光好。楊柳眠遲花信早。青春明鏡綵鸞嬌，碧月雕梁新燕小。　桂堂東畔多幽草。苦恨鳳鞵纖印少。揭來愁病兩侵尋，總被多情風月笑。

前調

一聲羌笛離亭晚。吹徹東風迴柳眼。相催無奈馬嘶頻，臨別且教尊酒滿。音書易斷情無斷。珍重天涯寒共暖。天涯寒暖總淒涼，寫遍長箋猶恨短。

前調

杜鵑啼徹春難住。芳草織成春去路。殘寒蕭瑟掩斜門，絲雨簾纖沾舞絮。春長無奈歸期誤。說與東風真負負。東風祇解颺殘紅，紅到杜鵑啼徹處。

前調

珠喉掩抑箏塵裏。得似君歌能有幾？輕翻翠袂遏行雲，乍破銀瓶傾碧水。撥絃轉軸輪纖指。不盡絃中深淺意。風流縱得博人憐，錦瑟年華須惜起。

前調

秋容淨似春酲醒。月到花陰花罨鏡。鏡奩長對影娥池，瀲碧風微眉語靜。流螢飛去蘼蕪徑。芳樹倦雅棲未定。此時情景恰宜詩，詩興揭來能幾賸。

前調

粉娘妝面芙蓉似。端合小顰題小字。宵深無奈畫屏寒，夢淺卻消銀燭淚。　尊前最憶年時事。絃上難論無限意。蠻箋十樣寄深情，情重去鴻禁得未。

前調

嗁鶯似喚鈿車住。莫嚮長亭芳草路。香輪軋軋碾珠塵，最是人間腸斷處。　柳眉淺畫遥山妒。柳絮情多黏繡户。斑騅也莫怯征程，懊恨陽關催別去。

前調

宿醒初醒忺臨鏡。風峭微鬆雲雨鬢。小園新緑漸成陰，深院落紅如有信。　花風數盡情無盡。瘦損爲誰慵自問。玉簫吹徹別離聲，猶有畫簾工罨恨。

前調

消磨長日無長計，凭遍回廊花滿地。篆煙縈繞茜窗紗，縷縷似傳心上意。　傷心本事皆前事。灌溉愁根除有淚。不須彈淚向東風，此恨問天天亦醉。

前調

高樓不似吴雲近。消息樓頭何處問？珠吭可是舊時鶯，還向刺桐花裏認。　人人芳約難凭信。日日番風吹別恨。番風送得錦書來，蚤是儂愁消領盡。

前調

流鶯嚦處金絲軃。春似畫圖新渲染。泥香消得燕銜忙，花韠恰如人醉淺。樓臺夕照聞歌管。拾翠歸來渾未晚。晚風無緒不知愁，款款蘭衾慵自展。

前調

紅綃換曲誰論價。醉倒歌樓明月夜。燒殘龍腦夢常温，倚立鳳幃人似畫。含情顧影菱花下。緑映鬟雲妝墮馬。嬌顰忽逗倦眉尖，似憶宵深燈畔話。

前調

嬌鶯弱柳能歌舞。柳外驄嘶知幾度。不成歌舞不關情，底事花時輕別去。游絲裊遍牆東路。祇是風流難約住。風流天付與疏狂，冶葉倡條知甚處。

前調

瓊英妒煞朱顏媆。巧綰緑雲新掠鬢。香羅省識瘦腰圍，手把花枝慵對鏡。玉郎別後無音信。去燕來鴻難借問。千紅萬紫織濃春，得似迴文詩裏恨。

前調

一枝香玉梅初綻。卍字沈熏煙未散。錦翻新樣被池鴛，花卜歸期燈足雁。　寒消三九宜芳醆。可奈清尊愁倚慣。總然拚醉得瞢騰，夢裏爲歡終有限。

減字木蘭花

征帆目送。從此一春無好夢。駐馬誰家，剗地東風是處花。　黄昏易過。吹徹玉笙愁入破。有恨難忘。那更樓高近夕陽。

前調

嘶驄曾住。花外繫人心眼處。落盡紅英，風雨聲中昨夜情。　歸期未穩。數盡番風餘别恨。一自春前。琴爲慵彈祇慣眠。

前調

紅芳滿路。最憶年時行樂處。不分東風。花信更番荏苒中。　愁來欲遍。比似行春腰腳健。薄暖輕涼。天氣渾如意短長。

洞仙歌

芳菲滿眼，錦織長干道。莫負芳期被春笑。佇緗桃、露重絲柳風微，香塵起，玉勒瑚鞍不少。眉山分黛緑，繡閾璚匳，綽約韶容更誰好。舄鳳蹴，袖鸞拖，錦瑟華年，須不讓、琪花瑶草。怪廿四花風太忽忽，誤舊壘紅襟，者回遲到。

菩薩鬘

低徊南浦垂楊路。緑陰前度分攜處。再見若無緣。月華休更圓。心隨流水去。淚作黄昏雨。淚雨尚多情。月圓愁煞人。

前調

愔愔畫閣雙雙燕。柳昏花暝常相見。相見隔簾波。隔簾春幾多。簾波風約住。莫放韶光去。日暮碧雲天。相思年復年。

前調

尊迴聽徹嬌鶯語。狂花俊煞天魔舞。錦罽畫堂西。緑椒新壁泥。人愁春易老。春似人長好。香霧濕落衣。緑肥紅未稀。

前調

瓶花弄色三分吐。籠鶯學舌無多語。窗影度遲遲。緑楊春幾枝。屏山幽夢淺。不似吴雲遠。雲外有高樓。相思樓上頭。

前調

華琚瑶碧香羅雪。雕闌倚遍桐陰月。辛苦佇歸人。璇璣圖未成。　幽懷何處在。鈿約長留待。一角小樓紅。度簫無奈風。

前調

春寒淺淺荼䕷雪。玉奴妝鏡羞明月。月也妒春容。畫闌迴臉紅。　春城喧笛鼓。何處無歌舞。舞罷怯餘寒。爲誰腰帶寬。

前調

東風款夢屏山曲。天涯望極蘼蕪緑。儘意託鶗絃。難將心緒傳。　小紅春唱慢。箏柱移銀雁。占斷豔陽時。流雲歌外低。

前調

闌深影貯梨花白。番風不送歸來客。容易得相逢。繡幃香夢中。　魚箋疏遠信。怕説歸期近。卻憶別離時。斜門眉月低。

前調

一春長是思量苦。思量博得人知否。灰不盡相思。除非金鴨知。　春深腸斷處。花落春歸路。已是緑陰時。好春儂負伊。

阮郎歸

柳昏花暝雨簾纖。煙顰怯翠匳。悶人天氣暖寒兼。鑪香慵自添。風乍峭，日長厭。春魂蕩繡簾。簾深猶擬佇新蟾。斜紅戀畫簷。

前調

花蹊春服織蟬紗。輕紅襯淺霞。餘寒猶妒鬢邊雅。殘陽不肯斜。占好景，惜芳華。番風數慣差。楝花開後更無花。蕭條燕子家。

前調

蘭房妝罷晚晴初。風流誰得如。凝顰慵展寄來書。八行無那疏。憐夢遠，惜吟孤。春雲自卷舒。那堪雲散約長虛。約虛何似無。

前調

一秋心事冷吴霜。月移更漏長。帶圍寬盡沈東陽。無愁可有鄉。山黛緑，鈿花黄。相思不盡狂。狂餘卻憶舊淒涼。縈迴寸寸腸。

前調

春城長憶舊歌鐘。花前琥珀濃。碧闌干外露華濃。燈痕暈靨紅。　翻舞曲，展顰容。柔情薄醉中。醉餘歡事幾時重。頻番廿四風。

浣溪沙

縞袂扶將醉倚梅。幺禽唬徹夢頻催。夢迴猶自戀深杯。　拗鐵爲枝新樣巧，鐫瓊作骨化工才。月移疏影上窗來。

前調

曉翠屏山六扇開。璚雲依約護芳梅。夢中花路似腸迴。　疏影暗香翻豔曲，吟箋賦筆費清才。紅羅亭畔約重來。

前調

十二闌干似碧城。千條弱柳解將迎。殢人煙景况晴明。　繡羃鴛鴦偏弄色，玉籠鸚鵡自呼名。凭誰訴與此時情。

前調

十里妍風試玉鞭。畫樓西畔駐香韉。緑陰佳處夕陽天。　細草織茵纏綿道，落花霏雪綴瓊筵。游春須不羨游仙。

前調

懊恨當樓一抹山。爲誰空翠約輕寒。杜鵑聲裏日長閒。　芳約總隨幽夢遠，倦雲莫誤錦書還。半灰心字惜香殘。

前調

爲愛春晴不掩關。碧桃門巷柳陰閒。惜花長自怕花殘。　畫閣峭寒鸚未睡，繡簾深下燕初還。四條絃子訴愁難。

前調

酒不消愁孏更沽。東君怪底費工夫。花如渲染柳如梳。　門映笑桃前度護，梁棲海燕舊時盧。年芳得似夢痕無。

前調

芳樹移陰晝漸長。游蜂未減一春狂。玉璫消息誤檀郎。　秦月總虛簫鳳約，楚風不度袖羅香。殘寒依約早秋涼。

前調

無雨無花也閉門。夢餘尋遍夢中痕。聲聲杜宇憶王孫。往事金鑪消翠縷，新愁羅幕罥黄昏。天涯芳草黯吟魂。

前調

暖入鶯吭醉眼醒。夢迴猶凭枕檀聽。小屏山作雨餘青。嬌靨杏花窺畫閣，香巢乳燕認池亭。清明過也足春情。

前調

翠罨涼陰晚放舟。蓮娃妝面怕花羞。便將秋泛作春游。衹有鴛鴦無別恨，肯教鷗鷺占清流。小紅橋下碧磯頭。

前調

篤耨墉燒鎮日閒。鈿釵殘夢落花間。屏山猶學舊煙鬟。倚袖暗驚寒料峭，映簾生怕月環彎。柳絲難繫墜時歡。

前調

百蝶能消六幅裙。夢魂辛苦唤真真。鏡屏前度恨猶新。怨極只拌金谷酒，情多誰似玉樓人。好花開處不芳春。

前調

簾幕風微莫雨收。夕陽西下碧雲留。一聲長笛十分秋。金鴨無温羅袖薄，最先涼是最高樓。辭巢雙燕有離愁。

前調

不信高樓百尺危。鳳簫端合倚雲吹。斷腸空有夢魂飛。月淺可能知別怨，燈昏暫許訴心期。金風玉露似年時。

前調

開到將離蝶戀香。遠山禁得幾愁藏。生憎小玉勸持觴。銀雁費聲箏柱短，綵鸞延佇眼波長。峭風吹絮綴釵梁。

前調

特地明妝俊似仙。杏花天氣月初絃。臉紅眉翠映瓊筵。禁得暗香縈舞罷，可無幽恨殢尊前。蓮花婀娜賺人憐。

前調

記浣紅薇序玉臺。紋窗網户舊曾來。一彎眉月似秦淮。　寶瑟清絃離恨譜，輕羅小扇合歡裁。錯疑飛夢到天台。

前調

酒罷華燈未肯收。緒風珠露暗凝秋。笛聲驚起夜眠鷗。　欲託微波增悵望，慣吟佳句怯新愁。碧雲深處是朱樓。

前調

沈醉東風第幾迴。清歌宛宛亦仙才。好春珍重碧桃開。　月乍籠雲疑暫別，柳將飛絮約重來。餘情得似最深杯。

六幺令

柳眠花嚲，緑意暗芳閣。畫屏遠山眉蹙，巧向晚妝學。已忍殘寒料峭，那更愁邊覺。帶寬圍帀。琵琶曲怨，苦憶檀痕舊誰掐。　別恨凭誰訴與，影問惟形答。怕見華月團圞，繡幕耽銀押。蘭夜苕苕玉漏，底事流光霎。淚珠銷蠟。青鸞無信，幾盼佳期誤張角。

前調

柳條初展，闌畔晚風息。日遲暖熏芳草，草嚲玉階碧。葉樣眉妝巧綴，掃眉安檀的。暫來歌席。遏雲一曲，絳蠟燒殘賦狂客。銀漢西流月上，絮絮鱗雲拆。別後孤負閒庭，夜合花堪摘。比似陽關更苦，怕聽寧歌笛。夢餘岑寂。歡悰逝水，總付明朝醉時憶。

前調

寶鈿瓊佩，晚鏡靚妝束。迴眸桃靨紅暈，越恁嬌嬈足。煙約湘裙淺翠，步步香風逐。鬢輕蛾綠。尊前小立，爲唱韓娥駐雲曲。一晌低鬟嚲哀，輭語偎紅燭。生怕蓮漏忽忽，曉夢流鶯促。珍重雲屏半摺，曾是欹香玉。舊歡重續。麝熏褥繡，看取金鴛也雙宿。

更漏子

暖煙稠，芳草遍。簾卷綠陰深院。鶯款語，燕慵飛。還疑春未歸。短長愁，深淺意。都付一年花事。纔薄暖，似新涼。銷香晝漸長。

前調

海棠眠，蝴蝶醉。簾外落英剗地。偷暈淺，學顰輕。如眉楊柳青。鳥驚心，花濺淚。争識箇儂芳意。催暗綠，妒殘紅。疏檽料峭風。

前調

碧陰圓，嬌燕小。畫閣不堪重到。愁暫遣，淚初晴。嗁鵑聲復聲。恨時多，歡事少。夢肯留人長好。鸞柱澀，雁書遲。相逢知幾時。

前調

夢尋難，人去遠。簾爲恨春遲卷。梨雨後，杏花慵。半庭香雪濃。靨紅殘，鬟翠重。依約夢中相送。催暝色，入離愁。相思雲外樓。

前調

血嗁鵑，絲織柳。愁絶問伊知否。傳笑語，逗嬌顰。夢中無限春。恨如煙，身似客。忍説有花須折。狂杜牧，瘦東陽。縈迴百結腸。

前調

意中人，箋上字。消受別離滋味。如夢裏，憶年時。柔腸説與知。絮風愁，花月怨。何日玉臺重見。情不盡，恨難禁。燒殘紅燭心。

御街行

瓊枝倚立凝香露。如怨韶光暮。曉鶯驚覺玉樓人，一抹翠陰籠樹。鏡籢愁照，繡幃慵卷，苦憶關情處。　柔絲不繫東風住。一霎成歧路。映花門巷夢魂中，恰似玉驄輕去。清明過卻，將離開遍，惆悵佳期誤。

前調

新萍總是風中絮。迢遞横塘路。畫船回首碧雲西，約略茜紗朱户。一篋明鏡，數聲柔艣，又過長亭樹。　流雲不作無情去。卻作留人雨。緑波總是接天涯，春色幾分能駐。驪歌易闋，鸞腸禁續，掩袂傷離處。

浪淘沙

絲柳拂銀塘。摇曳煙光。夢魂依約舊瀟湘。鶯語似含清瑟怨，空訴殘陽。　波路九迴腸。山作眉妝。羅衣猶惹去年香。苦恨東風花落後，一例能狂。

前調

飛燕蹴香紅。小立芳叢。韶華錦樣去年同。祇有芳心慵不展，寸碧春空。　相見幾時重。猶記初逢。隔花煙語小窗中。百計無聊從别後，孤負番風。

前調

容易夢游仙。錦瑟冰絃。沈香亭北醉青蓮。冉冉香雲騰寶鴨，璧月瓊筵。　一晷换華年。醒眼愁邊。嘑鶯猶似勸觥舡。打疊新歡成舊恨，棟子風前。

前調

畫閣綺筵張。有恨須忘。窺人小燕在雕梁。記取春穠花彈處，纖手傳觴。　餘事付荒唐。消得迴腸。晚來雲淡露華涼。月到圓時人意好，端的思量。

訴衷情

珍珠手卷暗香來。簾外幾枝梅。鏡斂春意先暖，含蕚未全開。　扶縞袂，下瑶臺。費詩才。那堪愁裏，莫惜花前，吟繞千迴。

前調

春青翦葉妒妝眉。風流些子兒。折花慵理雙袖，芳意總相宜。　閒體態，倦腰肢。自尋思。杏花藏笑，楊柳含顰，得似心期。

前調

柳塘波緑漾殘紅。此景别時同。别愁長是千里，無賴又東風。　花豔豔，月朧朧。舊情濃。那堪回首，夢怯嘑鶯，望極征鴻。

前調

蘋風荻雪作深秋。極目水東頭。寒雲弄影天末，年事逐雲流。波宛宛，夢悠悠。合成愁。玉容安否。箏塵畫閣，笛語高樓。

前調

紅燈翠袖映嬌嬈。微酲暈粉消。珠歌一串塵簌，歌外駐雲遥。縈洛浦，度湘皋。夢迢迢。芳時彈指，滿目青山，何處藍橋。

前調

金鴛繡蹙藕絲裙。濃香草眼熏。花蹊步拾蘭翠，樓閣未黄昏。纖屐齒，印苔痕。怯心魂。娉婷自惜，紅粉青娥，見説如雲。

前調

輭風摇漾鬱金裙。香羅更麝熏。雙鸞淺移嬌步，猶自惜苔紋。搴帶草，擷書芸。最思君。忽忽芳節，脈脈幽懷，付與行雲。

前調

暖風遲日敞瓊筵。綵袖撥湘絃。飛花掠鬢迴袖，芳物媚韶年。香霧重，紫霞鮮。豔陽天。扶醒歸去，花礙羅衣，柳拂絲鞭。

碧牡丹

字密題團扇。花鞞嬌新燕。夢裏春穠，不道鶯迴春遠。十二回闌，罥緑陰將遍。蕭條斜日深院。恨無限。倦倚芳閣晚。心期歲華同換。欲寄相思，字問去程長短。未必嬋娟，千里知人願。凝情空佇歸雁。

望仙樓

峭寒霜葉又辭柯，有恨如人離拆。此際多愁多感，明月寧知得。　片雲佇到天涯，清露滴殘秋色。已拌雲山遥隔。空繫人思憶。

行香子

漾碧流紅。煙路怱怱。艤蘭橈、前度曾同。玉簫聲裏，惆悵驚鴻。幾佇行雲，吟落月，倚東風。　畫簾深下，茸窗静掩，費低徊、情味何窮。天涯芳草，庭院梧桐。也宿妝殘，羅袖薄，翠眉空。

點絳唇

雙燕來時，落紅門巷渾如舊。最憐人瘦。忍折風前柳。　錦瑟無端，誰共心魂守。分攜後。夢痕消酒。和淚盈雙袖。

前調

蘭夜華燈，麝熏一縷腸千折。自從離別。此際真愁絶。　花近窗前，雲掩窗前月。圓還缺。落花時節。舊恨凭誰説。

前調

花落花開，妒花風裏春如寄。不成芳意。倦倚屏山翠。　偶憶年時，羅袖沾新淚。愁無計。爲誰拌醉。醉也和愁睡。

前調

春近闌干，淡黃楊柳抽新縷。舊情何許。莫放游絲去。　極目南雲，迢遞鈿車路。留難住。片風絲雨。苦憶傷離處。

前調

開到將離，謝娘池館春先老。玉驄芳草。煙景無多好。　杜宇聲中，忍見春歸了。雲涯渺。貯愁多少。珍重眉痕小。

少年游

茜紗窗外，微雲絲雨，春意逗芳紅。飛來燕子，關情底事，輭語訴東風。星期月約，年年虛度，容易夢中逢。游絲千縷，橫波一霎，何似莫怱怱。

前調

螺鬟高聳，蟬釵倦軃，眉葉翠初勻。簾波淺約，屏風輕疊，赬臉暈嬌顰。驀然相見，惺忪薄困，依約畫中人。别後情懷，夢餘滋味，惆悵隔年春。

前調

秋陰院落，側寒天氣，簾下乍相逢。人家深巷，獸鐶微動，絲雨寂寥中。橫波無那，凝情欲佇，珍重意千重。遍寫烏絲，誰傳魚素，除是夢魂同。

前調

碧梧清夜，桃笙薦爽，樓上月華明。闌干倚遍，微雲弄影，棖觸别離情。錦書難寄，羅衣空换，孤負雁南征。别時能得幾叮嚀，無數短長亭。

前調

平沙岸曲，垂虹橋下，雙槳劃清流。雲山未改，煙波無恙，不似去年秋。去年今日，茜窗深話，低控玉簾鈎，衹今衰柳夕陽樓，誰與訴新愁。

虞美人

垂楊織遍吹笙路。緑意新簾户。隔簾依約玉娟娟。最憶年時紅袖捧金船。　攀條惜別年年慣。幾度斜陽晚。晚風雙燕入簾時。儘意呢喃如話舊相思。

前調

夢醒人遠銷魂地。玉倦鈎斜墜。玉鈎隨意挂閒愁。一任柳綿飛雪上層樓。　樓高望極傷情怨。雲嫋春空遍。落霞猶是舊時紅。衹是別來心眼不相同。

前調

秋河似瀉銀瓶水。遥夜闌干倚。緑章乞與展星期。爲問填橋靈鵲忍輕歸。　銀雲漏處蟾鈎在。月轉花陰改。雲涯有恨託鵾絃。生怕一聲河滿到尊前。

前調

篆煙銷盡沈餧縷。愁坐清無語。宮羅輭繡曲屏風。移向花間應解護香紅。　紅英落盡春無信。鶯燕歸期近。伊行能得共歸無。看取緗桃瘦損要人扶。

前調

春風飄拂長亭路。又送蘭船去。歸來臨鏡怯顰眉。從此一春長是別伊時。　無心更惜春光好。春去凭遲早。夢中歡會醒分飛。卻見畫簾嬌燕一雙歸。

前調

花穠柳亸韶容好。不信春將老。珠簾斜搭玉闌干。何事落紅飛不到屏山。　嘑鵑爲說春猶在。衹是芳期改。芳期那得是歸期。此際萬千心緒一顰眉。

前調

雙鴻未有歸來信。已是秋風近。夫容容易繞池開。冷豔相看能得幾人來。　夜涼珠露如清淚。寥泬成霜意。玉闌憑瘦玉樓人。便是遠山眉翠亦含顰。

前調

玉璫緘札珍珠字。不盡心中事。若教雙鯉肯來時。便以番風有信怕花遲。　花新不似情依舊。此恨年年有。一回花褪一春闌。簾卷綠陰如畫妒眉山。

前調

紅牙按拍翻新樂。巧向韓娥學。繞梁依宛遏雲深。纔信當筵一曲直千金。　歌殘金縷花時怨。消得迴腸斷。天涯難得是知音。越恁稱人心處繫人心。

采桑子

當筵綵袖殷勤甚，態冶情閒。舞罷歌闌。不負宵深玉漏殘。門前金勒休催去，蠟淚初乾。料峭微寒。酒暈霞生子細看。

前調

東風珍重吴儂意，簾外芳梅。筵上深杯。忍付昭華玉笛吹。新篘撥盡翻成怨，錦字嫞裁。甚日重來。見説文無取次開。

前調

夢中依約淩波影，佩結瑶珍。香裛梨雲。殘月嗁雅苦喚人。夢魂悠颺如輕絮，一鼂前塵。便抵飄茵。咽盡銅壺悄恨春。

前調

落花巧綴泥金幕，料峭東風。社燕忽忽。飛向鄰家院落中。杏梢猶怯餘寒重，無語芳紅。自惜妖嫞。寫入猩屏那得同。

前調

玉鈎銀蒜春陰幕，深院微風。夢語惺忪。幻作柔雲漾碧空。　垂楊畫罨秋千索，惹翠縈紅。芳意千重。扶上仙裙更不同。

前調

紅窗燕子呢喃語，似說歸期。卻憶年時。未到將離已別離。　憑渠錦字殷勤寄，縱賦新詩。不盡相思。惆悵楊花滿院飛。

前調

機中長恨魚中素，倦撥鑪香。愁倚眉妝。袖薄天寒掩淚行。　游春總是愁春處，弱腕絲韁。恨縷垂楊。翠驛紅亭路更長。

前調

側風趂日楊花亂，孤負芳期。燕子樓西。那得殘紅更上枝。　玉籠鸚鵡惟慳睡，燕子來遲。訴與伊誰。心事低顰彊笑時。

前調

等閒過也芳菲節，小院紅稀。鎮日相思。淒絕遥山翠罨時。　凝情怕說當年事。後約難知。昨夢都非。縱有花箋得到伊。

前調

夜遥樺燭消紅淚，罨鬢顰眉。翠袖雙垂。舞倦歌闌月上遲。籠紗嘶馬催歸急，欲語期期。最耐人思。握手相看半晌時。

前調

銀鈎畫箔閒朱閣，篆裊香濃。漸入空濛。偶逐游絲繾綣同。雲翹擁髻霞生臉，猩色屏風。看取嫣紅。莫道佳期是夢中。

前調

桃根雙檝分蘋葉，明月團圓。人勸金舡。醉去和衣一晌眠。夜涼詩思清於水，寫遍花箋。卻憶當年。豔曲江南聽采蓮。

前調

雙魚不寄歸來信，底事遲留？負了扁舟。玉露殷勤浣素秋。鬧紅雙槳年時約，賭酒藏鈎。舊夢新愁。都付離人唱石州。

前調

茜窗閒煞丹青筆，畫稿慵臨。薄怯羅襟。秋入屏幃問淺深。　漸深秋似春猶淺，最是而今。孤負春心。殘夢都隨斷續砧。

前調

宵來贏得涼如水，青瑣朱樓。玉膩香柔。月影偎人故故留。　詩成緑蟻傾須滿，漏箭銀虬。疏幌螢流。倚笛誰家各自愁。

前調

秋千院落薔薇架，花絮怱怱。簾幕重重。總在鵑嗁蝶夢中。　等閒佳景蹉跎了，容易相逢。瘦損西風。一日三秋兩地同。

前調

嘶驄門巷尋芳陌，雛鳳知名。人月雙清。霓曲人間第一聲。　無端唱徹陽關疊，雲散離情。水咽長亭。鶯語春來未忍聽。

前調

年時玉容酬芳約，靨杏脂勻。眉柳煙顰。綵筆安排記會真。　浮雲西北堪回首，酒涴衫春。歌澀箏塵。樓上花枝莫笑人。

前調

厭厭三月長如醉，怨宇唬春。斜照含顰。花信怱怱記不真。　棖棖簾幕深深院，紅臙香塵。緑作濃雲。柳外樓高望遠人。

前調

西風消息唬蛩急，一夜新涼。底費商量。玉漏争如綺恨長。　素娥宛宛移花影，影繞回廊。香襲茸窗。香影纏綿欲斷腸。

前調

小紅亭外垂絲柳，煙景依稀。送別斜溪。掠鬢東風絮亂飛。　踏青拾翠嬉游處，香靄霏微。行樂年時。草眼晴熏襲畫衣。

前調

斜風淡日簾垂地，酒黯離襟。舊譜慵尋。閙煞紅囊緑綺琴。　雨餘花落知多少，最是關心。不道而今。淚與殘紅較淺深。

前調

別來無計消長日，晚岫勻螺。秋水凝波。一抹斜暉恨許多。　試傾新釀歡娛減，莫更聞歌。往事蹉跎。絃月籠雲蹙怨蛾。

前調

宿酲初解瓊鈎上，曉色簾櫳。人意新慵。網户朝暾罨鏡紅。　鏡匳雙鳳多情甚，總與春逢。麗日妍風。宛宛行雲在碧空。

前調

秋心不放愁心展，一曲尊前。喚起閒眠。露浥涼蟾分外圓。　聽歌看舞游情嬾，寫遍紅箋。彈徹冰弦。別恨難凭雁與傳。

前調

回闌那角珠簾影，蜂蝶殷勤。柳綻黄金。昨夢如煙記未真。　是真是夢渾難問，低草迷春。高柳窺鄰。滿目韶華苦賺人。

踏莎行

風絮飃殘，煙絲低盡。愔愔院落尋芳信。小顰窺鏡去年時，不堪重向嚦鶯問。　錦字情長，碧雲天近。蓬山祇在靈犀寸。西樓昨夜月朧明，歡塵墜處凭誰認。

前調

檐馬喧晴，林鴉繞暝。無情寒暖渾無定。因風起絮作牽縈，游絲肯爲相思靜。 去日華箋，年時粉鏡。高樓何處傳歸信。迴環心字玉鑪熏，倦餘惆悵還成醒。

前調

暝靄如愁，年涯似水。緑蕪不盡相思地。倚闌生怕見遥岑，向人猶學眉痕翠。 何計酬春，無聊拌醉。醉餘苦憶歡娱事。歡娱能幾醉還醒，攲斜淚墨吴箋字。

前調

匳遠雲開，艪柔波重。扁舟容與雙鳧共。水蘋花外有輕寒，斜陽罨畫鐘初動。 千里嬋娟，雙飛彩鳳。無情一碧天如夢。夢中猶記去時情，搴裾南浦花前送。

留春令

緑陰樓外，夕陽多處，舊痕煙水。聽徹嗁鶯落花深，憶前度、歡娱事。 十二闌干能幾倚。更笙歌鄰里。如許韶華不成歡，只懷遠、凝清淚。

前調

絮階蟲咽，打窗葉響，滿庭霜意。欲摘金英附瑤華，道人瘦、花相似。　暫遣閒愁須拚醉。念楚腰纖細。錦瑟華年恁忽忽，最惜起、花時事。

前調

夜長衾冷，月移簾悄，鑪熏燼半。更忍銀燈照窗紗，傍鏡影、愁中看。　往事魂銷尊酒畔。是鮫綃偷換。千里從教共嬋娟，也寸寸、回腸斷。

清商怨

愁深春水較淺。負花風妍暖。送別經時，天涯魂夢遠。　垂楊翠縷漫翦。付杜宇、一枝春晚。盼煞歸期，離亭長更短。家刻起調作六字，汲古閣作七字，弟五字作□。

長相思

長相思。長相思。欲寄相思未可期。雁來知幾時？　長相思。長相思。滿目韶華付與誰。緘愁只自知。

醉落魂

晚塘新月。玉簫聲裏晶簌徹。鷗鷺於人知款切。卻笑人人，長是長亭別。　長亭去日花如雪。惆悵容易芳菲歇。垂楊翠縷禁攀折。縷織成愁，欲解渾無説。

前調

月圓還缺。雲涯悵望音書絶。愁邊荏苒芳菲節。千里相思，一寸靈犀結。　兔走烏飛無暫歇。華年絃柱傷心徹。素娥忍見多情別。碧海青天，心事和誰説。

前調

天寒袖薄。一春中酒情懷惡。辛苦夢痕何處著。切莫驚回，更與啼鶯約。　鈿金衾鐵都成錯。憐花心事憐花落。落花猶得浮君酌。看取花浮，拌醉君休卻。

前調

從今更莫。從今莫怨東風惡。東風儘意催花著。不分春人，幾誤花前約。　芳期一歸成今昨。酬春衹辦觥籌錯。倚闌極目春雲薄。極目雲涯，多少春閒卻。

西江月

繡幕低垂院静，金鑪悄撥香殘。流鶯勸我惜春閒。可奈扶頭意嬾。　柳色能將遠恨，梨雲慣作輕寒。游絲欲罥落花難。燕子歸來太晚。

前調

玳瑁梁間燕乳，沈香檻外鶯稀。新桐初引拂牆枝。楊柳三眠似醉。池水暗浮花漲，屏山静掩春歸。緑陰如夢憶人時。消損春魂賸幾。

武陵春

卷起珍珠鈎起恨，新月素光流。不盡遥天不盡秋。更不盡離愁。金釵鈿合虚前約，魂夢誤歡游。重繫斑騅翠陌頭。不似舊揚州。

前調

淺醉人扶花綽約，蜂蜨戀芳叢。花信頻番春更濃。瑶斝汎東風。拚它醉嬾如雲態，雲不駐春空。花下何時一醉同。春在小庭中。

前調

别後愁長心字短，寶鴨蕙煙銷。畫閣愔愔人去遥。魂夢逐輕橈。瑶璫不付新來雁，目斷碧雲遥。莫更尋春弟幾橋。雙袖淚紅綃。

解珮令

夕陽難繫，春光老去。緑陰中、芳閣愁無緒。紫蝶黄蜂，也解惜、脂香鉛素。更何論、茜窗兒女。　文無閒遍，荼蘼滿院。忍重尋、玉驄嘶處。彔曲闌干，恁禁得、疏煙絲雨。付鶗鴂、替人深訴。

泛清波摘遍

眉青隱岫，額雪窺簾，猶記那時風韻好。解人春意，綽約枝頭放花早。寧知道。銀箋恨字，玉笛離聲，一霎雨情雲夢了。側帽輕衫，杜牧而今俊游少。去塵渺。千里滄波接天，一抹冷煙黏草。過盡征帆都非，倚樓昏曉。佇鴻杳。辛苦問訊斷雲，玉璫甚時能到。幾許閒愁都付，醉和衣倒。

歸田樂

倦把番風數。萬縷已、忍新愁緒。賺得鶯聲吐。更離夢忽斷，芳景難住。荏苒去。愁凭屏山成獨語。襌袖餘寒春念否。畫簾殘照，燕子淒涼語。夢餘尚道得、舊分攜處。緑暗長亭怨花絮。

河滿子

錦瑟長閒玉柱，繡簾懶上瓊鈎。乍寒輕暖春正好，年時記省歡游。柳葉纔勝約指，花枝解戀搔頭。　是處韶華如夢，者回芳約都休。繫情可奈游絲輭，倚闌多少閒愁。得似畫圖依舊，雲山儘意當樓。

前調

鬟黛誰知深意，橫波自惜容光。背人私繫雙繡帶，花時懶去尋香。鎖夢遥憐巫峽，流愁欲付瀟湘。綿邈一春望眼，縈迴九曲柔腸。碧雲容易斜陽暮，遥山也倦眉妝。那更殘紅簌簌，桃花苦憶連昌。

于飛樂

映額窺簾，海棠依約紅腮。春陰畫罨樓臺。霧籠香，風泥醉，輭繡屏開。仙人萼緑，妒玉容、著意修梅。絮果難論，苕華如夢，三生月地雲階。蘂珠宫，青鳥使，無限情懷。天花佇久，東風裏、萬一飛來。

愁倚闌令

春波緑，照驚鴻。貯愁濃。楊柳不知人瘦損，繫東風。開遍小白長紅。情如水、洩洩溶溶。孤負芳時人去也，夢魂中。

前調

長干道，囀春鶯。景晴明。一霎唬鵑風雨裏，短長亭。麗賦遥憶蘭成。韶光好、豔錦新綾。鵑喚春歸鶯勸住，總關情。

前調

如月眉，罨輕寒。怯更殘。數點流螢秋影瘦，落屏山。　依舊昨夜闌干。楊絲弱、不繫金鞍。小疊蠻箋書恨字，付誰看。

破陣子

月到團圞十五，花如佳麗三千。得似阿儂嬌俊否？看取將歌未舞前。妝梅妒臉蓮。　有約雲涯青鳥，相思被底紅綿。占斷韶光能幾日，懊恨無端錦瑟絃。春光洩綺年。

好女兒

皺碧匳池。絲雨晴時。聽藏花、坐柳嬌鶯語。似殷勤說道，踏青天氣，妍暖香泥。　祇是歸來惆悵，者煙景、耐尋思。佇黄昏、院宇霏香雪，幾凝顰不語。空教添了，懊惱心期。

前調

解佩殷勤。芳約酬春。記前番、笑並璚窗影。恰花陰深静、麝熏妍暖，著箇人人。　不道經年憔悴，坐虚閣、恨常新。倦黄鶯、掠過牆東路。也空勞問訊，題紅深巷，罨翠良辰。

兩同心

試探芳信，便夢仙源。蒨霞影、齊飛孤鶩，翠茵路、浄拭纖塵。東風裏、皺水浮花，新緑當門。　此際浪漫開尊。跌宕心魂。酹紅紫、直須千萬，殢鶯燕、莫負朝昏。醉眠也，慘緑春衫，宜稱苔痕。

滿庭芳

簾押輕寒，庭柯暝靄，倦餘幽恨千重。碧桃深處，多事是相逢。苦憶情芳婉婉，帊羅題字畫樓東。驀回首，神光一瞥，影倩失驚鴻。　蘭成憔悴損，恨隨芳草，淚咽絲桐。更簾卷黄花，省識西風。送盡來鴻去雁，天涯路、雲水屏中。銷魂處，迴闌一角，殘照駐斜紅。

風入松

翠蘿篩影覆莓牆。又送斜陽。緑窗倦繡纖眉斂，蕙鑪燼、百和餘香。天末錦書無據，眼中鉛淚潛行。　冰絃玉指撥伊涼。不盡衷腸。緑陰紅雨尋常事，祇花間、芳約難忘。誤我情深款款，付它春去堂堂。

前調

夢中疑是夢中逢。直恁春穠。覺來苦憶長亭道，近柳陰、別話怱怱。杜宇啼時有淚，斑騅斷過無蹤。　　緗桃猶作舊時紅。錦字難通。香羅什襲驚鴻影，寓芳心、深意重重。得似影形贈答，天涯珍重應同。

秋蕊香

璣錦迴文織就。消遣日長時候。梁間燕子天教偶。付與濃春如酒。　　春衫隔歲新成舊。自分手。光陰難道非長久。怪底歸期空有。

前調

一碧長干芳草。印遍鳳鞵纖小。逢花見柳都成惱。今歲春歸偏早。　　衷情訴與春鴻道。怕書少。有書爭似無書好。盼得書來春老。

思遠人

芳樹長亭嘑宇怨，南浦送行客。江郎麗賦，緑波春草，離恨恁消得。　　淚珠恨起羅襟滴。清硯待和墨。衹不盡別懷，未成緘札，遥山黯眉色。

鳳孤飛

巷陌夕陽如畫，故故驕驄緩。葉底繁英正滿。蜨解趁、輕寒暖。　　柳綫游絲長更短。春深處、謝娘池館。屈指番風花未晚。付壺觴笙管。

慶春時

柳綿黏幌，苔茵平砌，覽景情移。番風過也，雲涯悵望，金勒不成歸。　重樓春恨，孤負蝶約鶯期。鸞箋倦寫，清琴罷撫，誰見憶人時。

前調

蘋香水國，花腴霜信，景候初寒。珠簾十里，紅樓一角，煙月憶長干。　當筵歌舞，羅袖莫惜弓彎。蓉清菊瘦，秋容罨畫，須作好春看。

喜團圓

側寒薄暖，春風都在，垂柳垂楊。生憎鳳子憑渠占，斷花蕊嫣香。　前塵昨夢，珠簾繡幕，曲院深房。蓬山萬里，如雲別緒，似水迴腸。

憶悶令

兩點眉山春淺淺。倚菱花妝晚。含情手卷珍珠，佇月來雲斂。　但願長相見。恁離多誰願？畫樓外、過盡征鴻，和夢魂飛遠。

梁州令

夢裏長相憶。那日金猊香縷。醒來可奈麝熏殘，湘簾窣地愔愔處。　游絲辛苦牽離緒。不解留春住。春芳恰似萍絮。嘑鵑唤取忽忽去。

燕歸來

移桂棹，度蘋風。波緑夕陽紅。淪漪罨畫越溶溶。人在鏡匳中。前日事。迴環字。箋上愁痕得似。不如雙燕占春濃。常向畫堂東。

七、吴湖帆《佞宋詞痕外篇·和小山詞》

目　録

臨江仙八首
泛清波摘遍
鷓鴣天十九首
思遠人
河滿子二首
碧牡丹
兩同心
行香子
清平樂十八首
破陣子
滿庭芳
御街行二首

梁州令　洞仙歌
解佩令　少年游五首
于飛樂　南鄉子七首
西江月二首

佞宋詞痕外篇・和小山詞

吴湖帆　倩庵

臨江仙　八首

密約誰知有約，鍾情偏道無情。心中暗計羨前程。相思珠簌簌，癡立玉亭亭。　望斷遥天雁影，似聞隔院琴聲。羞花擲果兩知名。雙栖微願了，一笑許傾城。

青帳舊歡多麗，紅窗初日方長。木蘭雙槳艤横塘。花遮煙雨好，人昵粉脂香。　艸緑迷歸吴苑。風流小駐錢唐。吹笙伴醉互評量。今宵休便去，低問宿誰行。

漫道頻年容與，欲傾積愫還稀。何從酬唱定情詩。雲行流水外，月約惜花時。　密意微傳心會，偷歡衹怕人知。卻愁春去挽春歸。柳梅争渡日，桃李滿園枝。

紅映小橋闌曲，緑遮細柳簾垂。十分芳緒惱人時。月明花似語，春滿蝶争飛。　傍水湘靈解珮，疑雲蜀錦紉衣。夢闌魂斷又尋思。天台從路隔，空悵阮郎歸。

春滯嫣紅著處，雨霏新緑生時。誰家庭院有鶯啼。風情吹柳絮，人面折花枝。　襟上頻添淚粉，心中無限芳菲。子規常道不如歸。黯憐蛛結網，争羡雁交飛。

緣問藍橋何處，會教萍水能逢。屏前相遇送春風。笑盈眉展碧，羞暈頰流紅。　萬事多磨時阻，幾番低訴心同。可憐好景易成空。絮飛人别後，花落夢痕中。

檢點温情綺夢，幾回淺醉閒眠。黄昏絮語小鐙前。每逢梨雨夜，辜負杏花天。　蘇小當門有柳，桃根欲渡無船。十年相見祇相憐。從今雲迹散，何處月重圓。

眼底流紅飛點點，尊前凝緑自親親。傾杯無語漬羅巾。西窗曾剪燭，南陌不逢人。
醉裏真能花解語，醒來原是夢中身。秋風卷幙不嫌頻。千金拼買淚，一笑又生春。

泛清波摘遍

鴛鴦舫小，楊柳腰柔，雙槳漸移湖上好。燕嬌鶯怯，可是春光尚時早。西陵道。紅樓倚馬，珠户調琴，前度杏花深處了。鈿合釵分，便覺輕狂縱年少。　鏡華渺。驚斷艷陽逝波，忍看謝池芳草。迴想油車袖香，繡隄籠曉。歎人杳。秦路舊迹盡迷，藍橋甚時重到。怎怪多情宋玉，夢魂傾倒。

鷓鴣天　十九首

淺逗深情一笑鍾。低頭花面幾番紅。小樓不寐聽春雨，繡户斜開漏曉風。　輕忍別，再難逢。天涯芳草夢誰同。藍橋空惹相思約，只與蕭郎陌路中。

玉鏡臺前暗送香。侵晨淺約敢輕狂。蝶翻金粉偎春暮，花罥殘紅惱艷陽。　情縹緲，影微茫。思縈離恨日偏長。緑箋密記花前事，青鳥無憑淚幾行。

隔水驚鴻會遠心。輕歌緩拍覓知音。窗前邀月情何切，花下遺箋意自深。　聽夜漏，度鄰砧。黄庭初拓背人臨。忽傳夜報催歸急，忍淚無辭抵萬金。

滄海探珠爛漫游。五湖舊約一扁舟。風翻前度桃花扇，月印當年燕子樓。　山斂翠，水凝流。江南好景信多愁。周郎曲顧無雙曲，宋玉秋悲第幾秋。

一曲雙成憶鳳簫。烏雲嚲鬟最妖嬈。銀鐙瀲灧春還滿，玉笛悠揚恨自消。　河漫漫，漢迢迢。荑尖衩試瘦裙腰。憑將千日温鴛夢，何羨雙星渡鵲橋。

何必温存貼玉腮。唾絨争逐笑顔開。門闌雪鼈猧兒躍，花隔風屏鳳子來。　撩玉筍，墜金釵。一時微慍鎖陽臺。宫鴉寶髻頻頻按，鴛被重熏意又回。

羅扇輕衫納夜涼。油車寶馬掣斜陽。小休村渡黄茅店，倦旅梵宫白玉床。　脂泛艷，粉生香。一團紅玉夢尋長。沉西曉月多情照，教護侵寒進卯觴。

慣底心心兩印同。同心一曲抵千鍾。低偎笑靨香膚雪，倦舞殘妝翠袖風。

春思蕩，酒顏紅。鴛鴦被暖不嫌冬。琉璃窗外天如水，碧海今宵月滿空。

開遍荼蘼乍過春。滿天飛絮撲離人。深深院落花經雨，悄悄簾櫳柳拂雲。

斟別酒，帶微醺。縷金衫子薄羅裙。回頭欲説渾無語，珍重三聲後會君。

群玉山頭珮響傳。瑤臺花影分神仙。東坡芳草朝雲伴，西子吴宮夜月前。

消永晝，怯流年。落霞秋水共長天。多緣鳳股分釵恨，重試鸞妝對鏡圓。

風雨連宵春易殘。樓前不語倚闌干。落花未識難成果，流水無情去不還。

休漠漠，便閒閒。黄金乏術駐芳顏。花開好處應須折，折向紗籠護碧寒。

記得歡娛少壯時。東鄰容與舊相知。非關後約原前約，諱説無期暗有期。

雲淡淡，月遲遲。金爐煙裊結春思。崔郎合對桃花面，京兆能描柳葉眉。

燕子南飛雁北歸。兩重心字一篇詩。風塵咫尺游絲斷，雲路迢遥倦夢回。

縈綺思，點春衣。碧桃摇曳緑窗西。春風人面胡麻飯，崔護劉郎不自知。

墜絮飄紅貼地飛。春歸何處鴂長啼。東風不管花狼藉，恁借秋千送向誰。

吹浪遠，逐波微。斜陽涙滿點征衣。天涯芳艸王孫怨，夢斷離魂倩女歸。

小小池塘去採蓮。蓮心味苦孰能傳。鴛鴦葉底三更夢，翡翠屏前六月天。

清露重，

寶珠圓。釵鈿忍説好因緣。憑誰能奏琴心曲，撥到求凰故急絃。凝望遠，出水紅妝懶畫眉。莫將清鏡誤淤池。芳名解語明璫佩，羅襪淩波錦帶垂。恨逢遲。風流還續洛川詩。憑虛翠蓋鴛鴦夢，月約香偷度不期。

脂印心田一點紅。丹青引裏早生逢。西樓酒賭花間句，南陌香吹帶角風。潘令老，步兵窮。青衫紈扇賦情同。從今不許尋常見，縹緲巫雲十二峯。

暗裏殷殷試嫁衣。個中消息衹君知。雙針素縷香羅帶，小字親題玉枕詩。隨月影，步雲墀。兩情泥水合丸時。鍊成花底同心藕，真結人間連理枝。

愁酒曾澆信力微。癡心底澈忍驕啼。紅綃袖卷雕闌舞，紫燕巢傍畫棟飛。情幻極，夢真時。天涯何處不同歸。卿卿我我相隨約，世世生生無盡期。

思遠人

回憶西窗秋夢斷，簾底記曾客。當筵聚散，些時歡愛，還向鏡中得。淚珠莫負紅巾滴。慘淡和箋墨。算幾度蜜情，似雲如電，微茫盡春色。

河滿子　荷花

綺結三生霞珮，采翻十里湖光。水鄉深處泥不染，風前一片清香。窈窕魂縈洛浦，依稀夢斷瀟湘。　猶記當年玉立，愁思九叠迴腸。月明人静瑶臺下，盈盈倩舞輕妝。獨具出羣標格，何如玉蕊唐昌。

又　七夕

渺渺銀河似練，盈盈新月如鈎。好緣天上佳話事，人間藉此嬉游。合意鴛鴦帶結，離情楊柳梢頭。　試把花期回數，那堪流水無休。斷雲殘雨都成夢，夢醒幾許閒愁。清鎖梧桐深院，無言獨倚西樓。

碧牡丹

乍夢秋風扇。還識棲梁燕。一段離情，恍認花飛人遠。舊約難憑，芳信思量遍。别來消瘦深院。　正無限。自恨年又晚。茫茫境遷時换。綺陌曾游，繫惹柳絲長短。怕説温柔，歌罷從頭願。隨陽猶認歸雁。

兩同心

夢迴佳景，路隔秦源。不自在高山流水，卻留戀麝雨芳塵。憑難遣，淺映芸窗，虚掩蓬門。　便好賭句攜尊。詩思凝魂。倚畫檻相憐花簇，臨金鏡怕惹雲昏。情何限，一卷春風，雙袖脂痕。

行香子

擷翠拈紅。離會匆匆。縱無心相感情同。語傳眉嫵，翩若驚鴻。恍洛浦雲，湘皋雨，楚臺風。　芳菲花影，幽颺蝶夢，暗凝魂餘恨難窮。譜翻簫鳳，絲婉琴桐。似燕歸梁，魚游水，馬行空。

清平樂 十八首

庭前綠艸。祇恨芳菲早。淡淡春山眉淺掃。綠蓋青羊未老。　尋思語重心長。幾番醉月飛觴。不覺紅情斜照，嬌如花露初陽。

吹簫自問。難道無緣分。細柳絲絲多結恨。繫馬斜陽遠近。　憐才多少情鍾。沉思淚影重重。何事魂銷腸斷，還期夢裏相逢。

風吹水皺。夢約黄昏後。記得同車攜翠袖。恨晚相逢如舊。　歸時明月當頭。酒闌難祓清愁。許是兩心能印，低聲笑指紅樓。

向程無住。攜手同歸去。語密言長忘淺路。轉眼畫樓過處。　離離心印常青。依依景觸牽情。回首夢魂如昨，月移花影難憑。

池塘春艸。去恨何時了。花影偏多人面少。一樣宫梅嬌小。　相思舊曲琵琶。低徊新月窗紗。何況飛瓊伴侶，縈懷詠絮才華。
緑箋密記。花底多情事。諫果曾嘗先苦味。咀嚼英華真意。桃源何處相尋。露珠
任滴衣襟。漠漠水彎路曲，重重山奥雲深。
行雲有意。流水心如碎。腸斷不堪提往事。錦字紅箋誰寄。風來秋警梧桐。月移
簾影朦朧。不料今宵難寐，與消漏永聲中。
春來秋去。極目天涯路。細雨斜風飛不度。燕子定巢何處。離情愁緒多端。難窮
曲水重山。無限身心倚遍，眸凝十二闌干。
伊人何處。幾度來還去。那日馬蹄芳艸路。惹起寸心萬緒。畫樓繡户斜開。待攜
明月重來。黛影雙脩翠柳，脂痕一點紅梅。
低徊不盡。難了尋芳信。獨自拈釵撩短鬢。仿佛愁春未醒。無聊深鎖瓊樓。背人
閒唱伊州。燕子飛歸風動，迎花先捲簾鈎。
敷文盡去。雋語無嫌絮。醉意狂情禁不住。争似誰家深處。窗前月色微昏。更闌
悄掩重門。正好相傾肺腑，勝於真個銷魂。
脂香霑袖。如醉葡萄酒。詩意門藏栽五柳。寶樹芳鄰綵壽。動人似叩心絃。柔情
都繞燈前。一笑眸迴夙印，今宵明月華圓。

燈飄路轉。散了花間宴。蜀錦新袍賜春殿。猶是個儂針線。行行醉眼如迷。重尋閬苑幽栖。今夜素娥來下，無須取月雲梯。

歸遲莫怨。慣惹游絲轉。欲問一春能幾見。玉指數來都偏。滿園斜日籠明。裁花翦葉無憑。訴與東風休怪，燕兒生小多情。

殘燈乍醒。好夢愁無定。枕角窺人斜月影。窣地冰簾風静。幾回北雁南征。幾多水驛山程。正是相思難計，誰家玉笛飛聲。

尋尋多遍。卻在屏風轉。雙臉斷紅嬌一片。黛淺微含幽怨。斜陽漸下樓邊。黄金不換華年。難怪昨宵半醉，玉纖猶捧觥船。

碧桃嬌小。底事飄零早。一任春光容易老。人比春光更好。盈盈乍識芳期。低徊欲語偏遲。忽地翠顰紅斂，佯歌金縷新詞。

雨輕風小。芳徑閒人少。綽約裙腰連碧艸。恰似青梅未老。故持紈扇題詩。詩中暗説心期。若問清狂幾許，風流依舊年時。

破陣子　荷花

紅粉池邊春色，緑楊影外秋遷。掩映清風明月下，仿佛行雲未雨前。妝移步步蓮。一點苦心脈脈，千絲柔緒綿綿。傾蓋鴛鴦通密語，連理芙蓉託素絃。六郎憶少年。

滿庭芳

花影橫烟，蝶情迷雨，寸心如束千重。天涯路隔，咫尺也難逢。病底無窮怨曲，海棠夢沉遠墻東。等閒了，賦經洛水，愁緒繞驚鴻。　迴思相共語，心盟金石，魂繫絲桐。又誰知，佳期吹冷春風。衹爲詩書事業，傾盃盡，肺腑言中。凝無限，珠斑淚點，錦字洒箋紅。

御街行 二首

玉盤滴滴真珠露。宛轉傷春暮。小闌紅板太撩人，滿徑碧苔芳樹。畫樓深鎖，翠簾低捲，合是相思處。　春風吹向誰家住。疑入桃源路。似曾相識舊巢痕，新燕有時來去。流霞共酌，飛花千點，休被斜陽誤。

一簾腸斷風吹絮。幾度城南路。半泓流水恰相宜，掩映綺窗深户。翠禽啼喚，晴烟繚繞，冉冉吴宫樹。　酒闌攜手同歸去。紫陌經花雨。萬絲柔裊緑楊斜，猶記玉驄曾駐。畫船移緩，詩襟題徧，盡是魂銷處。

梁州令

別恨從誰説。暗結愁絲千縷。多情最是恨無情，緣何自向無情處。　相逢猶怕縈離緒。没計留歡住。輕如隔院風絮。飛來便欲還飛去。

解珮令

月圓明引，花陰暗去。忍無言、難盡離愁緒。賦託佳期，恁解珮、微傳心素。似湘臯、乍逢神女。　春風圖艷，藍田玉暖，倚魂銷、瓊樓高處。畫棟雲飛，捲清夢、珠簾絲雨。儘衷情、信盟深訴。

于飛樂

倚月西窗，背人凝思支腮。依依夢繞琹臺。動金奩，臨玉鏡，影見顔開。丁香暗薦，結舌尖、印點紅梅。　懶繫羅裙，輕攏蓮步，春痕似舞瑶階。殢纖腰，情不掩，難遣離懷。問愁幾許，殷勤問、甚日重來。

西江月 二首

迴憶紅窗翠幙，偏教雨斷雲殘。夢痕無據卻成閒。可奈今宵更懶。　萬事深情若淺，一時酒殢如寒。匆匆輕别恣憐難。珍重前程未晚。

祗恨天慳地闊，常愁意密緣稀。春來魂斷問花枝。可也堪扶我醉。　日日雕闌獨凭，依依飛燕雙歸。求凰曲好促絃時。細數琴心第幾。

洞仙歌

才華天與，國色憑人道。心苦撩愁忍微笑。自花邊著意，畫裏縈懷，總無奈，惆悵離多會少。　清吟知幾許，別樣温存，千種柔情性尤好。愛彼此暗凝魂，小印傳箋，留一字、佳名香艸。問細鏤、雙心幾時逢，向月下吹笙，瑤臺同到。

少年游　五首

緑楊連苑，緋桃露井，袖印亞闌紅。詩尋燕語，歌酬鶯欸，綽約美人風。　芳菲會上，丹青引裏，幾度憶曾逢。可念當初，無言一笑，臨別太匆匆。

冰絲柔婉，蜜情細膩，闌角倚停勻。風吹葉底，池塘鎖夢，愁思惹輕顰。　黄昏約嫩，沉沉意捨，孤負有心人。雲破何時，月來誰影，花發沁園春。

微波隱隱，恆星點點，滉漾水銀流。物華荏苒，幾番風露，梧院易驚秋。　半痕心挂，三分眉嫵，今夜月如鈎。琴聲常繞小紅樓。無酒也銷愁。

鴛帷繡夢，珠簾摇影，人月掩燈明。芳心宛轉，黛眉凝斂，嬌媚不勝情。　千金一刻，輕分忍別，魂夢繞車征。門前細語幾叮嚀。離緒竚亭亭。

天涯萍迹，川流水曲，何處不相逢。花邊拾句，畫裏傳書，金縷繞心中。　雪沾泥印，藺抽絲縛，深意寄重重。夢到温時，月迴圓處，佳景與誰同。

南鄉子 七首

花訊幾番風。九十韶光恰正中。仿佛瑤臺明月下，重逢。春綻新妝滴露濃。
蒙茸。沉醉相扶曲檻東。曾唱江南腸斷句，情同。還以朝陽一抹紅。

往事且休悲。花影猶存爛漫枝。紅袖迴扶明月伴，相期。慧業芳菲兩未遲。
沉思。生怕垂柳攬別離。葉葉風流京兆筆，嬌時。深淺相宜問畫眉。

花浪滾春潮。水滿垂虹第四橋。雙槳平移吟夜月，嬈嬈。波底銀蛇漾萬條。
來朝。更唱新詞按碧簫。載得小紅心似箭，迢迢。舊夢重經覺路遥。

辛苦破重難。幾度明珠忍暗彈。欲説還休愁月闕，非殘。百尺梧桐影上欄。
天寒。自許芳心一點檀。乞借天香燒夜奏，更闌。低訴鴛盟莫放閒。

夢好若凌虛。可奈佳期又負孤。贏得人間癡澈底，依於。几净窗明信悦初。
樂知魚。妙格開題小字書。三日無端人面隔，何如。消息愁腸宛轉無。

瓊宴展蛾眉。花院鸞笙並坐吹。一曲霓裳仙羽罷，觴飛。攜手穿雲醉月歸。
重期。莫使簾前鸚鵡知。紅葉爭傳容易妬，遲遲。聽許琴聲送漏時。

酒力蕩濃香。被翻紅浪繡鴛鴦。寶帳流蘇金鴨炷，牙床。碧篆紗廚剔夢長。

緑葉聽
春去莫
絮語數
翠袖怯
春水
細語暗
月印五

更涼。翠簾篩朵膩花房。欹枕融脂私語軟，毋忘。寸寸堪思繾綣腸。

《佞宋詞痕外篇・和小山詞》，計七十四首。

念奴嬌

高樓梅景，背西風，掩映疏枝繁朵。篆縷縈迴沉水細，正是詞心初可。《片玉》仙音，《小山》雅韻，拍倩紅牙和。舉頭新月，入時眉樣剛妥。　其奈緑艸池塘，黃昏庭院，寥落無螢火。喚起采毫留墨瀋，替寫閒愁些個。六疊清平，雙聲紅豆，調入伊州破。湘簾低捲，燕巢梁上重作。

癸巳新秋，盧陵周茝校録，代和《清平樂》末六首，並題此解。

倩庵兄出眎所著《佞宋詞痕》，拜讀既竟，承命綴數語於後，固辭不獲，聊抒管見，以上覆雅令。中西哲人均有文如其人喻，詞之工者，必其人襟抱絕俗，情感深摯，體物精微，遣詞鑄句，不同凡響。集中悼亡感舊諸作，自寫悲懷，動人心脾，非情有所鍾者，寧能道其隻字耶？倩庵博疋多聞，於學無所不窺，承令祖愙齋先生家學而發揚光大之。故懷古題畐、詠物考訂之作，尤出色當行。外篇《和小山詞》，悱惻纏綿，駸駸欲奪叔原之席矣。平生以畫師馳名中外四十餘年，其所爲詞，多闡畫理，而自成其爲倩庵之詞。佞宋云云，殆示其祈嚮所在耳。倩庵詞之獨到處，在詞中有我，迥非晚近摹聲擬句者所能望其項背也。吾於倩庵之爲人，知之特深，爰攄所見如此。

一九五四年一月，弟冒效魯讀後謹跋。

後記

嗜讀唐宋詞，尤其嗜讀唐宋令詞，是筆者從學生時代起就養成的個人閲讀愛好。晏幾道無疑是詞史上最好的令詞作家之一，所以一直想在深入研讀的基礎上，比勘歷代版本，爲他的《小山詞》做一番校注疏解工作。首先是爲了滿足自己的審美需求，同時也想爲讀者朋友們提供一個較爲完善的《小山詞》現代整理研究讀本。

於是在十多年前，筆者先後到藏有《小山詞》的南京圖書館、上海圖書館等處，查閲館藏的十餘個《小山詞》版本，仔細辨别文字異同，寫成詳細的校記。然後開始對現存的二百五十餘首小山詞，逐篇箋注字詞句義，疏解題旨意脈。由於日常教學、科研諸事繁忙，加之身體不適，以及最近三年疫情封控、不便外出查找資料等原因，這本《晏幾道詞校箋》竟然拖了十年之久。

其間，拙著《蔣捷詞校注》《花間集校注》都在中華書局出版。《蔣捷詞校注》現已九印，獲第六届夏承燾詞學獎，《宋代文學研究年鑒》刊發書評，並新出了江蘇文庫本。《花間集校注》先後出版了平裝本、精裝典藏本、中華國學文庫本，平裝本現已五印，中華國學文庫本現已三印，被評爲二〇一四年度中華書局十大好書，獲二〇一四年度全國優秀古籍圖書獎、第七屆夏承燾詞學獎，《中國韻文學刊》《唐代文學研究年鑒》《詞學》《新京報・書評周刊》《中華讀書報》《解放日報》等數十種報刊發布書評、書訊。感謝中華書局的大力支持和廣大讀者朋友的厚愛，《蔣捷詞校注》與《花間集校注》二書，都獲得了良好的專業評價和社會效益。因此，這本《晏幾道詞校箋》也決定交給中華書局，並於數年前列入出版計劃。

多年以來，筆者喜歡用「賢弟」一語稱呼學生。清水老師、瑞華老師、雷倩老師、藝銘老師、來輝老師、馨元老師、朝慧老師、長建博士、龍偉博士、卓犖博士、志强博士、曉前碩士、嬌嬌碩士、源沛碩士等賢弟們，都曾撥冗替我查找、録入相關文獻資料，或幫我整齊文檔格式；書法名家姬學友教授欣然揮毫，用山谷體爲拙著題寫了精美的書名；中華書局編輯在編校拙稿的過程中，持續付出了許多辛勞；當此成書之際，筆者一並向他們致以衷心的謝忱！

歡迎詞學方家和讀者朋友們大力批評指正！

楊景龍癸卯初秋記於洹上